HEYNE

JENS LUBBADEH

DER KLON

ROMAN

Originalausgabe

WILHELM HEYNE VERLAG
MÜNCHEN

Sollte diese Publikation Links auf Webseiten Dritter enthalten, so übernehmen wir für deren Inhalte keine Haftung, da wir uns diese nicht zu eigen machen, sondern lediglich auf deren Stand zum Zeitpunkt der Erstveröffentlichung verweisen.

MIX
Papier | Fördert gute Waldnutzung
FSC® C083411
www.fsc.org

Penguin Random House Verlagsgruppe FSC® N001967

Originalausgabe 06/2022
Redaktion: Hanne Reinhardt

Printed in the Czech Republic
Umschlaggestaltung und -illustration: DAS ILLUSTRAT, München,
unter Verwendung eines Motivs von Shutterstock.com / In-Finity
Satz: KCFG – Medienagentur, Neuss
Druck und Bindung: CPI books GmbH
ISBN: 978-3-453-32013-0
diezukunft.de

Das Wasser ist kalt, bitterkalt, und der Moment des Eintauchens raubt ihm den Atem. Er kennt dieses nasse Element bis jetzt nur mit Schwimmflügeln an den kleinen Armen. Wild schlägt er um sich und versucht, Halt zu finden, aber es ist überall, umgibt ihn, saugt ihn hinab. Er weiß noch nicht, wie er mit Wasser umgehen muss. Er hat noch nicht gelernt zu schwimmen.

Luftblasen vor seinen Augen. Wasser dringt in seine Nase, will durch die Lippen hindurch in seinen Mund.

Er hustet. Jetzt ist die Panik da. Sein Herz hämmert. In seinen Ohren rauscht es. Manchmal stößt sein Kopf durch die Wasseroberfläche, und er sieht das Segelboot und die Menschen darauf. Er sieht seine Mama und seinen Papa. Sie winken wild mit ihren Armen, sie schreien. Er versteht nicht, was sie sagen, aber sie haben Angst. Angst um ihn.

Das Wasser ist rau, voller Wellen. Nicht weit entfernt sieht er einen anderen Kopf auftauchen und nach Luft schnappen. Dann sinkt er wieder.

Er hat das Gefühl, atmen zu müssen. Der Drang ist mächtig. Instinktiv weiß er, dass er nicht atmen darf. Doch irgendwann wird er müde.

Er öffnet den Mund und lässt das Wasser hinein.

1

BERLIN, 2033

Er war seinem Original ähnlicher geworden in diesen vier Jahren. Hagerer. Männlicher.

So viele Menschen hatte er sterben sehen. Es hatte sein müssen. Es war wichtig gewesen für seine Entwicklung.

Alina Schalk stand in der Eingangshalle des Berliner Flughafens und sah Arthur langsam und mit düsterer Miene auf sich zukommen. Sie war eine schlanke Frau, die dunkelblonden Haare zum Zopf gebunden, wie immer etwas zu straff, was ihren zielgerichteten Blick noch härter wirken ließ.

Er erkannte sie in der Menge, und sie sah, dass er einen Augenblick lang zögerte. Ihre Brille war neu. Sie hatte absichtlich rundliche Gläser gewählt, in der Hoffnung, ihre strengen Züge etwas weicher zu machen.

Alina Schalk lächelte. Sie freute sich tatsächlich, ihn zu sehen. Dennoch gehörte Lächeln nicht zu den Ausdrücken, die man häufig in ihrem Gesicht fand.

»Arthur!«, rief sie und lief ihm entgegen. Sie breitete die Arme aus, bereit, ihn zu umarmen, aber er ging nicht darauf ein.

»Hallo«, sagte er mit unbewegtem Gesicht.

Sie wusste: Er wollte nicht hier sein. Sie hatte ihn genötigt zurückzukommen. Hatte ihn aus seinem Leben gerissen, von seinen Freunden getrennt. Es war notwendig gewesen. Nach dem, was in Baghuz passiert war, hatte sie befürchtet, dass die Dinge entgleisen könnten.

Unsicher blickte er in die Menge der freudigen Menschen, die ihre Liebsten begrüßten. Das musste befremdlich für ihn sein. Er kam direkt aus dem Krieg.

Jetzt war er wieder hier. In Deutschland. In Berlin. In einer komplett anderen Welt als dem zerrissenen Syrien.

»Hattest du einen guten Flug?«, fragte Alina.

Arthur nickte. Wortlos ging er neben ihr her. Sie spürte, dass er nicht reden wollte.

Für ihn war sie immer eine Vertrauensperson gewesen. Eine gute Freundin seiner Mutter Rebecca, mit der er ein sehr enges Verhältnis gehabt hatte – bis zu ihrem Tod. Der Vater war natürlich ebenfalls schon tot, auch dafür hatte sie gesorgt. Sie war als Arthurs Vormund bestimmt worden, hatte ihm Geld gegeben, ihm eine Wohnung besorgt.

Ihn nach Syrien zu bekommen hatte langfristige Planung erfordert. Erst hatte sie ihm eine Reise nach Jordanien geschenkt – vorgeblich, um ihn auf andere Gedanken zu bringen. In der Wüste des Wadi Rum würde er zu sich selbst finden. Diese Weite, diese Stille. Außerdem hatte sie ihn mit der Kunst gelockt: Die fantastischen Gesteinsformationen würden ihn inspirieren und großartige Motive bieten.

Sie lag richtig: Arthur flog nach Jordanien. Dort hatte er – »zufällig« natürlich – zuerst Andrew kennengelernt, den coolen Aussteiger und Abenteurer, der ihn mitgerissen hatte mit seinem Enthusiasmus und ihn mit nach Syrien nahm. Beide trafen sie dort auf Wadi, ebenfalls ganz zufällig.

Natürlich hatte Alina Schalk Missbilligung und Protest vorgetäuscht angesichts seines Vorhabens, mit Andrew und Wadi an die Front zu gehen – was hätte er auch anderes erwartet von einem Vormund.

Ihr Plan war aufgegangen.

Am Auto angekommen, zückte Arthur sein Zigarettenpäckchen und steckte sich eine an. Er hatte sich das Rauchen angewöhnt, was ihr nicht gefiel – sein Original war strikter Nichtraucher gewesen. Doch sie versuchte, sich nichts anmerken zu lassen, weil sie seinen Groll nicht weiter anfachen wollte.

Ihr entging nicht, dass seine Hand zitterte, als er die Zigarette zum Mund führte.

Er nahm einen schnellen Zug und bemühte sich, das Zittern vor ihr zu verbergen.

Arthurs schmales Gesicht war härter geworden, das Kinn spitzer, die Wangen hohler. Unter seinen Augen lagen tiefe, dunkle Ringe. Er wirkte noch ernster. Der Schnurrbart, den er sich hatte stehen lassen, machte ihn älter. Außerdem hatte er an Gewicht verloren. Der Krieg hatte ihn zum Mann gemacht. So sollte es sein.

Wie jedes Mal, wenn sie ihn sah, suchte sie in seinem Gesicht nach Ähnlichkeiten mit seinem Original. Die schwarzen Haare hatte Arthur sich in Syrien stoppelkurz rasieren lassen, was es schwerer machte, die Übereinstimmungen zu erkennen. Aber der Rest passte. Das längliche Gesicht, die eindringlichen blauen Augen. Auch Arthur hatte, wie sein Original, schlechte und schiefe Zähne gehabt. Aber sie hatte Rebecca gedrängt, sie ihm schon im Kindesalter zahnärztlich und mit Spangen korrigieren zu lassen.

Ansonsten ähnelte er dem jungen Adolf Hitler sehr. Sofern man das sagen konnte, es existierten ja nicht viele Bilder vom Führer aus diesen jungen Jahren. Nur eine Sache hatte sie immer gewundert: Arthurs Blick war einnehmend. Die Augen hatten auch das auffällige Blau, das an Hitler immer hervorgehoben wurde und das man leider auf den

Schwarz-Weiß-Aufnahmen nicht erkennen konnte. Aber Schalk vermisste dennoch das Hypnotische in Arthurs Augen, das, was Hitler immer nachgesagt worden war: dass der Diktator jeden, der mit ihm sprach, nur mit dem Blick in seinen Bann schlagen konnte.

Nun, dafür gab es mehrere mögliche Erklärungen. Zum einen sahen Klone, entgegen allgemeiner Annahme, nicht immer einhundertprozentig so aus wie ihr Original. Kleinere Abweichungen waren möglich, so wie bei eineiigen Zwillingen ja auch. Moon hatte ihr und Bernd das immer wieder gesagt. Zum anderen war das menschliche Gedächtnis ein trügerischer Kamerad. Menschen verklärten ihre Erinnerungen, mystifizierten, dichteten hinzu. Hitler war eine Ausnahmegestalt gewesen, die meisten Zeitzeugenberichte stammten aus einer Epoche, in der er bereits eine Berühmtheit gewesen war. Wer konnte dem Führer gegenüber da noch objektiv sein?

Arthur rauchte weiter, während sie in Richtung Innenstadt fuhren. Sie ließ ihn gewähren, obwohl sie Zigarettenrauch hasste, vor allem in ihrem Auto.

Arthur inspizierte interessiert ihren Wagen.

»Elektro.« Sie zuckte mit den Schultern. »Unsere linke Regierung hat mich mehr oder weniger dazu gezwungen, meinen Verbrenner aufzugeben.«

Als er nichts sagte, redete sie weiter, um die Stille zu füllen. »Ich habe dir eine Wohnung in Prenzlauer Berg besorgt. Im Bötzowkiez. Wird dir gefallen. Altbau, Stuck, drei Zimmer, Balkon. Du hast jede Menge Platz.«

Er schwieg weiter und blickte aus dem Fenster. Sie fuhren durch Neukölln. Die türkischen und arabischen Läden rauschten an ihnen vorbei, getunte Teslas und BMWs mit modifiziertem künstlichen E-Motorensound dröhnten die

Straße hinunter, bärtige dunkelhäutige Männer am Steuer, die Haare eigenwillig rasiert und zurückgekämmt. Alina Schalk spürte die Blicke aus den dunklen Augen auf sich, und sie musste gegen ihre Verachtung ankämpfen. Neukölln war der Abschaum Berlins, ein verlorener Stadtteil. Die ganze Stadt war verloren, eine Failed City, der nicht funktionierende Teil Deutschlands, wie es sogar einmal ein Grünen-Politiker formuliert hatte. Aber all das würde sich ändern. Sehr bald schon.

»Warum hast du mich zurückgeholt?«, fragte er. Seine Stimme war teilnahmslos. »Warum jetzt?«

Er sah sie von der Seite an, die Falte zwischen seinen Augenbrauen war bemerkenswert tief für sein Alter. Für einen Moment erkannte sie in seinem Gesicht einen Anflug von unbändiger Wut. Gut. Die Wut war Hitlers Lebensantrieb gewesen.

»Es war notwendig«, sagte sie ruhig. »Meinst du nicht? Nach Baghuz?«

Fast unmerklich zuckte er zusammen, als sie den Namen des Dorfes aussprach. Eigentlich hatte sie ihn noch eine Weile in Syrien lassen wollen. Aber nach dem Massaker hatte sie die Notbremse ziehen müssen. Sie hatte ihm mit Geldentzug drohen müssen, damit er zurückkam.

»Es ist besser so, Arthur. Glaub mir. Komm erst einmal wieder an. Akklimatisier dich. Außerdem würde Bernd dich gerne kennenlernen und dir etwas vorschlagen. Er lässt Grüße ausrichten.«

Arthur kannte Bernd Sörensen nur aus ihren Erzählungen – und natürlich aus den Nachrichten. Er wusste von Alinas politischen Aktivität, er kannte den »Deutschen Weg«, aber sie hatte es auf Geheiß von Sörensen stets vermieden, mit Arthur darüber zu sprechen. Es war zu früh gewesen, Hitler hatte als Jugendlicher auch noch keinerlei politisches Interesse oder Aktivitäten gezeigt. So hatte Sörensen es bisher auch abgelehnt, Arthur persönlich zu treffen. Er war sehr bedacht darauf, die Entwicklung des Jungen nicht in falsche Bahnen zu lenken. Nachdem Arthurs Vater »verunglückt« war, hätte der Junge jeden neuen Mann in seinem Leben als Vaterfigur akzeptiert – so jedenfalls Sörensens Sorge. Schalk fand es etwas übertrieben, aber so war Bernd nun mal: hochneurotisch.

Arthur kramte in seinem Rucksack, er war alles, was er an Gepäck hatte.

»Hast du viel gezeichnet?«, fragte sie.

Die Metallrolle an der Seite des Rucksacks war ihr sofort aufgefallen. Doch sie wusste es ohnehin von Andrew, wie sie alles wusste, was Arthur in diesen vier Jahren in Syrien getan hatte. Andrew, von dem Arthur dachte, dass er sein Freund und Kamerad sei. Der in Wahrheit von ihr und Bernd beauftragt worden war, Arthur zu beschützen – und zu überwachen.

Es war ihm sichtlich unangenehm, als sie ihn auf seine Zeichnungen ansprach, aber Alina Schalk spürte auch, wie etwas in ihm danach gefragt werden wollte. Er hatte die Ablehnung an der Kunsthochschule nie verwunden. Was er nicht wusste: Er hätte es eigentlich geschafft. Aber sie hatte dafür gesorgt, dass man ihm eine Absage erteilte. So sollte es sein, so war es auch dem jungen Adolf Hitler widerfahren.

Es war nicht schwer gewesen, der Direktor der Hochschule war mit seiner billigen kleinen Sekretärinnen-Affäre leicht erpressbar gewesen.

Arthur brauchte diese Erfahrung, um seinen Hass auf die Eliten, die Lehrer, die vermeintlich Gebildeteren und Besseren zu entwickeln.

Arthur war ein Eigenbrötler, versponnen, misstrauisch und absolut. Aber er war auch stolz, arrogant und narzisstisch. Er wollte die Bühne. Er wusste es nur noch nicht. Doch das würde sich bald ändern.

»Ein wenig«, sagte er und steckte sich eine weitere Zigarette an. Sie wusste, dass Zeichnen ihm alles bedeutete. Die hohe Kunst. Und er ahnte vermutlich, dass die Bilder das Tor zu seiner Seele waren. Er wollte nicht, dass jemand hindurchschaute.

Arthur zögerte kurz, aber dann öffnete er die Rolle und zog die Blätter heraus, seine Miene war voller Selbstkritik. Zögernd hielt er sie Alina Schalk hin, die sie beim Fahren betrachtete.

Das oberste war eine Bleistiftzeichnung. Darauf war ein junger Mann zu sehen: Es war Wadi. Sie versuchte, sich nicht anmerken zu lassen, dass sie ihn erkannte. Auch Wadi war, wie Andrew, gekauft. Auf dem Bild posierte er mit Kalaschnikow und Zigarette. Es sah ein wenig albern aus, machomännliches Kriegsgehabe, *Stahlgewitter* für Arme.

»Wer ist das?«, fragte sie.

»Wadi. Er war mein Kamerad. Mein Bruder.«

Die Erfahrung der Kameradschaft war wichtig für seine Entwicklung. Immer wieder hatte Hitler auf seine Erlebnisse im Ersten Weltkrieg verwiesen, wie wichtig die Verbundenheit mit den anderen Soldaten in seinem Regiment für ihn gewesen war. Die absolut ergeben und treu mit ihm zusammen für die gemeinsame Sache kämpften. Eine Erfahrung, die prägte, wie er die NSDAP formte und führte.

»Die Zeichnung ist gut«, sagte Alina Schalk anerkennend. Das war nicht gelogen. Arthur hatte ein genaues Auge, einen feinen Strich, der das Wesentliche herausarbeitete.

Er sah sie prüfend an.

Sie spürte seine Unsicherheit und schaute ihm ins Gesicht. »Richtig gut.«

»Danke.« Er packte die Zeichnungen wieder ein. »Ich habe viel gearbeitet in Syrien. Ich bin besser geworden.«

»Hast du auch fotografiert?«

»Ich hasse Fotos. Sie sind immer wieder nur enttäuschend. Ich habe auch versucht, Aquarelle zu machen, aber das war zu aufwendig an der Front. Ich habe mir vorgenommen, hier in Öl zu malen.«

Sie nickte, obwohl sie genau wusste, dass er das nicht tun würde – dafür würden sie sorgen. Es gab jetzt Wichtigeres als Malen.

Sie waren in Prenzlauer Berg angekommen. Langsam steuerte sie den Wagen in die Bötzowstraße.

Arthurs politische Erziehung stand bevor. So wie die von Hitler, nach dem Krieg, in seinen Jahren in München. Bald musste er eine Partei führen.

Dann ein Volk.

Und irgendwann ein Reich.

2

Berlin, 2033

Mara trank ihren Kaffee, der Campingkocher neben ihr war noch warm. Es war schon nach ein Uhr Mittag. Seit zwei Stunden wartete sie bereits vor dem Campus der Universität der Künste. Nur vereinzelt waren Studenten zu sehen. Noch. Gleich gingen die Morgenvorlesungen zu Ende. Würde sie die Brüder finden in den Menschenmassen?

Das altehrwürdige Universitätsgebäude lag im Stadtteil Charlottenburg, nicht weit vom Tiergarten, wo sie mit Kurt, ihrem Rauhaardackel, vorhin ausgiebig Gassi gegangen war und wo sie die Nacht verbracht hatte – im Bauch ihres VW-Busses, in dem sie jetzt saß und durch dessen Scheibe sie den Campus beobachtete. Sie hing an dem Wagen, die Frage war nur, wie lange sie damit noch fahren durfte. Schon jetzt drückten die hohen Steuerabgaben für Verbrenner empfindlich auf ihre Geldbörse.

Sie warf einen Blick nach hinten in den Laderaum: Kurt lag eingerollt in seinem Korb und schlief. Gut. Sie fühlte sich etwas schuldig, dass sie dem Hund auf seine alten Tage noch diese Strapazen zumutete. Er mochte keine langen Autobahnfahrten. Normalerweise ließ sie ihn zu Hause in München und bat Freunde, sich um ihn zu kümmern – so kurzfristig hatte sie jedoch niemanden gefunden.

Sie und Kurt waren müde, weil die Nacht unruhig gewesen war. Die feiernden Teenager mit ihrem Deutsch-Rap und ihrem Geschrei. Später waren auch noch Rechte dazugekommen, vermutlich Mitglieder des »Jungen Wegs«, und es hatte Ärger zwischen den beiden Gruppen gegeben.

In wenigen Wochen waren Bundestagswahlen, doch die Jugendorganisation des Deutschen Wegs war jetzt schon aktiv dabei, die Städte mit Plakaten zuzukleistern. »Islamunterricht? Nicht an unseren Schulen!« – »Burkas? Wir stehen auf Bikinis« – »Der Deutsche Weg, der einzige Weg«. Und dann unzählige »Bernd-statt-Börek«-Plakate, auf denen Parteichef Bernd Sörensen die Arme in Siegerpose hochreckte. Auf nicht wenigen von ihnen war er umgehend mit Hitler-Bärtchen verziert worden.

Die Junger-Weg-Leute hatten offenbar die Gangsta-Rap-Halbstarken dabei überrascht, wie sie ihre Wahlplakate beschmierten. Nach schier endlosem Geschrei kam die Polizei und löste das Ganze auf. Aber immerhin: Niemand hatte sie von ihrem Schlafplatz verscheucht.

Sie hatte ein zwiespältiges Verhältnis zu Berlin. Einerseits fand sie die Stadt interessant und aufregend. Andererseits war sie nach so vielen Jahren im beschaulichen München diese Rauheit, den Müll und das Chaos nicht mehr gewohnt. Offenbar war selbst das früher so aufgeräumte Charlottenburg im Abstieg begriffen.

Jetzt strömten größere Massen aus den Eingangstoren. Mara stellte ihren Kaffee ab und stieg vorsichtig aus dem Bus, um Kurt nicht zu wecken. Langsam lief sie auf den Campus zu.

Alles, was sie hatte, waren einige Fotos der Zwillinge. Sie zeigten die beiden als Teenager. Heute waren sie zweiundzwanzig, ihr Geburtstag lag noch nicht lange zurück. Junge Männer. Würde sie sie erkennen? Die Uni war ihre einzige Anlaufstelle. Im Adressbuch standen beide nicht, die

Adresse der Eltern half ihr nicht weiter. Von ihrem Informanten wusste sie nur, dass die beiden hier studierten. Von ihm hatte sie auch die Fotos bekommen.

Mara lief langsam umher, die Gesichter der Studenten musternd. Viele trugen Mappen oder Zeichenrollen, andere Instrumentenkoffer. Einer der Brüder studierte Musik, der andere Kunst.

Es wurden immer mehr Studenten. Vielleicht waren die beiden heute auch gar nicht an der Uni? Jetzt erst merkte Mara, dass sie sich vielleicht besser hätte vorbereiten sollen. Aber die Information mit dem Hinweis auf die Brüder war erst vor zwei Tagen in ihrem anonymen Krypto-Postfach gelandet.

Endlich hatte sie eine Spur nach Deutschland. Endlich konnte sie den Fall Moon Dong-soo damit auch für deutsche Leser relevant machen. Sie brauchte diese Geschichte. Dringend. Und vor allem das Geld. Sie konnte von ihren Honoraren kaum die Miete bezahlen.

Mara versuchte, möglichst unauffällig die Gesichter der Studenten zu scannen – was ihr nicht ganz gelang. Sie spürte die neugierigen Blicke. Klar, sie fiel auf mit ihren vierundvierzig Jahren. Womöglich hielten sie sie für eine übergriffige Helikopter-Mutter, die ihrer Tochter auflauerte. Wobei, sie könnte doch auch einfach eine Dozentin sein? Nein, sie sah nicht wirklich wie eine Dozentin aus, ungeduscht, die Haare sicher noch zerzauster als sonst.

Während sie weiter über den Campus strich und sich vorkam wie ein Alien, überlegte sie, wie sie die Brüder ansprechen sollte.

Wie würde sie reagieren, wenn ihr ein Fremder private Fotos aus Kindertagen unter die Nase hielte? Es würde nicht leicht werden, überhaupt mit den beiden ins Gespräch zu kommen. Und dann ging es ja auch nicht um irgendein Thema.

Aber Mara würde nicht so leicht aufgeben. Sie sah sich schon eine weitere Nacht im VW-Bus verbringen und vielleicht noch eine weitere.

Die beiden Brüder sahen sich ähnlich, jedenfalls auf den Teenie-Bildern, über die sie noch einige Lebensjahre, mögliche andere Frisuren, Bärte, Piercings und Sonnenbrillen legen musste.

Seit mehr als zehn Minuten lief sie nun über den Campus. Sollte sie jemanden nach den Wohlpflugs fragen? Damit aber würde sie noch mehr Aufmerksamkeit erregen.

Plötzlich schlug etwas in ihr Alarm. Sie war gerade an einer Gruppe Studenten vorbeigegangen. Ein paar Meter weiter blieb Mara stehen. Es waren vier Männer und drei Frauen. Einen der Männer erkannte sie. Er war hagerer als auf den Fotos und trug einen dünnen Schnurrbart, aber er war es, ohne Frage: Robin Wohlpflug. Robin hatte glatte dunkelbraune Haare, die er zu einem Zopf gebunden trug. Ein Hoodie schlabberte um seinen dünnen Oberkörper, eine schwarze Hose umhüllte die Beine.

Schnell checkte sie noch einmal die anderen Gesichter und fand auch Friedrich Wohlpflug.

Beide Brüder hatten helle blaue Augen, waren mittelgroß, etwa ein Meter siebzig. Doch Friedrichs Haare waren heller und kürzer, und vor allem wirkte er positiver als Robin, der schwermütig schien, mit seinen dunklen Klamotten, seinem ernsten Gesicht und den nach vorne gezogenen Schultern. Friedrich hingegen lächelte viel, trug blaue Jeans und ein grünes Hemd. Um seine Schulter hatte er eine Bilderrolle geschnallt, wie einige der anderen Studenten, mit denen er und sein Bruder zusammenstanden. Einen Arm hatte Friedrich um eine junge Frau gelegt. Sie hatte lange nussbraune Haare und sehr helle Haut. Die breiten Augenbrauen über ihrer Brille setzten einen starken Akzent in ihrem fein geschnittenen Gesicht. Das Mädchen sprach nicht viel, hörte aufmerksam zu, während die Brüder lebhaft diskutierten.

Während Mara überlegte, wie sie nun vorgehen sollte, verabschiedete sich ein Teil der Gruppe, und Friedrich, Robin und die junge Frau blieben alleine zurück.

War das ihre Chance? Sie zögerte immer noch. Mara hätte gerne beim ersten Kontakt die Brüder alleine erwischt. Außerdem schien die Stimmung zwischen den beiden mit einem Mal angespannt. Ob die anderen deswegen so plötzlich gegangen waren? Mara konnte nicht verstehen, was gesprochen wurde, aber Robin ging seinen Bruder wegen irgendetwas an. Sein Kopf war vorgereckt, der Blick starr auf Friedrich gerichtet, mit dem Finger zeigte er immer wieder auf seinen Bruder.

Jetzt sagte auch die Frau etwas. Sie redete auf Robin ein, schien ihn beruhigen zu wollen. Auch Friedrichs Gesicht verdüsterte sich nun, und mit einer schnellen Bewegung schwang er seine Bilderrolle vom Rücken und öffnete sie. Er entnahm ihr ein Bild und rollte es auf dem Boden aus – Mara konnte nicht erkennen, was darauf zu sehen war.

Robin betrachtete es eine Weile, dann drehte er sich um und ging. Friedrich machte keinerlei Anstalten, ihm hinterherzulaufen. Schließlich folgte die junge Frau Robin und versuchte, ihn zurückzuholen.

Kein guter Moment für ihr Vorhaben. Was sollte sie tun? Warten, bis sich die Wogen glätteten? Zumal: Auch ihre Nachrichten würde die Laune der beiden kaum heben. Es wäre besser, wenn sie die in entspanntem Zustand hörten.

Aber wer wusste, ob sie eine bessere Gelegenheit bekommen würde?

Widerwillig hatte Robin sich von der jungen Frau zum Umkehren bewegen lassen und stand nun wieder bei seinem Bruder.

Mara griff in ihre Tasche und fühlte nach der Mappe und ihrem Tablet. Dann holte sie tief Luft und ging langsam auf die Dreiergruppe zu.

Die drei bemerkten sie zunächst gar nicht, so sehr waren sie in ihr Streitgespräch vertieft.

»Wir hatten eine Abmachung!«, zischte Robin. »Du hättest jede andere Szene malen können. Jede andere. Aber nein, ausgerechnet das musstest du dir für deine Abschlussarbeit aussuchen!«

»Es ist einfach aus mir rausgekommen, okay?«, verteidigte sich Friedrich. »Kannst du bitte aufhören, immer den Moralapostel zu spielen? Niemand weiß, was das Bild bedeutet!«

»Robin«, sagte die Frau. »Friedrich war nicht illoyal. Ich war dabei. So ist das doch in der Kunst, so was hat man nicht unter Kontrolle.«

»Was weißt du denn schon von Kunst!«, fuhr Robin sie an.

Die Frau wich erschrocken zurück.

Mara stand nun vor ihnen. Die junge Frau bemerkte sie zuerst.

»Hallo«, begann Mara verlegen. »Sorry, wenn ich Sie störe. Sie sind Robin und Friedrich Wohlpflug?«

Die Brüder, die sie bis jetzt gar nicht wahrgenommen hatten, sahen sie abwartend an.

»Wer sind Sie?«, fragte Friedrich.

»Oh. Stimmt, ich sollte mich zuerst vorstellen. Mara

Erhardt. Journalistin. Ich arbeite für die *Süddeutsche Zeitung.*«

Ratlos zuckten die drei die Schultern und schwiegen.

»Woher wissen Sie, wie wir heißen?«, sagte Robin schließlich. Seine Stimme war tiefer, als sein Äußeres vermuten ließ. Er sprach ruhig, aber seine Resolutheit und seine Autorität waren unüberhörbar und überraschend für einen so jungen Mann.

»Wenn Sie ein paar Minuten Zeit hätten – ich würde Ihnen gerne etwas zeigen.«

Unsicherheit machte sich in Mara breit, und das gefiel ihr gar nicht. Gerade beim Erstkontakt mit wichtigen Informanten war Selbstsicherheit ein entscheidender Faktor. Die ersten Sekunden entschieden darüber, ob ein Gesprächspartner ihr vertrauen würde oder nicht.

Sie straffte die Schultern, verlagerte ihr Gewicht gleichmäßig auf Fersen und Zehenballen und zwang sich, Augenkontakt zu halten. Dann fischte sie ihr Tablet aus der Tasche. Als sie es auffalten wollte, rutschte es ihr aus der Hand und fiel zu Boden.

Friedrich kam ihr zuvor und hob es auf. Das bruchfeste Display zeigte mehrere Fotografien. Innerlich fluchte Mara, dass sie sie offen gelassen hatte. Die beiden mussten sie für eine Art Stalkerin halten. Tatsächlich blickte Friedrich sie verstört an.

Robins Blick fiel auf eine Fotografie am unteren Rand. Sie zeigte ein Segelboot. An seiner Miene sah Mara, dass er es sofort erkannte.

An der Reling stand ein Paar, das zwei kleine Jungen im Alter von höchstens zwei Jahren in den Armen hielt. Sie trugen kurze Sachen und Sonnenbrillen, die langen kupferfarbenen Haare der Frau wehten im Wind.

In den kindlichen Zügen der beiden Jungen konnte man schon die Gesichter von Robin und Friedrich erahnen. Beide trugen T-Shirts mit Spongebob darauf. Sie lachten in die Kamera, und Friedrich zeigte in Richtung des Fotografen.

»Woher haben Sie das?«, fragte Robin mit harter Stimme.

Mara zögerte. Jetzt kam es auf die richtigen Worte an.

»Sie kennen dieses Foto, nicht wahr?«

Friedrich nickte langsam. Etwas in seinem Gesicht verdüsterte sich. Nervös blickte er zur Seite, auf sein Bild, das immer noch ausgerollt auf dem Boden lag und das der Anlass für den Streit mit Robin gewesen war.

Jetzt erst erkannte Mara, was darauf zu sehen war: ein Segelschiff, aus einer ungewöhnlichen Perspektive dargestellt. Steil von unten, mit dem Blick von jemandem, der ein paar Meter neben dem Schiff schwamm.

Sie fühlte ein Prickeln im Nacken.

»Das Foto wurde auf Korfu aufgenommen«, sagte Robin und spießte sie förmlich mit seinem Blick auf. »Wir waren damals zwei Jahre alt.«

Sie versuchte, den Blick zu halten, was ihr sehr schwerfiel. Es fühlte sich an, als sehe Robin hinter ihr Gesicht, als könne er alle ihre Geheimnisse lesen, jede Halbwahrheit, jede Lüge erspüren.

»Das seid nicht ihr auf dem Foto«, sagte sie.

Die Brüder sahen erst sie und dann sich gegenseitig an.

Sie tippte auf das Foto und rief die Exif-Metadaten des Bildes auf. Eine lange Tabelle mit vielen Einträgen erschien auf dem Display.

Marke: Panasonic
Modell: DMC-FZ28
Exif/Version: 2.21

Maras Finger suchte in der Tabelle die Zeile mit der Kennung *»DateTimeOriginal«*, dem Aufnahmedatum des Bildes.

»Hier«, sagte sie und gab Robin ihr Tablet.

Als er den Eintrag sah, weiteten sich seine Augen. Dort stand:

2010:07:17 11:01:17

»Das Foto wurde am 17. Juli 2010 aufgenommen«, sagte sie. »Eine Minute und siebzehn Sekunden nach elf. Ihr wart im Jahr 2010 noch gar nicht geboren.«

Ein Raum ohne Fenster. Grelles Neonlicht auf weißen Betonwänden. Etwas ist passiert, denkt er – und wundert sich zugleich, dass er noch denken kann. Ein feines Summen tief in seinen Ohren. Er denkt, dass dies wahrscheinlich der letzte Gedanke seines Lebens ist. Er denkt, dass dieses Bild wahrscheinlich das letzte seines Lebens ist. Aber nein. Sein Blick fällt auf ein Sofa. Darauf erkennt er Muster, Figuren, Tiere. Er sieht einen Körper. Eine Frau. Ihre Augen sind geschlossen, ihr Kopf liegt auf seiner Schulter. Schläft sie? Oder ist sie schon tot? Die Erkenntnis beruhigt ihn, und er weiß, dass auch er gleich gehen wird.

Der Kampf ist zu Ende.

Er hört etwas. Tok, tok, tok. Ganz leise. Flüssigkeit tropft auf den Boden.

Er begreift: Es tropft aus seinem Kopf.

3

Seoul, 2007

Siam Biotech lag an einer Ausfallstraße am Rand von Seoul. Ein grauer, funktionaler Bau, der dennoch etwas von einer Burg hatte. Als wolle er jeden warnen, der sich ihm näherte.

Durch die Scheiben des Taxis sah Alina Schalk den Bau näher kommen. Die riesigen Werbeplakate fielen ihr auf, die Apples iPhone bewarben. Sie besaß natürlich längst eines.

Der Fahrer, der gut Englisch sprach, hatte sofort gewusst, wo er hinmusste, als Sörensen den Namen des Instituts aussprach. Moon Dong-soo war offenbar noch immer eine Berühmtheit in Südkorea, trotz allem, was er sich geleistet hatte.

»Du bist sicher, dass wir ihm trauen können?«, fragte sie Sörensen, der neben ihr auf der Rückbank saß.

Alina sprach leise. Es war zwar unwahrscheinlich, dass der Taxifahrer Deutsch verstand, aber sie war, wie immer, vorsichtig.

Sörensen warf ihr einen kurzen Blick zu. »Willst du jetzt etwa noch einen Rückzieher machen?«

Es war nur ein leiser Unterton in seiner Stimme, aber er reichte, um sie zu alarmieren. Bernd Sörensen wurde selten wütend, nach außen hin blieb er stets unglaublich gefasst. Die emotionalen Ausbrüche, die sie mit ihm erlebt hatte, konnte sie an einer Hand abzählen.

»Claude war von Anfang an dagegen gewesen, Moon zu beauftragen«, sagte sie. »Ich frage mich nur, warum?«

»Ach, Claude …« Sörensen zischte verächtlich. »Warum? Weil er ein Narzisst ist. Weil er glaubt, dass er alles weiß und alles kann. Er hat keine Ahnung. Du hast doch gesehen, dass seine Wissenschaftler Dilettanten waren.«

»Moon hat immerhin einen der größten Forschungsskandale aller Zeiten verursacht«, sagte Alina Schalk.

»Mag sein. Aber seine Expertise beim Klonen ist unbestritten. Das haben Claude und die anderen Spinner nie begriffen. Immer haben sie groß getönt, aber was ist denn wirklich passiert? Nichts. Claude hat sich mit diesem Griechen eingelassen, der ihm das Blaue vom Himmel versprochen hat. Nichts hat dieser Kretin zustande gekriegt. So viel zu Claudes Instinkt. Das einzig Gute an diesem Spinner war, dass ich über ihn an das Material gekommen bin. Allein dafür hat es sich gelohnt, ihn und seine Ufo-Heinis zu ertragen.«

Während Sörensen das sagte, griff er in seine Umhängetasche und fühlte nach der Plastikschale, in der er die Zahnbrücke aufbewahrte. Wie erwartet hatte er sie bei der Sicherheitsprüfung am Flughafen vorzeigen müssen. Die Beamten hatten die Gesichter vor Ekel verzogen, als sie das gelbliche Ding betrachteten. Sörensen hatte sie nur angegrinst und dabei seine hintere Zahnlücke entblößt. Er hatte sich tatsächlich extra einen gesunden Backenzahn ziehen lassen, nur um keinen Verdacht zu erregen.

Sie schwieg. Er war tiefer in den biologischen Details drin als sie. Sie vertraute ihm, wie sie ihm immer vertraut hatte. Und er hatte recht, was den Dilettantismus der Raëlianer betraf. Den hatte sie am eigenen Leib erfahren, als sie Sörensen dabei geholfen hatte, Claude Vorilhon, den Gründer der

Sekte, um exakt 22,6 Millionen Euro zu erleichtern. Sie, die studierte Juristin, hatte dafür einfach nur den Immobiliendeal in Nova Scotia fälschen müssen. Mit dem Geld hatten die Raëlianer mehr Grund und Boden für ein neues Hauptquartier kaufen wollen. Sie und Sörensen waren mit dem Projekt betraut worden. Es war kinderleicht gewesen, das Geld auf ihre eigenen Konten umzuleiten.

Strafverfolgung brauchten sie nicht zu befürchten, Claude würde kaum zur Polizei gehen. Das Geld stammte aus Drogengeschäften.

Nun waren Sörensen und sie finanziell gerüstet. Nicht nur für das Projekt Erneuerung, sondern vor allem für den Ausbau der Partei.

Auf dem Flug waren sie die Geschichte noch einmal durchgegangen, die sie sich für Moon überlegt hatten: Sie handelten im Auftrag einer reichen deutschen Dynastie, die anonym bleiben wollte. Geld spielte selbstverständlich keine Rolle, auch die Leihmutter würde gestellt werden, Nachfragen seien unerwünscht. Aber Moon würde nachfragen, vor allem wenn er das Ausgangsmaterial sah, das nicht von einem toten Kind stammte, wie das normalerweise der Fall war.

Der Pförtner empfing sie. Sie stellten sich als Herr und Frau Jung vor und durften passieren.

Eine kleine Anhöhe führte hinauf zum Haupteingang des Gebäudes. Davor lag eine große Wiese, auf der einige Hunde herumtollten, es waren drei Beagle, sehr schöne Hunde und noch ganz jung. Mitarbeiter in blauen Overalls standen rauchend am Rand und beobachteten die Tiere. Als sich Alina Schalk und Bernd Sörensen näherten, kamen die Hunde auf sie zugestürmt und sprangen an ihnen hoch. Sörensen mochte keine Hunde. Aber Alina Schalk streichelte sie, dabei fiel ihr die frappierende Ähnlichkeit der drei Welpen auf. Sie hatten alle eine identische Fellmusterung. Schließlich zogen die Bediensteten in den blauen Overalls die Hunde wieder von ihnen weg.

Ein Mitarbeiter Moons empfing sie und stellte sich ihnen als Jae vor. Er sah aus wie Anfang zwanzig.

»Professor Moon ist noch in einer Besprechung«, sagte Jae in perfektem Englisch. »Es wird noch ein Weilchen dauern. Er bat mich, Ihnen solange die Einrichtung zu zeigen, wenn Sie mögen.«

Ohne ihre Antwort abzuwarten, schritt Jae schon voran. Alles war sehr nüchtern und funktional, es hätte irgendein Bürogebäude sein können. Doch dann, als sie mit dem Aufzug in den ersten Stock fuhren, änderte sich die Szenerie.

»Hier sind die Labors, in denen wir an Stammzelltherapien forschen. In den Räumen am Ende des Flurs produzieren wir die transgenen Tiermodelle für alle möglichen Krankheiten: Schizophrenie, Diabetes, Alzheimer, Multiple Sklerose ...«

Es schien nicht das erste Mal zu sein, dass Jae diesen Vortrag hielt. Sörensen und Schalk hasteten an hell gestrichenen Türen vorbei. Durch die Sichtfenster sahen sie Menschen in Schutzanzügen mit Pipetten hantieren oder an Bildschirmen sitzen, die an Mikroskope gekoppelt waren.

Alina Schalk fragte sich, wie lukrativ es war, was Moon hier tat.

Als hätte Jae ihre Gedanken erraten, sagte er: »Wie Sie sicherlich wissen, erhalten wir keine öffentlichen Fördermittel und sind zu einhundert Prozent eigenfinanziert.«

Jae sparte sich jegliche Erklärung. Er ging davon aus,

dass jeder, der hierherkam, über Moons Skandal Bescheid wusste.

»Mit den Tiermodellen erzielen wir etwa ein Drittel unserer Einkünfte. Das Geschäft mit den Hunden ist ebenfalls sehr einträglich.«

Das Geschäft mit Homo sapiens sicherlich auch, dachte Alina Schalk.

»Wo produzieren Sie die Hunde?«

»Die haben wir in einem anderen Trakt des Gebäudes untergebracht. Aus Hygienegründen«, sagte Jae, während er sie schnellen Schrittes weiter durch die Gänge führte. »Hier befindet sich nun der OP, wo wir die Eizellen entnehmen und die Embryonen einsetzen. Links sehen Sie die Kryoräume, in denen die überzähligen Embryonen lagern.«

Moon wusste, dass er unter verschärfter Beobachtung stand. Schalk ging davon aus, dass die koreanischen Behörden Kenntnis davon hatten, was er hier tat. Das Klonen von Menschen war in Südkorea, wie in vielen anderen Staaten der Erde auch, offiziell zwar verboten. Aber Moon hatte wohl einen Weg gefunden, es zu betreiben, ohne sich angreifbar zu machen.

Die Entnahme von Eizellen und das Einsetzen von Embryonen waren nicht verboten, es war Routine in Kinderwunschzentren im Rahmen einer künstlichen Befruchtung. Die verbotene Prozedur war der Klonprozess selbst: die Entnahme des Kerns der Spenderzelle des zu vervielfältigenden Menschen und ihr Einsetzen in eine leere Eizelle.

Sörensen hatte ihr erzählt, dass Moon diesen illegalen Schritt in einem unterirdischen Labor in der demilitarisierten Zone im Grenzgebiet zwischen Nord- und Südkorea durchführte. Die Genehmigung dafür hatte er offenbar von dem nordkoreanischen Diktator Kim Jong-il direkt erhalten.

Der hatte, so munkelte man, im Gegenzug dafür einen Klon von sich bei Moon anfertigen lassen. Aber das war nur ein Gerücht.

Natürlich hätten die südkoreanischen Behörden Moon, wenn sie wollten, das Leben schwer machen können. Aber sie ließen ihn gewähren. Denn Steuern zahlte er noch immer, sicherlich nicht zu knapp. Außerdem ließ der südkoreanische Staat bei Moon – und das war kein Gerücht – seit Jahren seine besten Polizei- und Zoll-Spürhunde klonen.

Sie kamen wieder ins Erdgeschoss. Jae führte sie zu einer Tür, an der »Warteraum« stand. Etwa zwanzig Personen befanden sich darin.

»Ich muss Sie bitten, noch kurz Platz zu nehmen. Es wird Sie gleich jemand abholen.«

Sie hängten ihre Jacken an den Kleiderständer und setzten sich. Kaum jemand nahm von ihr und Sörensen Notiz. Die meisten Wartenden starrten auf den Fernseher an der Wand, der lautlos gestellt war. Er zeigte einen Werbeclip von Siam Biotech: niedliche Hundewelpen, die ihren Herrchen und Frauchen glücklich in die Arme sprangen. »So you want to see your loved ones again?«, waren die Bilder englisch untertitelt. »Siam Biotech – we are here to help«.

Den Gesichtern und der Kleidung nach zu urteilen, hatte Moon Dong-soo Kunden aus aller Welt. Die Mehrheit der Wartenden waren Paare, aber Alina Schalk sah auch drei Frauen ohne Mann im Wartesaal sitzen. Sie blickte in viele ernste und traurige Gesichter – was sie nicht verwunderte, wenn man bedachte, dass die meisten nicht wegen eines toten Hundes gekommen waren. Sondern wegen eines toten Kindes.

Sie bemerkte, dass Bernd Sörensen nervös war. Es gefiel ihm nicht, dass sie hier so exponiert sitzen mussten. Sie würden nicht auffallen, sie waren einfach ein weiteres Paar um die dreißig, das bei Professor Moon ein Kind bestellen wollte, vielleicht auch nur einen Hund. Doch Bernd Sörensen war immer sehr, sehr vorsichtig. Sie sagte etwas zu ihm, aber er bedeutete ihr zu schweigen. Hatte er Angst, dass hier jemand Deutsch verstand? Manchmal war sein neurotisches Verhalten selbst für sie schwer zu ertragen. Sie seufzte leise. Das Ding war nur: Meist lag er richtig. Weswegen sie ihre Genervtheit herunterschluckte und seine Autorität und seinen Führungsanspruch respektierte.

Sie holte ihr iPhone aus der Tasche. Nie zuvor hatte sie ein derart schönes Stück Technik in der Hand gehabt. Mit ihrem Finger strich sie fasziniert über das Touch-Display und begutachtete die Fotos, die sie damit gemacht hatte. Sie bemerkte, wie einige im Raum neugierig auf das Gerät starrten.

»Mister and Misses Patel«, sagte eine weiß gekleidete Arzthelferin lächelnd, und ein indisches Pärchen erhob sich. Die Frau trug einen Sari und viel Goldschmuck, der Mann einen teuer wirkenden Anzug. Die Helferin begleitete die beiden hinaus.

»Mister Jung? Misses Jung?«

Alina Schalk reagierte erst nicht auf den falschen Namen. Bernd Sörensen stand jedoch sofort auf und ging zu der Arzthelferin, die nun wieder am Eingang des Wartezimmers stand.

»Professor Moon wird Sie jetzt empfangen«, sagte sie. »Bitte folgen Sie mir.«

Sie führte sie in ein geräumiges Büro, das mit dunklem Teppich ausgelegt war. Ein großer runder Tisch mit mehreren Stühlen stand in der Mitte, am anderen Ende befand sich ein Schreibtisch, auf dem ein riesiger Monitor thronte. Zwei Ledersessel waren in einer Ecke des Raumes arrangiert.

Das Auffälligste in Moons Büro waren die vielen gerahmten Fotos an der Wand. Jedes von ihnen zeigte Hunde. Oft waren es Collagen von zwei nahezu identisch aussehenden Tieren. Unter fast jedem Bild stand etwas geschrieben, persönliche Nachrichten, Dankesschreiben seiner Kunden.

Moon erhob sich hinter seinem Schreibtisch, um sie zu begrüßen. Er war recht klein, vielleicht 1,60 Meter. Über einem feinen Nadelstreifenanzug trug er einen weißen Kittel, auf der Brusttasche war in Dunkelrosa »Siam Biotech« in Schreibschrift gestickt. Es wirkte kitschig und passte nicht zu dem respektablen Eindruck, den Moon auf sie machte mit seinen grau melierten Haaren, die er zu einem ordentlichen Scheitel frisiert hatte, und zu seinem freundlichen, wenn auch reservierten Gesichtsausdruck. Alina Schalk fiel auf, dass er deutlich älter aussah als auf den Fotos, die sie von ihm kannte. Einige Jahre war der Forschungsskandal jetzt her. Damals war sein Bild durch die Weltpresse gegangen. Der Mann, der hier vor ihnen stand, war deutlich gealtert im Vergleich zu dem Mann, der den hochkarätigsten Wissenschaftsmagazinen der Welt gefälschte Daten untergejubelt und seine Mitarbeiterinnen dazu gezwungen hatte, sich Eizellen entnehmen zu lassen, die er für seine Experimente verwenden konnte.

Moons Händedruck war sanft und betont kurz, dabei sah er einen kaum direkt an. Aber er tat das nicht aus Schüchternheit oder Unsicherheit. Es war das ehrliche Desinteresse der Arroganz.

Er bedeutete ihnen, sich an den Tisch zu setzen, eine Assistentin goss ihnen Wasser ein. Er sagte etwas auf Koreanisch zu ihr, und sie nickte.

Dann verließ sie den Raum, und sie waren alleine.

»Frau Jung, Herr Jung. Sie haben um ein persönliches

Gespräch gebeten«, sagte Moon mit sanfter Stimme. Er sprach Englisch mit einem starken Akzent, was nicht ganz leicht zu verstehen war. »Ich nehme an, dass Sie nicht wegen Ihres Hundes hier sind?«

Bernd Sörensen räusperte sich, bevor er sprach. »Das ist korrekt, Professor Moon.« Sörensens Englisch war gut, wenngleich auch bei ihm ein Akzent unüberhörbar war. »Wir wenden uns mit einem Anliegen an Sie, bei dem höchste Diskretion erforderlich ist.«

Moons Mundwinkel wanderten einen Millimeter nach oben. Die Andeutung eines Lächelns. Alina Schalk hatte das Gefühl, dass er sie beide nicht ganz ernst nahm.

»Ich arbeite immer diskret.«

»Natürlich, Professor Moon«, sagte Sörensen. »Bitte verstehen Sie uns nicht falsch. Es handelt sich nur um außergewöhnliche Umstände. Wir kommen in Vertretung von sehr wohlhabenden und einflussreichen Auftraggebern, die sehr um ihre Anonymität besorgt sind.«

»Dann geht es also nicht um Ihrer beider Kind?«, fragte Moon.

Sörensen lächelte schief und sah Alina Schalk kurz an. »Nein. Ich fürchte, es ist etwas komplexer.«

Moon nahm einen Schluck aus seinem Wasserglas. Es war Alina Schalk unmöglich, in seinem Gesicht zu lesen.

»Ich verstehe. Natürlich respektiere ich den Wunsch Ihrer Auftraggeber nach Anonymität. Allerdings ist es erforderlich, dass die Mutter für den Embryotransfer persönlich anwesend ist.«

»Das wird nicht nötig sein«, sagte Sörensen. »Der Klon soll von einer Leihmutter ausgetragen werden.«

Moon runzelte die Stirn.

»Das überrascht mich. Ich habe es bislang noch nicht

erlebt, dass eine Mutter nach dem Verlust des eigenen Kindes den Klon nicht selbst austragen wollte.«

»Professor Moon, wie ich bereits sagte, dieser Fall ist etwas anders gelagert.«

Der Koreaner blickte ihn einen Moment lang skeptisch an. »Wie alt ist die Leihmutter?«

»28«, sagte Sörensen nach kurzem Zögern. Mit der Frage hatte er nicht gerechnet.

Moon sagte nichts.

»Sie ist absolut vertrauenswürdig«, versicherte Sörensen, der annahm, dass Moon Vorbehalte hatte, weil eine externe Person in den Prozess involviert werden sollte.

»Haben Sie die Gewebeprobe mitgebracht?«

Sörensen nickte. Er holte das Plastikdöschen aus seiner Tasche, was Moon mit einem Stirnrunzeln quittierte.

»Haben Sie es etwa dort aufbewahrt?«, fragte er. »Hatten meine Mitarbeiter Sie nicht darüber informiert, dass Sie eine Kühlbox benötigen?«

Unbeirrt entnahm Bernd Sörensen nun aus seiner Jackentasche einen kleinen schwarzen Samtbeutel und zog eine kleine Folie heraus, die er sorgfältig auf der Tischplatte ausbreitete. Sie war etwa untertassengroß.

Moon beobachtete das Schauspiel sichtlich amüsiert.

Dann öffnete Sörensen das Döschen und entnahm ihm die Zahnbrücke, die er die ganze Zeit eng bei sich getragen hatte. An der Drahtkonstruktion war nur ein einziger Zahn befestigt. Er sah sehr unappetitlich aus mit seiner gelbbraunen Färbung und der abgenutzten Kaufläche. Mit bedächtigen Bewegungen entnahm Sörensen das Gebilde und legte es ehrfürchtig vor sich auf die Folie.

»Können Sie aus diesem Zahn einen Klon herstellen, Professor Moon?«

Moon sah Sörensen an, als sei er nicht bei Trost.

Dann griff der Wissenschaftler mit den Fingerspitzen die Brücke am äußersten Drahtende und hielt sich den Zahn wie ein zu inspizierendes Insekt dicht vors Gesicht.

Nachdem er den Zahn eine Weile begutachtet hatte, sagte er: »Das ist kein Kinderzahn.«

Er legte die Brücke wieder auf die Tischplatte.

Sörensen ignorierte seine Bemerkung.

»Können Sie daraus einen Klon herstellen?«

Moon blickte Sörensen mitleidig an. Unter seinen superreichen Kunden gab es hin und wieder Größenwahnsinnige.

»Sie sind nicht der Erste, der vorhat, sich selbst zu klonen«, sagte Moon schließlich seufzend. »Sie müssen wissen: Klonen ist kein Weg zur Unsterblichkeit. Ihr Auftraggeber«, Moon betonte das Wort so, dass nicht zu überhören war, was für Zweifel er an der Geschichte hatte, »weiß hoffentlich, dass ein Klon nicht das Abziehbild eines Menschen ist, sondern ein eigenständiges Individuum. Ein Klon ist wie ein Zwilling, der aus der Zeit gefallen ist.«

Sörensen nickte geduldig. Alina Schalk konnte sich unschwer vorstellen, was es ihn kostete, die Belehrungen Moons unkommentiert im Raum stehen zu lassen. Aber er schwieg, weil er den Wissenschaftler nicht verstimmen wollte. Schließlich brauchten sie ihn.

»Professor Moon, ich kann Ihnen versichern, dass Ihre Sorge unbegründet ist. Der Träger dieses Zahns ist bereits tot.« Sörensen lächelte leicht. »Er ist es schon eine ganze Weile.«

»Dann, fürchte ich, sind Sie umsonst hierhergekommen, Herr Jung«, sagte Moon. »Ich benötige frisches Gewebe, um einen Klon herzustellen.«

Sörensen nickte. »Das ist mir bekannt. Leider ist dieser Zahn die einzige Quelle.«

»Wie alt ist er?«

Sörensen zögerte kurz, bevor er antwortete. Innerhalb von Sekunden wog er ab, ob die Information etwas preisgeben würde, was er Moon gegenüber nicht preisgeben wollte.

»Das Alter der Gewebeprobe ist entscheidend«, sagte Moon, als hätte er seine Gedanken gelesen.

»Die Person, der dieser Zahn gehörte, starb vor etwa sechzig Jahren.«

Moon faltete die Hände.

»In diesem Fall muss ich Sie leider enttäuschen. Das wird nicht funktionieren. Tut mir leid. Meine Assistentin wird Sie hinausbegleiten.«

Er stand auf und streckte ihm die Hand hin.

Sörensen war überrascht von der brüsken Abweisung.

»Professor Moon. Sie sind der Beste Ihres Fachs. Ich weiß, diese Aufgabe erscheint unmöglich. Doch ich bitte Sie inständig: Versuchen Sie es wenigstens. Meine Auftraggeber sind bereit, Sie entsprechend zu entlohnen.«

Moon schüttelte den Kopf.

»Herr Jung, Sie verstehen nicht. Das Gewebe ist tot. Ich werde darin keine lebenden Zellen mehr finden. Ja, ich verstehe mein Handwerk, ich habe als Erster ein Rind geklont, nur ein Jahr nach Dolly. Ich bin auch der Erste gewesen, der einen Hund geklont hat – was inzwischen für mich Alltag ist, wie Sie sehen.« Er zeigte auf die Bilder an der Wand. »Und ich war der Erste, der einen Menschen geklont hat, ein verstorbenes Kind natürlich. Aber auch ich kann keine Wunder vollbringen. Nach dem Tod eines Individuums beginnt das Sterben der Zellen. Eine Woche Zeit bleibt maximal, dann ist auch die letzte der Billionen Körperzellen zugrunde gegangen. Deswegen bitten wir unsere Kunden, egal, ob es um einen Hund oder ein Kind geht, nach dem Tod schnell zu reagieren, sofort Gewebeproben zu entnehmen und sie kühl zu halten. Innerhalb einer Woche müssen diese Proben bei uns …«

»Fünf Millionen«, sagte Bernd Sörensen. »Euro.«

Moon erstarrte.

»Das ist das Hundertfache von dem, was Sie für einen Hund bekommen. Das Zwanzigfache, was Ihnen das Klonen eines toten Kindes einbringt. Und Sie brauchen das Geld.«

Moons Mundwinkel zuckte, es war nur der Bruchteil einer Sekunde, in der er sich nicht unter Kontrolle hatte. Dann hob er die Hand und schüttelte den Kopf. »Herr Jung, das ist zweifellos ein sehr großzügiges Angebot. Aber noch mal: Ohne lebende Zellen kann ich keinen Klon herstellen.«

»Versuchen Sie es!«

Sörensen hatte den letzten Satz in einem Befehlston gesagt, der Alina Schalk genauso erschreckte wie Moon Dongsoo. Für einen kurzen Augenblick hatte Sörensen die Contenance verloren. Etwas, das äußerst selten passierte.

Doch sofort hatte er sich wieder gefangen und fuhr in ruhigem Tonfall fort.

»Wenn Sie keine lebenden Zellen in dem Zahn finden, dann ist das eben so. Auch in diesem Fall werden Sie angemessen entlohnt werden: mit einer Million Euro.«

Es klopfte an der Tür, und Moons Assistentin trat ein. Moon blinzelte überrascht, er hatte wohl vergessen, dass er sie mit etwas beauftragt hatte. Das Gespräch mit Sörensen schien ihn also doch nicht so kaltzulassen, wie er den Anschein zu erwecken versuchte. Er überlegte kurz, dann nickte er seiner Assistentin zu, und wenig später trat eine Frau in einem weißen Kittel ein.

»Ich darf Ihnen meine Mitarbeiterin Park Seoyoung vorstellen«, sagte Moon. »Sie betreut viele meiner Kunden.«

Park war eine zierliche Frau, in etwa so groß wie Moon. Alina Schalk versuchte sie einzuschätzen. Eigentlich war sie gut darin, sich ein schnelles erstes Urteil über einen Menschen zu bilden. Aber an Park scheiterte sie. Die Wissenschaftlerin wirkte unscheinbar mit ihrer Brille, wie sie eher zu Boden blickte denn in die Augen ihrer Gesprächspartner. Als Alina Schalk ihr allerdings bei dem kurzen Händeschütteln für eine Sekunde in die Augen sah, war da doch etwas hinter dieser Brille, das sie aufmerken ließ. Das ist jemand, der daran gewöhnt ist, unterschätzt zu werden, dachte Schalk. Möglicherweise zu Unrecht.

Park war sehr dünn, und unter dem Kittel waren kaum weibliche Formen erkennbar. Auch ihr Alter konnte Alina Schalk nur schwer schätzen. Irgendwo in ihren Dreißigern?

Moon sprach Koreanisch mit ihr und zeigte auf den Zahn. Alina sah, dass Sörensen sich anspannte. Es gefiel ihm nicht, dass Moon sie offenbar in das Projekt einweihte. Aber der Wissenschaftler schien Wert auf ihre Einschätzung zu legen.

Sörensen sah Moon auffordernd an. Er wartete auf eine Erklärung.

Schließlich sagte Moon mit nachdenklicher Stimme: »Frau Park sagt, dass Wissenschaftler kürzlich in der Zahnpulpa Stammzellen gefunden haben.«

Als Sörensen und Schalk nicht reagierten, ergriff Park Seoyoung das Wort. In makellosem Englisch ergänzte sie: »Entschuldigen Sie, ich werde versuchen, Ihnen das zu erläutern: Ein Zahn ist wie eine Kapsel. Außen umgibt ihn eine extrem harte Schicht, in seinem Inneren jedoch enthält er Mark, das von Blutgefäßen und Nerven durchzogen ist, ähnlich wie in einem Knochen. Aber ein Zahn ist noch viel härter, und damit ist das Mark noch besser geschützt. Jedenfalls finden sich im Mark Stammzellen, das sind spezielle Zellen, die das Gewebe regenerieren können. Fürs Klonen sind sie ideal und sogar besser geeignet als Haut- oder Muskelzellen, wir haben damit ...«

»Meine Mitarbeiterin ist eine der besten unseres Fachs«, unterbrach Moon sie, und Park schaute gequält. »Aber ich möchte Ihnen hier nicht zu viel versprechen. Man hat in der Zahnpulpa Stammzellen gefunden, und zwar auch bei bereits ausgefallenen Zähnen. Aber das waren Zähne, die fünf Tage lang von der Blutversorgung abgeschnitten waren. Ihr Zahn ist seit sechzig Jahren ohne Blutzufuhr. Ich halte es daher nach wie vor für sehr unwahrscheinlich, dass wir darin lebende Zellen finden werden.«

Alina Schalk beobachtete Park, während Moon sprach. Die Wissenschaftlerin versuchte, sich nichts anmerken zu lassen und ihrem Chef gegenüber respektvoll zu bleiben. Aber sie konnte nicht gänzlich verbergen, dass sie anderer Meinung war. Schalk sah es in ihren Augen, die ungeduldig hin und her zuckten. Sie schien sehr ehrgeizig zu sein.

Park warf ihrem Chef einen kurzen Blick zu. Moon ergänzte schnell: »Aber wir können es gerne versuchen, wenn es Ihnen so wichtig ist.«

»Ich bin sehr glücklich, dass Sie den Auftrag annehmen, Professor Moon«, sagte Bernd Sörensen erleichtert.

Moon Dong-soo nahm die Zahnbrücke, legte sie vorsichtig in das Plastikdöschen zurück und reichte sie Park. Sörensen beobachtete den Vorgang angespannt.

»Eine Frage: Was geschieht mit dem Zahn?«

Der Wissenschaftler schien überrascht. »Nun, wir sägen ihn auf und suchen darin nach Zellen.«

Sörensen verzog das Gesicht, als hätte er Schmerzen.

»Natürlich. Bestünde die Möglichkeit, ihn danach wiederzubekommen?«

Moon sah ihn verständnislos an. »Nein. Der Zahn wird bei dem Prozess vollständig zerstört werden.«

Sörensen presste die Lippen zusammen. Dann nickte er. »Dann gibt es nur diesen einen Versuch?«

Park ergriff das Wort: »Leider ist das unumgänglich.« Nach einem Moment setzte sie nach: »Aber es ist doch nur ein alter Zahn?«

»Er ist für meinen Auftraggeber von sehr großem Wert«, sagte Sörensen.

Moon sagte schnell etwas auf Koreanisch. Alina Schalk vermutete, dass er Park den Hintergrund erklärte. Die Wissenschaftlerin nickte verständnisvoll.

»Herr Jung, wir werden unser Möglichstes tun«, sagte Moon schließlich. »Wir halten Sie auf dem Laufenden.«

Sie gingen zurück ins Wartezimmer, wo sie ihre Jacken gelassen hatten. Auf den Stühlen, auf denen sie und Sörensen gesessen hatten, saß jetzt ein Paar. Sie sahen freundlich aus, wenn auch beide angespannt wirkten. Vor allem die Frau. »Sorry, I have to get my clothes«, sagte Alina Schalk lächelnd und griff nach den Jacken. Die Frau rutschte etwas zur Seite, um ihr Platz zu machen, ihre langen kupferfarbenen Haare streiften Alinas Arm, und sagte: »Sure, no problem.« An ihrem Akzent war zu hören, dass sie Deutsche war.

Als Alina Schalk den Warteraum verließ, hörte sie hinter sich noch den Aufruf: »Mister and Misses Wohlpflug, please.«

4

Berlin, 2033

Es war weit von ihren Abgeordnetenbüros im Reichstag bis nach Prenzlauer Berg, sie mussten die Innenstadt umfahren, die seit vier Jahren autofreie Zone war – eines der ersten Projekte der grün-schwarzen Regierung. Bernd Sörensen hatte Alina Schalk gebeten, ihren eigenen Wagen zu nehmen, der Tesla Zero war unauffälliger als sein BMW mit Verbrennungsmotor. Bernd weigerte sich beharrlich, auf Elektro umzusatteln, und zahlte lieber die horrenden Strafgebühren. Hier in Prenzlauer Berg würden sie mit ihrem Wagen nicht auffallen, denn alle, die hier überhaupt noch Auto fuhren, hatten ein Elektromobil.

Bernd Sörensens Bodyguards waren dabei und steuerten den Tesla durch den Verkehr. Ihre Namen konnte Alina sich nie recht merken, die mit den Locken hieß Hanna oder Anna, die Kleine Carina.

Sie sahen nicht aus, wie man sich Bodyguards vorstellt, Sörensen legte Wert auf Understatement und Mimikry. Seine Bodyguards waren zwei junge Frauen Mitte zwanzig, die eine wirkte sehr weiblich mit ihren langen Locken, die andere war eher der unscheinbare Typ, klein, untersetzt und mit Brille. Beide waren dezent tätowiert und trugen formlose T-Shirts und Hosen. Sie wirkten harmlos wie Studentinnen. Aber sie waren deutschnational erzogen und hatten ein militärisches Training erhalten. Beide waren Mitglieder des Jungen Wegs, der Nachwuchsorganisation des Deutschen Wegs, und hatten gelernt, sich unauffällig in den unterschiedlichsten Szenerien zu bewegen. Sörensen tat kaum noch einen Schritt ohne die beiden. Vor allem hier in Prenzlauer Berg stand er mit Sicherheit weit oben auf der Liste der meistgehassten Personen.

Aber auch Bernd Sörensen hasste Prenzlauer Berg, vielleicht noch mehr als Neukölln. Hier waren nicht die Kanaken das Problem, sondern die jämmerlichen Gutmenschen mit ihren veganen Pho-Suppen, ihren Bakfiets-Rädern, ihren multilingual erzogenen Kindern. Er hasste ihre Selbstgefälligkeit und ihre Arroganz, wenn sie andere belehrten, er hasste, wie sie aßen, reisten, lebten. Er verabscheute ihre Heuchelei, wenn sie einerseits die Inklusion bejubelten, andererseits aber natürlich ihre Brut im Mutterleib auf jede mögliche Behinderung testen ließen. Wenn sie die multikulturelle Gesellschaft forderten, die eigenen Kinder aber nicht auf die normale Schule schickten, weil ihnen der Ausländeranteil zu hoch war. Eigentlich müssten sie ihn wählen, wenn sie wirklich ehrlich wären.

Wie stolz waren sie auf ihren grünen Kanzler mit seiner grün-schwarzen Regierung, die dieses Land sukzessive heruntergewirtschaftet hatte. Ihr Fetisch war der angeblich menschengemachte Klimawandel, dem sich alles und jeder unterzuordnen hatte. Dass Tausende Deutsche deswegen nun weniger Geld zur Verfügung hatten, war Kanzler Schwarz scheißegal, solange nur die CO_2-Werte stimmten. Der Kohleausstieg, die CO_2-Steuer, die autofreien Innenstädte, der Familiennachzug für Flüchtlinge, das bedingungslose Grundeinkommen – all das hatte Deutschland so schwer geschadet, dass man sich fast schon zurücksehnte nach der Volksverräterin Merkel, die Millionen Ausländer ins Land gelassen und die deutsche Wirtschaft stranguliert hatte – aus Angst vor einem Virus. Aber hier in Prenzlauer Berg feierten sie Guido Schwarz, und sie würden ihn im September natürlich wieder wählen.

Doch so weit würde es nicht kommen. Dafür würde Bernd Sörensen sorgen.

Die Bötzowstraße 45 war ein unscheinbarer Bau in einer schönen, ruhigen Gegend, nicht weit vom Volkspark Friedrichshain entfernt. Als sie ausstiegen, sah Alina die vielen Jungfamilien auf dem Arnswalder Platz, in dem kleinen Park neben dem Stierbrunnen. Hier wohnten sie, die Gutmenschen in ihrer heilen Welt. Niemand würde hier Arthur Hendrich vermuten, den künftigen Star des Deutschen Wegs.

Es herrschte geschäftiges Treiben an diesem sommerlichen Nachmittag, die Sonne schien auf die voluminösen Tierkörper des Brunnens herab. Sie hatten Alina schon immer fasziniert mit ihrer archaischen sexuellen Ausstrahlung, und sie verstand, warum er auch Fruchtbarkeitsbrunnen genannt wurde.

Ein weiterer Grund, weswegen sie diese Gegend ausgewählt hatte: Arthur würde hier Ruhe haben. Er musste zu sich finden, nach allem, was er erlebt hatte.

Sörensen war aufgeregt. Ungewöhnlich für ihn, aber verständlich: Heute würde er den Führer treffen. Er war Arthur zuletzt im Kleinkindalter persönlich begegnet.

»Überfordere ihn nicht«, sagte Alina. »Er hat einiges durchgemacht.«

Sörensen nickte und stieg aus. Vorsichtig sah er sich um, ein antrainierter Reflex, seitdem er vor anderthalb Jahren nach einer Rede in Königs Wusterhausen von einem Linksradikalen angegriffen worden war. Das Messer hatte seine

Halsschlagader nur um wenige Zentimeter verfehlt. Damals hatte er eingesehen, dass es ohne Bodyguards nicht mehr ging. Ein kleiner Trost war, dass es den Politikern der anderen Parteien nicht besser ging. Dafür sorgte die »Basisarbeit« des Jungen Wegs. Sie führten Listen mit sogenannten Gefährdern und Volksfeinden: Journalisten, die allzu kritisch über den Deutschen Weg berichteten, Aktivisten, Feministinnen, die Antifa ...

Am Klingelschild stand noch der Name des Vormieters: Kusslowski. Sie hatte Arthur gebeten, es dabei zu belassen. Sicher war sicher.

Alina Schalk klingelte. Sie sah hinauf zu seinem Balkon im dritten Stock, konnte aber nichts erkennen. Arthur hatte keine Pflanzen aufgestellt, doch er war ja auch erst vor wenigen Tagen eingezogen.

Sie klingelte noch mal. Arthur wusste, dass sie vorbeikommen und jemanden mitbringen würde. Warum machte er nicht auf?

Ratlos sah sie Sörensen an und zog ihr iPhone Zero aus der Tasche, selbst Apple hatte sich dem Null-Emissions-Zirkus verschrieben. Sie drückte Arthurs Kontakt, aber er ging nicht ran.

Genervt wollte sie schon vorschlagen, wieder zu fahren, als eine Nachricht von ihm eintraf: »Bin am Brunnen.«

Die Bodyguard-Frauen nahmen Alina Schalk und Bernd Sörensen in ihre Mitte, während sie die Straße überquerten. Alina spürte Sörensens Anspannung. Er fühlte sich unwohl, hier herumzulaufen, darauf war er nicht vorbereitet gewesen. Sörensen trug keine Sonnenbrille, keine Kappe wie sonst, wenn er sich in der Öffentlichkeit bewegte. Der Plan war gewesen, Arthur in seiner Wohnung zu treffen.

Um den Brunnen herum standen Bänke, auf manchen

saßen Menschen: ein Penner, der regungslos über die Lidl-Tüten mit seinen Habseligkeiten gebeugt war, zwei Teenie-Mädchen, die an ihren Smartphones klebten und kichernd Instatube-Videos verglichen. Ein dunkelhäutiger Mann, der laut auf Arabisch telefonierte, zwei junge Männer mit Sportbeuteln in der einen, Zigaretten in der anderen Hand. Beide hatten sich die linken Arme komplett schwarz tätowieren lassen. Erst auf den zweiten Blick fielen Alina in Höhe des Bizeps die Aussparungen in den Tattoos auf: eine Binde, in die wiederum ein schwarzer Kreis mit einem weißen X gestochen war. Es war das Zeichen ihrer Partei, des Deutschen Weges. Ihre Anhänger wurden immer mehr, und sie trauten sich offenbar selbst nach Prenzlauer Berg. Die Männer jedenfalls machten keine Anstalten, ihre Tattoos zu verbergen. Alina musste unwillkürlich lächeln. Sie hoffte nur, dass die beiden Sörensen nicht erkennen würden. Auch Autogramm-Fans konnten sie jetzt nicht gebrauchen.

Sie scannte die Gesichter und erkannte schließlich Arthur, der alleine auf einer Bank saß. Er trug einen dunkelbraunen Hoodie und hatte die Kapuze übergezogen. Sein Gesicht lag im Halbschatten, nur sein spitzes Kinn ragte hervor. Arthur rauchte. Eine aufgeklappte Kladde lag auf seinem Schoß. Er hatte gezeichnet, sie erkannte Stierfiguren auf dem Bild.

Arthur beobachtete sie, wahrscheinlich schon die ganze Zeit über.

Ärger stieg in ihr auf. Er spielte mit ihr. Wollte austesten, wie viel er sich erlauben konnte.

»Hallo Arthur«, sagte sie, als sie schließlich vor ihm standen. Er sagte nichts und musterte verwundert die jungen Frauen. Die beiden Bodyguards stellten sich etwas abseits, zückten ihre E-Zigaretten und begannen sich laut zu unterhalten, um die Konversation zu übertönen. Dann sah Arthur zu Sörensen auf.

Persönliche Erinnerungen an ihn würde er nicht mehr haben. Aber natürlich wusste er aus den Nachrichten, wer Bernd Sörensen war.

»Hallo, Arthur«, sagte Sörensen. In seiner Stimme konnte man die Anspannung hören. »Ich freue mich, dich kennenzulernen.«

Er streckte ihm die Hand hin, aber Arthur reagierte nicht. Mit unbewegter Miene musterte er Sörensen.

»Was wollen Sie von mir? Ich habe mit Ihrem Verein nichts am Hut.«

Sörensen schwieg einen Augenblick. Er sah auf Arthurs Zeichnung.

»Du hast Talent.«

Schnell klappte Arthur die Kladde zu, ärgerlich, aber auch verlegen.

»Ich war schon besser.« Er blickte hinunter auf seine linke Hand und ergriff sie mit der anderen. Sie hatte wieder gezittert.

»Arthur, Bernd würde sich gerne einmal in Ruhe mit dir unterhalten«, sagte Alina Schalk. »Vielleicht wollt ...«

Die Bodyguard-Frau mit den Locken machte einen schnellen Schritt hin zu Sörensen und stellte sich vor ihn. Auch die andere spannte sich an. Alina folgte ihrem Blick. Sie beobachtete den Brunnen. Es war Alina entgangen, dass die beiden Männer mit den Tattoos Spraydosen aus ihren Beuteln gezogen hatten, mit denen sie nun die Stufen zum Brunnen hinaufsprangen. Dann ging alles ganz schnell. Der eine begann, auf die Bäuche der Stiere Kreise mit einem X zu sprühen, der andere nahm sich die Steinfront vor und schrieb darauf: *Wir werden sie jagen!*

Der Araber beobachtete die Szene, telefonierte aber weiter. Auch die Teenie-Mädchen taten so, als wäre nichts, und hielten sich ihre Telefone vors Gesicht.

»Hey!«, rief eine junge Mutter aus dem Park herüber. »Was macht ihr da?« Aber die Sprayer ließen sich nicht beirren.

»Hört sofort auf damit!«

Mehrere junge Frauen kamen angerannt.

Der andere sprühte nun den Spruch: *Volksverräter entsorgen!*

Eine der Frauen lief die Stufen zum Brunnen hinauf und versuchte, ihm die Spraydose zu entreißen, aber der Mann schlug ihr mit der flachen Hand ins Gesicht, so hart, dass sie zurückgeschleudert wurde und die Stufen herunterfiel. Ihre Freundinnen eilten ihr zu Hilfe. Eine zückte ihr Smartphone und tippte darauf herum, wahrscheinlich rief sie gerade die Polizei.

Der Araber stand jetzt auf und wollte eingreifen. »Hey, hey«, rief er zu dem Mann, der die Frau geschlagen hatte. »Ganz ruhig.«

»Was willst du, Kanake?«, rief der tätowierte Mann. »Was willst du?« Dann ging er ihn an und schubste ihn. »Geh zurück in dein Scheißland!«

»Herr Sörensen, wir sollten gehen«, sagte die Leibwächterin, die bei Sörensen stehen geblieben war, während ihre Kollegin den Brunnen im Blick behielt, aber keinerlei Anstalten machte einzuschreiten. Ihr Job war es, ihren Chef zu schützen, nicht, Mitmenschen zu helfen.

Sörensen nickte. Zu Arthur, der die Szene wortlos beobachtet hatte, sagte er: »Gehen wir.«

Arthur stand verwirrt auf, während der Konflikt eskalierte. Die Frauen brüllten: »Hört auf! Hört sofort auf!«

Der Mann schlug dem Araber kurz und fest ins Gesicht, woraufhin er rückwärts zu Boden fiel. Er regte sich nicht, die beiden Männer lachten.

»Benimm dich gefälligst, wenn du in unserem Land bist!«

Plötzlich rannte Arthur zu dem Mann am Boden. Er kniete sich neben ihn, sprach ihn auf Arabisch an. Der Mann nickte und hielt sich die blutende Nase.

»Und was willst du? Hilfst du dem Kanaken etwa?«, rief der Tätowierte Arthur zu, sichtlich erstaunt, dass er Arabisch sprach.

Die Leibwächterin blickte zu Sörensen, auf ein Zeichen wartend. Sörensen schüttelte ganz leicht den Kopf. Er wollte sehen, was passierte.

Arthur gab dem Mann ein Taschentuch und half ihm hoch. Mit ihm zusammen ging er ein paar Schritte weg vom Brunnen, aber der Tätowierte ließ nicht locker und folgte ihnen.

»Sieh mich an, wenn ich mit dir rede, Volksverräter!«

Arthur reagierte nicht, was den Mann noch wütender machte. Er schubste Arthur, der strauchelte und fiel. Der Sturz sah schmerzhaft aus, und Alina Schalk zuckte zusammen, aber auch sie schritt nicht ein.

Der Mann war nun über Arthur und lachte.

»Da gehörst du hin – in den Dreck.«

Arthur drehte sich langsam auf den Rücken, um sich aufzusetzen. Der Mann holte mit dem Bein aus und trat ihn in die Seite. Er trug klobige Schuhe mit harten Kappen. Es musste höllisch wehtun, aber Arthur machte keinen Mucks.

Alina Schalk wunderte sich, dass er sich nicht wehrte. Er hatte doch in Syrien ein militärisches Training durchlaufen?

Auffordernd blickte sie zu Sörensen. Tu was, sagte ihre Miene. Aber sein Gesichtsausdruck war eindeutig: nicht eingreifen. Er spürte, dass Arthur das nur als Demütigung empfinden würde.

Arthur blieb reglos liegen. Ein zweiter Tritt, wieder keine Reaktion. Dann, als der Tätowierte sich von ihm abwandte, machte Arthur eine schnelle Bewegung, er schnitt dem Tätowierten förmlich seine Beine weg, und dieser knickte ein und fiel. Wie ein Blitz wirbelte Arthur herum und war plötzlich obenauf. Mit dem Knie drückte er auf den Hals des Mannes und hatte ihn vollkommen unter Kontrolle.

Der andere Sprayer wollte seinem Freund zu Hilfe kommen, aber dann zögerte er.

Die Frauen, die sich die ganze Zeit abseitsgehalten hatten, beobachteten die Szene wie versteinert – ebenso wie der Araber, der ein Taschentuch an seine blutende Nase hielt und mit großen Augen Arthurs Manöver verfolgte.

Arthur sagte etwas zu dem Mann unter sich, so leise, dass man es nicht verstehen konnte. Die Worte entfalteten ihre Wirkung, denn der Mann riss die Augen auf.

In der Ferne ertönten Polizeisirenen.

Sörensen nickte, und die kleinere der beiden Leibwächterinnen ging zu Arthur hinüber. Der ließ jetzt von dem Tätowierten ab und klopfte sich den Staub von seiner Kleidung. Er sagte noch etwas auf Arabisch zu dem Mann, dem er geholfen hatte. In seinen Augen konnte man sehen, dass auch er nun Angst vor Arthur hatte.

Die beiden jungen Sprayer rannten davon.

Die Leibwächterin, die bei Sörensen geblieben war, ging mit ihm und Alina Schalk voran, Sörensen senkte bedacht den Kopf, er hatte Sorge, von den Frauen erkannt zu werden. Die andere Leibwächterin schritt neben Arthur in eine andere Richtung. Die Frauen riefen ihnen hinterher, sie verstand nur »Zeugenaussage, bleib hier«.

Die Bodyguards verständigten sich kurz: Sie würden Sörensen und Arthur in seine Wohnung schleusen. Aber sie wollten von den Frauen nicht dabei beobachtet werden. Es wäre nicht gut, wenn die Polizei auf Arthur aufmerksam würde.

Alina Schalk wartete mit der Leibwächterin im Auto, wortlos, sie wusste nicht, was sie mit ihr reden sollte.

Sie dachte über die Szene nach, die sie gerade beobachtet hatte, und wunderte sich über ihre Gefühle: Sie empfand Respekt vor Arthur. Und auch Stolz. Er hatte in Syrien richtig kämpfen gelernt. Gut so. Er wusste sich zu wehren. Seine Untätigkeit, die sie anfangs als Zögern und Schwäche interpretiert hatte, war offenbar ein eiskaltes Abwägen seiner Optionen gewesen. Der Führer hatte in seinen jungen Jahren auch schnell lernen müssen, seine Emotionen zu bändigen und mitunter harte Entscheidungen zu treffen. Beispielsweise in der Nacht der langen Messer, als er sich gegen seinen alten Freund Ernst Röhm stellen musste, der mit der SA zu mächtig geworden war.

Sie sah auf die Uhr. Das erste Treffen zwischen Bernd und Arthur dauerte nun schon zwei Stunden und damit länger, als sie erwartet hatte. Aber sie kannte Bernd, er konnte sehr einnehmend sein.

Auch zwischen ihm und Adolf Hitler gab es Parallelen: die große Nähe zur Mutter, der herrische Vater, der seinen Sohn zwar nicht geschlagen, ihn jedoch kleingemacht hatte, und die Mutter gleich mit. Aber es war vor allem Frau Sörensen gewesen, die ihren Sohn innig geliebt und auf ein Podest gestellt hatte. Schon früh hatte Alina Schalk begriffen, wie schwer Sörensens Mutter es ihrem Sohn gemacht hatte, auf eigenen Füßen zu stehen. Lange Zeit hatte sie ihn vollkommen an sich ketten wollen. Keine Frau war ihrer Ansicht nach je gut genug gewesen für ihren hochbegabten Sohn.

Die Tür ging auf, die zweite Leibwächterin und Sörensen stiegen ein.

»Wie lief es?«

Sörensen lächelte, er wirkte irgendwie erleichtert.

»Gut. Wir haben viel über den Krieg gesprochen. Das bewegt ihn noch sehr. Er hat die Verlogenheit der Bundesregierung erfreulicherweise ganz von selbst erkannt. Wie sie die Syrer immer wieder im Stich gelassen und das Land den Russen und Türken als Spielwiese überlassen haben. Wusstest du, dass Arthur auf Instatube zu dem Thema einen Kanal gestartet hat? Er nennt ihn *Die Zerstörung*. Er hat schon über einhunderttausend Follower. Alina. Er ist es. Er ist es wirklich!«

Bernd klang so aufgeregt, wie sie ihn kaum jemals erlebt hatte.

»Wie viel hast du ihm gesagt?«

»Nur so viel, wie er wissen muss. Dass wir Nachwuchs brauchen, dass wir ihn für ein großes Talent halten. Dass wir das Thema Syrien stärker in den Fokus nehmen wollen und seine Expertise benötigen. Er scheint nicht mehr ganz so reserviert der Partei gegenüber zu sein.«

Sie nickte. Aber er bemerkte ihr Stirnrunzeln, das sie nicht verbergen konnte.

»Was ist?«

»Ach.« Sie schüttelte leicht den Kopf. »Mich hat das vorhin nur etwas verunsichert, dass er einem Ausländer geholfen hat. Und er spricht Arabisch. Das passt nicht. Oder?«

Sörensen winkte ab. »Unter Hitlers Regimentskameraden waren auch Juden. Und? Hat das den Führer etwa davon abgehalten, Deutschland später von ihnen zu reinigen? Alles zu seiner Zeit, Alina. Um die Ausländer werden wir uns kümmern. Mir macht eher Sorge, dass er immer noch diese alberne Zeichnerei im Kopf hat. Er soll sich voll und ganz auf seine neue Rolle konzentrieren.«

»Das wird sich schon bald von selbst erledigen«, sagte Alina Schalk. »Seine Hand zittert, er hat das nicht unter Kontrolle. Bei seinen hohen Ansprüchen wird er bestimmt bald frustriert aufgeben. Aber da ist auch noch seine Freundin.«

Sörensen nickte nachdenklich. »Kümmer dich darum. Und lass dir nicht zu viel Zeit damit. Die Wahlen stehen an. Wir müssen ihn aufbauen. Jetzt. Ich habe nachher ein Treffen mit Tormin.«

Paula Tormin war die Vorsitzende der FDP. Wie für alle Politiker der Altparteien empfand Bernd Sörensen für sie wenig mehr als Verachtung. Aber Tormin war für sie gerade immens wichtig. Keine der sogenannten Volksparteien hatte bisher den Tabubruch gewagt, mit dem Deutschen Weg zu koalieren, obwohl sie bei glänzenden achtundzwanzig Prozent standen. Die Vorzeichen waren gut: Tormin mit ihrer Fünf-Prozent-Scheißpartei wollte regieren, koste es, was es wolle; und die Union wollte aus der verhassten grünschwarzen Koalition raus. Sörensen hatte Paula Tormin einen Deal vorgeschlagen: Wenn die Union nach den Wahlen keine Koalition mehr mit den Grünen einging und stattdessen mit der FDP koalierte, dann würde es zwar nicht für eine Regierungsmehrheit reichen, aber der Deutsche Weg würde die schwarz-gelbe Koalition tolerieren. Tormin würde an die Macht kommen.

Ging alles glatt, würde Sörensen ein Jahr später die Regierung platzen lassen und sich selbst zum Kanzler machen.

Dann würde Arthurs Aufstieg beginnen, und das Vierte Reich war zum Greifen nahe.

»Soll ich dabei sein?«, fragte Alina Schalk.

Sörensen überlegte kurz, dann schüttelte er den Kopf. »Ich habe das im Griff. Kümmere du dich um Südkorea.«

5

Seoul, 2007

Er hatte immer einen guten Instinkt gehabt, und es hatte sich in seinem Leben meistens ausgezahlt, darauf zu hören. Als sein Wissenschaftskollege Jeon ihn damals gewarnt hatte, kurz bevor der Skandal begann, hatte er sofort gespürt, dass er recht hatte. Aber er hatte seinen Instinkt ignoriert, dieses eine Mal. Seine Erfolge hatten ihn blind gemacht: Zwei *Nature*- und ein *Science*-Paper hintereinander, innerhalb eines Jahres – er war wie im Rausch gewesen. Viele Forscher träumten davon, überhaupt jemals in einem dieser beiden Fachjournals veröffentlicht zu werden. Moon war das Kunststück gelungen, gleich in beiden präsent zu sein. Aber der Druck war damit auch gewachsen. Die Fachwelt hatte die nächste hochkarätige Veröffentlichung von ihm erwartet, die nächste Sensation, den nächsten Forschungspreis.

Er hätte auf seinen Instinkt hören sollen. Dann wäre er noch heute Südkoreas Nationalheld und müsste sich nicht mit toten Hunden und Kindern abgeben, sondern könnte ungehindert seiner Forschung nachgehen. Er verdiente sehr gut mit dem Klonen, aber im Herzen war er noch immer Wissenschaftler.

Nun, es war nicht mehr 1999, und man musste nach vorn blicken. In den acht Jahren, die seit dem Skandal vergangen waren, hatte er viel Energie darauf verwandt, sich all das aufzubauen, was er heute sein Eigen nannte. Nie wieder würde er seinen Instinkt ignorieren, das hatte er sich geschworen.

Jetzt meldete sich ebendieser Instinkt wieder, er winkte förmlich mit einer leuchtend roten Flagge: Mit diesem »Herrn Jung« und seinem Zahn stimmte etwas nicht.

Jung war nicht sein richtiger Name, so viel war klar. Aber das war es nicht, was Moon Dong-soo störte. Viele seiner Kunden nutzten Pseudonyme. Das, wofür sie hierherkamen, war schließlich in ihren Heimatländern illegal.

Es war etwas anderes, das ihn nicht losließ. Etwas am Blick dieses Herrn, etwas in seiner Stimme.

Er hatte Jung keine Sekunde lang geglaubt, dass er in Vertretung irgendeines Auftraggebers gekommen war.

Die Frage war: Wozu die Geheimniskrämerei? Was war das für ein Zahn?

Vermutlich würde sich der Auftrag ohnehin erübrigen. Er hatte Park damit betraut, den Zahn aufzuschneiden und nach lebenden Zellen zu suchen. Er würde das Spiel mitspielen und die Million kassieren. Ja, er brauchte das Geld dringend. Zahlreiche ehemalige Mitarbeiterinnen hatten ihn nach dem Forschungsskandal verklagt. Die Prozesse kosteten ihn Unsummen, das Geld von Jung kam gerade recht.

Moon war sich sicher: In dem Zahn würden sie keine Zellen finden. Dafür war er schon zu lange im Geschäft. Er kannte die Frustration von seinem »Mammut-Projekt«. Etwa einmal im Jahr riefen ihn die Russen an, wenn sie mal wieder ein Mammut im sibirischen Eis gefunden hatten. Dann packte er seine Wintersachen und stieg in die Chartermaschine, wohl wissend, dass der Trip völlig umsonst sein würde, weil er wieder keine einzige lebende Zelle in dem

Mammut-Kadaver finden würde. Aber das Geld stimmte. Und der Wodka war gut. Den trank er in großzügigen Mengen mit Semjon Grigorjew, dem Projektleiter, ein ähnlich Besessener wie er selbst. Grigorjew glaubte fest an seinen Traum von der Wiederauferstehung des Mammuts. Das gefiel Moon. Er mochte Menschen, die für ihre Sache brannten. Es hieß, Grigorjew würde das aufgetaute Fleisch erst essen, bevor er entschied, ob es einen Versuch wert war, Moon einfliegen zu lassen. Vielleicht würde er ihn das nächste Mal fragen, ob sie das Mammutfleisch nach der erfolglosen Begutachtung grillen könnten.

Das Problem mit den Mammutkadavern war: Beim Einfrieren entstanden Eiskristalle, und die zerfetzten die Zellen. Die Chancen, in einem aufgetauten Mammut eine intakte Zelle mit intaktem Erbgut zu finden, waren in etwa so hoch wie die, im Lotto zu gewinnen.

Das Gleiche galt für diesen Zahn. Was hatte Jung gesagt? Sechzig Jahre? Völlig aussichtslos.

Sein Telefon klingelte. Er hatte sich auch eines dieser iPhones besorgt. Es machte wirklich Spaß, über das Display zu wischen.

Es war Park. Moon schob den grünen Balken zur Seite, um den Anruf anzunehmen.

»Professor Moon, kommen Sie bitte in mein Labor.«

Park klang aufgeregt. Das passierte etwa einmal alle zwei Jahre.

Er rieb sich die Augen, als er sich vom Mikroskop löste, unter dem Park die Zellprobe analysiert hatte.

Park Seoyoung sah ihn nur an. Doch ihr Blick sprach Bände.

»Dem Aussehen nach zu urteilen, könnten es tatsächlich

mesenchymale Stammzellen sein«, sagte Moon. Doch er blieb skeptisch. »Die Frage ist, ob sie noch aktiv sind.«

»Das sind sie«, sagte Park selbstsicher. »Das ist schon die Kultur, die ich aus den ersten Zahn-Zellen gezogen habe.«

Diesen Ausdruck des absoluten Triumphs hatte er noch nie an Park gesehen. Er wusste fast nichts von ihrem Privatleben, er bezweifelte, dass sie überhaupt eines hatte, ganz zu schweigen von einem Mann. Keiner würde ihre Achtzig-Stunden-Wochen akzeptieren.

Park war sehr talentiert, sie hätte in jedem Labor arbeiten können. Es hatte ihn immer gewundert, dass sie überhaupt hier angeheuert hatte, bei ihm als ehemaligem Fälscher riskierte sie ihre Reputation als Wissenschaftlerin. Sie wusste, was jeder wusste: Moon war der Bad Boy der Reproduktionsbiologie – aber er war auch der unangefochtene Meister seines Fachs, er war der »King of Cloning«. Sie war von der Wissenschaft genauso besessen wie er. Deswegen war sie hier.

»Gratuliere«, sagte Moon. »Das hätte ich nicht für möglich gehalten.«

Seine Stimme war tonlos. Sie bemerkte seine fehlende Begeisterung, und ihre Mundwinkel sanken nach unten. Hastig fügte er hinzu: »Wirklich ganz toll, Park. Großartige Arbeit.«

Er war sich sicher gewesen, dass sie keine lebenden Zellen in dem Zahn finden würde – und dass er Jung damit los sein und trotzdem eine Million Euro kassieren würde.

Und nun das.

Jetzt schien es, als könnte er Jungs Anliegen erfüllen. Jetzt ging es um fünf Millionen Euro. Damit wäre er seine finanziellen Probleme ein für alle Mal los.

Aber Jung nicht.

»… und dann habe ich mich wieder an das Paper von Goebel und Perry erinnert, letztes Jahr in *Tissue Engineering*«, sagte Park.

Er hatte nicht mitbekommen, was sie zuvor erzählt hatte.

»Ich habe mir ihr Protokoll noch mal angeschaut und es genauso gemacht: die Zahnwurzel erst von der Krone getrennt, dann die Pulpa in einem Enzymbad aus Kollagenase und Thermolysin gebadet und anschließend MSC-Mesencult dazugegeben, zentrifugiert, noch mal in Mesencult aufgenommen, ausplattiert und zwei Wochen wachsen lassen. Die Zellen haben sofort begonnen sich zu teilen.«

Moon konnte es nicht fassen. »Aber hatten Goebel und Perry nicht mit frisch gezogenen Zähnen gearbeitet?«

»Nicht nur«, sagte Park. »Sie hatten auch Zähne von Verstorbenen dabei. Allerdings zwei Wochen post mortem.«

»Es funktioniert also sogar noch sechzig Jahre post mortem. Bemerkenswert.«

»Zahnschmelz ist die härteste Substanz des menschlichen Körpers«, sagte Park. »Er scheint besonders protektiv zu sein.«

Zeitkapseln, dachte Moon. Zähne sind Zeitkapseln.

Warum war er nie darauf gekommen? Seine Gedanken schossen in alle Richtungen. Welche neuen Möglichkeiten dieser Fund für seine Forschungen bot! Sollte Parks Ergebnis mehr als ein reiner Glückstreffer sein, dann könnte dies das Klonen revolutionieren. Bislang mussten seine Kunden gekühlte Gewebeproben aus den toten Körpern binnen einer Woche nach Südkorea transportieren. Entweder persönlich oder per FedEx. Nicht selten ging dabei etwas schief. Abgesehen davon, dass viele Menschen, die gerade ein Kind verloren hatten, in ihrem Zustand überhaupt nicht in der Lage waren, solche schwerwiegenden Entscheidungen zu treffen. Zudem mussten sie einen Arzt finden, der aus der Leiche handwerklich korrekt Gewebeproben entnahm.

Wenn Zähne eine so gute und haltbare Quelle von klonbarem Material waren, dann würde das vieles vereinfachen. Milchzähne ihrer Kinder bewahrten die meisten Eltern auf. Sie könnten dann noch Monate, ja sogar Jahre später ihre toten Kinder daraus klonen lassen.

Er dachte auch an Grigorjews Mammuts. Vielleicht hatten sie all die Jahre am falschen Ort gesucht? Vielleicht sollten sie lieber in den Stoßzähnen der Tiere nach Zellen fahnden.

»... Klonprozess?«

»Hm?«

Unwillig wiederholte Park, was sie gesagt hatte: »Ich habe gefragt, wann ich mit dem Klonprozess beginnen soll? Wir müssten noch Eizellen auf Lager haben. Ich muss am Dienstag ohnehin nach Panmunjeom. Dann könnte ich den Klon für Herrn Jung anfertigen.«

Klonen lief ähnlich ab wie eine künstliche Befruchtung. Mit einer feinen Pipette würde Park eine der Zellen aus dem Zahn in eine Eizelle injizieren – als wäre sie ein Spermium. Der entscheidende Unterschied des Klonens zur künstlichen Befruchtung war, dass die injizierte Zelle das gesamte Erbgut mitbrachte – das der Eizelle wurde zuvor entfernt. Die Eizelle war nur die Hülle für den Klon, sie gab ihm Nahrung, startete sein genetisches Programm. Bei einer Befruchtung brachten Eizelle und Spermium zu gleichen Teilen ihr Erbgut mit ein, vereinigten mütterliche und väterliche DNA gleichberechtigt miteinander und ließen etwas Neues entstehen. Ein Klon hingegen war ein genetischer Wiederaufguss.

Sicherheitshalber würden sie mehrere Eizellen auf diese

Weise »befruchten«, denn Klonen war ineffizient, es klappte nicht immer, obwohl Moon in jahrelanger Arbeit die Methode verfeinert und die Ausbeute schon enorm gesteigert hatte. Eines seiner wichtigsten Geheimnisse war beispielsweise, dass er die ganze Zelle aus dem zu klonenden Organismus in die entkernte Eizelle injizierte und nicht bloß den Zellkern. Diese Erkenntnis war ein Zufallsprodukt seiner Forschung gewesen.

Er garantierte seinen Kunden einen Klon innerhalb eines bestimmten Zeitraums. Dafür musste er mehrere Hunde-Leihmütter gleichzeitig bestücken. Wenn dann doch mehrere fruchteten, kamen am Ende zwei oder drei Klon-Kopien heraus. Kein Beinbruch, bei Hunden nahmen die Kunden gerne für einen relativ geringen Aufpreis die überschüssigen Klone auch noch mit. Manche der Superreichen hatten mehrere Wohnsitze, die sie gerne mit den Hundekopien bestückten. Dann hatten sie in New York, Paris und Tokio immer das gleiche Tier um sich.

Die Erfolgsrate bei menschlichen Klonen war etwas schlechter, und natürlich konnte Moon hier nicht mehrere Leihmütter parallel laufen lassen. Deswegen brauchte es meist mehrere Implantationsversuche, was die Mütter aber klaglos hinnahmen. Es war im Prinzip nicht anders als bei einer künstlichen Befruchtung.

Park würde in dem Labor in Panmunjeom also aus den Zahn-Zellen mehrere Embryonen herstellen. Die würde sie auf Eis legen – bis die Leihmutter so weit war.

»Ich würde gerne vorher noch eine Genomanalyse der Zellen machen.«

Park runzelte die Stirn. »Ich habe mir die Chromosomen bereits angesehen – sie sehen gut aus.«

Er spürte ihre Verwunderung. Es war tatsächlich eine

unübliche Praxis, vor dem Prozess das Erbgut eines Klons zu untersuchen. Das taten sie eigentlich nur auf ausdrücklichen Wunsch der Kunden, wenn sie an einer Erbkrankheit litten und diese bei dem Klon – oder auch nach künstlicher Befruchtung – gleich mit eliminiert haben wollten. Vorgeburtliche Erbgutkorrektur war, wie auch das Klonen, in den meisten Ländern verboten. Gerade erst hatte er bei einem deutschen Paar, bei dem der Vater unter seltenem frühzeitig eintretenden Alzheimer litt, das kaputte Gen in den Embryonen beseitigt. Wohlpflug. Den Namen hatte er sich gemerkt, weil sie ihm erklärt hatten, was es bedeutet: ein gut ziehender Pflug, eine alte Ackermaschine. Das gefiel Moon, der Veterinärmedizin studiert hatte, seinen Urlaub gern auf Bauernhöfen verbrachte und das einfache Leben liebte. Moon hatte das defekte Gen in den Embryonen korrigiert und sie der Frau erfolgreich eingesetzt. Sie war nun schwanger – mit Zwillingen. Auch das kam manchmal vor, wenn man zwei Embryonen auf einmal in die Gebärmutter transferierte.

Im Fall der Wohlpflugs war die Genomanalyse notwendig gewesen. Grundlos das Erbgut sequenzieren zu lassen war unökonomisch.

Doch da war diese rote Flagge, die sein Instinkt ihm zeigte. Er musste wissen, was es mit diesem Zahn auf sich hatte.

»Der Auftraggeber scheint sehr wohlhabend zu sein«, sagte Moon. »Ich möchte sichergehen, dass in diesem Fall alles glattläuft.« Er hoffte, Park würde es ihm abkaufen. Es klang nachvollziehbar. Sie wusste, dass ihm viel an einem vertrauensvollen Verhältnis zu seinen Kunden lag. Und es lag in der Natur der Sache: Wer bereit war, 50.000 Dollar für die Wiedergeburt seines toten Hundes oder gar 250.000

Dollar für einen Kinderklon zu zahlen, für den spielte Geld eine untergeordnete Rolle. Allein nach Material- und Arbeitsaufwand gerechnet, hätte er einen Hund oder ein Kind auch für ein Drittel des Preises herstellen können. Moon setzte seine Preise absichtlich so hoch an. Er wollte gezielt die Superreichen ansprechen. Viele waren ihm so dankbar, dass sie zu wichtigen Finanziers seiner Forschung wurden.

»Dann werde ich eine Genomanalyse veranlassen und den Klon auf alle bekannten Erbkrankheiten und Mutationen hin untersuchen«, sagte Park.

»Danke, aber das werde ich persönlich übernehmen.«

6

Berlin, 2033

»Passwort eingeben«, forderte ihn der Rechner auf, und Robin tippte: IrıdiuM@lpHa. Er fühlte sich schlecht dabei, in dem Laptop und den Daten seines Vaters zu schnüffeln. Aber er musste einfach wissen, ob es stimmte, was die Journalistin über den korrupten südkoreanischen Wissenschaftler erzählt hatte.

Sie hatte gesagt, dass sie seine und Friedrichs Hilfe brauchte. Mehr könne sie noch nicht preisgeben, nur, dass es um eine ganz heiße Geschichte gehe. Und dass sie ihren Eltern nichts erzählen sollten – noch nicht jedenfalls.

Robin traute der Presse nicht. Andererseits: Warum sollte sich Mara Erhardt so eine verrückte Geschichte ausdenken? Sie hatte es geschafft, ihn und Friedrich zu verunsichern. Was hatte es mit diesem alten Urlaubsfoto auf sich, das vor ihrer Geburt aufgenommen worden war – und doch ihn und seinen Bruder zu zeigen schien?

Er fühlte sich schlecht, sehr schlecht, als er durch die Fotoordner seines Vaters stöberte.

Robin wohnte alleine in Neukölln, in einem kleinen, vom abgefuckten Mietmarkt völlig überteuerten Ein-Zimmer-Apartment in der Boddinstraße. Dieses Wochenende war er zu Besuch in der Wohnung seiner Eltern in Schöneberg. Er hatte den expliziten Plan, die Exif-Daten des Fotos zu prüfen. Nachts. Heimlich. Mit schlechtem Gewissen.

Christian Wohlpflug war krank, seit Jahren litt sein Vater an einer speziellen Form der Demenz, die schon in jungen Jahren eingesetzt hatte und schleichend schlimmer wurde. Es handelte sich um eine Erbkrankheit, das hatte die Mutter den Zwillingen schon erklärt, als sie noch Kinder waren. Sein Vater war erst Mitte fünfzig, an den meisten Tagen war er vollkommen klar, aber sein Gedächtnis hatte bereits deutlich nachgelassen. Passwörter notierte er sich schriftlich – und auch die Hinweise, wo er sie aufgeschrieben hatte, damit er sie überhaupt wiederfand. Das nutzte Robin gerade aus. Es war kinderleicht gewesen. Auf dem Schreibtisch seines Vaters lag ein Zettel: »Passwörter sind im Notizbuch in der linken unteren Schublade im Schreibtisch«.

Jetzt arbeitete Robin sich durch die archivierten Bilder.

Sein Vater hatte seine Daten nur sehr schlecht gesichert. Immer wieder hatte Robin ihn beschworen, mehr Vorkehrungen zu treffen. In seiner Zeit im Chaos Computer Club hatte er einiges über Cyberkriminalität gelernt.

Irgendwann aber hatte Robin es aufgegeben. Seine Eltern waren einfach schon zu alt, um die digitale Welt zu verstehen.

Sein Vater hatte schon früh begonnen, digital zu fotografieren, und die Bilder der vielen Reisen penibel sortiert und archiviert. Die ältesten digitalen Fotos stammten aus dem Jahr 1999, da waren seine Eltern noch im Studium gewesen. Sie hatten sich in Tübingen kennengelernt, seine Mutter Lisa hatte dort Biologie studiert, sein Vater Medizin. Der Neugier halber klickte Robin in den 1999er-Ordner und fand dort säuberlich gelistet mehrere Unterordner. Einer hieß Tamariu, das war ein Ort in Spanien, seine Mutter war damals dort auf Exkursion gewesen, und Christian Wohlpflug war ihr heimlich nachgereist. Als sie am Schnorcheln war, um irgendwelche Schnecken aus dem Meer zu ziehen, war sein Vater dann wie zufällig vor ihr hin und her geschwommen. In Tamariu wurden die beiden ein Paar.

Die Bilder waren eher unspektakulär, die Qualität war ziemlich schlecht, die Dateien alle im alten JPG-Format. Sie zeigten viele Strandszenen, meistens war seine Mutter im Bikini zu sehen, mit Tauchermaske und Schnorchel, und auf vielen hielt sie irgendwelche Fische ins Bild. Aber er fand auch einige gemeinsame Selfies von seinen frisch verliebten Eltern, wenngleich ziemlich verwackelt. Die alten Kameras hatten nur ein Display gehabt.

Er scrollte weiter, bis zu dem Ordner »2013«. In diesem Jahr waren er und sein Bruder zwei Jahre alt gewesen. Es war das Jahr, in dem *der Unfall* geschehen war.

Das Wasser ist kalt, bitterkalt, und der Moment des Eintauchens raubt ihm den Atem. Er kennt dieses nasse Element bis jetzt nur mit Schwimmflügeln an den kleinen Armen. Wild schlägt er um sich und versucht, Halt zu finden, aber es ist überall, umgibt ihn, saugt ihn hinab. Er weiß noch nicht, wie er mit Wasser umgehen muss. Er hat noch nicht gelernt zu schwimmen.

Luftblasen vor seinen Augen. Wasser dringt in seine Nase, will durch die Lippen hindurch in seinen Mund.

Als Dreijähriger hatte er das erste Mal den Ertrinken-Albtraum gehabt. Vielleicht sogar schon früher, aber daran konnte er sich nicht mehr erinnern.

Robin, mein Schatz. Du bist nicht gestorben! Du wurdest gerettet!

Er hörte die warme Stimme seiner Mutter, wie sie ihn beruhigte und übers Gesicht streichelte, wenn er wieder einmal aus dem Schlaf geschreckt war, mit den immer gleichen Bildern im Kopf.

Irgendwann wurden die Träume zu Flashbacks, zu Bilder-Blitzen, die unversehens in seinen Geist fuhren, zu jeder Uhrzeit, ohne Vorankündigung. In der Schule, mitten in der Mathestunde, war er einmal zusammengezuckt, so stark, dass sein Sitznachbar besorgt war.

Robin, hast du Schmerzen?

Oh, nichts Schlimmes. Ich träume nur gerade, dass ich sterbe, aber das ist nichts Neues. Das habe ich seit Jahren. Kein Problem.

Natürlich sagte er das nicht. Er hatte sich angewöhnt, niemandem davon zu erzählen, außer seinem Bruder Friedrich – denn der hatte die gleichen Flashbacks. Für die Brüder waren sie Normalität, in der Schule aber wurden sie zu etwas Peinlichem, das es zu verbergen galt.

Er und Friedrich hatten sich geschworen, ihr Geheimnis für sich zu behalten. Nur Justine, Friedrichs Freundin, wusste davon. Wut schoss in Robin hoch bei dem Gedanken an Friedrichs Bilder. Er hatte es gewagt, seinen Flashback zu malen! Das war Verrat. Verrat an ihrem gemeinsamen Geheimnis, Verrat an ihrem Schwur.

Schon früh hatten ihre Eltern ihnen erklärt, woher die Träume kamen: Sie beide waren in diesem Segelurlaub auf Korfu über Bord gegangen. Er wusste nicht genau, was der Grund des Unfalls gewesen war. Aber der Skipper hatte wohl einen Fehler gemacht.

Sie wären im Mittelmeer fast ertrunken. Der Beinahe-Ertrinkungstod hatte sie offenbar schwer traumatisiert, ihr kindliches Gehirn hatte das schreckliche Erlebnis nicht verarbeiten können. Wie auf einer einsamen Insel waren diese alten Erinnerungen in ihren Gehirnen isoliert und kamen immer wieder hoch ins Bewusstsein. Wenn das passierte, dann mit voller Wucht – als würden sie die Szene erneut durchleben. Das war das Wesen eines Flashbacks. Viele traumatisierte Menschen litten unter unverarbeiteten Erinnerungen – Kriegsveteranen, Unfallopfer, Vergewaltigte.

Einmal hätte der Todes-Flashback Robin sogar fast das Leben gekostet: In der Fahrstunde, während er am Steuer saß, überkam es ihn plötzlich. Er verriss das Lenkrad und geriet in den Gegenverkehr. In letzter Sekunde verhinderte der Fahrlehrer einen Frontalzusammenstoß mit einem Lkw. »Verdammt! Was tust du?«, hatte der Lehrer gebrüllt.

Robin fühlte sich schuldig, wie so oft, wenn die Flashbacks ihm in die Parade fuhren. Die Leute hielten ihn für unkonzentriert, verträumt, faul. Wie sollte er ihnen nur erklären, dass nichts davon zutraf?

Ihre Eltern sprachen nicht gerne über »den Unfall«. Immer war da ein kurzes Zögern, wenn die Rede darauf kam.

Robin war dieses Verhalten so unangenehm, dass er sich mit der Zeit angewöhnt hatte, das Thema ganz zu meiden. Die Schuldgefühle standen seinen Eltern ins Gesicht geschrieben, insbesondere seiner Mutter. Daran hatte sich in all den Jahren nichts geändert.

Robin öffnete den »2013«-Ordner, das Jahr des Korfu-Urlaubs. Das Jahr des »Unfalls«. Er war nervös. Zum einen, weil er sich auf einen neuerlichen Flashback gefasst machte. Zum anderen, weil die Journalistin in ihm die Saat des Zweifels gesät hatte.

Stimmte etwas nicht an der Vergangenheit, wie er sie kannte?

»Brandenburg«, »Spreewald«, »Besuch bei Lisas Schwester«, »München«, »Weihnachten« – es gab zahlreiche Unterordner.

Aber er fand keinen mit dem Namen »Korfu«.

Er spürte, wie seine Hand sich auf dem Trackpad des Laptops verkrampfte.

Hastig ging er zum Jahr »2010«. Das Jahr vor seiner und Friedrichs Geburt.

Was, wenn das Foto wirklich aus dem Jahr 2010 stammte? Dann hätte sein Vater, stets penibel und ordentlich, das Bild dort einsortieren müssen.

Er zögerte einen Moment, bevor er den Ordner öffnete. Es dauerte keine Sekunde, bis sein Blick auf den Unterordner »Korfu« fiel.

Eine Gänsehaut lief ihm den Rücken hinunter.

Er öffnete ihn.

Der Ordner enthielt gar nicht so viele Fotos. Die meisten kannte Robin. Es waren schöne Bilder, man sah, dass seine Eltern glücklich waren, wie sehr sie an ihm und Friedrich hingen. Jahrelang hatten sie sich Kinder gewünscht und lange auf sie warten müssen. Er konnte verstehen, warum sie Schuldgefühle hatten, angesichts ihres Beinahe-Todes. Sie mussten sich schreckliche Vorwürfe gemacht haben.

Schließlich fand er das Bild, das Mara Erhardt ihnen gezeigt hatte. Er klickte mit der rechten Maustaste auf »Eigenschaften« und »Exif-Daten anzeigen«.

Mit angehaltenem Atem sah er den Eintrag:

DateTimeOriginal: 2010:07:17 11:01:17

Sein Puls beschleunigte sich.

Wie benebelt klickte er in weitere Bilder aus dem Ordner und rief die Exif-Daten ab. Alle Bilder stammten aus dem Jahr 2010.

Die Journalistin hatte die Wahrheit gesagt: Es gab Bilder von ihm und Friedrich, die ein Jahr vor ihrer Geburt aufgenommen worden waren.

Robins Atem ging schneller. Nur mit Mühe gelang es ihm, sich wieder unter Kontrolle zu bringen.

Es musste eine Erklärung geben. Vielleicht war es ein Fehler der Digitalkamera. Bei den alten Modellen brauchte es nur einen Akkuwechsel, damit Zeit- und Datumseinstellungen gelöscht wurden. Vielleicht hatte sein Vater sie einfach nicht sauber wieder eingestellt, sodass die Kamera die Bilder mit falschen Metadaten abgespeichert hatte.

Möglicherweise hatte ja schon damals das Gedächtnis seines Vaters geschwächelt, und er hatte das einfach vergessen?

Aber richtig überzeugte Robin das nicht. Ja, das Gedächtnis seines Vaters war seine Schwachstelle. Aber eigentlich, oder vielleicht gerade deshalb, war Christian Wohlpflug ein sehr ordentlicher und extrem gut organisierter Mensch. Dafür sprach alleine schon diese exzellente Archivierung seiner Bilddateien.

Robin überlegte weiter. Er wusste, dass man Exif-Daten nachträglich ändern konnte. Aber er war auch ein Computer-Pro und hatte im Chaos Computer Club hacken gelernt. Wusste sein Vater, was er wusste? Robin suchte im Internet. Tatsächlich gab es Programme, mit denen das auch für Computer-Laien möglich war.

Aber warum sollte sein Vater die Bilder rückdatiert haben? Das ergab keinen Sinn. Und überhaupt, hätte sein Vater dann nicht eher nachträglich falsche Daten der Kamera korrigiert als andersherum?

Je länger er darüber nachdachte, desto weniger Sinn ergab das alles.

Robin durchsuchte die anderen Unterordner. Jetzt erst fiel ihm auf, dass es im 2010er-Ordner noch viel mehr Bilder von ihm und Friedrich gab. Besuch bei Tante Isabel im

Allgäu, eine Faschingsfeier in der Kita, sie beide in der Badewanne ... Und alle stammten aus der ersten Jahreshälfte. Es gab überhaupt keine Bilder aus dem zweiten Halbjahr 2010. Die Korfu-Fotos aus dem Juli schienen die letzten zu sein, die ihn und Friedrich zeigten. Und überhaupt die letzten, die seine Eltern in diesem Jahr aufgenommen hatten.

Er klickte in den 2009er-Ordner und fand noch mehr Fotos von sich und seinem Bruder, als Einjährige.

Was war hier los?

Noch etwas verstand er nicht: All diese Bilder, die er im 2010er- und 2009er-Ordner fand – mit Ausnahme der Aufnahmen von Korfu –, hatte er noch nie zuvor gesehen. Dass er sich nicht an die Szenen erinnern konnte – geschenkt, Erlebnisse aus dieser frühen Lebensphase behielt man nicht. Aber eigentlich kannte er alle Kinderbilder in- und auswendig, ihre Eltern hatten sie ihnen oft genug gezeigt.

Diese waren nicht darunter gewesen.

Warum nicht?

Robin stand auf und ging ans Fenster. Er brauchte jetzt eine Zigarette. Dringend.

Während er rauchte, wirbelten seine Gedanken umher. Aber er konnte sie nicht ordnen.

Er spürte nur, dass hier etwas ganz Unheimliches vor sich ging. Etwas Verstörendes.

Er kehrte zurück und klickte sich in den 2011er-Ordner – das Jahr seiner Geburt.

Er fand einen Unterordner namens »Geburt«. Er klickte hinein. Diese Bilder kannte er. Sie zeigten seine erschöpfte, aber überglückliche Mutter in einem Krankenhausbett – mit zwei Babys auf ihrem Bauch.

Friedrich und er waren zweieiige Zwillinge. Sie waren am 11. Juli 2011 im Berliner Urban-Krankenhaus zur Welt gekommen. Die Geburt war nicht einfach gewesen, wie seine Mutter erzählt hatte. Friedrichs Nabelschnur hatte sich gefährlich um seinen Hals gelegt.

Irgendetwas in Robin regte sich, ließ seine Hand auf dem Trackpad herumwischen und wieder in einen anderen Ordner gehen – in den aus dem Jahr 2008.

Er enthielt ebenfalls einen Unterordner namens »Geburt«.

Sein Hals wurde eng.

Wieder fand er Bilder seiner Mutter. Sie sah anders aus als auf den Bildern aus dem Jahr 2011. Ihre kupferroten Haare waren länger, ihr Gesicht jünger. Auch auf diesem Bild wirkte sie erschöpft und glücklich, wie sie da lag – mit zwei Babys auf ihrem Bauch. Robin rief die Exif-Daten auf und suchte den Eintrag unter »DateTimeOriginal«:

2008:05:07 07:05:43

●

»Ich will jetzt wissen, was hier gespielt wird. Sofort!«

Mara war noch völlig benommen. Sie lag auf dem Klappbett in ihrem VW-Bus, der am Rande des Tempelhofer Feldes parkte. Es war kurz nach drei, wie ihre Uhr anzeigte. Sie warf einen schnellen Blick zu Kurt. Ihr Dackel regte sich nur leicht. Er hatte einen tiefen Schlaf.

»Robin? Bist du das?«, fragte sie schlaftrunken in ihr Smartphone. Sie bemerkte gar nicht, dass sie ihn unwillkürlich geduzt hatte.

»Wieso gibt es Bilder von meinem Bruder und mir aus dem Jahr 2010? Wieso gibt es Bilder, die meine Mutter mit zwei neugeborenen Babys zeigen – im Jahr 2008! Wer sind diese Kinder?«

Mara seufzte. »Es ist mitten in der Nacht.«

»Das ist mir egal! Sie schulden mir eine Erklärung.«

Das Navigationsgerät lotste sie nach Schöneberg, wo Robins Eltern wohnten. Kurt gähnte und wimmerte ungehalten. Der Trubel mitten in der Nacht gefiel ihm nicht.

Er hatte ihr die Apostel-Paulus-Kirche als Treffpunkt genannt. Als sie den Bulli auf dem Kirchhof parkte, sah sie eine einsame Gestalt auf den Stufen vor der Kirche hocken.

Sie stellte den Motor ab, öffnete die Beifahrertür und winkte ihn herein.

Nachdem Robin sich gesetzt hatte, holte er ein Päckchen Zigaretten aus seiner Tasche.

»Nicht im Wagen. Kurt verträgt keinen Rauch. Gehen wir ein Stück.«

Schweigend spazierten sie durch die leeren, laternenbeleuchteten Straßen. Die Nacht war warm, die Luft klar, es wehte ein frischer Wind. Ihre Müdigkeit war verflogen.

Nur vereinzelt kamen ihnen Nachtschwärmer aus der Akazienstraße entgegen. Es war ein belebter Kiez, eine schöne Gegend, wie ihr auffiel. Sie gingen in eine Seitenstraße, und schlagartig wurde es wieder einsam.

»Du wolltest wissen, was los ist«, ergriff sie das Wort, weil er immer noch schwieg. Seine Wut schien verflogen. Vielmehr wirkte er nun verstört und in sich gekehrt.

Doch der Blick, mit dem er sie ansah, war fest.

Sie überlegte, wie sie es ihm sagen sollte. Und entschied sich dann, nicht groß drum herumzureden.

»Du und Friedrich – ihr seid Klone.«

Robin blieb stehen. »What?«

»Eure Eltern haben euch klonen lassen. Aus dem Gewebe eurer toten Vorgänger.«

Er sah sie fassungslos an. Er versuchte zu begreifen, was sie ihm gerade gesagt hatte.

Dann schüttelte er den Kopf.

»Tote Vorgänger? Welche toten Vorgänger? Was reden Sie denn da? Das ist doch total verrückt.«

»Ich weiß, es ist harter Tobak. Aber es ist wahr. Du und Friedrich, ihr seid die Klone zweier Jungen, die im Jahr 2010 nicht nur fast, sondern wirklich im Meer ertrunken sind. Ich habe auf Korfu recherchiert und das Segelboot gefunden. Aber wichtiger noch: Ich habe auch den Skipper gefunden, der es damals gesteuert hat. Er heißt Valantis Karagiannopoulos. Er dachte erst, ich wolle ihn erpressen, als ich ihn auf diese alte Geschichte ansprach. Es war nicht leicht, ihn zum Reden zu bringen. Aber schließlich hat er es bestätigt. Ihr seid damals nicht gerettet worden, als ihr über Bord gingt. Ihr seid gestorben. Oder … genauer gesagt: nicht ihr, sondern eure … Originale.«

»Originale?!«

Sie sah in seinem Gesicht, dass er ihr kein Wort glaubte.

»Ich habe Valantis' Aussage aufgenommen. Wenn du willst, spiel ich sie dir vor.«

»Das ist doch Bullshit. Jeder kann irgendeinen Scheiß erzählen! Menschen klonen! Das gibt es doch gar nicht.«

»In Südkorea gibt es eine Klinik, an der ein Wissenschaftler verstorbene Kinder klont. Deine Eltern waren nach dem Tod ihrer Kinder bei ihm.«

Robin schüttelte den Kopf. »Warum sollten sie so etwas tun?« Seine Stimme wurde brüchig. Ein Teil in ihm ahnte offenbar, dass sie recht hatte. Der andere aber wehrte sich noch mit Händen und Füßen gegen die grausame Wahrheit.

»Warum sollten sie so etwas tun?«, wiederholte er und sah sie an. Im Schein der Laterne sah sie seine Augen. Es waren Augen, die Menschen durchdringen konnten, die sahen, wenn jemand schwankte, unsicher wurde, log. Mara hielt seinen Blick aus. Er würde spüren, dass sie die Wahrheit sagte.

»Deine Eltern haben ihre Kinder verloren«, sagte sie. »Stell dir vor, wie schmerzhaft das für sie gewesen sein muss. Stell dir vor, wie es ist, wenn dein Kind stirbt.«

Die letzte Silbe brachte sie kaum heraus, weil sie plötzlich einen Kloß in ihrem Hals spürte. Heiße Tränen drängten in ihre Augen. Sie versuchte, dem Druck der Trauer standzuhalten, sie wollte jetzt nicht weinen, ihre private Geschichte gehörte nicht hierhin. Sie hatte mehrere Fehlgeburten erlitten. Sie hatte sich so sehr ein Kind gewünscht.

Robin schien ihr Schmerz nicht zu entgehen. Rein gar nichts entging diesen Augen, dachte sie. Dann hatte sie ihre Trauer wieder unter Kontrolle, und sie überging seinen fragenden Blick.

»Vielleicht haben eure Eltern in ihrem Schmerz geglaubt, das Schicksal ungeschehen machen zu können«, sagte Mara. »Sie waren ja auch nicht die Einzigen, die meinten, den Tod besiegen zu können ...«

Robin sah sie fragend an. »Ich verstehe nicht.«

»Ich recherchiere schon lange an dieser Geschichte. Ein Informant hat mich auf den südkoreanischen Wissenschaftler gebracht. Er hat viele Kinder geklont. Es gab nur ganz wenige deutsche Kunden.« Sie betonte das Wort »Kunden«, um den Zynismus deutlich zu machen.

»Ich brauche deine Hilfe. Wenn ich eure Eltern dazu bringen kann, mir das alles zu bestätigen, dann können wir diesem Treiben vielleicht ein Ende bereiten. Der Mann klont heute noch Kinder.«

»Warum gehen Sie nicht zu meinen Eltern?«

Es war eine berechtigte Frage, und sie hatte mit ihr gerechnet. Sie entschloss sich, ganz offen zu sein. »Lass uns doch Du sagen. Die Chancen, dass deine Eltern mit mir zusammenarbeiten würden, hielt ich für sehr gering. Ich habe euch aus strategischen Gründen angesprochen. Außerdem hatte ich vermutet, dass sie euch die Wahrheit verschwiegen hatten.«

»Und das entscheiden Sie, wer wann wie die Wahrheit erfährt? Really? Vielleicht hätte ich es ja vorgezogen, nicht zu wissen, dass ich ein Klon bin? Vielleicht wäre ich auch gerne erst einmal gefragt worden?«

»Ihr wurdet auch nicht vorher gefragt, ob ihr geklont werden wollt«, sagte Mara leise. »Eure Eltern haben das entschieden, auch wenn sie es vielleicht gut gemeint haben.«

»Fick dich!«

Endlich duzt er mich, dachte sie.

Er wandte sich ab und hielt kurz inne. Dann rannte er los.

»He! Robin! Warte!«

Sie lief ihm hinterher. Er war schnell, sehr schnell. Aber sie blieb ihm auf den Fersen. Jetzt zahlte sich aus, dass sie regelmäßig joggen ging. Aber Robin war zwanzig Jahre jünger als sie. Nach einigen Minuten holte sie ihn schließlich schwer atmend ein.

Robin saß auf einem Bordstein. Er sah nicht auf, als sie sich schweigend neben ihn setzte. Nachdenklich zupfte er an seinem Schnurrbart.

»Ein Klon«, sagte er nach einer Weile. Seine Stimme hatte sich beruhigt. »Was heißt das? Was bin ich? Eine Kopie? Ein Abklatsch?«

»Nein«, sagte Mara. »Du bist ein Individuum, ein eigenständiger Mensch. Du sammelst eigene Erfahrungen, triffst eigene Entscheidungen, du machst eigene Fehler. Du bist

Robin Wohlpflug. Genauso, wie jeder Zwilling ein eigener Mensch ist und keine Kopie von irgendwem. Das gilt auch für deinen Bruder.«

Nach einer Pause sagte sie: »Hast du eine Zigarette für mich?«

Er reichte ihr eine und steckte sich auch eine an. Schweigend rauchten sie.

Sie fragte sich, ob sie selbst glaubte, was sie eben gesagt hatte. Dreimal hatte sie versucht, ein Kind zu bekommen. Dreimal waren diese Kinder in ihrem Körper gestorben. Hatte sie diese drei kleinen Menschen wirklich als Individuen wahrgenommen? Oder nur als Versuche?

»Ich hasse Zigaretten eigentlich«, sagte Robin.

Sie nahm einen tiefen Zug und blies den Rauch lange aus. »Umso schöner ist doch das Gefühl, das Verhasste wieder auszuatmen.« Nach einem Moment der Stille fragte sie: »Du studierst Musik?«

Robin nickte.

»Und? Macht's Spaß?«

»Es ist ganz okay. Komponieren macht mir Spaß. Ich mache viel mit dem Computer.«

»Ein Faible für Technik hast du offenbar auch«, sagte Mara, mit dem Kinn auf sein Handgelenk deutend. »Was ist das?«

Er trug ein anthrazitfarbenes Gerät, das auf den ersten Blick einer Uhr ähnelte, aber viel flacher und schmaler war und kein Display hatte. Außerdem schien es aus flexiblem Material zu sein.

»Ach das«, sagte er und tippte darauf. Ein Display erschien und zeigte die Uhrzeit an. »Eine Alzheimer-Prophylaxe.«

»Eine Alzheimer-Prophylaxe?«, fragte Mara verdutzt.

»Die KI registriert Veränderungen in meiner Stimme und soll daran beginnenden Alzheimer erkennen können. Keine Ahnung, ob es wirklich funktioniert. Aber ich habe in einem Technik-Magazin darüber gelesen, und in Japan wird's schon eingesetzt. War ziemlich teuer. «

Sie begriff. »Wegen der Krankheit deines Vaters?«

»Obwohl meine Eltern uns immer versichert haben, dass wir es nicht kriegen würden. Tja. Jetzt weiß ich, dass sie recht hatten.«

Mara schwieg betroffen. Ihr wurde bewusst, was Robin und sein Bruder durchgemacht haben mussten. Eine ihrer Tanten hatte an Alzheimer gelitten, aber dem typischen Form der Krankheit, der im Alter auftrat. Robins Vater war noch jung. Seine Erkrankung hatte die Kindheit seiner Söhne geprägt.

»Friedrich studiert Kunst?«, wechselte sie das Thema.

»Wollte ich auch erst machen. Aber jetzt bin ich ganz froh.«

»Wieso das?«

Robin stieß verächtlich die Luft aus. »Ach, da laufen so viele Möchtegerns rum. Glauben, sie haben Ahnung, könnten was. Ich hätte da nicht reingepasst.«

»Und in Musik ist es anders?«

»Die Leute da sind nerdiger. Das ist nicht so oberflächlich wie in der bildenden Kunst. Musik ist irgendwie mathematischer. Da kann man nicht so viel blenden und sich aufblasen.«

»Was komponierst du?«

Er zögerte mit der Antwort. Sie spürte, dass ihm dieses Thema viel bedeutete.

»Elektro. Und klassische Musik. Opern.«

»Opern? Wirklich?«, sagte sie überrascht. Sie hatte erwartet, dass er auf elektronische Musik stand. Aber mit Opern hatte sie nicht gerechnet.

Robin sagte nichts. Schon bereute sie ihre Reaktion.

»Das sollte keine Bewertung sein«, sagte sie. »Ich war nur überrascht.«

»Ist schon okay«, sagte er. »Ich weiß, dass viele das uncool finden. Ist mir aber egal. Elektro ist ganz interessant, das ist aber eher ein Experimentierfeld. Klassische Musik ist viel schwieriger. Es ist für mich die einzig wahre Musik. Was ist mit dir? Bist du gerne Journalistin?«

»Ja«, sagte Mara und stieß einen tiefen Zug Rauch aus. Sie dachte an all die langwierigen Recherchen, die sie gemacht hatte. Die Parteispendenaffäre der Grünen, den korrupten Münchner Klinikchef, der gegen Bezahlung Patienten bevorzugt hatte. Die Missbrauchsfälle im deutschen Kunstturn-Kader. Und sie dachte an die immer schwieriger werdenden Bedingungen, das aufgehetzte Klima in der Gesellschaft, die Lügenpresse-Vorwürfe, angetrieben durch Bernd Sörensen und seine medienfeindliche Partei.

»Ich liebe meinen Job«, sagte sie. »Ich lerne lebenslang dazu, ich tauche in so viele unterschiedliche Welten ein, lerne so viele spannende Menschen kennen. Ich kann mithelfen, etwas zu verändern. Missstände öffentlich machen. Was mich nur nervt, sind die Strukturen.«

»Die Strukturen?«

»Die Medien-Maschinerie. Alles wird immer schneller, immer nervöser, immer überdrehter. Dann noch das ganze Misstrauen gegenüber Journalisten, das vom Deutschen Weg angefacht wird. Die Verlage müssen Geld verdienen. Das ist schwer heutzutage, bei der enormen Konkurrenz um die Aufmerksamkeit der Leser und Zuschauer. Journalismus wird zur Ware, aber Journalismus ist eben nicht das

Gleiche wie Smartphones oder Kekse. Außerdem zieht meine Branche leider auch eine Menge Arschlöcher an …«

Robin lachte. »So wie dich.«

Mara lachte auch, und sie spürte in diesem Moment eine Sympathiewelle zwischen ihnen hin und her wogen.

»Der Beruf verändert einen«, sagte sie. »Man braucht ein dickes Fell. Man muss aufpassen, nicht zu hart oder zynisch zu werden. Man muss sich seine Menschlichkeit bewahren.«

»Dein Move, uns so mit den Fotos zu überfallen, war jedenfalls echt arschig«, sagte Robin.

Sie nickte. »Vermutlich hast du recht.«

»Eine Sache verstehe ich nicht: Was ist mit den Flashbacks? Friedrich und ich erinnern uns an den Unfall. Wie sollten wir das denn können, wenn wir ihn gar nicht erlebt haben?«

Mara wurde hellhörig. »Was sind das für Flashbacks? Woran erinnert ihr euch genau?«

Wasser dringt in seine Nase, will durch die Lippen hindurch in seinen Mund.

Er steckte sich eine neue Zigarette an und zog tief. Mehrfach. Er kämpfte gegen etwas an.

»Ich …«

»Robin«, sagte sie und legte ihm einen Arm um die Schultern. »Alles in Ordnung?«

»Er ist wieder da. Der Flashback. Manchmal kann ich ihn unterdrücken. Manchmal nicht.«

Seine Stimme wurde zu einem Krächzen.

Er öffnet den Mund und lässt das Wasser hinein.

Er holte Luft. Atmete mehrfach tief durch.

»Ich erinnere mich daran, dass ich ertrinke«, sagte er mit monotoner Stimme. »Ich erinnere mich daran, dass ich unter Wasser einatme. Ich bin noch ganz klein, ich habe dafür keine richtigen Worte. Ich habe riesige Angst, ich bin in Panik. Ich schlage um mich. Es ist kalt, eisig kalt.«

Er sah sie an, mit weiten Augen.

»Ich erinnere mich daran, wie ich gestorben bin.«

7

Seoul, 2033

Seine Augen tränten, er musste absetzen. Er konnte nicht mehr lange über Mikroskopen sitzen, es strengte ihn zu sehr an.

Hatte er eben richtig gesehen?

Sein Herz klopfte schnell. Sein Atem beschleunigte sich.

Klassische Musik plätscherte aus den In-Ear-Kopfhörern, er hörte gerne Musik während der Arbeit. Vor allem Beethovens Klavierkonzert Nr. 5. Er hörte es mit dem rechten Ohr, in dem ein Kopfhörer steckte. Moon hatte es sich zur Gewohnheit gemacht, immer ein Ohr frei zu halten – für Anrufe und weil so oft Mitarbeiter zu ihm kamen.

Seine Augen begannen ihn im Stich zu lassen. Vor wenigen Wochen hatte er seinen grauen Star operieren lassen, das hatte etwas geholfen, er sah endlich wieder besser. Allerdings waren seine Augen nach der OP auch sehr empfindlich geworden und tränten bei jeder Gelegenheit. Der Arzt hatte ihm gesagt, dass sich das wieder legen würde. Hoffentlich.

Es half nichts, er war alt geworden. Im nächsten Jahr würde er seinen Achtzigsten feiern. Oder auch nicht. Er hatte nicht viele Freunde. Seine erste Frau hatte ihn 1999 verlassen, sie hatte den öffentlichen Druck und die Scham im Zuge des Skandals nicht länger ertragen. Die Frau, die er danach geheiratet hatte, war vor dreizehn Jahren an Covid gestorben.

Moon Dong-soo hatte nichts mehr außer seiner Arbeit und seinen kleinen Bauernhof. Bald würde er sich zur Ruhe setzen. Er wusste nicht, wie viele Jahre ihm noch blieben. Vielleicht fünf? Vielleicht sieben? Es war ihm ziemlich egal. Doch bevor es so weit war, wollte er noch einen letzten Coup landen. Er würde allen noch einmal klarmachen, dass noch immer er der »King of Cloning« war – und die Schmach von 1999 überschreiben.

Falls er seinen Augen jetzt wieder trauen konnte und es wirklich stimmte, was er im Mikroskop gesehen hatte, dann könnte dieser Moment jetzt da sein. Lebende Mammutzellen! Es war fantastisch!

Es war spät in der Nacht. Moon war alleine in seinem Labor. Durch das Fenster sah er die glitzernden Lichter der Stadt. Die Klaviermusik passte hervorragend zu diesem Anblick. Moon summte leise mit. Er liebte dieses Konzert, mehr als alle anderen von Beethoven. Es war so melancholisch und doch kraftvoll.

Die neuen Gebäude von Siam Biotech lagen auf einem Hügel am Rande von Seoul. Mit dem Geld von Jung, oder besser gesagt Sörensen, hatte er damals den Umzug des Instituts finanzieren können. Ohne großes Erstaunen hatte er den politischen Aufstieg des Mannes verfolgt, der sich ihm als Herr Jung vorgestellt hatte. Kürzlich hatte ihn eine Journalistin aus Deutschland angerufen. Ob sie schon von der Geschichte erfahren hatte? Aber wie? Moon war es fast schon egal. Er war alt, was kümmerte ihn das alles noch. Das Einzige, was ihm noch etwas bedeutete, war das Mammutprojekt. Jetzt könnte es endlich Erfolg haben.

Wenn er an Sörensen dachte, musste Moon immer noch grinsen. Sörensen war ein Idiot, aber seine fünf Millionen Euro hatte er gerne genommen.

Mittlerweile ging es ihm finanziell blendend. Vor allem das Geschäft mit den Hunden war überaus lukrativ geworden. Der Wert von Spürhunden hatte sich herumgesprochen, und die Südkoreaner waren äußerst zufrieden mit seinen Tieren. Zollbehörden, Militär und Polizei rund um den Globus bestellten bei ihm gleich dutzendfach Kopien ihrer besten Tiere. Er hatte das operative Geschäft fast vollständig an Park übergeben, um sich ganz und gar seinem Thema widmen zu können: der Wiederauferstehung des Mammuts.

Grigorjew war schon lange tot. Der alte Haudegen hatte sich irgendwann endgültig die Leber weggetrunken. Seine Tochter Natalya war in die Fußstapfen ihres Vaters getreten und führte das Mammutprojekt fort. Sie stand ihrem Vater in nichts nach, weder was ihre Leidenschaft für die Wissenschaft anging noch in ihrer Trinkfestigkeit.

Die Reisen nach Russland waren in den letzten Jahren häufiger geworden. Moon hatte sich schließlich von Natalyas Begeisterung für die Mammuts anstecken lassen und für sie so etwas wie väterliche Gefühle entwickelt.

Im Grunde trieb ihn nur noch ein Wunsch: Bevor er starb, wollte er dieses längst ausgestorbene Tier lebendig vor sich stehen sehen.

»Dong-Dong«, so nannte ihn Natalya, »Dong-Dong, diesmal könnte es klappen.« Das hatte sie gesagt, als sie ihn vor zwei Wochen angerufen hatte. »Wir haben ein Baby-Mammut gefunden. Laut Datierung ist es nur rund zehntausend Jahre alt. Und sein Fleisch schmeckt so zart wie Lamm.«

Dann hatte sie ihr raues Lachen gelacht. Grigorjews Laster war der Wodka gewesen. Bei ihr kamen noch Zigaretten dazu.

»Wie sehen die Zähne aus?«, fragte er.

»Blendend. Das Tierchen hat sogar noch seine Milchzähne.«

Er war sofort ins Flugzeug gestiegen. Seitdem hatte seine Aufregung nicht mehr nachgelassen.

Nachdem er gelernt hatte, Stammzellen aus alten Zähnen zu gewinnen, hatte er immer wieder gehofft, dass ihm das Kunststück auch bei den Mammut-Stoßzähnen gelingen würde. Aber ein Zehntausende Jahre alter Stoßzahn war offenbar doch noch mal eine andere Liga als ein sechzig Jahre alter Menschenzahn.

Jetzt jedoch schien sein Traum in Erfüllung zu gehen. Er saß über seinem Mikroskop und betrachtete mit zitternden Händen am Vergrößerungsregler die Zellen, die er aus der Zahnpulpa des Mammutbabys extrahiert hatte.

Seine Augen hatten mittlerweile wieder aufgehört zu tränen, und voll gespannter Erwartung riskierte er einen erneuten Blick durch das Objektiv. Es waren wunderschöne, runde Zellen. Sie sahen gesund aus.

Der Rest war tiermedizinisches Handwerk. Er würde diesen Klon einer Elefantenkuh einsetzen. Wenn alles gut ging, würde zweiundzwanzig Monate später das erste geklonte Mammut zur Welt kommen.

Ein Geräusch. Moon horchte auf.

Beethovens Klavierkonzert plätscherte weiter in sein rechtes Ohr. Aber mit dem linken hatte er in der Stille der Nacht etwas wahrgenommen.

Es hatte geklungen wie eine zuschlagende Tür.

War einer seiner Mitarbeiter noch da? Manchmal waren Spätschichten erforderlich, wenn gerade frische Welpen zur Welt gekommen waren. Sie benötigten zusätzliche Betreuung, rund um die Uhr, auch nachts.

Doch derzeit hatten sie keine Jungtiere zu versorgen.

Es war bald Mitternacht. Wer würde so viele Überstunden machen?

Das konnte eigentlich nur Park sein.

Er ging den Gang entlang, bis zu der Tür ihres Büros.

»Hallo?«, rief er durch den Türspalt.

Stille. Seine Nackenhaare stellten sich auf.

Er blinzelte und rieb sich die schmerzenden Augen. Als er sie wieder öffnete, glaubte er, eine Bewegung im Dunkel auszumachen.

Angst kroch seinen Rücken hinauf.

Er drückte die Tür auf. Mit der Linken tastete er nach dem Lichtschalter an der Wand und tat einen Schritt in Parks Büro.

Er spürte, wie ihm etwas auf den Hinterkopf knallte. Dann wurde alles weiß.

Als er die Augen aufschlug, prasselte das Licht der Deckenlampe auf seine Netzhaut. Im ersten Moment sah er nur Schemen. Grelle, spitze Schmerzsalven mischten sich in das dumpfe Pochen seines Kopfes.

Er bemerkte einen metallischen Geschmack im Mund. Er blutete. Langsam tastete er mit der Hand seinen Kopf ab und fühlte die nasse Wunde oberhalb seiner rechten Schläfe.

Jemand musste ihn niedergeschlagen haben.

Klavierspiel in seinem rechten Ohr. Beethoven lief immer noch.

An der Wand sah er den Druck von Paul Klee, den Park so liebte und den die Belegschaft ihr vor fünf Jahren zum Geburtstag geschenkt hatte. Auf dem Bild waren stilisierte rote Vögel zu sehen. Sie sahen lustig aus.

Dann schob sich ein Gesicht vor das Gemälde.

Es gehörte einem Mann mit glatt rasierter Haut. Keine

asiatischen Gesichtszüge. Ein Europäer. Dunkle Augen blickten ihn ausdruckslos an.

»Wie lauten Ihre Zugangsdaten?«, fragte er Moon in einem Englisch, in dem ein Akzent mitschwang. War er Deutscher?

Moons Gehirn ratterte. Er versuchte, die Situation zu erfassen. Er sah an sich hinab und bemerkte erst jetzt: Er saß auf einem Stuhl, seine Hände und Fußgelenke waren daran gefesselt.

»Wer sind Sie?«, fragte Moon. Seine Stimme kratzte. »Was wollen Sie? Ich habe hier kein Geld.«

»Wie lauten Ihre Zugangsdaten?«

Es fiel ihm schwer, sich mit nur einem Ohr auf die Stimme des Mannes zu konzentrieren, mit Beethovens Klavierspiel im rechten Ohr.

»Wieso?«

Der Mann sagte nichts und griff in die Innentasche seiner Jacke.

Plötzlich sah Moon den Lauf einer Pistole vor seinen Augen.

Sein Atem stockte für mehrere Sekunden.

»Mein Nutzername ist ›MoonXing‹«, sagte er, sobald er wieder Luft bekam.

Der Mann trat an den Rechner von Park. Die Log-in-Maske war aufgerufen. Er tippte auf der Tastatur, brach aber schnell ab.

»Es ist alles auf Koreanisch«, sagte er. »Geben Sie es ein.«

Der Mann zückte ein Messer und schnitt die Fesseln an Moons Händen und Füßen durch.

Moon rieb sich die Handgelenke und stand langsam auf. Das Pochen in seinem Kopf wurde heftiger. Ihm war schwindelig. Er setzte sich an Parks Rechner. Dann loggte er sich ein.

Der Mann wollte, dass er die Daten der letzten Jahre aufrief. Moon hatte Schwierigkeiten damit – die Datenverwaltung erledigte für gewöhnlich seine Assistentin. Aber schließlich fand er die gewünschten Ordner.

»Ich brauche alles aus dem Jahr 2007«, sagte der Mann.

Er öffnete den Ordner 2007.

»Zeigen Sie mir die Daten von Ernst Jung.«

Moon zuckte zusammen. So hatte Sörensen sich damals genannt. War Moons Klon-Betrug aufgeflogen? Nach all den Jahren? Hatte Sörensen ihm deswegen einen Killer auf den Hals gehetzt? Als Rache für das Kuckuckskind, das er ihm vor sechsundzwanzig Jahren untergejubelt hatte?

Die Gedanken wirbelten durch Moons schmerzenden Kopf. Wenn es Sörensen um Rache ging – warum hatte er ihn dann nicht sofort töten lassen? Was wollte er mit den Daten?

»Los!«, sagte der Mann unwirsch.

Der dritte Satz von Beethovens Klavierkonzert Nr. 5 ging seinem Ende zu. Mit der Musik im rechten Ohr klickte Moon auf den Ordner »Ernst Jung«. Das Klavier störte ihn, aber er traute sich nicht, vor dem Mann an sein Ohr zu fassen. Offenbar hatte der gar nicht bemerkt, dass er einen Kopfhörer trug. Oder er hielt ihn für ein Hörgerät.

»Es wird Ihnen nicht viel nutzen, sie sind auch alle auf Koreanisch«, sagte Moon.

»Zeigen Sie sie mir.«

Moon hatte Jungs Klon damals wie einen ganz gewöhnlichen Vorgang ablegen lassen. Vermerkt waren alle medizinischen Daten. Es gab Fotos der Eizellen, eine Einschätzung ihrer Qualität, Fotos der erzeugten Embryonen und der Kultur, die Dokumentation des Transfers, des Hormonstatus der Mutter – in Sörensens Fall der Leihmutter, er fand sogar ihren Namen in den Unterlagen: Rebecca Hendrich, neunundzwanzig Jahre, wohnhaft in der Richard-Wagner-Straße 37, 10585 Berlin-Charlottenburg.

An keiner Stelle tauchte das Wort Klon auf. Moon hatte bei seinen Kunden immer alles so dokumentiert, als handele es sich um eine ganz normale künstliche Befruchtung. Eine Vorsichtsmaßnahme, falls die koreanischen Behörden doch noch einmal auf die Idee kommen sollten, ihm das Leben schwer zu machen.

Den illegalen Akt des Klonens selbst hatte er im Grenzgebiet durchführen lassen, ohne schriftliche Belege anzufertigen, die ihn irgendwie belasten könnten.

Der Mann forderte Moon auf, stichprobenartig einige Passagen der Dokumentation auf Englisch wiederzugeben.

Moon fand auch den Zahlungsbeleg über die ungewöhnlich hohe Summe. Jung hatte damals die fünf Millionen Euro in drei Tranchen von einem Konto bei der Deutschen Bank überwiesen. Der Absender lautete: Deutscher Weg e. V.

Die Banküberweisung war auf Deutsch. Der Mann las den Scan und nickte zufrieden.

»Sehr gut. Wo sind die Daten abgelegt?«

»In unserer lokalen Cloud.«

»Gibt es noch anderswo irgendwelche Kopien?«

»Nein.«

Der Mann sah ihn skeptisch an. »Sie haben keine Backups gemacht?«

»Es ist ein RAIDX-System, vierfach redundant«, sagte Moon. »Es macht permanent Back-ups auf mehreren Laufwerken. Aber nur lokal. Wir waren immer vorsichtig, wir wollten nicht, dass irgendetwas von den Daten nach außen dringt.«

Der Mann nickte. »Wo ist die Cloud?«

»Im Keller.«

»Gehen wir.«

Während Moon den Mann zu den Fahrstühlen führte, überlegte er fieberhaft. Eine Flucht war aussichtslos, der Mann würde ihn sofort erschießen.

Offenbar ging es Sörensen nicht um Rache, sondern um die Daten. So wie es aussah, hatte er Angst um seine politische Karriere und wollte seine Vergangenheit aufräumen.

Sein Handlanger würde die Cloud mit all den Daten mitnehmen oder zerstören, das war klar. Die Frage war nur: Was würde er dann tun? Moon war Mitwisser, er hatte Sörensen damals gesehen, konnte ihn identifizieren, konnte bestätigen, dass er einen Klon in Auftrag gegeben hatte, dazu noch einen besonderen – den Klon von Adolf Hitler. Das Klonen von Menschen war eine illegale Handlung. Sie machte ihn als jetzt hochrangigen Politiker erpressbar.

Als sie den Aufzug betraten, sagte Moon: »Nehmen Sie die Daten. Ich verspreche Ihnen, Herr Sörensen hat nichts zu befürchten. Ich bin alt. Ich möchte nur meine Arbeit machen. Bitte.«

Er glaubte, eine Regung im Gesicht des Mannes zu bemerken, als er den Namen Sörensen aussprach. Hatte er seine Lage gerade noch weiter verschlechtert?

Der Mann sah ihn ruhig an, in der rechten Hand die Pistole. Der Lauf zeigte zu Boden.

Moon drückte den Knopf für das Kellergeschoss, aber nichts passierte.

Dann fiel ihm ein, dass er gleichzeitig den Schlüssel brauchte, um das Stockwerk zu autorisieren.

Er griff in seine rechte Kitteltasche, und sofort richtete der Mann die Pistole auf ihn.

»Ich will nur den Schlüssel herausholen«, sagte Moon und zog mit langsamen Bewegungen den Bund heraus. Er steckte den Schlüssel ins Schloss und drehte ihn um.

Was konnte er tun? Es gab einen Sicherheitsdienst im Haus. Er musste irgendwie Alarm schlagen. Nur wie?

Ein Gedanke zog durch Moons Hirn, kühl wie ein Windstoß: Der Wachmann war im Erdgeschoss. Der Killer war bis in Parks Zimmer vorgedrungen, ohne entdeckt zu werden. Der Wachmann war vermutlich nicht mehr am Leben.

Moon war sich jetzt sicher: Sobald der Mann die Daten hatte, würde er ihn erledigen. Er drückte die Taste für das Untergeschoss.

Er überlegte.

Der Mann hatte Parks Zimmer gezielt aufgesucht. Warum war er nicht zu ihm gekommen? Er schien gut informiert zu sein. Auch darüber, dass Park damals involviert gewesen war.

Vermutlich hatte der Killer nicht damit gerechnet, sie zu dieser Uhrzeit noch in der Klinik anzutreffen. Er war wegen der Daten gekommen. Aber mit Sicherheit würde er Park zu Hause auflauern.

Konnte er sie irgendwie benachrichtigen?

Beethoven war mittlerweile verstummt. Aber sein Headset war noch immer mit dem Smartphone verbunden, das in seiner Kitteltasche steckte. Irgendwie musste er den Assistenten aktivieren und Parks Nummer wählen lassen, ohne dass der Mann es bemerkte. Vielleicht könnte er sie warnen, und sie könnte Hilfe holen, um ihn zu retten.

Das Aufzugssignal ertönte. Sie waren im Untergeschoss angekommen. Würde sein Handy hier Empfang haben?

Moon ging voran, er hörte die Schritte des Mannes hinter sich. Sie gingen durch lange Gänge, deren Licht sehr grell war. Ihre Schritte hallten in den leeren Räumen. Dann fand er die Tür zum Serverraum. Sie war verschlossen. Welcher Schlüssel an seinem Bund war der richtige?

»Machen Sie schon! Ich habe nicht ewig Zeit.« Der Mann wurde ungeduldig.

Moon kam eine Idee. Sein Schlüsselbund hatte eine Vorrichtung, es war ein Metallzylinder, in den man Schlüssel einhaken konnte. An den Schlüsselringen hingen kleine Kugeln, die in den Einhakmechanismus des Zylinders passten. Man musste nur die Verriegelung des Zylinders zurückschieben, dann glitten die Kugeln und damit die Schlüssel heraus. Als er in dem Schlüsselbund nach dem Schlüssel suchte, hakte er mit dem Daumen die Verriegelung aus, und die Schlüssel fielen alle einzeln klirrend auf den Betonboden.

»Ach herrje«, rief Moon. »Tut mir leid!«

Der Mann fluchte.

»Tut mir leid«, sagte Moon noch mal und machte Anstalten, sich hinzuknien. Dabei ächzte er laut, um den Eindruck zu erwecken, dass er schmerzende Glieder hatte.

Langsam begann er, Schlüssel für Schlüssel aufzusammeln.

Er hatte etwas Zeit gewonnen.

»Beeilen Sie sich!«, herrschte der Mann ihn an.

»Ich beeile mich ja«, sagte Moon. »Es tut mir leid, ich weiß nicht mehr genau, welcher Schlüssel der richtige ist.«

Er hielt jeden Schlüssel hoch und besah ihn sich aus der Nähe, als sei er kurzsichtig.

Währenddessen überlegte er fieberhaft. Wenn er das Headset durch einen Druck auf sein Ohr aktivierte, würde der Sprachassistent eine mündliche Eingabe von ihm fordern. Der Killer würde misstrauisch werden, wenn er dann auf einmal etwas auf Koreanisch sagte. Außerdem würde er »Park« verstehen.

Gab es einen anderen Weg?

Die Wahlwiederholung konnte man durch einen Doppeltastendruck aktivieren. Hatte er Park zuletzt angerufen? Möglicherweise würde der Assistent auch eine andere Nummer wählen.

Das Risiko war zu hoch. Moon entschied sich für die andere Variante.

Wieder hielt er sich einen Schlüssel vors Gesicht. Dabei murmelte er etwas auf Koreanisch vor sich hin – als wäre er in Gedanken.

Dann hakte er den Schlüssel an den Bund und wiederholte das Spiel beim nächsten Schlüssel.

Der Mann drückte ihm die Pistole in den Nacken.

»Schneller!«

Moon nickte eifrig. Aber nicht ohne weiter auf Koreanisch vor sich hin zu murmeln.

»Wenn Sie mir beim Aufsammeln helfen, geht es schneller«, sagte Moon.

Fluchend löste der Mann die Pistole aus seinem Nacken und tat ein paar Schritte, um weiter entfernt liegende Schlüssel aufzusammeln.

Für einen Moment war er abgelenkt.

Jetzt!, dachte Moon und drückte mit dem Zeigefinger eine Sekunde lang auf das Headset in seinem rechten Ohr.

»Wie kann ich helfen?«, fragte die Frauenstimme auf Koreanisch in seinem Ohr.

Leise sagte er: »Wähle Nummer von Park.«

Dabei versuchte er Park so leise wie möglich auszusprechen, denn das Wort würde der Killer sofort verstehen.

»Das habe ich nicht verstanden«, sagte die Assistentin. »Wen soll ich anrufen?«

Moon fluchte in sich hinein.

Der Mann drehte sich wieder zu ihm um und kam mit mehreren Schlüsseln in der Hand auf ihn zu.

»Hier.« Er reichte sie Moon auffordernd. »Welcher ist es?«

»Das habe ich nicht verstanden«, sagte die Assistentin in Moons Ohr. »Bitte wiederhole deine Ansage noch einmal.«

Er konnte jetzt nicht Park sagen. Der Killer stand direkt vor ihm und würde sofort begreifen, was los war.

Moon nahm die Schlüssel.

»Das habe ich nicht verstanden. Wen soll ich anrufen? Bitte wiederhole deine Ansage noch mal.«

Plötzlich wurde der Killer stutzig. Dann griff er Moon ans Ohr und zog ihm das Headset heraus. Er betrachtete es fasziniert und steckte es sich ans Ohr. Dann lachte er, warf das Headset auf den Boden und zertrat es.

Verdammt, dachte Moon. Verdammt, verdammt!

Der Killer durchsuchte Moons Taschen und nahm sein Smartphone heraus. Er befahl Moon, es zu entsperren.

»Wen wollten Sie anrufen?«, fragte er, während er auf dem Display herumtippte. Er konnte die koreanischen Namen nicht lesen.

Moon presste die Lippen aufeinander.

»Park? Sie wollten sie warnen, nicht wahr? Würde ich an Ihrer Stelle auch tun. Keine Sorge, wir rufen sie gleich noch an.« Dann stutzte er. »Wer hat Sie da aus Deutschland angerufen?«

Sein Peiniger musste in der Anrufhistorie die deutsche Vorwahl erkannt haben.

Die Journalistin, dachte Moon. Der Anruf lag erst wenige Tage zurück. Seit Jahren schon versuchte sie, mit ihm zu reden, hatte ihm zahllose E-Mails geschrieben. Irgendwann hatte sie seine Nummer herausbekommen und ihn immer wieder angerufen. Wie hieß sie noch gleich? Erhardt?

»Ich weiß nicht mehr«, log er. »Irgendeine Kundin, die ihren Hund klonen lassen wollte.« Er hoffte, dass der Killer nicht weiterfragen würde.

Der Mann hob die Pistole und schlug ihm ins Gesicht. So schnell und unvermittelt, dass Moon vor Schreck nicht begriff, was passierte.

Seine Beine knickten ein, und er fiel. Blut spritzte auf den Boden. Instinktiv presste Moon die Hand auf sein Auge.

»Seit wann kümmern Sie sich persönlich um Kunden, die einen Hund klonen lassen wollen?«

Der Schmerz raubte ihm den Atem. Moon keuchte: »Eine Journalistin.«

»Was wollte sie?«

»Sie will wissen, ob ich tote Kinder klone.«

Der Mann lächelte. »Was haben Sie ihr gesagt?«

»Nichts. Ich habe nicht mit ihr geredet.«

»Hat sie nach Sörensen gefragt?«

Moon schüttelte den Kopf.

Der Mann sah ihm fest in die Augen. »Wie viel weiß sie?«

»Ich weiß es nicht. Ich glaube, sie blufft nur«, stieß Moon hervor.

Tränen schossen ihm in die Augen.

Es war alles aussichtslos. Er war sich sicher, dass der Mann ihn erschießen würde. Hier, im Keller seines Instituts.

»Wie heißt sie?«

»Mara. Mara Erhardt«, keuchte Moon.

Der Mann nickte. »Gut. Bevor wir Park anrufen, zeigen Sie mir nun die Cloud.«

Er versuchte Moon dazu zu bringen, den richtigen Schlüssel herauszusuchen, aber als er sah, dass Moon mit seinem Auge beschäftigt war, begann er selbst alle Schlüssel durchzuprobieren. Schließlich öffnete sich die Tür zum

Geräteraum. Es war eine fensterlose Kammer, in der es ohrenbetäubend rauschte vom permanenten Laufen der Kühler. In dem Raum befand sich ein offener Schrank, in dem etwa zehn Rechner mit Laufwerken standen, über Dutzende bunter Kabel miteinander verbunden.

»Das ist alles?«, fragte der Mann, und Moon nickte.

Der Mann musterte die Rechner, dann drückte er auf irgendwelche Knöpfe, woraufhin sich Laufwerkskammern öffneten, denen er die Festplatten entnahm.

»Gut. Und jetzt rufen Sie Park an und sagen ihr, dass sie herkommen soll.«

Moon sah ihn entgeistert an.

»Sagen Sie ihr, dass Sie sie dringend brauchen. Sie soll Ihnen helfen.«

Moon schüttelte den Kopf. »Das wird sie nicht glauben. So etwas tue ich nie.«

»Woran arbeiten Sie gerade?«

Moon zögerte. Er hatte keine Wahl. »An der Klonierung des Mammuts.«

Der Mann nickte. »Dabei brauchen Sie doch sicher Hilfe.« Er hielt ihm das Smartphone hin.

»Los. Rufen Sie sie an. Dann werde ich Sie am Leben lassen.«

Moon hörte kaum noch hin, was der Mann sagte. Er glaubte ihm ohnehin nicht.

Er tippte auf Parks Kontakt, Moon hörte es klingeln. Dann nahm jemand ab.

»Hallo? Professor Moon?«

Park klang ausgelassen. Jemand lachte im Hintergrund.

Moon fiel wieder ein, dass ihre Schwester Geburtstag hatte. Sie hatte früh Feierabend gemacht, um mit ihr zu feiern.

Ohne jegliche Emotion wusste er plötzlich, dass sein Leben vorbei war. Er fühlte nichts mehr. Er wusste einfach: Jetzt blieb ihm nur noch übrig, ihres zu retten.

Auf Koreanisch schrie er in das Smartphone: »Lauf weg, Park! Sörensen ist uns auf den Fersen. Er wird dich …«

Die Kugel durchbohrte seine Stirn und den Frontallappen seines Gehirns. Erst als sie Mikrosekunden später das Sprachzentrum zerfetzte, verstummte er.

8

Berlin, 2033

Robin hatte all seinen Mut zusammennehmen müssen, um Friedrich die Wahrheit zu sagen. Es hatte seinen Bruder tief erschüttert. Friedrich war sensibler als er, Robin hatte immer auf ihn aufpassen müssen, hatte immer versucht, ihn vor Gefahr zu schützen. Aber vor dieser Wahrheit konnte er ihn nicht bewahren.

Seine Reaktion war erstaunlich. Nach einem ersten Zusammenbruch hatte Friedrich sich mit Händen und Füßen gegen die Wahrheit gewehrt. Sein sonst so freundliches und offenes Gesicht verfinsterte sich. Die Fotos aus dem Album des Vaters, die Robin ihm zeigen wollte, sah er sich nicht an. Und dann hatte er einfach hemmungslos geweint und sich zurückgezogen.

Erst am nächsten Tag war er wieder ansprechbar gewesen.

Mit Mara waren sie so verblieben, dass sie zunächst alleine mit ihren Eltern reden würden.

Jetzt stand er in der Küche seiner Eltern und sah seiner Mutter dabei zu, wie sie Kaffee und Tee zubereitete. Sie hatte Torte gekauft und schon auf einem silbernen Tablett angerichtet.

In den vergangenen Tagen hatte er permanent gegen sich selbst ankämpfen müssen. Nach dem ersten Schock war die Wut gekommen, dann die Fassungslosigkeit. Er konnte es einfach nicht glauben, dass seine Eltern so etwas getan hatten. Es passte nicht zu dem Bild, das er von ihnen hatte: das zweier gutmütiger, liebenswerter Menschen.

Was für ihn aber fast noch schwerer wog: Warum hatten sie es all die Jahre vor ihnen verheimlicht?

Robin fühlte sich seiner Mutter so fern wie noch nie, als er sie jetzt beim Kaffeekochen beobachtete, wie sie mit ihrem zierlichen Körper in dem hellgrauen Strickmantel, den sie oft trug, in der Küche herumwuselte, die inzwischen grauen Haare hochgesteckt, natürlich lehnte sie es nach wie vor ab, sie zu färben, obwohl er und Friedrich ihr das immer wieder geraten hatten.

Sie freute sich und lächelte ihn an, und Robin musste sich große Mühe geben, sich nichts anmerken zu lassen. Er wollte warten, bis sie alle saßen, bevor er die Bombe platzen ließ.

Friedrich war zusammen mit ihm gekommen und hatte sich sofort auf die Couch gesetzt. Zur Begrüßung hatte er kaum etwas gesagt, was seiner Mutter aber nicht aufgefallen war – sie war zu sehr mit Vorbereitungen beschäftigt.

»Wie geht's euch, Jungs?«, begrüßte sein Vater sie. »Wie läuft es in der Schule?«

Er sah kurz zu ihm, dann ließ er seinen Blick auf Friedrich zur Ruhe kommen. Robin spürte einen Stich in seinem Herzen. Zum einen, weil ihm wieder einmal klar wurde, wem sein Vater mehr Aufmerksamkeit und mehr Interesse entgegenbrachte. Zum anderen tat es ihm immer wieder weh, wenn sein Vater einen Alzheimer-Aussetzer hatte. Selbst nach all den Jahren, die sie nun mit seiner Krankheit lebten.

»Läuft alles ganz gut, Papa. Mach dir keine Sorgen«, sagte Friedrich mit belegter Stimme. Er war kein guter Schauspieler und erst recht kein guter Lügner. Man sah Friedrich an, wenn es ihm nicht gut ging. Anders als es bei ihm, Robin, der Fall war. Er konnte gut verbergen, was in ihm vor sich ging.

Sein Vater spürte, dass etwas nicht stimmte, und sah Friedrich unsicher an, sein Gesicht wirkte wie glatt gezogen, die Haut papieren, die Gesichtszüge wie poliert. Christian Wohlpflug kam nicht mehr so oft raus, und wenn, dann nur noch in Begleitung seiner Frau – die Gefahr war zu groß, dass er die Orientierung verlor und sich verlief.

Robin wurde nervös, er spürte, dass sein Vater verunsichert war angesichts von Friedrichs Verhalten. Jeder Konflikt verunsicherte ihn schnell, weil er sich fragte, ob es an ihm lag. Er wusste um seine Krankheit. An schlechten Tagen machte es ihn sogar aggressiv, wenn er Zusammenhänge nicht verstand, weil er sich nicht erinnerte, es aus Scham aber nicht zugeben konnte. Aber ihr Vater schien zu dem Schluss zu kommen, dass Friedrichs schroffe Reaktion nichts mit ihm zu tun hatte. Er hatte ab und zu seine Tiefs. Vor allem Auseinandersetzungen mit Justine konnten ihn tagelang runterziehen. Möglicherweise erinnerte sich ihr Vater daran.

»Wir sollen jetzt eine Hausarbeit schreiben«, sagte Friedrich, ohne ihn darauf hinzuweisen, dass sie schon an der Uni waren und nicht mehr in der Schule. »Über ein Thema unserer Wahl.«

»Und, welches hast du dir ausgesucht?«, rief ihre Mutter aus der Küche herüber.

»Expressionismus.«

»Ah, gut«, sagte sie, während sie mit dem Geschirr klapperte. »Die Brücke?«

Friedrich brummte zustimmend.

»Expressionismus?«, fragte Christian Wohlpflug. »Eine Hausarbeit im Kunstunterricht?«

»Schatz, die Jungen interessieren sich sehr für Kunst«, rief Lisa Wohlpflug zu ihrem Mann herüber. »Friedrich studiert Kunst. Und Robin Musik.«

Sie sagte es wie nebenbei. Robin wusste, dass sie vorsichtig war. Man durfte seinem Vater die Erinnerungslücken nicht allzu sehr unter die Nase reiben, sonst wurde er wütend.

»Ah, ja«, sagte ihr Vater. »Wie schön.«

Robin setzte sich auf die Couch und überlegte, wie er gleich das Gespräch beginnen sollte. Ihm war elend zumute. Unterschiedliche Gefühle tobten in ihm: Er fürchtete die Konfrontation mit seinen fürsorglichen Eltern, vor allem mit seinem kranken Vater. Einerseits. Andererseits war er sehr wütend auf sie beide, er fühlte sich hintergangen und nicht ernst genommen. Seine Mutter und sein Vater hatten im Alleingang entschieden, ihnen etwas zu verheimlichen, was ihn und Friedrich betraf. Dabei hätten sie ein Recht darauf gehabt, es zu wissen.

Lisa Wohlpflug stellte das Tablett mit Tee- und Kaffeekanne und zwei Kuchentellern auf den bereits gedeckten Esstisch.

»So, ich habe Erdbeerkuchen und Schwarzwälder-Kirsch-Torte. Extra für dich, Christian.«

Robin fühlte sich unwohl. Gleich würde er die gute Stimmung seiner Eltern zerstören. Er wollte seine Eltern ja verstehen. Ihre Trauer fühlen.

Deine Eltern hatten ihre Kinder verloren. Stell dir vor, was das für ein Schmerz ist, wenn das eigene Kind stirbt.

Es gelang ihm nur bedingt. Da war auch sehr viel Wut in ihm. Er fühlte sich von ihnen betrogen.

»Wie schön, dass ihr beide mal wieder hier seid«, sagte seine Mutter zu ihm und Friedrich, der den Kopf gesenkt hielt und niemanden ansah.

Seine Mutter lächelte ihn an. Sie meinte es nett, aber unwillkürlich hörte er die unausgesprochene Botschaft zwischen den Zeilen: *Schön, dass auch du endlich mal wieder zu Besuch kommst.*

Er war als Erster von zu Hause ausgezogen, sein Verhältnis zu seinen Eltern war distanzierter gewesen als das von Friedrich, insbesondere das zu seiner Mutter. Er war immer der Eigenbrötler gewesen, Friedrich der Sympathieträger. Seine Bindung zu ihnen war von Anfang an enger gewesen, und sie war es bis heute.

»Wir können anfangen«, sagte seine Mutter, und sie setzten sich an den schweren Holztisch.

»Möchtest du auch ein Stück Schwarzwälder?«, fragte sie ihn.

Er hatte überhaupt keinen Hunger, aber er nickte, und ein großes Stück Sahnetorte landete auf seinem Teller.

»Haben wir euch schon erzählt, dass wir planen, im Herbst nach Schweden zu fahren? Euer Vater und ich wollen mal wieder in die Natur.«

Mit der Gabel durchschnitt Robin die Spitze seines Tortenstücks. Ihm war flau.

»… vielleicht auch richtig mit Zelt und Gaskocher. Wie früher, als wir …«

»Wir wissen, dass wir Klone sind.«

Etwas fiel laut krachend auf einen Teller – es war die Kuchengabel seiner Mutter. Lisa Wohlpflugs Gesicht war starr vor Schreck. Sein Vater sah aus, als hätte er gerade etwas Ekliges gegessen.

»Ihr habt eure toten Kinder klonen lassen. Wir wissen davon«, sagte Robin und war selbst darüber erstaunt, wie ruhig er sprach. Sein Ärger war plötzlich wie weggeblasen, verdrängt von einer Art Genugtuung über den Schreck und die Betroffenheit seiner Eltern. Über die Macht, die er über sie hatte.

Seine Mutter sprang auf und rannte in die Küche. Durch die offene Tür sah er sie an der Spüle stehen. Sie stützte sich am Rand des Beckens ab und atmete heftig.

Sein Vater blieb wie versteinert sitzen, die Hand mit der Kuchengabel und einem aufgespießten Stück Torte bewegungslos in der Luft.

Robin sah Friedrichs gequälte Miene. Wahrscheinlich bereute er schon, dass sie das Thema angesprochen hatten.

Er sah ihre Schultern beben. Sie weinte lautlos.

Sein Vater stand auf und ging ebenfalls in die Küche.

Ihr wurdet auch nicht vorher gefragt, ob ihr geklont werden wollt.

Er hörte seine Eltern leise miteinander reden, konnte aber nicht verstehen, was sie sagten. Minuten vergingen, er und Friedrich saßen wortlos am Tisch. Nach einer Weile kehrten seine Eltern zurück. Seine Mutter sah sie aus verheulten Augen abwechselnd an. Sein Vater wirkte kleiner als sonst. Er hatte schützend einen Arm um seine Frau gelegt.

»Wer hat es euch gesagt?«, fragte seine Mutter schließlich, während sie in ein Taschentuch schnaubte.

»Eine Journalistin«, sagte Robin.

»Eine Journalistin?« Seine Mutter war erstaunt. »Welche Journalistin?«

Jetzt kam Robins Ärger wieder hoch. »Ist das alles, was du dazu zu sagen hast?«, fragte er wütend. »Hast du mir zugehört? Wir wissen Bescheid. Nicht dank euch. Sondern dank einer Journalistin! Könnt ihr euch vorstellen, wie sich das anfühlt? Falls nicht, dann sage ich es euch: beschissen!« Seine Stimme überschlug sich. Er war außer sich.

»Wieso habt ihr uns nichts gesagt?«, fragte Friedrich jetzt mit leiser Stimme.

»Was hätten wir euch denn sagen sollen?«, sagte sein Vater.

Robin war überrascht, dass er antwortete.

»Dass es zwei Söhne vor uns gab! Dass sie tot sind. Dass ihr Kopien von ihnen gemacht habt! Wie hießen sie? Friedrich und Robin 1.0? Und wer sind wir für euch? Friedrich und Robin 2.0? Der Aufguss von zwei Toten?«

Seine Stimme war stetig lauter geworden, fast brüllte er. Seine Mutter hielt ihre Augen geschlossen und ließ die Vorwürfe still über sich ergehen.

»Robin …«, sagte Friedrich leise, um ihn zu mäßigen, was Robin nur noch wütender machte.

»Was habt ihr euch dabei gedacht? Dass ihr dem Tod ein Schnippchen schlagen könnt? Dass ihr größer seid als der Tod? Habt ihr geglaubt, alles einfach ungeschehen machen zu können? Dass ihr zwei Menschen wiederauferstehen lassen könnt? Was denkt ihr eigentlich, wer ihr seid? Gott?«

»Robin!« Friedrich sah ihn gequält von der Seite an.

Aber er hatte keine Lust, seine Eltern zu schonen. Er erschreckte sich ein wenig vor sich selbst, aber da war dieses Gefühl von Macht in ihm, und er konnte nicht anders, als weiterzumachen.

»Wisst ihr, das ist schon schlimm genug. Aber noch schlimmer finde ich, dass ihr auch noch glaubt, uns das einfach verschweigen zu können. Als würde es nicht um uns gehen, sondern nur um euch und eure Bedürfnisse. Wie oft musste ich mir von euch anhören, dass ich vor euch Geheimnisse habe, dass ich euch nicht vertraue! Ihr wart keinen Deut besser!«

Schweigen.

Seine Mutter vergrub das Gesicht in den Händen. Für Minuten sagte niemand etwas. Robin sah Friedrich an, der ihm Zeichen gab, dass sie beide vielleicht besser gehen sollten. Es sah so aus, als würden sie heute keine Antworten mehr bekommen.

Er wollte schon aufstehen, als seine Mutter plötzlich sagte: »Du hast recht.« Überrascht setzte er sich wieder.

»Wir hätten es euch sagen sollen«, sagte sie mit gefasster Stimme. »Dein Vater und ich ...« Sie rang nach Worten. »Es ist so lange her. Es waren so schwierige Zeiten. Wir waren völlig am Boden ... nach dem ... Unfall. Wir wollten nie mehr darüber reden.«

Sie sprach das Wort Unfall wieder mit diesem Widerwillen aus, den Robin bereits kannte. Ja, sie hatten nie darüber reden wollen. Das Thema war tabu, und er hatte nun ins Herz dieses Tabus gestochen.

»Unsere Welt war zerstört, nachdem ...«, sie hielt inne, »nachdem sie tot waren. Und es war unsere Schuld, wir hatten ihnen keine Schwimmwesten angezogen. Es war unsere Schuld, und wir konnten es nicht ertragen ...«

»Wie hießen *sie*?«, fragte Friedrich. Es fiel ihm schwer, das Wort »sie« auszusprechen.

»Erik. Und Paul.«

»Erik und Paul«, flüsterte Friedrich.

Die Namen zu hören war wie ein Schlag in den Magen. Vor Robins innerem Auge erschienen zwei Jungen, die aussahen wie er und Friedrich. Er sah sie vor sich, wie sie auf dem Schoß ihrer Eltern saßen, zwei süße kleine Jungs, die er nie kennengelernt hatte. Vertraut und fremd zugleich. Sie hatten im Leben seiner Eltern eine wichtige Rolle gespielt. Und dann, von einem Moment auf den anderen, waren sie verschwunden. Das war alles geschehen, bevor er gelebt hatte. Und bis vor wenigen Tagen hatte er nicht den Hauch einer Ahnung von ihrer Existenz gehabt.

»Es ging so schnell«, sagte sein Vater, versunken in die alten Erinnerungen. Er schien vollkommen klar. »Das Segel schlug um. Im nächsten Moment waren sie im Wasser. Ich wollte hinterher, aber der Skipper ließ mich nicht. Dieser betrunkene Idiot!«

Christian Wohlpflug war aufgeregt. Lisa Wohlpflug legte ihre Hand auf seine.

»Schatz. Bitte. Er ist Erik und Paul hinterhergesprungen, aber es war schon zu spät. Er konnte nur noch ihre Körper bergen.« Wieder rannen ihr Tränen über die Wangen.

Robin hielt den Atem an, er wagte kaum, etwas zu sagen. Die ganzen Informationen überforderten ihn, und er wusste nicht, was er fühlen sollte.

»Warum habt ihr das getan?«, fragte Friedrich. Über sein Gesicht rannen jetzt auch Tränen.

»Friedrich ... Ich war in einem Schockzustand. Ich wusste nicht mehr, wer ich war ... wer wir waren. Ich konnte gar nichts mehr tun. Ich kann mich auch kaum noch an die Zeit danach erinnern. Christian hat ...« Sie blickte hilflos ihren Mann an.

»Es war meine Idee«, ergriff ihr Vater das Wort. »Eure Mutter war völlig am Ende. Ich war sehr besorgt um sie, ich habe um ihr Leben gefürchtet. Ich bitte euch, das zu verstehen, auch wenn es jetzt schwierig ist für euch. Wir waren zuvor schon in Südkorea gewesen, ihr wisst, dass ich diese Krankheit habe, wir wollten nicht, dass unsere Kinder sie erben. Der Arzt hat sie aus Eriks und Pauls Erbgut entfernt.«

Friedrich und Robin hörten gebannt zu. Robin war erstaunt, wie präsent sein Vater war.

»Wir wussten, dass sie dort Hunde klonen. Dass sie noch

weiter gingen, wurde nicht offen ausgesprochen. Aber man erfuhr es, wenn man es wollte.«

»Dass sie auch tote Kinder klonen …«, sagte Robin.

Sein Vater nickte. »Wir fanden das auch erst geschmacklos. Aber als wir dann selbst in dieser schrecklichen Situation waren, war die Welt eine ganz andere. Man kann das nicht verstehen, wenn man es nicht erlebt hat. Wie schrecklich dieser Schmerz ist.«

Robins Mutter blickte auf ihre Hände, als er das sagte. Sie schämte sich.

»In den Tagen nach dem Unfall war alles nur noch Schmerz«, sagte ihr Vater. »Wir wussten nicht mehr weiter. Wir dachten, unser Leben ist zu Ende. Und dann erinnerte ich mich wieder«, sagte Christian Wohlpflug. »An die Klinik. An die anderen Paare, die wir dort gesehen hatten, mit der gleichen tiefen Trauer, die wir nun selbst durchmachten. Aber auch mit neuer Hoffnung, mit diesem Willen, ihre Kinder zurückzubekommen!«

Er ballte die Faust. »Genau das wollten wir auch. Wir wollten unsere Kinder zurückhaben! Es war so ungerecht, was uns widerfahren war. Wir hatten es schon so schwer gehabt, überhaupt Kinder zu bekommen. Trotz meiner Krankheit. Und dann meinte das Schicksal, Gott, wer auch immer da oben, sie uns wieder wegnehmen zu müssen! Es war so … so … unbarmherzig!«

Christian Wohlpflug, sein Vater, ein Mann, der sonst keiner Fliege etwas zuleide tun konnte, hatte dem Schicksal höchstpersönlich den Krieg erklärt. Robin musste schlucken, als er seinen Vater hörte.

»Eure Mutter wusste es damals nicht, aber sofort nach dem Tod von Erik und Paul habe ich Vorkehrungen getroffen.«

»Die Gewebeproben ...«, murmelte Robin. Er hatte auf der Webseite von Siam Biotech gelesen, wie die Kunden der Klinik mit ihren toten Hunden umgehen sollten.

Sein Vater nickte. »Nach dem Tod bleiben nur sieben Tage. Ich habe den Arzt von den Leichen der Kinder Biopsien machen und sie tiefkühlen lassen.«

»Der Arzt ... Hat er sich nicht gewundert?«, fragte Robin.

»Ich erfand irgendeine Ausrede, ich glaube, ich habe gesagt, dass ich wissen wollte, ob sie das Alzheimer-Gen hatten. Für künftige Schwangerschaften. Er hat es mir abgekauft.«

»Und dann hat er die Proben einfach nach Südkorea geschickt. Ohne mir etwas zu sagen«, sagte Lisa Wohlpflug.

Es war also alles die Idee seines Vaters gewesen. Damit hatte Robin nicht gerechnet. Er merkte, dass er instinktiv seine Mutter als treibende Kraft vermutet hatte. Seinem Vater konnte er nicht so böse sein wie seiner Mutter.

»Der Professor ... Wie war noch sein Name?«, fragte Christian Wohlpflug.

»Moon.«

»Professor Moon sagte, ich solle ihm die Proben schicken, er würde sie lagern, so lange wir wollten. Wir müssten uns nicht sofort entscheiden.«

»Das heißt, ihr wart zweimal in Südkorea?«, fragte Robin. »Zuerst, um die Genkorrektur vornehmen zu lassen. Und dann noch einmal, um Erik und Paul klonen zu lassen?«

Lisa nickte. »Das erste Mal waren wir dort im Juli 2007. Das war die Erbgutkorrektur mit der anschließenden künstlichen Befruchtung. Ich wurde gleich beim ersten Versuch schwanger. Wir hatten zwei Embryonen einsetzen lassen, und ich habe Zwillinge bekommen. Erik und Paul wurden im Mai 2008 geboren. Am 7. Mai ...«

Ihre Stimme erstickte.

Robin dachte an die Bilder, die er in den Fotoarchiven seines Vaters gefunden hatte – im Ordner aus dem Jahr 2008.

»Und dann wart ihr wenige Jahre später noch mal da, aber diesmal, um uns klonen zu lassen«, sagte Friedrich. Robin fiel auf, dass er nicht sagte »um Erik und Paul klonen zu lassen«.

»Ja, das war im Oktober 2010«, sagte Lisa Wohlpflug. »Wenige Monate nach dem Unfall. Und am 11. Juli 2011 wurdet ihr geboren.«

Seine Mutter faltete die Hände.

»Jetzt wisst ihr alles.«

Robin schüttelte den Kopf. »Und hat denn niemand Fragen gestellt? Hat sich niemand gewundert, dass ihr kurz nach dem Tod eurer beiden Söhne zwei identisch aussehende Jungen bekommen habt?«

»Jeder hat natürlich geglaubt, dass wir auf natürlichem Wege wieder Kinder bekommen haben«, sagte Lisa. »Na klar, wieder Zwillinge, wieder zwei Jungen, das war schon ungewöhnlich. Aber so etwas passiert. Unsere Freunde haben darüber Bemerkungen gemacht. Unsere Eltern auch. Deine Mutter besonders«, sie sah Christian an, und er nickte. »Sie sah es als göttliche Fügung, dass er uns wieder zwei Jungen geschenkt hatte. Wir haben uns schlecht gefühlt, dass wir niemandem die Wahrheit sagen konnten. Erik und Paul waren erst zwei, als sie starben. Niemand hatte sie als Jungen oder als Teenager gesehen.«

»Und niemand wusste, dass wir Kopien von ihnen sind?«, fragte Friedrich.

»Mir gefällt dieses Wort nicht«, sagte Lisa Wohlpflug scharf. »Ihr seid keine Kopien.«

»Aber wenn es so ist, wieso habt ihr das dann gemacht?«, sagte Friedrich. Robin spürte, dass nun auch sein Bruder ärgerlich wurde. Friedrichs Ärger war anders als seiner. Er transportierte eine tiefe Verletzung. Robin hingegen versteckte sich hinter seinem Zorn.

»Wieso habt ihr nicht einfach wieder Kinder bekommen?«, fragte Friedrich. »Auf normalem Weg? Es muss ja irgendetwas Besonderes an Erik und Paul gewesen sein, dass ihr meintet, sie vervielfältigen zu müssen.«

Robin war erstaunt, wie scharf sein Bruder wurde. Wie hart sein Ton war.

Ihre Eltern schwiegen gequält.

Christian Wohlpflug ergriff als Erster wieder das Wort. »Ich glaube nicht, dass eure Mutter darauf gekommen wäre, aber es war einfach sofort in meinem Kopf. Als eine Möglichkeit, dem Schicksal zu entkommen. Das ist keine wirkliche Antwort auf deine Frage, Friedrich. Erik und Paul waren natürlich etwas Besonderes. Und ihr seid es auch. Ich habe die Gewebeproben einfach eingeschickt, ohne groß nachzudenken über all die Konsequenzen oder die Fragen, die ihr jetzt zu Recht stellt. Ich habe einfach Fakten geschaffen. Auch über Geld brauchte ich mir keine Gedanken zu machen, im Jahr vor dem Unfall hatte ich eine üppige Erbschaft erhalten. Im Nachhinein haben eure Mutter und ich das Ganze so gerechtfertigt, dass wir wegen meiner genetischen Belastung ohnehin wieder nach Südkorea hätten fahren und wieder eine künstliche Befruchtung mit Erbgutkorrektur hätten machen lassen müssen.«

Robin stand auf. Er hatte genug gehört. Viel weiter würden sie jetzt nicht kommen. Wenn sie das Ganze überhaupt irgendwohin führte.

Doch dann fiel ihm noch etwas ein.

»Wer ist wer?«

Lisa Wohlpflug sah ihn verwirrt an. »Was meinst du?«

»Wer ist der Klon von wem? Bin ich Erik? Oder Paul?«

»Robin, bitte!«, sagte seine Mutter unwillig.

»Ich will es wissen!«, sagte er mit einer Härte, die Lisa Wohlpflug zusammenzucken ließ. »Ich habe ein Recht darauf!«

»Du hast Eriks Erbgut«, sagte sein Vater. »Aber Robin, es spielt keine Rolle. Du bist keine Kopie. Du bist du! Und nicht so, wie Erik war.«

»Ach ja? Wie war er denn?«, fragte Robin herausfordernd. »War er etwa lustiger als ich? Offener? Weniger geheimniskrämerisch?«

Er sah seine Eltern mit stechendem Blick an. Seine Mutter schüttelte den Kopf, schwieg aber. Auch sein Vater sagte nichts.

»Wo sind sie begraben?«, fragte Friedrich. »Ich will sie besuchen.«

Lisa und Christian Wohlpflug wirkten überrascht. Dann blickten sie sich an.

»Jetzt?«, fragte Lisa Wohlpflug.

»Jetzt«, sagte Friedrich.

●

Mara war nervös. Wie wohl das Gespräch mit den Eltern verlaufen war? Sie sah auf die Uhr. Mit Robin hatte sie vereinbart, dass er sich melden würde, wenn das Gespräch vorbei war. Nun war es Abend, und noch immer hatte sie nichts gehört.

Sie lief mit Kurt durch Berlin-Schöneberg und versuchte, nicht ständig auf ihr Smartphone zu schauen. Es war bestimmt zehn Jahre her, dass sie sich das letzte Mal hier umgesehen hatte. Jetzt bei Tageslicht fiel ihr erst auf, wie sehr es sich verändert hatte. Sie hatte Schöneberg eigentlich als gutbürgerlichen Stadtteil in Erinnerung. Nun erkannte sie es kaum wieder: Überall lag Müll auf den Straßen, Obdachlose saßen herum, und wo einstmals nette Restaurants, Cafés und Feinkostläden gewesen waren, gab es jetzt nur noch Ein-Euro-Läden.

Seit Jahren befand sich die Wirtschaft in einer Rezession. Die Corona-Pandemie hatte das Land einen hohen Preis gekostet, viele Kleinunternehmer und Künstler hatten aufgeben müssen. Die folgenden Bundesregierungen hatten es nicht geschafft, diesen tiefen Einschnitt zu überwinden. Weder die Ampel-Koalition, noch Schwarz-Grün. Die grünschwarze Regierung hatte dann nur noch eine Priorität: den Klimawandel zu bekämpfen. Mit dem Programm der »ökologisch-sozialen Wende« ging Kanzler Schwarz das zwar energisch an, die kleinen Leute und ihre Nöte verlor er dabei aber aus dem Blick. Dass Maßnahmen wie CO_2-Steuer, Ausbau biologischer Landwirtschaft und Strafabgaben auf Fleisch aus Massentierhaltung, Verbrenner-Autos und Nicht-Ökostrom besonders hart die Geringverdiener trafen, hatte man nicht bedacht. Ebenso hatte man nicht berücksichtigt, dass immer schärfere Klimaverordnungen für den Häuserbau Wohnraum für Geringverdiener unbezahlbar machte und die Sanktionen auf Ölheizungen und fehlende Dämmungen von den Vermietern einfach eins zu eins an die Mieter weitergegeben wurden. Die Folge: Die Mieten stiegen noch weiter, bezahlbarer Wohnraum wurde noch knapper, das Prekariat wuchs und der Hass auf die Politiker ebenfalls – wie auch auf die Journalisten. Ganz zu schweigen von der Reichweite der zahlreichen Fake-News-Portale.

Mara hatte das Gefühl, dass es mit allem nur bergab ging. Bernd Sörensen und der Deutsche Weg hatten es leicht, auf diesem Nährboden der Angst und des Hasses zu gedeihen. Sie trieben alle Parteien vor sich her.

Über dem Land und den Menschen hing die Angst wie eine dunkle Wolke. Angst vor sozialem Abstieg, vor Flutkatastrophen und Stürmen, vor Überfremdung. »Deutschland zuerst«, »Wir glauben an Deutschland, nicht an den Klimawandel«, »Jobs schaffen, Einwanderung stoppen« – das waren die Botschaften und Versprechen von Bernd Sörensens Partei. Überall hingen die DDW-Plakate, selbst hier in Schöneberg, dieser ehemaligen Bastion des Bürgertums.

Ihr Telefon klingelte. Es zeigte keine Nummer an. Das musste Robin sein.

»Hallo?«, sagte eine Frauenstimme auf Englisch. Die Verbindung war schlecht.

Mara war verwirrt. »Wer ist da bitte?«, fragte sie zurück.

»Diese Leitung ist nicht sicher.« Die Frau sprach Englisch mit einem ganz leichten Akzent, den Mara nicht einordnen konnte. »Installieren Sie sich den Krypto-Caller. Senden Sie dann Ihr Token an die Nummer, die ich Ihnen gleich schicke. Ich werde Sie dann per Krypto anrufen.«

»Moment, warten …«

Aber die Frau hatte schon aufgelegt.

War das eine Falle? Wieso sollte sie sich eine Software installieren? Am Ende wollte jemand sie hereinlegen und ihr einen Trojaner unterjubeln, um sie auszuspionieren. Immer wieder hörte sie von Kollegen, die Ziel von Spionage-Attacken gewesen waren.

Doch zwischen all den Spinnern, Hassmailern und Wichtigtuern gab es auch immer wieder wertvolle Informanten. So wie auch der Tipp mit Moons Klon-Business von einem anonymen Informanten gekommen war.

Sie würde das Risiko eingehen müssen. Sie rief den Store

auf und suchte den Krypto-Caller, fand aber keine Applikation unter diesem Namen. Über eine Suchmaschine stieß sie schließlich in einem Hacker-Forum auf einen Download-Link. Nachdem sie Dutzende Bestätigungen angeklickt hatte, dass sie die Software auch wirklich installieren wollte, musste sie nur noch ihren Fingerabdruck eingeben. Nach einer Weile startete die Applikation und generierte ein Token für sie. Dann scannte sie ihr Smartphone auf Trojaner und andere Spionagesoftware. Das dauerte mehrere Minuten. Anschließend verband sich der Krypto-Caller mit irgendwelchen angeblich sicheren VPN-Servern.

Sie schickte das Token an die Nummer, die sie per SMS erhalten hatte.

Wenige Sekunden später vibrierte ihr Smartphone. Das Display zeigte keine Telefonnummer an, sondern nur einen QR-Code. Sie tippte auf den Fingerabdrucksensor, um den Anruf entgegenzunehmen.

»Wer sind Sie?«, fragte Mara.

»Sie haben zu Siam Biotech recherchiert«, sagte die Frauenstimme. »Sie haben Professor Moon angerufen.«

Die Frau sprach ruhig und überlegt, dennoch lag Anspannung in ihrer Stimme.

Mara war überrascht und überlegte, was sie sagen sollte. Sie wollte nicht auf einen Bluff hereinfallen.

»Was wollen Sie?«

»Ich habe Neuigkeiten für Sie: Die Kinderklon-Geschichte ist noch viel größer, als Sie glauben.«

Damit war klar, die Anruferin bluffte nicht.

»Unter Moons Kunden sind deutsche Top-Politiker gewesen.«

»Moment, langsam. Welche Top-Politiker? Was wollten sie bei Moon?«

»Das kann ich Ihnen nur persönlich sagen. Kommen Sie nach Seoul.«

»Woher soll ich wissen, ob ich Ihnen trauen kann?«

Die Frau schwieg einen Moment, vermutlich überlegte sie ihrerseits, wie viel sie preisgeben wollte. »Ich bin eine Mitarbeiterin von Professor Moon.«

»Warum kontaktieren Sie mich? Warum nicht er?«

»Moon ist tot.«

Mara blieb die Luft weg. Ihre Hand krallte sich um das Smartphone.

»Er wurde umgebracht. Von den Leuten, die seine Kunden waren.«

»Ich muss wissen, ob es stimmt, was Sie sagen.«

»Googeln Sie. Ich bleibe dran.«

Mara rief den Browser auf. Hastig tippte sie Moons Namen in das Suchfeld, sie erhielt mehrere Suchtreffer, die ausschließlich auf koreanische Medien verlinkten. Natürlich verstand sie nicht, was dort stand, aber als sie die Texte durch den Translator jagte, war trotz der unbeholfenen Übersetzung schnell klar, dass die Frau die Wahrheit sagte. Moon war spurlos verschwunden. Die Medien spekulierten darüber, dass er sich möglicherweise nach Nordkorea abgesetzt hatte. Angeblich hatte Moon mit dem Regime zusammengearbeitet. »War Moon ein Spion?« – so oder so ähnlich lauteten die Schlagzeilen.

Sie tippte wieder auf das Fenster mit dem Krypto-Call.

»Er ist verschwunden.«

»Er ist tot. Ich habe seine Ermordung mit angehört.«

»Wer hat ihn umgebracht?«

»Bernd Sörensen und Alina Schalk.«

Mara fiel fast das Gerät aus der Hand. »Wie bitte?«, fragte sie keuchend. Sie war wie elektrisiert. Ihre Gedanken flitzten umher. Die beiden Chefs der stärksten rechtsextremen Partei Deutschlands waren in die Kinderklon-Sache verstrickt? Damit hätte sie nicht gerechnet.

»Wie gesagt: Die Geschichte ist größer, als Sie glauben.«

»Sörensen und Schalk waren Kunden von Moon?«, fragte Mara ungläubig.

»Ja.«

»Haben Sie ein Kind klonen lassen?«

»Das werden Sie alles erfahren, wenn Sie nach Seoul kommen.«

»Woher soll ich wissen, dass ich Ihnen trauen kann? Dass Sie wirklich eine Mitarbeiterin Moons sind?«

Die Frau schwieg, sie schien nachzudenken. Dann sagte sie: »Die Wohlpflug-Zwillinge. Ich habe sie selbst geklont. Reicht Ihnen das als Nachweis?«

Mara schluckte. »Wann soll ich kommen?«

»Sobald Sie können. Sie sind in Gefahr. Der Killer hat sicherlich Ihre Nummer in Moons Smartphone gesehen. Er könnte Ihnen schon auf der Spur sein. Wechseln Sie die Nummer und das Gerät.«

Angst ergriff sie, kalt und fest. Sie verfluchte sich, dass sie nicht auf ihren Freund Gregor gehört hatte. Immer wieder hatte er sie dazu ermahnt, mehr technische Schutzvorkehrungen zu treffen. »Rufnummernunterdrückung ist das Mindeste, Mara.« Aber sie hatte ihm widersprochen: »Gehst du ans Telefon, wenn dich eine unterdrückte Nummer anruft? Siehst du. In meinem Job ist Vertrauen ganz wichtig.«

Jetzt rächte sich ihre lässige Haltung.

»Und noch eine Sache: Bringen Sie die Wohlpflug-Jungen mit.«

9

Seoul, 2007

Den ganzen Tag hatte er damit verbracht, das Erbgut zu analysieren, das Park aus den Stammzellen des alten Zahns gewonnen hatte. Vielleicht bekam er auf diesem Wege mehr über den Klon heraus, den er herstellen sollte.

Moon hatte schon viel erlebt mit seinen Kunden. Er hatte Eltern in seiner Klinik gehabt, die ihre Kinder misshandelt und getötet hatten – und sie nun klonen lassen wollten, um sich reinzuwaschen. Hin und wieder versuchten Leute auch, ihm ihr eigenes Gewebe statt dem ihrer vermeintlich toten Kinder unterzujubeln, weil sie sich selbst klonen lassen wollten. Diesen Klonkindern drohte ein schlimmes Schicksal, sie würden vollkommen unfrei aufwachsen, hineingepresst in die Schablone des Lebens, das ihr Original schon einmal gelebt hatte. Moon war daher längst dazu übergegangen, eine Todesurkunde als Bestätigung zu fordern.

Selbst wenn man ihm seit seinem Fälschungsskandal nachsagte, ein skrupelloser Wissenschaftler zu sein: Aufträge, bei denen abzusehen war, dass den Klonen nur Leid drohte, lehnte er ab. Zudem hatte er sich ein für alle Mal geschworen, Ärger und Stress zu vermeiden. Der Skandal hatte ihn Ehre, Ehe, Geld und beinahe seine Freiheit gekostet, seine Karriere als Forscher obendrein. Er hatte so etwas wie eine zweite Chance bekommen. Die wollte er nicht riskieren. Moon hatte sich geschworen: Bei dem kleinsten Unbehagen würde er einen Auftrag ablehnen.

Diesen Schwur hatte er nun gebrochen, denn bei diesem Auftrag hatte er mehr als nur ein kleines Unbehagen.

Seit der Entzifferung des menschlichen Erbguts im Zuge des Human Genome Project gab es umfangreiche Datenbanken, in denen mittlerweile die Sequenzen einiger Tausend menschlicher Erbgute verzeichnet waren. Es waren wertvolle Daten für die Forschung, man konnte beispielsweise Wanderungsbewegungen der Menschheit in der Vergangenheit rekonstruieren oder herausfinden, welche Erbkrankheiten wo besonders häufig auftraten und viele Dinge mehr.

Es wäre ein ungeheurer Zufall, wenn er unter diesen paar Tausend Genomen einen Treffer verzeichnen würde. Er versuchte es trotzdem, glich das Erbgut aus dem Zahn mit den Datensätzen ab – und fand nichts.

Moon lehnte sich zurück und rieb sich die von der anstrengenden Bildschirmarbeit schmerzenden Augen.

Vielleicht sollte er woanders suchen. Auf den Bankbelegen war als Absender DDW e.V. angegeben, dahinter verbarg sich der Verein »Der Deutsche Weg«, gegründet von einem Bernd Sörensen und einer Alina Schalk. Moon war sich fast sicher, dass das die Namen waren, die bei Herrn und Frau Jung auf Impfpässen, Mietverträgen und Kreditkarten standen.

Er googelte die Namen und fand eine kurze Meldung einer ostdeutschen Regionalzeitung, in der stand, dass Bernd Sörensen bereits 2005 gemeinsam mit Alina Schalk in Dresden eine neue Partei namens »Der Deutsche Weg« gegründet habe. Die Partei sei »antieuropäisch, will den Euro abschaffen, die D-Mark wieder einführen, macht sich stark für harte Grenzen und möchte den ›Volkskörper‹ stärken«. Der Journalist räumte ihr wenig Chancen ein. Sörensen beschrieb er als verfemten ehemaligen Geschichtslehrer, der aufgrund fragwürdiger Ansichten zum Nationalsozialismus jede Menge Beschwerden von Schülern und Eltern erhalten hatte und schließlich des Schuldienstes verwiesen worden war. Nun wolle er seine revisionistischen Träume offenbar politisch ausleben. Zu Alina Schalk stand dort nicht viel, nur dass sie Juristin sei und die Frau eines reichen Immobilienmagnaten.

Als Moon nach ihr suchte, fand er zunächst bloß Informationen über ihren Mann, Heinrich Schalk. Er leitete ein Wohnungsunternehmen namens Wohnando. Auf einem Foto war Alina Schalk bei irgendeinem Wohltätigkeitsball zu sehen, neben einem Mann, der mindestens fünfundzwanzig Jahre älter war als sie. Schalk alias Frau Jung war stark geschminkt und trug ein tief ausgeschnittenes, kurzes Kleid. Sie wirkte sehr verführerisch, so wie es ein alter mächtiger Mann vermutlich von der jungen Frau an seiner Seite erwartete. Moon war erstaunt, wie feminin sie aussah im Vergleich zu ihrem Auftritt in seiner Klinik.

Ein geschasster Lehrer, der zusammen mit einer wohlhabenden Juristin eine nationalkonservative Partei gegründet hatte und im angeblichen Auftrag einer anonymen Person mit großem Vermögen einen Menschen aus einem alten Zahn klonen lassen wollte. Was ergab das für ein Bild?

Moon suchte weiter. Er erfuhr, dass Alina Schalk bei Linklaters arbeitete oder gearbeitet hatte, einer international tätigen, hochkarätigen Wirtschaftskanzlei. Sie musste also sehr gute Abschlüsse gehabt haben. Er fand Alina Schalks Namen in einer Veröffentlichung des *Cape Breton Spectator*, einer kanadischen Postille. In dem Bericht ging es um den Kauf von Land auf der im Osten Kanadas gelegenen

Insel Cape Breton. Angeblich hatte eine dubiose Ufo-Sekte namens »Die Raëlianer« dort immer mehr Land in ihren Besitz gebracht. Der Bericht des *Spectator* war eher ein Pamphlet, Schalks Name tauchte nur einmal kurz auf, sie war wohl diejenige, die das Vertragswerk für den Kauf der Ländereien ausgehandelt hatte.

Bei Moon weckte der Name Raëlianer dunkle Erinnerungen. Sie hatten ihn vor Jahren kontaktiert und ihn um seine Expertise beim Klonen gebeten. Als er herausgefunden hatte, dass es sich dabei um religiöse Spinner handelte, hatte er den Kontakt abgebrochen.

Moon googelte die Sekte.

Der Gründer Claude Vorilhon, der sich nun Raël nannte, war ein ehemaliger französischer Journalist. Vorilhon behauptete, in den Siebzigerjahren eine Begegnung mit Außerirdischen gehabt zu haben. Diese hätten ihn dazu auserkoren, der Menschheit zu verkünden, dass sie vor fünfundzwanzigtausend Jahren von einer technologisch hoch überlegenen außerirdischen Spezies namens Elohim erzeugt worden war. Der älteste der Elohim, genannt JHWH, wurde von Juden und Christen als Gott verehrt.

Das Klonen von Menschen war für die Raëlianer zentral, sie glaubten, dadurch Unsterblichkeit erlangen zu können. 2001 hatten sie versucht, den Vorgang in den USA legalisieren zu lassen. Und sie behaupteten, im Jahr 2002 den ersten Menschen geklont zu haben: ein Mädchen namens Eve. Beweise dafür waren sie allerdings schuldig geblieben. Vermutlich hatten sie gemerkt, dass das Klonen von Schafen und Hunden längst nicht das Gleiche war wie das Klonen von Menschen. Selbst einen Affen zu klonen war bereits ungleich schwieriger als ein Schaf.

Moon musste schmunzeln. 2002 war tatsächlich der erste

Menschen-Klon entstanden, hier in Südkorea – ohne dass die Welt davon erfahren hatte. Er war sich sicher, dass er immer noch der Einzige war, dem dieses Kunststück bislang gelungen war.

In einem Interview verkündete Gründer Claude Vorilhon, dass es eines der obersten Ziele der Sekte sei, Jesus und Adolf Hitler zu klonen. Jesus deswegen, weil Vorilhon angeblich der Halbbruder des Begründers des Christentums sei. Adolf Hitler wolle man klonen, um dem Nazi-Diktator nachträglich den Prozess zu machen.

Das Jesus-Klon-Projekt gestaltete sich allerdings schwierig. Die einzige Erbgut-Quelle war, nach Vorilhon, das Turiner Grabtuch, in dem der Leichnam Jesu eingewickelt gewesen sein soll. Doch seit Jahrhunderten wurde um die Authentizität dieses Tuches gestritten. Radiokarbon-Datierungen aus neuerer Zeit ließen vermuten, dass es eine Fälschung war und aus dem Mittelalter stammte.

Beim Lesen dieses ganzen Irrsinns kam Moon aus dem Kopfschütteln gar nicht mehr heraus. Aber dann wurde er stutzig: Bei Hitler, so Vorilhon in einem Interview mit dem *Daily Record*, sei die Sache leichter. In Russland lagere ein Kiefer des Diktators, und man werde die Russen davon überzeugen, ihnen einen Zahn zu überlassen.

Moon lehnte sich zurück. Ein sehr ungutes Gefühl machte sich in seiner Magengegend breit.

Vorilhon war ein Spinner, keine Frage. Aber das musste nicht bedeuten, dass nicht Teile seines Irrsinns eine reale Basis hatten. Und schon gar nicht, dass dieser Irrsinn nicht weite und folgenschwere Kreise ziehen konnte.

Ein ehemaliger Geschichtslehrer mit rechtsnationaler Gesinnung war zu Moon gekommen und hatte ihm einen sechzig Jahre alten Zahn mitgebracht, aus dem er einen

Klon herstellen sollte. Bernd Sörensen hatte zusammen mit Alina Schalk eine rechtsnationale Partei gegründet. Schalk wiederum hatte für Vorilhon gearbeitet, den Mann, der Adolf Hitler aus einem Zahn klonen wollte.

War Claude Vorilhon der ominöse Auftraggeber, der hinter Sörensen und Schalk stand? Sollte es ihm tatsächlich gelungen sein, an einen Zahn von Adolf Hitler zu kommen?

Moon war alarmiert, wie besessen suchte er im Netz nach Informationen über Hitlers Tod.

Historiker gingen davon aus, dass sich der Diktator am 30. April 1945 in seinem Bunker in Berlin umgebracht hatte, gemeinsam mit seiner Geliebten Eva Braun, die er noch kurz vor dem Suizid geheiratet hatte. Wie Hitler und Braun genau starben, darüber gingen die Meinungen auseinander. Wahrscheinlich hatte er sich erschossen. Möglich war aber auch, dass er und Braun sich mit Zyankali-Kapseln vergiftet hatten. Vielleicht hatten sie auch beides getan. Niemand war in den letzten Minuten der beiden dabei gewesen, und von den im Bunker verbliebenen Getreuen Hitlers gab es unterschiedliche Aussagen dazu.

Auch über das, was dann mit den Leichen geschah, gab es keine gesicherten Informationen. Es war wohl Hitlers Wunsch gewesen, dass seine Leiche verbrannt werden sollte, weil er fürchtete, dass sie sonst zu einer Trophäe Stalins werden würde. Hitlers Getreue berichteten, dass sie die beiden Leichen mit Benzin übergossen und im Hof des Bunkers verbrannt hatten. Doch was mit den verkohlten Resten passiert war, blieb unklar. Angeblich fanden russische Soldaten die Überreste und identifizierten Hitler anhand seiner Zähne. Ein Kieferknochen des Diktators landete schließlich über Umwege beim sowjetischen Geheimdienst und wurde seither in einem Moskauer Archiv gelagert.

Moons Hand krampfte sich um die Maus, als er weiterlas: Im Laufe der Jahrzehnte wurden der Knochen und die Zähne immer wieder untersucht, zuletzt 2003 von einem Franzosen und einem Deutschen.

Die Wissenschaftler verglichen die Zähne mit Röntgenbildern und Aufzeichnungen von Hitlers Zahnarzt. Das Fazit der Wissenschaftler: Die Zähne waren echt.

Der Untersuchungsbericht von Mark Benecke, dem deutschen Kriminalbiologen, der Hitlers Zähne in Augenschein genommen hatte, war eindeutig. »Wenn Hitler noch lebt, dann läuft er ohne Kiefer herum.«

Moon bekam eine Gänsehaut.

War es möglich, dass Vorilhon an einen Zahn von Hitler gelangt war? Auszuschließen war es nicht. Vorilhon war reich. Vielleicht hatte er die Archivare bestochen? Genauso war es denkbar, dass einer der russischen Soldaten damals einen Zahn als Trophäe behalten hatte. Vielleicht war der über die Jahre über dunkle Kanäle weiterverkauft worden und letztlich bei Vorilhon gelandet.

Moon spürte, wie sein Puls beschleunigte.

Es klang zu irre, um wahr zu sein. War wirklich jemand mit einem Zahn Adolf Hitlers zu ihm gekommen, damit er den schlimmsten Massenmörder aller Zeiten klonte?

Sein Unbehagen wuchs ins Unermessliche.

Doch noch fehlte ihm Gewissheit. Wer sagte denn, dass es tatsächlich der Zahn Hitlers gewesen war, den Park Seoyoung zersägt hatte? Er hatte die DNA-Sequenz der Zellen. Wenn man diese mit dem Erbgut der Nachfahren von Adolf Hitler vergleichen könnte, müsste man Übereinstimmungen finden. Das wäre ein direkter Beweis.

Aber war das überhaupt möglich? Hatte Hitler noch lebende Nachfahren?

Wieder stöberte Moon im Netz.

Der Diktator hatte keine eigenen Kinder. Aber die Familie Hitler war groß.

Hitler hatte mehrere Halbgeschwister gehabt. Einer von ihnen, Alois Hitler junior, war zu Lebzeiten des Diktators nach Großbritannien ausgewandert und hatte mit einer Irin 1911 einen Sohn gezeugt: William Patrick Hitler. Auch dieser Neffe Adolf Hitlers schien kein guter Mensch gewesen zu sein. Als sein Onkel nach und nach zu Berühmtheit gelangt war, hatte William Patrick Hitler in den Dreißigerjahren versucht, Geld von ihm zu erpressen. Hitler hatte seinen Halbneffen als seinen »widerlichsten Verwandten« bezeichnet, und William Patrick Hitler war schließlich mit leeren Händen in die USA ausgewandert. Dort hatte er weiterhin versucht, Kapital aus seinem Diktatoren-Onkel zu schlagen, indem er in den Medien gegen ihn stänkerte. Moon fand eine Ausgabe des *Look Magazines*, in der William Patrick Hitler sich offenbarte, sie trug den Titel »Why I Hate My Uncle«. Nach dem Krieg legte Hitlers Halbneffe seinen Nachnamen ab und nannte sich fortan Stuart-Houston. Er zeugte vier Söhne. Drei von ihnen lebten tatsächlich noch und wohnten in Long Island. Die Brüder gaben keine Interviews. Sie waren alle kinderlos. Es hieß, sie hätten heimlich einen Pakt abgeschlossen, ihr verfluchtes Erbgut nicht weiterzugeben.

Jetzt wurde es interessant: Moon las in einer Schweizer Zeitung, dass offenbar ein belgischer Reporter Hitlers ältestem Großneffen, Alexander Adolf Stuart-Houston, aufgelauert und von ihm heimlich eine DNA-Probe erbeutet hatte. Die Geschichte war abenteuerlich und ein echter Yellow-Press-Stunt. So war der Reporter namens Jean-Paul Mulders Alexander Adolf in einen Drive-in gefolgt und hatte eine Papierserviette ergattert, die der Großneffe Hitlers achtlos aus dem Auto geschmissen hatte. Auf der Serviette fanden sich Spuren von Hühnerfett, aber offenbar auch genügend Hautzellen des Hitler-Nachfahren, sodass Mulders das Erbgut von Hitlers Großneffen in einem Labor analysieren lassen konnte. Dabei konzentrierte sich das Labor auf das Y-Chromosom, welches nur über die väterliche Linie vererbt wird und als eindeutiger Abstammungsbeweis gelten würde.

Moon googelte Mulders und stieß auf die Homepage des Journalisten. Er hatte ein Buch über seine Recherchen veröffentlicht: *Auf der Suche nach Hitlers Sohn: Eine Beweisaufnahme*. Die ganze abenteuerliche Aktion mit der Servietten-Jagd hatte Mulders nur gemacht, um zu klären, ob Adolf Hitler im Ersten Weltkrieg einen Sohn mit einer Französin gezeugt hatte, wie hinter vorgehaltener Hand behauptet wurde. Dafür hatte er das Erbgut des Großneffen benötigt – um es mit dem des angeblichen französischen Sohnes abzugleichen.

Im Buch kam Mulders zu dem Schluss, dass die Erbgutinformationen nicht übereinstimmten. Ergo: Hitler hatte keinen Sohn gezeugt.

Was für Moon aber das Entscheidende war: Mulders besaß das Referenz-Erbgut des Großneffen. Wenn er die Sequenz von Mulders bekommen würde, könnte er sie mit der des Zahns abgleichen. Stimmten die Y-Chromosom-Sequenzen überein, dann wäre das ein unwiderlegbarer Beweis dafür, dass es sich um den Zahn von Adolf Hitler oder zumindest eines Verwandten handelte.

Hastig suchte Moon auf Mulders Homepage nach der E-Mail-Adresse des Reporters.

Auf Englisch tippte er:

Sehr geehrter Herr Mulders,
ich bin im Besitz einer Erbgutprobe, die von einem Verwandten Adolf Hitlers stammen soll. Dies würde ich gerne überprüfen. Wie ich erfuhr, sind Sie im Besitz einer Probe des Erbgutes eines Großneffen Adolf Hitlers. Ich würde gerne beide Erbgute miteinander vergleichen und sende Ihnen hiermit die DNA-Sequenz des Y-Chromosoms zwecks Abgleich zu (im Anhang).
Ich wäre Ihnen sehr verbunden, wenn wir die Sache vertraulich behandeln könnten.
Mit freundlichen Grüßen
Prof. Dr. Moon Dong-soo, Siam Biotech, Seoul

Natürlich wollte er nicht gleich mit der ganzen Wahrheit herausrücken und schrieb deshalb von einem Verwandten Hitlers. Moon erwartete nicht, dass Mulders antworten würde. Aber einen Versuch war es wert.

Er lehnte sich zurück und atmete tief durch.

Egal, ob es nun wirklich ein Zahn Hitlers war oder nicht, er sollte die Finger davon lassen. Mit Sekten und mit Nazis war nicht zu spaßen.

Aber was, wenn er den Auftrag ablehnte? Konnte er ihn überhaupt ablehnen? Vielleicht würden sie ihn zwingen? Er traute solchen Leuten alles zu.

Und dann war da noch das Geld … Fünf Millionen Euro. Geld, das er dringend benötigte.

Was sollte er tun?

Sollte er den Klon einfach produzieren und dann die irren Raëlianer damit machen lassen, was sie wollten?

Ein Klon ist nicht das Abziehbild eines Menschen, sondern ein eigenständiges Individuum. Ein Klon ist wie ein Zwilling, der aus der Zeit gefallen ist.

Das waren seine eigenen Worte gewesen. Was er Sörensen bei ihrem kurzen Zusammentreffen aber verschwiegen hatte, war, dass die Zwillingsforschung noch immer uneins darüber war, was eine Persönlichkeit stärker prägte, die Gene oder die Umwelt. Derzeitiger Stand war, dass die Gene deutlich überwogen.

Nichtsdestotrotz war natürlich auch Adolf Hitler ein Produkt seiner Zeit. Deutschland nach dem Ersten Weltkrieg war ein frustriertes, ausgeblutetes und gedemütigtes Land gewesen, die Weltwirtschaftskrise hatte viele in Arbeitslosigkeit und Armut gestürzt. Moon war kein Historiker, aber seines Wissens waren das die Hauptfaktoren für Hitlers Aufstieg gewesen.

Zweifellos war er aber eine Ausnahmeerscheinung, mit einem unheilvollen Talent, die Massen zu begeistern und hinter sich zu scharen.

Es war das falsche Erbgut zur falschen Zeit gewesen.

Könnte sich so etwas heutzutage wiederholen?

Es war ein Risiko, keine Frage. Wollte er, Moon Dong-soo, wirklich einen aus der Zeit gefallenen Zwilling Hitlers auf diese Welt loslassen?

Er hatte fürchterliche Kopfschmerzen. Heute würde er das nicht mehr entscheiden können. Außerdem wollte er Mulders Antwort abwarten. Er musste ins Bett.

Aber in ihm keimte eine Idee. Sie war so verwegen, dass er grinsen musste.

10

Berlin, 2033

Liebe Leute.

Ja, es ist wieder Zeit für so ein Video. Ich begrüße euch zu einer neuen Ausgabe von Die Zerstörung.

In wenigen Tagen sollen wir eine neue Regierung wählen. Und viele von euch fragen sich vermutlich genauso wie ich: Shit, was soll ich tun? Wen soll ich wählen?

Keine Ahnung, was ihr tun sollt. Keine Ahnung, wen ihr wählen sollt. Aber was ich hier gerne mal machen möchte, ist zu schauen: Was tun die da eigentlich?

Mit »die« meine ich: die da oben. Unsere Regierung. Also Bundeskanzler Guido Schwarz, die Grünen und die CDU.

So kurz vor den Wahlen haben wir uns mal genauer angesehen, was die da oben wirklich treiben, was die Konsequenzen der Politik der letzten Jahre für junge Menschen in Deutschland sind. Seit Jahren ist das Thema Klimaschutz Prio eins auf der Agenda des Bundeskanzlers und seiner Partei.

Wir wollten vor allem wissen: Wie ist die Regierung drauf, was tun die da eigentlich? Und was hat das für Folgen für uns?

Eins kann ich jetzt schon sagen: Da passiert ein Epic Fail, direkt vor unseren Augen. Ich hätte das nicht gedacht, dass das so heftig ist.

Wir haben uns nicht nur die Grünen angesehen, sondern auch die CDU, mit der sie seit Jahren zusammen regieren.

Was mich überrascht hat und ich in diesem Video zeigen

*möchte, ist, wie inkompetent der Bundeskanzler und die Grünen agieren. Es geht nicht nur um einen random Versprecher oder Verkacker. Nein, es fehlt denen wirklich an essenziellen Skills, die man als Politiker in einem hohen Amt haben sollte. Es geht um Respektlosigkeiten und klare Unwahrheiten der Bevölkerung gegenüber. Es geht um offensichtlich illegale Aktivitäten von Politiker*innen. Es geht um systematische Politik, die gegen die jungen Generationen gerichtet ist, also uns.*

Der E-Auto-Zwang, die krasse Besteuerung von fossilen Brennstoffen, die CO_2-Steuer, die Bio-Fleisch-Verordnung, die Solardächerpflicht – all das macht die Leute arm. Der Klimaschutz von Kanzler Schwarz macht arm.

Bio-Fleisch. Okay, ich bin eh Vegetarier, ich könnte sagen: Cool, nice, dass ihr euch um die Tiere sorgt. Mach ich auch. Aber ich denke nicht nur an mich. Ich denke auch an die alleinerziehende Mutter, die ihre drei Kinder satt kriegen muss. Mit teurem Bio-Fleisch wird sie das nicht schaffen. Ebenso wenig der Fließbandarbeiter, die Kassiererin, der Kita-Erzieher, die Krankenschwester. Leute! Mal ehrlich! Interessiert euch das auch nur ein kleines bisschen?

Und was tun die Grünen, die CDU wirklich? Für unseren Wald, unsere Flüsse, die Insekten? Ich werde euch in diesem Video beweisen, dass die CO_2-Reduktionen, auf die Kanzler Schwarz so stolz ist und an denen er seine Kanzlerschaft messen lassen wollte, in Wahrheit ein gigantischer Fake sind. Die Emissionen wurden einfach ins Ausland verschoben, den Dreck machen die anderen für uns, die armen Länder, während wir Deutsche uns mit einer angeblich weißen Weste brüsten.

In diesem Video werde ich euch zeigen, wie durch diese miese Politik in den letzten Jahren die Armen immer ärmer wurden und es für junge Menschen nahezu unmöglich geworden ist, sich ein Leben aufzubauen, einen gesicherten Job, eine bezahl-

bare Wohnung zu finden. Weil Migranten der Regierung wichtiger sind als die eigene Bevölkerung. Ich will euch in diesem Video zeigen, dass es vor allem junge Deutsche sind, die die Loser sind. Also wir alle.

In diesem Video kommen nicht alle Parteien gleichermaßen vor. Ob das damit zu tun hat, dass in einigen Parteien mehr loste Leute unterwegs sind als in anderen, mag ich nicht beurteilen. Ich kann nur sagen, wer verkackt hat.

Und wie immer werde ich natürlich alles mit Quellen in der Videobeschreibung belegen. Ihr wisst: Ich mache so was nicht oft. Aber wenn, dann ordentlich.

Das hier wird kein langweiliges Politik-Video. Das wird ein Zerstörungs-Video. Aber letztlich bin nicht ich es, der zerstört. Leute, ihr wisst es, ich habe es euch oft genug erzählt: Ich war in Syrien, seit zweiundzwanzig Jahren, seit fucking zweiundzwanzig Jahren herrscht dort Krieg. Ich weiß, was wahre Zerstörung bedeutet. Das brauchen wir hier nicht. Deutschland ist ein nices Land. Wir wollen nicht, dass Grüne und CDU uns das kaputtmachen.

Ich zeige euch in diesem Video, wie die Grünen und die CDU unser Land, unsere Zukunft und letztlich sich selber zerstören. Und das, obwohl die grün-schwarze Regierung behauptet, dass sie das Land retten und den Klimawandel stoppen will. Dass sie unbedingt eine Klima-Negativbilanz von zehn Prozent bis 2040 schaffen wollen. Kann ja sein, aber wenn es bedeutet, dass sie uns destroyen, ist das ein Fail.

Los geht's.

●

Arthur hatte sich die Kapuze des Hoodies tief ins Gesicht gezogen. Er wollte nicht erkannt werden. Es passierte ihm immer öfter, dass Leute ihn ansprachen. Er hatte Lover, und er hatte Hater – man wusste nur nie, wer ihn da gerade anging.

Arthur war ambivalent. Einerseits suchte er die Bewunderung, die Massen, sein Instatube-Kanal hatte mittlerweile vier Millionen Abonnenten. Dabei hatte er ihn erst vor wenigen Wochen gestartet.

Aber zu viel Nähe zu den Menschen ertrug er auch nicht.

Er hatte nie viele Freunde gehabt. In Syrien hatte er dann wirkliche gefunden, Kameraden, denen er sein Leben anvertraut hatte: der Brite Andrew. Und natürlich Wadi, der Syrer.

In der Schule war Arthur mehr oder weniger ein Sonderling gewesen, ein Einzelgänger, obendrein noch launisch und unzugänglich. Sie hatten keine Ahnung gehabt. Die Lehrer, seine Mitschüler. Diese Kretins. Für ihn hatte es nur seine Kunst gegeben, die war ihm immer das Wichtigste gewesen. Das hatte er mit seinem Freund Patrick geteilt, mit ihm hatte er quasi alles gemacht. Bei ihm hatte er sich halbwegs verstanden gefühlt. Patrick war sein einziger Freund gewesen – bis der ihn verraten hatte. Er hatte einfach nicht verstehen können, weswegen Arthur ausgerechnet nach Syrien gehen wollte.

Genauso wenig wie Lena.

Er hatte oft an sie denken müssen in Syrien. Wenn sie nachts in den Ruinen Unterschlupf gesucht hatten, nicht wissend, ob sie den nächsten Tag überleben würden, dann hatte er an sie gedacht. Der Gedanke an sie hatte ihm Kraft gegeben, hatte ihn die Gräuel des Krieges besser ertragen lassen. Er dachte an Lenas Haare. Er hatte es immer so geliebt, sie zwischen seinen Fingern hindurchfließen zu lassen. Arthur dachte an ihre zarten Wangenknochen, die er so gerne berührt hatte, unzählige Male hatte er versucht, sie auf Papier zu bannen.

Lange hatte es gedauert, bis er es gewagt hatte, ihren Körper zu berühren. Sie hatte seine Schüchternheit anziehend gefunden. Aber es war weniger Schüchternheit als vielmehr ein Empfinden von Respekt – vor etwas Sakralem. Etwas, das größer war als die Menschen. Etwas Überirdisches. Etwas, das er kaum wagte zu berühren, weil es dann verändert würde, womöglich entzaubert.

Arthur träumte lieber den Traum, als daraus zu erwachen.

Deswegen hatte er Lena lieber in seiner Fantasie behalten, als ihr tatsächlich zu schreiben.

Er erinnerte sich an das letzte Mal, als er mit ihr gesprochen hatte. Damals hatte er sie aus Jordanien angerufen, um ihr zu sagen, dass er mit Andrew und Wadi nach Syrien gehen wollte. Sie hatten sich heftig gestritten. Lena hatte nicht verstehen können, weswegen er in dieses Land gehen wollte. Weswegen er sie und ihr Leben verlassen wollte.

Ihr war es schon schwer genug gefallen zu begreifen, warum er überhaupt Deutschland verlassen hatte. Doch er hatte es in Berlin einfach nicht mehr ausgehalten. Der Tod seiner Mutter hatte ihn schwer getroffen. Dann die Absage von der Kunsthochschule. Er war in ein Loch gestürzt, hatte sich zurückgezogen, in seine Kunst, in die Bücher, in eine Welt, die nur er verstand.

Eigentlich hatte ihn nur noch Lena hier gehalten.

Jordanien war Alinas Vorschlag gewesen. Sie hatte ihm erzählt, dass es dort fantastische Wüstenlandschaften gab, die zum Zeichnen einfach ideal waren. Sie hatte recht behalten. Diese Formen, dieses Licht, es war herrlich.

Im Wadi Rum blieb er bei den Beduinen. Zeichnete,

dachte nach. Über den Tod, über seinen Vater, den er gehasst hatte. Über seine Mutter, die er so sehr geliebt hatte.

Als Alina ihm die Nachricht von ihrem Tod überbracht hatte, war er zusammengebrochen.

Arthur holte tief Luft. Die Erinnerungen waren immer noch schmerzlich. Er lief durch die Straßen von Friedrichshain. Sah die Altbauten und die breiten Straßen, die intakten Wege und Häuser. Er begriff, dass hier niemand schoss, niemand schrie, dass hier keine abgetrennten Gliedmaßen herumlagen. Keine Leichen. Er war noch immer nicht wieder richtig angekommen in dieser Welt, von der er sich vor vier Jahren verabschiedet hatte.

Ziellos lief er vor sich hin. Vermied es, die Blicke der Menschen zu erwidern, die ihm entgegenkamen. Überall sah er die Wahlplakate, von denen selbstzufriedene Gesichter blickten, vor allem das von Bundeskanzler Guido Schwarz. Wie er ihn verabscheute, mit dieser auf jugendlich getrimmten Frisur, mit dem aufgesetzten verschmitzten Lächeln.

Vor einem der Plakate blieb Arthur stehen. Es zeigte Schwarz in einem Hemd, die Ärmel hochgekrempelt, die Hände in die Hüften gestemmt. Eine typische Macher-Pose. Darauf stand: »Guido. Gut fürs Klima. Gut für Deutschland.«

Die CDU-Plakate waren nicht viel besser. Parteichef und Kanzlerkandidat der Union Rainer Thomsen war ein verkniffener Spießer mit Scheitel, randloser Brille und Akne-Narben. Wenn er redete, wirkte er wie ein Oberlehrer. Er war ein Mann ohne Ideen, fast war Arthur da noch Ernst Loibl lieber, der CSU-Chef, der keine Gelegenheit ausließ, um gegen Thomsen zu sticheln und klarzumachen, dass er der bessere Kandidat gewesen wäre.

Arthur betrachtete das Plakat von Guido Schwarz. Er spürte die Verachtung in sich wie ein hungriges Tier, das ausbrechen wollte. »Gut für Deutschland«. Normalerweise vermieden die Grünen jegliche nationale Geste, in ihrer verklemmten politischen Korrektheit. Es war ein billiger Versuch, dem Deutschen Weg Wähler abzujagen.

Arthur hasste die Grünen und insbesondere Guido Schwarz. Deutschland hatte Syrien verraten. Es war Schwarz gewesen, der sich damals gegen eine europäische Syrien-Resolution starkgemacht hatte – was einen militärischen Einsatz vollends verhindert hatte. Damit hatte vor allem er das Land Assad und Putin überlassen.

Gut für Deutschland? Er, Arthur Hendrich, würde diesen Gestalten noch ihre Selbstgefälligkeit austreiben. Sie lehren, was das hieß, was wirklich gut für dieses Land war. Oder noch besser: Er würde sie aus dem Land jagen. Wenn Bernd Sörensen recht hatte, dann würde es bald so weit sein.

Er spuckte auf das Plakat. Der Speichel landete mitten im Gesicht von Guido Schwarz. Langsam rann die Spucke über die lächelnden Lippen des Kanzlers, passierte sein Kinn und floss dann über den Hals.

Arthur fühlte Befriedigung.

Er hatte nicht gemerkt, dass eine Frau an ihm vorbeilief. Sie schob einen Kinderwagen vor sich her und hatte gesehen, wie er auf das Bild gespuckt hatte. Heftige Scham überkam ihn, dann sah er, dass sie die Augen aufriss. Sie hatte ihn erkannt und zückte ihr Smartphone. Schnell hastete er mit gesenktem Kopf weiter.

Immer wieder sah er sich um. Seit er zurück in Berlin war, wurde er das Gefühl nicht los, verfolgt zu werden. In der Ferne sah er zwei junge Frauen, die auf ihren Smartphones herumtippten. Seit seinem Instatube-Erfolg war er vorsichtig geworden. Als politischer Influencer hatte er eine Menge Hater, die sich gegen ihn mobilisierten. Das meiste spielte sich rein online ab, die vielen Shitstorms waren schon schlimm genug. Aber es gab immer wieder Spinner, die Worten auch Taten folgen ließen. Irgendjemand hatte neulich seine Mobilnummer herausgefunden und in einem Kommentar gepostet. Er hatte es zu spät gesehen. Der Beitrag war bestimmt eine Stunde lang sichtbar gewesen. Es reichte, damit er Dutzende Anrufe bekam und Leute seine Mailbox mit Hassbotschaften fluteten und ihn als »Nazischwein« beschimpften, als »Volksverhetzer« und »rechten Abschaum«; sie drohten ihn zu »vierteilen«, ihm seine »Eier rauszureißen und in den Hals zu stopfen«, ihm die »Augen einzudrücken« und seine »Mutter zu vergewaltigen«.

Da draußen regierte der Hass. Deswegen traute er niemandem. Nur im Krieg lernte man das wahre Gesicht eines Menschen kennen. Wadi hatte er vertraut, der ihm mehr als einmal das Leben gerettet hatte.

Die Stadt war mit Plakaten zugekleistert, viele waren mit dem Symbol des Deutschen Wegs besprüht worden. Vermutlich waren es die Aktivisten vom Jungen Weg gewesen, die das Symbol der Partei über alle konkurrierenden Plakate gesprüht hatten. Der Junge Weg war auf Zack, immer wieder hatten sie Arthur versucht anzuwerben, doch er hatte abgelehnt. Es würde seiner Glaubwürdigkeit schaden, denn auf seinem Kanal kritisierte er nicht selten das Parteiensystem an sich. Den Deutschen Weg sparte er dabei meist aus. Möglich, dass sein Bild der Partei von Anfang an durch Alina positiv beeinflusst war, schließlich war sie für ihn wie eine Tante. Nach dem Tod seiner Mutter hatte sie sich sehr um ihn gekümmert und ihm eine eigene Wohnung bezahlt. Sie hatte jedoch nie groß mit ihm über Politik gesprochen, geschweige denn von ihrer Parteiarbeit – was er im Nachhinein fast schon seltsam fand.

So positiv er dem Deutschen Weg gegenüber eingestellt war, sosehr Bernd Sörensen ihn auch umwarb und ihn als das neue Gesicht der Partei gewinnen wollte – er würde sich nicht für den Deutschen Weg starkmachen, jedenfalls noch nicht.

Auf keinen Fall wollte er sich anbiedern, so wie das die Grünen derzeit bei jungen Leuten taten. Die wandten sich nämlich gerade in Scharen von ihnen ab.

Alle Parteien, auch die Grünen, hatten unterschätzt, wie entwurzelt seine Generation war: die Corona-Generation. Das Trauma, das die Pandemie hinterlassen hatte, war massiv, selbst zwölf Jahre später. Das Gefühl, von den Älteren damals im Stich gelassen worden zu sein, hatte die nun über Zwanzigjährigen nie verlassen. Die einzige Partei, die damals klar gegen die Schulschließungen und den Lockdown gewesen war, war der Deutsche Weg gewesen. Im Nachhinein hatte sich gezeigt, was für immensen Schaden diese drakonischen Maßnahmen bei den Jungen angerichtet hatten – wirtschaftlich, gesellschaftlich, psychologisch.

Jetzt waren all diese frustrierten jungen Menschen seine Follower. Arthur wusste, dass der Deutsche Weg es ganz besonders auf sie abgesehen hatte. Sörensen hatte das bei ihrem Gespräch unverhohlen zugegeben.

Sörensen. Ein komischer Typ. Arthur hatte es fast verstörend gefunden, wie ehrfürchtig ihn der Parteichef des Deutschen Wegs angesehen hatte.

Und doch schmeichelte es ihm, so umworben zu werden.

Er war in eine Gegend gekommen, die ihm sonderbar vertraut erschien. Schlagartig wurde ihm klar: Lena wohnte hier in der Nähe. Er war automatisch in ihre Richtung gegangen.

Wie oft war er Hand in Hand mit ihr durch den Volkspark

Friedrichshain gelaufen. Sie hatten an der kleinen weißen Statue von Friedrich dem Großen gesessen und herumgealbert, sich über skurrile Leute amüsiert. Sie hatten viel gezeichnet. In dem Freiluftkino hatten sie einmal ganz hinten auf der Bank heimlich Sex gehabt.

Er bog noch einmal um die Ecke und sah schon Lenas Haus am Ende der Straße: ein heruntergekommener Altbau mit zahlreichen Graffiti an der Wand. »Fuck da Cops«, »Eat the rich«, »Mietenwucher stoppen« – die üblichen Sprüche der Autonomen. Es waren einige hinzugekommen, seitdem er das letzte Mal hier gewesen war.

Arthur blieb in einiger Entfernung von dem Haus stehen. Lena war schon vor dem Abi von zu Hause ausgezogen und wohnte seitdem in dieser WG. Ihre Eltern hatten sich getrennt, als sie vierzehn war, und das Verhältnis zu ihrer Mutter war schlecht. Arthur sah hoch zu ihrem Fenster, aber es war nichts zu sehen. Wahrscheinlich wohnte sie gar nicht mehr hier. In vier Jahren konnte viel passieren.

Warum war er überhaupt hier? Hatte er insgeheim gehofft, sie zu treffen? In Syrien hatte ihm der Gedanke an sie gereicht. Doch seit er wieder in Berlin war, hatte es sich zunehmend komisch angefühlt, keinen Kontakt zu ihr aufzunehmen. Sie war sein altes Leben gewesen, mit dem er abschließen wollte, das war ihm inzwischen klar geworden.

Sie hatte ihn bestimmt auf Instatube gesehen. Sie wusste also wahrscheinlich, dass er zurück war. Warum hatte sie ihn nicht kontaktiert?

Aber hatte er das erwartet? Er war es schließlich, der gegangen war. Der ihre Briefe und Anrufe ignoriert hatte. Er hatte sie verlassen.

Arthur lief über die Straße. Neben der Eingangstür suchte er die Klingelschilder ab.

»Merck/Schittkowski/Kilger«

Lena Merck. Sie wohnte noch immer hier.

Sein Herz klopfte, als er auf das Namensschild starrte. Was sollte er tun? Wieder gehen? Endgültig aus ihrem Leben verschwinden?

Oder wollte er sie wieder in seinem Leben haben?

Was, wenn Lena jemand Neues hatte?

Bevor er weiterdenken konnte, drückte er den Klingelknopf. Einige Sekunden verstrichen, während denen er seinen Herzschlag bis hoch in den Hals spürte.

Die Gegensprechanlage knackte.

»Ja?«

Es war eine Männerstimme. Er glaubte, Mark zu erkennen.

»Hi. Hier ist Arthur. Ist Lena zu Hause?«

Einige Sekunden Schweigen.

Er hörte, wie der Hörer hart abgelegt wurde.

Arthur hatte Mark immer gemocht, er studierte Soziologie und wusste nicht so wirklich, was er wollte. Er war ein netter Typ, Lena war mit ihm befreundet und wohnte schon lange mit ihm in der WG. Dass er nicht geantwortet hatte, war untypisch für ihn.

Es verging eine ganze Weile, und Arthur überlegte schon, ob er nicht einfach wieder gehen sollte. Bestimmt hatte sie keine Lust darauf, mit ihm zu sprechen, Mark würde ihn abwimmeln, und er würde sich schlecht fühlen.

Der Türöffner summte.

Mark stand in der Tür, als er im dritten Stock ankam. Seine Miene war schwer zu deuten.

»Hey, Mark«, sagte Arthur. »Wie geht's?«

Mark nickte nur knapp. »Du weißt ja, wo Lenas Zimmer ist.«

Die Vier-Zimmer-Wohnung sah anders aus, als er sie in

Erinnerung hatte. Als Erstes fielen ihm die vielen Zeichnungen auf, die jemand im Flur aufgehängt hatte. Es waren Körperstudien. Sie waren gut.

Ihre Tür war die letzte am Ende des Flurs. Sie war einen Spalt geöffnet. Leise klopfte er an und schob sie auf.

Lena saß am Schreibtisch und sah über die Schulter zu ihm herüber. Sie trug einen rosafarbenen Pullover, an den er sich noch erinnerte. Er war jetzt sehr nervös.

Sie stand auf und verschränkte die Arme vor der Brust, ihr Gesicht war ausdruckslos. Kein Lächeln, keine Wut. Nichts. Er hatte keine Ahnung, was in ihr vorging.

»Hey«, sagte er und kam sich sehr deplatziert vor. Was hatte er sich nur dabei gedacht? Einfach hier reinzuschneien, nach vier Jahren Funkstille.

»Hallo«, sagte sie mit ausdrucksloser Stimme.

Schweigen. Ihre Haare waren länger geworden. Sie hatte Farbe bekommen. Sie sah toll aus. Er wollte sie berühren, wollte diese weiche Haut unter seinen Fingern spüren. Wollte ihre Wangen streicheln. Ihre Lippen küssen.

»Lange nicht gesehen«, sagte er schließlich, seine Stimme war rau. »Wie geht es dir?«

»Du siehst anders aus«, sagte sie.

»Wie denn?«

»Dünner. Härter. Irgendwie müde. Du hast Augenringe.«

Er griff sich an die Augen. Tatsächlich hatte er sehr wenig geschlafen in Syrien. Es hatte kaum Nächte gegeben, in denen er sich wirklich sicher gefühlt hatte. Der Tod hatte überall gelauert. Die permanente Anspannung hatte ihren Tribut gefordert.

Er sah sich im Zimmer um. Es sah noch in etwa so aus wie damals. Der grüne Ohrensessel, den sie auf dem Flohmarkt gekauft hatte. Der Holzschreibtisch, auf dem ein unfertiges Bild lag – offenbar hatte sie gerade gezeichnet. Und neu waren auch die Bilder an den Wänden, sie stammten von demselben Künstler wie die im Flur – also von ihr.

»Die sind gut«, sagte er. »Wie läuft dein Studium?«

»Ganz okay.«

Ein Stich in seinem Herzen. Sie hatten beide Kunst studieren wollen. Als seine Absage kam, war für ihn die Welt untergegangen. Als Lena dann ihre Zusage erhielt, hatte er das nicht verwinden können. Er hatte sich neben ihr wie ein Loser gefühlt. Neid hatte an ihm genagt. Er hatte sie behandelt wie Dreck. Und dann war er gegangen.

»Was willst du, Arthur?«

Sie sah ihn durchdringend an. Ihre Miene war noch immer ausdruckslos.

Er setzte sich seufzend in den Ohrensessel.

»Ich weiß es nicht.«

»Was heißt ›Ich weiß es nicht‹? Du wusstest doch immer genau, was du wolltest. Erst wolltest du nach Jordanien. Und dann wolltest du Krieg spielen.«

Wut schwang in ihrer Stimme.

»Ich habe viel an dich gedacht.«

»Oh, wie toll! Du hast an mich gedacht!« Sie lachte auf. »Weißt du was? Ich hab auch an dich gedacht. Ich hab gedacht: Lebt er noch? Wurde er schon erschossen? In die Luft gesprengt? Oder gefoltert? Das hab ich so gedacht.«

Ihr Atem ging schnell. »Weißt du eigentlich, wie krank vor Angst ich um dich war? Wie sehr ich auf Nachricht von dir gewartet habe? Du bist ein verdammtes Arschloch!«

Tränen traten ihr in die Augen, schnell wischte sie sie weg.

»Ich konnte es nicht«, sagte er mit leiser Stimme. »Ich … ich wusste nicht, was ich sagen sollte. Wir waren so doof auseinandergegangen. Du konntest das alles nicht verstehen, warum ich das getan hab. Tun musste. Und ich hab nicht verstanden, wieso du nicht auf mich warten wolltest.«

»Was gibt es da zu verstehen? Du lernst irgendeinen Typen kennen, der dir diese Schnapsidee einpflanzt, in ein Bürgerkriegsland zu gehen. Was gibt es da zu verstehen? Ist das so ein Jungs-Ding? Mit einer Waffe herumballern, in Militärfahrzeugen durch die Gegend brettern, im Sand rumrobben? Ist das für dich ein großes Abenteuer? *Battlefield Syria* in echt? Erklär's mir, Arthur. Vielleicht verstehe ich es ja jetzt endlich, was das alles sollte. Ich glaube, der Grund war viel simpler: Ich wurde an der Schule angenommen und du nicht.«

Er schüttelte langsam den Kopf. »Ich … ich wollte helfen. Ich dachte, ich kann auf der richtigen Seite sein. Ich weiß es nicht. Ich war damals echt lost. Meine Mutter war tot. Ich hatte plötzlich niemanden mehr. Nur noch Alina. Ich wusste nicht, was ich wollte. Und nein, Syrien war kein Spiel. Ich habe gelernt, was Kameradschaft bedeutet. Was Vertrauen bedeutet. Das war unendlich viel wert.«

Sie lachte auf. »Ich dachte, wir haben einander vertraut!« Lena schüttelte den Kopf. »Wir hatten Pläne. Arthur, wir wollten ein gemeinsames Leben aufbauen! Ich habe dir vertraut! Wo war dein Vertrauen in mich? Wieso bist du einfach vor allem weggerannt? War Krieg für dich so was wie eine Therapie?«

Jetzt wurde er ärgerlich.

»Es wäre schön, wenn du aufhörst, dich über mich lustig zu machen!«, sagte er mit harter Stimme. So hart, dass er fast selbst erschrak. »Ich habe den Tod gesehen, Lena. Ich weiß jetzt, was es heißt, zu leiden und zu sterben. Ich habe furchtbare Dinge gesehen. Und getan …« Seine Stimme brach ab. Er rang um Fassung. Er wollte nicht vor ihr weinen. »Ich kann das nicht in Worte fassen. Ich habe mich so nach dir gesehnt. Du hast mir so sehr gefehlt, du weißt gar nicht, wie sehr. Wie viel Kraft du mir gegeben hast! Aber ich konnte dich nicht anrufen. Ich konnte es einfach nicht. Ich habe Schreckliches erlebt. Vielleicht kann ich dir einmal davon erzählen.«

Lena sah ihn mit zusammengepressten Lippen an. Sie wirkte ratlos. »Du kannst nicht einfach aus meinem Leben verschwinden und dann wieder hier aufkreuzen und so tun, als wäre nichts gewesen. Wie stellst du dir das vor? Dass wir einfach da weitermachen, wo wir vor vier Jahren aufgehört haben? Glaubst du wirklich, dass es so einfach ist?«

»Nein, natürlich nicht. Ich weiß nicht. Ich war einfach in deiner Gegend. Etwas hat mich hergebracht.«

»Etwas hat dich hergebracht? Weißt du, wie blöd das klingt? Als hättest du keinen eigenen Willen. Das war es, was mich damals auch so geärgert hat. Erst redet dir diese Alina ein, dass du nach Jordanien gehen sollst ...«

»Sie hat mir nichts eingeredet!«

»Und dann triffst du irgendeinen Typen, der dich davon überzeugt, dass es geil ist, Krieg zu spielen ...«

»So war es nicht«, murmelte er.

»... und du? Machst einfach immer das, was die anderen wollen. Du wolltest Kunst studieren! Wir wollten das zusammen machen, erinnerst du dich? Du hättest es doch einfach noch mal an der Schule probieren können. Wir hätten schon einen Weg gefunden.«

»Das habe ich nicht vergessen. Kunst war mir immer wichtig. Ich habe mich nur so ... klein gefühlt. Es ging einfach nicht. Ich konnte mich gar nicht mehr bewerben bei diesen Kretins. Ich habe in Syrien viel gezeichnet.«

Sie schnaubte. »Leichen, oder was? Weil die so schön still halten?«

Jetzt wurde er richtig wütend. Aber etwas von ihren Vorwürfen drang durch zu ihm. Es stimmte ja. Jordanien war Alinas Idee gewesen, und nach Syrien zu gehen war Wadis Vorschlag. Was waren seine eigenen Ideen? Was wollte er? Er hatte den Instatube-Kanal gestartet, ja. Aber er konnte gar nicht mehr genau sagen, woher das kam. Er erinnerte sich an ein Gespräch mit Andrew. Wie er geschworen hatte, den Menschen da draußen die Wahrheit zu erzählen, über den Krieg und den Verrat der deutschen Regierung an Syrien.

»Und warum kommst du eigentlich erst jetzt? Du bist doch schon eine ganze Weile zurück«, sagte Lena. »Dein Instatube-Kanal schien dir ja auch wichtiger zu sein als ich.«

»Lena, das ist nicht fair! Ich ... ich ... ich habe mich nicht getraut, mich bei dir zu melden. Ich habe mich schuldig gefühlt. Ich dachte, dass du nichts mehr von mir wissen willst.«

Er fand selbst, dass es mechanisch klang. Stimmte das denn überhaupt? Er fühlte sich schuldig, ja. Aber es war keine bewusste Entscheidung gewesen, sie nicht zu treffen. Er hatte es einfach nicht getan. Hatte seine ganze Aufmerksamkeit und Zeit in den Kanal gesteckt.

»Und was soll das eigentlich auf Instatube?«, fragte sie. »Warum hetzt du Leute auf? Warum machst du Fridays for Future schlecht? Du hast dich doch früher nie für Politik interessiert? Ich erkenne dich überhaupt nicht wieder.«

Arthur stand auf und ging im Zimmer auf und ab. Es war zu viel Energie in ihm, er musste sie irgendwie rauslassen.

»Ich kann verstehen, dass du wütend bist«, sagte er. »Es war nicht in Ordnung, wie ich mich verhalten habe. Ich stand nach dem Tod meiner Mutter einfach ziemlich neben mir. Irgendwie brauchte ich Abstand, vielleicht auch zu dir.«

»Das sagst du mir jetzt?«

Sie schwiegen.

Er fühlte sich leer. Da war plötzlich eine irre Hoffnung in ihm. Dass es zwischen ihnen wieder so werden würde wie früher. Er hatte Angst, sie zu verlieren. Endgültig zu verlieren.

»Du fühlst dich so fremd an«, sagte sie. Ihre Augen waren plötzlich voller Tränen. »Wieso geht ein junger Mann in den Krieg, wenn er eigentlich trauern will? Das ergibt für mich einfach keinen Sinn. Ich hätte dir geholfen. Ich frage mich gerade, ob ich dir jemals wichtig war? Und jetzt bist du wieder da und bist dieser rechte Instatuber. *Die Zerstörung* – was für ein Scheiß! Du hetzt gegen die Regierung und spielst den Nazis in die Hände. Ich frage mich, wer du eigentlich bist. Bist das wirklich du da auf Instatube? Oder lässt du dich wieder manipulieren? Wieder von Alina? Sie ist ja ein großes Tier beim Deutschen Weg.«

»Ich mache den Instatube-Kanal für mich und niemanden sonst!«, rief Arthur. »Ich weiß, dass du Alina nie mochtest. Aber sie war gut zu mir, und sie hat mir geholfen. Sie hat auch nie versucht, mich politisch zu beeinflussen …«

»Sie und Sörensen sind Nazis! Wie kannst du das denn einfach so ausblenden? Der Deutsche Weg ist eine rechtsradikale Partei. Hast du in der Schule eigentlich nichts gelernt? Weißt du nicht, was die Nazis damals angerichtet haben? Warum lässt du dich von ihr instrumentalisieren?«

»Sie instrumentalisiert mich nicht!«, brüllte er, so laut, dass Lena zusammenzuckte.

Dann stürzte er hinaus.

11

Südkorea, 2033

Der Flug dauerte dreizehn Stunden. Die beiden jungen Männer hatten kaum geredet und die meiste Zeit über Filme geschaut oder geschlafen. Robin und Friedrich hatten sofort zugesagt mitzukommen. Vermutlich hatten sie ihren Eltern nichts von der Reise erzählt. Vermutlich wollten sie erst einmal nur weg von zu Hause.

Mara hatte nicht bohren wollen, aber das Verhältnis der beiden zu den Eltern schien seit dem schwierigen Gespräch schwer belastet. Sie konnte nur ahnen, wie verstörend das alles für das Selbstverständnis der beiden jungen Männer gewesen sein musste.

Es hatte einige Zeit gedauert, bis Mara endlich das Go von der *Süddeutschen Zeitung* für die Reise nach Südkorea bekommen hatte. Immer wieder hatte sie Druck gemacht, weil sie die Geschichte unbedingt noch vor den Bundestagswahlen bringen wollte. Sie hatte das Gefühl, dass ihr die Kollegen die Geschichte nicht so recht abkauften, jedenfalls was den Link zu Sörensen anging. So war die Redaktion auch nicht bereit gewesen, ihr das Geld für die Tickets der Zwillinge zu bezahlen. Zähneknirschend hatte sie die schließlich aus eigener Tasche finanziert.

Gerne hätte Mara noch mit den Eltern gesprochen, aber Lisa und Christian Wohlpflug hatten ihr jeden Kontakt verweigert.

Alle Wohlpflugs mussten diesen Hammer erst einmal verdauen.

Warum hatte die Informantin gewollt, dass sie die Jungen mit nach Südkorea brachte? Diese Frage ließ Mara nicht los. Sie hatte noch mehrfach vergeblich versucht, die Frau über den Krypto-Caller zu erreichen und sie danach zu fragen. Es machte die ganze Sache noch viel rätselhafter, als sie ohnehin schon war.

Und natürlich war die Masterfrage, warum Bernd Sörensen und Alina Schalk damals zu Moon Dong-soo gegangen waren.

Über Sörensens Privatleben war nicht viel bekannt. Er war verheiratet und Vater von vier Kindern. Soweit sie wusste, hatte er zwei Söhne und zwei Töchter. War eines der Kinder ein Klon?

Auch über Alina Schalk war nicht viel herauszubekommen. Sie war vierundfünfzig und Witwe. Ihr Mann war ein schwerreicher Bauunternehmer und deutlich älter als sie gewesen. Die Ehe war kinderlos geblieben. Es wirkte ganz so, als hätte sie ihn nur des Geldes wegen geheiratet. Offenbar mit Erfolg.

Schalk und Sörensen kannten sich schon seit der Schulzeit. Gemeinsam hatten sie im Jahr 2005 den Deutschen Weg gegründet.

Doch wieso waren sie zusammen nach Südkorea gereist? Zu einem Wissenschaftler, der tote Kinder wieder zum Leben erweckte?

Hatten Sörensen und Schalk eine Affäre gehabt? Hatten sie ein Kind miteinander gezeugt? War es gestorben, und sie hatten es klonen wollen?

Mara brummte der Kopf. Sie sah sich um. Robin und Friedrich schliefen. Sie hingegen hatte den ganzen Flug über kein Auge zugemacht. Noch eine Stunde bis zur Landung. Gegen achtzehn Uhr waren sie in Berlin losgeflogen. In Südkorea würde es ebenfalls früher Abend sein, wenn sie landeten. Das Treffen mit Moons Mitarbeiterin war um zwanzig Uhr angesetzt. Vorher wollten sie noch kurz im Hotel einchecken. Sie würden nicht viel Zeit haben.

Sie hatten Internetverbindung auf dem Flug. Kurz checkte sie die Nachrichten in Deutschland. Es war der Tag vor den Bundestagswahlen. Sie traute sich kaum die letzten Umfragen aufzurufen. Sie prophezeiten dem Deutschen Weg ein glänzendes Ergebnis.

Sie gähnte. Auf jeden Fall brauchte sie eine Dusche. Sie wollte fit sein. Denn sie hatte viele Fragen.

Seoul sah aus wie jede andere Großstadt. Jede Menge Wolkenkratzer, viele glänzende Fassaden, alles war hypermodern, aber der Verkehr genauso nervtötend und zäh wie in anderen Metropolen auch. Lediglich die auffälligen Stationen des überschallschnellen, unterirdisch verlaufenden Hyperloop-Zuges und die vielen asiatischen Gesichter erinnerten sie daran, dass sie viele Tausend Kilometer von zu Hause entfernt war.

Der Taxifahrer sprach kaum Englisch. Sie zeigte ihm ihr Smartphone mit der Nachricht und der Adresse in koreanischer Schrift, die ihr die Informantin geschickt hatte. Er nickte sofort und grinste, dabei sagte er etwas, das sie nicht verstand und das in etwa so klang wie »Lö Noa« und »Hong-dä«.

Zum Duschen hatte es doch nicht mehr gereicht. Mara fühlte sich klebrig und zerknittert. Friedrich und Robin hingegen schien die lange Reise kaum etwas auszumachen. Schließlich waren sie ja auch erst halb so alt wie sie. Damals hatte sie lange Reisen auch noch besser weggesteckt. Und davon hatte sie ausgiebig Gebrauch gemacht.

Nach dem Abi war sie förmlich von zu Hause geflohen.

Sie hatte ihren Freund verlassen, ihrer Familie Lebewohl gesagt, in der sie sich ohnehin wie ein Fremdling gefühlt hatte, und war ein Jahr lang um die Welt gereist. Mehr schlecht als recht hatte sie sich mit Jobs über Wasser gehalten. Aber es hatte geklappt. In all der Zeit hatte sie nicht einmal Kontakt mit der Heimat aufgenommen. So stark war der Drang gewesen, alles hinter sich zu lassen.

Es dämmerte bereits, und sie fuhren an vielen bunten Neonlichtern vorbei.

»Wer ist diese Informantin?«, fragte Robin.

»Sie sagt, sie sei eine Mitarbeiterin Moons. Mehr weiß ich nicht.«

»Warum sollten wir mitkommen?«

»In wenigen Minuten werden wir es erfahren«, sagte Mara.

Der Wagen hielt vor einem Gebäude, das in purpurfarbenes Neonlicht getaucht war. Auf einem schwarzen Schild mit gelber Schrift stand »Le Noir«. Es war ein Restaurant. Die Fenster waren schwarz.

Der Taxifahrer grinste sie an und sagte etwas auf Koreanisch. In sehr schlechtem Englisch wiederholte er es noch mal, es hörte sich an wie »no see«, dazu machte er mit Zeige- und Mittelfinger eine Seh-Geste vor seinen Augen. Mara verstand immer noch nicht, was er sagen wollte. Meinte er, dass sie sich nicht wiedersehen würden?

Friedrich sah nun doch müde aus. Auch sie sehnte sich nach einem Bett und hoffte, gleich wach genug zu sein, um die richtigen Fragen zu stellen.

Ein leises Glockenspiel erklang, als sie die Eingangstür

öffneten. Jetzt sahen sie auch, warum das Le Noir seinen Namen trug: Im Inneren war alles in Schwarz gehalten, stark gedimmtes buntes Licht erhellte den Eingangsbereich nur auf das Notwendigste und wirkte eher wie ein Notlicht. Mara wunderte sich über die Einrichtung, tat es aber als asiatische Mode ab, die ihr unvertraut war.

»Hello, welcome, nice to meet you«, begrüßte sie ein Mann, den sie im schwachen Licht gar nicht wahrgenommen hatte. Er stand hinter einem Tresen und hielt einen Stock in der Hand. »Welcome to Le Noir Restaurant.« Er war etwa Mitte vierzig und stellte sich ihnen als Duc vor. Erst jetzt bemerkte Mara, dass er sie nicht direkt anblickte, sondern etwas an ihnen vorbeisah. Er hatte die Augen zudem nur leicht geöffnet. Sie begriff: Duc war blind.

Er fragte, ob dies ihr erster Besuch war und wie viele Gäste sie seien. Robin betrachtete ihn verwirrt, dann sah er Friedrich und Mara fragend an.

Duc kicherte. »Entschuldigt, aber ich kann euch leider nicht sehen. Le Noir ist ein Restaurant, das von Blinden geführt wird. Ihr werdet heute Abend in völliger Dunkelheit speisen. So wie ich jeden Abend.« Wieder kicherte er.

»Aber wie kommen wir denn an unseren Tisch?«, fragte Friedrich verwirrt.

Duc hob leicht den Stock: »Keine Sorge, junger Mann. Ich werde euch hinbringen.«

Jetzt dämmerte Mara, warum sie hier waren: Das Le Noir war der ideale Ort, um unerkannt zu bleiben. Offenbar war ihre Informantin sehr vorsichtig.

Duc fragte nach ihren Namen, und dann nickte er. »Ihr werdet schon erwartet.«

Noch während sich Mara darüber wunderte, ob er sich alle Gästereservierungen auswendig merken konnte, führte

Duc sie zu einer Wand mit vielen Schließfächern. Daneben befand sich eine große Tür.

»Bitte lasst alle elektronischen Geräte hier. Vor allem Smartphones, Uhren, alles, was beleuchtete Displays hat.«

Sie taten wie geheißen, auch wenn Mara sich ungern von ihrem Smartphone trennte. Noch ein Vorteil, dachte sie. So konnte ihre Informantin sichergehen, dass sie keinen Mitschnitt des Gesprächs machen würde.

Für einen kurzen Augenblick überlegte sie, ihr Smartphone trotzdem zu behalten. Duc würde es nicht bemerken. Er stand vor ihnen und wartete. Sie zögerte, das Gerät ins Schließfach zu legen. Würde er es hören? Blinde hatten phänomenal ausgeprägte Sinne. Duc hatte diesen selig entrückten Ausdruck, er war vollends in seiner dunklen Welt zu Hause, in der die Töne die Landschaften bildeten. Nein, sie konnte ihn nicht hintergehen. Was würde es ihr nutzen? Im Restaurant würde es so stockduster sein, dass sie unmöglich unauffällig ihr Smartphone bedienen konnte. Sie schloss es ein. Auch Robin und Friedrich legten ihre Geräte in das Fach.

»Seid ihr so weit?«, fragte Duc.

»Ja«, sagte Mara, und Duc tastete auf einer Ablage rechts von den Schließfächern nach ein paar in dickes Leder eingeschlagenen Heftern. Mit seinen Fingern zählte er drei ab und hielt sie auffordernd hoch.

Es waren Speisekarten – mit Bildern von den Gerichten.

»Hier läuft es etwas anders als in anderen Restaurants. Ihr bestellt bitte vorab, was ihr essen mögt«, sagte Duc. »Und weil vielleicht nicht jeder mit der koreanischen Küche so vertraut ist, solltet ihr euch besonders die Bilder ansehen und die Gerichte nach dem Schwierigkeitsgrad des Handlings im Dunkeln bewerten. Das macht es einfacher – für euch und für unseren Putzdienst.« Kichern.

Er hielt kurz inne, aber als keiner lachte, fuhr er fort.

»Keine Angst, ihr werdet Spaß haben. Das Essen im Dunkeln ist spannend. Und unser Koch exzellent. Hat jemand von euch etwas Helles an?«

Sie sahen an sich hinunter. »Ich«, sagte Friedrich. Er trug ein hellgrünes Hemd.

»Dann empfehle ich dringend, die Lätze umzuhängen, die wir auf den Tischen ausgelegt haben. Und ja, ihr dürft auch Messer und Gabel anstelle der Stäbchen benutzen. Muss euch nicht peinlich sein, es sieht ja ohnehin keiner.«

Duc kicherte wieder. Den Witz machte er sicher nicht zum ersten Mal, aber offenbar amüsierte er sich immer noch köstlich darüber.

»Also, dann wählt bitte. Ich empfehle heute das Bibimbap. Es ist exzellent.«

»Wie läuft das denn mit der Bezahlung?«, fragte Robin. »Wir haben noch kein Geld gewechselt.«

»Gute Frage, junger Mann. Das machen wir danach. Am besten mit Kreditkarte oder Unipay. Banknoten im Dunkeln sind tricky.«

Mara entschied sich, Ducs Empfehlung zu folgen, und wählte das Bibimbap, ein Topfgericht mit Reis, Gemüse und rohem Ei darüber. Robin und Friedrich entschieden sich für koreanisches Sushi.

»Gute Wahl«, kommentierte Duc die Gerichte. »Wenn wir gleich reingehen, dann machen wir das in einer Kette. Wir stellen uns hintereinander und legen jeweils dem Vordermann die Hände auf die Schultern. Warum tun wir das? Es ist drinnen stockfinster, so finster, dass ihr nichts, aber auch gar nichts sehen werdet, nicht mal die eigene Hand vor Augen. Das ist anfangs vielleicht etwas verstörend, aber keine Panik, ihr werdet euch schnell daran gewöhnen.

Außerdem möchte ich nicht, dass jemand auf dem Weg zum Tisch verloren geht und am Ende noch verhungert, obwohl er vielleicht nur ein paar Meter entfernt herumsteht.« Duc kicherte wieder. »Kleiner Scherz. Also, ich leite euch zu eurem Tisch, und dort werdet ihr dann von einem Kellner weiter betreut. Alles klar?«

Mara, Friedrich und Robin sahen sich an und mussten grinsen. Duc schien es gehört zu haben, er kicherte wieder.

»Alles klar«, sagte Robin. Dann drehte Duc sich um, mit dem Gesicht zum Vorhang. Mara zögerte, stellte sich hinter ihn und legte ihm die Hände auf die Schultern. Sie war deutlich größer als er.

»Sehr gut, Mara. Und jetzt bitte noch die anderen. Sind alle Hände auf den Schultern eures Vordermanns oder eurer Vorderfrau?«

Mara fühlte, wie sich sanft Hände auf ihre Schultern legten. Es waren die von Friedrich. Sie drehte den Kopf und sah, dass auch Robin seine Hände auf die Schultern seines Bruders gelegt hatte. »Alle bereit«, sagte sie.

»Dann gehen wir jetzt zunächst in die Schleuse. Seid vorsichtig, die Tür hat einen automatischen Schließmechanismus und fällt zu.«

Duc zog die große Tür auf und tastete nach dem schwarzen Vorhang, der dahinter hing. Langsam trat er in den schlauchartigen, fensterlosen Raum, und Mara und die Jungen folgten ihm im Gänsemarsch. Auf der anderen Seite hing noch ein Vorhang, und dahinter war vermutlich die Tür, die sie ins Restaurant führen würde.

Mara hatte sich innerlich auf die Dunkelheit vorbereitet – und doch war es überwältigend. Für einen Moment waren ihre Sinne völlig verstört. Dunkelheit war für sie immer automatisch mit Stille verbunden gewesen. Hier aber war sie laut.

Die Geräusche und Gerüche aus dem schwarzen Nichts schwappten über sie wie eine unsichtbare Welle. Geschirrklappern, Stimmengewirr, Essensgerüche, fremdartige Gewürze. Und es war warm und feucht, weil es nirgendwo Fenster gab.

Sie musste gegen den Reflex ankämpfen, die Luft anzuhalten. Eine hilflose Schutzreaktion ihres Körpers auf die ungewohnte Lücke an visueller Information.

Sie spürte, Friedrichs Hände sich in ihre Schultern drückten. Auch er war angespannt.

Sie drehte den Kopf nach ihm um, wollte ihn anschauen und beruhigen, aber da war: nichts. Sie hob ihre rechte Hand von Ducs Schulter und hielt sie sich vors Gesicht. Wieder nichts. Ein verstörendes Gefühl der Körperlosigkeit überkam sie.

Mara reckte ihr Gesicht mit den nun nutzlosen Augen nach oben in den Raum, vielleicht unwillkürlich, damit ihre Ohren einen besseren Einfallswinkel für den Schall einnehmen konnten, und streckte tausend unsichtbare Fühler in die Schwärze um sich herum.

»... I mean, I was so totally frustrated ...«

»Une très bonne idée.«

»... das könnte Kimchi sein ...«

Stimmen von Frauen und Männern, hohe, tiefe, junge und alte, neugierige, mitfühlende und aufgeregte, sympathische und unsympathische. Normalerweise blendete sie das alles aus, aber nun, beraubt ihres Sehsinns, wurden die Stimmen körperlich, und in ihrem Kopf entstanden Gesichter dazu.

Das Le Noir schien ein beliebter Touristen-Spot zu sein, Mara hörte eine Vielzahl von Sprachen, die sich von dem für sie unverständlichen Koreanisch abhoben wie leuchtende Blüten. Zwischen den Geräuschen waberten die Gerüche fremdartigen Essens. Sie erkannte gegrilltes Fleisch, würzige und spitze Geruchsnoten, die in ihre Nase stachen.

Der Raum, dessen Grenzen sie nicht wie gewohnt mit ihren Augen abmessen konnte, erschien ihr riesig – ebenso wie die Menge der Menschen darin.

»Ihr habt Tisch Nummer neun, falls ihr auf dem Weg zur Toilette einmal verloren gehen solltet«, rief Duc ihnen zu.

Zielsicher steuerte er sie durch den Raum. Verschiedene Stimmen wurden erst stärker, dann wieder schwächer. Mara spürte einen Luftzug, jemand huschte an ihr vorbei und etwas streifte ihren Arm. Sie zuckte zusammen.

Der Weg kam ihr vor wie eine Odyssee, obwohl sie vermutlich nur wenige Meter zurücklegten. Dann blieb Duc stehen. Mara hörte Stimmen, die Koreanisch in großer Lautstärke sprachen, offenbar eine große Gruppe am Nachbartisch.

»Hier wären wir. Ich verlasse euch nun. Der Kellner kommt gleich zu euch. Genießt euren Aufenthalt im ›Le Noir‹.«

Mara nahm die Hände von seinen Schultern, und sie spürte Ducs Hand ihre Hände greifen und sie zu der Lehne eines Stuhls leiten. Er half auch Robin und Friedrich noch, ihre Plätze zu finden.

Mara kam sich beobachtet vor, obwohl sie wusste, dass weder die Gruppe am Nachbartisch noch die Informantin, die vermutlich nur wenige Zentimeter entfernt saß, sie sehen konnten. Angestrengt horchte sie, ob die Frau bereits da war, aber sie konnte nichts registrieren. Es war ein unheimliches Gefühl, wie ein gegenseitiges Abtasten im Nichts. Warum sagte sie nichts? Sie hörte doch, dass sie angekommen waren.

Vorsichtig setzte Mara sich. Sie hörte Stühlerücken, auch Robin und Friedrich ließen sich nieder.

»Hallo?«, fragte Mara schließlich genervt ins Nichts. »Ist da jemand?«

Es gefiel ihr nicht, so empfangen zu werden. Die Informantin war eindeutig im Vorteil: Sie waren den weiten Weg hierhergeflogen. Sie hatte gefordert, dass die Brüder mitkamen. Und sie hatte diesen Ort ausgesucht. All das brachte sie in die stärkere Position. Und dann sagte sie noch nicht einmal etwas zur Begrüßung.

»Ich bin da«, sagte plötzlich eine Stimme auf Englisch. Mara erkannte sie sofort. So dicht vor ihr und in echt klang sie noch farb- und emotionsloser als am Telefon. In Maras Kopf entstand ein Frauengesicht wie aus einem Katalog mit Phantombildern: »Asiatin. Besondere Merkmale: keine«.

»Sie sind sehr pünktlich«, sagte die Frau.

»Wir haben uns auch wahnsinnig beeilt. Wir haben nicht mal mehr duschen können nach dem langen Flug. Hätten wir gewusst, dass Olfaktorisches hier so viel Raum einnimmt, hätten wir das sicher noch getan. Aber wir konnten ja nicht ahnen, dass Sie uns in ein Dunkelrestaurant beordern würden.«

»Ich möchte unerkannt bleiben. Ich hoffe, das können Sie verstehen.«

Mara sagte nichts. Sie fragte sich, was Friedrich und Robin dachten. Jetzt bemerkte sie einen feinen Duft, ein Parfüm. Es roch leicht blumig.

Robin ergriff das Wort: »Wer sind Sie? Warum wollten Sie, dass wir mitkommen?«

Mara entging nicht der schneidende Unterton in seiner Stimme. Er sprach akzentfrei Englisch.

»Ich bin eine Mitarbeiterin von Moon Dong-soo«, sagte die Informantin mit halblauter Stimme. »Sie sind Robin und Friedrich Wohlpflug, zweieiige Zwillinge, geboren am 11. Juli 2011 in Berlin. Ich habe Sie geklont. Hier in Seoul. Am 1. Oktober 2010. Aus den Muskelzellen Ihrer verstorbenen Vorgänger.«

»Sie haben meine Fragen nicht beantwortet«, sagte Robin. »Wie sollen wir Ihnen trauen?«

»Ich möchte meine Identität geheim halten. Moon wurde ermordet, ich fürchte um mein Leben. Nennen Sie mich einfach Mrs X. Aber natürlich verstehe ich, dass Sie Sicherheit brauchen, dass ich die Wahrheit sage. Ihre Eltern sind Lisa und Christian Wohlpflug. Ihr Vater leidet an früh einsetzendem familiärem Alzheimer, weil er eine Mutation im Gen PSEN1 auf Chromosom vierzehn besitzt, die häufigste Mutation dieses eigentlich eher seltenen erblich bedingten Alzheimers. Die Krankheit wird autosomal dominant vererbt …«

»Entschuldigen Sie, Mrs. X«, unterbrach Friedrich sie, »wir hatten zwar Biologieunterricht in der Schule, aber das geht jetzt ein bisschen schnell.«

»Entschuldigung. Berufskrankheit. Autosomal dominant bedeutet, dass die Wahrscheinlichkeit, dass Ihr Vater die Krankheit an seine Kinder vererbt, bei fünfzig Prozent liegt.«

Einen Augenblick lang herrschte Schweigen, dann setzte die Frau nach: »Mit anderen Worten: Bei jedem Kind hätte ein Münzwurf darüber entschieden, ob es Alzheimer bekommt oder nicht. Dieses Risiko wollten Ihre Eltern verständlicherweise nicht eingehen. Deswegen waren sie bei uns. Tatsächlich hatten die meisten Embryonen, die wir aus den Keimzellen Ihrer Eltern produziert haben, das defekte Gen.«

»Vorgeburtliche Erbgutkorrekturen sind in Deutschland verboten«, sagte Mara.

»Aber nicht in Südkorea. Und auch nicht in Nordkorea.«

»Wen interessiert denn Nordkorea?«, fragte Robin verwirrt. »Ihre Klinik ist doch in Seoul.«

»Mein Chef hatte einen Deal mit der nordkoreanischen Regierung. Die rechtlich heiklen Dinge haben wir in einem unterirdischen Labor vorgenommen, das sich in der demilitarisierten Zone befindet, in Panmunjeom.«

»Interessant. Das wusste ich noch nicht«, sagte Mara. »Was für ein Deal war das?«

»Details dazu kenne ich nicht«, sagte die Frau. »Er hat darüber nie gesprochen und hatte verständlicherweise auch nichts Schriftliches, soweit ich weiß. Aber wir waren bei Ihren Eltern. Sie haben also bei ihrem ersten Besuch eine künstliche Befruchtung mit Erbgutkorrektur vornehmen lassen. Der Embryotransfer wurde am 1.8.2007 vollzogen.«

»Was ist ein Embryotransfer?«, fragte Friedrich.

»Wenn wir die Eizelle mit dem Spermium befruchtet haben, entsteht daraus der Embryo. Diesen spülen wir der Mutter in die Gebärmutterhöhle, er nistet sich ein, und die Frau wird schwanger. In diesem Fall waren es zwei Embryonen, Ihre Mutter bekam Zwillinge. Paul und Erik, wenn ich mich recht erinnere. Ich nehme an, dass Sie mit Ihren Eltern bereits darüber gesprochen haben?«

»Woher wissen Sie die Namen der Kinder?«, fragte Friedrich.

»Wir machen bei unseren Kunden immer ein Follow-up. Natürlich sind wir an Qualitätskontrolle interessiert und möchten wissen, ob die von uns hergestellten Kinder Auffälligkeiten aufweisen. Daher bitten wir unsere Kunden stets um alle möglichen Angaben. Name, Gewicht, alle grundlegenden medizinischen Check-up-Untersuchungen.«

Robin schnaubte. »Sie reden, als ob Sie hier Handtaschen produzieren würden.«

Mara suchte tastend seine Hand rechts von sich und fand sie. Sie drückte sie, um ihm zu signalisieren, dass er sich zurückhalten sollte. Sie kannte inzwischen sein Temperament und wollte die Informantin nicht vergrätzen.

»Ihre Eltern waren dann zwei Jahre später wieder bei uns«, fuhr die Frau ungerührt fort. »Erik und Paul sind im August 2010 ertrunken. Die Gewebeproben hatte Ihr Vater rechtzeitig eingesandt. Den Embryotransfer nahmen wir am 8.10.2010 vor. Im Juli 2011 wurden Sie geboren. Planmäßig.«

»Okay, Mrs. X«, sagte Friedrich. »Wir glauben Ihnen, dass Sie eine Mitarbeiterin von Moon sind. Trotzdem: Warum sollten mein Bruder und ich mitkommen? Ist das auch so eine Art Follow-up? Möchten Sie gerne die Qualität Ihrer Klone im Erwachsenenalter prüfen? Vielleicht wäre es dann schlauer gewesen, uns nicht in ein völlig dunkles Restaurant zu bestellen.«

»Hello, hello – welcome guys!«

Mara zuckte zusammen vor Schreck über die fremde Stimme, die plötzlich an ihrem Tisch erklang.

»Ich bin Johnny, euer Kellner. Ich werde mich heute Abend um euch kümmern.«

Von der Stimme her schätzte sie, dass Johnny nicht älter als fünfundzwanzig war.

»Wir bringen gleich euer Essen, ich wollte nur kurz Bescheid sagen, damit ihr euch vorbereiten könnt und den Tisch vielleicht freiräumt. Aber wie ich sehe, ist schon alles frei. Perfekt.«

»Johnny, äh, sind Sie nicht …«, fragte Mara.

Er lachte. »Nein, bin ich nicht. Das Le Noir wird zwar von Blinden geführt, aber wir Kellner haben alle Nachtsichtgeräte auf. Und wie ich sehe, tragen Sie auch eines. Das ist eigentlich nicht gestattet.«

»Ich habe eine Sondererlaubnis«, sagte die Informantin. »Ich leide unter Klaustrophobie.«

»Aha.« Einen Moment lang sagte er nichts, vermutlich überlegte er, was eine Klaustrophobikerin in einem Dunkelrestaurant machte.

»Euer Essen kommt in zwei Minuten.«

»Sie haben …?«

»Ja«, sagte die Informantin. »Ich kann Sie sehen.«

Mara wusste nicht, was sie sagen sollte. Es war eine Sache, selbst nichts sehen zu können. Aber zugleich zu wissen, dass der andere einen sah, erzeugte ein Ungleichgewicht, das ihr nicht gefiel. Sie fühlte sich ausgeliefert, und das machte sie wütend.

»Finden Sie das fair?«, fragte Friedrich ebenfalls, mit Ärger in der Stimme.

»Ich bin diejenige, die sich Sorgen machen muss. Mein Chef wurde umgebracht. Ich kann mir kein Risiko leisten. Ich bitte um Verständnis.« Sie machte eine kurze Pause. »Ich wollte, dass Sie beide mitkommen, weil ich gerne eine Erbgutprobe von Ihnen hätte.«

»Wozu das?«, fragte Robin. »Wollen Sie uns etwa noch mal klonen?«

»Nein, natürlich nicht. Einige Klone berichteten uns von unangenehmen Träumen, die sie haben und die immer wiederkehren. Manche haben sie auch tagsüber.«

Mara spürte förmlich, wie Robin und Friedrich die Luft anhielten.

»Die Träume sind in der Regel die Sterbeszenen der Vorgänger. Die Klone scheinen sie immer wieder zu durchlaufen. Sie scheinen sich irgendwie an den Tod ihrer Vorgänger zu erinnern«, fuhr die Frau fort. »Je unangenehmer der Tod war, desto größer die Wahrscheinlichkeit, dass sie sich erinnern. Es ist ein sehr rätselhaftes Phänomen, Moon und ich hatten unsere Vermutungen, woran das liegen könnte. Wir wollten es immer erforschen. Aber es kam nie dazu.«

Der Kellner kam wieder, diesmal mit Verstärkung. Sie hörten Geschirr klappern.

»So, wir haben hier einmal Bibimbap«, sagte Johnny. »Vorsicht bitte, es ist sehr heiß.«

»Das ist für mich«, sagte Mara. Sie hörte, wie der Topf auf dem Tisch abgestellt wurde.

»Okay, ich stelle nun den Topf vor Sie. Bitte bringen Sie Ihre Hände in Sicherheit, ja, so ist es gut. Das Geschirr ist heiß, und unschön ist auch, wenn man mit der ganzen Hand direkt mitten ins Essen packt. Alles schon passiert. So, dann haben wir außerdem noch: zweimal gaaaanz harmloses kaltes Sushi … Aber Vorsicht, Sojasoße hinterlässt hässliche Flecken, dafür habt ihr die Lätze. Bitte benutzt sie, keiner sieht euch. Und dann haben wir noch einmal Kimchi jjigae, Kimchi-Eintopf. Scharfe, heiße Suppen im Dunkeln zu löffeln – das nenn ich mutig!«

Dampfschwaden fluteten ihre Nasen. Mara roch Spinat und Rindfleisch aus ihrem Topf emporsteigen, aber sehr dominant war der stechende Geruch des Kimchi.

»Bitte haltet noch still, auch wenn's schwerfällt«, sagte der Kellner. »Ich werde gleich bei jedem von euch ein bisschen Händchen halten und euch vorsichtig mit der Geografie eures Gerichts und eurer Besteckutensilien vertraut machen. Ja, genau, Geografie, wir Sehenden sind extrem schlecht darin, Dinge im Geiste zu verorten. Wozu auch. Wenn's plötzlich dunkel wird, sind wir ziemlich aufgeschmissen. Also, bei wem soll ich anfangen?«

»Bei mir«, sagte Friedrich.

Der Kellner nahm nacheinander ihre Hände und führte sie vorsichtig zu jedem Utensil, damit sie sich einprägen konnten, wo was war. Eindringlich riet er ihnen, die Sachen immer wieder an der gleichen Stelle abzulegen.

Er ließ ihnen einen Beeper da, damit sie ihn jederzeit rufen konnten. Dann waren sie wieder alleine.

»Eine gute Wahl haben Sie getroffen«, sagte die Frau zu Mara. »Bibimbap ist eines der beliebtesten Gerichte Koreas. Vergessen Sie nicht, vorher umzurühren.«

Das Essen erforderte tatsächlich Konzentration. Es war ein Stochern im Nebel, jeder Bissen eine Wundertüte. Gabel für Gabel holte Mara Reis mit unterschiedlichem Gemüse aus ihrem Topf heraus, Bambussprossen, Spinat, Tofu, Rettich, Pilze. Aufmerksam studierte sie die Konsistenz der Nahrung, analysierte mit der Zunge, zerbiss, schmeckte, was sie da gerade zerkleinerte. Es war eine äußerst interessante Betätigung, die sie kurzzeitig vergessen ließ, weswegen sie eigentlich hier waren. Außerdem schmeckte das Bibimbap tatsächlich hervorragend.

»Wir waren bei den seltsamen Erinnerungen der Klone«, sagte die Informantin. »Wie ist das bei Ihnen? Erinnern Sie sich auch an etwas?«

Mara hörte auf zu kauen. Gespannt horchte sie in die Dunkelheit. Sie wusste, wie sensibel das Thema für Robin und vermutlich auch für Friedrich war.

»Ja«, sagte Friedrich. »Wir nennen sie Flashbacks.«

»Woran erinnern Sie sich?«

»Ich … ich erinnere mich …« Es war Friedrich, der das Wort ergriff, was Mara wunderte. Sie hatte gedacht, er wäre derjenige, dem es schwererfiel, darüber zu sprechen. »Ich erinnere mich an das Ertrinken. Ich erinnere mich, wie ich vor dem Segelschiff im Wasser treibe. Wie ich in Panik bin. Wie ich versuche, mich über Wasser zu halten. Es ist kalt, ich habe Angst, ich strampele. Ich kämpfe um mein Überleben. Ich verliere diesen Kampf und ertrinke. Es ist schrecklich.«

»Wie oft haben Sie diese Flashbacks?«

»Früher mehrmals die Woche. Nachts träumte ich davon, tagsüber kamen sie auch manchmal. Mittlerweile habe ich sie etwas in den Griff bekommen.«

»Wie ist es bei Ihnen, Robin?«

»Genauso.«

Die Informantin wartete, ob er noch mehr sagen würde, aber Robin schwieg.

»Wie kann das sein?«, fragte Friedrich. »Wieso haben wir die Erinnerungen unserer Vorgänger?«

»Ich weiß es nicht«, sagte die Frau. »Moon und ich hatten die Vermutung, dass es epigenetische Muster seien könnten, die vererbt werden.«

»Es ist ja toll, dass Sie so eine krasse Expertin sind«, sagte Friedrich. »Aber können Sie uns das bitte so erklären, dass auch wir Nicht-Biologen es verstehen?«

Die Frau ignorierte seinen Ton und sprach ungerührt weiter. »Erinnerungen werden im Gehirn in Form von Nervenzellenverbindungen gespeichert. Sie werden nicht über Gene vererbt. Aber: Es gibt chemische Marker auf den Genen, die sich im Laufe des Lebens bilden. Sie verändern nicht den Inhalt der Gene, wohl aber ihre Aktivität – ein bisschen so wie An/Aus-Schalter. Im Laufe eines Lebens werden die Schalter nach und nach eingestellt, und so ergibt sich ein Muster über dem Erbgut, das Epigenom.«

»Was beeinflusst, wie die Schalter stehen?«, fragte Mara.

»Alle möglichen Dinge: Ernährung, Lebensweise, Sport, aber wie wir wissen, hinterlassen auch traumatische Erlebnisse Spuren im Epigenom. Aus Tierversuchen weiß man, dass traumatische Erlebnisse vermutlich auch vererbt werden. Beim Menschen gibt es ebenfalls Hinweise darauf. Und der eigene Tod ist meist ein traumatisches Erlebnis. Er wird mit Sicherheit epigenetische Spuren hinterlassen.«

»Moment – wollen Sie sagen, dass wir die Todeserinnerungen von Erik und Paul geerbt haben?«, fragte Robin. »Aber wenn es so wäre, warum haben dann nicht viele Menschen die Todeserinnerungen ihrer Eltern geerbt?«

»Ganz einfach: Weil der Tod das letzte traumatische Erlebnis ist, das ein Mensch macht. Danach zeugt er keine Kinder mehr. Sie sind Klone. Sie sind entstanden, indem man die Muskelzelle eines Toten in eine Eizelle ohne eigenes Erbgut gepackt hat. Sie haben das vollständige Erbgut eines einzigen Menschen erhalten, mit all seinen epigenetischen Mustern. Außerdem sind Sie aus einer Körperzelle entstanden und nicht aus einer Keimzelle.«

»Was macht das für einen Unterschied?«, fragte Mara, die langsam ungeduldig wurde. Diese biologischen Ausführungen waren spannend. Sie aber wollte endlich wissen, warum Sörensen und Schalk bei Moon gewesen waren.

»Lange Zeit hat man angenommen, dass die epigenetischen Muster eines Menschen bei der Bildung der Keimzellen vollständig gelöscht und damit eben nicht vererbt werden. Dann hat man in Tierversuchen gegenteilige Hinweise gefunden. Man hat auch lange Zeit geglaubt, dass beim Klonen die epigenetischen Muster der Körperzelle ebenfalls gelöscht werden, wenn man sie in die Eizelle einsetzt. Es sieht aber immer mehr danach aus, dass das nicht so ist. Demnach ist es naheliegend, dass die epigenetisch vererbte Information beim Klonen viel umfangreicher und vollständiger ist als nach einer natürlichen Zeugung.«

»Aber ... Friedrich und ich, wir haben ja ganz konkrete Szenen vor Augen. Wir sehen das Segelschiff. Wir sehen, wie wir im Wasser untergehen. Wie kann denn so etwas vererbt werden?«

»Ich weiß es nicht«, sagte die Frau. »Vielleicht bewirken die epigenetischen Muster in Ihrem Gehirn die Bildung bestimmter Verknüpfungen zwischen Nervenzellen, sodass die alten Erinnerungen rekonstruiert werden. Es wäre sehr spannend, sich das genauer anzuschauen. Deswegen möchte ich Ihr Erbgut untersuchen. Sie sind eine große Chance, denn Sie beide besitzen die gleichen Erinnerungen, daher könnte ich nach übereinstimmenden Mustern in Ihrem Epigenom suchen.«

»Und was haben wir davon?«, fragte Friedrich mit trotziger Stimme. »Ich habe so schon einen ziemlichen Hass auf Sie und Ihren Professor Moon. Ich finde es abartig, was Sie tun, und ich hätte nicht wenig Lust, Sie anzuzeigen und hinter Gitter zu bringen. Warum sollen wir Ihnen auch noch helfen?«

»Diese Todeserinnerungen müssen Sie quälen. Sie werden Sie Ihr Leben lang begleiten. Was wäre, wenn ich sie löschen könnte?«

Etwas klapperte und fiel schwer auf den Tisch.

»Scheiße!«

Mara spürte Friedrichs Ellbogen und einen Kopf an ihrem Arm.

»Was ist los?«, fragte sie.

»Mir ist mein Messer runtergefallen.«

»Lass dir doch ein neues bringen«, schlug Robin vor. »Wir haben den Beeper.«

»Wo war der noch mal?«

Mara begann den Tisch abzutasten. Dabei berührte sie versehentlich die Hände der Informantin. Sie fühlten sich fein an, und klein. Mara musste grinsen.

Schließlich fand sie den Beeper und drückte den Knopf. Es dauerte nicht lange, bis Johnny erschien.

»Messer runtergefallen? No problemo. Lass mich mal mit meinem Nightscope schauen.«

Johnny ächzte, und Mara spürte jemanden an ihren Beinen. Johnny kraxelte offenbar auf dem Boden herum.

»Hab es. Was meint ihr, was wir hier jeden Abend auf dem Boden so alles finden. Ja, es sind viele Kondome dabei. Man freut sich fast schon über die unbenutzten.« Er lachte, den Witz machte er sicherlich pro Abend mindestens fünfmal. »Viele Gäste meinen, im Dunkeln mal so richtig die Sau rauslassen zu können. Leider vergessen sie, dass wir alles sehen. Ich bringe Ihnen ein neues Messer, no problemo.«

Als wieder etwas Ruhe eingekehrt war, fragte Mara: »Sie können wirklich die Erinnerungen an den Tod der Vorgänger löschen?«

»Es ist möglich, epigenetische Muster zu verändern. Ich müsste aber erst einmal die entsprechenden Stellen finden. Dafür bräuchte ich von Ihnen beiden eine Erbgutprobe. Ich habe Teströhrchen dabei.«

Mara hörte, wie sie in ihrer Tasche herumnestelte.

»Sie drehen sie auf, spucken hinein, fertig. Friedrich, könnten Sie Ihre Hand über den Tisch strecken, dann reiche ich Ihnen Ihres. Ich habe die Röhrchen mit Namen markiert, damit ich sie nicht verwechsele.«

Mara hörte angestrengt hin, konnte aber kein Geräusch ausmachen, als die Informantin das Röhrchen übergab. Es schien geklappt zu haben, Friedrich bestätigte kurz.

»Jetzt kommt Ihres, Robin.«

Momente vergingen. Dann hörte Mara schon leise Spuckgeräusche.

»Hier ist meins«, sagte Friedrich.

Mara wurde langsam ungeduldig. Sie wollte endlich zur Sache kommen und die Informantin nach Sörensen befragen.

»Ach verdammt!«, rief Robin. »Mein Röhrchen ist runtergefallen. Sorry.«

Stühle rückten. Unruhe. Robin und die Informantin suchten auf dem Boden.

»Ich glaube, es ist gleich hier«, sagte Robin, ohne sich bewusst zu sein, dass die Ortsangabe »hier« völlig wertlos war. »Ich hab's gleich.«

Mara spürte, wie mehrfach jemand ihre Füße berührte. »Können Sie es nicht sehen?«, fragte Mara genervt in die Richtung, in der sie die Informantin vermutete.

»Auch mit diesem Ding kann man nicht so viel erkennen«, sagte die Frau.

»Wollen wir nicht den Kellner rufen?«, fragte Mara. Sie wurde langsam müde, der lange Flug und der fehlende Schlaf begannen ihren Tribut zu fordern.

»Sie wollten mir außerdem noch von Sörensen erzählen«, sagte sie ins Nichts, unsicher, ob die Informantin ihr wieder gegenübersaß oder noch immer unter dem Tisch herumkrabbelte.

»Gleich«, sagte die Frau. Dann: »Ich hab's!«

Alle setzten sich wieder hin. Mara wartete noch einen Moment, bis Ruhe eingekehrt war, dann fragte sie: »Sie sagten, Sörensen sei Ihr Kunde gewesen. Wann war er bei Siam Biotech?«

Dann erzählte die Informantin Mara und den Zwillingen von Sörensens und Schalks merkwürdigem Besuch unter falschem Namen, sie erzählte von dem Zahn, den fünf Millionen Euro und von dem Zahlungsbeleg, der auf »DDW e. V.« ausgestellt war.

Mara starrte in das große schwarze Nichts, wo irgendwo vor ihr das Gesicht der Informantin schwebte, aus deren Mund diese Stimme kam, die ihr all diese unglaublichen Dinge erzählte. In ihrer langen Journalistenkarriere hatte sie schon viele Gespräche geführt, mit den unterschiedlichsten Leuten, sie hatte alles Mögliche zu hören bekommen – Wahrheiten und Lügen. Manches hörte sich wahr an und entpuppte sich später als Lüge. Manchmal war es umgekehrt. Mit den Jahren hatte Mara ein feines Radar entwickelt. Sie spürte den inneren Zug, als würde sich ein Bogen spannen, stärker und stärker, nur darauf wartend, die nächste Frage abzufeuern. Sie kannte dieses Gefühl: Es entstand immer dann, wenn etwas nicht zusammenpasste. Es war eine intuitive Intelligenz. Sie wusste: Etwas an der Geschichte der Informantin passte nicht. Etwas fehlte.

Die Frau klang absolut souverän. Alles wirkte glaubwürdig. Und doch war da etwas. Ein Sandkorn in der gut geölten Maschine.

Vielleicht war es eine Lüge. Vielleicht aber auch nur ein fehlendes Element.

»Was ist es, dass Sie mir nicht erzählen?«, fragte Mara.

Es war bedauerlich, dass sie jetzt nicht das Gesicht der Informantin sehen konnte. Der Augenblick nach solch einer entwaffnenden Frage war der entlarvendste.

»Das ist alles, was ich weiß.«

Die Antwort kam ruhig und prompt. Sie hatte nichts, aber auch gar nichts Verräterisches.

Mara schwieg einen Augenblick. Aus Erfahrung wusste sie, dass es nichts bringen würde, weiter zu bohren. Sie würde die Informationen auf anderem Weg herausbekommen müssen.

»Wussten Sie, dass Bernd Sörensen und Alina Schalk rechtsnational gesinnt waren?«

»Nein.«

»Glauben Sie, dass die beiden eine Affäre hatten?«

»Ich weiß es nicht. Wieso ist das relevant? Der Zahn stammte nicht von einem Kind«, sagte die Informantin.

»Was ist dann passiert?«

»Ich habe den Klon hergestellt. Die Leihmutter wurde eingeflogen. Wir haben den Embryotransfer gemacht. 2008 wurde das Kind geboren.«

»Haben Sie Belege?«

»Ich kann Ihnen den Zahlungsbeleg geben. Und den Namen der Leihmutter: Rebecca Hendrich. Sie lebte damals in Berlin.«

»Was wissen Sie über den Klon?«

»Es war ein Junge. Keine Auffälligkeiten. Wie die Geburt verlief, weiß ich nicht. Es gab in diesem Fall kein Follow-up. Ich habe nie wieder von ihm oder von Sörensen oder Schalk etwas gehört. Der Klon müsste jetzt Mitte zwanzig sein.«

»Warum erzählen Sie mir das eigentlich alles?«

»Wie ich Ihnen schon sagte, Frau Erhardt: Sörensen hat Professor Moon ermorden lassen. Ich habe Angst um mein Leben. Ich möchte, dass Sie den Fall publik machen. Nur so kann ich mich schützen.«

»Warum gehen Sie nicht einfach zur Polizei?«

»Sie wissen, dass ich das nicht kann.«

»Sie würden ins Gefängnis wandern, nicht wahr?«

Die Frau schwieg.

»Woher wollen Sie wissen, dass Sörensen und Schalk hinter dem Mord stecken?«

»Moon hat es mir gesagt.«

»Wie bitte?«

»Augenblicke bevor er erschossen wurde, rief Moon mich an. Ich vermute, weil der Killer ihn dazu gezwungen hatte, mich ins Büro zu locken. Moons letzte Worte waren: ›Lauf weg. Sörensen ist uns auf den Fersen.‹«

Mara überlegte. Sörensen war mittlerweile ein mächtiger Politiker. Die Umfragewerte des Deutschen Wegs waren hoch, die Partei würde bei den anstehenden Bundestagswahlen stark abschneiden, möglicherweise sogar direkt hinter den Grünen.

Wollte Sörensen jetzt in seiner Vergangenheit aufräumen? War er bereit, dafür sogar über Leichen zu gehen? Ja, dass der Parteichef des Deutschen Wegs vor einem Vierteljahrhundert illegal einen Menschen hatte klonen lassen, das war zweifellos ein Skandal. Aber war es wirklich so schlimm, dass es sich lohnte, dafür zu morden?

Diese Gedanken schossen blitzschnell durch ihren Geist.

Es musste mit dem Klon zu tun haben. Wer war es, den Sörensen und sein Auftraggeber hatten wiederauferstehen lassen? Wer war so wichtig, dass Sörensen das fünf Millionen Euro und einen Mord wert war? Sie hatte das Gefühl, dass die Informantin die Antwort darauf kannte. Und Alina musste sie um jeden Preis herausbekommen.

»Bernd Sörensen und Alina Schalk sind mittlerweile sehr bekannte Politiker in Deutschland«, sagte Mara.

»Ich habe gelesen, dass manche in Herrn Sörensen schon den zukünftigen Kanzler von Deutschland sehen.«

»Es ist nicht so einfach. Niemand will mit ihm koalieren. Wen wollte Sörensen klonen lassen?«, fragte Mara.

»Finden Sie es heraus«, sagte die Frau. »Aber um Sörensen auffliegen zu lassen, haben Sie schon jetzt genug.«

»Habe ich das?«, fragte Mara. »Wenn der Killer bei Moon war, dann hat er doch sicher auch alle Daten vernichtet, die Sörensen belasten könnten.«

»Ich war seit dem Anruf nicht mehr im Institut, aber davon ist auszugehen.«

»Ich frage mich, wieso Sie dann die Belege haben?«

»Ich hatte ein Backup.«

»Wie vorausschauend von Ihnen. Und darin fand sich nichts, was mehr über die Identität des Klons verrät?«, fragte Mara spitz.

»Frau Erhardt, ich habe Ihnen alles gesagt. Ich denke, wir sind dann durch und bleiben über Krypto-Caller in Kontakt. Den Zahlungsbeleg schicke ich Ihnen. Den Namen der Leihmutter haben Sie jetzt auch. Machen Sie sich an die Arbeit. Wegen der Erbgutproben und der epigenetischen Erinnerungen halte ich Sie auf dem Laufenden.«

Mara hörte ihren Stuhl rücken. Die Informantin wollte gehen. Durch Maras müdes Hirn zuckte ein Gedanke: »Du musst sie verfolgen!«

»Sie wollen schon gehen?«, fragte Mara, während sie fieberhaft überlegte, was sie tun könnte.

»Ich wünsche Ihnen noch einen guten Aufenthalt in Seoul.«

Mara hörte Schritte.

Lass sie nicht entwischen!

»... no problemo, bringe ich euch gleich.«

In dem Stimmengewirr um sie herum ortete sie die Stimme des Kellners Johnny. Mara konnte nicht genau schätzen, wie weit er entfernt war. Nur, dass er sich von ihr aus gesehen links irgendwo im schwarzen Nichts befand.

Das Nachtsichtgerät!

Sie sprang auf. Mit ausgestreckten Armen stürmte sie ins schwarze Nichts, auf die Stimme zu – und schlug sich hart die Hüfte an der Tischkante an. Greller Schmerz durchfuhr sie. Der Zusammenstoß war so heftig, dass der Tisch mit einem durchdringenden Geräusch schwer über den Boden schabte. Ein Glas fiel zu Boden und zerbarst.

»Mensch, Mara!«, rief Friedrich neben ihr. »Was machst du?«

»Wollt ihr noch einen Mojito?«, hörte sie Johnnys Stimme leise herüberwehen. Mara hastete ihr entgehen.

Und trat auf etwas Weiches.

»Au!«

Es waren nackte Zehen in Sandalen gewesen.

Mara stieß ein »Sorry« hervor und hastete weiter. Ihre hilflos ausgestreckten Hände fuhren in Haare und über Haut, erschrocken zuckte sie zurück, entschuldigte sich immer wieder und korrigierte ihren Kurs, mit Ziel von Johnnys Stimme.

Mit dem Bauch rammte sie in eine Stuhllehne.

»Hey, spinnst du?«, sagte eine Männerstimme.

»Hallo! Johnny! Johnny!«, rief sie ins Nichts. »Wo sind Sie?«

»Was ist denn los?«, fragte Johnny.

Die Stimme war schräg rechts von ihr. Bevor sie überlegen konnte, griff sie mit ihren Händen direkt in sie hinein.

Sie landete mit den Fingerspitzen auf einem Mund. Sie spürte Bartstoppeln. Eine Nasenspitze.

»He!«, rief Johnny empört.

Wie Spinnen tasteten ihre Finger aufwärts. Um die Nase herum. Über die Wangen. Bis sie an etwas Hartes stießen.

Plastik. Und Metall.

Sie tastete kurz, um die Form zu erfassen. Das Nachtsichtgerät besaß zwei hervorstehende Okulare, sie suchte weiter und fand endlich etwas Flaches, Texturiertes. Elastische Bänder.

Sie zog fest daran.

»Hey!« Johnny schrie jetzt. »Hey! Nicht!«

Sie spürte Hände auf ihren. Johnnys Hände. Sie krallten sich um ihre Finger. Wehrten sich.

Endlich glitt das Nachtsichtgerät von dem Kopf des Kellners.

»Was soll der Scheiß?«, schimpfte Johnny. »Das können Sie nicht machen! Geben Sie mir sofort das Goggle zurück!«

Johnny war nun genauso blind wie sie. Sie spürte seine Hände nach ihr greifen. Sie erwischten ihren Pullover, und Mara wich zurück, bis er sie nicht mehr fassen konnte.

Sie versuchte, kein Geräusch zu machen, als sie sich das Gerät über den Kopf streifte. Durch die Okulare sah sie nun endlich etwas im Raum. Doch selbst das grünlich-schwache Licht stach in ihre dunkeladaptierten Netzhäute, dass sie zu tränen begannen. Sie blinzelte mehrfach, um etwas zu erkennen, sah Johnnys empörtes Gesicht vor sich, sah die Gäste am Nachbartisch, die verwirrt ihre Köpfe reckten. Schnell scannte Mara den Raum. Das Restaurant war kleiner, als sie gedacht hatte. Sie sah nur etwa zehn Tische, zwischen denen vier Personen mit Nachtsichtgeräten herumliefen. Es waren drei Männer und eine Frau. Schon glaubte sie, dass es sich um die Informantin handeln könnte, aber die Frau trug ein Tablett in der Hand.

Scheiße.

Sie rannte los. Auf den Vorhang zu, durch den sie hereingekommen waren. Als sie dort angekommen war, riss sie ihn zur Seite und stieß die Tür auf.

Sie hörte eine Frauenstimme rufen: »Nicht, Sie ruinieren sich Ihre Augen!« Es musste die Kellnerin sein. Mara ignorierte sie und trat in die Schleuse. Sie öffnete auch die zweite Tür und strich den zweiten Vorhang zur Seite.

Blitze stachen durch die Okulare in ihre Augen. Selbst das mickrige Licht des Vorzimmers tat höllisch weh, und sie krümmte sich vor Schmerz. Sie kniff die Augen zusammen und zog sich mit der rechten Hand das Nachtsichtgerät vom Kopf.

»Was ist los?« Es war Duc. »Wer ist da?«

»Ich«, stieß sie mühsam hervor, die Hände auf die tränenden Augen gepresst. Trotz der Schmerzen nahm sie wahr, dass die Tür zur Straße zufiel.

Die Informantin.

Mara schleppte sich in Richtung Ausgang, nun wieder blind.

»Kann ich Ihnen helfen, Frau Erhardt?«, fragte Duc, der ihre Stimme erkannt hatte.

»Ich muss ihr hinterher. Bitte, helfen Sie mir.«

Eine Hand griff nach ihrem Arm. »Meinen Sie die Frau, die eben gegangen ist?«, fragte Duc.

»Sie hat etwas vergessen«, log sie. »Ich muss sie einholen.«

Schon waren sie an der Tür. Duc öffnete sie, und Mara spürte die kühle Abendluft an ihren nackten Armen. Sie hatte ihre Jacke im Restaurant gelassen. Straßengeräusche überschwemmten sie.

»Hallo«, rief Duc. »Hallo, Frau Kim. Hallo! Warten Sie.«

Kim – ob das ihr richtiger Name war?, überlegte Mara.

»Wir sind draußen«, sagte Duc. »Öffnen Sie vorsichtig die Augen. Können Sie sie sehen?«

Mara hatte Angst, ihre Netzhäute wieder dem Licht auszusetzen, aber sie zwang sich dazu.

Tränen rannen ihr über die Wangen, als sie versuchte, etwas zu erkennen. Sie sah nur Schemen vorbeifahrender Autos und jeder Menge Fußgänger. Hilflos blickte sie in alle Richtungen, während Menschen an ihr vorbeiströmten. Männer, Frauen, überall Köpfe, und alle mit schwarzen Haaren.

Jeder von ihnen konnte der Informantin gehören. Sie hatte ihr Gesicht nicht gesehen.

Sie war zu langsam gewesen.

12

Seoul, 2007

Sehr geehrter Professor Moon,

bitte rufen Sie mich umgehend an. Die Nummer finden Sie in der Signatur.

Herzlichst,

Jean-Paul Mulders

Der Ton der Mail war alarmistisch und trieb Moons Puls in die Höhe. Er hatte nicht damit gerechnet, dass der Journalist sich so schnell zurückmelden würde.

Aufgeregt wählte er die belgische Nummer.

Nach dem Gespräch lehnte er sich in seinem Schreibtischsessel zurück. Was sollte er tun? Mehrere Minuten saß er regungslos da. Dann scannte er die Datenbank mit den aktuellen Aufträgen, sah sich die Fotos der Paare an.

Schließlich griff er entschlossen zum Hörer und wählte die Nummer von Park, obwohl sie nur wenige Meter entfernt ihr Büro hatte.

»Ja?«

»Könnten Sie bitte einmal herüberkommen?«

Zwei Minuten später klopfte es.

»Bitte schließen Sie die Tür. Ich weiß nicht so recht, wie ich beginnen soll, Seoyoung …«

Sie sah ihn durch ihre Brillengläser etwas verwirrt an,

vermutlich, weil er sie sonst nie mit ihrem Vornamen ansprach.

»Die Zellen aus dem Zahn. Ich möchte, dass Sie sie vernichten.«

Sie schaute, als hätte er sie gerade darum gebeten, ihr Labor anzuzünden. »Wie bitte?«

Moon nickte, wie um zu bekräftigen, was er eben gesagt hatte. »Vernichten Sie sie. Alle. Es darf keine einzige übrig bleiben.«

»Aber ...«

»Seoyoung, ich bin Ihnen sehr dankbar dafür, was Sie erreicht haben. Zellen aus einem so alten Zahn zu gewinnen war eine sensationelle Leistung. Meine Entscheidung hat damit nichts zu tun.«

»Aber ... was ist der Grund?«

»Ich habe Zweifel an der Seriosität des Auftraggebers.«

Sie schüttelte den Kopf und holte Luft, um zu einer Gegenrede anzusetzen.

Moon hob die Hand. »Ich weiß, das erscheint völlig widersinnig. Aber bitte vertrauen Sie mir in dieser Sache. Sie müssen die Zellen vernichten, es gibt keinen anderen Weg. Bitte. Tun Sie es.«

Sie schluckte, aber sie schwieg.

»Es gibt noch etwas, worum ich Sie bitten muss«, fuhr Moon fort. »Wie Sie wissen, ist der Auftrag sehr lukrativ. Und wie Sie auch wissen, benötigen wir dringend neue Räume.«

Park sah ihn mit großen Augen an. Sie musste sich sichtlich zusammenreißen.

»Sie könnten ein größeres Labor haben, mit einem höheren Sicherheitsstandard, besserer Ausstattung. Sie könnten endlich an den Therapien mit embryonalen Stammzellen arbeiten. Das haben Sie doch immer gewollt, oder?« Er wusste, wie er sie kriegte.

»Aber ... ich verstehe nicht«, sagte Park langsam. »Ich soll die Zellen zerstören. Aber wie soll ich dann einen Klon herstellen?«

»Sie haben doch gerade die Erbgutkorrektur für dieses Paar aus Deutschland durchgeführt.«

»Was hat das damit zu tun?«

»Wie viele Embryonen haben Sie produziert?«

»Ähm, ich glaube, es waren insgesamt zwölf. Das Paar hat den Wunsch nach zwei Kindern geäußert.«

Je nach Ausbeute an Eizellen stellten sie immer mehr Embryonen her, als letztlich in die Gebärmutter der Frau eingebracht wurden. Zum einen, um die gesündesten und besten auswählen zu können. Zum anderen, um Embryonen einzufrieren, falls die Frau nicht beim ersten Versuch schwanger wurde.

»Pflanzen Sie einen davon der Leihmutter von Herrn Jung ein.«

Park Seoyoung starrte ihn ungläubig an.

»Ich soll *was* tun?«

»Seoyoung, ich weiß ... Das ist sehr viel von Ihnen verlangt. Ich würde es auch selbst erledigen, aber ich muss morgen für eine Weile nach Sibirien. Sie haben wieder ein Mammut gefunden. Bitte tun Sie es. Und machen Sie sich keine Sorgen. Sollte es Schwierigkeiten geben, werde ich die volle Verantwortung übernehmen.«

Sie zögerte einen Moment, bevor sie antwortete: »Professor Moon. Warum soll ich nicht einfach einen Klon aus den Zellen herstellen, die ich mit viel Mühe aus dem Zahn gewonnen habe? Das verstehe ich einfach nicht.«

Er verzog gequält den Mund. »Park«, sagte er, und er bemerkte, dass er sie unwillkürlich nun wieder bei ihrem Nachnamen nannte. »Ich kann verstehen, dass Sie eine Begründung hören möchten, aber ich kann Ihnen nicht mehr sagen. Je weniger Sie wissen, desto besser, glauben Sie mir.«

»Gut«, sagte sie mit kalter Stimme. »Aber wieso soll ich Herrn Jung dann ausgerechnet einen Embryo der Wohlpflugs unterjubeln?«

Er zögerte kurz und überlegte, ob er darauf antworten sollte. Dann sagte er: »Sie und ihr Nachwuchs passen phänotypisch am besten. Jung und sein Auftraggeber werden keinen Unterschied bemerken. Da bin ich mir sicher.«

»Ich weiß nicht, ob ich das kann. Es ist einfach ... unethisch.«

»Unethisch?«

»Sie können nicht jemandem einen falschen Klon unterjubeln!«

Moon lachte. »Park, ich finde Ihre Bedenken respektabel. Aber ich darf Sie daran erinnern, dass das, was wir hier tun, in den meisten Ländern als unethisch gilt. Als illegal sogar. Ich denke, wir können nur unsere eigenen ethischen Richtlinien festlegen. Ist es unethisch, Eltern in Not zu helfen, indem man ein tragisch gestorbenes Kind klont? Ich sage: nein. Ist es unethisch, von einem Erwachsenen eine Kopie anzufertigen, die er vermutlich aus reinem Narzissmus wünscht? Schon eher.«

Moon sagte den letzten Teil mit echter Verachtung, was ihm keine Schwierigkeiten bereitete, er brauchte sich nur vorzustellen, dass diese Ufo-Spinner von ihm, dem King of Cloning, tatsächlich verlangten, ein Monster zu klonen. Dass ihnen das auch noch fünf Millionen Euro wert war – ihr Problem. Solche Leute für ihre Dummheit zahlen zu lassen, das war nicht verwerflich.

Aber das konnte er Park nicht sagen.

»Sie wissen doch nicht, welche Motive der Auftraggeber hat.«

»Wie ich Ihnen schon sagte: Ich habe Zweifel an deren Seriosität.«

»Gut«, sagte sie tonlos. »Dann werde ich Herrn Jung kontaktieren, dass die Leihmutter einfliegen kann.«

●

Jetzt hängst du mit drin, Seoyoung.

Alle hatten sie vor Moon gewarnt. Wenn sie sich mit ihm einlasse, würde sie ihre wissenschaftliche Karriere ruinieren. Er hatte in der Vergangenheit seine Mitarbeiter instrumentalisiert, und nun tat er das Gleiche mit ihr. Er zwang sie dazu, Kunden zu betrügen.

Du hast es immer gewusst. Du wusstest, dass er ein Betrüger ist. Er hat sich nicht geändert. Jetzt hängst du mit drin.

Wut kochte in ihr hoch. Aber sie war gar nicht so wütend auf ihn wie auf sich selbst. Sie nahm ein paar tiefe Atemzüge, um sich zu beruhigen. Sie überlegte fieberhaft: Wie konnte sie sich absichern?

Moon war nicht zu trauen. Sie brauchte mehr Informationen. Zuallererst brauchte sie mehr Informationen.

Was war es, das ihn so beunruhigte? Warum verlangte er die Vernichtung der Zellen? Was war an ihnen so gefährlich?

Wie ferngesteuert lief Park in den Brutraum und direkt auf den Inkubator zu. In dem mannshohen Schrank vermehrten sie die Zellen aus den Gewebeproben der toten Hunde und Kinder für die anschließende Klonierung. Der Inkubator hielt die Zellen bei konstanter Temperatur, damit sie sich optimal vermehren konnten. Er sah einem Coca-Cola-Kühlturm nicht unähnlich.

Durch die Scheibe sah sie im schummrigen Licht die übereinandergestapelten, flachen Kulturbehälter in den metallenen Ablagefächern. Sie waren alle sorgsam beschriftet. Park wusste genau, wo der Behälter mit den Zellen aus dem Zahn lag.

Er war ihr ganzer Stolz gewesen. Und jetzt sollte sie ihn zerstören.

Niemals. Schon aus Respekt ihrer eigenen Arbeit gegenüber. Aber darüber hinaus musste sie sich alle Optionen offenhalten, bis sie mehr darüber wusste, was hinter Moons Rückzieher stand.

Sie öffnete die Tür und nahm den Behälter heraus. Darin befand sich die rötliche Kulturflüssigkeit, die die Zellen mit allen notwendigen Nährstoffen versorgte. Auf dem Plastikdeckel klebte ein kleines Etikett mit der Aufschrift »Jung«.

Park ersetzte es durch ein neues. Sie schrieb: Patel. Dann legte sie den Behälter in ein anderes Fach des Brutschrankes.

Sie nahm einen neuen Kulturbehälter und füllte ihn mit Medium. Die Flüssigkeit schüttete sie jedoch gleich wieder aus, schloss den Behälter und klebte das »Jung«-Etikett auf den Deckel. Den Behälter schmiss sie in den Abfallkorb, und zwar so, dass man ihn nicht übersehen konnte.

Sie kannte Moon und seinen Kontrollwahn.

Schließlich ging sie wieder zum Inkubator und blickte auf den Behälter, auf dem nun »Patel« stand.

Sie würde einen Klon aus diesen Zellen produzieren. Sie musste einfach wissen, ob man aus sechzig Jahre alten Stammzellen noch einen Menschen herstellen konnte.

Sie hatte ihre Schäfchen ins Trockene gebracht. Nun

musste sie wissen, warum diese Zellen so bedrohlich waren. Wer war dieser Herr Jung?

Sie wusste schon, wie sie das herausbekommen würde: Sie würde Min-ho zum Essen einladen. Er war der Systemadministrator von Siam Biotech, ein schrecklich verklemmter Nerd, der noch nie eine Freundin gehabt hatte. Sie war nicht Angelina Jolie, aber wenn sie Min-ho zu sich nach Hause einlud, dann würde er alles für sie tun.

13

Berlin, 2033

»Wir schalten jetzt zu Petra Penzlin in die Bundesgeschäftsstelle der CDU«, sagte die Nachrichtensprecherin Katharina Kaufman im Studio. »Petra, wie ist die Stimmung im Konrad-Adenauer-Haus in Berlin?«

»Hallo Katharina, also, auf einer Skala von eins bis zehn ist die Stimmung hier im Konrad-Adenauer-Haus momentan gerade bei geschätzten null Komma neun angekommen. Wohin man blickt, sieht man nur entsetzte Gesichter.«

Die Reporterin drehte sich um und machte eine ausladende Bewegung mit dem Arm. Der Saal war nicht mal mehr halb voll, Leute mit betretenen Gesichtern und einzelnen Konfetti-Schnipseln im Haar starrten ungläubig auf Fernsehbildschirme, fast leere Plastikbecher in der Hand. Gedämpfte Musik lief im Hintergrund, es klang wie Queens »We are the Champions«.

»Der Schock über das Ergebnis dieser Bundestagswahl sitzt hier vielen in den Knochen. Man wusste, dass es knapp werden würde, aber mit so einem Ergebnis hat dann doch niemand hier gerechnet. Wir haben heute einen regelrechten Thriller erlebt. Die meisten, mit denen ich gesprochen habe, sind mit den Nerven am Ende und verstehen die Welt nicht mehr. Eine rechtsnationale Partei droht einhundert Jahre nach dem Wahlsieg von Hitlers NSDAP hier im deutschen Reichstag als stärkste Partei aus der Wahl hervorzugehen. Das ist es, was viele hier gerade völlig fassungslos zurücklässt.«

»Bevor wir zu dem Ergebnis des Deutschen Wegs kommen, rekapitulieren wir doch mal der Reihe nach: Der Abend fing zunächst gut an für die Union.«

»Ja, in der Tat, Katharina. Die Union ist stark in diesen Abend gestartet. Die ersten Hochrechnungen sahen CDU/CSU bei satten achtundzwanzig Prozent. Ein deutlicher Zugewinn zum Ergebnis von vor vier Jahren. Und damit war schnell klar, dass man den grünen Koalitionspartner endlich wieder hinter sich gelassen hatte.«

»Das war bestimmt Balsam auf die geschundenen Seelen der Unionsanhänger.«

»Ja, absolut. Die Schlappe von vor vier Jahren ist hier unvergessen, als die Grünen der Union die Kanzlerschaft entrissen haben.«

»Das schien heute Abend nun wieder gedreht worden zu sein«, sagte Katharina Kaufman.

»Es war zu erwarten, dass die Grünen Federn lassen würden – das hatten viele schon im Vorfeld prognostiziert. Die Unzufriedenheit über die rigorose Klimapolitik von Bundeskanzler Schwarz war einfach zu groß. Es war auch klar, dass die Wähler die Hauptverantwortung dafür vor allem bei den Grünen sahen und nicht beim Juniorpartner – obwohl die Union natürlich die Klimaschutzgesetze mitgetragen hat. Aber dass die Grünen dann heute Abend eine solch deutliche Schlappe erleiden würden – das war dann doch die Überraschung des Abends.«

»Mit einem so deutlichen Einbruch hatte dann doch kaum jemand gerechnet.«

»Absolut. Wir haben gerade die aktuelle Hochrechnung reinbekommen. Die Grünen liegen momentan bei nur noch

20,1 Prozent. Es könnte sein, dass sie sogar unter die Zwanzig-Prozent-Marke rutschen werden. Das ist ein Verlust von rund sieben Punkten gegenüber der Bundestagswahl 2029. Ein Desaster, das sicherlich nicht ohne Konsequenzen bleiben wird.«

»Wir werden nachher noch in die Geschäftsstelle der Grünen hinüberschalten. Doch bevor wir das tun, Petra, stellt sich natürlich die drängende Frage: Was bedeutet dieses Ergebnis für die grün-schwarze Regierung?«

»Ja, über einen solchen Einbruch des Koalitionspartners kann sich selbst die Union nicht mehr freuen. Wir müssen natürlich die amtlichen Endergebnisse abwarten. Aber nach den derzeitigen Hochrechnungen haben Union und Grüne keine Mehrheit mehr im Parlament. Man muss es ganz klar sagen: Die Regierung steht vor einem Scherbenhaufen. Es ist völlig offen, wie es weitergehen wird.«

»Aber das waren noch nicht alle Hiobsbotschaften heute Abend, nicht wahr, Petra?« Kaufman nickte wissend. Sie ärgerte sich darüber, dass ihr Make-up schlecht saß und Petra Penzlin so viel jünger rüberkam als sie.

»Ja, Katharina, es sollte noch schlimmer kommen. Denn da war ja auch noch der Deutsche Weg. Als der weiße Balken im Laufe des Abends immer größer wurde, wuchs die Nervosität bei den anderen Parteien. Erst überholte die Partei von Bernd Sörensen und Alina Schalk die Grünen. Und dann begann das Zittern im Konrad-Adenauer-Haus: Würde der Deutsche Weg sogar noch die Union überholen?«

»Das ist wohl die Frage, die heute Abend alle umtreiben dürfte. Danke, Petra Penzlin, live aus dem Adenauer-Haus.«

Katharina Kaufman setzte eine sorgenträchtige Miene auf, vermied es aber dabei, allzu sehr die Stirn zu runzeln, um nicht noch älter zu wirken. »Laut der aktuellsten Hochrechnung liegt der Deutsche Weg mit derzeit 28,4 Prozent nur noch vier Zehntelprozent-Punkte hinter der Union. Was bedeutet dieses Ergebnis, Frank Echtermann von der Forschungsgruppe Wahlen?«

»Ja, Katharina, zum jetzigen Zeitpunkt können wir nur feststellen, dass das Rennen um den ersten Platz noch vollkommen offen ist. Klar ist nur, dass in der Parteizentrale des Deutschen Wegs die Korken knallen dürften. Es ist das beste Ergebnis bei einer Bundestagswahl seit Gründung der Partei vor achtundzwanzig Jahren. Und sollte Bernd Sörensens Partei doch noch das Rennen machen, wäre es der erste Wahlsieg einer rechtsnationalen Partei im Reichstag seit genau einhundert Jahren.«

»Du spielst auf die Wahl im Jahr 1933 an, Frank. Damals siegte Adolf Hitlers NSDAP. Es war bekanntlich der Beginn der Nazi-Diktatur. Wird sich Geschichte wiederholen?«

»Nein, Katharina, dieser Wahlerfolg dürfte für Bernd Sörensen wertlos sein. Nahezu alle Parteien haben immer wieder versichert, dass für sie eine Koalition mit dem Deutschen Weg ausgeschlossen ist.«

»Nahezu?«

»Von SPD, Linkspartei und Grünen dürfte man kaum erwarten, dass sie je in Versuchung kommen könnten, mit einer rechtsnationalen Partei zu koalieren. Auch FDP-Chefin Paula Tormin hat erklärt, dass ihre Partei nicht mit dem Deutschen Weg zusammenarbeiten will. Aber ausgerechnet die Union tut sich immer wieder schwer mit der Frage, wie man mit dem Deutschen Weg umgehen soll. Es gibt in der Partei dazu unterschiedliche Auffassungen.«

»Was für Optionen hat die Union denn jetzt überhaupt noch, um an der Regierung zu bleiben?«, fragte Kaufman.

»Nun, denkbar wäre eine Jamaika-Koalition – sofern Paula Tormins Liberale den Sprung über die Fünf-Prozent-Hürde schaffen, aber danach sieht es derzeit aus. Damit hätten Union, Grüne und FDP eine knappe Mehrheit.«

»Dann werden wir also vermutlich eine Drei-Parteien-Regierung bekommen?«

»Theoretisch ja, auch wenn ich mir diese Option nur schwer vorstellen kann, Katharina. Paula Tormin ist Kanzler Schwarz im Wahlkampf wiederholt sehr heftig angegangen, auch Schwarz hat nicht mit Kritik gespart, die FDP als ›Reichen-Lobby‹ bezeichnet. Unvergessen sind auch die Berichte darüber, dass der Kanzler die FDP einmal bei einer Veranstaltung als ›Parteienhure‹ bezeichnet haben soll. Ich glaube, man kann getrost sagen, dass sich Paula Tormin und Guido Schwarz spinnefeind sind. Aber auch inhaltlich liegen FDP und Grüne derzeit meilenweit auseinander. Spaltpilz war und ist die Klimapolitik. Jamaika, Katharina, scheint gerade sehr fern.«

»Wird die Union dann also doch den Tabubruch wagen und mit dem Deutschen Weg koalieren?«

»Das ist die Frage des Abends. So eine Koalition scheint den meisten hier weiter unvorstellbar. CDU-Chef Rainer Thomsen lehnt jegliche Zusammenarbeit mit dem Deutschen Weg strikt ab. CSU-Chef Ernst Loibl hingegen hat sich mehrfach dafür ausgesprochen, dass man sich zumindest auf Kommunal- und Landesebene für Koalitionen öffnen solle. Bislang hat sich Thomsen mit seinem Kurs durchsetzen können. Die Frage ist aber, wie lange noch? Ich bin mir sicher, dass bei der Union hinter den Kulissen bereits heftig verhandelt wird.«

●

Alina Schalk trat an das Fenster ihres Büros. Von hier oben hatte man einen großartigen Ausblick direkt auf die Stelen, zwischen denen die Touristen herumliefen wie ziellose Ameisen. Jedes Mal, wenn sie auf das Holocaust-Mahnmal blickte, schüttelte sie innerlich den Kopf. Was für eine Platzverschwendung. Wie kriecherisch und rückwärtsgewandt. Wie sie diese Geste selbstdemütigender politischer Korrektheit verachtete!

Jedes Mal wieder genoss sie den gut kalkulierten Tabubruch, dass die Parteizentrale des Deutschen Wegs direkt gegenüber eingezogen war. Bernd hatte sich explizit für dieses Gebäude ausgesprochen, obwohl die Miete extrem hoch und die Räumlichkeiten von eher minderer Qualität waren. Egal. Das Symbol zählte.

Bernd hatte mal wieder den richtigen Riecher gehabt. Wie sehr hatten sie sich alle darüber aufgeregt, die Journalisten, die Politiker, die Historiker und natürlich zuvorderst der Zentralrat der Juden. Als späte Verhöhnung der Holocaust-Opfer hatten sie es bezeichnet.

Darüber hinaus hatten sie mit diesem Schachzug neue Wählerschichten erschlossen. Es gab so viele Bürger, die dieses Mahnmal insgeheim verachteten, sich aber nicht trauten, das laut zu sagen. Der Deutsche Weg bot ihnen nun eine Heimat.

Jetzt wehte die Flagge der Partei hoch über den Stelen: Der schwarze Kreis mit dem weißen X. Rechtlich waren sie auf der sicheren Seite. Alina Schalk war nicht umsonst Juristin, und sie wachte peinlich genau darüber, dass die Aktionen und Veröffentlichungen der Partei keinerlei juristische Angriffsfläche boten. Was man um jeden Preis verhindern wollte, war, dass ein Parteiüberwachungsverfahren gegen den Deutschen Weg eingeleitet wurde. Denn das könnte die zahlreichen Spender aus dem In- und Ausland vergrätzen.

Der Fernseher lief. Den Ton hatte sie abgestellt.

Es war halb zwölf. Das vorläufige amtliche Endergebnis stand fest. Der Deutsche Weg lag bei 28,6 Prozent – und war damit gleichauf mit der Union Sieger dieser Wahl. Ihre rechte Hand ballte sich zur Faust, und sie genoss das süße Gefühl des Triumphs. Sie hatten es geschafft. Sie waren stärkste Partei – wenn sie sich auch den ersten Platz teilen mussten. Ein sensationeller Erfolg.

Das war alles, was sie sich fürs Erste an Gefühlen gönnte. Sie wollte gefasst sein, wenn sie gleich vor die Kameras treten würde, um sich gemeinsam mit Bernd den idiotischen Fragen der Lügenpresse zu stellen.

Doch vorher wollte sie Klarheit. Dafür wartete sie gerade auf den Anruf von Paula Tormin.

In etwa zehn Minuten musste sie raus in die Pressekonferenz. Bei der Gelegenheit wollte sie Bernd gleich die gute Nachricht überbringen.

Der gelbe Balken stand bei 5,4 Prozent. Die FDP würde es schaffen. Gut. Damit war die derzeitige Regierung sicher abgewählt.

Ihr Smartphone vibrierte.

»Paula. Herzlichen Glückwunsch.« Alina Schalk bemühte sich um einen freundlichen Ton, obwohl sie Tormin verachtete. Aber jetzt brauchte sie sie.

»Danke«, sagte Tormin mit ihrer sonderbaren Stimme, die immer zwischen rau und schrill changierte. Sie klang zickig. Vielleicht mochte sie es nicht, dafür beglückwünscht zu werden, über die Fünf-Prozent-Hürde gekrochen zu sein. »Ich habe mit Ernst gesprochen«, fuhr Tormin fort.

»Und?«

»Ich habe ihm gesagt, dass Thomsen schon die Fühler nach uns ausgestreckt hat.«

»Hat er das?«

»Du kennst doch Thomsen. Immer auf Nummer sicher. Der ist völlig mit den Nerven runter. Sobald die erste Hochrechnung da war, hat er mit den Grünen und mit uns gesprochen. Wie ich hörte, hat er sogar auch schon bei der SPD angerufen.«

»Was hat Loibl gesagt?«

»Der hält Thomsen für verantwortlich für das Wahldesaster und will jetzt tatsächlich noch seinen Anspruch auf die Kanzlerschaft anmelden. Loibl glaubt, nur er könne eine stabile Regierung bauen.«

Schalk grinste. Auf Thomsens und Loibls Machtgeilheit war Verlass. Ein Streit zwischen den beiden Alpha-Männern in der Union würde die Partei ordentlich spalten. »Die Grünen werden Loibl niemals als Kanzler akzeptieren.«

»Thomsen weiß das. Loibl will vor allem eines: die Grünen verhindern. Von uns aus wäre Jamaika sowieso keine Option. Auch eine Ampel wollen wir nicht. Daher spielt Ernst uns perfekt in die Hände. Der will wie ich eine schwarz-gelbe Minderheitsregierung, und er weiß, dass ich das mit euch schon ausbaldowert habe.«

»Und du glaubst, dass ihr beiden Thomsen dazu kriegen werdet, in eine Minderheitsregierung zu gehen?«, fragte Schalk, und es kostete sie einige Mühe, einen skeptischen Ton beizubehalten, denn es lief alles genau so, wie sie es vorhergesehen hatte. »Das klingt nach einem netten Plan, Paula. Aber was, wenn er nicht aufgeht?«

»Wieso?« Paulas Stimme war nun noch schriller. »Thomsen sitzt in der Falle: Jamaika werden wir ablehnen, ebenso die Ampel. Er hat Loibl im Nacken. Und dann ist da ja der öffentliche Druck angesichts dieses Wahlergebnisses des Deutschen Wegs: Wenn die Union es nicht auf die Reihe bekommt, schnellstens eine funktionierende Regierung zu stellen, drohen Neuwahlen – mit völlig ungewissem Ausgang und der Gefahr, dass der Deutsche Weg womöglich allein stärkste Kraft wird.«

»So so, du siehst uns also als Gefahr?«, fragte Schalk süffisant.

»Ähm, nein, natürlich sehe ich das nicht so, Alina«, sagte Tormin. »Aber die Öffentlichkeit.«

»Hoffen wir auf Loibl, er wäre für uns die angenehmere Option.«

»Für uns auch«, sagte Tormin. »Im Falle von einem Kanzler Thomsen müsstet ihr euch mit eurer Rhetorik zurücknehmen. Damit die Tolerierung der Minderheitsregierung nicht so wirkt, als wäre Thomsen euer Hampelmann.«

»Natürlich ist er das nicht«, sagte Schalk mit Gravität in der Stimme. »Herr Thomsen ist ein respektabler Politiker und geschätzter Kollege.«

Tormin lachte. »Fein. Dann bleiben wir in Kontakt.«

Wie dümmlich Paula Tormin doch war. Wie leichtfertig sie vertraute. Schalk konnte sich eine kleine Spitze nicht verkneifen. »Eine Sache noch, Paula: Was springt eigentlich für dich raus? Das Außenministerium?«

»Das ist noch nicht ganz klar«, sagte Tormin, von der Frage überrascht. »Warum fragst du?«

»Nein, alles gut. Es hat mich nur interessiert.« Schalk schwieg.

»Das Außenministerium ist doch fein?« Tormin schien irritiert.

»Ja, natürlich. Es ist ein wichtiges Amt.«

Einen Moment war Schweigen in der Leitung.

»Alina, was willst du mir sagen?«

Sie hatte angebissen.

»Es ist nur … Wieso gibst du dich mit so wenig zufrieden? Das hast du eigentlich nicht verdient.«

Alina Schalk sah auf die Uhr. Noch drei Minuten. »Willst du wirklich der Wasserträger für Loibl sein? Willst du dich und deine Partei so unter Wert verkaufen?«

Tormin schwieg.

»Nur mal angenommen«, sagte Schalk, »wir hätten einen Kanzler Sörensen. Er wüsste, was er dir zu verdanken hat. Und würde es entsprechend würdigen: indem er dir die Vizekanzlerschaft anböte.«

Rauschen in der Leitung. Dann: »Was heißt das?«

Noch zwei Minuten.

»Streichle Loibls Ego, mach ihm den Mund wässrig auf die Kanzlerschaft. Hauptsache, er weist Thomsen in die Schranken und öffnet die Union für eine Schwarz-Weiß-Gelbe Koalition. Und dann, wenn es drauf ankommt, wählt ihr den richtigen Kanzler.«

Mit rauer Stimme sagte Tormin: »Ich weiß nicht, ob ich das durchkriege, Alina.«

»Streng dich an. Vergiss nicht: Nicht nur Thomsen steht unter Druck. Auch für dich steht einiges auf dem Spiel. Es sähe nicht besonders gut aus, wenn am Ende die FDP wieder die Blockierer-Rolle hätte, nicht wahr? Das würde euch bei Neuwahlen sicherlich den Einzug ins Parlament kosten. Willst du das riskieren? Oder willst du Vizekanzlerin werden? Ich muss jetzt los. Wir sprechen …«

Sie legte auf, bevor Tormin etwas erwidern konnte.

Alina Schalk rückte ihr Jackett zurecht, dann ging sie hinaus. Blitzlichtgewitter erwartete sie.

14

Seoul, 2033

Geknickt war Mara an ihren Platz im Le Noir zurückgekehrt. Die Informantin war ihr durch die Lappen gegangen.

Sie waren gerade erst in Seoul angekommen, jetzt konnten sie eigentlich auch wieder abreisen.

Immerhin: Sie würde den Zahlungsbeleg bekommen, der bewies, dass Sörensen bei Moon gewesen war. Und sie hatte mit Rebecca Hendrich eine neue Spur in Berlin.

Trotzdem kam ihr das Ganze merkwürdig vor. Die Informationen hätte die Informantin ihr auch schicken können. Und Maras Bauchgefühl sagte ihr, dass die rätselhafte Frau nicht einfach nur an der Erforschung der epigenetischen Erinnerungen der Wohlpflug-Zwillinge interessiert war. Es musste mehr dahinterstecken.

Die Informantin benutzte sie. Und sie wusste mehr, als sie preisgab. Das gefiel Mara nicht.

»Ist sie weg?«, fragte Robin.

»Ja«, sagte Mara in die Dunkelheit. »Lasst uns gehen.«

Es kostete sie einige Überzeugungsarbeit, die aufgebrachten Kellner zu beruhigen. Als sie ihre Smartphones zurückbekommen hatten, versuchten sie, ein Taxi zu bekommen – was ebenfalls nicht leicht war. Duc hatte ihnen den Tipp gegeben, ein Selfie zu nehmen, wie man in Südkorea ein selbstfahrendes Shuttle nannte.

Erstaunlicherweise verstand das Fahrzeug ihre Spracheingabe sofort: Best Western Hotel.

Sie war todmüde und freute sich auf ihr Bett.

»Und jetzt?«, fragte Friedrich. »Fliegen wir morgen zurück?«

Gedanken krochen bleiern durch ihren Geist. Sie wollte noch nicht sofort zurück nach Deutschland und überlegte, am nächsten Tag bei Siam Biotech vorbeizufahren. Doch was würden sie dort vorfinden? Vermutlich war das Gelände von der Polizei abgesperrt worden. Andererseits: Wo sie schon einmal hier waren? Was hatten sie zu verlieren? Außerdem brauchte sie Fotos.

»Das sehen wir morgen«, sagte sie. »Jetzt müssen wir erst mal schlafen.«

»Glaubst du, dass diese Frau unsere Flashbacks wirklich beseitigen kann?«, fragte Friedrich.

»Ich wünsche es euch. Vielleicht erfahren wir bald mehr.«

»Auf jeden Fall werden wir das«, sagte Robin, der die ganze Fahrt über geschwiegen und auf sein Smartphone gestarrt hatte. Triumphierend hielt er das Gerät hoch. Es zeigte eine Karte von Seoul. Ein blauer Punkt pulsierte darauf. Er bewegte sich langsam eine Straße entlang.

Mara war müde, aber sie begriff sofort: das Probenröhrchen, das Robin hinuntergefallen war. Das Herumgetaste auf dem Boden des Dunkelrestaurants. Das war kein Zufall gewesen. Robin hatte der Informantin einen Tracker angeheftet.

Mara sah ihn an. Er lächelte selten, aber jetzt zog sich ein breites Grinsen über sein Gesicht.

Morgen würde ein ereignisreicher Tag werden.

Mara hatte geschlafen wie eine Tote. Sie hatte von Kurt geträumt. Mit ihm zusammen war sie durch den Englischen

Garten gerannt, und Kurt hatte wieder den Babyschwänen nachgestellt, nur um Reißaus zu nehmen, als die fauchende Mutter angeschwommen kam.

Sie vermisste ihn.

Als sie die Augen aufschlug, schien die Sonne bereits hell in ihr Hotelzimmer.

Im Frühstücksraum sah sie die Zwillinge an einem Tisch in der Ecke sitzen. Beide waren in ihre Smartphones vertieft.

Das Hotel war schicker, als sie es sich privat hätte leisten können. Sie hatte etwas Zentrales gewollt. Es blieb zu hoffen, dass die *Süddeutsche* ihr wenigstens einen Teil erstatten würde. Maximal zwei Nächte konnte sie für sich und die Brüder bezahlen, dann wäre ihr Budget erschöpft.

»Guten Morgen.«

»Guten Morgen, Mara.« Friedrich blickte auf, während Robin schwieg. Friedrich lächelte sie an. Mara konnte sich vorstellen, wie Leute sich eher zu ihm hingezogen fühlten als zu Robin. Friedrich hatte ein offenes Herz, ein offenes Gesicht. Waren beide Brüder zusammen, fiel einem der Kontrast umso mehr auf. »Gut geschlafen?«

»Offenbar zu lange, wie mir scheint.« An der Wand des Essraumes hing eine Uhr. Es war kurz vor zehn. »Wann seid ihr aufgestanden?«

»Ich vor einer Stunde. Da war er schon wach«, sagte Friedrich mit einem Nicken in Richtung Robin. Der tippte weiterhin versonnen auf seinem Smartphone herum. Offenbar verfolgte er die Informantin.

Mara organisierte sich ein Frühstück. Glücklicherweise bot das Hotel für alle Weltgeschmäcker etwas. Nachdem sie neugierig bis leicht abgestoßen an den koreanischen Frühstücksspezialitäten vorbeigeschlendert war, hatte sie sich den Teller mit Croissants vollgeladen und sich einen riesigen Cappuccino organisiert.

»Okay, Sherlock. Wo müssen wir hin?«, fragte sie Robin, auf ihrem Croissant kauend. »Gratuliere übrigens. Das war sehr clever eingefädelt von dir. Wo hast du den Tracker befestigt?«

»An ihrem Schuh.«

»Na, dann hoffen wir mal, dass sie da nicht so genau hinguckt«, sagte Mara.

»Sie war heute Morgen übrigens schon unterwegs«, sagte Robin. Vor ihm stand nur eine leere Kaffeetasse. Daneben lag ein Päckchen Zigaretten. »Der Stadtteil heißt Geumcheon-gu. Wie auch immer man das ausspricht. Sie war in einem Gebäudekomplex, in dem sich mehrere Firmen befinden. Der Tracker hat auch einen Höhenmesser, sie war im vierten Stock. Eine der Firmen dort heißt Macrogen, und die haben sich auf Erbgut-Sequenzierung spezialisiert.«

Mara pfiff leise. »Bingo. Die fackelt ja nicht lange.«

»Jetzt scheint sie wieder zu Hause zu sein. Jedenfalls ist sie wieder an dem Ort, wo sie auch gestern Abend war. Es ist nicht weit von hier.«

»Und wie hast du dir das jetzt vorgestellt?«, fragte Mara. »Wir postieren uns vor ihrem Haus, und wenn sie weg ist, brechen wir in ihre Wohnung ein?«

Robin sah auf und grinste. »Mara, das war exakt mein Plan. Fast könnte man meinen, du bist ein Klon von mir!«

Sie seufzte. Die Croissants schmeckten nach Pappe und der Kaffee nach braun gefärbtem Wasser. »Ich glaube, wir können los.«

Der Tracker führte sie zu einem Hochhaus auf dessen Außenwand ein fettes Samsung-Logo prangte. Wenn Nordkorea von einem irren Diktator regiert wurde, dann beherrschten Südkorea eine Handvoll Großkonzerne.

Fünfzehn Stockwerke. Auf jedem befanden sich mehrere Wohnungen. Wie sollten sie anhand eines blauen Punktes die richtige aufspüren?

Robin erzählte triumphierend, dass der Höhenmesser des GPS-Trackers zwar nicht auf den Meter genau war, aber sie befand sich ziemlich sicher im zwölften Stock. Das reduzierte ihre Optionen auf sechs Wohnungen.

Robin schlug vor, auf dem Flur eine Kamera zu installieren. Sobald sich der blaue Punkt bewegte, würden sie sehen, aus welcher Wohnung die Informantin herauskam.

Auch an die Kamera hatte Robin gedacht. Sie war so klein wie eine Reißzwecke und besaß eine praktische Spitze, sodass man sie überall einstechen konnte. Er klingelte so lange, bis ihm jemand aufdrückte, dann installierte er die Kamera direkt neben der Aufzugtür im zwölften Stock, sodass man eine gute Sicht auf den Flur hatte, von dem die Wohnungseingangstüren abgingen.

Dann hieß es: warten. Der Punkt bewegte sich den ganzen Morgen nur minimal. Die Informantin hielt sich die ganze Zeit in der Wohnung auf.

Vielleicht war es auch gar nicht ihre, immerhin musste sie davon ausgehen, dass Sörensens Killer ihr auf den Fersen waren.

Mara war nervös. Die Aktion war riskant. Sollten sie bemerkt werden, hätten sie das Vertrauen verspielt. Die Geschichte wäre dann wohl passé, denn noch hatte sie die versprochenen Unterlagen nicht.

Andererseits war ihre Neugier zu groß, und es missfiel ihr immer mehr, wie stark die Informantin die Regeln dieses Spiels bestimmte. Sie mussten das Risiko eingehen.

Sie hatten sich in einem Starbucks-Café gegenüber des Hochhauses eingerichtet. Es war nicht so einfach, wie sie sich das gedacht hatten: Robin musste ununterbrochen den Tracker im Blick behalten, denn sobald er sich in Bewegung setzte, musste er in der Kamera-App nachsehen, welche Apartmenttür aufging. Es würde um Sekunden gehen.

Aber es würde sich lohnen.

Sie trank Kaffee und tippte E-Mails, unter anderem an die Redaktion der *SZ*. Antonia, ihre Redakteurin, hatte geschrieben, dass die Zeitung nur ihre Reisekosten übernehmen würde, nicht aber die der Zwillinge. Und für die Unterbringung würde sie auch nur eine Pauschale erhalten, die bei Weitem nicht die Kosten abdeckte.

»Fuck!«, schimpfte sie in den Monitor und unterdrückte den starken Impuls, Antonia eine gesalzene Mail zurückzuschreiben.

Scheiß drauf. Diese Sache war zu groß, um jetzt wegen ein paar Euro rumzustreiten. Das war der Scoop ihres Lebens. Sie würde ein Buch darüber schreiben. Vielleicht würden sie es sogar verfilmen. Es würde Geld fließen. Mehr als genug.

Mara nutzte die Zeit, um so viel wie möglich über den Tod Moons herauszubekommen. Er war erschossen worden, die südkoreanische Polizei tappte im Dunkeln. Aber seine Geschäfte mit den Nordkoreanern wurden publik, und es wurde darüber spekuliert, ob die Volksrepublik dahinterstecken könnte.

Auch ein später Racheakt wurde nicht ausgeschlossen, Moon hatte sich im Lauf seiner Karriere und vor allem im Zuge des Fälschungsskandals viele Feinde gemacht.

Mara war verwundert, dass in den Berichten kein einziges Wort über sein illegales Menschenklon-Business zu lesen war. Gut, die Informantin hatte ja erwähnt, dass Moons Daten ebenfalls verschwunden waren. Aber wie konnte es sein, dass über die Jahre nichts von alldem an die Öffentlichkeit gedrungen war?

Möglicherweise wurden die Ermittlungen von oben gedeckelt. Über die Motive konnte sie nur spekulieren.

Eins war klar: Diese Geschichte würde einschlagen wie eine Bombe.

»Jetzt«, sagte Robin plötzlich. »Sie kommt raus!«

Er aktivierte die Kamera-App, und sie steckten ihre Köpfe über dem kleinen Display zusammen.

Sie sahen den dunklen Flur in extremer Fischaugenoptik. Eine Frau trat aus ihrer Wohnung heraus.

»Sie wohnt hinten rechts«, sagte Robin.

Mit angehaltenem Atem beobachteten sie, wie die Frau immer näher kam. Zu Maras Enttäuschung war nicht viel von ihrem Gesicht zu erkennen. Das meiste davon hatte sie hinter einer großen Sonnenbrille verborgen und das Haar unter eine dunkelbraune Baseballkappe gestopft. Ein langer dunkler Mantel verbarg ihre Figur. Sie war nicht besonders groß.

»Mist«, sagte Mara. »Zeichnest du auf?«, fragte sie Robin. Er nickte. »Vielleicht können wir uns das nachher noch mal genauer anschauen.«

Die Informantin verschwand. Sie war in den Aufzug getreten. Robin starrte nun wieder auf die Anzeige des GPS-Trackers, der zeigte, wie die Höhenmeter schmolzen.

Vielleicht ging sie nur kurz einkaufen? Sie würden sich beeilen müssen.

Mara wurde nervös: »Gehen wir?«, fragte sie Robin.

»Du willst ihr doch nicht im Aufzug begegnen, oder? Sie weiß immerhin, wie *wir* aussehen.«

Ihr bereitete es Sorge, wie sie ins Apartment hineingelangen sollten. Sie hatte einige investigative Recherchen unternommen, auch ein- oder zweimal undercover mit Kamera gefilmt. Aber noch nie hatte sie irgendwo eine Tür aufgebrochen. Es war illegal, und sie hatte kein gutes Gefühl dabei. Außerdem mussten sie damit rechnen, dass im Gebäude Überwachungskameras installiert waren. In Korea wurde mit Datenschutz anders umgegangen als in Deutschland.

Der Redaktion konnte sie das unmöglich erzählen, es könnte ihre gesamte Karriere gefährden, wenn herauskam, dass sie Daten durch einen Einbruch erbeutet hatte. Aber wie sollte es herauskommen? Die Informantin konnte niemanden anzeigen. Sie würde sicherlich annehmen, dass es Sörensens Leute waren, die bei ihr eingebrochen waren.

»Okay. Jetzt verlässt sie das Gebäude«, sagte Robin. »Wir können los.«

Wieder klingelten sie sich so lange durch, bis jemand aufdrückte. Der Aufzug war eng und brauchte lange bis in den zwölften Stock. In der Kabine erkannte Mara das blumige Parfüm der Informantin wieder, das sie im Restaurant gerochen hatte.

»Vielleicht gibt es Kameras«, sagte Mara. »Könntet ihr euch ein wenig tarnen?«

Sie zogen die Krägen hoch. Robin hatte eine Sonnenbrille dabei, Mara eine Mütze. Und Friedrich hielt den Kopf gesenkt.

Als sie aus dem Aufzug traten, pickte Robin schnell seine Kamera von der Wand neben der Aufzugtür. Dann führte er sie zu der Wohnung, aus der die Informantin herausgekommen war, während sie möglichst zu Boden sahen, damit ihre Gesichter unkenntlich blieben.

Die Tür sah massiv aus. Mara schaute sich nervös nach Überwachungskameras um und besah sich auch die anderen Eingangstüren im Flur. Hoffentlich würde niemand herauskommen, während sie sich an der Tür zu schaffen machten.

Hilflos blickte sie Friedrich und Robin an. Wie sollten sie hineinkommen?

Robin holte etwas aus seiner Tasche, ein kleines, metallenes Ding. Es ähnelte einem Tacker, mit dem man Dokumente zusammenheftete. Aber es hatte auch etwas von einer Mini-Pistole, weil es einen Abzug hatte.

Mara beobachtete ihn erstaunt. »Was ist das denn?«

Wortlos frickelte Robin an dem Gerät herum und zog schließlich eine feine Metallspitze aus dem Inneren. Die steckte er vorne an die Spitze und schraubte sie fest. Jetzt sah das Ding aus wie eine Mischung aus Spritze und Pistole.

Mara wunderte sich darüber, wie er dieses Gerät unbehelligt in den Flieger bekommen hatte. Robin entpuppte sich zu ihrer Überraschung als bestens ausgerüsteter Privatdetektiv. Hatte er etwa im Vorfeld geplant, die Informantin auszuspionieren und in ihre Wohnung einzubrechen?

Auch Friedrich sah seinen Bruder erstaunt an. Offenbar hatte er keine Ahnung von dieser Seite Robins gehabt.

Robin bückte sich und steckte einen dünnen Haken in das Schloss, der aussah wie ein kleiner Inbusschlüssel. Die kurze Seite verschwand im Schlüsselzylinder, die lange Seite des Hakens wies nach unten. Vorsichtig begann Robin, mit der linken Hand im Uhrzeigersinn an seinem unteren Ende zu ziehen, während er gleichzeitig die Metallspitze seines pistolenartigen Geräts mit der rechten Hand etwas oberhalb des Hakens in den Schlosszylinder steckte. Mara konnte nur vermuten, wie das Gerät funktionierte, und beobachtete Robin fasziniert. Sie sagte nichts, weil sie keinen unnötigen Krach machen wollte.

Er betätigte den Abzug, es klackte metallisch. Laut hallte das Geräusch durch den leeren Flur, und Mara und Friedrich zuckten zusammen. Robin aber machte unbeeindruckt weiter, prüfte, ob er mit dem Haken den Schlosszylinder drehen konnte, was aber nicht der Fall war. Er versuchte es wieder und zog den Abzug, erneut klackte es, und wieder drückte er an dem Haken. Noch immer tat sich nichts. Dann betätigte er den Abzug mehrmals hintereinander schnell, ruckelte ein wenig mit der im Zylinder steckenden Pistole und zog – nun heftiger – mit der linken Hand an dem Haken.

Sekunden vergingen, Minuten. Mara hoffte, dass das Geräusch keinen der Nachbarn misstrauisch werden ließ. Dabei verfolgte sie gebannt den blauen Punkt auf Robins Handy, aber die Informantin bewegte sich noch immer von ihnen fort.

Dann feuerte Robin wieder eine Salve ab, und dieses Mal drehte sich der Haken mit dem Schlosszylinder.

»Yes!«, sagte er triumphierend.

Mara konnte es kaum glauben: Die Tür stand offen.

»Wow. Wo hast du das gelernt?«, fragte Friedrich.

»Der Chaos Computer Club hatte auch eine Lockpicker-Gruppe«, murmelte Robin und trat in die Wohnung. »Kommt ihr?«

Das Apartment war schlicht, zwei Zimmer, Küche, insgesamt wohl kaum mehr als fünfzig Quadratmeter groß. Die Räume waren spärlich möbliert, es gab keine Bilder, keine Blumen, nichts, was irgendwie persönlich gewesen wäre. Diese Wohnung war ein Provisorium.

Im Schlafzimmer fand Mara einen geöffneten Koffer. Er wirkte hastig zusammengepackt und enthielt nur Klamotten.

»Hier ist ihr Rechner«, rief Robin aus dem Wohnzimmer. Als sie zu ihm trat, saß er bereits an dem aufgeklappten Laptop.

»Unsere Freundin heißt Park«, sagte Robin. »Jedenfalls ist das der Name, den sie hier als User angibt, und das ist das Einzige, was ich entziffern kann. Der Rest ist Koreanisch, und natürlich hat sie den Zugang passwortgeschützt.«

»Kannst du da was machen?«, fragte Mara, mittlerweile überraschte sie nichts mehr bei ihm.

»Mal sehen …« Robin holte einen USB-Stick aus der Tasche. Der GPS-Tracker, die Kamera, der Dietrich, nun der Stick – Robin schien sich auf all das hier vorbereitet zu haben.

»Ich kann versuchen, das Hauptsystem zu umgehen, indem ich den Rechner mit einem modifizierten Linux-System hochfahre«, erklärte er ihr und Friedrich. »Dann müsste ich schon mal Zugriff auf ihre Festplatte bekommen. Aber es kann sein, dass sie merken wird, dass der Rechner neu gestartet wurde.«

Mara zuckte mit den Schultern. »Wir haben keine andere Wahl, oder? Wie lange brauchst du?«

»Hey, chill mal«, sagte Robin, den ihr gereizter Unterton zu stören schien. »Wir sehen doch, wenn sie zurückkommt.«

»Sofern sie den Tracker nicht bemerkt.«

»Sie wird ihn irgendwann bemerken«, sagte Robin. »Aber erst, wenn sie sich die Unterseite ihrer Schuhe genauer anschaut.«

»Wir sind in Asien. Hier ziehen die Leute sich ständig ihre Schuhe aus.«

»Wenn dir das lieber ist, können wir auch einfach ihren Laptop einsacken und abhauen?«, fragte Robin.

»Nein. Dann wird sie komplett abtauchen. Fang an.«

Mara behielt den Tracker stur im Blick, während Robin an dem Laptop werkelte. Der Rechner bootete von dem Stick, und sie sah eine Menge Text über den schwarzen Bildschirm rauschen. Irgendwann tauchte eine grafische Oberfläche auf, und Robin klickte ein wenig herum. Friedrich saß still neben seinem Bruder und beobachtete gebannt, wie er mit dem Rechner umging.

»Shit«, sagte Robin. »Wie ich es befürchtet hatte.«

»Was ist los?«

»Ich komme an die Daten heran, aber sie hat sie AES-512-verschlüsselt.«

»Ist das schlimm?«

»Ja. Alles, was ich kriege, ist Kauderwelsch. Ohne ihr Passwort sind die Daten wertlos.«

»Kannst du es nicht knacken?«, fragte Mara.

Er schaute sie an, als hätte sie ihn gefragt, ob er mal eben zum Mond fliegen könne.

»No way. Selbst die besten und schnellsten Rechner der Welt würden dafür Jahrtausende an Rechenzeit benötigen.«

»Und jetzt?«

Robin überlegte. »Wir müssen einen Seitenkanalangriff starten.«

Friedrich sah seinen Bruder schräg an, unwillkürlich musste er lachen. »Sag mal, Robin, was geht denn hier ab? Hast du heimlich ein Praktikum bei Anonymus gemacht?«

Robin ignorierte seinen Kommentar. »Anstatt zu versuchen, das Passwort per Algorithmus zu knacken, können wir versuchen, seine physischen Spuren zu ergründen.«

»Robin. Deutsch bitte«, sagte Mara, langsam genervt von seinem Geschlaumeiere.

»Wir müssen sie dabei abhören, wenn sie ihr Passwort eintippt«, erklärte Robin. »Anhand der Tastaturgeräusche kann ich die angetippten Tasten rekonstruieren.«

Friedrich und Mara sahen ihn entgeistert an.

»Wirklich?«, fragte Friedrich. »Das geht?«

»Okay, mal langsam«, sagte Mara. »Wir können Park nicht einfach so abhören. Wir haben keine Wanzen. Oder hast du etwa auch daran gedacht, 007?« Sie sah Robin auffordernd an.

Grinsend hielt er sein Smartphone hoch. »Das hier ist die beste Wanze der Welt.«

»Du willst hier ein Smartphone verstecken?«, fragte Mara. »Wo denn?« Sie machte eine ausladende Bewegung mit dem Arm. Im Wohnzimmer stand nur der Tisch, davor ein Stuhl. Rechts an der Wand war ein leeres Regal.

»Wir nutzen ihr Telefon als Wanze.«

Parks Daten umfassten viele Gigabyte. Robin brauchte eine Viertelstunde, um alles auf seinen Stick zu ziehen.

Als sie die Wohnung verließen, versuchten sie keine Spuren zu hinterlassen. Mara wollte nach Möglichkeit verhindern, dass Park misstrauisch wurde. Ihre Paranoia war sicherlich hoch angesichts der Bedrohung durch Sörensens Killer. Sollte sie den Tracker an ihrem Schuh entdecken, wäre es denkbar, dass sie sich an Robins Aktion im Dunkelrestaurant erinnerte. Park war ihre wichtigste Quelle.

Es sei denn, sie würden Moons Datenschatz knacken. Dann brauchten sie Park nicht mehr.

Mara hatte erwartet, dass Robin der Informantin eine ausgefuchste Spionagesoftware aufs Smartphone schmuggeln würde. Aber sein Plan war simpler: »Du rufst sie an, sobald sie nach Hause kommt«, sagte er zu Mara. »Wichtig ist, dass sie noch nicht an ihrem Rechner sitzt. Du musst sie dazu bringen, sich anzumelden – während du mit ihr sprichst! Wir zeichnen die Tastaturgeräusche über das Telefon auf, und das war's.«

»Ist die Qualität denn nicht viel zu schlecht? Die Tippgeräusche sind doch total leise.«

»Das spielt keine Rolle. Das kann man alles rausfiltern und verstärken. Trust me.«

Zurück im Hotel, schlug der Jetlag bei Mara voll zu. Aber sie durfte jetzt nicht einschlafen. Park konnte jederzeit nach Hause zurückkehren, und dann musste sie den Anruf machen.

Auf dem Bett liegend, checkte sie die Wahlergebnisse aus Deutschland. Es war beunruhigend: Der Deutsche Weg war nun gleichauf mit der Union stärkste Kraft. So bedrückend das Ergebnis war, es würde ihrer Geschichte in die Hände spielen. Sörensen war nun noch wichtiger geworden.

Sie schreckte hoch, als es aufgeregt an ihrer Tür klopfte. Sie war doch eingeschlafen. Es war Robin.

»Es geht los. Sie ist auf dem Heimweg!«, sagte er aufgeregt.

Sie versammelten sich in Robins Zimmer und beobachteten gespannt den blauen Punkt auf dem Smartphone.

»Du glaubst, dass sie nicht ahnt, dass wir sie abhören könnten?«, murmelte Mara.

»Die wenigsten wissen, dass man Tastaturgeräusche abhören und daraus Passwörter rekonstruieren kann.«

»Aber sie nutzt den Krypto-Caller. Sie scheint sensibilisiert zu sein für Überwachung …«

Robin zuckte mit den Schultern. »Dann wird uns etwas anderes einfallen.«

Anfangs bewegte sich der Punkt noch langsam, dann wurde er plötzlich schneller. Zielstrebig steuerte er jetzt auf Parks Haus zu.

»Sie fährt garantiert mit einem Selfie«, sagte Friedrich.

Wenige Minuten später stoppte die Fahrt direkt vor ihrem Haus.

Robin trat aufgeregt von einem Fuß auf den anderen. »Mara, halt dich bereit.«

Auch Mara war nervös und rieb sich die linke Hand an ihrer Hose ab, bevor sie zum Smartphone griff.

Sie musste die richtigen Worte finden. Sie musste Park dazu bekommen, ihren Rechner hochzufahren.

Mara öffnete die Krypto-Caller-App. Ihr Zeigefinger zitterte leicht. Die App zeigte nur einen Kontakt. Er bestand aus einer Folge kryptischer Zeichen.

»Jetzt ist sie im Aufzug«, sagte Robin. »Das Höhenmeter steigt.«

»Du sagst Bescheid, wenn sie die Tür aufschließt?« Maras Stimme war rau.

»Sie ist im Flur«, sagte Robin. »Ruf an.«

Plötzlich fiel Mara ein, dass sie noch die Aufzeichnungssoftware starten musste. Hastig suchte sie in ihren Apps nach dem Audio-Rekorder. Dann wechselte sie wieder in den Krypto-Caller.

Mara drückte auf den Kontakt, um den Anruf zu starten.

Aufzeichnungssoftware registriert. Verbindung nicht möglich.

Kalter Schweiß brach ihr aus, als sie den Warnhinweis der App sah.

»Was ist los?«, fragte Friedrich. »Ruf an!«

Sie hielt Robin das Smartphone entgegen.

»Scheiße!«, fluchte er. »Das war klar.«

»Was jetzt?« Ihr Herz pochte.

»Friedrich, dein Smartphone, schnell«, sagte Robin.

Sein Bruder kramte hektisch in seinen Taschen und reichte Robin sein Gerät.

»Entsperr es!«

Wertvolle Sekunden gingen verloren. Wenn Park sich schon an ihrem Rechner angemeldet hatte, wäre alles umsonst.

Mara stoppte die Aufzeichnung auf ihrem Gerät, und die Warnmitteilung verschwand.

Robin tippte wie wild auf Friedrichs Gerät herum, dann legte er es auf den Tisch. Die Aufnahmesoftware lief.

»Leg dein Telefon daneben und stell den Lautsprecher an«, wies Robin Mara an.

Sie nickte, legte ihr Gerät neben Friedrichs und drückte erneut Parks Kontakt. Diesmal wählte der Krypto-Caller, und sie hörte ein Klingelgeräusch.

Park nahm sofort ab.

»Wir waren so verblieben, dass ich mich bei Ihnen melde«, sagte sie mit eisiger Stimme.

»Sorry, aber ich dachte, solange wir noch in Korea sind, könnten wir das alles schnell erledigen.«

»Sie werden die Unterlagen von mir bekommen, keine Sorge.«

»Was ist mit den Erbgutproben der Jungs?«

Park lachte auf. »Was erwarten Sie? Ich habe die Proben gestern Abend bekommen. Was glauben Sie, wie lange so etwas dauert?«

»Sagen Sie's mir.«

»Ich kann nicht ins Labor, wie Sie wissen. Ich musste

einen anderen Weg finden. Zwei Tage wird es sicherlich brauchen, bis ich überhaupt die Daten bekomme. Dann muss ich sie mir in Ruhe anschauen.«

»Aber Sie haben versprochen, den Jungen zu helfen. Um ihre Erinnerungen zu löschen, müssen die beiden doch hier sein, oder nicht?«

»Ich habe nichts versprochen. Aber ja, dafür müssten die beiden hier sein.«

»Sollen wir denn dann extra noch einmal herfliegen?«, sagte Mara.

Park seufzte. »Ich brauche einfach Zeit. Ich weiß auch nicht, ob ich überhaupt helfen kann.«

Robin schüttelte den Kopf. Das Gespräch ging seiner Meinung nach in die falsche Richtung.

»Okay«, sagte Mara. Was hätte sie auch sagen sollen. »Noch was: Meine Zeitung macht Druck. Sie wollen einen Beweis sehen, sonst kann ich nicht weitermachen. Ich brauche den Zahlungsbeleg. Jetzt.«

»Ich sagte Ihnen bereits, dass ich Ihnen den Beleg schicken werde.«

»Ich brauche ihn sofort.«

»Ich schicke ihn gleich rüber.«

Mara überlegte fieberhaft, wie sie Park am Telefon halten konnte. Sie spürte, wie sie unsicher wurde, aber das durfte sie jetzt auf gar keinen Fall zulassen. Sie erinnerte sich selbst an ihre alte Formel, wenn sie in Erstkontakt mit Informanten trat: Stimme ist alles.

Sie musste absolut souverän klingen.

Mara beugte sich etwas weiter über die beiden Smartphones, sodass ihr Mund näher am Mikrofon war. Sie legte Atem und ein gewisses Maß an Druck in ihre Stimme. Der Klang würde auf ihre eigene Psyche zurückwirken und sie wieder sicherer machen, auch wenn sie sich selbst gar nicht so fühlte.

»Könnten Sie das Dokument einmal öffnen? Wir müssen dringend etwas nachschauen.«

»Was meinen Sie?«

»Bitte. Meine Redaktion braucht die Info jetzt.«

Park seufzte. »Okay. Moment …«

Mara sah Robin mit aufgerissenen Augen an. Sie tat es! Sie tat es tatsächlich.

Robin hielt den Zeigefinger vor die Lippen. Er prüfte noch einmal die Lautstärke auf Maras Smartphone. Stellte sie auf Maximum.

Gebannt betrachtete er Friedrichs Smartphone. Der Rekorder zeichnete auf.

Sie horchten in die Stille. Aus Maras Smartphone-Lautsprecher drangen zaghafte Geräusche. Etwas rieb, vielleicht eine Jacke. Ein Kratzen auf Boden – der Stuhl. Park setzte sich an ihren Rechner. Vor ihrem geistigen Auge sah Mara die einzelnen Szenen, die sich jetzt in dem Zimmer abspielten. Park klappte den Laptop auf. Ihre Finger glitten über das Trackpad, steuerten den Cursor in das Passwort-Feld, dann drückten sie die Tasten, tippten nacheinander das Passwort ein, das alles entschlüsselte.

Mara horchte genau hin, und sie glaubte, Tastenanschläge zu vernehmen. Aber sie konnte kaum sagen, ob sie es wirklich hörte oder ob es nicht eher Wunschdenken war.

Friedrichs Smartphone begann zu brummen. Ein Anruf kam herein. Das Display zeigte das Bild von Justine. Es war eine lustige Aufnahme, auf der sie die Zunge herausstreckte und das rechte Auge zukniff. Die Vibrationen waren so stark, dass sie das Gerät auf der Tischplatte leicht zur Seite drehten.

»Scheiße«, flüsterte Friedrich und tippte hektisch auf den Ablehnen-Knopf.

Robin sah Friedrich böse an.

»Was ist los?«, hörte sie Park sagen. »Was sind das für komische Geräusche?«

»Ein Anruf auf der anderen Leitung«, sagte Mara hastig. »Meine Redaktion. Die machen echt Stress.«

»Ich habe das Dokument jetzt vor mir. Was brauchen Sie?«

Robin machte eine Geste mit der flachen Hand quer über seinen Hals. Sie konnte aufhören. Es war in die Hose gegangen.

»Äh, ich bräuchte den genauen Namen des Absenders. Das ist sehr wichtig.«

Mara sprach weiter, um sie nicht misstrauisch zu machen. Sie sah Robin, der die Aufnahme stoppte. Er war wütend. Sein Bruder machte Beschwichtigungsgesten. Was konnte er dafür, dass seine Freundin in diesem Moment anrief. Aber Robin ließ sich nicht erweichen.

»DDW e.V.«

»Steht das wirklich so da?«, fragte Mara.

»Ja.« Park klang genervt. »Das sagte ich Ihnen auch schon.«

»Sehr gut. Das wird meine Redaktion sehr glücklich machen. Können Sie mir das Dokument …«

Plötzlich rief Park laut etwas auf Koreanisch. Ein Krachen, Poltern, etwas fiel um.

Jetzt war Tumult zu hören, das Telefon fiel zu Boden, was einen lauten Knall an ihrem Ende erzeugte. Sie glaubte Würgegeräusche zu hören, dann einen dumpfen Aufprall.

»Park!«, rief sie in den Lautsprecher hinein, und Robin warf ihr einen mahnenden Blick zu. Im gleichen Moment wurde sie sich bewusst, dass sie den Namen der Informantin eigentlich nicht wissen durfte und sich damit verriet. Aber das war ihr jetzt egal. »Park, sind Sie okay?«

Ein unangenehmes Kratzgeräusch, dann ein Reiben, als würde Stoff über den Lautsprecher gewischt. Es folgte ein Moment Pause. Plötzlich hörten sie jemanden atmen. Langsam und ruhig. Jemand horchte in die Stille hinein, und sie und die Brüder hielten den Atem an. Der Killer hatte Park erwischt, und jetzt horchte er in die Leitung.

Robin drückte auf »Auflegen«.

15

Berlin, 2033

Sie hatten sich so schnell wie möglich auf den Rückweg gemacht – bevor der Killer oder die südkoreanische Polizei auf die Idee kommen konnten, ihnen auf die Pelle zu rücken. Mara ging davon aus, dass die Polizei früher oder später im Le Noir nachforschen würde. Jetzt zahlte sich aus, dass es ein Dunkelrestaurant war.

Nun waren sie zurück in Deutschland, und Robin hatte es tatsächlich doch noch geschafft, aus den Tastaturgeräuschen Parks Passwort zu dechiffrieren.

Seit Tagen wühlte Mara sich durch Parks beziehungsweise Moons Datenschatz. Es war mühselig, weil sie viele Dokumente durch die maschinelle Übersetzung jagen musste und sich durch teilweise kryptische Texte kämpfte.

Aber die Daten waren eine Goldgrube. Sie fand alles fein säuberlich archiviert: Sämtliche Aufzeichnungen über alle jemals geklonten Hunde und Kinder, jeder Erbguteingriff an Embryonen, jede künstliche Befruchtung, jede Abrechnung, alles war akkurat abgelegt unter den Namen der Auftraggeber. In all den Jahren hatte Moon um die fünfhundert Hunde und hundert Kinder geklont. Besonders schockierend fand sie, dass Moon sogar überzählige Klon-Kopien extra produziert und verkauft hatte.

Bei den menschlichen Klonen hatte Moon das nicht getan, offenbar hatte er sich noch einen Rest an Moral bewahrt. Zwar wurden auch immer mehrere Embryonen angefertigt, der Mutter in der Regel aber immer nur einer eingepflanzt und die restlichen eingefroren.

Sie fand in den Unterlagen allerdings auch Beispiele dafür, dass Kunden offenbar gewünscht hatten, einen Klon in mehrfacher Kopie implantiert zu bekommen. In einigen wenigen Fällen hatte das zur Geburt von identischen Zwillings-Klonen geführt. Die Eltern hatten offenbar willentlich akzeptiert, von ihrem verstorbenen Kind mehrere Kopien auflegen zu lassen.

Als sie das las, wurde ihr schlecht.

Normalerweise hätte dieses Material schon für eine mehr als gute Geschichte gereicht. Aber mittlerweile ging es Mara um Sörensen. Sie wusste: Hier gab es noch brisantere Schätze zu heben.

Sörensen hatte angegeben, im Auftrag von jemand anderem zu handeln. Vielleicht stimmte das ja. Außerdem war eine Leihmutter involviert gewesen.

Park hatte erzählt, dass die Beteiligung einer Leihmutter meist ein Indiz für eine andere Agenda sei. In der Regel wollte eine Mutter, die ein Kind verloren hatte, den Klon ihres toten Kindes selbst austragen.

Jung alias Sörensen hatte als Gewebe einen Zahn mitgebracht. Park hatte ihr zwar gesagt, dass der Zahn nicht von einem Kind stammte. Aber was sie ihr nicht erzählt hatte: Der Zahn war alt, wie Moon in seinen Unterlagen vermerkt hatte. Etwa sechzig Jahre. Park hatte den Zahn fotografiert. Die Bilder betrachtete Mara mit einer Mischung aus Neugier und Abscheu. Er war gelblich-braun verfärbt.

Sörensen hatte also jemanden klonen lassen, der im Jahr 2007 bereits seit sechzig Jahren tot war.

2007 minus sechzig ergab ... 1947.

Die Chancen, aus dem alten Zahn lebende Zellen zu gewinnen, hatte Moon mit nahezu null beziffert. Aber offenbar war es ihm oder Park wider Erwarten doch gelungen.

Moon hatte nur eine kurze Notiz dazu gemacht: »Sensationell«.

Aus den Stammzellen des Zahns hatten sie mehrere Embryonen hergestellt. Der Leihmutter, Rebecca Hendrich, auch das hatte Park bereits erwähnt, wurde ein Embryo eingesetzt, und sie war offenbar gleich beim ersten Versuch schwanger geworden.

Im Sommer 2008 wurde ein Junge geboren.

Es war die Wiedergeburt eines Toten. Aber nicht die eines Kindes, sondern die eines Erwachsenen, der in den 40er-Jahren gestorben war.

Dann fand sie eine E-Mail, die Moon im Jahr 2007 an einen belgischen Journalisten geschickt hatte.

Mit angehaltenem Atem las sie:

Sehr geehrter Herr Mulders,
ich bin im Besitz einer Erbgutprobe, die von einem Verwandten Adolf Hitlers stammen soll. Dies würde ich gerne überprüfen. Wie ich erfuhr, sind Sie im Besitz einer Probe des Erbgutes eines Großneffen Adolf Hitlers. Ich würde gerne beide Erbgute miteinander vergleichen und sende Ihnen hiermit die DNA-Sequenz des Y-Chromosoms zwecks Abgleich zu (im Anhang).
Ich wäre Ihnen sehr verbunden, wenn wir die Sache vertraulich behandeln könnten.
Mit freundlichen Grüßen
Prof. Dr. Moon Dong-soo, Siam Biotech, Seoul

Ein alter Zahn.

1947.

Adolf Hitler.

Kalt lief es ihr den Rücken herunter.

Sie öffnete den Anhang der E-Mail, aber der Wirrwarr aus den Buchstaben C, G, A und T sagte ihr nichts.

Wie taub googelte sie »Hitler« und »Zahn«.

Der erste Treffer führte auf einen Text auf zm-online, einem News-Portal für Zahnärzte. Die Überschrift lautete: »Zähne beweisen: Hitler ist tot«.

Der zweite Suchtreffer verwies auf einen Artikel auf *welt.de*: »Warum zeigten Hitlers Zähne einen ›bläulichen Schimmer‹?«

Sie überflog beide. Ein deutscher Kriminalbiologe namens Mark Benecke hatte einen Oberkiefer mit neun Zähnen sowie einen Unterkiefer mit fünfzehn Zähnen untersucht, die angeblich von Adolf Hitler stammten und im Archiv des russischen Geheimdienstes verwahrt wurden. 2001 war Benecke in Russland gewesen. Sein Fazit: »Anhand von alten Röntgenaufnahmen konnte ich die Zähne eindeutig Hitler zuordnen.«

Die Russen hatten auch noch einen Schädelknochen in ihrem Archiv, dieser aber, las Mara, konnte nicht vom Diktator stammen, weil er einer Frau gehört hatte.

Im *Welt*-Artikel las Mara von weiteren Untersuchungen französischer Wissenschaftler, welche die Kiefer und Zähne im Jahr 2017 begutachtet hatten. Auch sie waren sich sicher: Es waren die echten Knochen und Zähne von Adolf Hitler.

In beiden Artikeln waren die Fachpublikationen der Forscher verlinkt. Mara wühlte sich in die wissenschaftlichen Veröffentlichungen hinein, weil sie es einfach nicht glauben konnte.

Es stimmte also: Es gab wirklich noch Zähne von Adolf Hitler. Und einer davon war irgendwie in den Besitz von Bernd Sörensen gelangt, dem Chef des Deutschen Wegs, einer rechtsextremen Partei, die gerade zusammen mit CDU/CSU die Bundestagswahlen gewonnen hatte.

Hatte Bernd Sörensen wirklich aus dem Zahn Adolf Hitlers einen Klon des Diktators herstellen lassen?

Mara stöberte weiter in den Daten und fand noch eine E-Mail von Jean-Paul Mulders. Er hatte Moon gleich am nächsten Tag geantwortet. Die Nachricht war nur ganz kurz:

Sehr geehrter Professor Moon,
bitte rufen Sie mich umgehend an. Die Nummer finden Sie in der Signatur.
Herzlichst,
Jean-Paul Mulders

Sie wählte die Nummer, auch wenn sie nicht glaubte, dass sie nach sechsundzwanzig Jahren noch immer gültig war. Tatsächlich: Eine automatische Ansage informierte sie darüber, dass die Nummer nicht vergeben war.

Sie googelte Jean-Paul Mulders. In seinem Wikipedia-Eintrag stand, dass er 2026 gestorben war.

Mara lehnte sich zurück und atmete tief durch.

Das war heftiger Tobak.

Dass Bernd Sörensen ein totes Kind hätte klonen lassen, wäre schon ein Hammer gewesen.

Aber ein Klon von Adolf Hitler überstieg ihre Vorstellungskraft.

War Sörensen wirklich so verrückt, Adolf Hitler wieder zum Leben erwecken zu wollen – den Mann, der die Welt in einen Krieg und Deutschland fast in den Abgrund gestürzt hatte? Den Mann, der Millionen Juden hatte umbringen lassen?

Wuchs jetzt irgendwo in Deutschland ein neuer Diktator heran?

Es war eine gruselige Vorstellung.

Wobei … heranwachsen: Sollte es diesen Hitler-Klon tatsächlich geben, dann war er bereits ein junger Mann!

Ungefähr in dem Alter, in dem der echte Hitler seine politische Aktivität begonnen hatte. So viel wusste sie noch aus dem Geschichtsunterricht.

Sie bekam eine Gänsehaut.

Warum nur hatte Park ihr das verschwiegen? Hatte sie es sich für später aufsparen wollen, um Mara bei der Stange zu halten? Oder hatte sie es am Ende gar nicht gewusst?

Mara brauchte unbedingt harte Beweise. Es klang zu verrückt, zu unglaubwürdig, so wie all die Verschwörungstheorien, die behaupteten, dass Hitler niemals Selbstmord begangen habe, sondern sich in Wahrhcit heimlich nach Südamerika oder in die Arktis abgesetzt hatte.

Sie musste den Klon finden. Er war der Beweis, den sie brauchte.

Park war tot.

Rebecca Hendrich. Das war der Name der Leihmutter. Ob er echt war, wusste sie nicht. Eine Adresse war nicht hinterlegt.

Rebecca Hendrich war ihre letzte Spur.

Was hatte Park gesagt? Hendrich hatte damals in Berlin gelebt. Vielleicht war das ja noch der Fall. Mara startete eine Anfrage beim Einwohnermeldeamt Berlin. Der Service kostete sie fünfundzwanzig Euro.

Behörden. Sie würde sich gedulden müssen, bis sie eine Antwort bekommen würde.

Sie klickte sich noch ein wenig weiter durch die Daten von Park und stieß dabei auch auf den Ordner der Wohlpflugs.

Sie öffnete ihn. Dabei fiel ihr etwas auf: Es gab sehr viele Fotos von Robin und Friedrich, aus den unterschiedlichsten Lebensphasen. Park schien sie nach der Klonierung noch lange überwacht zu haben. Sie fand auch die Korrespondenz zwischen Park und den Eltern. Park hatte wissenschaftliche Nachsorge als Grund angegeben für ihre Bitte an Lisa und Christian Wohlpflug, ihr Fotos und Arztberichte der Jungen zukommen zu lassen. So viel Nachsorge erschien Mara ungewöhnlich, in anderen Kundenordnern fand sie weit weniger Material. Und je jünger die Kundenordner waren, desto dünner wurden diese Dokumentationen.

Eigentlich fanden sich Meldungen nur dann, wenn schwerwiegende medizinische Indikationen bei den Klonkindern aufgetreten waren – Krebserkrankungen etwa, Fälle von Autismus oder Epilepsie. Moon hatte alles protokolliert, doch die Zahl der dokumentierten Fälle hielt sich in Grenzen.

Krankheiten auf die Klonierung zurückzuführen war schwierig, denn die Originale waren ja früh gestorben. Die Krankheiten ihrer Klone wären womöglich auch bei ihnen aufgetreten.

In jahrelanger Praxis hatte sich offenbar herausgestellt, dass die Klone nicht mehr gesundheitliche Auffälligkeiten aufwiesen als normal gezeugte Kinder. So hatte Moon die Nachsorge im Laufe der Jahre heruntergefahren. Warum auch nicht? Aus seiner Perspektive bedeutete Nachsorge unbezahlten Mehraufwand.

Warum also hatte Park dann auf eigene Faust bei Robin und Friedrich so einen Aufwand betrieben? Es musste etwas dahinterstecken. Das war sicherlich auch der Grund, aus dem Park so scharf darauf gewesen war, dass sie die Jungen mit zu dem Treffen in Seoul brachte.

Vermutlich würde sie von beiden Jungen noch irgendwo tiefgefrorene Embryonen auf Lager haben, denen sie Erbgut entnehmen konnte. Andererseits – die waren in der Klinik, und die war nun Sperrgebiet der Polizei. Und wenn sie Parks Ausführungen zur Epigenetik richtig verstanden hatte, waren aktuelle Proben aussagekräftiger, weil sich die Marker im Laufe des Lebens veränderten.

Sie fand in Parks Daten auch die Auftragsbestätigung des Labors, wo sie die Proben von Friedrich und Robin hingebracht hatte: Macrogen. Sie erinnerte sich, dass Robin die Firma erwähnt hatte, als er Parks Bewegungen per Tracker verfolgte.

Eine Weile starrte sie aus dem Fenster und versuchte, Ordnung in ihre Gedanken zu bringen. Plötzlich fiel ihr etwas ein, das sie in Alarm versetzte: Parks Killer hatte Zugriff auf ihren Computer. Die Wissenschaftlerin war eingeloggt gewesen, als der Killer sie überwältigt hatte. Somit hatten Sörensen und Schalk die Daten. Sie würden möglicherweise auch über die vielen Fotos der Wohlpflug-Jungen stolpern und sich darüber genauso wundern wie sie.

Sie hätten die Information, dass die Wohlpflugs Kunden von Moon gewesen waren. Deutsche Kunden, die von dem ganzen schmutzigen Klonbusiness wussten. Sörensen und Schalk waren darüber im Bilde, dass eine Journalistin aus Deutschland an Moon dran war. Mara hatte zwar sofort eine neue Nummer und ein neues Smartphone gekauft, als Park sie bei ihrem ersten Anruf gewarnt hatte. Aber wer wusste schon, wie weit ihre Verfolger waren.

Vielleicht nahm Sörensen an, dass sie auch an den Wohlpflug-Jungen dran war. Das allein reichte schon, um Dreck aufzuwühlen, der irgendwann zum Deutschen Weg führen könnte. Sie musste davon ausgehen, dass Sörensen kein Risiko eingehen würde.

Nicht nur sie war in Gefahr, sondern auch Robin und Friedrich!

Sie musste die beiden warnen. Sofort. Und es wurde Zeit, die Redaktion anzurufen und sie darauf vorzubereiten, dass die Geschichte noch ein wenig verrückter werden würde, als sie ohnehin schon war. Ein wenig war gut, sie war vollkommen verrückt.

Automatisch wählte sie zuerst Robins Nummer. Erst als sie sein Profilbild auf ihrem Smartphone sah und es klingelte, wurde ihr bewusst, dass sie einen engeren Draht zu ihm hatte als zu seinem Bruder. Warum eigentlich? Friedrich war eindeutig der sympathischere der beiden. Robin war eher verschlossen, distanziert und – ja, manchmal auch arrogant.

Er ging nicht ran.

»Ruf mich bitte zurück«, tippte sie schnell in den Messenger. Sie war nervös. Vielleicht sollten sie besser gar nicht die Smartphones nutzen, weil sie alle schon abgehört wurden.

Der Krypto-Caller fiel ihr ein. Sie musste ihn künftig für jede Kommunikation konsequent nutzen.

Mara überlegte kurz, dann traf sie einen Entschluss.

Sie rief die Redakteurin der *Süddeutschen* an.

»Antonia, ich bin aus Südkorea zurück. Hast du einen Moment? Kann ich dich per Krypto anrufen?«

Sie musste mit der Geschichte raus. Jetzt.

Möglicherweise war das der größte Scoop, den sie je machen würde. Genauso gut könnte es aber auch das Ende ihrer Karriere sein.

Oder gar ihres Lebens.

•

Robin hatte das Gefühl, dass alle durchdrehten. Alle redeten nur noch über die Wahlen. Der Deutsche Weg, oh je, die Nazis kommen wieder an die Macht, alles furchtbar. Er hatte andere Sorgen. Er musste damit klarkommen, dass er geklont worden war. Fucking geklont! Er war eine Kopie, das Abziehbild eines Toten. Es wollte immer noch nicht in sein Hirn, dass seine Eltern zu so etwas fähig gewesen waren.

Seit seiner Rückkehr aus Südkorea hatte er sich nicht mehr bei ihnen gemeldet. Er wollte niemanden sehen. Auch auf Maras Anrufe hatte er nicht reagiert.

Der ganze Trip war ihm so unwirklich vorgekommen.

Diese Wissenschaftlerin. Das Dunkelrestaurant. Die Abhöraktion in ihrer Wohnung. Es war alles so surreal. Es berührte ihn irgendwie gar nicht. Ihm war alles egal.

Auch, dass diese Park vermutlich tot war.

Er spulte die Geräusche in seiner Erinnerung ab. Das Krachen der Möbel, das sie über das Handy gehört hatten.

Es hatte ihn gar nicht gekümmert. Als wäre er gefühlstaub. In ihm tobte ein Kampf. Er wollte so nicht sein, stellte aber fest, dass er genau so war.

Aber – wer war er denn eigentlich? Der Wiederaufguss eines toten Jungen namens Erik.

Robin wusste nur eins: Er wollte seine Musik machen. Alles um sich herum vergessen. Musik war rein. Perfekt. Nicht von menschlicher Unzulänglichkeit besudelt.

Stundenlang konnte er sich darin verlieren. Bevorzugt komponierte er am Computer. Manchmal geriet er dann in einen solchen Flow, dass er Stunden später wie aus einem tiefen Traum erwachte. Dann sah er an sich hinab und wusste im ersten Moment nicht, wo er war.

Immer wieder hatte er die unheimlichen Flashbacks in seiner Musik verarbeitet. Das Wasser, das ihn verschlang, in Klang übersetzt. Den Moment, in dem es in ihn eindrang. Erstaunlicherweise fiel es ihm nicht schwer, dieses schreckliche Gefühl in einen Klangraum zu modellieren.

Und dann hatte er sich an den anderen Flashback gemacht. Robin nannte ihn nur »den Raum«. Es war ein Raum ohne Fenster. Er verstand ihn nicht. Aber er war darin gefangen. Eine Frau war bei ihm, die er nicht kannte.

In dem Ertrinken-Flashback dominierten die körperlichen Empfindungen und die Panikreaktion.

Bei dem Raum war es anders. Dieser Flashback war weniger von Angst durchsetzt. Er fühlte eine Art Schicksalsergebenheit. Er wusste genau, dass er jetzt starb.

Wenn Park recht hatte und das Ertrinken eine epigenetische Erinnerung seines Originals war – was steckte dann hinter dem Raum?

Er hatte ihn Friedrich gegenüber nur einmal erwähnt, aber es war sofort klar gewesen, dass sein Bruder diesen Flashback nicht kannte.

Justine war die Einzige, die jemals die »Raum«-Komposition gehört hatte – ohne dass er ihr erklärt hatte, was dahintersteckte.

Bei Justine hatte er das seltene Gefühl, dass sie verstand. Dass sie ihn verstand. Er sah es in ihren Augen.

Robin war tief in Gedanken versunken, als sein Smartphone vibrierte.

Gedankenübertragung: Es war Justine. Er zögerte. Was wollte sie?

Ein Gedanke schoss unwillkürlich durch seinen Kopf, ohne dass er ihn stoppen konnte: Sie war die Freundin seines Bruders.

Als wäre es eine Warnung von ihm an sich selbst. Es gab nichts zu warnen. Die beiden waren ein Paar. Und er war Single. Ganz einfach.

Er dachte an den Moment, als sie sich kennengelernt hatten. Zuerst hatte er mit ihr geredet, obwohl sie mit seinem Bruder zusammen studierte. Das war etwa drei Jahre her. Es war bei einem Event ihrer Uni gewesen. Robins Kommilitonen hatten musiziert, jeder hatte ein eigenes Stück vorgestellt. Seines kam nicht besonders gut an – das war jedenfalls sein Eindruck gewesen. Der Applaus lau und höflich, anders als bei seinen Kommilitonen, die mit ihren gefälligeren Stücken eher den Mainstream trafen.

Justine war nach seinem Auftritt zu ihm gekommen und hatte ihn nach seiner Musik gefragt. Sie hatte ihn gleich fasziniert. Es war die Art, wie sie ihn ansah, die Augen etwas weiter geöffnet als andere Menschen. Es war keine Masche, es war einfach so. Aber es ließ sie wirken, als sei sie hellwach und interessiert – was sie tatsächlich war. Justine war eine der besten Zuhörerinnen, die er kannte. Und sie machte noch etwas, das ihn einnahm: Wenn man mit ihr redete, dann neigte sie den Kopf zur Seite. Nur um wenige Grad. Auch das zeigte sie als sensibel – was sie ebenfalls war.

Anfangs waren sie so eine Art Ménage-à-trois gewesen, wie in diesem uralten Film aus den 60ern. Den 50ern? *Jules und Jim.*

Er wusste von dem Film nur noch, dass er nicht gut ausging.

Es klingelte fünfmal, siebenmal. Zehnmal.

Sie kannte ihn gut genug, um zu wissen, dass er oft nicht an sein Telefon ging. Sie würde nicht auflegen. Und seine Mailbox hatte er ausgestellt.

Also gut, Justine, dachte er.

»Hallo«, sagte er mit monotoner Stimme, seine Nervosität überspielend.

»Robin! Ich habe mir Sorgen gemacht. Wo wart ihr?«

Justine war ein ruhiger Mensch. Sie geriet selten in Aufregung.

Robin hatte in Korea nicht mit Friedrich über sie gesprochen. Er wusste nicht, ob sie Bescheid wusste.

»In Südkorea«, sagte er.

»Das weiß ich.«

Sie wartete, dass er etwas sagen würde. Genauso wie er darauf wartete, dass sie weiter fragte. Er würde Justine nicht anlügen. Obwohl es an Friedrich war, ihr zu sagen, was Sache war. Ein wenig machte es ihn stolz, dass sie sich an ihn wandte – offenbar noch bevor sie mit seinem Bruder gesprochen hatte.

Er atmete einmal tief durch.

»Ich muss dir etwas sagen.«

●

Wie zu erwarten, war die *SZ*-Redaktion zögerlich.

»Mara, wir haben die Daten angeschaut, die du aus Südkorea mitgebracht hast.« Antonia seufzte. »Ich fürchte, das reicht noch nicht. Wenn wir Sörensen angreifen wollen, brauchen wir mehr. Wir können nicht mal eben so den Chef der stärksten Partei im Bundestag mit einem alten Zahlungsbeleg anpissen. Seine Anwälte werden uns in der Luft zerreißen.«

»Was braucht ihr, Antonia?«

»Den Hitler-Klon. Kannst du ihn finden?«

Sie war frustriert. Aber schneller als erwartet erhielt sie Antwort vom Einwohnermeldeamt. Rebecca Hendrichs gemeldeter Wohnsitz war eine Adresse in Friedrichshain.

Es war ein fünfstöckiger, heruntergekommener Altbau, viele Klingelschilder waren unzählige Male überschrieben und überklebt worden. Aufgeregt suchte Mara nach Hendrich, aber sie fand den Namen nicht.

Sie beschloss, einfach irgendwo zu klingeln und zu fragen. Erst beim siebten Versuch ging die Sprechanlage mit einem Knacken an, und eine dünne Frauenstimme fragte, wer da sei. Mara log, sie sei eine alte Studienfreundin von Rebecca Hendrich und versuche verzweifelt, sie ausfindig zu machen. Als die Frau den Namen Hendrich hörte, drückte sie auf.

Eine Tür im Erdgeschoss öffnete sich einen Spaltbreit, und eine kleine, ältere Frau mit Dauerwelle steckte misstrauisch den Kopf heraus, beschützt von einem übergewichtigen Dackel, der gleich begann, Kurt freundschaftlich zu beschnuppern. Maras Hund verschaffte ihr Zutrauen und Zutritt bei Frau Lewandowski, wie sich die Frau vorstellte. Sie lud sie zu einem Tee in ihre Wohnung und tischte ihr alte Schokoladenkekse mit Orangenfüllung auf, eine Sorte, die Mara zuletzt bei ihrer Großmutter gegessen hatte. Verzückt beobachtete sie, wie Kurt mit dem Dackel von Frau Lewandowski spielte – einer Dackeldame namens Petra.

Ja, die Frau Hendrich, begann Frau Lewandowski sofort zu erzählen, die habe hier lange im Haus gewohnt, sei aber vor bestimmt sieben Jahren gestorben – als Mara das hörte, seufzte sie innerlich. Wieder eine Sackgasse.

Tragisch sei das gewesen, fuhr Frau Lewandowski redselig fort, so plötzlich, Autounfall, umso tragischer, weil auch ihr Mann ein paar Jahre zuvor auf ähnliche Weise ums Leben gekommen war. Der arme Arthur. Der Junge hing doch so an seiner Mutter! Dann war er ausgezogen, und sie hatte ihn nie mehr gesehen.

Die alte Frau kam schnell vom Hundertsten ins Tausendste, und es kostete Mara einiges an Geduld, dem Erzählschwall von Frau Lewandowski zu folgen. Was Mara wunderte: Rebecca Hendrich war offenbar mehr als nur eine Leihmutter gewesen. Sie hatte den Jungen auch aufgezogen. Warum hatte Sörensen das getan? Warum hatte er den Klon nicht in seine Obhut genommen?

Als Frau Lewandowski von Arthur erzählte, wurde Mara wieder ganz wach. Sie konnte es einfach immer noch nicht fassen, dass hier in diesem Haus eine junge Version von Hitler herangewachsen sein sollte.

Arthur Hendrich. Nach allem, was sie wusste, konnten die Initialen kein Zufall sein. Mara schluckte. Der Name kam ihr außerdem irgendwie bekannt vor.

Eine schwierige Familie sei das gewesen, plapperte Frau Lewandowski ungerührt weiter. Der Mann war mindestens fünfzehn Jahre älter als seine Frau, ein totaler Unsympath – was sie der Frau Hendrich ja so aber leider nicht sagen konnte. Doch oft genug hätte sie mit dem Zaunpfahl gewunken und gehofft, dass sie ihn doch endlich zum Teufel jage und sich einen vernünftigen Mann suche. Na ja, aber jeder, wie er's braucht.

Mara fragte sie nach dem Namen des Vaters. Alexander? Adam? Frau Lewandowski konnte sich nicht erinnern. Ein Ekel sei der gewesen, habe auch nie gegrüßt, wenn man ihn im Hausflur getroffen habe. Als er dann endlich gestorben sei, habe das niemand so direkt gesagt, am wenigsten die Frau Hendrich, aber jeder sei froh gewesen, dass der endlich weg war. Betrunken gefahren. Danach habe die Frau Hendrich den Kleinen ganz alleine durchbringen müssen, Eltern und Verwandtschaft gab es wohl nicht – außer einer Schwester, aber die hätte sie nie gesehen.

Mara unterbrach sie und fragte die alte Frau direkt nach Arthur.

Ja, der Junge. Sie habe ab und zu auf ihn aufgepasst, denn die Frau Hendrich sei ganz schön überfordert gewesen, alleinerziehend und dann noch mit ihrem schmalen Gehalt als Behördenmitarbeiterin. Vor allem nach dem Tod des Vaters war Arthur öfter bei Frau Lewandowski gewesen, als er so zehn, elf Jahre alt gewesen war.

Leider besaß Frau Lewandowski kein Foto von dem Jungen.

»Der Arthur war als kleiner Junge so ein Lieber. Aber er war so verändert, als er zu mir kam.«

»Wie meinen Sie – verändert?«, fragte Mara.

»Der war ein ganz netter Junge, so lebendig. Aber dann … Na ja, der Vater war ja so ein Egoist, der hat sie überhaupt nicht unterstützt. Aber der hat ja auch seine eigenen Probleme gehabt.«

Frau Lewandowski machte eine nicht sehr subtile Bewegung mit der Hand, als trinke sie.

»Was war mit dem Jungen?«, versuchte Mara nachzuhaken.

»Ach ja, genau, der Arthur. Das kam ganz plötzlich. Auf einmal war der ganz verschlossen. Und schreckhaft. Der hat einen gar nicht mehr anschauen können. Wenn er dann bei mir war, hat er sich gleich in seine Bücher vergraben. Aber vielleicht ist das auch gar nicht so verwunderlich.«

»Was meinen Sie genau, Frau Lewandowski?«

»Ich glaube, der hat den kleinen Arthur geschlagen.«

Frau Lewandowski hatte mittlerweile alle Kekse aufgegessen. Mara kaute noch an ihrem ersten.

Ein gewalttätiger Vater. Eine liebende Mutter, die früh starb. Sie kannte sich nicht besonders gut aus mit der Vita von Adolf Hitler. Aber das alles kam ihr beunruhigend bekannt vor.

War das die Antwort darauf, warum Sörensen den Klon bei der Leihmutter hatte aufwachsen lassen? Um Hitlers Leben nachzustellen? Mit all seinen Schicksalsschlägen?

Offenbar wollte Sörensen sichergehen bei der Produktion seines neuen Hitlers.

Es war eine perverse Vorstellung, und noch immer fiel es Mara schwer, all das zu glauben.

Frau Lewandowski hatte weitergeredet, während sie in Gedanken versunken gewesen war.

»... ich habe ja nicht verstanden, was sie wollte. Und Frau Bender aus dem vierten Stock meinte auch immer, dass das so nicht ...«

»Wissen Sie, wo Arthur jetzt ist?«, unterbrach Mara sie.

Frau Lewandowski schüttelte den Kopf. »Er war einfach weg.«

Kurt wäre gerne noch länger bei Frau Lewandowski und Petra geblieben. Aber Mara hatte erst einmal genug Informationen. Ihr schwirrte der Kopf, als sie aus dem Haus trat.

Arthur Hendrich.

Wieso kam ihr der Name so bekannt vor?

Sie zückte ihr Smartphone und tippte ihn ins Google-Suchfeld ein. Es konnte ja auch mal einfach sein.

Google spuckte ihr eine Fülle von Treffern aus.

Da war ein Arthur Hendrich in den Vereinigten Staaten, er lebte in Kentucky und war ein dickbäuchiger Mittfünfziger mit Hornbrille.

Da war der Instagram-Account eines Arthur Hendrich,

der Mitte zwanzig war, gut aussehend, und einen Man-Bun trug. Unter den Fotos fand sie spanischsprachige Kommentare. War er der Hitler-Klon?

Aber bei Weitem die meisten Treffer kamen zu einem Arthur Hendrich, der einen Instatube-Channel betrieb, und das offenbar sehr erfolgreich. Daher kannte sie den Namen!

Sie fand unzählige Videos. Seinen Kanal nannte er *Die Zerstörung*. Mara sah die Zugriffszahlen unter den einzelnen Beiträgen, keiner hatte weniger als zwei Millionen Klicks.

Sie schaltete die Bildersuche ein, in der Erwartung, so schneller klären zu können, ob er Adolf Hitler ähnlich sah oder nicht. Aber es wurde verwirrend. Der Polit-Influencer Arthur Hendrich gab sich sehr divers. Mal trug er stoppelkurze schwarze Haare, auf anderen Bildern hatte er sie blau gefärbt, mal rot oder auch blond. Mal trug er Brille, mal keine, mal hatte er ein Piercing in der Augenbraue, mal keines. Auf manchen Bildern trug er einen Schnurrbart.

Sie fand Videos, in denen er meist einen Hoodie trug und in allen möglichen Posen herumhampelte, mal albern, meist aber ernst, vor Hochhäusern, mit Golfschlägern, mit Ukulele vor einem CDU-Plakat.

Mara betrachtete sein Gesicht genau, versuchte, irgendetwas darin zu erkennen, das sie an Adolf Hitler erinnerte.

Aber was hatte sie erwartet? Einen jungen Mann mit Hitler-Bärtchen und Seitenscheitel, der ihr grimmig entgegenstarrte?

Die einzigen Konstanten in Arthurs wechselhaftem Erscheinungsbild waren sein schmales, hageres Gesicht, die dunklen, ernst blickenden Augen, unter denen sich auf fast allen Bildern dunkle Ringe befanden, und die schmalen Lippen.

Sie machte eine Bildersuche nach Adolf Hitler, und die

Suchmaschine spuckte Dutzende Fotos aus. Fast alle zeigten Hitler mit dem charakteristischen Bärtchen. Mara sah genauer hin, versuchte das Gesicht hinter diesem alles dominierenden Bart zu erfassen und mit Arthurs Zügen zu vergleichen. Die meisten Bilder zeigten Hitler als älteren Mann, nach seiner Machtergreifung. Sie fand nur ganz wenige Fotos aus seinen jüngeren Jahren.

Auf einem war Hitler als Soldat im Ersten Weltkrieg abgebildet. Er war vielleicht Mitte zwanzig, trug einen altertümlichen Stahlhelm mit Pickelhaube und hatte einen ausladenden Schnurrbart im Kaiser-Wilhelm-Stil. Auf diesem Bild war er sehr dünn und blickte ernst und müde in die Kamera – Mara hätte in ihm nicht den späteren Diktator wiedererkannt. Sie fand noch weitere Aufnahmen aus dieser Zeit, auf manchen war er mit Kameraden an der Front abgelichtet. Auch hier sah er vollkommen anders aus als der fanatische Diktator, der er zwanzig Jahre später sein würde.

Sie machte einen Screenshot des jungen Soldaten Hitler und legte das Bild neben eines von Arthur, auf dem er einen Schnurrbart trug. Immer wieder betrachtete sie beide Bilder im Wechsel.

Ja, es gab eine Ähnlichkeit zwischen den beiden, aber sie war nicht überwältigend. Es war erstaunlich, aber sowohl Arthur als auch der junge Hitler hatten eher unscheinbare Gesichter. Kein hervorstechendes Feature, kein Muttermal, keine Charakternase, kein Grübchen, keine Zahnlücke – nichts. Jetzt erst wurde ihr klar, wie geschickt der spätere Hitler seinen unverwechselbaren Look kreiert hatte – nur mit einem Bärtchen und dem Scheitel.

Dann sah sie sich einige der Videos von Arthur Hendrich an.

Sie verstand, warum er so viel Aufmerksamkeit bekam.

Gezielt sprach er seine Generation an und bediente die gleichen Themen wie die Fridays-for-Future-Bewegung und die Grünen. Aber Arthur löste den Klimawandel aus dem internationalen Kontext und machte ihn zu einem nationalen Thema. Immer wieder sprach er von der Heimat, die es zu bewahren galt, von dem CO_2, das vorwiegend aus dem Ausland kam, ausgestoßen von Chinesen, Indern und Amerikanern. Arthur sprach von Heimatschutz, von Sicherheit, von Vertrauen – Themen, die für die Corona-Generation besonders sensibel waren. Sie hatte sich in der Pandemie vor über zehn Jahren vom Staat im Stich gelassen gefühlt. Die Schulschließungen hatten bei ihr bleibende Schäden hinterlassen. Diese Generation hatte schlechtere Bildung genossen, ihre Berufschancen waren gemindert, sie fühlte sich von der Politik verraten. Sie hatte dem Staat niemals verziehen, dass er die Alten auf Kosten der Jungen bevorzugt hatte. Das hatte sich bei dieser Generation zu der ohnehin schon ausgeprägten Frustration über das Versagen der Klimapolitik hinzuaddiert. Auch der grüne Kanzler Guido Schwarz hatte es mit seiner rigorosen Klimaschutzpolitik – eigentlich ein Herzensthema der Jugend – nicht wiedergewinnen können.

Arthur holte seine Altersgenossen punktgenau dort ab. Und wie nebenbei streifte er auch die Ur-Themen der Rechten: Einwanderung, Überfremdung, Islamisierung.

Hendrich betonte stets seine Unabhängigkeit vom Parteienbetrieb, gab keinerlei Wahlempfehlungen ab, wenngleich schnell deutlich wurde, dass die einzige Partei, die er nicht kritisierte, der Deutsche Weg war.

Tunlichst vermied er die Begriffe links und rechts, ein geschickter Zug, um möglichst niemanden abzuschrecken. Und immer wieder verwies er auf Syrien, als mahnendes Beispiel eines *Failed State*, erzählte von seinen Erfahrungen, die er in dem vom Bürgerkrieg zerrissenen Land gesammelt hatte. Er wisse, was mit einem blühenden Land passieren könne, wenn man nicht aufpasse.

Vor allem die Syrien-Geschichte ließ Mara frösteln. Es war eine weitere Parallele zum echten Hitler, der im Ersten Weltkrieg gekämpft hatte. Zufall? Oder war auch das Teil des perfiden Plans von Bernd Sörensen?

Noch war Sörensen nicht regierungsfähig. Noch sperrten sich die Parteien, mit ihm zu koalieren. Noch funktionierte die Demokratie.

Aber wie lange noch?

Und was würde passieren, wenn eines Tages ein zweiter Hitler den Deutschen Weg anführen würde?

In düstere Gedanken versunken, ging Mara langsam zu ihrem Bulli zurück. Sie schloss den Wagen auf, und Kurt schlüpfte auf den Beifahrersitz. Sie stieg ein und steckte den Schlüssel in das Zündschloss.

Kurt fing an zu bellen.

»Kurt!«, sagte sie streng, als sie den Motor startete. Noch durfte sie ihren Verbrenner fahren, selbst wenn sie dafür satte CO_2-Steuern zahlen musste. Aber sie hing an dem Auto.

Kurt bellte weiter. Was war nur los mit ihm?

Dann spürte sie etwas Kaltes im Nacken.

Metall.

»Ganz ruhig«, sagte eine Männerstimme leise. »Das ist eine Pistole mit einem Schalldämpfer darauf. Wenn ich schieße, hört das niemand. Dein Gehirn wird lautlos an die Windschutzscheibe spritzen. Aber das Loch ist relativ klein, so viel Sauerei gibt das in der Regel nicht.«

Mara gefror das Blut in ihren Adern. Sie konnte kaum atmen.

»Also, wenn es sein muss, werde ich abdrücken. Es kommt ganz auf dich an. Wir machen jetzt eine kleine Spritztour.«

Sie wagte nicht, ihren Kopf zu bewegen. Sie schielte, um etwas im Rückspiegel erkennen zu können. Aber er war im falschen Winkel. Der Mann saß zu weit seitlich.

Kurt bellte und knurrte.

»Stell den Köter ab. Sofort«, befahl der Mann

»Kurt. Ruhig«, sagte Mara. Ihre Stimme zitterte. Kurt hörte nicht auf zu bellen.

Hinter der Scheibe sah sie Passanten an ihrem Auto vorbeigehen. Durch das Bellen neugierig geworden, blickten sie herein. Sie würden den Mann nicht sehen, die hinteren Fenster des T4 waren abgedunkelt, weil sie den Laderaum zum Schlafen hergerichtet hatte. Die Leute mussten denken, dass ihr Hund einfach einen Koller hatte.

»Stell den Hund ab, oder ich erschieße ihn«, sagte der Mann ruhig.

»Kurt«, sagte Mara erneut, »Ruhe jetzt!«

In Endlosschleife dachte sie immer wieder die gleichen Sätze: Jetzt haben sie dich. Das war's. Du bist tot.

Dann sprang Kurt vom Beifahrersitz, landete halb auf dem Schalthebel, was ihm wehtat, er jaulte auf. Seine Pfoten kratzten über den Sitzstoff, dann war er im hinteren Bereich des Busses.

Mara spürte, wie sich das Metall von ihrer Haut löste. Doch sie spürte keine Erleichterung.

Dann hörte sie den Mann aufschreien. Kurz darauf ertönte ein Schuss.

Ohne zu wissen, was sie tat, riss sie am Griff und stieß mit aller Kraft die Tür auf. Sie hörte lautes Hupen, ein Wagen raste dicht an ihr vorbei und wich im letzten Moment aus. Er verfehlte sie um Haaresbreite.

Mara rannte los. Sie hörte Kurt wütend bellen und aufheulen, doch sie sah nicht zurück.

Sie schaffte es heil bis auf die andere Straßenseite. Dort war einer der Eingänge zum Volkspark Friedrichshain.

Sie schlüpfte zwischen die großen Bäume.

16

Berlin, 2033

»Meine Damen und Herren, ich begrüße Sie zu unserem ZDF spezial. Derzeit gibt es nur ein Thema: die Nachwehen der Bundestagswahlen. Wie haben ein politisches Beben erlebt. Mit einem Wahlergebnis von 28,6 Prozent hat es die Partei Der Deutsche Weg erstmals bis an die Spitze geschafft und liegt nun gleichauf mit der Union. Damit haben viele Wahlberechtigte ihre Stimme einer Partei gegeben, die rechtspopulistisch, antieuropäisch und antidemokratisch eingestellt ist. Mit diesem Wahlergebnis ist klar: Die grünschwarze Koalition ist abgewählt, eine neue Regierung derzeit nicht in Sicht. Denn keine der anderen Parteien will mit dem Deutschen Weg koalieren. Nun fragen wir uns alle: Wer wird Deutschland künftig regieren? Ich habe heute Abend den Mann zu Gast, dem wir diese Situation zu verdanken haben. Ich begrüße den Partei- und Fraktionschef des Deutschen Wegs, Bernd Sörensen.«

»Hallo, ich grüße Sie, Frau Sharmila. Habe ich das richtig ausgesprochen?«

»Ja, das ist korrekt, Herr Sörensen. Habe ich denn Ihren Namen auch richtig ausgesprochen?«

Sörensen lacht. »Ja. Es ist ja nicht leicht, wenn man einen Migrationshintergrund hat. In meinem Fall einen dänischen.«

»Herr Sörensen, Ihre Partei hat einen historischen Wahlsieg errungen. Aber niemand will mit Ihnen koalieren. Was nun?«

»Erst einmal freuen wir uns über dieses fantastische Wahlergebnis und danken unseren Wählerinnen und Wählern für das in uns gesetzte Vertrauen. Und eins möchte ich gleich richtigstellen: Wir sind nicht rechtspopulistisch und antidemokratisch, wie Sie das eben in Ihrer Anmoderation dargestellt haben. Im Gegenteil: Wir lieben die Demokratie, wir möchten mehr direkte Demokratie wagen, um mal einen ehemaligen Bundeskanzler zu zitieren. Deswegen haben wir uns schon immer für Volksentscheide ausgesprochen, auch auf Bundesebene. Wir waren die einzige Partei, die ein nationales Referendum zur Mitgliedschaft in der Europäischen Union angestrebt hat, so wie es andere Länder in Europa schon vorgemacht haben. Wir respektieren den Willen des Volkes, wir haben keine Angst vor ihm, so wie die anderen Parteien, die das Wahlergebnis jetzt einfach dreist ignorieren und nicht einmal mit uns sprechen wollen.«

»Was machen Sie denn jetzt aber mit diesem Wahlergebnis?«

»Zunächst einmal mich darüber freuen. Denn es ist eine schallende Ohrfeige für die unverantwortliche Klimadiktatur, die Grün-Schwarz diesem Land jahrelang zugemutet hat. Die Deutschen haben genug davon, wie Guido Schwarz unser schönes Vaterland zugrunde gewirtschaftet hat. Das allein schon ist ein großer Erfolg, zu dem ich das deutsche Volk beglückwünschen möchte. Unser Wahlerfolg zeigt aber auch: Es gibt in diesem ganzen linksverlotterten Mainstream keine wählbare Alternative mehr zum Deutschen Weg. Alle anderen Parteien haben diese Wahl verloren, insbesondere die CDU/CSU. Spätestens 2029 hat sie sich völlig unglaubwürdig gemacht, als sie sich als Steigbügelhalter für einen grünen Kanzler hergegeben hat.«

»Die Union hat im Vergleich zur Wahl 2029 um fast drei Prozentpunkte zugelegt.«

»Ach, Frau Sharmila, Sie müssen diese Zahlen doch in den richtigen Kontext setzen. Von wo kommt denn die Union? Anfang der Zwanzigerjahre lag die CDU noch bei fünfunddreißig Prozent. Diese Partei hat sich einmal als die letzte verbliebene Volkspartei Deutschlands bezeichnet. Nun, diese Zeiten sind wohl vorbei. Jetzt sind wir auch Volkspartei, vielleicht bald die einzige.«

»Die Regierungsbildung wird schwierig, wenn Sie nicht beteiligt werden. Keine Zweier-Koalition kommt auf die erforderlichen Stimmen für eine Mehrheit. Können Sie uns sagen, von wem Deutschland künftig regiert werden wird?«

Sörensen lacht. »Das sollten Sie besser Rainer Thomsen und Paula Tormin fragen. Es liegt sicher nicht an uns, dass wir noch keine neue Regierung haben.«

»Stünden Sie denn für eine Koalition bereit? Würden Sie in ein schwarz-weißes Koalitionsbündnis mit der Union einwilligen? Einen Kanzler Thomsen akzeptieren?«

»Es ist lustig, dass Sie automatisch von Schwarz-Weiß sprechen und davon ausgehen, dass die Union den Kanzler stellen muss. Ich darf Sie daran erinnern, dass wir genauso viele Stimmen erzielt haben wie die CDU/CSU. Man könnte also ebenso gut von einer weiß-schwarzen Koalition sprechen. Was die Kanzlerschaft angeht – da gilt der alte Grundsatz: Die stärkste Partei stellt den Kanzler. Und wenn ich mich recht entsinne, sind CDU und CSU zwei eigenständige Parteien.«

»Das heißt: Sie würden eine Koalition mit der Union nur akzeptieren, wenn der Deutsche Weg den Kanzler stellt?

Wollen Sie Kanzler von Deutschland werden, Herr Sörensen?«

»Frau Sharmila, Ihre Versuche, mich in die Enge zu treiben, sind ja ganz amüsant. Aber Sie wissen selbst, dass diese Fragen rein hypothetischer Natur sind, denn leider fehlt es der Union ja an Mut, den Wählerauftrag zu respektieren und gemeinsam mit uns zu regieren. Wir stehen bereit. Schon morgen könnten wir einen Koalitionsvertrag zwischen Union und Deutschem Weg aufsetzen. Gerne auch noch mit der FDP. Aber leider verwehren sich die anderen dem ja. In einer parlamentarischen Demokratie muss es möglich sein, dass alle Parteien miteinander Bündnisse eingehen. Sich dem Wählervotum zu verweigern – nennen Sie das vielleicht demokratisches Verhalten?«

»Der Vorwurf an Sie und Ihre Partei lautet, dass Sie die Demokratie in Wahrheit abschaffen wollen.«

»Diesen Unsinn höre ich jetzt seit über zwanzig Jahren, seitdem es den Deutschen Weg gibt. Solche Vorwürfe kommen immer aus derselben Ecke, im Übrigen eher von Mainstream-Medien als von anderen Politikern. Ich habe ein sehr vertrauensvolles, professionelles Verhältnis zu vielen meiner Kollegen im Bundestag. Nur hängt das niemand an die große Glocke, viele haben Angst, dann gleich von dem linksverlotterten Jakobiner-Mob auf Twitter an den Pranger gestellt zu werden. Im politischen Alltagsgeschäft aber gibt es schon längst eine gute und professionelle Zusammenarbeit, sowohl auf Landes- als auch auf Bundesebene. Wir haben ja in einigen Kommunen schon erfolgreiche Koalitionen zwischen Deutschem Weg und anderen Parteien. Auch in Thüringen und Sachsen hätte es ja fast schon Koalitionen gegeben.«

»Der Vorwurf bleibt, dass Ihre Partei ein Klima der Angst erzeugt und in Wahrheit die Demokratie abschaffen will.«

»Fakt ist doch: Bis heute hat uns niemand etwas vorwerfen können. Wo sind die Gerichtsurteile, die uns Fehlverhalten attestieren? Wo ist der Verfassungsschutz, der sagt, dass meine Partei verfassungsfeindlich ist? Nein, wir sind eine rechtmäßig gewählte demokratische Partei, die sich zum Grundgesetz bekennt. Wir wollen dieses Land vor Schaden schützen. Und dafür wollen wir gerne einiges ändern, was unserer Meinung nach seit Jahren überfällig ist und was bedauerlicherweise von allen anderen Parteien einfach geduldet wird. Wir wollen endlich mehr Sicherheit an unseren Grenzen, wir wollen raus aus dem Euro und zurück zur D-Mark, wir wollen die Islamisierung stoppen, denn der Islam gehört nicht zu Deutschland. Wir wollen Schluss machen mit der Klimadiktatur, mit diesem Elektroauto-Zwang und der Verschandelung unseres Landes durch Windräder. Und dass wir uns da nicht missverstehen: Uns ist Naturschutz auch wichtig, denn Klimaschutz ist Heimatschutz. Aber wir wollen ihn nicht so dilettantisch umsetzen wie die Grünen. Wir wollen außerdem auch nicht mehr für die Misswirtschaft und die Faulheit anderer EU-Staaten zahlen. Die vielen Milliarden, die wir alleine durch die Beendigung dieser Wirtschaftsunion einsparen würden, wollen wir endlich denen zukommen lassen, die es dringend nötig haben: den vielen fleißigen, aufrechten deutschen Familien, die sich kein teures Elektroauto leisten können und die durch die hohen CO_2-Abgaben für Benzin abgestraft werden, das sie tanken müssen, um an ihre Arbeitsstätte fahren und ihre Kinder zur Schule bringen zu können. Wir wollen die unterstützen, die bisher von der Politik nicht beachtet wurden, die Alleinerziehenden, die Waisen, die Arbeitslosen, die ihren Job verloren haben, weil die klimadiktatorische Regierung sich nicht mal für fünf Pfennig Gedanken darüber gemacht hat, was es bedeutet, die Automobilindustrie auf Elektro umzustellen: den Tod Hunderttausender Jobs in der Zulieferindustrie. Wir wollen die Familien stärken, wir werden ein Begrüßungsgeld in Höhe von fünftausend Euro – oder noch lieber: zehntausend D-Mark – für jedes neugeborene deutsche Kind zahlen.«

»Wenn Sie von deutschen Kindern sprechen, dann meinen Sie ›biodeutsche‹ Kinder, nicht wahr?«

»Ich verwehre mich gegen diesen Begriff, Frau Sharmila. Wir sprechen hier von Menschen, nicht von Gemüse in einem Bio-Supermarkt.«

»Dann noch mal die Frage, anders formuliert: Sollen nur deutsche Bürger ohne Migrationshintergrund in den Genuss all dieser Vorzüge kommen?«

»Unserer Meinung nach hat es viele Jahre eine enorme Schieflage gegeben in der Politik. Es wurde aus falsch verstandenem Gutmenschentum viel zu viel für die Einwanderer getan und viel zu wenig für das deutsche Volk. 2015 war das Jahr, in dem diese unheilvolle Entwicklung begann, als die damalige Kanzlerin Merkel Millionen Einwanderer einfach ungeprüft in unser Land gelassen hat. Unter dieser Migrationsflut leiden wir noch heute. Wir haben nichts gegen anständige Deutsche mit Migrationshintergrund, die sich zu unserem schönen Land und zu unserer großartigen Kultur bekennen, die sich an die Regeln halten, hart arbeiten und ihre Steuern zahlen ...«

»Leute wie mich zum Beispiel, Herr Sörensen?«

»Ja, natürlich.«

»Meine Eltern waren politisch Verfolgte, die hierherkamen, um Asyl zu beantragen. Ich frage Sie: Würden auch meine Kinder das Begrüßungsgeld erhalten?«

»Natürlich sehen wir, dass es nicht überall auf der Welt so

schön ist wie in unserem Land. Deswegen ist Deutschland ja leider auch so attraktiv für Migranten. Aber stimmen Sie mir nicht zu, wenn ich sage, dass wir nun einmal einfach nicht jeden aufnehmen *können* – selbst wenn wir es wollten? Wie viel Zuwanderung, wie viel Fremdheit kann ein Volk ertragen, ohne seine Identität zu verlieren? Wir sind der Meinung, dass es höchste Zeit ist, sich wieder auf die eigene Bevölkerung zu konzentrieren. Eine starke Volksidentität ist die beste Integrationshilfe.«

»Herr Sörensen, nach diesem kleinen Exkurs in Ihr Parteiprogramm kommen wir doch noch einmal zurück auf die Ausgangsfrage: Wie wollen Sie all Ihre Pläne verwirklichen, wenn Sie nicht an der Regierung beteiligt sind?«

»Anders als den anderen Parteien ist uns der Wählerwille nicht egal. Deswegen werden wir eine Regierungsbildung nicht blockieren.«

»Was meinen Sie damit?«

»Das heißt, dass wenn Herr Thomsen und Herr Loibl mit Frau Tormins FDP regieren möchten, wir uns dem nicht entgegenstellen werden.«

»Moment, habe ich Sie da richtig verstanden: Sie würden eine schwarz-gelbe Minderheitsregierung unterstützen?«

»Wissen Sie, Frau Sharmila, uns als Deutschem Weg ist eines am Allerwichtigsten: dass dieses Irrsinns-Regime der Grünen aufhört. Das steht für uns höher als eine eigene Regierungsbeteiligung. Wir wollen nicht, dass unser schönes Land vollends zugrunde gewirtschaftet wird. Wir wollen, dass wieder Vernunft einkehrt. Wenn Herr Thomsen, Herr Loibl und Frau Tormin sich dazu bekennen, dann werden wir das unterstützen. Denn das ist es, was gute Demokraten tun.«

●

Wie betäubt rannte Mara durch Friedrichshain und sprang schließlich in die nächstbeste Tram.

Sie achtete nicht darauf, wo sie hinfuhr. Alles, was sie dachte, war: Bleib unter Leuten. Bleib sichtbar.

Sie war noch nie so real bedroht worden. Als Journalistin kannte sie Hate-Mails Telefon-Stalking, Twitter-Shitstorms – aber all das blieb digital und auf Worte beschränkt.

Das hier war echt. Sie hatte eine Pistole am Kopf gehabt. Sörensen war hinter ihr her. Sie hatte Spuren bei Moon hinterlassen. Sicherlich hatte auch Sörensen Parks Daten ausgewertet. Dann war es nur noch eine Frage der Zeit, bis er Robin und Friedrich auflauern würde. Und ihren Eltern.

Wieder wählte sie mit zitternden Fingern Robins Nummer. Weder unverschlüsselt noch per Krypto nahm er ab. Auch bei Friedrich ging nur die Mailbox an. Sie sprach ihm eine Nachricht auf.

In ihren Kontakten suchte sie die Nummer von Lisa Wohlpflug. Nach zehnmaligem Klingeln nahm sie ab.

»Hallo, Frau Wohlpflug.« Mara sprach mit gedämpfter Stimme, die Tram war voll. »Hier ist Mara Erhardt. Vermutlich wissen Sie, wer ich bin.«

Schweigen in der Leitung, dann sagte Lisa Wohlpflug kalt: »Ja, ich weiß, wer Sie sind.«

»Ich kann gerade schlecht reden. Sind Sie in Kontakt mit Robin und Friedrich? Ich kann die beiden nicht erreichen. Es ist wichtig.«

»Hören Sie, Frau Erhardt. Ich finde es gelinde gesagt mutig von Ihnen, dass Sie hier anrufen.«

Die Stimme von Lisa Wohlpflug war sanft, aber sie konnte die unterdrückte Wut deutlich heraushören.

»Frau Wohlpflug …«, sagte Mara. »Ich weiß, Sie sind verärgert. Aber es ist wirklich dringend. Ich mache mir Sorgen um die beiden. Und um Sie und Ihren Mann auch.«

»Was Sie nicht sagen! Das hat man bisher aber nicht gemerkt. Sie haben eine Menge privater Dinge aufgewühlt, die unsere Familie schwer belasten.«

»Frau …«, setzte Mara an.

»Lassen Sie uns in Ruhe!«

Es knackte. Lisa Wohlpflug hatte aufgelegt.

●

Alina Schalk war ungehalten. Sie mochte es nicht, wenn ihr die Kontrolle entglitt. Und genau das drohte hier gerade zu passieren.

Ihr Mann in Südkorea hatte die letzten Spuren beseitigt. Er hatte auch die Daten von Moons Mitarbeiterin Park sicherstellen können.

So weit, so gut.

Die schlechte Nachricht war: Park hatte kurz vor ihrem Tod über eine verschlüsselte Plattform Kontakt mit jemandem gehabt. Jemand, mit dem sie auch schon an den Tagen zuvor gesprochen hatte.

Schalk hatte die Krypto-Verschlüsselung von einem Experten knacken lassen. Sie hatte es schon geahnt: Es war diese Journalistin, die sich auch mit Moon ausgetauscht hatte. Mara Erhardt.

Gerade in dieser sensiblen Phase der Regierungsbildung durfte nichts, aber auch gar nichts Bernd und die Partei belasten. Sie hatte bereits einen ihrer Leute auf Erhardt angesetzt.

Die Journalistin stand mit zwei jungen Männern in Kontakt. Auch sie hatte Schalk überprüfen lassen. Sie schienen nicht weiter auffällig.

Bis sie sich die Daten von Park genauer angesehen hatte und dort auf den Namen ihrer Eltern gestoßen war. Lisa und Christian Wohlpflug waren im Juli 2007 bei Moon Dong-soo gewesen – wegen einer vorgeburtlichen Erbgutkorrektur. Christian Wohlpflug litt an einer seltenen Form erblich bedingter früher Demenz.

Die Korrektur war erfolgreich durchgeführt worden, Lisa Wohlpflug wurden zwei Embryonen übertragen, im Mai 2008 kamen die Jungen Erik und Paul zur Welt.

Zwei Jahre später waren die Wohlpflugs wieder bei Moon – diesmal, um die beiden Jungen klonen zu lassen. Sie waren bei einem Segelausflug ertrunken. Im Juli 2011 wurden die Klone Robin und Friedrich geboren.

Alina Schalk blickte von der Akte auf.

War Mara Erhardt einfach an ihrer Klongeschichte interessiert gewesen?

Was Schalk sich auch fragte: Moon hatte viele Kinder geklont. Aber nur bei diesen beiden war die Nachverfolgung durch Park so ausführlich gewesen.

Was war an Robin und Friedrich Wohlpflug so interessant, dass Park neugierig geworden und sie länger als andere Kinder beobachtet hatte?

Schalk fand Fotos aus den verschiedensten Lebensphasen der Jungen.

Sie überlegte.

Etwas stimmte nicht.

Was hatte Park bei den Wohlpflug-Kindern angetrieben? War es Forscherinteresse? Waren sie irgendwie besonders? Hatte sie bei ihnen Anomalien entdeckt? Und stand damit vielleicht auch die Bestätigung von Macrogen in Verbindung, wo Park am Tag ihres Todes zwei Erbgutproben abgegeben hatte?

Zu dumm, dass sie Park nicht mehr danach fragen konnte.

Sie würde der Sache nachgehen müssen. Sie konnte sich einfach keinen Fehler erlauben.

Wohlpflug.

Irgendwie kam ihr der Name bekannt vor.

●

»Sven, hier ist Mara.«

Einige Momente lang war nichts in der Leitung zu hören. Das neue Handy war ungewohnt.

»Wie geht's dir? Lange nichts gehört.«

»Sven, hast du Zeit? Kann ich vorbeikommen?« Ihre Stimme zitterte.

»Ist alles in Ordnung?«, fragte Sven. Er klang besorgt.

Sven war ein alter Schulkamerad, sie hatten zusammen Abi gemacht. Dann, während des Studiums, war der Kontakt zwischen ihnen eingeschlafen. Aber er war ihr plötzlich eingefallen, als sie verzweifelt darüber nachgedacht hatte, was sie jetzt tun und wohin sie gehen sollte.

»Ehrlich gesagt: nein. Nichts ist in Ordnung. Kann ich zu dir kommen?«

Sven wohnte im Bergmannkiez in Kreuzberg, in einem beneidenswert schönen blassblauen Haus, bewachsen mit Rankenpflanzen, gleich gegenüber einem Friedhof.

Sie war erleichtert, als er ihr die Tür zu seiner Wohnung öffnete.

Sven lächelte, er freute sich, sie zu sehen. Sie spürte die alte Sympathie, die sie immer für ihn empfunden hatte.

Seine Wohnung war ziemlich unordentlich und vollgestellt mit Regalen, die mit Büchern überquollen. Bücher stapelten sich auch in Türmchen auf dem Boden, neben Zeitschriften und jeder Menge Zeitungsausrissen. Sven war offenbar noch sehr oldschool und las gedruckte Zeitungen.

Hätte er nicht eine so große Wohnung gehabt, man hätte sich kaum darin bewegen können.

»Entschuldige die Unordnung«, sagte er.

Es war ihr ein wenig unangenehm, so in sein Leben zu platzen, nachdem sie jahrelang nichts voneinander gehört hatten. Doch genau das machte ihn jetzt so wertvoll für sie.

Er führte sie in die Küche und kochte ihr einen Pfefferminztee.

Als sie am Tisch saßen und es aus den Tassen vor ihnen angenehm dampfte, sagte er schließlich: »Was ist los? Wohnst du nicht in München? Was machst du in Berlin?«

Sie überlegte, was sie ihm sagen sollte. Am liebsten hätte sie ihm alles erzählt. Aber sie war so erschöpft. Und sie hatte große Angst.

»Ich bin beruflich hier. Eine Recherche. Sorry, ich stehe gerade völlig neben mir. Ich wurde überfallen.«

Seine Augen weiteten sich. »Was? Soll ich die Polizei rufen?«

»Nein, keine Polizei. Noch nicht. Damit wäre nichts gewonnen.«

Er sah sie verständnislos an.

»Ich werde dir bald alles erklären. Aber ich brauche jetzt schnell deine Hilfe. Könntest du nach meinem Auto sehen? Und vor allem nach meinem Hund? Ich muss wissen, ob es Kurt gut geht. Bitte!«

Er sah sie verwirrt an. »Dein Hund? Äh, ja, natürlich. Wenn dir das hilft.«

Sie beschrieb ihm, wo der Wagen stand und wie Kurt aussah.

»Aber versprich mir, dass du vorsichtig bist, ja?«

Sie spürte, wie sie ihn zunehmend verunsicherte. Sie fühlte sich schlecht, ihn mit ihren Problemen zu belasten.

»Mach ich. Und du ruhst dich erst mal aus, okay? Komm, ich zeig dir, wo du dich hinlegen kannst.«

Sven führte sie in ein Zimmer, das vollgepackt war mit Spielsachen und Büchern. Auf der Decke und dem Kissen des Bettes waren galoppierende Pferde abgebildet.

»Das ist das Zimmer meiner Tochter. Rosa ist jede zweite Woche bei mir. Leg dich erst mal hin. Ich kümmer mich in der Zeit um deinen Bus und den Hund.«

Sie umarmte ihn und merkte dabei, wie sie zitterte. Dann legte sie sich hin und schlief sofort ein.

Mara träumte von ihrer Mutter. Aber es war seltsam: Ihre Mutter war in ihrem Traum ein Teenager. So kannte sie sie nur von Fotos, mit toupierten Haaren, wild glänzenden 80er-Jahre-Blusen und einer Zigarette in der Hand. Im Traum war sie keine zwanzig und Mara und sie im gleichen Alter. Sie wusste, dass sie Freundinnen waren. Sie planten, zusammen auf ein Konzert in Berlin zu gehen. Es war ein weiter Weg von Gifhorn, wo sie aufgewachsen war, nach Berlin.

Im Traum wusste Mara ganz genau, dass es völlig verrückt war: »Ich gehe mit meiner Mutter auf ein Konzert! Und sie ist so alt wie ich.« Ihr war klar, dass das nur ein Traum sein konnte. »Ich wollte schon immer mal nach Berlin«, hörte sie sich sagen.

»Ich war schon oft da«, sagte ihre Mutter. »Es ist eine coole Stadt. Wird dir gefallen.«

Sie empfand ein Gefühl von Stolz auf ihre Freundin: Ihre

Mutter war eines der beliebtesten Mädchen in der Schule. Und sie nahm sie nun aus diesem piefigen niedersächsischen Kaff mit ins coole Berlin.

Zugleich war es die Art von Freundschaft, die noch nicht völlig sicher war. Noch war man am Abklopfen, ob man sich wirklich aufgehoben bei der anderen fühlte. Jedes Missverhältnis, jede Auseinandersetzung hatte das Potenzial, dieses fragile Gebilde zu zerstören. Der Kitt zwischen ihnen war noch nicht fest genug.

Mara fühlte, dass sie um die Freundschaft ihrer Mutter warb, sich mehr um sie bemühte als umgekehrt. Sie wollte so cool, so angesehen sein wie sie.

Etwas berührte sie am Arm. Eine Hand. Sie schreckte hoch.

Svens Gesicht über ihrem.

»Mara, ich bin's. Tut mir leid, wenn ich dich erschreckt habe.«

Ihr Herz raste. Sie seufzte und rieb sich die Augen. »Ich hab wirres Zeug geträumt. Hast du Kurt gefunden?«

»Dein Auto stand tatsächlich noch da und war offen. Der Schlüssel steckte. Verrückt, oder? Aber da war kein Hund. Ich habe den ganzen Park abgesucht und überall herumgefragt. Es tut mir leid, ich konnte ihn nirgends finden.«

Hatte der Killer Kurt etwa doch noch was angetan – aus Wut darüber, dass sie entkommen war? Aber dann hätte er ihn doch sicher gleich im Wagen erschossen. Wahrscheinlicher war, dass der Killer einfach gegangen und Kurt dann verzweifelt nach ihr gesucht hatte.

»Ist er nicht gechipt?«, fragte Sven. »Dann wird er doch sicher bald auftauchen?«

Mara nickte. »Ist er. Hoffen wir mal, dass er gefunden wird.«

»Ich habe dein Auto vor dem Haus geparkt. Schau noch mal, ob etwas fehlt.«

»Und … Es war niemand mehr drin?«

»Kein Dieb, kein Killer, auch keine Außerirdischen.« Er grinste.

Das Wort »Killer« ließ Mara zusammenzucken. Er wusste ja nicht, wie richtig er lag.

»Ich wurde wirklich überfallen.«

Sven zögerte kurz, bevor er antwortete. »Das glaube ich dir. Aber vielleicht wäre es jetzt mal an der Zeit, mir zu erzählen, was eigentlich los ist.«

Sie setzte sich auf und seufzte. Der Traum hing ihr noch nach. Sie fühlte sich verloren und hilflos.

Langsam begann sie zu erzählen. Von ihrer Recherche über Moons Klinik. Von Robin und Friedrich. Von ihrem Trip nach Südkorea, von Park, dem alten Zahn, der Leihmutter und Arthur Hendrich, dem Hitler-Klon.

Es war ungemein erleichternd, sich endlich jemandem anvertrauen zu können. Jemandem, dem sie am Herzen lag, der nicht nur mit professionellem Blick auf die Geschichte schaute.

Als sie fertig war, sah sie Sven fragend an. Sie versuchte in seinem Gesicht zu lesen. Diese Geschichte war so verrückt, wie sollte er ihr glauben?

»Und?«, fragte sie.

Sven holte tief Luft und pustete sie langsam mit geblähten Backen aus.

»Das ist echt krass, Mara. Dass ein Südkoreaner tote Hunde klont, das habe ich schon mal gehört. Dass er auch Kinder geklont hat, finde ich schon sehr heftig. Aber dass Bernd Sörensen einen Klon von Adolf Hitler aus einem alten Zahn bei ihm in Auftrag gibt? Und dass der Klon ausgerechnet dieser Instatuber sein soll? Das fällt mir wirklich schwer zu glauben.«

Sie zückte ihr Smartphone und googelte Bilder von Arthur Hendrich und dann die Bilder des jungen Hitler.

»Er ist es«, sagte sie. »Hundertpro.«

Sven betrachtete die Fotos, eher belustigt als überzeugt.

»Er hat die gleichen Gesichtszüge. Denk dir das Bärtchen und den Seitenscheitel dazu. Er ist es.«

Sven betrachtete die Bilder eine Weile lang immer im Wechsel. Dann schüttelte er den Kopf. »Sorry, das überzeugt mich nicht. Er hat eine gewisse Ähnlichkeit mit Hitler. Aber der hatte auch so ein Allerweltsgesicht. Das heißt einfach nichts.«

Dann lachte Sven.

»Was ist so komisch?«, fragte Mara ärgerlich.

»Ach, ich musste nur gerade an dieses Buch denken. Wie hieß das noch? Es ist so lange her … Das, wo Hitler plötzlich wie aus dem Nichts auftaucht und eine Fernsehshow kriegt und total erfolgreich wird.«

»*Er ist wieder da*«, murmelte sie.

»Das war ganz lustig.«

»Sven, das hier ist kein Buch. Bernd Sörensen hat Adolf Hitler klonen lassen. Hitler war damals ein Medienstar. Wieso sollte sein Klon einhundert Jahre später nicht auch einer sein? Offenbar war Hitler doch ein Naturtalent, was das anging. Eine Kopie dieses Monsters ist eine riesige Gefahr. Wir müssen etwas unternehmen!«

»Ho, ho, langsam.« Sven machte eine Bewegung mit seinen Händen.

»Also, ich habe ja Geschichte studiert, wie du weißt …«

Sie errötete. Tatsächlich fiel ihr das jetzt erst wieder ein. Sven hatte Geschichte auf Magister studiert, dann aber auf

Lehramt umgesattelt. Soweit sie wusste, war er Lehrer an einem Gymnasium.

»Also, selbst wenn das alles wirklich stimmen sollte, und es gäbe einen Klon von Hitler – selbst dann glaube ich, dass da nicht einfach mal so eben ein zweiter Diktator bei rauskommt. Generationen von Historikern haben sich die Zähne daran ausgebissen zu erklären, wie Hitler zu dem wurde, was er war.«

»Und? Warum wurde er so?«

»Na ja ...« Sven überlegte. »Ich meine, von Biologie habe ich nicht genug Ahnung. Aber die Persönlichkeit eines Menschen wird ja nicht nur von den Genen bestimmt. Da spielt doch noch so viel rein, die Eltern, Geschwister, Freunde, Lehrer, das spezifische Umfeld, in dem man aufwächst. Hitler wurde nicht als Monster geboren. Er war ein Produkt seiner Zeit.«

»Ein Produkt seiner Zeit? Aber was hat ihn denn zum Diktator geformt? Und wieso sollte man das nicht noch einmal nachstellen können?«

Sven wurde nachdenklich. »Hm, das ist die Frage. Waren die Umstände so besonders, dass sie in dieser einmaligen Konstellation einen Diktator hervorbringen mussten? Lag ein Hitler möglicherweise in der Luft?«

»Sven, nicht so schnell. Ich bin noch nicht ganz wach.«

»Deutschland in den 1920er-Jahren war ein zerrissenes und schwer gedemütigtes Land. Es hatte gerade einen Weltkrieg angezettelt und verloren, die Alliierten ließen es dafür bluten, mit irre hohen Reparationsforderungen. Deutschland war außerdem noch eine junge Nation, erst wenige Jahrzehnte zuvor war es aus einem Flickenteppich von Fürstentümern zum Nationalstaat geworden. Es wurde regiert von einem kriegslüsternen Kaiser. Der hetzte die

Deutschen so gegen die Nachbarländer auf, dass schließlich Millionen junger Männer es kaum abwarten konnten, endlich in den Krieg zu ziehen. Einer von ihnen war Adolf Hitler.«

Mara versuchte sich vorzustellen, wie Arthur Hendrich in Syrien mit einem Gewehr umherlief und auf Menschen schoss. Ein junger Mann, der aus einem stabilen Land in diese unwirkliche, extreme Realität geschleudert wurde, in der es um Leben und Tod ging.

»Der Krieg geht verloren, die Monarchie kollabiert, plötzlich wird das Land zur Republik und soll blechen. Und dann stürzt die Wirtschaft ab. Das war der Boden, auf dem Hitler zu dem wurde, der er war. Heute haben wir doch eine völlig andere Situation.«

Mara spürte Svens Leidenschaft. Sie konnte sich ihn gut als Lehrer vorstellen. »Also hätte jeder zum Diktator werden können? Den Zweiten Weltkrieg anzetteln und Millionen Juden vergasen?«

»So nun auch wieder nicht. Natürlich war Hitler Hitler. Aber den Antisemitismus hat er nicht erfunden. In der damaligen Situation war die Demokratie in Deutschland unbeliebt und sehr brüchig. Es gab eine Menge Leute auf beiden Seiten des politischen Spektrums, die nichts anderes wollten, als sie wieder abzuschaffen. Kommunisten und Nazis bekämpfen sich in den Straßen, ringen um die Macht. Und dann kommt die Weltwirtschaftskrise, Millionen werden arbeitslos und machen die demokratischen Politiker dafür verantwortlich. Sie suchen ihr Heil in den großspurigen Versprechen eines charismatischen Populisten, der den Menschen wie ein Erlöser vorkommt. Es waren schwierige Zeiten, und die Leute haben einen starken Mann herbeigesehnt.«

»Heute haben wir den Klimawandel, der uns alle bedroht. Viele fürchten sich vor der Zukunft, fürchten um ihren Wohlstand, haben Sorge, dass bald Millionen Klimaflüchtlinge nach Europa kommen werden. Auch heute haben die Menschen Angst. Wäre denn sonst der Deutsche Weg so stark? Ich meine, schau dir an, zu was ein Donald Trump als US-Präsident damals imstande war. Er hat Menschen dazu gebracht, das Kapitol zu erstürmen. Wäre ein Hitler heute nicht genauso gefährlich wie damals?«

»Die Frage ist, welches destruktive Potenzial auf welche Umstände trifft. Es ist bestimmt nicht so, dass ausschließlich die Gene darüber entscheiden, ob ein Mensch schlecht wird. Lange Zeit wurde Hitler ja als das Böse schlechthin dargestellt. Als Teufel, der das gesamte deutsche Volk regelrecht verhext und verführt hat. Diese Ansicht ist auch heute noch ziemlich verbreitet. Meine Schüler fragen mich das regelmäßig.«

Mara dachte nach. Ja, gefühlt war Hitler die Ikone des Bösen schlechthin. Er war in unzähligen popkulturellen Darstellungen der Code für das Schlimmste, was die Menschheit je hervorgebracht hat.

»Hitler als Teufel zu sehen greift aber zu kurz«, sagte Sven. »Er war ein Mensch, wenngleich einer, der sehr schlimme Dinge getan hat. Es muss Schlüsselerlebnisse in seinem Leben gegeben haben, die ihn zu dem gemacht haben, was er war. Und, was man auch oft vergisst: Er war nicht alleine. Er hatte Helfer. Lange Rede, kurzer Sinn: Ich glaube eher, dass Hitler durch die Umstände, durch Helfer und letztlich durch das Volk zu dem wurde, was er war. Er stieß auf zu wenig Gegenwehr. Man hätte ihn verhindern können.«

»Aber du weißt doch, was mit denen passiert ist, die sich in Nazi-Deutschland widersetzt haben.«

»Trotzdem: Jeder, der ihn gewählt hat, hätte wissen können, was ihn erwartet, denn Hitler hat von Anfang an Hass gepredigt. Ich glaube, die Zeit war reif für einen Diktator.«

Svens Ausführungen gingen Mara ein wenig zu weit. »Ich glaube, diese Debatten und Interpretationen sind doch auch immer sehr vom Zeitgeist geprägt.«

»Auf jeden Fall sind sie das«, sagte Sven. »Die Deutung Hitlers hat sich ja auch sehr gewandelt. Trotzdem ist dieser Mann noch immer für viele etwas Unfassbares. Es zeigt aber nur, dass wir ihm noch immer auf den Leim gehen.«

»Wie meinst du das denn nun wieder?«

»Als Hitler politisch aktiv wurde, hat er schon sehr früh sehr viel Energie darauf verwendet, sich selbst und seine Vergangenheit neu zu erfinden, um sich als Überfigur zu stilisieren. Hitler war aber eigentlich ein Loser. Ein gescheiterter Künstler, zwischenzeitlich sogar im Obdachlosenheim. Er war ein verschrobener Einzelgänger, bis er sich freiwillig zur Armee meldete.«

Maras Kopf schwirrte. Sie war erschöpft und müde. Sie war unsicher, ob Sven recht hatte, und fühlte sich von ihm in ihren Befürchtungen nicht ernst genommen. Etwas ungehalten fragte sie: »Aber was ist mit Hitlers Redetalent, seinem Charisma? Das war doch nun wirklich einmalig. Das muss doch angeboren sein! Und wenn es einen Klon gibt, dann besteht die Gefahr, dass er sein Redetalent entdecken und missbrauchen könnte!«

»Das besaß er zweifellos. Das war es auch, was seine Förderer in München auf ihn aufmerksam werden ließ. Hitler wurde regelrecht entdeckt. Zufällig.«

Mara dachte an Bernd Sörensen. Der wusste genau, welche Talente in seinem Klon schlummerten. Es würde keinen Zufall brauchen, um Arthurs Redetalent zu erkennen und zu fördern. Er übte ja auch schon fleißig auf seinem Channel. »Aber noch mal zurück zu der Frage, welchen Anteil seine Gene hatten. Hitler war kein Dämon, er war nur ein Mensch …«

»So wie wir alle …«

»Aber er war ein sehr böser Mensch.«

»Ja, das war er.«

»Vielleicht hatte er diese Anlage von Geburt an? So wie das Talent zu reden. Und die Umstände entzündeten dieses genetische Pulverfass?«

Sven seufzte. »Puh, da machst du jetzt aber wirklich ein großes Fass auf. Das ist die uralte Frage, ob der Mensch von Geburt an eher gut oder eher böse ist. Gegenfrage: Führt so eine Sichtweise nicht letztlich auch dazu, Menschen als besser oder schlechter abzustempeln? So wie die Nazis es getan haben?«

Mara schüttelte den Kopf. »Jeder hat nun mal andere Anlagen. Es muss doch auch ein Talent geben für moralisches Verhalten!«

»Ich bin kein Naturwissenschaftler, aber soweit ich weiß, hat man in den Gehirnen von Massenmördern Auffälligkeiten gefunden«, sagte Sven nachdenklich. »Auch ein vermeintliches Kriminellen-Gen hat man angeblich schon ausgemacht. Aber trotzdem: Das allein macht einen noch nicht zum Mörder. Da müssen Gene und Umwelt zusammenkommen.«

»Okay«, sagte Mara genervt. Es war wie der Versuch, einen Pudding an die Wand zu nageln. »Kann man wenigstens sagen, warum er böse wurde? Und wann?«

»Noch ein Fass. Kurze Antwort: Man weiß es nicht. Es könnte Schlüsselerlebnisse gegeben haben. Aber niemand kann genau sagen, welche das waren, es gibt nur Vermutungen. Die Frage nach dem Wann kann man aber beantworten: Erst 1919 und 1920 begann Hitler in München seine ersten Hassreden zu halten, insbesondere gegen die Juden. Vorher fiel er nicht als Antisemit auf, hatte sogar jüdische Kameraden in seinem Regiment. Vielleicht wurde er es anfangs aus rein opportunistischen Gründen, denn die Juden galten als Sündenböcke für so ziemlich alles, was in Deutschland damals schieflief. Da war es vermutlich sehr einfach, darüber Menschen emotional zu mobilisieren. Wenn man seinen Antisemitismus als böse Eigenschaft sehen will, dann hat sie sich in ihm also erst entwickelt.«

»Aber ist es nicht möglich, dass es eine Anlage in ihm gab, die ihn für so eine Sichtweise anfällig machte?«, fragte Mara.

Sven zögerte. »Es gibt Hinweise darauf, dass Hitler ein unterentwickeltes Empathie-Vermögen hatte. Er konnte sich nicht gut in andere hineinversetzen. Es gibt reichlich skurrile Berichte, wie er Frauen überraschend küssen wollte, obwohl die Stimmung gar nicht romantisch war und er dann sehr perplex war, dass das nicht erwidert wurde. Man weiß auch, dass er sehr strategisch vorging, schamlos log, wenn es sein musste, und Konkurrenten und Gegner völlig rücksichtslos und mit aller Härte aus dem Weg räumte. Das sind Merkmale eines Psychopathen, aber ob Hitler tatsächlich einer war, darüber wird seit Jahrzehnten gestritten. Wir können ihn leider nicht mehr in einen Hirnscanner legen – dann wüssten wir es.«

»Wenn Adolf Hitler eine besondere Anlage zum Bösen besessen hat«, sagte Mara beharrlich, »dann ist Arthur Hendrich ein wandelndes Pulverfass. Und er hat auch schon seinen Entdecker: Bernd Sörensen.«

»Jetzt bleib mal auf dem Teppich. Selbst wenn das alles

stimmt – so what? Dann läuft ein eineiiger Zwilling von Hitler herum. Eineiige Zwillinge sind, wie wir wissen, unterschiedliche Menschen. Noch mal: Um einen zweiten Hitler erschaffen zu wollen, reicht es einfach nicht, nur eine genetische Kopie von ihm anzufertigen. Dazu müsste Sörensen auch all das kopieren, was der historische Hitler erlebt hat.«

»Aber was, wenn es nur einige Schlüsselerlebnisse braucht, wie du vorhin selbst gesagt hast?«

Sven seufzte und sprang auf. »Ich mache uns mal neuen Tee. Das ist echt alles so irre.«

Er ging in die Küche, und sie hörte ihn mit Geschirr klappern. Nach einer Weile kam er mit der Kanne wieder und einem Teller voller Kekse. Mara merkte, wie ausgehungert sie war. Sie musste an Kurt denken. Hoffentlich ging es ihm gut. Hoffentlich würde ihn bald jemand finden.

Sven setzte sich und nippte an seinem Tee. Mara fiel ein neuer Zug an ihm auf. Eine Spur von Sorge hatte sich in seiner Miene breitgemacht.

»Hitler hatte eine sehr enge Beziehung zu seiner Mutter. Sie bildete wohl einen Gegenpol zu dem deutlich älteren Vater, der sehr streng war und Hitler und seine Geschwister nachweislich geschlagen hat. Manche Forscher vermuten, dass Klara Hitler ihren Sohn schon sehr früh überhöht hat. Dadurch könnte ein narzisstischer Zug in ihm angelegt worden sein.« Sven überlegte: »Ihr früher Tod war ein einschneidendes Erlebnis für Hitler. Ich glaube, sie starb, als er gerade achtzehn war.«

Als Mara das hörte, zog sich ihr Magen zusammen. Frau Lewandowski hatte ihr erzählt, dass Rebecca Hendrich vor sieben Jahren gestorben war. Da war Arthur Hendrich achtzehn Jahre alt gewesen.

»… da hat er gelernt, was Kameradschaft heißt. Hey, Mara? Hörst du noch zu?«

Sie blickte ihn an. »Entschuldige. Was hast du gesagt?«

»Hitlers Zeit im Krieg war auch sehr wichtig. Da hat er die Erfahrung gemacht, was Kameradschaft bedeutet, und er hatte erstmals Erfolgserlebnisse. Im Zivilleben kam der gescheiterte Künstler nicht zurecht. Aber in der straff organisierten Struktur seines Regimentes sehr wohl.«

»Sven …«, sagte Mara langsam. »Arthurs Vater hat ihn geschlagen. Die Mutter ist früh gestorben. Er war im Krieg.«

Sven sah sie an, sagte aber nichts.

Ihr Telefon vibrierte. Hastig holte sie es aus ihrer Tasche. Es war Robin.

»Hey, wo warst du?«, sagte Mara. »Ich habe versucht, dich zu erreichen!«

»Mara«, seine Stimme zitterte. »Jemand hat meine Wohnung durchsucht.«

Maras Hand krallte sich um ihr Smartphone, ein Kloß begann sich in ihrem Hals zu formen.

»Oh nein«, sagte sie tonlos. Dann durchzuckte es sie: »Hat er Parks Daten gefunden? Oder irgendeinen Hinweis darauf, dass du in Südkorea warst?«

»Meinen Laptop hatte ich bei mir.«

»Gut. Was ist mit Friedrich?«

»Ich habe ihn gleich angerufen«, sagte Robin. »Er ist sicherheitshalber zu Justine gegangen.«

»Genau deswegen habe ich die ganze Zeit versucht, euch zu erreichen. Ich wollte euch warnen. Ihr seid in Gefahr. Du musst auch deine Eltern anrufen, deine Mutter wollte nicht mit mir sprechen.«

»Okay.« Robin zögerte. »Wie haben sie uns aufgespürt?«

»Nicht«, sagte sie. »Die Leitung ist unsicher. Weißt du

noch, wo wir neulich saßen und eine geraucht haben? Seid beide dort, in einer halben Stunde. Nutzt eure Smartphones nicht mehr, werft sie weg.«

Mara war immer noch nervös, als sie wenig später in ihrem Bulli saß, mit Sven auf dem Beifahrersitz. An der Apostel-Paulus-Kirche suchte sie hektisch nach einem Parkplatz. Es war früher Abend, alle hatten jetzt Feierabend.

Es kam ihr wie eine Ewigkeit vor, als sie zuletzt hier gewesen war.

Sie musste ein wenig suchen, um die Stelle wiederzufinden, an der sie gesessen hatten, als sie Robin enthüllt hatte, dass er ein Klon war. Es war in der Belziger Straße gewesen, vor einem Lebensmittelladen, der italienische Feinkost verkaufte.

Sie sahen Robin und Friedrich sofort. Justine war auch dabei.

Robin rauchte und wirkte noch nervöser als sonst. Justine hielt Friedrichs Hand. Als sie sich näherten, blickte Robin Sven misstrauisch an.

»Das ist Sven, ein alter Freund«, sagte Mara. »Gut, dass ihr hier seid. Gehen wir.«

»Und wohin?«, fragte Friedrich.

»Zu mir«, sagte Sven. »Da könnt ihr erst mal bleiben.«

Auf dem Weg zum Auto sprachen sie nicht viel.

»Wo ist dein Hund?«, fragte Robin, der rauchend neben ihr herschritt. Sie gingen ein paar Meter vor den anderen.

»Kurt ist verschwunden, als ich vor Sörensens Killer geflohen bin.«

Robin sah sie entgeistert an.

»Oh, Scheiße …«, sagte er.

»Ja«, sagte sie. »Allerdings.«

Sven machte wieder Tee. Friedrich war mit den Nerven am Ende, das war ihm anzusehen. Justine kümmerte sich um ihn.

»Was ist mit euren Eltern?«, fragte Mara.

»Wir haben ihnen Bescheid gesagt«, sagte Robin. »Aber ich weiß nicht, ob sie auf uns hören werden. Es ist gerade schwierig mit ihnen, wie du dir vorstellen kannst.«

Einige Momente lang herrschte Schweigen. Robin sah wie betäubt in seine Tasse, seine Miene war düster. In Friedrichs Augen stand Angst. Nur Justine wirkte bedacht. Sie ergriff das Wort. »Was wollen die von Robin und Friedrich? Warum haben sie Robins Wohnung durchsucht?«

»Ich weiß es nicht«, sagte Mara. »Sörensen hat Parks Daten, darin taucht ihr auf. Park hat auffällig viele Informationen über euch. Vielleicht wissen sie auch schon, dass ich mit euch Kontakt habe. Dann seid ihr jetzt auf jeden Fall ein Problem für sie.«

»Ich habe mir übrigens die Daten auch angesehen«, sagte Robin.

»Dann weißt du also über den Hitler-Klon Bescheid.« Mara sah Justines und Friedrichs fragende Gesichter und zögerte kurz. Offenbar hatte Robin die beiden noch nicht eingeweiht.

Sie erzählte ihnen von Moons E-Mails an den belgischen Journalisten, ihrer Vermutung, dass Sörensen einen Klon Hitlers hatte anfertigen lassen, und was sie bei Rebecca Hendrichs ehemaliger Wohnung in Erfahrung gebracht hatte. Auch ihre Begegnung mit dem Killer sparte sie nicht aus.

»Du glaubst wirklich, dass Arthur Hendrich ein Klon von Adolf Hitler ist?«, fragte Justine. »Das ist echt sehr krass. Ja, Hendrich ist total rechts. Aber dass er Hitler sein soll …«

»Ich habe keine andere Erklärung. Ich frage mich, was

wir jetzt tun sollen. Wenn das stimmt und Sörensen weiß, dass zumindest ich mit Park Kontakt hatte, wird er mich jagen.«

»Warum hat Park uns so lange überwacht?«, fragte Friedrich.

»Das werden sich auch Schalk und Sörensen fragen. Wir müssen handeln. Nur wie? Unser Wissen über Arthur ist das Einzige, was wir gegen Sörensen in der Hand haben.«

Robin sah sie durchdringend an. »Willst du das etwa in der *Süddeutschen* veröffentlichen?«

»Weswegen war ich sonst in Südkorea?«, fragte Mara.

»Wir waren zusammen in Südkorea, falls du es schon vergessen hast. Es geht hier auch um uns. Warum besprichst du das nicht mit uns? Wenn du jetzt mit der Geschichte rausgehst, könnten die Medien auch uns ins Visier nehmen. Und was dann?«

»Robin, ich werde euch nicht erwähnen. Mir geht es mittlerweile nur noch um Sörensen.«

»Okay, worauf wartest du dann noch?«, fragte Robin. »›Sörensen lässt Hitler klonen‹. Ist doch eine Wahnsinns-Headline. Du wirst ein Star.«

»Robin, was ist los mit dir?«, fragte sie verwundert. »Warum greifst du mich so an?«

Robin nahm eine Zigarette aus seinem Päckchen und zündete sie an. Sven zuckte, als er das sah, aber er schwieg.

»Alles, was du immer wolltest, war doch nur deine beschissene Geschichte. Von Anfang an. Es ging dir nie wirklich um uns. Du hast dich nicht darum geschert, was deine Enthüllungen mit unserer Familie machen. Und jetzt müssen wir um unser Leben fürchten. Sogar unsere Eltern!«

»Wenn ihr mir egal seid, warum habe ich euch dann geholt? Warum habe ich eure Mutter angerufen, um sie zu warnen? Scheiße, Robin! Deine Stänkerei geht mir auf die Nerven!« Mara sprang auf und verließ mit einem lauten Türknallen das Zimmer. Sie hörte noch, wie Justine versuchte, Robin zu beruhigen.

Maras Herz raste.

Sie wählte die Nummer der *SZ*.

17

Berlin, 2033

Das neue Video war sein Meisterstück. So akkurat hatte er die Heuchelei der Fridays-for-Future-Bewegung noch nie auf den Punkt gebracht. Er hatte auch die Verlogenheit der Parteien aufs Korn genommen. Wie billig sie sich vor der Wahl den jungen Leuten angebiedert hatten. Ekelhaft war das. Aber die Quittung hatten sie ja bekommen. Selbst wenn sie nun doch noch regieren durften, die Demütigung durch Sörensen war perfekt.

Arthur zog sich seinen Hoodie über und schloss die Tür ab, er brauchte frische Luft. Wenn er an einem Beitrag arbeitete, schottete er sich von allem und jedem ab. Er hatte es sich angewöhnt, alles auszumachen, sein Smartphone, seine E-Mails, seine Feeds, nur ohne Ablenkung von außen konnte er die Konzentration aufbringen, die er benötigte.

Er schaltete sein Smartphone ein. Es ärgerte ihn, dass er insgeheim hoffte, unter all den Nachrichten eine von Lena vorzufinden. Da würde keine sein, und das wusste er auch. Es war aus und vorbei, sie wollte nichts mehr von ihm wissen.

Warum war er so schwach? So abhängig? Er war ein Star, er bekam tagtäglich Dutzende Mails von Frauen, die er alle haben könnte. Wer brauchte da noch Lena?

Die Sonne schien, es war später Nachmittag, und die steinernen Stiere am Brunnen warfen schon lange Schatten. Er zog eine Zigarette aus dem Päckchen und trat näher an den Brunnen heran, während das Nikotin in sein Gehirn strömte.

Groß und regelrecht fleischig ragten die Stiere am Rand des Brunnens empor, wie Götter der Urzeit. Unzählige Male hatte er sie gezeichnet. Aber die Bloggerei nahm immer mehr Zeit in Anspruch, er kam kaum noch zu seiner Kunst.

»He, das ist Arthur Hendrich!«

Instinktiv zog er den Kopf ein und drehte sich um.

Es waren ein paar junge Leute, drei Männer, die mit dem Rücken zu ihm standen, und zwei Frauen auf einer Bank. Eine der beiden hatte ihn erkannt und zeigte auf ihn.

Verdammt, er war unvorsichtig gewesen, er hatte die Kapuze nicht übergezogen. Schnell streifte er sie sich über den Kopf, aber es war zu spät.

»Er ist es wirklich!«, rief jetzt auch die andere. Die Männer, die mit dem Rücken zu ihm gestanden hatten, blickten sich um. Sie hatten kurz rasierte Haare, rauchten und sahen ihn jetzt skeptisch an.

»Hey, Arthur! Bist du echt der Führer?«, rief die Frau, die ihn zuerst erkannt hatte. Sie reckte den rechten Arm nach vorne und lachte. »Heil Arthur!«

Panik stieg in ihm auf. Er wog seine Fluchtmöglichkeiten ab. Schnell sah er zu seinem Haus hinüber, aber wenn er jetzt dorthin rannte, hätten sie seine Adresse, und wenn die publik würde, würde er nie wieder Ruhe haben und umziehen müssen.

Jetzt kamen die Männer auf ihn zugelaufen.

»Heil Arthur Hitler!«, riefen sie lachend und reckten die rechten Arme hoch.

Arthur rannte los.

Die Gruppe folgte ihm, lauthals lachend und rufend. »Hitler haut ab!«

Er lief, so schnell er konnte, die Hans-Otto-Straße hinunter, in Richtung Volkspark. Aber bald schon forderten die Zigaretten ihren Tribut. Er sah schon den Seiteneingang zum Volkspark, dort hoffte er, seine Verfolger abzuschütteln, in den Menschenmassen unterzutauchen und dann in Ruhe wieder zu seiner Wohnung zurückkehren zu können.

Aber sie kamen näher, er hörte ihre Schritte auf dem Kopfsteinpflaster, sie waren schnell, sehr schnell. Und sie waren zu fünft.

»He, warte doch. Wir wollen doch nur mit dir reden!«, schrien sie.

Jetzt hatte er richtig Angst. Was wollten sie denn von ihm? Reichte es ihnen nicht, was er ihnen in seinen Videos zu sagen hatte?

Endlich war er an der Hauptstraße, die ihn noch vom Eingang zum Volkspark trennte. Sie war stark befahren, er stoppte am Straßenrand, sein Puls raste. Er blickte sich um und sah, dass sie nur noch zwanzig Meter entfernt waren.

Verzweifelt suchte er nach einer Lücke in dem Autostrom, fand aber keine.

Arthur lief los, Gummi rieb auf Asphalt, jemand hupte, dann krachte es, Metall auf Metall.

Er war auf der anderen Straßenseite und rannte den Seitenweg entlang, der am Restaurant Schönbrunn vorbeiführte. Gleich würde er unter Menschen sein. Gleich war er sicher.

Immer wieder blickte er sich um, seine Verfolger überquerten jetzt die Straße. Sie waren abgelenkt von den Autos. Seine Chance! Schnell wandte er sich nach links, rannte in die Büsche – und stolperte über etwas Langes, Weiches.

Stille. Ungewohnte Perspektive: Kalter Boden an der Backe, das Sichtfeld um neunzig Grad gedreht. Eine Hundeschnauze vor ihm, mit langen Haaren daran. Ein Dackel. Feuchte Hundezunge an seiner Nase.

Schuhe, die auf Asphalt trampeln und lauter werden. Beine, die um ihn stehen wie Bäume.

»Der blutet! Ruf mal einen Krankenwagen.«

Eine Hand an seiner Schulter, sie dreht ihn auf den Rücken. Blau. Der Himmel über Berlin.

Gesichter über ihm.

»Bist du wirklich Hitler?«

●

Mara saß im ARD-Hauptstadtstudio, in einem kleinen, schalldichten Raum, und wartete auf ihre Liveschalte. Sie war nervös, es war ihr erster Auftritt im Fernsehen. *Tagesthemen*, Millionen Zuschauer. Es kostete sie große Überwindung, aber es würde ihrer Geschichte enormen Auftrieb geben.

Es hatte sie einiges an Überredung gekostet, die *SZ*-Redaktion davon zu überzeugen, die Geschichte zu bringen. Dennoch hatte es für ihr Gefühl unnötig lange gedauert. Die Redakteure hatten Parks Daten einsehen und prüfen wollen. Die Redaktion hatte beraten, ob man mit der Veröffentlichung noch warten solle, angesichts der politischen Entwicklungen, der sich abzeichnenden Minderheitsregierung und Sörensens Schlüsselrolle. Und natürlich musste man ihn und Arthur Hendrich auch noch mit den Vorwürfen konfrontieren und ihnen Gelegenheit zur Stellungnahme geben, unmittelbar bevor die Geschichte in den Druck ging, damit nicht noch Sörensens Anwälte die Veröffentlichung stoppen konnten.

Über die Headline »Hat Bernd Sörensen Adolf Hitler klonen lassen?« allerdings hatte sie sich geärgert. Wozu die Frageform? Doch die Redaktion hatte darauf bestanden, dass man noch keinen harten Beweis für die Behauptungen hatte.

Sie betrachtete ihr Gesicht im Spiegel. Ihre Haare waren von der Maske für ihren Geschmack etwas zu glatt zur Seite gekämmt, ihre Lippen ein wenig zu rot geschminkt worden, das Puder auf ihrem Gesicht sollte Glänzen vermeiden.

Sie hatte einen Monitor vor sich, auf dem sie die Sprecherin der *Tagesthemen* sah und hörte. Die Sendung lief seit zehn Minuten. Es ging die ganze Zeit um die neue schwarzgelbe Regierung. Rainer Thomsen war zum Kanzler gewählt worden – mit dem Segen von Bernd Sörensen. Für viele Journalisten war es ein Donnerschlag, ein absoluter Tabubruch. Ein deutscher Kanzler war zwar nicht direkt mit den Stimmen von Rechtsextremen gewählt worden, aber die Abgeordneten des Deutschen Wegs hatten sich bei den ersten beiden Wahlgängen der Kanzlerwahl enthalten, sodass es für Thomsen im dritten Wahlgang dann mit der einfachen Mehrheit gereicht hatte. Viele Kommentatoren meinten darin die Handschrift seines unionsinternen Rivalen Ernst Loibl zu erkennen, als ersten Schritt hin zu einer Zusammenarbeit zwischen Union und Deutschem Weg. Die Grünen, langjähriger Koalitionspartner der Union, sahen sich von Thomsen verraten. Sie waren die großen Verlierer dieses Manövers und verurteilten Thomsens Vorgehen nun auf das Schärfste.

Der Bundespräsident, ein alter CDU-Haudegen, hatte das Spiel mitgespielt und Thomsen zum Kanzler ernannt.

Ihre Geschichte war das zweite Thema der Sendung.

Über dem Monitor war eine kleine Kamera aufgebaut, die sie filmen würde.

Die Assistentin klopfte und gab ihr ein Zeichen. Gleich war sie dran. Man hatte ihr erklärt, dass die Übertragung lief, sobald die rote LED an der Kamera anging.

Auf einem weiteren Kontrollmonitor sah sie sich selbst. Hinter ihr befand sich nur die kahle Wand, aber auf dem Monitor erschien das Bild, das auch im Fernsehen hinter ihr zu sehen sein würde: ein Nachthimmel mit dem obligatorischen Brandenburger Tor. Mehrfach verzog sie den Mund, prüfte ihre Lippen. Sie fühlte sich unwohl.

Mara sah nun, wie die Einblendung wechselte. Sie sah eine Collage aus Arthur Hendrich und Adolf Hitler. Gleich war sie dran, ihr Puls beschleunigte sich.

»Kommen wir zu einem anderen Thema, das neben der umstrittenen Kanzlerwahl die Schlagzeilen beherrscht«, sagte die Sprecherin. »Heute Morgen hat die *Süddeutsche Zeitung* eine Geschichte veröffentlicht, die erst einmal unglaublich erscheint: So soll der Polit-Influencer Arthur Hendrich ein Klon Adolf Hitlers sein. Ein Klon ist die exakte genetische Kopie eines Lebewesens. Doch damit nicht genug: Bernd Sörensen, Chef des Deutschen Wegs und Königsmacher des frisch gewählten Bundeskanzlers, soll vor fünfundzwanzig Jahren diesen Klon in einem südkoreanischen Labor in Auftrag gegeben haben. Ja, meine Damen und Herren, ich weiß, das klingt wirklich unglaublich. Aber die Zeitung beruft sich auf Unterlagen des koreanischen Wissenschaftlers Moon Dong-soo, die den Vorgang belegen sollen. Nun ist Arthur Hendrich besonders bei der Jugend beliebt, der rechtspopulistische Influencer erreicht mit seinem Instatube-Channel regelmäßig Millionen junger Menschen. Eine Verbindung zwischen Hendrich und Sörensen wurde lange vermutet, konnte aber bislang noch nicht nachgewiesen werden. Zu den ungeheuerlichen Vorwürfen haben sich weder Hendrich noch Sörensen bislang geäußert. Zudem gab es heute eine neue Entwicklung: So soll Arthur Hendrich sich nach einem Unfall in einem Krankenhaus befinden. Ob der Unfall mit der Veröffentlichung der *Süddeutschen Zeitung* in Verbindung steht, ist nicht bekannt. Die Geschichte wirft Fragen auf. Fragen, die wir versuchen wollen zu klären. Dafür bin ich nun verbunden mit der Journalistin, die den Artikel in der *Süddeutschen Zeitung* verfasst hat: Ich begrüße Mara Erhardt.«

»Hallo, guten Abend.«

»Frau Erhardt, Sie behaupten, dass Arthur Hendrich ein Klon von Adolf Hitler ist. Kann das wahr sein?«

»Es klingt abenteuerlich, mir fiel es auch erst schwer, das zu glauben. Ich bin zufällig darauf gestoßen, nachdem ein Informant mich auf die Firma Siam Biotech aufmerksam gemacht hat. Das ist ein südkoreanisches Unternehmen, das bereits seit vielen Jahren offiziell Klone von verstorbenen Hunden anfertigt. Ich erfuhr jedoch von meinem Informanten, dass der Chef, Professor Moon Dong-soo, nicht nur Hunde klont, sondern auch Menschen – und zwar verstorbene Kinder.«

»Dieser Teil der Geschichte ist schon unglaublich«, sagte die *Tagesthemen*-Moderatorin, »und dafür haben Sie auch viele Beweise vorgelegt. Sie zeigen, dass Moon Dong-soo für Kunden weltweit tätig war und Dutzende von Kindern geklont hat.«

»Im Laufe der Jahre waren es etwa einhundert tote Kinder, die von ihm geklont wurden.«

»Ist das Klonen von Menschen nicht weltweit geächtet und auch illegal?«

»Nicht überall. Nur in rund siebzig Ländern der Welt ist es verboten, auch in Südkorea. Moon hat einen Weg gefunden, das System auszutricksen: Eine Klonierung ist im Prinzip ähnlich wie eine künstliche Befruchtung, der einzige Unterschied ist, dass man die Eizelle nicht mit der Samenzelle des Vaters vereint, sondern mit einer Zelle aus dem Gewebe des Verstorbenen. Diesen kritischen Schritt der Klonierung hat Moon mit dem Segen der nordkoreanischen Regierung in der demilitarisierten Zone zwischen Nord- und Südkorea durchgeführt, also quasi in rechtsfreiem Raum.«

»Wo befindet sich Moon jetzt?«, fragte die Moderatorin.

»Er ist seit Wochen verschwunden, ich vermute, dass er umgebracht wurde.«

»Was hat nun Bernd Sörensen mit alldem zu tun, Frau Erhardt?«

»Ein Mitarbeiter Moons nahm mit mir Kontakt auf und berichtete mir, dass einer der Kunden Moons Bernd Sörensen gewesen war. Gemeinsam mit der DDW-Generalsekretärin Alina Schalk war Sörensen im Jahr 2007 bei Moon Dong-soo und hat dort einen Klon beauftragt. Das können wir belegen.«

»Sie haben einen Zahlungsbeleg eines gewissen Ernst Jung …«

»Das war Sörensens Pseudonym. Der Beleg zeigt die Überweisung einer Summe von fünf Millionen Euro, gezahlt von einem Konto des DDW e.V., dem Verein, aus dem später die Partei Deutscher Weg wurde«, sagte Mara. Ihre Nervosität hatte sich ein wenig gelegt. Sie kam nun zunehmend in Fahrt.

»Gut, angenommen, dahinter verbirgt sich wirklich Bernd Sörensen. Wie kommen Sie darauf, dass er einen Klon von Adolf Hitler in Auftrag gegeben hat? Vielleicht wollte er nur seinen toten Hund klonen lassen? Oder eine künstliche Befruchtung durchführen? Denn auch die wurden bei Siam Biotech praktiziert, wie das Unternehmen auf seiner Website angibt.«

»Ein Klon-Hund kostet fünfzigtausend Dollar«, entgegnete Mara. »Das wären also hundert Hundeklone gewesen. Und für eine künstliche Befruchtung extra nach Südkorea zu reisen und so viel Geld zu bezahlen? Unwahrscheinlich.«

»Nun könnte es doch aber sein, dass Bernd Sörensen vielleicht auch ein totes Kind klonen lassen wollte? Wie kommen Sie auf Adolf Hitler?«

»Auch dafür wäre die Summe zu hoch. Moon hat für den Klon eines Kindes zweihundertfünfzigtausend Dollar berechnet. Aber vor allem spricht dagegen, dass Sörensen eine besondere Gewebeprobe dabeihatte. Normalerweise bringen die Eltern etwas Muskelgewebe oder Blut ihres verstorbenen Kindes nach Südkorea. In diesem Fall aber ging es wohl um einen alten Zahn. Sörensen und Schalk wollten, dass Moon daraus einen Klon herstellt.«

»Aus einem alten Zahn?«

»Unzweifelhaft dem Zahn eines Erwachsenen. Es war ein unüblicher Auftrag, selbst für Moon Dong-soo.«

»Und es gelang Moon, daraus einen Menschen zu klonen?«

»Ja.«

Die Moderatorin machte eine kurze Pause. Es war offensichtlich, dass sie das Ganze sehr gruselig fand.

»Wo ist der Zahn jetzt?«

»Er wurde bei der Prozedur zerstört. Aber es gibt Bilder. Alles ist genau dokumentiert.«

»Und Sie behaupten nun, dass das ein Zahn von Adolf Hitler war. Gibt es denn überhaupt noch Überreste des Diktators?«

»In einem Moskauer Archiv werden ein Kieferknochen und ein paar Zähne des Diktators aufbewahrt. Ihre Authentizität wurde von mehreren Wissenschaftlern unabhängig voneinander bestätigt. Ich bin sicher, dass Bernd Sörensen einen der Zähne in seinen Besitz gebracht hat. Wie genau, das weiß ich nicht. Noch nicht.«

»Das klingt alles sehr abenteuerlich, Frau Erhardt.«

»Wir haben in den Unterlagen Moons E-Mails gefunden, die er an einen belgischen Journalisten geschickt hatte, der im Besitz der Erbgutanalyse eines Nachkommen von Adolf Hitler war. Moon wollte das Erbgut des Zahns mit dem Erbgut des Nachkommen abgleichen, weil auch er vermutete, dass es sich um genetisches Material Hitlers handelte.«

»Hat der Journalist diesen Verdacht bestätigt?«

»Es gibt nur eine kurze E-Mail, in der Moon um ein Telefonat gebeten wird.«

»Sie glauben also, dass es tatsächlich eine lebende Kopie von Adolf Hitler gibt. Ihre Geschichte geht aber noch weiter: Sie sagen, dass die genetische Kopie des Diktators der Influencer Arthur Hendrich ist.«

Mara nickte. Stolz erfüllte sie. Es war eine Hammer-Geschichte. Es war ihre Geschichte. Es war *die* Geschichte ihres journalistischen Lebens. Sie würde von Buch- und Filmangeboten überschüttet werden. »Der Klon wurde von einer Leihmutter ausgetragen, einer Frau namens Rebecca Hendrich, auch das ist in den Unterlagen vermerkt. 2008 gebar Frau Hendrich einen Jungen: Arthur. Leider ist Rebecca Hendrich bei einem Autounfall ums Leben gekommen, sodass man sie zu alldem nicht mehr befragen kann. Auch der Vater von Arthur Hendrich ist bereits seit vielen Jahren tot.«

»Arthur Hendrich hat sich noch nicht zu der Sache geäußert«, sagte die Moderatorin. »Wie wir heute erfahren haben, hatte er offenbar einen Unfall und befindet sich derzeit in einem Krankenhaus. Sein Zustand ist unbekannt. Aber natürlich haben wir Bernd Sörensen mit den Vorwürfen konfrontiert. Auch er hat sich bislang nicht geäußert.«

Mara verzog kurz das Gesicht. Es ärgerte sie, wie billig sich Sörensen offenbar aus der Affäre zu ziehen versuchte. Aber sie hatte sich sofort wieder im Griff. Im Fernsehen zählte jede noch so feine Gesichtsregung. Es war wichtig, nicht überheblich rüberzukommen, und Mara wusste, dass sie schnell so auf Leute wirkte. »Der Zahlungsbeleg beweist eindeutig, dass im Jahr 2007 fünf Millionen Euro vom Konto des Deutschen Wegs an Siam Biotech überwiesen wurden«, sagte Mara, bemüht, möglichst ruhig zu klingen.

»Na, dann sind wir gespannt auf weitere Erklärungen vonseiten Bernd Sörensens«, gab die Moderatorin zurück.

●

Als er die Augen aufschlug, konnte er kaum etwas sehen, so sehr pochte sein Kopf. Bei jedem Herzschlag kam es ihm vor, als würde er gleich platzen.

Arthur lag in einem fremden Zimmer, das schmucklos eingerichtet war, die Wände waren hellorange angestrichen, blasse Kunstdrucke hingen an der Längswand. Die weißen Vorhänge waren halb zugezogen und ließen Tageslicht herein.

Neben ihm stand ein Tischchen mit einem Tablett darauf. Am Fußende seines Bettes war ein Stuhl aufgebaut. Dort saß eine Frau und starrte in die Luft.

Es war Lena.

Als sie sah, dass er wach wurde, stand sie auf und setzte

sich vorsichtig neben ihn auf die Bettkante. Langsam legte sie ihre Hand auf seinen Arm. Erst jetzt bemerkte er, dass eine Nadel mit einer Kanüle in seinem Handrücken steckte, wo sie mit einem Gewebeband befestigt war. Ein Infusionsschlauch führte hinauf zu einem Tropf, der rechts neben dem Bett in einer Halterung hing.

Er war im Krankenhaus! Nervös sah er sich um.

»Was ist los?«, brachte er mühsam hervor. Sein Mund war staubtrocken.

»Langsam, Arthur«, sagte Lena. »Du hattest einen Unfall.«

Bruchstückhaft kehrten seine Erinnerungen zurück. Die Jugendlichen hatten ihn verfolgt. Er war gestürzt und mit dem Kopf aufgeschlagen.

»Du hast eine leichte Gehirnerschütterung, haben die Ärzte gesagt. Du brauchst Ruhe.«

»Woher …«

Er musste husten. Es verursachte höllische Schmerzen in seinem Kopf.

»Woher weißt du, dass ich hier bin?«

»Ich habe dich angerufen, als ich die Nachrichten gehört habe. Eine Krankenschwester ist irgendwann an dein Telefon gegangen. Ich bin sofort hergekommen.«

Arthur sah sie an, sah ihr Gesicht mit den sanften Zügen. Sie sah besorgt aus. Obwohl er sich elend fühlte, freute er sich, dass sie da war.

»Was ist passiert, Arthur?«

»Ein paar Jugendliche haben mich verfolgt.« Dann stutzte er. »Was meinst du mit Nachrichten? Wurde etwa über den Unfall berichtet?«

Ein Zucken in ihrem Gesicht.

»Lena, was ist los?«

Sie zögerte mit der Antwort.

»Du hast keine Ahnung, was da draußen gerade los ist, oder? Die drehen alle durch – wegen dir.«

»Mein neues Video habe ich doch noch gar nicht online gestellt?«

»Es ist nicht deswegen …« Sie stockte, aber er sah sie auffordernd an: »Eine Zeitung hat einen Bericht über dich veröffentlicht, ich habe ihn auch noch nicht gelesen. Aber seitdem läuft es auf allen Kanälen rauf und runter. Es klingt total verrückt. Sie behaupten, dass du …«

»Was?«

»Sie behaupten, dass du ein Klon bist.«

»Ein Klon?«

Lena nickte. »Die genetische Kopie eines anderen Menschen.«

»Ich weiß, was ein Klon ist.« Er versuchte zu verstehen, was sie gesagt hatte. Sein Kopf pochte bei jedem Pulsschlag.

Bist du wirklich Hitler?

Langsam begriff er, was seine Verfolger gemeint hatten. Ihm wurde kalt.

»Hitler«, murmelte er. »Ein Klon von Hitler.«

»Arthur. Das ist doch alles Quatsch. Die wollen dich doch nur fertigmachen. Oder?«

In den nächsten Tagen wurde er mehrfach in andere Zimmer verlegt und völlig abgeschirmt. Die Presse hatte herausgefunden, in welchem Krankenhaus er lag, und jagte ihn.

Fassungslos las er die Nachrichten.

Neben der Duldung der Minderheitsregierung des neuen Bundeskanzlers Rainer Thomsen durch den Deutschen Weg kannten die Medien nur noch ein Thema: den Hitler-Klon. Auch weltweit sorgte er für Schlagzeilen: »Adolf Hitler Cloned«; »The Resurrection of Adolf Hitler«; »Hitler is Alive and

Well. And He is Big on Insta«; »Is this the Dawn of the Fourth Reich?«

Arthur war es gewohnt, dass über ihn berichtet wurde, vor allem negativ. Er hatte sich mit den permanenten Anfeindungen mittlerweile arrangiert. Aber das hier war anders. Es fühlte sich so befremdlich an, über sich zu lesen, dass man eigentlich jemand ganz anderes sein sollte, als man die ganze Zeit geglaubt hatte zu sein.

Journalisten begannen, seine Videos neu zu interpretieren, versuchten, Parallelen zu den Reden des Diktators zu finden. Unzählige Foto- und Video-Vergleiche zwischen ihm und dem jungen Adolf Hitler fluteten die Medien – und er musste zugeben, dass die Ähnlichkeit frappierend war.

Am verstörendsten aber fand er, dass Bernd Sörensen und Alina Schalk ihn »in Auftrag« gegeben haben sollten.

Sein Telefon stand keine Minute still. Er ging nur noch dran, wenn Lena anrief, alle anderen Nummern blockte er. Irgendjemand musste seine Verbindung herausgefunden und veröffentlicht haben.

Es gab auch Anrufe und Nachrichten von Alina. Alle hatten dieselbe Botschaft: »Ruf mich an.«

Aber er wollte nicht. Erst musste er verstehen, was das Ganze zu bedeuten hatte.

Er checkte seinen Instatube-Kanal, der überquoll mit Kommentaren.

»Arthur, du bist der Beste! Scheißegal, ob du der Führer bist oder nicht.«

»Mach weiter so. Auf die Fresse, Lügenpresse!«

»#we♥AH«

»#heilarthur«

Von seinen Fans bekam er sehr viel Zuspruch. Aber auch von den Rechten: Deutscher-Weg-Fans, NPD, Identitäre,

Reichsbürger, Pegida, sie alle äußerten ihre Bewunderung für ihn und dass sie sich nichts sehnlicher wünschten als einen neuen Führer. Frauen wollten ein Kind von ihm. Andere schworen ihm ewige Treue und Gehorsam. Er solle so schnell wie möglich das Vierte Reich gründen, dann würde endlich aufgeräumt werden, mit dem ganzen Pack, den Schmarotzern, den Volkszersetzern, den Journalisten.

Ekel überfiel ihn, als er all das las.

In mindestens ebenso vielen Kommentaren wurde er auf das Übelste beschimpft und verdammt. Er sei der wiedergeborene Teufel, eine Gefahr für die Menschheit. Schon jetzt würde er auf Instatube Menschen aufhetzen, so wie auch Hitler klein angefangen habe, damals in den Münchner Bierhallen. Umso gefährlicher sei er heute, in Zeiten des globalen Internets. Er gehöre eingesperrt, besser noch hingerichtet, bevor er einen neuen Krieg anzetteln und Deutschland zugrunde richten werde.

Sein ganzes Leben wurde analysiert, seine alten Lehrer zu seinen schulischen Leistungen befragt, ehemalige Schulfreunde vor die Kamera gezerrt und mit Suggestivfragen bombardiert, Nachbarn wurde aufgelauert, und man befragte sie nach ihm und seinen Eltern. Auch Lena schrieb ihm, dass sie und ihre WG-Mitbewohner bereits von der Presse belästigt wurden.

Viele versuchten, irgendwelche Merkmale Hitlers in ihn und seine Vita hineinzulesen. Die Parallelen waren in der Tat nicht von der Hand zu weisen: Lehrer sagten, dass er kein guter Schüler gewesen war – wie der junge Hitler. Schulfreunde sagten, er sei eher ein Einzelgänger gewesen – wie der junge Hitler. Die Nachbarn berichteten von seinem Vater, der ihn ja genauso verprügelt hatte wie Alois Hitler seinen Sohn Adolf. Auch seine gescheiterten künstlerischen

Ambitionen mussten als unzweifelhaft augenfälligste Parallele zur Vita des Diktators herhalten. Ein Journalist grub irgendwo ein paar alte Zeichnungen von Arthur aus und konsultierte einen Professor, der damals im Auswahlgremium gesessen und mit über Arthurs Ablehnung entschieden hatte. Der Professor sagte zwar, er könne sich an Arthurs Bewerbung nicht mehr erinnern. Die Ablehnung aber werde ihren Grund gehabt haben: mangelndes Talent. Der Interviewer stellte ihm tatsächlich auch die Frage, ob er jetzt noch einmal so entscheiden würde. Denn wäre Hitler damals an der Kunstakademie genommen worden, so der Journalist, dann wäre er Künstler und nicht Diktator geworden, und dann hätte es den Zweiten Weltkrieg und den Holocaust nie gegeben.

»Natürlich würde ich noch einmal so entscheiden«, empörte sich der Professor. »Mein Job ist es, Talente zu erkennen. Und nicht, Kriege zu verhindern.«

Letzte Parallele: Arthurs freiwilliges Engagement in Syrien. Hier ergingen sich die Journalisten in den wildesten Spekulationen, denn über die Jahre, die er in dem Bürgerkriegsland verbracht hatte, war nicht viel bekannt – außer den Details, die er in seinen Videos selbst preisgegeben hatte.

Und dann gab es noch die Fraktion der Skeptischen. Wieso man denn der *Süddeutschen* das alles glauben solle. Wo seien die Beweise? Sie forderten eine Analyse von Arthurs Erbgut.

Er konnte das alles einfach nicht glauben. Das musste ein böser Traum sein. Er war im Volkspark auf den Kopf gefallen und lag bestimmt noch im Koma.

Es klopfte.

»Ja?«, rief er und erwartete, dass die Krankenschwester ihm sein Abendessen bringen würde.

Eine Frau trat ein. Sie trug eine Mütze und eine Sonnenbrille, und erst als sie beides abnahm, erkannte er, dass es Alina war. Sie lächelte und hielt einen Blumenstrauß in der Hand.

»Hallo, Arthur.«

Er war überrascht. »Oh, hallo.«

Sie stellte die Blumen in eine Vase. Dann setzte sie sich neben sein Bett und griff seine Hand. »Wie geht es dir? Besser?«

Er empfand die Berührung als unangenehm, traute sich aber nicht, seine Hand zurückzuziehen.

»Wir haben uns große Sorgen um dich gemacht. Bernd sendet dir ganz liebe Grüße.«

Er sagte nichts.

»Ich kann mir vorstellen, dass du ganz schön verwirrt bist. Du fragst dich jetzt sicher, was das alles zu bedeuten hat.«

»Das kann man wohl so sagen.«

»Na, du kennst ja die Lügenpresse aus eigener Erfahrung. Die hat es schon immer auf dich abgesehen.«

»Dann willst du sagen, dass das alles Bullshit ist mit dem Hitler-Klon?«

»Du bist natürlich kein Klon. Du bist der Sohn von Rebecca und Arndt Hendrich. Du bist mein Patenkind, um das ich mich immer gekümmert habe und immer kümmern werde. Und auf das ich verdammt stolz bin.«

»Was ist mit den fünf Millionen Euro, was diese Journalistin da behauptet hat? Wieso hat Bernd die an die Südkoreaner bezahlt?«

Alina nickte bedächtig. »Ich kann verstehen, dass du das wissen möchtest – Bernd und mir geht es nicht anders. Das ist lange her, und die Partei steckte damals noch in ihren Anfängen. Wir versuchen das selbst gerade alles zu rekonstruieren, es ist immerhin fünfundzwanzig Jahre her. Bernd und ich waren damals im Gründungsprozess, haben Mitglieder rekrutiert, staatliche Parteienfinanzierung beantragt. Es ging alles sehr chaotisch zu. Wir vermuten, dass eines der Mitglieder damals Geld veruntreut hat. Aber das wollen wir erst in Ruhe klären, bevor wir uns dazu äußern.«

Arthur versuchte sich auf ihre Worte zu konzentrieren, doch es fiel ihm schwer. Sein Gehirn war noch nicht vollständig leistungsfähig. Alinas Gesicht und ihre Stimme wirkten ruhig, nichts deutete darauf hin, dass sie nicht die Wahrheit sagte. Er wollte ihr so gern glauben und beruhigte sich langsam etwas.

»Wie soll ich mich verhalten? Irgendwann werden sie mich ja doch kriegen, diese verdammten Journalisten.«

»Bleib ruhig und bestimmt, und lass dich nicht provozieren«, sagte Alina. »Du bist jetzt im Auge des Shitstorms. Aber der wird vorüberziehen. Wie immer. Bis die nächste Sau durchs Dorf getrieben wird. Bis dahin werden wir dich unterstützen. Du bist nicht allein, Arthur!«

Ihre Hand war warm und drückte leicht seine, um ihren Worten Nachdruck zu verleihen.

»Ich verstehe einfach nicht, wieso sich jemand so eine hanebüchene Geschichte ausdenken sollte, nur um mir zu schaden«, sagte Arthur.

»Meine Erfahrung ist, dass es immer gut ist, so wenig Energie wie möglich auf die Presse und die ganzen Lügen zu vergeuden. Außergewöhnliche Menschen sind immer Neid und Missgunst ausgesetzt. Sieh mal das Positive: Es zeigt doch, welches Potenzial alle in dir sehen. Welche Gefahr du schon jetzt, in deinen jungen Jahren, für das Establishment darstellst. Halt durch, Arthur! Bernd hat noch so viel vor mit dir.«

»Ich werde einfach einen Erbgut-Test machen und fertig.«

»Damit würdest du nur ein Signal der Schwäche senden. Am besten, du machst jetzt erst einmal gar nichts.«

»Was ist das Problem dabei, mir eine Blutprobe abzunehmen und mein Erbgut analysieren zu lassen? Dann ist endlich Ruhe.«

Alina seufzte. »Arthur, bitte bedenke, dass es hier nicht nur um dich geht, sondern auch um Bernd. Wir haben gerade eine Minderheitsregierung abgesegnet. Wir müssen sehr wachsam sein, die Presse sucht nach jedem Grund, um Bernd zu schaden. Wenn sein Ansehen jetzt leidet, könnte das unsere Chancen für eine mögliche Regierungsbeteiligung gefährden, falls diese Koalition zerbricht. In ein paar Tagen wird die Lage eine andere sein, glaub mir.«

●

Als Alina Schalk in ihr Auto stieg, kontrollierte sie ihr Smartphone. Bernd hatte versucht, sie zu erreichen.

Sie schickte ihm eine Sprachnachricht: »Er hat es gefressen. Aber ich weiß nicht, wie lange er dem Druck standhalten wird.«

Sie saß im Auto und überlegte. Die Lage war schlecht. Ihr Mann hatte versagt, die Journalistin war entkommen. Und sie hatte sie unterschätzt. Alina Schalk hätte nicht gedacht, dass Mara Erhardt die Geschichte so schnell bringen würde.

Sie hatte sich verrechnet. Jetzt galt es, ganz schnell wieder die Oberhand zu erlangen.

Arthur würde zum Problem werden. Sie kannte ihn gut genug. Leider war es eines, das sich nicht mit einer Kugel erledigen ließ. Auch das Erbgut eines Toten konnte man noch analysieren.

Wie sollten sie die *SZ*-Geschichte kontern? Wie die fünf Millionen Euro erklären? Sie mussten der Presse etwas anbieten.

Alina überlegte fieberhaft. Es musste einen Weg geben! Es hatte immer einen gegeben. Alles ließ sich erklären, man musste seine Geschichte nur wasserdicht konstruieren und überzeugend vertreten.

Sie dachte an die Schaukel auf dem Spielplatz ihres Heimatortes. Wie alt war sie gewesen, als sie die Schrauben der Verankerung gelöst hatte? Sieben? Acht? Sie hatte einfach sehen wollen, wie Gina davonflog. Es steckte gar keine Bosheit dahinter, eher so etwas wie wissenschaftliche Neugier. Gina würde nicht sterben, das war ihr schon als Siebenjährige klar gewesen. Aber es bestand eine gute Chance, dass sie sich wehtun würde, möglicherweise sogar etwas brechen. Die kleine Alina führte also ihre Freundin zu der manipulierten Schaukel und benutzte sie als Erste, um sich unverdächtig zu machen. Als Gina dran war, passierte erst einmal nichts. Alina schubste sie an, immer doller. Bis sie endlich in hohem Bogen durch die Luft flog. Sie schlug sich einen Schneidezahn aus. Aber das war es nicht, was Alina mit Befriedigung erfüllte – sie hatte nichts gegen ihre Freundin.

Was sie erfüllt hatte, war, dass alles ganz genau so gelaufen war, wie sie es geplant hatte, und dass sie mit ihrer Geschichte durchgekommen war. Gina erzählte sie später, dass sie gesehen hatte, wie die Schaukel von Arbeitern überprüft worden war. Offenbar hatte einer vergessen, den Haken korrekt wieder einzuschrauben.

Alina hatte ruhig und sachlich berichtet, ohne jegliche Skrupel. Das war ihr nur gelungen, weil sie sich vorher ihre Geschichte in allen Details ausgemalt und sich den Arbeiter vorgestellt hatte, der den Haken vergaß – einfach, weil er einen Anruf von seiner Frau bekommen hatte, ob er nicht noch auf dem Weg nach Hause ein paar Eier aus dem Supermarkt mitbringen könnte.

Die Kunst der Lüge war es, sich selbst als Erstes erfolgreich zu belügen. Wenn man erst einmal seine eigene Geschichte glaubte, konnte man sie jedem verkaufen.

Sie würde der Presse eine Story servieren, an der nichts zu rütteln war.

Aber Arthur als potenzielle Schwachstelle blieb. Sie wusste, dass er irgendwann nachgeben und den Test machen würde.

Dieses Problem musste sie lösen.

Und sie hatte auch schon eine Idee wie.

●

Justine hatte eine kleine Wohnung in Prenzlauer Berg, in der Nähe des Mauerparks, nicht weit von Friedrich entfernt. Robin mochte die Ecke. Früher war er oft auf den Hügel hinaufgestiegen, hatte an der Wand zum Stadion gesessen und in Richtung Bernauer Straße geschaut. Es war ein schönes Panorama, mit dem Fernsehturm im Hintergrund, meist hatte er einfach dort gesessen und ein Bier getrunken. Manchmal hatte er auch gemalt.

Robin kam gerade vom Balkon, wo er eine Zigarette geraucht hatte. Justine hatte ein Faible für asiatischen Wohnstil. Überall lagen Tatami-Matten und harte Kissen. Er setzte sich ächzend wieder auf den Boden und versuchte erst gar nicht, es sich im Schneidersitz bequem zu machen, sondern baute sich eine Art Sessel aus Kissen zusammen. Auf dem niedrigen Tisch standen eine kleine Kanne und mehrere Tassen.

Langsam, ganz langsam entspannte er sich wieder. Seit Mara die Geschichte veröffentlicht hatte, fühlten er und Friedrich sich wieder einigermaßen sicher.

»Das ist echt so krass mit Arthur«, sagte Friedrich. Er scrollte auf seinem Handy durch die Nachrichtenseiten. Ihn beschäftigte das Ganze sehr. Robin hingegen empfand eher eine Mischung aus Abscheu und Gleichgültigkeit. Ihn stieß es ab, wie die Presse die Geschichte ausschlachtete.

Seine Sorge war nach wie vor eher, dass sie auch ihnen bald auf die Fährte kommen könnten. Mara hatte sie beide in der Geschichte völlig außen vor gelassen und sich ganz auf Sörensen und Arthur konzentriert. Noch dominierte die Geschichte vom geklonten Hitler alles. Aber was, wenn die Presse auch von ihm und Friedrich Wind bekäme? Würden sie sie am Ende genauso jagen wie Arthur Hendrich? Würden sie dann über »Deutschlands geklonte Kinder« berichten und ihre Eltern belästigen?

»Wie der sich jetzt wohl fühlen muss«, sagte Friedrich. »Das ist doch superheftig. Stell dir vor, du schaust in den Spiegel und du weißt, dass du die gleichen Gene hast wie Adolf Hitler. Ich meine, wir haben ja schon echt dran zu knabbern, dass wir aus zwei toten Kindern gemacht wurden. Aber Arthur? Der ist nicht nur die Kopie eines Toten. Er ist die Kopie eines toten Massenmörders.«

Robin sagte nichts. Schweigend goss er sich eine Tasse Tee ein. Friedrichs Kommentare nervten ihn. Er hatte das Gefühl, dass sich sein Bruder mit seiner Empathie für Arthur Hendrich von seinen eigenen Problemen ablenken wollte.

Robin bemerkte, dass Justine ihn beobachtete. Sie hatte immer ein sehr sorgsames Auge auf ihn. Einerseits gefiel ihm das, andererseits verunsicherte es ihn.

»Hast du Hunger?«, fragte sie jetzt. »Ich habe noch Nudeln.«

»Hast du vielleicht was Süßes?«

Sie grinste, sie kannte seine Vorlieben, Robin stand auf Kuchen und Torten. »Bananenkuchen. Selbst gemacht.«

Robin nickte. »Perfekt.«

»Jetzt fordern einige sogar schon, ihn einzusperren.« Friedrich kriegte sich gar nicht mehr ein. »Sie wollen Arthur den Prozess machen – für Taten, die er gar nicht begangen hat. Weil er sie noch begehen könnte, wie sie sagen. Das ist doch echt krank.«

»Findest du?«, rief Justine aus der Küche. Sie kam zurück und reichte Robin einen Teller mit zwei Stück Kuchen. Dann setzte sie sich neben Friedrich auf den Boden und begann ihm die Haare zu kraulen.

»Na klar«, Friedrich klang empört. »Ich meine, findest du das richtig, Hendrich einfach so anzuklagen?«

Justine wiegte den Kopf hin und her. »Aber es kann doch schon sein, dass er gefährlich wird. Hast du dir mal seine Videos angeguckt? Der hetzt jetzt schon dermaßen gegen Ausländer, gegen die Grünen, Fridays for Future, Journalisten und was weiß ich noch gegen wen alles. Für mich ist Arthur Hendrich schon jetzt ein totaler Nazi. Und der ist gerade mal Mitte zwanzig.«

»Aber Justine, du kannst doch keinen Unschuldigen einfach so vor Gericht stellen – nur, weil du glaubst, dass er vielleicht mal straffällig werden könnte!« Friedrich rückte entrüstet von ihr ab, und sie nahm ihre Hand aus seinen Haaren.

»Ich sage ja nicht, dass man ihn anklagen soll«, sagte Justine, nun auch angesäuert. »Ich sage nur, bei ihm ist die Gefahr, dass er gefährlich werden könnte, hoch. Und er zeigt schon erste besorgniserregende Anzeichen. Er hat nun mal die Gene von Adolf Hitler.«

»Du glaubst also an das Schicksal der Gene. Und was ist mit mir?«, fragte Friedrich. »Ich bin auch ein Klon. Glaubst du, dass ich jetzt automatisch so wie mein ›Original‹ werden muss? Wie Paul Wohlpflug? Habe ich gar keinen freien Willen? Keine Individualität?«

Friedrich war wütend und Justine sichtlich überrascht. Robin kaute wortlos weiter seinen Kuchen. Fasziniert und auch ein wenig belustigt, beobachtete er seinen Bruder. Es tat gut, auch mal seinen so gutmütigen Bruder ausrasten zu sehen.

»Fried, hey, jetzt reg dich doch nicht so auf«, sagte Justine. »So war das doch nicht gemeint.«

Für eine Weile herrschte Schweigen. Die Atmosphäre war angespannt.

»Jetzt sag doch auch mal was!«, herrschte Friedrich Robin an.

Robin kaute wortlos weiter. Er hatte keine Lust auf diese Diskussion. »Keine Ahnung. Interessiert mich null, was mit Arthur Hendrich passiert.«

»Es interessiert dich nicht?«

»Nein.«

»Er ist auch ein Klon. Und gerade fordern eine Menge Leute, dass er bloß wegen seiner Gene ins Gefängnis gesteckt wird. Lässt dich das kalt?«

Robin seufzte. »Mir geht diese ganze Klonscheiße auf die Nerven.«

»Es geht dir auf die Nerven?«

Robin spürte die Wut seines Bruders. Er wusste nicht, wie er darauf reagieren sollte. »Ich meine, reicht es denn nicht, dass wir damit klarkommen müssen, was Mama und Papa getan haben?«, fragte Robin. »Dass wir verdauen müssen, wer wir sind? Mir schon. Ich habe keine Zeit und keine Energie dafür, mir auch noch Gedanken um irgendeinen rechten Influencer zu machen.«

Friedrich zischte verächtlich. »Mann, was bist du für ein Egoist.«

Jetzt kroch auch in Robin die Wut hoch. Friedrich hielt seinem Blick stand, und Robin fiel auf, wie gütig die Augen seines Bruders waren, selbst jetzt noch, wenn sie ärgerlich funkelten. Sein Bruder war wirklich ein guter Mensch, das fühlte er in diesem Moment mit großer Intensität. Er würde es immer sein, egal, was das Leben für ihn bringen würde. Auch Justine war gut. Das war es, was die beiden verband. Und er? War er auch gut?

Die Worte seines Bruders trafen ihn. Friedrich hatte recht, er war manchmal kalt, er sorgte für sich, zuweilen ging er auch strategisch vor, überlegte, wie er Menschen beeinflussen konnte, damit sich Situationen zu seinen Gunsten entwickelten. Aber manchmal war er das alles auch nicht. Er hatte Momente, in denen er ganz versunken war in die Musik, in denen sie ihn so stark anrührte, dass er glaubte vor Gefühl zu zerplatzen. War das nicht Beweis für seine Fähigkeit, warm und mitfühlend zu sein? »Du musst echt immer den Samariter spielen«, sagte Robin leise. »Immer der gute Mensch sein.«

Er stand auf, entschlossen zu gehen. Doch als er sich vom Boden hochstemmte, traf ihn der Flashback mit seiner ganzen Wucht.

Justines Wohnzimmer verschwand vor seinen Augen, und er sah »den Raum« vor sich. *Die nackten, weiß gestrichenen Betonwände. Die Perspektive wechselt zu einer schrägen Ansicht, als halte er den Kopf geneigt. Grelles Neonlicht erfüllt den fensterlosen Raum. Sein Körper fühlt sich taub an, erschöpft und voller Stresshormone. Er weiß, dass etwas Furchtbares passiert ist, aber da ist auch eine ungeheure Erleichterung. Neben ihm steht ein Sofa, das mit hellem Stoff bezogen ist. Spießige Muster sind darauf gestickt. Er erkennt Figuren. Tiere. Eine Frau sitzt mit angezogenen Beinen auf dem Polster. Ihre Füße nur mit Strümpfen bedeckt. Er will sie genauer betrachten, aber er kann sich nicht bewegen. Aus den Augenwinkeln sieht er, dass sie die Augen geschlossen hält. Er weiß, dass sie nicht schläft. Er denkt, dass es gut ist, wie es ist. Erleichterung macht sich in ihm breit.*

Er hört etwas. Ganz leise nur. Ein Tropfen.

(»Robin!«)

Flüssigkeit. Etwas rinnt an seinem Kopf entlang. Etwas Warmes. Tropft zu Boden.

(»Robin! Wach auf!«)

Blut.

Eine Hand schlägt gegen seine Wange. Erst leicht, dann noch mal. Fester.

»Robin! Hey!«

Sein Körper schüttelt sich.

Nein, er wird geschüttelt.

»Robin, verdammt noch mal, guck mich an!«

Es ist Friedrichs Stimme. Sie ruft ihn. Ruft ihn aus »dem Raum« zurück.

Er sieht seinen Bruder vor sich. Sein Gesicht ist voller Sorge.

Der Raum verschwindet.

Er ist in Justines Wohnung.

»Robin, du hattest einen Flashback.« Friedrich hielt seine Wange. Langsam hob Robin seine Hand und legte sie auf seine. Dann nickte er und schloss die Augen.

Er war so erschöpft. Die Flashbacks kosteten ihn immer enorm viel Kraft. Er durchlebte die Gefühle eines Menschen, der sie vor seinem Tod gespürt hatte. Die Flashbacks variierten in ihrer Intensität. Dieser eben war sehr stark gewesen. So stark wie früher, als er noch ein Kind gewesen war.

Mit dem Alter waren sie sanfter geworden, eine Art mehr oder weniger spontane Tagträume. Aber der hier hatte ihn für Momente so ausgeschaltet wie ein epileptischer Anfall.

Er war noch ganz benommen. Justine reichte ihm seine Teetasse, und er trank ein paar Schlucke.

»Ich hatte neulich auch wieder einen«, sagte Friedrich. »Dieses verdammte Ertrinken. Ich wäre das so gerne los. Schade, dass diese Park uns nicht mehr helfen kann. War es übel für dich?«

Robin nickte.

»Mich macht immer am meisten fertig, wenn ich das Wasser in meine Lunge laufen spüre.«

Robin brummte. Er wollte Friedrich nicht von dem Raum erzählen. Gedanken durchzogen seinen Geist wie träge Schiffe. Was bloß hatte sein Vorgänger Erik nur in dem Raum erlebt? Wer war die Frau? Warum war sie tot? Und wie konnte Erik noch eine zweite Todeserfahrung gemacht haben? Wie passte das zusammen mit dem Ertrinken?

Robin versuchte, sich nichts anmerken zu lassen. Aber er bemerkte wieder Justines Blick. Sie konnte in seinem Gesicht lesen wie in einem Buch.

Robin stand auf. »Ich glaube, ich gehe jetzt mal besser.«

●

Für Mara waren diese Tage die reinste Achterbahnfahrt. Sie hatte sich bei Sven eingemietet. Ihre Geschichte hatte eingeschlagen, beherrschte die Schlagzeilen und Talkshows und schlug international Wellen. Was sie allerdings mit Argwohn betrachtete, war, dass die Diskussion sich zunehmend in eine Richtung entwickelte, die sie nicht vorhergesehen hatte: weg von Bernd Sörensen und immer mehr zu Arthur Hendrich. Wie gefährlich war der Hitler-Klon? Wie sollte man mit ihm umgehen? Sollte er verurteilt werden? Diese Fragen dominierten den öffentlichen Diskurs.

Nach Sörensen und seiner Verantwortung fragte kaum jemand.

Ihr Telefon klingelte.

Es war eine Berliner Nummer. In den letzten Tagen hatte sie immer wieder üble Anrufe bekommen und war bedroht worden. Aber sie hatte auch Zuspruch erhalten.

Mara nahm ab.

»Polizeidirektion fünf, Friedrichshain-Kreuzberg. Polizeiobermeister Stormann. Sprech ick mit Frau Mara Erhardt?«

»Am Apparat.«

»Vermissen Sie vielleicht 'nen Hund?«

Maras Herz machte einen Sprung. Kurt! Sie hatte ihn schon für tot gehalten.

»Ja! Mein Dackel! Er ist weg!«

»Na, denn hab ick jute Nachrichten für Sie.«

Die Polizeidienststelle befand sich in der Wedekindstraße, nicht weit vom Boxhagener Platz. Kurt begrüßte sie aufgeregt mit lautem Bellen. Er war etwas dicker geworden.

»Kurt! Hab ich dich endlich wieder«, rief Mara und knuddelte ihn. Kurt jaulte vor Freude. »Ich hätte nicht gedacht, dass ich dich noch mal wiedersehe! Wo haben Sie ihn gefunden?«

Der Beamte, ein Mann Mitte fünfzig, lächelte gutmütig.

»Er war die janze Zeit bei einer älteren Dame unterjekommen. Sie hat ihn schließlich ins Tierheim jebracht, dort hamse seinen Chip ausgelesen. Na, hat wohl sein Frauchen ganz schön vermisst, der Kleene, wa?«

Mara musste noch ein paar Dokumente ausfüllen. Der Polizeibeamte Stormann führte sie in sein Büro. Auf dem Tisch lag die *Bildzeitung*, auf der Titelseite prangte das Gesicht von Arthur Hendrich unter der riesigen Headline: »Einsperren oder Hinrichten?«

»Was halten Sie davon, Herr Stormann?« Mara deutete auf die Zeitung.

Der Polizist griff sich die *Bild* und schnaubte.

»'ne janz schöne Räuberpistole is dit, wennse mich fragen.«

»Allerdings.«

»Aber wo se recht ham, ham se recht.«

»Sie meinen, die *Bildzeitung*?«

»Ja. Wat soll man mit dem Kerl denn machen? Laufen lassen?«

»Ich weiß nicht. Was denken Sie?«

Stormann blinzelte Mara kurz an. Offenbar dämmerte ihm etwas. »Sajen Se ma, sind Sie nich ...?«

Mara nickte und konnte sich ein Lächeln nicht verkneifen. »Bin ich.«

»Möönsch! Wusstich doch. Ick hab Sie im Fernsehen jesehen. Na, da ham Se ja 'nen dicken Fisch gefangen.«

»Finden Sie es in Ordnung, dass Bernd Sörensen einen Menschen klonen lässt? Und dann noch ausgerechnet Adolf Hitler?«

»Hm, ick weeß nich. Ham Se denn Beweise?«

»Ja. Habe ich.«

»Hm, hm, na denn. Ach, wissen Se, der Sörensen is mir

doch so was von ejal, der olle Nazi. Aber dit mit dem Mini-Hitler, dit macht mir zu schaffen. Was, wenn der wieder de Leute aufhetzt? 'nen Kriech bejinnt?«

»Also sind Sie dafür, Arthur Hendrich den Prozess zu machen? Ham Se denn Beweise?«

Stormann grinste kurz, als sie ihn zitierte. Der Polizist wiegte den Kopf hin und her. »Na ja, schwierig. Stimmt. Er könnte aber noch was ausfressen. Da bin ick mir sojar ziemlich sicher. Ick kenn sone Typen zur Jenüje.«

»Hm.«

Mara war desillusioniert. In den letzten Tagen hatte sie unzählige solcher Stimmen gehört. Dass sogar Polizeibeamte so dachten, schockierte sie.

»Und wissense wat? Et wär schon jut, wenn die den anklagen würden. Dann hätte man endlich denjenigen, der für all die Scheiße verantwortlich war. Den Krieg, die Juden. Dit allet. Dann könnte man den anklagen, und der würde seine jerechte Strafe kriegen. Dann könnte man endlich 'nen Schlussstrich ziehen unter die janze Nazikacke.«

So wie Polizeiobermeister Stormann dachten viele. Die *SZ*-Redakteure berichteten Mara, dass die Leserkommentare unter ihrer Geschichte förmlich explodierten. Haupttenor: Arthur Hendrich gehöre eingesperrt – für die Verbrechen seines Originals und für die, die er aufgrund seiner Gene noch begehen werde. Von Empörung über Bernd Sörensen keine Spur, im Gegenteil. Man könne dem DDW-Chef ja sogar dankbar sein, dass er einen Hitler-Klon erschaffen habe und den Deutschen damit die historische Chance gab, den Mann, der für das alles verantwortlich war, endlich zur Rechenschaft zu ziehen.

Aber es gab auch skeptische Stimmen, vorwiegend unter

Journalisten. Wer sage denn, dass Arthur Hendrich wirklich der Klon Hitlers sei? Ein Gentest müsse her. In Interviews beteuerte Mara immer wieder, dass sie diese Forderung befürworte.

Natürlich ist ein Klon nicht dieselbe Person wie sein Original. Daher ist er im juristischen Sinne der Individualschuld nicht haftbar zu machen für die Taten seines Originals. Aber es gibt das Konzept der Kollektivschuld, das besagt, dass die Schuld nicht nur dem einzelnen Täter angelastet wird, sondern einer Gruppe von Menschen, einem Kollektiv. Das kann zum Beispiel die Familie des Täters sein, seine Firma, ein Verein oder eine Organisation, in der er tätig war. Denken Sie beispielsweise an Mafia-Prozesse. Welche Mitschuld trägt ein Mafia-Mitglied für die Taten seiner verbrecherischen Organisation insgesamt? Genauso könnten wir darüber nachdenken, ob es auch eine Kollektivschuld für Träger desselben Erbgutes geben könnte.

Anna Berger, Juristin, in einem Facebook-*Beitrag*

»Wir haben mit Predictive Policing große Erfolge feiern können. Wir können anhand von Big-Data-Analysen vergangener Verbrechen vorhersagen, wo und wann Verbrechen in der Zukunft passieren werden – um sie rechtzeitig zu verhindern. Der Einsatz der Software ›Precobs‹ beispielsweise hat zu einem Rückgang der Wohnungseinbrüche in stark betroffenen Gebieten um fünfundachtzig Prozent geführt. Die Software hat uns Orte und Zeitpunkte mit der höchsten Eintrittswahrscheinlichkeit ausgespuckt.«

»Funktioniert das auch mit Personen?«

»Ja, wir nutzen ähnliche Algorithmen auch für die Analyse der häufigsten Täterprofile. Da finden Sie immer wiederkehrende Muster.«

»Das heißt, Sie können für einen Menschen voraussagen, ob er kriminell werden wird oder nicht?«

»Ja, das können wir mittlerweile mit einer recht hohen Trefferwahrscheinlichkeit. Wir können auch ziemlich gut voraussagen, wann er straffällig werden wird.«

»Spielen dabei genetische Faktoren eine Rolle?«

»Auf jeden Fall. Wir wissen aus Zwillings- und Adoptionsstudien, dass sowohl Umwelt- als auch genetische Faktoren eine kriminelle Laufbahn begünstigen. Eineiige Zwillinge zeigen beispielsweise bei Persönlichkeits- und Verhaltensstörungen eine Übereinstimmung von fünfundsechzig Prozent.«

»Alle Welt fragt sich gerade, ob der Hitler-Klon Arthur Hendrich sich ähnlich entwickeln wird wie der echte Hitler. Kann Ihre Software vorhersagen, ob es so kommen wird?«

»Das ist jetzt natürlich die Eine-Million-Dollar-Frage. Wir haben spaßeshalber mal alle Daten, die wir über Arthur Hendrich besitzen, in unsere Software gefüttert.«

»Was kam dabei heraus?«

»Nichts Gutes. Zusammen mit seiner genetischen Belastung ergibt sich laut unseren Berechnungen eine Wahrscheinlichkeit von über neunzig Prozent, dass Arthur Hendrich kriminell werden wird.«

»Wächst da also tatsächlich ein neuer Diktator heran?«

»Nun, unsere Software wurde konstruiert, um Kriminelle zu erkennen, nicht Diktatoren. Aber Sie können davon ausgehen, dass Diktatoren in der Regel auch Verbrechen begehen. Also würde ich sagen: Ja, da wächst ein neuer Hitler heran.«

Interview mit Markus Dettmer vom Institut für musterbasierte Prognosetechnik in Der Spiegel

Was waren denn die Nürnberger Prozesse anderes als Stellvertreterprozesse? Oder denken Sie an Eichmann. All das waren doch Verurteilungen Einzelner. Einzelner kleiner Rädchen im gesamten verbrecherischen System des Nazi-Apparats, den Adolf Hitler aufgebaut hat. Man hat Einzelne herausgepickt und sie verurteilt, pars pro toto. Immer wieder schwang dabei auch der Vorwurf der Kollektivschuld des gesamten deutschen Volkes mit – und tut es immer noch. Der Vorwurf lautet: Alle Deutschen haben sich schuldig gemacht, weil sie Adolf Hitler nicht verhindert haben. Nun, wir haben hier jetzt eine genetische Kopie von Adolf Hitler. Sie hat bereits erste Ambitionen gezeigt, in die Fußstapfen ihres Originals zu treten. Wir haben die einmalige Chance, wenn nicht gar die Pflicht, aus der Geschichte zu lernen und es dieses Mal besser zu machen. Wir müssen einen zweiten Adolf Hitler verhindern. Wehret den Anfängen. Stoppt Arthur Hendrich!

Ferda Neyzal, »Wehret den Anfängen«, taz

Wir wissen aus jahrzehntelanger Forschung an eineiigen Zwillingen – und die sind genetisch betrachtet nichts anderes als Klone –, dass der Einfluss der Gene für die Persönlichkeitsentwicklung eine sehr wichtige Rolle spielt, viel wichtiger, als von politischer Korrektheit getriebene Wissenschaftler lange Zeit zugeben wollten. Man hat eineiige Zwillinge untersucht, die getrennt voneinander aufwuchsen. Sie weisen im Schnitt eine Übereinstimmung von fünfundsiebzig Prozent auf. Jahrzehntelang galt es als verpönt, die Gene als Träger für Persönlichkeitsmerkmale zu benennen. Die Vorstellung des Menschen als Tabula rasa, als jemand, der durch Erziehung und Kultur erst zu dem wird, was er ist, hat alles dominiert. Jeglicher Verweis auf erbliche Faktoren für die Persönlichkeit stand unter dem Generalverdacht des Rassismus. Das war auch in gewisser Weise verständlich nach der historischen Negativerfahrung des nationalsozialistischen Rassenwahns. Im Laufe der Jahre aber konnte man die sich häufenden Daten und Belege für die Vererbbarkeit von Persönlichkeitsmerkmalen nicht mehr länger ignorieren. Der große Evolutionspsychologe Steven Pinker schrieb schon 2003 in seinem bahnbrechenden Buch *Das unbeschriebene Blatt: Die moderne Leugnung der menschlichen Natur*: »Tests zeigen, dass eineiige

Zwillinge, egal, ob sie bei der Geburt getrennt werden oder nicht, in fast jedem Merkmal, das sich messen lässt, eine geradezu unheimliche Ähnlichkeit aufweisen (wenn sie auch keineswegs vollkommen identisch sind). Sie ähneln sich im Hinblick auf ihre sprachliche, mathematische und allgemeine Intelligenz, auf ihre Lebenszufriedenheit und auf Persönlichkeitsmerkmale wie Introversion, Verträglichkeit, Neurotizismus, Gewissenhaftigkeit und Offenheit für Erfahrung. Zu kontroversen Fragen wie Todesstrafe, Religion und moderne Musik haben sie weitgehend übereinstimmende Auffassungen. Sie ähneln sich nicht nur in Papier-und-Bleistift-Tests, sondern auch in Bezug auf folgenreiches Verhalten wie Glücksspiel, Scheidung, Straffälligkeit, Unfallneigung, Fernseh-Gewohnheiten.«

Hans Tischler, »Das Erbe der Gene«, Die Zeit

Natürlich gab und gibt es keine Kollektivschuld des deutschen Volkes. An den Verbrechen der Nazis waren nur die Nazis schuld. Der ehemalige Bundespräsident Richard von Weizsäcker formulierte es einmal in einer Rede so: »Schuld oder Unschuld eines ganzen Volkes gibt es nicht. Schuld ist, wie Unschuld, nicht kollektiv, sondern persönlich.« Wenn das so ist, dann ist Arthur Hendrich unschuldig. Aber, von Weizsäcker sagte auch: »Die Jungen sind nicht verantwortlich für das, was damals geschah. Aber sie sind verantwortlich für das, was in der Geschichte daraus wird.« Das bedeutet: Wir haben eine Verantwortung dafür, dass Geschichte sich nicht wiederholt. Ich sage: Arthur Hendrich ist nicht schuld an dem, was war. Aber eines Tages könnten wir schuld daran sein, was sein wird.

Ulrich Ott, »Schuldig sein oder schuldig werden?«, SZ

Arthur Hendrich ist ein Glücksfall für die Deutschen. Wir können an ihm zeigen, dass Geschichte sich nicht wiederholen wird. Hitler war ein Produkt seiner Zeit, er hat große Schuld auf sich geladen. Doch er war kein Betriebsunfall der Geschichte, wie jemand einmal behauptete. Hitler hat sich an die Spitze der Macht gebracht durch eine Mischung aus geschicktem Taktieren, politischer Intuition, einer gewissen Skrupellosigkeit und dank seines außerordentlichen Redetalents. Ist es nicht so, dass er nicht auch Erfolge gefeiert hat? Er hat die für Deutschland außerordentlich ungerechten Reparationszahlungen und Sanktionen des Versailler Vertrages rückgängig gemacht. Er hat Deutschlands Wirtschaft zu neuer Blüte geführt. Es wurde damals lange darüber debattiert, ob Hitler, hätte er nicht den Holocaust angezettelt und die fatale Entscheidung zum Krieg gegen die Sowjetunion getroffen, nicht als der größte deutsche Staatsmann in die Geschichte eingegangen wäre. Natürlich kann man es verurteilen, wenn jemand einen Krieg beginnt. Aber was anderes hat Napoleon getan? Alexander der Große? Friedrich der Große? Während ihnen allen Ehrenplätze in der Geschichte zuteilwurden, gilt Adolf Hitler als größter Verbrecher aller Zeiten. Ich will ihn nicht in Schutz nehmen, ich sage nur, dass auch er große Talente hatte, nur leider hat er sich in seinem Judenhass und seiner Fixierung auf die Eroberung von »Lebensraum im Osten« verrannt und Deutschland damit beinahe in den Untergang gerissen.

Arthur Hendrich, dieser genetische Zwilling des Führers, ist insofern ein Glücksfall, als dass er die gleichen Talente besitzt wie Adolf Hitler – wenngleich sicherlich auch seine Schwächen. Das sollten wir uns zunutze machen. Es gilt, Hendrich möglichst rasch so zu formen, dass seine negativen Seiten nicht wieder die Oberhand gewinnen.

Ewald Markowitsch, Soziologe und Historiker, in der Sendung Markus Lanz: Er ist wieder da – und nun?

Laut Berichten hat die israelische Regierung die sofortige Auslieferung Arthur Hendrichs gefordert. Bundeskanzler Thomsen wies dies mit den Worten zurück: »Deutschland ist ein Rechtsstaat«. Die Unschuldsvermutung gelte auch für einen Klon von Adolf Hitler.

Tagesschau vom 1.11.2033

●

Sie hatte Arthur im Krankenhaus abgeholt und sofort in ihr Ferienhaus in Brandenburg gebracht.

Natürlich gab es auch hier neugierige Nachbarn, die ihn erkennen und sofort die Presse auf den Plan rufen konnten. Aber jetzt war Arthurs Wandlungsfähigkeit von Nutzen. Er hatte sich einen Vollbart wachsen lassen, trug einen Trainingsanzug, hatte sich die Haare blond gefärbt, und vor allem die Hornbrille veränderte seinen Typ total. Nur der dicke Verband um seinen Kopf war natürlich auffällig. Doch die Ärzte hatten ihm ohnehin Anweisung erteilt, sich zu schonen, und er würde das Haus nicht viel verlassen.

Sie hatte ihm noch mehr Klamotten dagelassen, und Essen, damit er nicht einkaufen musste. Für ein, zwei Wochen würde er hier gut ausharren können, bis die schlimmste Aufregung sich gelegt hatte.

Alina Schalk stieg in ihr Auto, mit einer Tasche voller gebrauchter Wäsche.

Noch war der Presserummel zu groß. Noch war er nicht wirklich dazu gekommen, darüber nachzudenken, ob nicht vielleicht doch etwas an der Klongeschichte dran sein könnte. Noch vertraute er ihr. Aber das konnte sich ändern.

Im Auto lag die neueste *Bildzeitung* auf dem Beifahrersitz. Sie hatte sie noch nicht gelesen. Auf der Titelseite ein großes Foto von Arthur, darüber in dicken Lettern: »Zweifel an Hitlers Klon. Politiker fordern Gentest.«

Wütend zerknüllte sie die Zeitung. Der Wind drehte

sich – in die falsche Richtung. Wie lange konnten sie dem Druck noch standhalten? Wie lange würde Arthur ihm noch standhalten?

Sie blickte auf die Tüte mit Arthurs Klamotten auf dem Beifahrersitz. Die Kapuze eines Hoodies ragte heraus. Ein paar Haare hingen daran.

Sie überlegte.

Sie brauchte einen Testlauf für den Test.

18

Potsdam, 2033

Bernd Sörensen wohnte in der Berliner Vorstadt, einer der besten Gegenden Potsdams. Vom ersten Stock der hundertzwanzig Jahre alten Villa in der Schwanenallee hatte man einen schönen Blick über die Havel. Zur rechten lag die Glienicker Brücke, in der Ferne konnte man die toskanisch anmutenden Türme der Heilandskirche erkennen. Alina Schalk wartete, bis sich das Metalltor mit den nach oben zulaufenden Speerspitzen öffnete, und fuhr ihren Audi E-Tron lautlos in die Einfahrt hinein, vorbei an den überall postierten Kameras, die demonstrativ sichtbar angebracht waren, um potenzielle Eindringlinge fernzuhalten. Bernd Sörensen war eine polarisierende Gestalt. Er hatte viele Feinde und bekam regelmäßig Morddrohungen. Lautlos schloss sich das Metalltor hinter ihr, nur das Schloss klackte leise, als es einrastete.

Sie war nervös, weil sie nicht abschätzen konnte, wie er die Nachricht aufnehmen würde. Sie konnte es selbst noch kaum begreifen.

Bernd stand oben auf der Terrasse und winkte ihr zu, als sie aus dem Auto stieg. Er lächelte, aber es war ein müdes Lächeln. Die letzten Tage hatten auch bei ihm Spuren hinterlassen. Die Verhandlungen mit Union und FDP hatten sich hingezogen. Natürlich hatte Bernd Rainer Thomsen nicht einfach so zum Kanzler gemacht. Er hatte CDU und

FDP Zusagen abgetrotzt, wenngleich beide Parteien nach außen hin selbstverständlich absolute Verschwiegenheit bewahrten und so taten, als hätten sie das Heft in der Hand. Als wichtigstes Zugeständnis hatte er sich von Thomsen versprechen lassen, dass er die Klimaschutzpolitik seines Vorgängers rückgängig machen würde – eine dicke Kröte für den Kanzler, der diese Politik in der Vorgänger-Regierung mitgetragen hatte. Thomsen war klar, dass er damit den ewigen Zorn der Grünen auf sich ziehen würde. Es war der ultimative Bruch zwischen der Union und ihrem langjährigen Regierungspartner. Auf absehbare Zeit war damit die Option einer Neuauflage der schwarz-grünen Koalition zerstört, jedenfalls solange er Parteichef war. Sich mit Sörensen einzulassen war seine einzige und letzte Chance auf die Kanzlerschaft. Dafür war Thomsen offenbar bereit, jeden Preis zu zahlen. Er war – aus seiner Sicht – einen Pakt mit dem Teufel eingegangen.

Die Gespräche mit Thomsen und Tormin hatten sie beide geschlaucht. Aber was Bernd noch mehr besorgte, war die *SZ*-Geschichte.

»Alina!«, rief eine Mädchenstimme. Neben Sörensen stand seine jüngste Tochter Flora und winkte Alina zu. Sie war acht und zum Niederknien süß. Ein Haarreif bändigte ihre weichen Kinderhaare, sie trug einen weißen Pulli mit einem Wombat darauf. Bernd hatte ihr erzählt, dass Flora ganz vernarrt in diese Tiere war, seitdem sie eine TV-Doku über Australien gesehen hatte.

»Hallo, Flora!« Alina winkte zurück und lächelte.

»Wir kommen runter«, rief Bernd. »Komm Schatz, wir sagen Tante Alina Hallo.«

Die Tür des Wintergartens war nur angelehnt. Alina Schalk betrat den achteckigen gläsernen Anbau, hängte ihren Mantel über einen der Sessel und setzte sich. Auf dem Tisch lagen mehrere Zeitungen, *Süddeutsche, FAZ, NZZ, Bild*, Bernd verfolgte die Lügenpresse genau, besonders in diesen Tagen.

»Mehrheit der Deutschen will Hitler-Klon vor Gericht sehen« war der Aufmacher der *SZ*. »Stoppt AH – Nie wieder Auschwitz!« titelte die *Bildzeitung*.

Was die Medienberichterstattung anbelangte, hatten sie Glück im Unglück. Mittlerweile überdeckte die Frage, wie man mit Arthur Hendrich umgehen sollte, die Frage nach seiner Herkunft, obwohl Mara Erhardt schweres Geschütz aufgefahren hatte in ihren Artikeln. Nichtsdestotrotz hatten zahlreiche Journalisten in den letzten Tagen bei ihr und Bernd angerufen und um Stellungnahmen zu den Vorwürfen gebeten.

Sie brauchten einen Plan. Und sie hatte einen. Aber sie war nicht sicher, ob er Bernd gefallen würde. Ihr war unwohl bei dem Gedanken daran, was sie ihm gleich würde enthüllen müssen. Es war schwer zu sagen, wie er es aufnehmen würde.

Flora kam angerannt und umarmte Alina. Sie fiel dabei fast vom Stuhl.

»Hey, junge Dame. Nicht so stürmisch!«

Flora führte ihr stolz einen Hut vor, den sie selbst gebastelt und an dem sie jede Menge Blumen befestigt hatte. Was ihr Temperament anging, kam sie eher nach ihrer Mutter. Und was ihr Äußeres anbelangte, schimmerten zwar Bernds Gesichtszüge durch, vor allem sein Mund, aber alles in einer niedlichen Version seiner selbst.

»Willst du was trinken?«, fragte Bernd. »Tee?«

Sie nickte, und Bernd goss ihr eine Tasse ein. Der Tag war sonnig gewesen, jetzt begann es langsam zu dämmern. Sie blickte über die Havel, während sie sich die Hände an der warmen Tasse wärmte. Bernd wohnte wirklich herrlich. Ein wenig Neid überkam sie, obwohl sie sich in ihrer Altbau-Maisonette-Wohnung in Tiergarten-Nähe auch sehr wohlfühlte.

»Flora-Schatz, jetzt musst du Tante Alina und mich aber auch mal ein bisschen reden lassen«, sagte Bernd. »Magst du zu Irina gehen?«

Das war das Hausmädchen und die Tagesmutter von Flora und ihrer drei Jahre älteren Schwester Martha.

»Ach Mann!« Nach einer kurzen Diskussion trollte Flora sich, aber nicht ohne demonstrativ beleidigt ihren Vater dabei keines weiteren Blickes zu würdigen.

»Sie ist wirklich toll«, sagte Alina. Für einen Moment bedauerte sie es, keine Kinder bekommen zu haben. Das hatte auf ihrer Prioritätenliste einfach nie oben gestanden. Ihre Karriere und ihre Unabhängigkeit waren ihr immer wichtiger gewesen. Selbst ihre einzige Ehe war sie nur als Mittel zum Erreichen dieses Zwecks eingegangen. Es war ein Deal gewesen, von dem beide Seiten profitiert hatten – Geld, Renommee und Altersvorsorge gegen ihre Jugend und ihren Körper.

Bernds Miene wurde düsterer. Er machte eine kurze Bewegung hin zu den Zeitungen auf dem Tisch. »Ich weiß nicht, wie lange wir die Medien noch hinhalten können. Außerdem sorge ich mich um unser Projekt, jetzt, wo alle Welt um Arthurs Herkunft weiß.«

Sie hörte in seiner Stimme einen Unterton, der ihr nicht gefiel. Sie kannte Bernd als sachlichen, nüchternen Menschen. Ihn brachte selten etwas aus der Ruhe. Jetzt aber war er wirklich besorgt.

»Wie nimmt er es?«, fragte Bernd.

»Der Presserummel zehrt ganz schön an seinen Nerven.«

»Wie steht er zu uns?«

»Noch gut. Noch hält er diese ganze Klon-Geschichte für eine Finte der Lügenpresse, um ihm und uns zu schaden.«

»Gut«, sagte Sörensen. »Solange diese *SZ*-Journalistin nicht mehr Beweise anschleppt, die uns das Leben schwer machen.«

»Ich glaube, Mara Erhardt hat ihr Pulver verschossen. Sie blufft.«

»Bist du sicher? Jetzt, nach dem missglückten Attentat, ist doch mit allem zu rechnen.«

Alina spürte einen Stich, als sie die Missbilligung in seiner Stimme vernahm. Ja, sie hatte versagt. Mara Erhardt sollte jetzt eigentlich tot sein, und es war klar, dass allein sie es zu verantworten hatte, dass Erhardt noch lebte und sie sich nun diesem öffentlichen Druck ausgesetzt sahen.

»Hast du in den Daten auch nichts übersehen? Wir müssen davon ausgehen, dass Erhardt die auch kennt.«

»Das wissen wir nicht, Park hat ihr den Zahlungsbeleg vielleicht einzeln zugespielt«, sagte Alina spitz. »Aber selbst wenn, in den Daten von Moon ist nichts zu finden, was uns gefährlich werden könnte. Erhardt hat einfach rausgehauen, was sie hat, und jetzt wartet sie darauf, dass wir nervös werden und Fehler machen.«

»Wir werden keine machen«, sagte Bernd. »Aber bei Arthur bin ich mir da nicht so sicher. Es wäre schlecht, wenn jetzt seine Verbindung zu dir publik würde.«

»Ich kümmere mich«, sagte sie knapp und nahm einen Schluck von ihrem Tee. Ihr Mund war trocken vor Aufregung.

»Was ist mit diesen beiden deutschen Klonen?«, fragte Bernd.

Die Frage kam unerwartet. Sie hatte ihm noch nichts von den Durchsuchungen der Wohnungen erzählt. Ihr Mann hatte bei Robin Wohlpflug nichts finden können. Auch bei den Eltern nicht.

»Ich bin dran.«

Bernd nickte. »Diese dämliche Geschichte macht alles zunichte! Unsere jahrelange Planung. Ich wollte es Arthur erst viel später sagen, ja, ich war gar nicht sicher, ob ich ihm jemals sagen wollte, was sein Erbe ist. Jetzt sind wir in dieser misslichen Situation. Stell dir vor, er macht irgendwann den Test und hat es dann plötzlich schwarz auf weiß, dass er der Klon des Führers ist. Wer weiß, was das mit so einem jungen Menschen macht? Es könnte ihn völlig aus der Bahn werfen und unser gesamtes Projekt gefährden.«

Er redete sich immer tiefer in seinen Ärger und seine Besorgnis hinein. Er hatte ja keine Ahnung, dass all diese Überlegungen hinfällig waren im Licht der neuen Lage.

Sie holte Luft, um sich zu sammeln und ihre Nervosität zu dämpfen. Sie suchte die richtigen Worte. »Ich habe Arthur bereits testen lassen …«

Bernd blickte sie überrascht an. »Was?«

»Ich wollte wissen, was uns erwartet.«

Sie sah Missbilligung in seinem Gesicht. Bernd mochte keine Alleingänge. Er behielt gerne die Kontrolle.

»Der Wissenschaftler, den ich beauftragt habe, hat Arthurs Erbgut mit dem von Adolf Hitler verglichen.«

Eine Ader an Bernds Schläfe begann zu pochen. Ein unfehlbares Zeichen dafür, dass es in ihm mitnichten so ruhig zuging, wie man es von außen annehmen mochte. »Wieso hast du …«

»Er ist es nicht«, unterbrach sie ihn.

Schweigen. Er sah sie mit versteinertem Blick an.

»Arthur ist nicht der Klon des Führers.«

Bernd Sörensen starrte sie an, als hätte sie ihm mitgeteilt, dass Arthur ein Außerirdischer sei.

»Kein Zweifel möglich. Er ist es nicht.«

»Aber ... aber... Wie kann das sein?«, fragte Sörensen verwirrt.

»Moon hat uns betrogen«, sagte sie. »Er hat unser Geld genommen und uns irgendein Kind untergejubelt. Er hat uns zum Narren gehalten, all die Jahre.«

»Aber ... Er ist ihm so unglaublich ähnlich ...«

»Erbgut-Daten lügen nicht.«

»Verdammt!« Seine Hand ballte sich zur Faust. Seine Augen verengten sich. Arthur war sein Lebenswerk. Seine Hoffnung. Seine Vision. Bernd wollte, dass er den Deutschen Weg eines Tages anführen und zu seinem Werkzeug machen würde – so wie einst Adolf Hitler aus der Deutschen Arbeiterpartei die NSDAP geschmiedet hatte. Er wollte, dass Arthur die Massen begeisterte, wie einst der Führer, und das deutsche Volk heilen würde.

»Das kann nicht sein. Wie viel Mühe haben wir investiert, wie viel Geld! All diese Jahre! Soll das etwa alles umsonst gewesen sein?« Er klang fast ein wenig verzweifelt. Fünfundzwanzig Jahre hatte er für einen Traum gelebt, der nun zerplatzte. Er sah sie an, seine Lippen zitterten. Es war ihr unangenehm, ihn so zu sehen.

Ruckartig erhob er sich und ging im Wintergarten auf und ab, die Fäuste geballt.

Sie blieb still sitzen und wartete, bis er sich wieder einigermaßen beruhigt hatte.

»Ich schätze, ein Gutes hat es«, sagte er irgendwann mit belegter Stimme. »Wenn es keinen Hitler-Klon gibt, dann gibt es auch nichts, was man uns vorwerfen kann.«

»Ich habe lange überlegt, wie wir damit umgehen«, sagte sie vorsichtig. »Ich glaube, wir könnten die Situation für uns nutzen.«

»Für uns nutzen?« Er schnaubte. »All unsere Pläne für die Partei und für das Reich sind zerstört. Und jetzt wollen sie uns auch noch für den Führer-Klon verantwortlich machen, der eigentlich keiner ist. Wie um alles in der Welt sollen wir das für uns nutzen?«

»Arthur ist nicht der Klon des Führers. Außer uns weiß das niemand. Die Leute sind besessen von dem Hitler-Klon. Sie wollen ihn anklagen. Sie brauchen einen Sündenbock, auf den sie mit dem Finger zeigen, den sie verurteilen und bestrafen können. Die Menschen wollen endlich diesen Schuldkomplex loswerden, Bernd. Sie brauchen den Hitler-Klon!«

Er zuckte mit den Schultern. »Mag ja sein. Aber es gibt ihn nicht.«

Sie sah ihn fest an. »Geben wir ihnen den Hitler-Klon.«

»Ich verstehe nicht.«

»Hast du die Umfragewerte von Thomsen gesehen? Im Keller. Und weißt du warum? Nicht, weil er sich von uns zum Kanzler hat krönen lassen. Nein, wegen Arthur! Er geht ungeschickt mit dem Thema um. Er spürt nicht, was die Leute wollen. Das ist ein ganz sensibles Thema für das deutsche Volk, und das kapiert Thomsen nicht. Er hat keine Emotionen gezeigt, versteckt sich hinter Gesetzen und Paragrafen. Die Menschen brauchen jetzt die richtigen Worte von ihrem Kanzler. Sie wollen, dass er ausspricht, was sie alle fühlen: Sperrt Hitler ein, damit wir endlich frei sein können! Aber das hat Thomsen nicht getan. Genau das könnte dir jetzt nutzen. Du forderst das, was alle wollen: den Hitler-Klon zu bestrafen. Deine Umfragewerte werden explodieren. Die Regierung wird sich entweder selbst zerlegen, oder wir lassen sie platzen. Dann gibt es Neuwahlen, du wirst Kanzler, und wir regieren endlich dieses geschundene Land.«

»Ich soll den Mann ausliefern, von dem ich bis vor wenigen Momenten noch glaubte, dass er unser Führer ist? Für meinen eigenen politischen Vorteil?«

»Er ist nicht der Führer.«

Bernd Sörensen schwieg. Dann schüttelte er den Kopf. »Früher oder später wird jemand den Test fordern. Spätestens bei seiner Anklage.«

»Wir fälschen den Test. Ich besteche den Wissenschaftler oder setze ihn unter Druck …«

Sörensen schnaubte. »Es wird mit Sicherheit mehrere Testungen geben. Wie willst du die alle manipulieren?«

Alina winkte ab. »Das ist doch gar nicht notwendig. Wissenschaft ist nie eindeutig. Dann gibt es eben einen Test, der positiv ist, und einen, der das Gegenteil sagt. Es wird niemanden interessieren. Die Leute wollen es glauben! Zumal Arthur den Test solange wie möglich verweigern wird, was ihn wiederum verdächtig macht.«

Bernd schüttelte den Kopf. »Da mache ich nicht mit, Alina.«

Sie hatte es befürchtet. Bei aller Skrupellosigkeit hatte Bernd doch immer noch ein sentimentales Faible für Ehrlichkeit.

Sie wusste, dass sie jetzt nicht zu sehr insistieren durfte, sonst hatte er nicht mehr das Gefühl, das Heft in der Hand zu haben.

Schweigend trank sie ein paar Schlucke. Sie musste ihm Zeit lassen, all das zu verdauen.

»Was ist nun mit dem Zahlungsbeleg?«, fragte er.

»Ich schlage vor, dass wir in die Offensive gehen. Du gibst einfach zu, dass du bei Moon warst und den Klon in Auftrag gegeben hast. Wir machen uns das Thema zu eigen und nehmen den Journalisten den Wind aus den Segeln.«

Bernd Sörensen sah sie wieder verstört an. »Das ist jetzt nicht dein Ernst, oder?«

»Du hast es getan, weil du Hitler eines Tages anklagen wolltest.«

»Ich soll jetzt auch noch öffentlich das behaupten, was dieser irre Claude und seine Raëlianer immer wollten? Alina, du spinnst!«

»Möglicherweise wird man dir eine Klage anhängen wegen illegalen Klonens eines Menschen«, fuhr sie unbeirrt fort. »Aber das Ganze ist fünfundzwanzig Jahre her, und ich wette, es wird in der ganzen Aufregung sowieso untergehen. Du hast es für das deutsche Volk getan. Damit es endlich heilen kann. Die Menschen werden dich feiern!«

Sörensen schlug die Hände vors Gesicht und seufzte. »Ich soll nun also der große Heiler des deutschen Volkes werden.« Er lachte. »Das ist alles so irre. Ich fasse es einfach nicht.«

»Bernd, es ist deine Chance. Ja, es ist anders gelaufen, als wir das wollten. Es gibt keinen Klon des Führers. Aber das bedeutet nicht, dass wir das Projekt Erneuerung aufgeben müssen. Der Hitler-Klon treibt die Menschen um. Du kannst das für dich nutzen, um Kanzler zu werden. Du kannst dieses Land führen.«

»Die Leute werden sich fragen, warum ich das Ganze so lange geheim gehalten habe. Warum habe ich so lange damit gewartet, den Hitler-Klon zu enttarnen? Warum erst jetzt, nachdem Journalisten damit an die Öffentlichkeit gegangen sind?«

»Ganz einfach: Du wolltest sichergehen, dass der geklonte Hitler auch wirklich böse wird. Und genau danach sieht es doch aus. Arthur Hendrich predigt Hass auf Instatube. Aber was noch viel besser ist: Wir haben ihn in Syrien überwachen lassen, seine Kampfgenossen haben regelmäßig Bilder und Videos geschickt. Er hat Zivilisten getötet in Baghuz. Wir haben es auf Video. Wenn wir dieses Material jetzt veröffentlichen, können wir ihn als Kriegsverbrecher brandmarken und belegen, dass er zum Bösen geboren wurde.«

Sörensen sah sie mit zusammengepressten Lippen an. Sie konnte spüren, wie er mit sich rang.

»Er ist nicht der Klon des Führers, Bernd! Es ist kein Verrat.«

Er wandte den Blick ab und richtete ihn in die Weite.

»Du forderst außerdem, dass Arthur an Israel ausgeliefert und dort angeklagt wird. So wie Adolf Eichmann. Dann kannst du auch gleich noch den Vorwurf entkräften, du seist Antisemit. Die Israelis werden es dir danken, Ministerpräsident Mordechai steckt tief in einer Parteispendenaffäre. Dem ist jede Ablenkung recht. Auch er braucht den Hitler-Klon.«

Plötzlich begann Bernd Sörensen aus vollem Hals zu lachen. Aber seine Augen lachten nicht mit. Es war ein gruseliger Anblick. »Du meinst das wirklich ernst, oder?«, fragte er.

»Ja.«

Er sah über die Havel. Dann nickte er. »Gut. Dann muss ich mich eben selbst um das Vierte Reich kümmern.«

Still saß Alina Schalk neben ihm und genoss ihren Triumph.

19

Berlin, 2033

»Scheiße.«

Mara tippte auf das rote Telefonhörer-Symbol.

Sie hatte gerade mit der Redaktion der *Süddeutschen Zeitung* gesprochen. Die Redakteurin war sauer. »Sörensen hat die Geschichte total gedreht! Wenn wir uns nicht völlig blamieren wollen, müssen wir nachlegen! Wir müssen Kanonen auffahren! Wir brauchen eine Atombombe!«

Ihre Geschichte war komplett nach hinten losgegangen. Ihr Lebens-Scoop drohte zu einem Lebens-Flop zu werden.

Sörensen hatte einfach alles zugegeben. Er hatte den Klon beauftragt. Um das Volk zu heilen. Mit solch einem dreisten Move hatte sie nicht gerechnet.

Verdammt!

Mara war wieder in ihrer Münchner Wohnung. Kurt lag in seinem Körbchen und schnarchte vor sich hin. In ihr tobten die Gefühle. Sie war unendlich wütend, aber ihre Wut konnte nirgends hin.

Sie schrie laut in ihr Wohnzimmer hinein.

Kurt schreckte auf und sah sie verstört und verschlafen an.

Alles hatte zunächst so gut ausgesehen. Arthur Hendrich hatte sich geweigert, sein Erbgut testen zu lassen. Das war fast noch besser, als wenn er eingewilligt hätte.

Aber dann war Sörensen in die Offensive gegangen.

»Er hat es einfach zugegeben«, hatte Antonia gesagt. »Im *Heute Journal*. Einfach so! Als wäre nichts dabei, einen Menschen zu klonen.«

Das hier war jetzt der Super-GAU. Ihr persönliches Fukushima. Absolut zigarettenwürdig. Aber eigentlich wollte sie nicht so viel rauchen, und schon gar nicht zu Hause.

Wo hatte sie nur das Notpäckchen versteckt?

Natürlich: in der Abstellkammer, irgendwo in den alten Blumentöpfen im obersten Regalfach.

Barfuß huschte sie hin. Sie musste sich recken, um überhaupt an den Topf zu kommen. Drei Keramiktöpfe waren ineinandergestapelt. Sie erreichte den Rand des obersten Topfes gerade so mit den Fingerspitzen. Sie wollte den Stapel kippen, um die herausfallende Zigarettenschachtel dann mit der anderen Hand aufzufangen. Aber sie rutschte ab, und die Töpfe fielen herunter. Mit einem Krachen zerbarst die braune Keramik auf dem Fliesenboden und verfehlte dabei nur knapp ihre nackten Füße. Dutzende große und kleine Scherben spritzten zur Seite, ein paar davon spürte sie hart gegen ihre Waden prallen.

»Scheiße!«, brüllte sie laut. »Scheiße, scheiße, scheiße!«

Aber inmitten der Scherben lag die Zigarettenpackung. Holy Smoke, die Gelben. Wenn sie schon rauchte, dann wollte sie das wenigstens möglichst gesund tun. Auch wenn sie wusste, dass der bewusste Selbstbetrug immer noch der erbärmlichste war.

Mehrere Zigaretten waren aus der Packung gerutscht und lagen nun verführerisch zwischen den Scherben.

Sie bückte sich, vorsichtig, um nicht in eine der Scherben zu treten. Dann griff sie sich zwei Zigaretten, steckte sich eine in den Mund und die andere hinter ihr linkes Ohr. Mit einem Riesenschritt wollte sie über die Scherben springen, aber als sie mit dem nackten rechten Fuß auftrat, spürte sie, wie sich etwas Spitzes in ihre Ferse bohrte. Mit angewinkeltem Bein friemelte sie die kleine Scherbe aus ihrem Fleisch, aber es begann schon zu bluten.

»Scheiße«, sagte Mara, jetzt leiser und etwas undeutlich mit der Zigarette zwischen ihren Lippen.

Auf Zehenspitzen lief sie zurück ins Wohnzimmer, nicht ohne ein paar rote Flecken auf den weißen Bodenfliesen zu hinterlassen. Sie warf sich auf das Sofa, Kurt kam angetapst, verwirrt von ihrem Geschrei und dem Krach der heruntergefallenen Töpfe.

Sie zündete die Zigarette an und streckte sich längs aus. Erst nach dem zweiten Zug holte sie ein Taschentuch aus ihrer Hosentasche und versuchte, das Blut an ihrem Fuß wegzuwischen. Es war bereits etwas auf das Polster getropft.

»Das ist echt nicht mein Tag heute«, sagte sie und legte den Kopf zurück.

Mitleidig sah Kurt sie aus seinen dunkelbraunen Hundeaugen an. Sie streckte die linke Hand zu ihm aus und streichelte seinen Kopf.

Ihm gefiel der Rauch nicht, wie sie an dem Zucken und Rümpfen seiner Hundenase unschwer erkennen konnte.

Während sie ihm in die Augen sah, überlegte Mara, was sie jetzt tun sollte.

Dieser gottverdammte Sörensen. Der Typ war schamlos. Das war das Problem mit den Rechten: Über Jahre hinweg hatten sie mit ihrem Dauerfeuer an Skandalen, Provokationen und Tabubrüchen nach und nach alle Standards für Moral und Anstand so weit erodiert und die Leute abgestumpft, dass nun nichts mehr peinlich oder skandalös war.

Bernd Sörensen hatte zugegeben, 2007 in Korea bei

Moon gewesen zu sein, mit einem Zahn von Adolf Hitler, den er für viel Geld von der russischen Regierung erworben hatte, alles angeblich ganz legal – die Russen hatten sich bisher nicht dazu geäußert. Sörensen gab auch zu, den koreanischen Wissenschaftler damit beauftragt zu haben, Hitler zu klonen. Er habe es unter falschem Namen getan, weil es damals nicht erlaubt war. Ja, das sei sein Vergehen, mea culpa, sogar mea maxima culpa, aber er habe es für einen guten Zweck getan. Für Deutschland. Er habe den Hauptverantwortlichen, den Besudeler dieses großartigen Volkes, zur Rechenschaft ziehen wollen. Er habe die Deutschen endlich heilen wollen von diesem schrecklichen Schuldkomplex, der sie seit Jahrzehnten in ihrer Freiheit blockiere.

Warum er das erst jetzt zugebe, auf Druck, nach einer Enthüllung der *Süddeutschen Zeitung*? Nun, er habe erst absolut sicher sein wollen, dass der Hitler-Klon auch wirklich ein böser Mensch werden würde, bevor er seine Identität preisgab. Danach sehe es unzweifelhaft aus, wobei Sörensen sich auf die Bilder und vor allem das Video aus Syrien bezog, das kurz zuvor – welch ein Zufall – auf Instatube aufgetaucht war. Es zeigte Arthur Hendrich, mit kurz geschorenem Haar und in voller Kampfmontur, wie er, das Maschinengewehr im Anschlag, gemeinsam mit anderen Soldaten das Dorf Baghuz in Syrien stürmte und Zivilisten mit erhobenen Händen aus ihren Häusern trieb. Frauen, Männer, Kinder. Dann hörte man Schüsse.

All das roch nach gezielter Kampagne. Mara verstand nur noch nicht genau, wer dahintersteckte. Etwa Sörensen und Schalk selbst? Wollten sie ihren Klon nun ans Messer liefern? Waren sie so abgefuckt?

Das geleakte Syrien-Video hatte den Wind vollständig gegen Arthur gedreht. Sörensen, der eben noch in der

Rechtfertigungshaltung gewesen war, wurde nun zur tonangebenden Stimme: Seht her, ich habe es von Anfang an gewusst, Arthur Hendrich ist der wiedergeborene Teufel. Lasst ihn uns kollektiv bestrafen.

Ihre Geschichte war tot.

#hängthitler

#schlussstrich

#entnazifizierungjetzt

Das waren mittlerweile die dominierenden Hashtags der Hitler-Debatte. Auf Twitter bildete sich eine immer größere Bewegung, die mehr oder minder unverhohlen Arthur Hendrichs Hinrichtung forderte.

Arthur war für sie die Chance, endlich Schluss zu machen mit der alten Schuld. Damit man als Deutscher endlich wieder sagen durfte, was war. Um nicht mehr als Nazi oder Antisemit gebrandmarkt zu werden, wenn man die deutsche Flüchtlings- oder die israelische Palästinenserpolitik kritisierte.

Arthurs Verurteilung würde die Deutschen endlich endgültig befreien von der Auschwitz-Moralkeule, die noch immer gegen sie geschwungen wurde, nur wegen zwölf Jahren Naziherrschaft, diesem Fliegenschiss in der langen, stolzen Geschichte Deutschlands.

Es war genug. Die Deutschen wollten endlich ein »normales« Volk sein.

#schlussstrich

So lief die Debatte.

Bernd Sörensen hatte den richtigen Riecher gehabt, wieder mal.

»Sörensen hat illegal einen Menschen klonen lassen«, hatte Mara im Gespräch mit der Redakteurin von der *Süddeutschen* gesagt.

»Das interessiert jetzt niemanden mehr«, hatte Antonia entgegnet. »Außerdem wird er vermutlich nicht zu belangen sein. Nicht er hat geklont, sondern Moon. Unsere Juristen sind sich auch nicht sicher, ob Moon wirklich gegen koreanische Gesetze verstoßen hat, weil er die Klone in der demilitarisierten Zone hergestellt hat. Sörensens Anwälte wollen außerdem auf Verjährung prüfen.«

Das Beste war: Sörensens Anwälte hatten der *Süddeutschen Zeitung* eine Unterlassungserklärung zukommen lassen. Wegen übler Nachrede.

Mara beobachtete den Rauch, der in Schleifen von ihrer Zigarettenspitze nach oben zur Decke stieg. Die Aschekrone wurde länger und länger.

Wann würde sie abfallen?

#aufdiefresselügenpresse

Das hatte ausnahmsweise nicht Sörensen oder Schalk gesagt – das war gar nicht mehr nötig. Der rechte Twitter-Mob hatte sich gegen sie gewandt. Ihr Twitter-Account floss über vor Hass. Irgendjemand hatte außerdem Maras Handynummer veröffentlicht. Sie hatte die Nummer wechseln müssen, schon wieder.

Sie fühlte sich leer.

Was war das für ein Land geworden?

Ein Land, in dem fast ein Drittel der Bevölkerung eine rechtsradikale Partei gewählt hatte. Ein Land, in dem die Mehrheit der Menschen es begrüßte, dass der Anführer dieser Partei einen Klon des schlimmsten Massenmörders aller Zeiten hatte anfertigen lassen. Ein Land, in dem diese Mehrheit, oder zumindest ein großer Teil davon, die Hinrichtung des Klons forderte, um sich seiner historischen Verantwortung zu entledigen.

Vielleicht war es an der Zeit auszuwandern.

Sie zückte ihr Smartphone und googelte die neuesten Nachrichten.

Sörensen forderte jetzt sogar, Hendrich an Israel auszuliefern.

Es war einfach nicht zu fassen. Dieses Nazi-Schwein inszenierte sich nun auch noch als Israel-Freund. Das Thema Juden hatte Sörensen immer elegant umschifft, aber man musste kein Hellseher sein, um sich auszumalen, wie er in diesem Punkt wirklich dachte.

Die frischgebackene Minderheitsregierung tat sich weiterhin schwer mit dem Hitler-Klon. Kanzler Thomsen pochte auf die Rechtslage, die eine Anklage Hendrichs ausschloss. Außenministerin Tormin schwenkte voll auf Sörensens Linie ein, sie sei »offen für alles«, und wenn Israel Hendrich wolle, dann werde man »ernsthaft darüber nachdenken«. Israel habe »wie kein anderes Land dieser Welt das Recht darauf, einen Klon von Adolf Hitler vor Gericht zu stellen«. Auch CSU-Chef Loibl stichelte schon gegen den Kanzler und sprach davon, dass es keine Denkverbote gebe.

Das Schlimmste aber waren die Umfragen. Im Politbarometer war Bernd Sörensen in der Rangfolge der beliebtesten Politiker an die Spitze gerückt, gefolgt von Paula Tormin.

Die Umfragen für den Deutschen Weg waren gespenstisch: Wären am Sonntag Bundestagswahlen, läge Sörensens Partei fünf Prozentpunkte vor der Union. Es würde sogar für eine weiß-gelbe Regierungsmehrheit reichen.

Die meisten Kommentatoren spekulierten nicht mehr darüber, ob es Neuwahlen geben würde, sondern nur noch wann.

Die Asche fiel von der Zigarettenspitze und auf ihren kleinen Finger.

Sie spürte nichts. Keine Hitze. Kein Gewicht. Als wäre die Asche ein Nichts.

Vor einhundert Jahren war Adolf Hitler zum Reichskanzler ernannt worden. Kurz darauf wurde die NSDAP stärkste Partei. Der Umbau der Demokratie zur Diktatur begann umgehend.

War es wieder so weit? Wiederholte sich die Geschichte?

Mara fragte sich, ob sie Bernd Sörensen und Alina Schalk in die Falle gelaufen war. Hatten die beiden das alles genau so geplant? War nicht der Hitler-Klon die Gefahr gewesen, sondern von Anfang an Sörensen?

Sie rauchte noch eine Zigarette. Und noch eine. Die Zeit verging, und ihre Gedanken wurden immer düsterer.

Sörensen würde die Koalition platzen lassen. Jetzt hatte er die Chance, nach der Macht zu greifen. Er war nicht der Mann, der eine solche Gelegenheit verstreichen ließ. Sie hatte ihm dabei geholfen.

Wie lange würde sie noch frei als Journalistin arbeiten können unter einem Nazi als Kanzler? Was sollte sie noch hier? Sie hatte keinen Mann und keine Kinder, war nicht fest angestellt, zu ihrer Familie hatte sie kein enges Verhältnis. Dieses Land war ihr fremd geworden, und es steuerte auf den Abgrund zu.

Sie hatte eine gute Freundin in der Schweiz. Melanie lebte in Basel. Es wäre eine Anlaufstelle.

Aber was dann?

Von dort aus weiter als Journalistin arbeiten? Für wen, wenn in Deutschland die Presse gleichgeschaltet würde?

Kurt gähnte. Er hatte sich längst hingelegt und seinen Kopf auf die Pfoten gebettet.

Nein, weglaufen war nicht ihre Art. Es musste einen Weg geben, Sörensen zu stoppen.

Vielleicht hatte sie noch Trümpfe in der Hand? Vielleicht schlummerte noch etwas in den Daten von Park, das sie übersehen hatte.

Mit einem Seufzer raffte sie sich auf. Sofort war auch Kurt wieder hellwach. Sie sah ihm an, dass er Hunger hatte. Es war längst Zeit für sein Abendessen. Mara ging in die Küche und öffnete ihm eine Dose seines Lieblingsfutters: »Top Dog« mit Wildschwein. Dackel waren eben Jagdhunde. Die Macht der Gene.

Womit ihre Gedanken wieder bei Arthur Hendrich waren.

War er zum Bösen verdammt?

An ihrer Schule war ein Mädchen gewesen, dem sie sich verbunden gefühlt hatte. Liona war ein »Retortenkind«, künstliche Befruchtung war damals noch unüblich. Die Kirche war gegen diese neue Technologie Sturm gelaufen, die Presse hatte über die »Frankenstein-Kinder« berichtet. Das war fast vierzig Jahre her. Heute war künstliche Befruchtung Routine und die Rettung der Rentenkassen.

Aber damals war es noch etwas Besonderes gewesen, etwas Anrüchiges – fast so wie Adoption. Liona wurde ihre Freundin, zusammen waren sie die Weirdo-Sisters. Mara konnte die tiefe Verunsicherung spüren, die Liona empfunden hatte, das war es, was sie beide verband. Sie trug sie selbst auch in sich. Sie war damals der festen Überzeugung gewesen, adoptiert zu sein. Auch wenn das nicht den Fakten entsprach, hatte sie sich in ihrer eigenen Familie doch immer genau so gefühlt – wie eine Fremde.

Jahrelang hatte Mara Studiengänge angefangen und wieder abgebrochen, bis sie schließlich den Journalismus entdeckte, eine Branche für Menschen, die zwischen Größenwahn und Minderwertigkeitskomplex oszillierten. Sie hatte sich sofort heimisch gefühlt, hatte ihre gefühlte Unzulänglichkeit mit Arbeit betäuben können. Als sie auf die vierzig zusteuerte und begriff, dass sie vielleicht auch noch mal Mutter werden wollte, fand sie sogar einen Mann, mit dem sie sich das hätte vorstellen können. Aber das Schicksal hatte sich für sie etwas Neues ausgedacht: Nach drei Fehlgeburten war die Beziehung am Ende.

Sie schnupperte an der geöffneten Dose »Top Dog« und fand, dass das Zeug eigentlich gar nicht so schlecht roch.

Kurt wackelte freudig mit dem Schwanz, als sie seinen Fressnapf füllte.

»Hier, mein Lieber. Lass es dir schmecken.«

Sie beobachtete, wie er sich über das Wildschwein hermachte. Kurt machte ihr einfach gute Laune. Der Zwischenfall im Bus, als er sie vor dem Killer beschützt hatte, blitzte vor ihrem inneren Auge auf.

Im selben Moment wurde ihr klar, dass Schalk und Sörensen das alles nicht geplant haben konnten. Niemals hätten sie sonst versucht, sie auf diese Weise aus dem Weg zu räumen. Auch die Morde an Moon und Park sprachen nicht dafür. Nein, sie hatten anderes vorgehabt mit dem Hitler-Klon. Sie hatten den Klon politisch aufbauen wollen. Ihre Geschichte hatte das vereitelt.

Nur konnte sie sich von dieser Erkenntnis jetzt nichts mehr kaufen.

Sie ließ Kurt in Ruhe weiterfressen und setzte sich an ihren Laptop.

Sie würde sich noch einmal Parks Daten vornehmen.

Nach wie vor wunderte Mara sich, warum Park ihr nichts von dem Hitler-Klon erzählt hatte. Die Wissenschaftlerin musste große Angst vor Sörensen und Schalk gehabt haben. Dennoch hatte sie Mara kontaktiert. Zur Polizei hatte sie nicht gehen können, also hatte sie sich an die Journalistin gewandt. Was in diesem Kontext allerdings überhaupt keinen Sinn ergab, war, dass sie Mara dann diesen elementaren Teil der Geschichte vorenthalten hatte. Das war der Kern, damit konnte man Sörensen angreifen. Warum also hatte Park es ihr verschwiegen?

Es gab nur zwei Möglichkeiten: Entweder hatte Park selbst nichts von dem Hitler-Klon gewusst. Oder sie wollte aus irgendeinem Grund nicht, dass es herauskam.

Die erste Option hielt Mara für unwahrscheinlich. Vielleicht hatte Park damals, 2007, zunächst keine Ahnung gehabt, was wirklich vor sich ging, als Sörensen und Schalk den Zahn bei Moon ablieferten. Mara konnte nicht beurteilen, wie eng Moon sie eingebunden hatte. Aber sie konnte sich einfach nicht vorstellen, dass eine Frau von Parks Intelligenz unhinterfragt einen alten Zahn als Gewebeprobe für einen Klon akzeptiert hatte. Und selbst wenn: Park hatte Zugriff auf Moons Daten gehabt. Selbst wenn Moon nirgends schriftlich festgehalten hatte, dass er einen Klon von Adolf Hitler produzieren sollte – man musste nur eins und eins zusammenzählen, um herauszufinden, um was es wirklich ging. Wenn Mara das gelungen war, dann war das auch Park gelungen. Sie hatte es also gewusst. Und geschwiegen.

Blieb also nur Option zwei: Sie wollte nicht, dass die Wahrheit herauskam.

Warum?

Mara versuchte, ihre noch müden Gedanken zu sortieren.

Ihr anderes großes Fragezeichen war: Warum hatte Park so ein Interesse an den Wohlpflug-Zwillingen?

Warum hatte Park Robin und Friedrich über all die Jahre hinweg weiterhin im Blick gehabt? Darauf hatte Mara immer noch keine Antwort. Hatten sie eine biologische Auffälligkeit besessen, die Parks Interesse geweckt hatte? Hatte sie die beiden auf irgendeine Art und Weise als Versuchskaninchen benutzt? Hatte sie eine neue Methode bei den Jungen angewandt? Hatte sie sie gentechnisch verändert?

Mara fröstelte es bei diesem Gedanken.

Sie traute Park Seoyoung eine Menge zu. Allein, dass sie sich mit Moon eingelassen hatte, zeugte von einer gewissen Kaltschnäuzigkeit. Wissenschaftler, das wusste Mara aus ihrer langjährigen Arbeit als Journalistin, scheuten normalerweise alles, was ihrer Reputation schaden konnte. Sie achteten sehr genau darauf, in welchen Fachmagazinen sie publizierten, waren äußerst vorsichtig damit, was sie Journalisten sagten und wie sie in der Öffentlichkeit zitiert wurden. Nichts war reputationsschädigender, als sich mit einem Wissenschaftler einzulassen, dessen Reputation bereits beschädigt war.

Park musste klar gewesen sein, dass sie ihre Karriere riskierte, als sie bei Moon anheuerte. Mara bezweifelte, dass es Idealismus war, der sie angetrieben hatte.

Park hatte bei Moon das Klonen von Menschen erlernen wollen. Dass sie ihm an Talent in nichts nachstand, hatte sie mit ihrem Geniestreich bewiesen, in dem alten Zahn lebende Zellen zu finden.

Für jemanden wie Park musste das Klonen mit der Zeit zur Routine geworden sein. Es musste sie einfach gelangweilt haben, immer nur dasselbe zu machen. Mit Sicherheit hatte sie Großes im Sinn gehabt.

Sogar als Park bereits um ihr Leben gefürchtet hatte, nach dem Mord an Moon, hatte sie weiterhin solches Interesse an den Wohlpflug-Jungen gehabt, dass sie sie nach Südkorea beordert hatte.

Mara spielte die Szenen im Dunkelrestaurant mit Park in ihrer Erinnerung ab. Die Wissenschaftlerin hatte über die epigenetischen Erinnerungen gesprochen, sie hatte Erbgutproben von Friedrich und Robin genommen und ihnen gesagt, dass sie versuchen wolle, die Jungen von ihren belastenden Erinnerungen zu befreien.

Bereits bei ihrer ersten Datenauswertung war Mara an diesem Punkt stecken geblieben.

Welche Rolle spielte das Erbgut der beiden?

Wie hieß noch gleich die Firma?

Sie wühlte in ihren Aufzeichnungen. Schließlich fand sie den Namen: Macrogen.

In Parks Daten fand sie eine Mail des Labors.

Es war eine automatische Eingangsbestätigung für die Erbgutproben. Ihr Glück war, dass sie zweisprachig verfasst war, koreanisch und englisch.

Aus der Mail ging hervor, dass Park umgerechnet etwa fünfhundert Euro für eine Whole Genome Sequencing Analyse bezahlt hatte. Die Ergebnisse könnte sie nach sieben Tagen unter einem speziellen Link abrufen, der in der Mail angegeben war. Sie brauchte nur ihre E-Mail-Adresse als Log-in und die Nummer einzugeben, die ebenfalls beilag.

Die sieben Tage waren längst verstrichen.

Mara klickte auf den Link, und die Seite von Macrogen öffnete sich. Alles war auf Koreanisch, aber sie fand einen Button rechts oben mit der Aufschrift »English«.

Dann fütterte sie die Log-in-Daten in die Eingabemaske.

Gespannt wartete sie auf die Weiterleitung.

Eine Seite mit zwei Links erschien: »Probe 1« und »Probe 2«.

Park schien keine Namen angegeben zu haben. Vermutlich, um keine zusätzlichen Spuren zu hinterlassen.

Sie klickte auf »Probe 1«, und eine neue Seite mit mehreren Kacheln öffnete sich. Mara las:

- Wellness
- Genetic Health Risk
- Pharmacogenomics
- Nutrigenomics
- Ancestry
- Raw Data

Mara klickte auf die Kachel »Genetic Health Risk« und erhielt eine lange Liste von Krankheiten und Erkrankungsrisiken:

- Age related Macular Degeneration. Risk: less than five percent
- Late Onset Alzheimer's Disease. Risk: twenty percent
- Type 2 Diabetes. Risk: twenty-five percent
- Alpha-1 Antitrypsin Deficiency. Risk: less than five percent

Mara klickte zurück. Die Risiken für irgendwelche Krankheiten, an denen Robin und Friedrich irgendwann vielleicht einmal leiden könnten, interessierten sie jetzt nicht. Ebenso wenig Ernährungstipps, die zu ihrem Erbgut passten, oder aus welchen Regionen der Welt ihre Vorfahren stammten.

Sie klickte auf »Raw Data«, und es öffnete sich ein Download-Link, der sie aufforderte, die Datei rawdata.zip irgendwo abzuspeichern.

Der entkomprimierte Ordner enthielt mehrere Unterordner, benannt mit »Chromosome 1«, »Chromosome 2«, »Chromosome 3« und so weiter, bis »Chromosome 22«, dann noch »Chromosome X« und »Chromosome Y«.

Es gab ein Y-Chromosom, damit war klar, es war das Erbgut eines Mannes. Doch Hinweise, ob es sich um Robins oder Friedrichs Erbgutprobe handelte, fand sie keine.

Im Ordner »Chromosome 1« lagen fünf Textdateien. Ebenso in Ordner »Chromosome 2«, alle nach dem Schema »chromosome2_1«, »chromosome2_2« und so fort bis »chromosome2_5« benannt.

Wahllos klickte Mara die Datei »chromosome2_1.txt« an, ihr Rechner brauchte einige Sekunden, bis sie etwas auf dem Bildschirm sah.

Das Dokument bestand aus einem Meer von schier endlos aneinandergereihten Buchstaben, ohne Zwischenräume oder Absätze. Eine Abfolge von As, Cs, Gs und Ts, Zeile um Zeile, Seite um Seite. Es war ein Epos, das nur aus vier Buchstaben bestand, dem genetischen Code der DNA. Alle diese Textdateien zusammen enthielten den kompletten Bauplan von Robin oder Friedrich Wohlpflug, je nachdem, wessen Erbgut »Probe 1« darstellte.

Die einzigen Orientierungspunkte in dem Buchstabenmeer waren die fortlaufenden Zeilennummern am Rand und die Seitenzahlen.

Mara begann sich durch die Zeichenwüste hindurchzu scrollen. Sofort sprang der Lüfter ihres Laptops auf Höchststufe an. Auf der Statusleiste am unteren Rand des Computerfensters sah sie auch, warum: chromosome2_1.txt, 1700 Seiten, 50.001.321 Zeichen.

Das riesige Dokument forderte ihrem Rechner alles ab. Dabei enthielt es nur ein Fünftel der Sequenz von Chromosom 2.

Macrogen hatte die Erbgutsequenzen der einzelnen Chromosomen vermutlich deswegen in »Häppchen« von fünfzig Millionen Zeichen unterteilt.

Das hieß: Chromosom 1 umfasste rund zweihundertfünfzig Millionen Gen-Buchstaben. Das gesamte Genom des Menschen bestand aus dreiundzwanzig Chromosomen-Paaren, wie sie sich noch aus der Schule erinnerte. Aber sie waren nicht alle gleich groß. Mara googelte »menschliches Genom« und las, dass das Erbgut des Menschen aus rund 3,2 Milliarden As, Cs, Gs und Ts bestand.

Gut, sie hatte hier das komplette Erbgut eines der Brüder vor sich.

Was war für Park daran so interessant?

Irgendwo in den 3,2 Milliarden Buchstaben musste die Antwort liegen.

Wenn sie nur wüsste, wo.

Chromosom 1, Chromosom 11, 18, ..., X, Y.

Mara schwirrte der Kopf. Einfacher oder doppelter Chromosomensatz – damit hatte ihre Biologie-Lehrerin sie lange gequält. Sie hatte ewig gebraucht, um das mit den dreiundzwanzig oder sechsundvierzig Chromosomen zu verstehen. Jeder Mensch hatte sechsundvierzig Chromosomen in jeder seiner Zellen, einen Satz von dreiundzwanzig von der Mutter und einen Satz vom Vater. Haploider Chromosomensatz und diploider Chromosomensatz. Das war so lange her.

Frauen hatten zwei X-Chromosomen. Männer hatten nur ein X und stattdessen noch das Y-Chromosom.

Mara erinnerte sich, wie ihre Biologielehrerin sich köstlich über das Y-Chromosom amüsiert hatte. »Da steht kaum was drauf«, hatte sie immer gesagt. Männer seien somit »Gottes Mut zur Lücke«.

Sie klickte in die Textdatei des Y-Chromosoms und scrollte ziellos darin herum.

Das Y-Chromosom.

Die E-Mail!

Moon hatte an den belgischen Journalisten geschrieben. Diese Mail hatte sie auf die Spur des Hitler-Klons gebracht.

Sie wühlte in den Daten und las sie erneut:

Sehr geehrter Herr Mulders,
ich bin im Besitz einer Erbgutprobe, die von einem Verwandten Adolf Hitlers stammen soll. Dies würde ich gerne überprüfen. Wie ich erfuhr, sind Sie im Besitz einer Probe des Erbgutes eines Großneffen Adolf Hitlers. Ich würde gerne beide Erbgute miteinander vergleichen und sende Ihnen hiermit die DNA-Sequenz des Y-Chromosoms zwecks Abgleich zu (im Anhang).
Ich wäre Ihnen sehr verbunden, wenn wir die Sache vertraulich behandeln könnten.
Mit freundlichen Grüßen
Prof. Dr. Moon Dong-soo, Siam Biotech, Seoul

Mara hatte den Anhang der E-Mail bei der ersten Durchsicht ignoriert. Jean-Paul Mulders hatte so aufgeregt geantwortet, dass sie daraus nur schließen konnte, dass die Gen-Sequenzen übereinstimmten und Moon wohl tatsächlich einen Hitler-Klon produziert hatte.

Jetzt suchte sie im Netz nach mehr Informationen darüber, was es mit dem Y-Chromosom auf sich hatte.

Es war für Forscher und Forensiker interessant, weil nur Männer es besaßen und vererben konnten. So konnte man eine männliche Abstammungslinie zurückverfolgen.

Auch in der Familie Hitler.

Im Wikipedia-Eintrag des Diktators las sie über den Familienstammbaum der Hitlers, den verfemten Neffen William Patrick Hitler und dessen Söhne, und von Alexander Stuart-Houston, dem Großneffen Adolf Hitlers, von dem

Jean-Paul Mulders das Erbgut und die Y-Chromosom-Sequenz erbeutet hatte, die für Moon so wichtig gewesen war, um zu belegen, dass er einen Hitler-Klon produzieren sollte.

Bevor sie wusste, was sie tat, klickte Mara auf das Büroklammer-Symbol in der E-Mail. Es dauerte lange, bevor auf ihrem Bildschirm etwas passierte. Doch schließlich erschien das mittlerweile gewohnte Meer von As, Cs, Gs und Ts.

Das Dokument war tausendsiebenhunderteinundsechzig Seiten lang, die Statistikangabe am unteren Rand gab an, dass das Dokument 58.132.746 Zeichen umfasste.

Achtundfünfzig Millionen Gen-Buchstaben!

Was tust du da, Mara? Wieso vergleichst du das Hitler-Chromosom mit dem der Wohlpflug-Brüder?

Sie skalierte das Word-Fenster mit der Sequenz, sodass sie noch Platz daneben auf dem Monitor hatte. Dann öffnete sie die Datei »chromosomeY.txt« der Probe 1, die sie von Macrogen heruntergeladen hatte.

Wieder dauerte es quälend lange, bis der Rechner das Fenster öffnete.

Die Statistik-Anzeige zeigte 58.132.746 Zeichen an.

Es waren exakt gleich viele Buchstaben.

Etwas zog sich in ihrer Magengegend zusammen.

Konnte das vielleicht einfach daran liegen, dass alle Y-Chromosomen gleich viele Buchstaben besaßen? Sie seufzte. Ein Königreich für einen Biologen!

Hatte Word nicht eine Vergleichen-Funktion?

Sie suchte und fand sie. Das Programm fragte sie, welche beiden Dateien verglichen werden sollten, und sie wählte die Y-Sequenz von Probe 1 der Macrogen-Analyse und die Y-Sequenz aus Moons Mail aus.

Das Programm begann zu arbeiten.

Sie wartete mehrere Minuten, während denen der Lüfter auf Hochtouren lief.

Als sie den Cursor bewegte, merkte sie, dass der Rechner nicht mehr reagierte. Word war abgestürzt.

Sie seufzte und lehnte sich zurück.

So kam sie nicht weiter.

Sie googelte »Dokumente miteinander vergleichen« und stieß auf die Website diffchecker.com, ein Online-Tool, gemacht, um Plagiate zu entlarven.

Sie lud dort die beiden Dateien hoch und klickte auf »Vergleichen«.

Dann hieß es wieder: warten.

Was tat sie hier eigentlich? Sie verglich das Y-Chromosom von Robin oder Friedrich mit dem Y-Chromosom von Adolf Hitler.

Sollte sie sich nicht vielmehr um das Y-Chromosom von Arthur Hendrich bemühen und das damit vergleichen? Dann hätte sie den Beweis für Arthurs Abstammung, auf den die *Süddeutsche Zeitung* und vermutlich ganz Deutschland gerade sehnsüchtig wartete.

Oder interessierte das jetzt schon wieder niemanden? Sörensen bestritt ja gar nicht mehr, dass Arthur der Hitler-Klon war.

Trotzdem: Früher oder später würde der Test kommen. Es wäre gut, wenn sie ihn zuerst hätte. Allerdings war Hendrich aufgrund des ganzen Medienrummels völlig abgetaucht. Sie könnte sich vielleicht in seiner Wohnung umschauen, nach einer Zahnbürste, einem Rasierer oder einem Kamm. Dann würde sie den endgültigen Beweis antreten, dass Hendrich der Hitler-Klon war.

Bis dahin konnte sie hier ja schon einmal üben.

Da war so ein Ziehen in ihr. Irgendetwas sagte ihr, dass es

eine Verbindung geben musste zwischen den Wohlpflugs, Arthur Hendrich und Sörensen. Sie begriff noch nicht, welche. Aber sie war da. Und sie würde sie finden. Früher oder später. Dann endlich erschienen die Erbgut-Sequenzen nebeneinander in den beiden Fenstern. Sie sah viele rote Markierungen, welche die Unterschiede kennzeichneten. Es waren meist einzelne Buchstaben, die voneinander abwichen, selten ganze Passagen.

Über der Analyse stand: »Die Texte haben eine Ähnlichkeit von 81,42 Prozent. Hinweis: Die Texte waren zu lang und wurden gekürzt. Ihre Texte wurden nur bis zu 50.000 Zeichen verarbeitet.«

Einundachtzig Prozent Übereinstimmung.

Das klang nach viel. Aber wenn das Y-Chromosom nahezu unverändert vom Vater auf den Sohn weitergegeben wurde, dann war das keine Übereinstimmung.

Sollte sie noch die andere Probe checken? Sprich: den zweiten Wohlpflug?

Wenn schon, denn schon.

Sie klickte auf der Macrogen-Seite auf »Probe 2« und lud die Y-Sequenz herunter.

Auf diffchecker.com lud sie wieder die Sequenz aus Moons Mail hoch und dann die von Probe 2 der Macrogen-Analyse.

Wieder klickte sie auf »Vergleichen«, und das Warterädchen erschien.

Zeit, sich einen Kaffee zu holen.

In der Küche roch es immer noch nach »Top Dog« und Wildschwein, obwohl Kurt seinen Napf sauber ausgeleckt hatte. Vorsichtig lugte sie in sein Körbchen und sah, dass er zufrieden eingerollt schlief. Eine Welle der Verbundenheit durchströmte sie und zugleich auch Wehmut. So musste es sich anfühlen, wenn eine Mutter ihr schlafendes Kind betrachtete. Sie straffte sich und füllte eine Tasse mit Kaffee. Es hatte nicht sollen sein.

Mit dem Becher in der Hand setzte sie sich wieder an den Laptop.

Das Programm hatte fertig verglichen.

Als sie das Ergebnis las, verschluckte sie sich, und ein paar Kaffeetröpfchen spritzten an den Bildschirm ihres Laptops.

Die Buchstaben-Sequenzen in den beiden Fenstern links und rechts waren komplett schwarz.

»Die Texte haben eine Ähnlichkeit von 100,00 Prozent«, stand darüber. »Hinweis: Die Texte waren zu lang und wurden gekürzt. Ihre Texte wurden nur bis zu 50.000 Zeichen verarbeitet.«

War das ein Fehler? Sie war müde. Hatte sie etwa aus Versehen eine der Dateien doppelt hochgeladen und mit sich selbst verglichen?

Sie wiederholte alles noch einmal und achtete genau darauf, dass sie die richtigen Dateien auswählte. Dann klickte sie wieder auf »Vergleichen« und wartete. Hastig trank sie ihren Kaffee, mit den Zehen ihres linken Fußes tippte sie immer wieder auf den Boden.

Dann endlich kam das Ergebnis.

»Die Texte haben eine Ähnlichkeit von 100,00 Prozent.«

Maras Magen zog sich zusammen.

»Was zum Teufel ist hier los?«, murmelte sie leise.

Das Programm hatte die Texte nach fünfzigtausend Gen-Buchstaben abgeschnitten. Diese fünfzigtausend aber waren absolut identisch.

Vielleicht war das einfach Zufall? Fünfzigtausend von achtundfünfzig Millionen, sie tippte es in den Rechner, das waren gerade einmal 0,08 Prozent.

Sie musste noch mehr Abschnitte miteinander vergleichen. Sie überlegte, ob sie einen Biologen einschalten sollte, der sich mit so etwas auskannte. Aber sie kannte keinen. Und es würde dauern. Sie wollte Antworten. Jetzt.

Von ihrer journalistischen Arbeit kannte sie den Fall, dass sie Texte von Autoren auf Faktentreue prüfen musste. Normalerweise ging sie einen Text dafür von vorne bis hinten durch und checkte nacheinander alle wichtigen Fakten. Aber manchmal, wenn sie unter großem Zeitdruck stand, was oft vorkam, brauchte sie eine schnelle und pragmatische Lösung: Stichproben. Sie prüfte eine Handvoll Fakten, zufällig verteilt über die ganze Länge des Textes. Wenn in dieser Stichprobe Fehler auftraten, war es ziemlich wahrscheinlich, dass der Text noch mehr enthielt. War die Stichprobe jedoch sauber, dann war das zwar keine Garantie, dass der Text komplett fehlerfrei war, aber es bot immerhin eine gute Wahrscheinlichkeit.

Genau so würde sie jetzt vorgehen. Sie würde mehrere kurze Sequenzen über das Dokument verteilt miteinander vergleichen.

Eine erste Stichprobe ergab wieder vollkommene Übereinstimmung.

Eine zweite Probe klappte ebenfalls.

Ihr Hals begann sich zuzuschnüren.

Das konnte doch einfach nicht wahr sein!

Sie wiederholte das Spiel.

Treffer.

Treffer.

Treffer.

Mara lehnte sich zurück und klappte den Laptop mit einem heftigen Schlag zu, als hätte sie darin etwas Verbotenes gesehen.

Einer der beiden Wohlpflug-Jungen besaß das Y-Chromosom der Familie Hitler.

Was war hier los?

Damit gab es nun nur noch zwei Möglichkeiten: Robin oder Friedrich war ein Nachkomme Hitlers.

Oder einer der beiden war ein Klon von Adolf Hitler.

Ersteres schloss sie aus. Sie hatte den Stammbaum der Familie Hitler studiert. Da gab es keine Verbindungen zu Christian Wohlpflug.

Hatte Sörensen mehrere Kopien in Auftrag gegeben?

Wieso war nur einer der Jungen ein Klon?

Wie war er in Lisa Wohlpflugs Gebärmutter gelangt?

Jetzt summte ihr ganzer Kopf.

Ziellos lief sie in ihrer Wohnung umher. Sie griff sich einen Tennisball, der auf ihrem Tisch lag, und begann, ihn gegen die Wand zu werfen, wieder aufzufangen, wieder zu werfen. Die monotone Tätigkeit half ihr, ein wenig Ordnung in ihre Gedanken zu bringen.

Aber sie weckte auch Kurt. Wieder kam er angetapst und versuchte zu verstehen, was mit seinem Frauchen los war.

Nach und nach begannen ihre Gedanken, Bilder zu formen.

Es ergab nun alles Sinn: Parks Interesse an Robin und Friedrich über all die Jahre hinweg. Ihr Wunsch, dass die beiden mit nach Korea kamen. Dass sie sie persönlich traf.

Park hatte gewusst, dass einer der beiden ein Klon Hitlers war. Aber sie hatte nicht gewusst, welcher. Deswegen der Erbgut-Test. Deswegen das Nachtsichtgerät. Sie hatte die Jungen sehen wollen. Sie hatte sichergehen wollen, dass sie die Probenröhrchen nicht verwechselte.

Das war die Verbindung zwischen den Wohlpflugs, Sörensen und Hendrich.

Die Jungen selbst waren ahnungslos, dessen war sie sich sicher. Aber was war mit den Eltern? Wussten Lisa und Christian Wohlpflug viel mehr, als sie zugaben? Steckten sie mit Sörensen unter einer Decke? Waren sie für ihn »Leiheltern« gewesen – so wie Rebecca Hendrich für Arthur? Hatten sie einen zweiten Hitler-Klon für Sörensen herangezogen? Als Back-up für Klon Nummer eins? Falls ihm etwas zustoßen sollte?

Mara fröstelte bei dem Gedanken. Das war alles so pervers.

Was nicht in dieses Szenario passte, war, dass Sörensen und Schalk bei den Wohlpflug-Jungen nicht die Ereignisse aus Hitlers Leben nachgezeichnet hatten.

Hätte Sörensen wirklich bei einer Klon-Kopie darauf geachtet, bei der anderen aber nicht?

Unwahrscheinlich.

Die plausiblere Erklärung war: Sörensen wusste nichts von dem zweiten Klon.

Moon musste auf eigene Faust gehandelt haben. Und Park war eingeweiht gewesen.

War das irgendein scheußliches Experiment?

Sie dachte an Robin und Friedrich. Versuchte wirklich zu verstehen, was sie gerade herausgefunden hatte.

Welcher von ihnen war *er*? Welcher von ihnen war eine Kopie des »Führers«?

In Gedanken tastete sie die Gesichter der beiden ab. Versuchte, Merkmale des jungen Adolf Hitler in ihnen zu finden. Aber es war ähnlich schwierig wie bei Arthur. Ohne Bart und Scheitel hatte Hitler ein Allerweltsgesicht.

Tendenziell würde sie eher zu Robin neigen. Aber sicher war sie sich nicht.

Eines jedoch war sicher: Sie war einem Klon Adolf Hitlers

ganz nahe gewesen. Hatte mit ihm gesprochen. Hatte mit ihm Zeit verbracht.

Es war eine verstörende Vorstellung.

Einer der Brüder war Hitler und doch auch wieder nicht. Er war ein junger Mann mit einem schwierigen Erbgut. Er lebte heute, im Jahr 2033, und nicht im Jahr 1933.

Sie war zwiegespalten zwischen Angst und Abscheu auf der einen, und der Vertrautheit und Sympathie auf der anderen Seite, die sie für Robin und Friedrich empfand. Vor allem für Robin. Ihm hatte sie sich stets verbundener gefühlt. Vermutlich, weil sie seine Verletzungen und seine Gebrochenheit spüren und nachempfinden konnte.

Es waren doch zwei ganz normale junge Männer. Keine Judenhasser, keine Kriegshetzer, keine Massenmörder.

Sie sah das Bild des jungen Adolf Hitler vor ihrem inneren Auge. Ein junger Mann, der im Ersten Weltkrieg an der Front gekämpft hatte. Noch war er unschuldig. Noch hatte er kein Volk unterjocht. Keinen Krieg angezettelt. Keine Konzentrationslager bauen lassen.

Genauso verhielt es sich mit seinem Klon.

Noch war er unschuldig.

Aber wie lange würde er es bleiben?

Wie sollte sie mit der unbarmherzigen Wahrheit umgehen, die sie da entdeckt hatte?

Aber die dringendere Frage war: Wie würden Sörensen und Schalk damit umgehen, wenn sie es herausfanden? Denn das würden sie früher oder später.

●

Ihr Telefon klingelte. In der Anzeige sah sie, dass es Arthur war.

Scheiße. Aber es war klar gewesen, dass er früher oder später anrufen würde.

Alina Schalk zögerte einen Augenblick, bevor sie abnahm.

»Hallo, Arthur?«

»Was soll das, Alina?«, fragte er mit bebender Stimme. Er war wütend. Sehr wütend.

»Bist du noch in der Datsche? Geht es dir besser?«

»Ist das dein Ernst? Nein, es geht mir beschissen. Wegen euch! Warum haut ihr mich so in die Pfanne? Das ist nicht cool!«

»Arthur, beruhige dich. Geht es etwa um das Interview im *Heute Journal* gestern?«

»Worum denn sonst! Warum sagt Bernd so etwas? Warum tut ihr das?«

Im *Heute Journal* hatte Bernd die Geschichte so erzählt, wie sie es besprochen hatten. Dann hatte er sich auf die kompromittierenden Fotos und Videos aus Syrien bezogen, die sie einen Tag vorher auf Instatube hatte hochladen lassen – natürlich nicht, ohne noch einige Blogger anonym darauf hinzuweisen. Es dauerte keine Stunde, bis das Ganze in den sozialen Medien explodierte.

Diese Bilder bewiesen, welches böse Potenzial in den Genen des Hitler-Klons schlummere, hatte Bernd gesagt. Schließlich sprach er sich dafür aus, Arthur dringend nach Israel auszuliefern und ihm dort den Prozess zu machen. Schließlich habe kein anderes Volk so sehr unter Hitler gelitten wie das jüdische.

»Arthur, du darfst das nicht so hochhängen«, versuchte sie ihn zu beruhigen. »Das ist alles nur Wahlkampfrhetorik. Die Koalition bröckelt, es wird Neuwahlen geben. Bernd muss sich positionieren.«

»Ihr wollt mich ans Messer liefern! Statt mich gegen diese *SZ*-Lügengeschichte zu verteidigen, springt ihr auf den Zug mit auf. Alles nur für euren populistischen Vorteil. Was für ein mieses Spiel spielt ihr?«

»Arthur, habe ich dich nicht immer unterstützt? Als deine Mutter starb, habe ich mich um dich gekümmert. Rebecca hat mich gebeten, dich zu behandeln wie meinen eigenen Sohn. Habe ich dir nicht dein Studium ermöglicht? Habe ich dich nicht ermuntert, nach Jordanien zu gehen – und dir das Geld gegeben? Ich bin auf deiner Seite!«

Sie hörte ihn schwer atmen.

»Okay«, sagte er schließlich mit gepresster Stimme. »Aber du kannst nicht wegdiskutieren, dass Bernd mich verraten hat. Wieso stößt er in dasselbe Horn wie alle anderen? Dass ich ein Klon von Adolf Hitler sein soll? Das sind Fake News! Wie könnt ihr sie noch unterstützen? Und woher kommt das Video? Das ist völlig aus dem Zusammenhang gerissen.«

Sie überlegte blitzschnell. »Arthur. Du warst im Krieg, und Krieg ist immer hässlich. Das werden die Leute schon verstehen.«

»Wer hat das gefilmt? Wadi? Wieso verrät er mich? Wir waren Kameraden.«

Sie ging nicht darauf ein. Sie hörte ihn schluchzen und musste gegen die Verachtung ankämpfen, die sie plötzlich für ihn empfand. Wie jämmerlich er auf diese Krise reagierte. Nein, er war wirklich nicht der Führer.

»Und was für einen Scheiß erzählt Bernd eigentlich? Dass ich ein Klon von Hitler sein soll. Dass er mich hat herstellen lassen. Herstellen! Als wäre ich ein Roboter. Was soll der Scheiß?«

Alina schwieg. Sie wurde ungeduldig, hatte keine Lust mehr, sich Arthurs Gejammer und seine Vorwürfe noch länger anzuhören. Andererseits brauchten sie ihn noch. Es wäre schlecht, wenn er anfinge, gegen Bernd zu schießen. Noch hatte er eine Menge Follower.

»Arthur, ich verstehe Bernd manchmal auch nicht«, sagte sie mit gespielter Ahnungslosigkeit. »Manchmal geht es mit ihm durch. Die Mechanismen der Politik sind oft schwer zu verstehen. Ich denke, er will sich im Moment einfach maximal von Thomsen abgrenzen.«

»Das ist mir scheißegal!«, schrie Arthur ins Telefon, so laut, dass es ihr im Ohr wehtat. »Verstehst du? Es interessiert mich einen Dreck, was Bernd will. Er benutzt mich für seine beschissenen Umfragewerte. Sag ihm, dass er damit sofort aufhören soll. Sofort! Ich bin nicht Hitler, und ich habe niemandem etwas getan. Ich habe keinen Krieg angezettelt und nicht Millionen Juden umgebracht. Ich werde mich nicht nach Israel ausliefern lassen. Ich habe bis jetzt stillgehalten, aber jetzt reicht's. Wenn Bernd nicht sofort damit aufhört, werde ich auf meinem Kanal Klartext sprechen. Das wird euch nicht gefallen. Wenn ihr auf Neuwahlen spekuliert, dann werdet ihr die Unterstützung der jungen Wähler brauchen. Die werde ich gegen euch mobilisieren.«

Wut erfüllte sie. Was maßte er sich an, dieser Emporkömmling? »Das wird alles nur schlimmer machen. Sie werden alles, was du sagst, gegen dich verwenden. Tu nichts Unüberlegtes.«

Er lachte verächtlich. »Wenn ich nichts sage, wird das doch als stillschweigendes Schuldeingeständnis gewertet. Nein, ich werde das nicht mehr länger einfach so hinnehmen, wie alle mich fertigmachen wollen. Dann mache ich eben diesen beschissenen Test.«

Das gefiel ihr nicht. Arthur durfte nicht querschießen.

»Das mit dem Test ist eine gute Idee«, sagte sie. »Aber du

musst den Zeitpunkt setzen, nicht sie. Wir werden ihn machen, aber gib mir noch etwas Zeit. Wenn du jetzt springst, nur weil die Lügenpresse das will, wäre das ein Zeichen von Schwäche – willst du das?«

Schweigen in der Leitung. Er überlegte. Sie hatte ihn. Sein Stolz war schon immer seine Schwäche gewesen.

»Also gut«, sagte Arthur. »Aber sag Bernd, er soll aufhören, mir in den Rücken zu fallen. Sofort.«

20

Berlin, 2033

»Ihr seid in Gefahr. Geht nicht nach Hause. Bin heute Abend in Berlin.«

Robin hatte nicht auf ihre Nachricht geantwortet. Verdammt, dachte Mara. Er war sauer. Verständlicherweise.

Sofort nach ihrer verstörenden Entdeckung hatte sie sich in den Bus gesetzt und war losgefahren. Neben sich auf dem Beifahrersitz lag die neueste Ausgabe der *Bildzeitung*.

»Sind das Deutschlands geklonte Kinder?«

Darunter Fotos von Robin und Friedrich. Natürlich unverpixelt.

Vermutlich hatten die Reporter einfach gegraben und Kunden oder Mitarbeiter von Moon ausfindig gemacht. Mara war sich fast sicher, dass es ausnahmsweise nicht Alina Schalk gewesen war, die den Medien den Hinweis gegeben hatte. Mara ging davon aus, dass auch Schalk mittlerweile von der Existenz des zweiten Klons wusste. Es wäre dumm von ihr, dann den Fokus auf die Wohlpflug-Jungen zu lenken.

Kurt lag in seinem Körbchen und döste, während sie mit hundertzwanzig über die Autobahn rauschte. Mehr schaffte ihr alter Verbrenner nicht. Aber das monotone Brummen und die geringe Geschwindigkeit waren genau richtig, um sich dem Fluss ihrer Gedanken hinzugeben.

Was für ein Wahnsinn. Noch vor nicht allzu langer Zeit

hatte sie den beiden Jungen enthüllt, dass sie die Klone zweier verstorbener Kinder waren.

Und nun musste sie ihnen beibringen, dass einer von ihnen eine Kopie von Adolf Hitler war.

In was für einer verrückten Welt waren solche Dinge möglich?

Wie würden die beiden mit dieser Information umgehen?

Mara fühlte sich schuldig. Ohne sie hätten die beiden vielleicht nichts von alledem je erfahren.

Sie hatte keine Wahl. So, wie die Dinge lagen, musste sie es den beiden sagen – zu ihrem eigenen Schutz.

Robin und Friedrich waren noch jung. Ihr ganzes Leben lag noch vor ihnen. Wie sollte ein junger Mensch mit solch einem Damokles-Schwert über sich leben können?

Doch die dringlichste Frage war: Was sollten sie jetzt machen?

Was würden Schalk und Sörensen wohl tun? Vermutlich würden sie versuchen, die Jungen in ihre Gewalt zu bringen. Vielleicht würde Sörensen dann Hitler Nummer eins, Arthur Hendrich, scheinheilig an Israel ausliefern und Hitler Nummer zwei heimlich, still und leise zum neuen Diktator formen.

Genauso vorstellbar war aber auch, dass er die Wohlpflug-Jungen einfach umbringen würde. Vielleicht durfte es in seiner Welt nur einen Hitler geben.

Sollte Mara mit der Wahrheit rausgehen? Sollte sie verkünden, dass es einen zweiten Hitler-Klon gab? Öffentlichkeit wäre der beste Schutz der Jungen vor Sörensen und Schalk. Aber der Preis wäre hoch. Robin oder Friedrich würde nie wieder in Frieden leben können. Alle Welt würde den zweiten Hitler-Klon jagen.

»Scheiße!«, rief sie laut, die Hände fest um das Lenkrad geklammert. »Scheiße, scheiße, scheiße!!!«

Kurt bellte kurz auf. Sein Körbchen stand im hinteren Bereich.

»Sorry, Kurt«, rief sie in seine Richtung.

Hoffentlich gab es am Ende nicht noch mehr Kopien des Diktators.

Mara fühlte sich elend. Sie hatte Angst vor dem Gespräch mit den Zwillingen.

Wenn sie ganz ehrlich war, ging es dabei nicht nur um ihre Sorge um die Brüder. Es gab noch etwas anderes: Die Vorstellung, mit einem Klon von Hitler zu sprechen, war ihr unheimlich. Zugleich war es natürlich gemein von ihr, einen Menschen wegen seines Erbguts zu verdammen. Wie nannte man das? DNA-Diskriminierung?

Sie schaltete das Radio ein, um sich mit Musik abzulenken. Aber auf allen Kanälen liefen Nachrichten.

»... erreicht uns gerade die Meldung, dass die FDP dem Bundeskanzler das Misstrauen ausgesprochen hat. Kurz zuvor sind die vier FDP-Minister geschlossen zurückgetreten, unter ihnen auch Außenministerin und FDP-Chefin Paula Tormin. Diesem politischen Donnerschlag vorausgegangen war ein tagelanger heftiger Streit innerhalb der schwarz-gelben Koalition darüber, wie man mit dem angeblichen Hitler-Klon Arthur Hendrich umgehen soll. Es ist das frühe Ende der erst seit wenigen Wochen im Amt befindlichen schwarz-gelben Regierungskoalition. Offenbar handelt es sich um ein konstruktives Misstrauensvotum. Es ist der erste Vorgang dieser Art seit fünfzig Jahren. Und Geschichte scheint sich zu wiederholen: Wie 1982 schert die FDP aus einer gemeinsamen Regierungskoalition aus. Damals wurde der regierende SPD-Bundeskanzler Helmut Schmidt durch einen gemeinsamen Antrag von FDP und Union gestürzt und anschließend CDU-Chef Helmut Kohl vom Parlament zum neuen Bundeskanzler gewählt. Die Verfassung sieht vor, dass das Parlament jetzt achtundvierzig Stunden Zeit hat, sich auf einen neuen Bundeskanzler zu einigen. Dafür sind die Stimmen von mindestens der Hälfte der Bundestagsabgeordneten erforderlich. Dem Land stehen spannende Stunden bevor.«

Mara traute ihren Ohren nicht.

War das der Anfang vom Ende?

●

Robin sah auf sein Handy und schnaubte. Wann ließ Mara ihn endlich in Ruhe? Was faselte sie von Gefahr? Sie war die Gefahr. Sie hatte ihn und Friedrich mit ihrer verdammten Geschichte in diese beschissene Lage gebracht.

Seit Tagen tyrannisierte die Presse sie und ihre Eltern. Seine Mutter kam aus dem Weinen nicht heraus und traute sich nicht mehr vor die Tür. Auch seinem Vater setzte das Ganze zu, seine Krankheit hatte sich rasant verschlimmert. Seine Mutter hatte ihn in ein Pflegeheim gebracht, um ihn vor der Presse zu schützen.

Er und Friedrich waren jetzt Deutschlands »Frankenstein-Kinder«. Die *Bildzeitung* fuhr alles auf. Die Methode war altbekannt: Die Redakteure riefen an und setzten sie unter Druck: »Wir bringen die Geschichte, so oder so. Wenn Sie mit uns sprechen, können Sie sie mitgestalten.«

Er und Friedrich entschieden sich gegen die »Mitgestaltung«. Dementsprechend hämisch fiel die Berichterstattung aus.

Robin hasste die Journalisten. Menschen betrachtete er

potenziell eher als feindlich und war dementsprechend gerüstet. Er kam noch einigermaßen klar. Wirklich Sorgen machte er sich um Friedrich, dem das Ganze wesentlich mehr zusetzte.

Robin zückte sein Smartphone und tippte auf Justines Kontakt.

»Hey.« Justine war sofort dran. »Wo bist du?«

»Ich hab mir was im Wedding gesucht.«

Nachdem seine Wohnung durchsucht worden war, hatte er etwas über Airbnb angemietet. Seit dem Presseansturm war er erst recht froh, nicht mehr in seiner Wohnung zu sein. Er ging nur noch mit Sonnenbrille und Mütze auf die Straße. Friedrich war bei Justine untergekommen.

Robin hatte sie angerufen und nicht seinen Bruder, weil er mit ihr im Moment besser reden konnte. Sie hatte einen sehr guten Blick für Friedrichs Verfassung, konnte ihn gut einschätzen und sah die Dinge klar. Aber das war nicht der einzige Grund. Er wollte ihre Stimme hören.

»Seid ihr noch sicher vor der Meute?«, fragte Robin.

»Ja. Aber wie lange noch?«

»Wie geht's Friedrich?«

»Nicht so gut.«

Er nickte, obwohl sie es nicht sehen konnte. Es tat ihm leid, er hätte sie gerne beruhigt, aber er wusste nicht, was er sagen sollte. Er kam bei so etwas an seine Grenzen, hatte Angst, das Falsche zu sagen.

»Und um dich mache ich mir auch Sorgen«, sagte sie plötzlich.

Das Ohr, an dem das Handy anlag, wurde heiß.

»Hattest du noch mal so einen heftigen ... Flashback?«

Er hatte noch zwei gehabt. Beide waren sehr intensiv gewesen.

»Das muss sich so schrecklich anfühlen, wenn man immer wieder durchlebt, wie man ertrinkt.«

Er überlegte kurz und beschloss, sich ihr anzuvertrauen. »Justine, ich hatte diesmal ein anderes Erlebnis.«

Sie zögerte. »Was meinst du?«

»Ich habe noch einen anderen Flashback. Einen, den Friedrich nicht hat. Erinnerst du dich daran, wie ich dir einmal eine meiner Kompositionen vorgespielt habe? ›Der Raum‹?«

Sie überlegte kurz. »Ja, ich erinnere mich.«

»Das war mein Versuch, den Flashback mit Musik zu verarbeiten.«

Er erzählte ihr von dem Raum.

»Das ist heftig«, sagte sie. »Und du hattest all die Jahre beide Flashbacks?«

Es fühlte sich gut an, dass sie nun sein Geheimnis kannte. Endlich war er nicht mehr so alleine damit.

»Als ich jünger war, war der Ertrinken-Flashback häufiger. In den letzten Jahren wurde der Raum stärker. Ich habe das Gefühl, er nimmt an Intensität immer mehr zu.«

Sie schwiegen eine Weile.

»Woher kommt diese Erinnerung? Stammt sie auch von Erik?«

Sie war vorsichtig, wenn sie von den verstorbenen Jungen sprach. Aber es fühlte sich nicht so an, als wollte sie ihn schonen. Oder schlimmer noch: wie Mitleid.

»Ich verstehe es nicht«, sagte Robin. »Was hat Erik in diesem Raum erlebt? Warum ist er dort gestorben? Warum ist er zweimal gestorben?«

»Glaubst du, deine Eltern haben zweimal Kinder verloren und dann klonen lassen? Hast du mal mit ihnen darüber gesprochen?«

Es war eine rhetorische Frage. Sie kannte die Antwort. Aber natürlich, wenn es eine Chance gab herauszufinden, was der Raum war und wie diese Erinnerung zu ihm gekommen war, dann war seine Mutter wohl die Person, die ihm am ehesten weiterhelfen konnte.

»Nein, habe ich nicht.«

»Okay.«

Sie sagte nichts weiter dazu.

»Wie geht es dir?«, unterbrach ihre Stimme plötzlich seine Gedanken.

Er musste überlegen. In diesen Tagen hatte er einfach vor sich hin gelebt.

Er fühlte sich taub.

»Ich …«, setzte er an, und er spürte, wie sie auf seine Worte wartete. »Ich habe mich irgendwie … verloren. Ich weiß nicht mehr, wer ich bin.«

»Ich weiß, wer du bist.«

»Sag's mir.«

»Du bist Robin Wohlpflug. Du bist ein sehr besonderer Mensch. Manchmal ein bisschen anstrengend. Wobei – ein bisschen ist gut.« Sie lachte. »Ich erinnere mich an unsere erste Begegnung, du hast mich, glaube ich, nur einmal angesehen. Was für ein ignoranter, arroganter Typ, dachte ich damals. Mittlerweile kenne ich dich ein bisschen besser.«

Er musste grinsen. »Da bin ich aber froh.«

»Du bist ein Unikat. Ich kenne niemanden, der so ist wie du.«

»Hm«, sagte er.

Justine kicherte. »Ich glaube, du hältst dich selbst für schwierig, und deswegen bist du es auch. Self-fulfilling Prophecy. Man muss dich halt nehmen können. Sonst wird's kompliziert.«

Er wusste nicht, was er sagen sollte. Aber er war verblüfft über Justines unerwartete Analyse.

»Du verschwindest gerne einfach, wenn es schwierig wird. Eigentlich schützt du dich. Weil du sehr empfindsam bist. Du bist ein Empath, einer von der versteckten Sorte.«

Er fühlte sich ertappt. Er spürte, dass Justine mit allem richtiglag. Sie hatte es ganz nüchtern gesagt, ohne Bewertung. Sie sah ihn, und das tat ihm gut.

Er wollte etwas sagen, weil er ihr zeigen wollte, dass er sie gehört hatte, aber er wusste nicht was. »Ich weiß nicht, was ich sagen soll.«

»Kann ich mir vorstellen«, sagte sie, und er hörte, dass sie dabei schmunzelte. »Jetzt habe ich mal viel gesagt, mach ich ja sonst nicht so oft. Ich glaube, das war nötig. Eine Sache noch: Manchmal wissen Leute vermutlich nicht, ob sie dich mögen können. Vielleicht liegt das daran, weil du das selbst nicht so genau weißt. Aber ich weiß, dass man es kann. Ich mag dich.«

Wieder schwiegen sie einige Momente. Normalerweise waren Robin Sprechpausen unangenehm, aber nicht mit ihr.

»Ich … mag dich auch«, sagte er, und er spürte ein Klopfen in seinem Hals.

»Wollen wir uns sehen?«, fragte sie.

»Ja.«

»Am Stierbrunnen? Um drei?«

»In Ordnung.«

●

Alina Schalks Smartphone kam aus dem Vibrieren nicht mehr heraus. Sie ließ die Anruferin etwas zappeln.

Jetzt tippte sie auf »Anruf annehmen«.

»Alina, endlich! Warum rufst du nicht zurück?«

Tormins Stimme war eine Nuance höher als sonst: ein sicheres Zeichen dafür, dass sie unter Druck stand.

»Sorry, ich hatte viel um die Ohren«, sagte Alina Schalk und versuchte, dabei so entspannt wie möglich zu klingen.

Tormin zögerte, Alina konnte förmlich hören, wie es in ihrem Kopf ratterte. Tormin war ein Polit-Tier, ständig versuchte sie strategische Moves zu erkennen und entsprechend ihre nächsten drei zu planen.

»In dieser Situation wäre es gut, wenn wir engen Kontakt hielten«, sagte Tormin schließlich.

Schalk sagte nichts.

»Ist alles in Ordnung, Alina? Können wir uns darauf verlassen, dass der Deutsche Weg für Loibl stimmen wird?«

»Ich denke schon.«

»Was soll das heißen? Du denkst?« Tormins Stimme wurde wieder so unangenehm schrill. »Alina, ich muss mich darauf verlassen können. Wir brauchen eure Stimmen, sonst scheitert das Misstrauensvotum, und wir sind völlig blamiert.«

Alina sah auf die Uhr. Es blieben noch genau dreißig Stunden, bis die Frist zur Wahl auslief. »Ja, das wärt ihr dann wohl«, sagte sie knapp.

»Was ist los? Eigentlich müsstest du dich doch freuen? Ihr wolltet immer schwarz-weiß-gelb.«

»Mhm.«

»Also, kann ich mich auf euch verlassen?«

»Mach dir keine Sorgen. Wir melden uns.«

»Was soll …«

Alina Schalk legte auf.

Eigentlich hatte sie einen anderen Plan verfolgt. Sie und

Bernd hatten die Minderheitsregierung nach einem Jahr platzen lassen wollen. Es hätte Neuwahlen gegeben, und der Deutsche Weg wäre dann hoffentlich endlich unangefochten stärkste Partei geworden.

Nun hatte die Hitler-Klon-Debatte die Regierung zerlegt, und Ernst Loibl, der Bulle aus Bayern, witterte seine Chance auf die Kanzlerschaft. Es sollte so aussehen, als ob die FDP der Koalition den Todesstoß versetzte. Aber den Dolch führte in Wahrheit Loibl.

Als Paula mit dem Plan des konstruktiven Misstrauensvotums an sie herangetreten war, hatte Alina nicht lange überlegt. Mit Loibl könnten sie so noch schneller an die Macht kommen. Er brauchte für seine Wahl die Stimmen des Deutschen Wegs. Die hatten sie sich natürlich teuer abkaufen lassen. Sehr teuer. Bernd hatte von Loibl Regierungsbeteiligung nach der Hälfte der Legislaturperiode gefordert. Dann wollte er die Vizekanzlerschaft und fünf Ministerien.

Loibl hatte zugestimmt. Der Bayer hatte keine Wahl. Für seine einzige Chance auf die Kanzlerschaft war er bereit, ein gefährliches Spiel zu spielen. Scheiterte das Misstrauensvotum, wäre seine Karriere vorbei.

Ihr Smartphone vibrierte. Es war Bernd.

»Weißt du, wer mich gerade angerufen hat?«, fragte er, offenbar bester Laune.

»Ernst Loibl?«

»Der auch. Aber danach kam noch ein Anruf. Von Rainer Thomsen.«

»Wirklich?«

»Der Gute ist ziemlich durch den Wind. Er weiß, was los ist. Er hat mich gefragt, ob er darauf zählen kann, dass der Deutsche Weg das Misstrauensvotum abschmettern wird.«

»Was hast du ihm gesagt?«

»Ich habe ihn gefragt, was ihm das wert ist. Seine Antwort war: Regierungsbeteiligung in zwei Jahren.«

»Und?«

»Ich habe ihm von Loibls Angebot erzählt. Das hat ihn vollends aus der Fassung gebracht. Du hättest dabei sein sollen, Alina. Es war einfach zu köstlich.«

»Kann ich mir vorstellen …«

»Ich habe ihm ein Gegenangebot gemacht. Entweder wird Ernst Loibl Kanzler. Oder seine CDU wählt mich zum Kanzler und verhindert Loibl. Er kann es sich aussuchen.«

Alina Schalk fiel fast das Smartphone aus der Hand. Das war hoch gepokert. Sie konnte sich kaum vorstellen, dass Thomsen sich auf so einen Deal einlassen würde. »Was hat er gesagt?«

»Thomsen hat nichts mehr zu verlieren. Das weiß er. Das setzt in den meisten Menschen ungeahnte Kräfte frei.«

»Also hat er zugestimmt?«

»Ihm geht es jetzt nur noch um Rache an Loibl.«

Blitzschnell rechnete sie es im Kopf durch: Um auf die nötigen Stimmen zu kommen, fehlten Bernd zu den eigenen zweihundertvierzehn noch hundertsiebenundvierzig Stimmen. Wenn Thomsen seine hundertzehn loyalen CDU-Stimmen mobilisieren würde, fehlten noch siebenunddreißig.

Die würden von der FDP kommen müssen.

Sie war sich sicher, dass Paula Tormin ihr Fähnchen nach dem Wind hängen würde. Alles, was sie dafür tun mussten, war ihr die Vizekanzlerschaft anzubieten. Ihr würde es egal sein, wie sie die bekäme, ob von Ernst Loibl oder von Bernd Sörensen.

Die Macht. Sie war zum Greifen nahe!

Hundert Jahre nach der Machtergreifung des ersten Führers war es endlich so weit.

●

Robin war vom Wedding zum Stierbrunnen gelaufen. Fast eineinhalb Stunden zu Fuß. Er hatte die Zeit gebraucht, um nachzudenken.

Sein Smartphone machte sich bemerkbar. Wieder eine Nachricht von Mara. »Ihr seid in Gefahr! Ruf mich bitte an! Mara.«

Er tippte: »Lass mich in Ruhe.«

Als er den Volkspark Friedrichshain erreicht hatte, sah er auf die Uhr. Er war zu früh. Ziellos drehte er ein paar Runden im Park und beobachtete die Leute. Zu dieser Zeit waren fast nur Mütter mit Kinderwagen und Rentner unterwegs.

Er setzte sich auf eine Bank und ließ den Blick schweifen. Auf der Nachbarbank saß eine ältere Frau.

Plötzlich hörte er von Ferne Trommeln und Pfeifen und laute Stimmen. Es war eine Gruppe Demonstranten, sie trugen Plakate vor sich her, auf denen das Porträt von Arthur Hendrich abgebildet war. Darauf hatten sie – wenig fantasievoll – mit schwarzer Farbe Hitlerscheitel und -bart gemalt. Aber Robin erkannte auf manchen Plakaten auch das Konterfei von Bernd Sörensen, ebenfalls mit den Hitler-Merkmalen versehen.

»Nazis raus! Nazis raus!«, riefen die Demonstranten, dazwischen pfiffen und trommelten sie.

Dann wechselten sie zu »Arthur raus!« und »Nie wieder Krieg! Nie wieder Auschwitz. Wehret den Anfängen!«.

Der Pulk der Demonstranten kam langsam auf ihn zu.

Robin sah, wie die Frau auf der Bank neben ihm den Kopf

schüttelte. Auffordernd schaute sie ihn an, unschlüssig, ob sie sich mit ihm verbünden sollte. Robin hoffte, dass sie es nicht tun würde. Er hatte keine Lust auf politische Diskussionen, schon gar nicht über Arthur Hendrich.

»Keine Zusammenarbeit mit den Nazis vom Deutschen Weg!«, sagte ein junger Mann mit Ziegenbärtchen, der Flyer verteilte. Er drückte der Frau einen in die Hand.

»Ach komm«, sagte die Frau und wollte ihm den Flyer wieder zurückgeben. »Habt ihr sonst keene Probleme?«

»Nazis sind ein Riesenproblem. Der Deutsche Weg ist mittlerweile so stark wie die CDU. Wenn wir nichts dagegen tun, dann werden sie wieder an die Macht kommen.«

»Na und? Der Sörensen is'n Juter. Der redet nich nur, der sacht endlich ma, wat Sache is.«

Sie zeigte auf ein Plakat mit Arthurs Porträt. »Ihr wollt doch och keen Hitler mehr, wa? Na, der Sörensen der will den ooch nich. Der will den da an die Juden jeben. Is dit nu och nich richtich für euch?«

Der junge Mann lächelte schief. »Doch, das wollen wir auch. Aber trotzdem ist Sörensen ein Nazi.«

Robin stand auf. Er hatte genug gehört. Den Zettel, den der Mann ihm reichte, nahm er nicht entgegen.

Justine war schon da, als er den Stierbrunnen erreichte. Sie stand vor den wuchtigen Tierplastiken.

»Hey«, sagte er, und sie drehte sich um. Ihr Gesicht war ernst.

Jetzt erst fielen ihm die vielen Schmierereien auf dem Brunnen auf. Überall waren Kreise mit X zu sehen, das Zeichen des Deutschen Wegs. Über die ganze Breite des runden Beckens zwischen den Stieren hatte jemand »Wir werden sie jagen!« gesprüht.

»Diese Schweine«, sagte Justine leise.

Sie liefen schweigend um den Brunnen herum. Heimlich beobachtete er sie aus den Augenwinkeln. Justine wirkte aufgewühlt.

»Weißt du eigentlich, dass ich ganz alte Erinnerungen an diesen Brunnen habe? Wir haben da drüben gewohnt.« Sie zeigte in Richtung der Danziger Straße. »Eine kleine Wohnung, tierisch laut mit dem Verkehr. Aber mein Bruder und ich konnten hier auf dem Spielplatz immer spielen, das war schön.«

Robin wusste nicht viel über ihren Bruder, nur, dass er Autist war und seit Jahren in einer betreuten WG lebte.

»Wir sind oft auf die Stiere geklettert«, sagte sie. »Tom war immer schneller oben als ich. Runterzukommen war das Problem.« Sie lachte.

Er mochte ihre bedächtige Sprechweise. Sie intonierte ihre Sätze so, dass sie immer auch etwas Schwermütiges hatten.

Sie ging die Stufen hinauf, bis sie an der großen Schale stand. Robin folgte ihr.

»Einmal wollte Tom, dass ich ihn opfere. Da hatten wir gerade diese Bibelgeschichte gehört, in der Gott Abraham prüft und ihm aufträgt, seinen Sohn zu opfern. Und der will das auch machen, muss es dann aber gar nicht, weil Gott ihn nur testen wollte, ob er auch gläubig genug ist. Ziemlich schreckliche Geschichte eigentlich. Na ja, Tom hat sich dann in diese große Schale gelegt und immer wieder geschrien: ›Opfere mich. Gott befiehlt es dir! Opfere mich!‹ Es war mir so peinlich.«

Sie lachte, und Robin fiel in ihr Lachen ein.

Sie wurde nachdenklich und starrte auf das Becken, in dem vor zwanzig Jahren ihr Bruder gelegen hatte.

»Ich habe ihn nicht geopfert. Nicht mal so getan, als ob.

Aber ich habe damals etwas gedacht, was ich nicht hätte denken dürfen.«

Er sah sie gespannt an.

»Ich habe es noch nie jemandem erzählt. Ich habe gedacht: Wenn ich Tom jetzt opfere, dann ist er tot. Und dann werde ich endlich auch mal gesehen.«

Ihre Lippen zitterten. »Ich habe ihm den Tod gewünscht. Es war nicht das einzige Mal. Aber es war das erste Mal, an das ich mich erinnere. Da war ich sechs Jahre alt.«

Robin wusste nicht, was er antworten sollte. Nach einer Weile sagte er leise: »In Wahrheit hast du dich geopfert.«

Im gleichen Moment bereute er, das gesagt zu haben. Justine sprach nicht oft von ihrem Bruder. Er wusste, dass sie ein zugleich inniges und schwieriges Verhältnis zueinander hatten. Die ganze Aufmerksamkeit ihrer Eltern hatte immer auf Tom gelegen. Es musste sehr schwer mit ihm gewesen sein, sein Autismus war stark ausgeprägt. Nur annähernd konnte er sich vorstellen, wie Justine neben ihrem Bruder aus dem Blick geraten sein musste. Zugleich war es immer ihre Pflicht gewesen, sich um ihn zu kümmern.

»Ja, das stimmt«, sagte sie langsam. »Ich war ein Kind, ich habe das nicht hinterfragt. Ich wurde gesehen, wenn ich mich um ihn gekümmert und meine Bedürfnisse zurückgestellt habe. Ja, ich habe mich geopfert. Es war ein Test, ob ich gut genug war. Also habe ich alle bösen Gedanken weggesperrt. Sie haben mir Angst gemacht. Ich habe gebetet, dass sie verschwinden, dass ich gut bleibe, dass Gott mich beschützt und Tom beschützt und ihn wieder gesund macht.«

»Glaubst du, dass du ein guter Mensch bist?«, fragte Robin.

Justines Gesicht hellte sich etwas auf. Ihre Augen funkelten hinter ihrer Brille. Sie griff ihm an den Hals, würgte ihn spielerisch. »Nein, ich bin böse, böse, böse.«

Sie drückte tatsächlich ein bisschen zu, was ihn erschreckte. Aber dann lachte auch er.

Sie entspannte ihre Hände, doch sie ließ seinen Hals nicht los. Ihre Berührung wurde plötzlich weich. Sanft legte sie ihre rechte Hand an seine linke Wange.

»Du bist gut, Robin«, sagte sie leise. »Ich weiß es.«

Er war wie elektrisiert. Einen Moment lang schien alles stillzustehen.

Dann begann sein Smartphone in der Tasche zu vibrieren. Es war keine Nachricht, sondern ein Anruf.

»Sorry«, sagte er und zog das Gerät heraus. Auf dem Display stand »Mara Erhardt«.

»Ach shit.«

»Was will sie?«, fragte Justine.

»Mich nerven, das will sie. Sie schreibt dauernd, dass Friedrich und ich in Gefahr seien. Sie ist wieder in Berlin.«

Justine sah ihn ernst an. »Geh bitte ran.«

Robin zögerte, während er auf das Smartphone starrte. Er hatte überhaupt keine Lust mehr, mit Mara zu sprechen.

Justine sah ihn eindringlich an, und er nahm seufzend ab.

»Ja?«

»Mann, Robin! Endlich. Wo bist du?«

»In Prenzlauer Berg.«

»Ich glaube, Schalk und Sörensen könnten euch auflauern.«

»Ist ja ganz was Neues …«

»Ich bin gleich in Berlin. Dann erkläre ich dir alles.«

»Warum erklärst du es mir nicht einfach jetzt?«

»Nicht am Telefon. Gib mir deinen genauen Standort, und ich komme direkt zu dir.«

Robin beschrieb es ihr und legte auf. »Sie kommt her«, sagte er zu Justine. »Keine Ahnung, was sie jetzt wieder will.«

Justine sah ihn ratlos und besorgt an. Dann erregte etwas ihre Aufmerksamkeit. Sie schaute an ihm vorbei. Er wollte sich schon umdrehen, aber sie zog ihn plötzlich an sich und umarmte ihn.

»Was machst du?«

»Nicht umdrehen, sonst fällst du auf«, flüsterte sie ihm ins Ohr. »Auf der Bank hinten, ganz rechts in der Ecke. Da sitzt ein Typ mit Zeichenblock. Ich glaube, das ist Arthur Hendrich.«

Robin hörte kaum hin, ihre körperliche Nähe nahm ihn vollkommen in Anspruch. Er musste sich nicht anstrengen, um so zu tun, als sei er in die Umarmung versunken. Zugleich drehte er sie und sich vorsichtig so, dass er an ihrem Kopf vorbei den Mann auf der Bank sehen konnte. Er hatte die Kapuze abgezogen. Es war tatsächlich Arthur Hendrich. Er hatte sich die Haare blond gefärbt und trug einen Kopfverband. Aber er war es.

Arthur zeichnete, immer wieder blickte er zum Brunnen auf. In der anderen Hand hielt er eine Zigarette, an der er häufig nervös zog.

Es beeindruckte Robin, dass er einfach so hier saß und zeichnete, während ganz Deutschland seinetwegen ausrastete. Er war *nur* »das Frankenstein-Kind«. Arthur aber war »der Hitler-Klon«.

»Du hast recht«, flüsterte er Justine ins Ohr.

»Komm.«

Bevor er begriff, was los war, zog sie ihn die Stufen des Brunnens hinab und auf Arthurs Bank zu.

»Justine«, raunte er ihr zu. »Was machst du?«

Arthur Hendrich sah von seinem Zeichenblock auf und blickte sie teilnahmslos an. Es war Robin unangenehm, aber Justine stand entschlossen vor ihm. Er kam sich vor wie ein Voyeur, aber er konnte nicht anders, als in Arthur Hendrichs Gesicht nach irgendwelchen Merkmalen zu suchen, die ihn an Adolf Hitler erinnerten.

Stattdessen sah er… eine Version von sich selbst. Arthur sah ihm ziemlich ähnlich, jedenfalls dem Bild, das Robin von sich selbst hatte. Es war befremdlich, ihn anzusehen.

Arthur könnte Hitler in jung sein. Oder auch nicht. Robin fand, dass er einfach aussah wie ein junger Mann, der zu wenig schlief und zu wenig aß. Er fühlte in diesem Moment eine starke Verbundenheit zu ihm.

»Du bist Arthur Hendrich?«, fragte Justine ohne Umschweife.

»Lasst mich in Ruhe.« Arthur senkte den Blick auf seinen Block.

Justine setzte an, etwas zu sagen, aber Robin kam ihr zuvor.

»Ich weiß, wie du dich fühlst«, sagte er.

Arthur sah wieder auf und blickte Robin mit zusammengekniffenen Augen an. »Das bezweifle ich.«

»Ich bin auch ein Klon. Ich bin einer der Wohlpflugs. Auch auf mich und meinen Bruder macht die *Bildzeitung* Jagd.«

Arthur sah ihn eine Weile prüfend an. Dann nickte er.

»Das tut mir leid für dich. Ehrlich. Aber ich glaube trotzdem, dass du keine Ahnung hast, wie ich mich fühle. Ich habe mit diesem ganzen Quatsch nichts zu tun. Ich bin weder ein Klon, noch bin ich Hitler. Die verdammten Journalisten haben sich diese ganze Geschichte ausgedacht. Oder jemand hat sie ihnen eingeflüstert.«

»Und warum?«, fragte Justine.

Arthur zuckte mit den Schultern. »Um mich fertigzumachen? Weil Bernd Sörensen und seine Leute davon profitieren?«

»Arthur!« Eine Frauenstimme. Überrascht sah Arthur zur Seite, sein Gesicht verfinsterte sich.

Robin sah, dass es Alina Schalk war. Er kannte ihr Gesicht aus dem Fernsehen.

Sie kam ruhig auf sie zu. Dabei lächelte sie. »Wusste ich's doch, dass ich dich hier finden würde.«

Arthur stand auf und ging davon, ohne sie noch eines Blickes zu würdigen.

Bevor Alina Schalk etwas sagen konnte, bemerkte sie Robin und Justine, und in ihrem Gesicht veränderte sich etwas. Sie hatte ihn erkannt. Das brachte sie aus dem Konzept. Aber nur einen Moment später fing sie sich wieder. Da war plötzlich ein neuer Zug in ihrer Miene: Neugier. Und noch etwas: Sie sah ihn ehrfürchtig an.

Alina Schalk beachtete Arthur schon gar nicht mehr, der die Straße überquerte und in einem Hauseingang verschwand. Ihre Aufmerksamkeit galt nur noch Robin.

»Robin Wohlpflug«, sagte sie und streckte ihm die Hand hin. »Schön, dass wir uns kennenlernen.«

Robin war so überrumpelt, dass er ihr reflexhaft die Hand reichte.

Ihre Haut war glatt, ihre Hand schmal, der Griff fest. Sie fühlte sich angenehm an.

»Können wir kurz reden? Es ist wichtig.«

●

Als Mara mit ihrem Bus am Stierbrunnen ankam, erfasste

sie die Lage mit einem Blick. Justine stand bei Robin, und sie unterhielten sich mit Alina Schalk!

Heiß durchfuhr es sie. »Nein, Robin! Nein! Nein!! Tu das nicht«, rief sie, während sie panisch nach einem Parkplatz suchte und nichts fand.

Sie musste dringend etwas unternehmen.

Sie fuhr rechts ran, stellte sich in die zweite Reihe, machte die Warnblinkanlage an und stürmte aus dem Auto.

»Robin!«, schrie sie, während sie auf ihn zurannte. »Robin!«

Ein Pärchen mit Hund sah sie an, als hätte sie nicht alle Tassen im Schrank.

»Robin, nein!«

»Ah, Frau Erhardt«, sagte Alina Schalk. »Welch unerwartete Zusammenkunft hier an diesem Brunnen.«

»Lassen Sie ihn in Ruhe!«

Justine und Robin standen stumm daneben.

Jetzt erst bemerkte Mara Robins Gesicht. Er schien völlig verstört. Als hätte er gerade etwas Schreckliches erfahren.

»Robin«, sagte Mara, »bitte komm mit. Diese Frau ist eine große Gefahr für dich.«

Jetzt wandelte sich sein Blick. Hasserfüllt sah er Mara an. »Warum hast du es mir nicht gesagt?«

»Was hat sie dir erzählt, Robin?«

»Was für ein Spiel spielst du?«, fragte er. Dann begannen Tränen über sein Gesicht zu laufen. »Was willst du von mir?«, schrie er sie an, und sie war von der Wucht seiner Wut völlig überrascht.

»Robin …« Justine griff nach seiner Hand. Er schüttelte sie ab.

»Was haben Sie ihm erzählt?«, fragte Mara, an Alina Schalk gewandt.

»Das, worauf er ein Recht hatte, es zu erfahren.«

»Warum hast du es mir verschwiegen?«, sagte Robin anklagend zu Mara. »Wolltest du dir das als besonderen Clou aufsparen? Für deine tolle Reporter-Karriere?«

»Robin, ich habe es auch erst herausgefunden. Das war es, was ich dir und Friedrich sagen wollte. Aber ich wollte es euch schonend beibringen. Sie hat es auch erst in den Daten von Park entdeckt. Sie war schneller als ich. Und jetzt versucht sie, es so darzustellen, als hätte ich es euch verschweigen wollen. Sie manipuliert dich, Robin. Sie versucht, einen Keil zwischen dich und mich zu treiben.«

»Friedrich oder ich – einer von uns ist der Hitler-Klon!«

»Ich weiß«, sagte Mara.

●

»Meine Damen und Herren, ich gebe das Ergebnis der Wahl bekannt: Von den voll stimmberechtigten Abgeordneten wurden insgesamt siebenhundertdreizehn Stimmen abgegeben. Von diesen abgegebenen Stimmen waren siebenhundertdreizehn Stimmen gültig. Mit Ja haben gestimmt dreihundertzweiundsechzig Abgeordnete ...«

Tosender Beifall. Jubelrufe. Sie kommen ausschließlich von den Abgeordneten der Fraktion des Deutschen Wegs. Die Kamera schwenkt von Bundestagspräsident Mellert hin zu Bernd Sörensen, der mit verschränkten Händen dasitzt, während neben ihm seine Fraktionskollegen heftig applaudieren.

Jetzt im Bild: Der soeben abgewählte Bundeskanzler Rainer Thomsen. Mit steinerner Miene und geschlossenen Augen sitzt er regungslos auf seinem Platz. Betretene Gesichter neben ihm. Jetzt steht Thomsen auf und geht die wenigen Meter zu Bernd Sörensen hinüber, der bereits Hände schüttelt. Thomsen gratuliert ihm kurz, sagt etwas, dann geht er zurück an seinen Platz, die rechte Hand in der Tasche seines Jacketts. Noch bevor er sich wieder hingesetzt hat, steht Ernst Loibl auf und drängt sich an Thomsen vorbei, ohne ihn eines Blickes zu würdigen. Er geht zu dem frisch gewählten Bundeskanzler hinüber und schüttelt ihm die Hand, noch kürzer, noch frostiger als Thomsen. Dann setzt sich auch Loibl wieder.

Kameraschwenk auf Bundestagspräsident Mellert, der fortfährt:

»Dreihundertsiebenundvierzig Abgeordnete stimmten mit Nein. Vier Abgeordnete haben sich der Stimme enthalten. Ungültige Stimmen waren keine dabei. Damit ist der Antrag der Fraktion FDP und des Deutschen Wegs nach Artikel siebenundsechzig des Grundgesetzes mit der erforderlichen absoluten Mehrheit der Mitglieder des Bundestages angenommen. Ich stelle fest: Der Abgeordnete Doktor Bernd Sörensen ist zum Bundeskanzler der Bundesrepublik Deutschland gewählt. Ich frage …«

Wieder tosender Applaus. Im Fokus: Bernd Sörensen, der aufsteht, sein Jackett zuknöpft und dann den langstieligen Arm des Mikrofons vor ihm so justiert, dass sich das Gerät dicht vor seinem Mund befindet. Sörensen steht und wartet, bis der Applaus abflaut.

»Ich frage Sie, Herr Doktor Sörensen, nehmen Sie die Wahl an?«

»Herr Präsident, ich nehme die Wahl an.«

Applaus.

Kameraschwenk auf Bundestagspräsident Mellert.

»Meine sehr verehrten Damen und Herren …«

Applaus.

»Ich spreche Ihnen, Herr Bundeskanzler, die Glückwünsche des Hauses aus. Ich wünsche Ihnen Kraft und Gottes Segen. Damit verbinde ich …«

Applaus.

»Damit verbinde ich den Dank für den bisherigen Bundeskanzler und die Mitglieder seiner Regierung.«

Kameraschwenk auf Rainer Thomsen, der unverändert und wie erstarrt auf seinem Platz sitzt.

Applaus.

»Das Ergebnis der Abstimmung werde ich unverzüglich dem Herrn Bundespräsidenten mitteilen. Ich berufe die nächste Sitzung des Deutschen Bundestages auf heute Nachmittag um 17.30 Uhr ein. Einziger Punkt der Tagesordnung ist die Eidesleistung des neu gewählten Bundeskanzlers.«

●

»Ich schwöre, dass ich meine Kraft dem Wohle des deutschen Volkes widmen, seinen Nutzen mehren, Schaden von ihm wenden, das Grundgesetz und die Gesetze des Bundes wahren und verteidigen, meine Pflichten gewissenhaft erfüllen und Gerechtigkeit gegen jedermann üben werde. So wahr mir Gott helfe.«

Amtseid des Bundeskanzlers Dr. Bernd Sörensen,
Der Deutsche Weg

21

Jerusalem, 2033

»Meine Damen und Herren, es ist nun zweiundsiebzig Jahre her, dass hier in diesem Haus ein Prozess begann, der in der Geschichte des Staates Israel und, ja, auch der ganzen Welt, bislang einmalig war. Am 11. April 1961 stand im Jerusalemer Bezirksgericht, genau an der Stelle, wo ich jetzt stehe, Generalstaatsanwalt Gideon Hausner und hielt eine Eröffnungsrede, die mich und viele Bürger Israels stets begleitet hat.

Hausner war Chefankläger im Prozess gegen Adolf Eichmann, den Mann, der hier vor zweiundsiebzig Jahren für den millionenfachen Mord an Juden zur Verantwortung gezogen wurde.

Hausners Worte haben mich immer sehr berührt, er war es, der mich inspiriert hat, selbst Jurist zu werden. Ich möchte sie Ihnen hier noch einmal vorlesen.«

Generalstaatsanwalt Aharon Bar-On nahm einen Schluck aus dem Wasserglas, bevor er fortfuhr.

Er war nervös, sein Mund hatte diese unangenehme Trockenheit, die er einfach nicht loswurde, selbst nach mittlerweile bestimmt vierhundert Prozessen, die er geleitet hatte.

Aber dieser Prozess hier war kein gewöhnlicher. Bar-On wusste, dass er dabei war, in die Geschichte einzugehen. Unzählige Menschen würden sich diese Bilder und seine Worte im Internet anschauen und anhören, noch Jahre oder gar Jahrzehnte später, so, wie er als kleiner Junge die Aufzeichnungen des Prozesses gegen Adolf Eichmann immer und immer wieder angesehen hatte.

Bar-On las vor:

»›Wenn ich hier vor Ihnen stehe, Richter Israels, um die Anklage von Adolf Eichmann zu leiten, stehe ich nicht allein. Mit mir stehen sechs Millionen Ankläger. Aber sie können nicht aufstehen und einen anklagenden Finger auf den richten, der im Dock sitzt, und schreien: *Ich klage an.* Denn ihre Asche stapelt sich auf den Hügeln von Auschwitz und den Feldern von Treblinka und übersät die Wälder Polens. Ihre Gräber sind über die gesamte Länge und Breite Europas verstreut. Ihr Blut schreit, aber ihre Stimme ist nicht zu hören. Deshalb werde ich ihr Sprecher sein und in ihrem Namen die schreckliche Anklage entfalten.‹«

Bar-On wartete einige Momente, um die Worte, die er soeben vorgelesen hatte, wirken zu lassen.

»Mit diesen Worten, meine Damen und Herren, begann Generalstaatsanwalt Gideon Hausner vor zweiundsiebzig Jahren den Prozess gegen Adolf Eichmann. Und wenn ich nun heute hier vor Ihnen stehe, um die Anklage gegen Arthur Hendrich zu leiten, dann stehe ich Seite an Seite mit Gideon Hausner und den sechs Millionen, die wieder ihre anklagenden Finger auf den richten, der hier im Dock sitzt, und sie schreien erneut: ›Ich klage dich an.‹

Dieses Mal sitzt hier der Mann, der nicht nur ausführendes Organ war – so wie Eichmann und viele andere. Nein, heute sitzt hier die identische Kopie jenes Mannes, der für den millionenfachen Mord an unseren Brüdern und

Schwestern die Verantwortung trägt. Der ihn in seinem unendlichen Hass ersonnen, geplant und befohlen hat.

Deshalb sage ich, synchron mit den Stimmen der sechs Millionen Opfer, hier und jetzt die Worte: Arthur Hendrich. Ich klage dich an.«

●

Arthur hatte sich nicht gegen seine Auslieferung gewehrt, die Israel bei Deutschland beantragt und die Bundesregierung bewilligt hatte. Dafür war eine Gesetzesänderung notwendig gewesen. Laut Aufenthaltsgesetz war es nicht zulässig, jemanden an ein Land auszuliefern, in dem ihm die Todesstrafe drohte. Bundeskanzler Sörensen hatte diese Regelung im Eilverfahren mit den Stimmen von Deutschem Weg, FDP und CDU/CSU außer Kraft gesetzt.

Nun saß er in dem Panzerglas-Kasten wie ein exotisches Reptil, es war dieselbe Box, die schon Adolf Eichmann vor den Kugeln eines rachsüchtigen Mörders bewahrt hatte. Hinter ihm standen links und rechts Wachmänner, vor sich hatte er ein Mikrofon. Arthur hatte einen Kopfhörer auf und lauschte der Stimme des Simultan-Dolmetschers, der die Worte des Chefanklägers für ihn aus dem Hebräischen ins Deutsche übersetzte.

Aber Arthur hörte kaum hin. Wozu auch. Wozu überhaupt dieser ganze Prozess? Sie hatten sich ja alle ohnehin schon ihr Urteil über ihn gebildet. Er sah die tausend Augen, die auf ihn gerichtet waren, die ihn mit ihrem Hass durchbohrten. Er war der Feind Israels, er hatte sechs Millionen Juden auf dem Gewissen.

Er war schuldig.

Er war es schon gewesen, bevor er überhaupt geboren

war. Sein Vergehen: Er hatte die Gene von Adolf Hitler. Der Test hatte es bestätigt.

Mit diesen Erbanlagen würde er unweigerlich die Taten seines Originals wiederholen.

Jemanden wie ihn durfte man nicht leben lassen.

Er sah es ein: Er hatte den Tod verdient.

●

Es stimmte. Friedrich oder er – einer von ihnen beiden war ein Klon Adolf Hitlers.

Robin hatte es immer wieder überprüft, die Gensequenz aus Moons E-Mail mit denen von Macrogen abgeglichen.

Alina Schalk hatte die Wahrheit gesagt.

Es war unerträglich, unfassbar.

Robin fühlte sich stumpf und gefühllos. Er kannte diese Reaktion von sich, sie trat meist nach starken emotionalen Erlebnissen ein. Oft auch nach einem Flashback.

Auf dem Weg zu Friedrichs Wohnung hatte er die Menschen an sich vorüberrauschen sehen, als würde ein Film ablaufen. Er gehörte nicht mehr dazu.

Mara hatte ihm angeboten, ihn dabei zu unterstützen, herauszufinden, wer von ihnen beiden es war. Alles, was sie tun mussten, war, eine erneute Erbgutanalyse durchführen zu lassen.

●

Mara war überzeugt, dass die frisch gekürte Innenministerin Schalk etwas ausheckte, auch wenn sie Robin gegenüber keinerlei Forderungen oder Drohungen geäußert hatte.

Sie und Bernd Sörensen hatten nun die Oberhand. Jederzeit konnten sie die Wohlpflugs der Weltöffentlichkeit zum Fraß vorwerfen. Was dann passieren würde, sah man derzeit in Israel, wo Arthur Hendrich vor Gericht stand und mit der Todesstrafe rechnen musste.

Damit hatten sie auch Mara in der Hand. Weitere Aktionen gegen Sörensen waren also erst einmal schwierig.

Es blieben Fragen offen: Warum gab es zwei Kopien von Adolf Hitler? Gab es womöglich sogar noch mehr?

Geistesgegenwärtig hatte Mara am Stierbrunnen eine von Arthurs Zigarettenkippen erbeutet, die noch neben der Bank lagen. Es schien jetzt nicht mehr von Bedeutung, angesichts der neuen Entwicklungen, aber sie war entschlossen, sein Erbgut überprüfen zu lassen.

»Robin!« Justine umarmte ihn fest und lange, als er ihren Wohnungsflur betrat. Tagelang hatte er sich in seiner Wohnung im Wedding vergraben. Hatte immer wieder die Erbgutsequenzen in Parks Daten verglichen, weil er es nicht fassen konnte.

»Hallo Friedrich«, sagte Robin, als er ins Wohnzimmer kam. Sein Bruder saß auf der Couch. Er sagte nichts und schaute nicht auf.

Friedrich sah nicht gut aus. Robin hatte seit dem Treffen am Brunnen nicht mit ihm gesprochen, aber Justine und Mara hatten ihn sicher eingeweiht.

Justine brachte frisch gebrühten Tee. Sie goss ihnen allen ein und setzte sich neben Friedrich.

Robin wartete darauf, dass jemand das Wort ergriff. Schließlich sagte Justine: »Also. Wie ist die Lage?«

»Scheiße ist die Lage«, sagte Friedrich leise.

»Mara hat ein Labor klargemacht, in dem wir unser Erbgut analysieren lassen können«, sagte Robin. »Ich habe Teströhrchen dabei.«

»Ist doch jetzt eh alles egal.«

»Wir brauchen Gewissheit«, sagte Robin. »Um handlungsfähig zu sein. Wenn wir es nicht tun, werden Sörensen und Schalk uns vielleicht bald dazu zwingen.«

»Hat Alina Schalk sich noch mal bei dir gemeldet?«, fragte Justine.

Er schüttelte den Kopf. »Aber Mara glaubt, dass da noch was kommt. Wir müssen mit allem rechnen. Sie haben uns in der Hand. Sie können es publik machen.«

»Das wäre doch geil!«, rief Friedrich. »Dann werden Robin oder ich auch in Israel hingerichtet! Das wär's doch. Zwei Hitlers. Die Mega-Show. Einer wird gehenkt, und der andere kommt auf den elektrischen Stuhl.« Er lachte hysterisch.

Justine sah ihn besorgt an, dann blickte sie zu Robin. Sie wirkte hilflos. So geht das schon die ganze Zeit, sagten ihre Augen. Was soll ich nur tun?

Robin holte die Teströhrchen aus der Tasche und hielt Friedrich eins hin. Er reagierte nicht.

»Friedrich, komm. Ich weiß, dass dich das ankotzt. Mir geht es genauso. Aber wir müssen da jetzt durch.«

Mit einer plötzlichen Bewegung schlug Friedrich ihm das Röhrchen aus der Hand. Es flog gegen die Wand.

»Ich mach den Scheißtest nicht!«

»Friedrich!«, sagte Justine.

»Ich bin nicht Hitler! Ich bin Friedrich! Weißt du, wie kacke das schon ist, der Aufguss eines toten Kindes zu sein? Und jetzt auch noch die Kopie eines Massenmörders?« Seine Stimme überschlug sich. Er steigerte sich immer mehr in seine Wut und seine Verzweiflung hinein. »Ich will es gar nicht wissen. Es ist mir egal. Scheißegal! Ich scheiße auf meine Gene.«

Robin hörte schweigend zu. Dann stand er auf. »Okay, ich geh dann mal wieder.«

Justine brachte ihn zur Tür. »Lass das Röhrchen hier, ich kriege ihn schon noch dazu«, sagte sie.

Robin nickte. »Es reicht ja eigentlich, wenn einer von uns den Test macht.«

Sie sah ihn an. Ihre Augen waren voller Tränen. Ein Stich durchfuhr ihn.

»Ich mache mir Sorgen um ihn, Robin. Er zieht sich immer mehr von mir zurück.«

Robin sah sie an. Er wusste nicht, was er tun sollte. Sein Gehirn war leer. Er wusste selbst nicht mehr weiter.

●

Mara sah ihn fragend an, als er ihr ein einziges Teströhrchen gab. Sie war zu ihm in seine Weddinger Wohnung gekommen.

»Friedrich wollte nicht«, sagte er erklärend. »Er hat es nicht so gut genommen.«

Sie nickte.

»Wann hast du das Ergebnis?«

»In vierundzwanzig Stunden.« Sie sah ihn prüfend an. Sein schmales Gesicht wirkte noch hagerer als sonst. Dunkle Ringe hatten sich unter seine Augen geschlichen.

»Wie geht es dir?«

Er schüttelte den Kopf. »Ich komm klar.«

»Ich habe das Ergebnis von Arthur Hendrichs Test. Halt dich fest: Er ist kein Hitler-Klon.«

Robin sah sie mit weit aufgerissenen Augen an. »Was? Aber die Israelis haben ihn doch testen lassen!«

»Hendrichs Y-Chromosom weist keine Übereinstimmung

mit dem aus Moons Mail auf. Ich habe sogar den doppelten Check gemacht und das Labor gefunden, wo Jean-Paul Mulders damals das Erbgut des Hitler-Verwandten hatte analysieren lassen. Sie hatten die Sequenz noch in ihrer Datenbank: keine Übereinstimmung. Hendrich ist nicht mit Adolf Hitler verwandt.«

»Aber ... wie kann das denn sein? Er steht in Israel vor Gericht.«

»Ich vermute, dass Alina Schalk die Wahrheit herausgefunden und dann unter Verschluss gehalten hat. Vielleicht ist der Hitler-Klon für Bernd Sörensen zu wichtig geworden? Ihm hat er schließlich die Kanzlerschaft zu verdanken.«

»Dann haben Park und Moon Sörensen und Schalk betrogen?«

»Ich verstehe es auch noch nicht so ganz«, sagte Mara. »Vielleicht war Moon das Ganze zu heiß. Vielleicht hat er ihnen einen anderen Klon untergejubelt, weil er das Geld kassieren wollte. Fakt ist, dass Sörensen und Schalk offenbar keine Ahnung hatten, sonst hätten sie Arthur nicht all die Jahre protegiert und die Schlüsselereignisse aus Hitlers Leben bei ihm nachgestellt. Und von euch wussten sie auch nichts.«

»Aber Park wusste von uns ...«, sagte Robin.

»Ja. Ich glaube, dass sie den Hitler-Klon auf eigene Faust hergestellt hat. Ohne Moons Wissen. Warum, weiß ich nicht. Vielleicht werden wir es nie erfahren. Beide sind tot.«

»Aber das heißt doch, dass Arthur unschuldig ist! Wir müssen etwas tun«, sagte Robin.

»Und was?«

»Wir müssen es veröffentlichen!«

Mara lachte. »Und dann? Was glaubst du, wird dann wohl passieren?«

Sie wusste es: Sörensen und Schalk würden ihrerseits mit der Wahrheit herausgehen und Robin und Friedrich an den Pranger stellen.

»Arthur ist unschuldig«, sagte sie. »Aber du siehst doch, wie sich das gesellschaftliche Klima geändert hat. Die Leute wollen den Hitler-Klon. Sie wollen diesen Prozess. Für sie ist er Hitler selbst.«

Robin biss die Zähne zusammen. Er wirkte ohnmächtig.

»Auch dem israelischen Ministerpräsidenten kommt der Hitler-Prozess wie gerufen. Mordechai hatte fast schon ein Amtsenthebungsverfahren am Hals wegen seiner ganzen Korruptionsaffären. Vermutlich steckt er mit Sörensen und Schalk sogar unter einer Decke.«

Robin schwieg. Er schien nach einer Lösung zu suchen.

»Ihr könnt Sörensen nicht angreifen, ohne euch selbst zu schaden. Das weiß er. Die Frage ist, welchen Move er jetzt machen wird. Jetzt, wo er weiß, dass es einen echten Hitler-Klon gibt. Der einzige Vorsprung, den wir noch haben, ist, dass Sörensen nicht weiß, welcher von euch beiden es ist.«

»Wollen wir eine rauchen?«, sagte Robin plötzlich.

Sie war verdutzt, musste dann aber grinsen. Es war ihr gemeinsames Ritual geworden.

Sie traten hinaus auf den Balkon und sahen auf die Straße. Robin hatte sich in einer ungemütlichen Ecke des Wedding eingemietet. Eine Plastiktüte flog durch die Luft, schmutzige Straßentauben trieben es auf einer Laterne, Capri-Sonne-Verpackungen reflektierten grell die Sonnenstrahlen.

Er zündete ihre Zigarette an, und gierig sog sie den Rauch in ihre Lungen. Im ersten Moment fühlte sie sich benebelt vom Nikotin, das in ihr Blut und in ihr Hirn drang.

Sie standen eine Weile schweigend da und rauchten.

Sie sah hinunter auf die Straße, sah BMWs mit mattschwarzer Lackierung durchfahren, die getunten E-Motoren-Sounds röhrten bedrohlich. Wenn sie gezwungen waren zu bremsen, weil ein Fußgänger über die Straße wollte, hupten die Fahrer aggressiv und fuhren dann sofort wieder mit Vollgas an. Sie sah Frauen mit Kopftüchern Kinderwagen über die Bürgersteige schieben, an den dicken Autos vorbei, die kreuz und quer den Gehweg zuparkten.

»Wie hältst du das hier nur aus?«, fragte Mara.

»Was meinst du?«

Sie machte eine ausladende Bewegung mit dem Arm. »Der Müll. Der Krach. Die Assis. Die Clans.«

»Stört mich nicht. Meine alte Wohnung war auch nicht besser«, sagte er.

»In München wären solche Zustände undenkbar.«

»München ist ja auch das Reich von Ernst Loibl«, sagte Robin, und Mara lachte.

»Stimmt. Das muss man ihm lassen: Ernst Loibl ist ein Saubermann.«

»Ich bin der Klon«, sagte Robin unvermittelt, und fast hätte sie sich vor Überraschung am Rauch verschluckt. Sie hustete und blickte ihn an. »Woher willst du das wissen?« Aber etwas in ihr ahnte, dass er recht hatte.

Er erzählte ihr von dem Raum, dem zweiten Flashback, der ihn immer öfter heimsuchte und den nur er hatte.

Mara überlegte kurz, dann zückte sie ihr Handy.

»Sven«, sprach sie in den Hörer. »Ich bin's. Sorry, dass ich dich so überfalle, aber kann ich dich noch mal was fragen? Was Geschichtliches. Wie genau ist Adolf Hitler gestorben?«

Sie hörte ein paar Minuten lang Svens gewohnt weitschweifigen Erklärungen zu und nickte immer wieder.

»Okay. Danke«, sagte sie. Offenbar wollte er mehr darüber wissen, was los war, aber sie wimmelte ihn ab und versprach, ihn demnächst anzurufen.

»Kannst du den Raum beschreiben?«, fragte Mara. »Was genau siehst du?«

Robin erzählte ihr von dem fensterlosen Raum, den weißen Wänden, dem Sofa, der blonden Frau, dem Tropfen.

Mara tippte auf ihrem Smartphone herum, dann hielt sie es ihm vors Gesicht. Sie hatte eine Bildersuche nach »Hitler, Selbstmord, Führerbunker« gemacht und Schwarz-Weiß-Bilder gefunden, die einen Raum zeigten, in dem ein helles Stoffsofa neben zwei Holzstühlen stand. Robins Miene versteinerte, als er sie sah. Er klickte die Bilder groß, zoomte hinein, schob sie hin und her.

»Das ist der Raum im Führerbunker, in dem Hitler und Eva Braun sich umgebracht haben. Vermutlich hat sie eine Blausäurekapsel zerbissen. Und er hat sich in den Kopf geschossen.«

Die Zigarette rutschte ihm aus der Hand. Dann taumelte er.

»Robin!«, rief Mara. »Robin, was ist los?«

Seine Augen wurden weiß, im letzten Moment ergriff Mara seinen Körper, weil sie befürchtete, dass er umfallen könnte. Aber sie schaffte es, ihn zu stabilisieren.

»Es ist der Raum«, murmelte er mit schwacher Stimme.

Mara sah ihn mit großen Augen an.

»Hattest du wieder einen Flashback?«, fragte sie, und er nickte.

»Es ist der Raum. Ich war eben dort.«

»Bist du sicher?«

Wieder nickte er und räusperte sich. Mit bedächtigen Bewegungen nahm er eine neue Zigarette aus dem Päckchen und steckte sie sich an. »Ich hatte mich immer gewundert, warum ich auch noch diesen Flashback hatte und Friedrich nicht. Jetzt weiß ich warum.«

Sie nahm einen tiefen Zug aus ihrer Zigarette.

Langsam begriff sie.

»Du bist zweimal gestorben. Park hat deiner Mutter gleich bei ihrem ersten Besuch in der Klinik den Hitler-Klon eingepflanzt. Er hatte die epigenetische Erinnerung an den Selbstmord im Führerbunker. Der Klon wurde geboren und ist dann mit dem Original von Friedrich zusammen auf dem Segelboot ertrunken. Dann wurde er noch einmal geklont.«

Robin sah sie an. Plötzlich sah er aus wie ein verängstigter Junge. »Erik«, murmelte er. »Erik Wohlpflug. Er war der erste Hitler-Klon.«

●

Für Robin war es nur noch eine Formalität, als Mara ihn am nächsten Tag anrief und bestätigte, was er längst wusste: Er war der Klon von Adolf Hitler.

Und doch traf es ihn noch einmal mit voller Wucht.

Die nächsten Stunden vergingen wie im Traum. Was war die Gegenwart? Wo ragten seine vergangenen Leben bis ins Heute und verzerrten seine Wahrnehmung?

Die Realitäten verschwammen. Er hörte sein Telefon klingeln. Es prallte an ihm ab, Schallwellen, die von seinem Körper reflektiert wurden und zurück in den Raum strahlten.

Er war nicht mehr er selbst. Er war ein anderer. Zwei andere.

Sein Ehrgeiz, seine Träume, sein Wille – alles gestohlen, alles fremd, alles im Besitz eines Mannes, der mit genau diesen Eigenschaften die ganze Welt in einen mörderischen Krieg gestürzt hatte. Der Millionen Juden auf dem Gewissen hatte. Der Deutschland fast mit sich in den Abgrund gerissen hätte.

Robin irrte durch seine Wohnung wie auf Drogen. Er riss sich die Kleider vom Leib. Er stellte sich in die Dusche und drehte den Hahn auf. Eiskalt. Dann drehte er das Wasser auf heiß. Dann wieder auf kalt.

Er zitterte.

Das Wasser strömte an ihm herab, ohne dass es seinen Makel abwaschen konnte. Der Schmutz steckte tiefer. Er steckte in seinen Genen. Robin konnte sich waschen, sooft er wollte, das Blut von Millionen Menschen würde für immer an ihm kleben. Es steckte in jeder seiner verdammten Körperzellen.

Er stellte sich vor den Spiegel und wischte den Wasserdampf-Beschlag weg.

Ein Gesicht starrte ihn an. Bewegungslos stand er so und betrachtete sich selbst. Scannte jeden Quadratzentimeter. Ein schmales Gesicht. Ein ernstes Gesicht. Ein ausgezehrtes Gesicht.

Er schaue so ernst, hatten ihm die Leute immer gesagt. Schau doch mal freundlicher. Lächle doch mal.

Er zog den Mund in die Breite, zog ihn zu einem Grinsen. Jetzt sah er aus wie ein Verrückter.

Ein verrückter Mörder.

Jeden Moment könnte er dazu werden, er musste nur seinen Genen freien Lauf lassen.

»Bin ich böse?«, fragte er sein Spiegelbild.

»Bin ich böse?«

Alte Geschichten fielen ihm ein. In der dritten Klasse hatte er einmal seine Schulkameraden beim Lehrer denunziert. Sie waren auf die Überdachung des Schulgeländes geklettert, mit einem fadenscheinigen Vorwand. Der Anführer, Marcus, hatte einen Ball mit Absicht hinaufgeworfen. Robin hatte sie alle verraten. Weil er insgeheim Marcus gehasst hatte.

Als Dreizehnjähriger hatte er das Tagebuch seines besten Freundes zerrissen, als er bei ihm zu Hause gewesen war – und es dann auf dessen behinderten Bruder geschoben.

In der zweiten Klasse hatte er seine Mitschülerin Denise die Treppe hinuntergeschubst. Hinterrücks. Von der obersten Stufe. Er hatte gar kein Problem mit Denise gehabt. Sie hatte ihn nur ein wenig genervt, und er wollte sehen, wie sie hinfiel.

Er hatte oft gelogen. Zu seinem Vorteil agiert. Schlecht über andere gedacht.

Die Hassgefühle kamen ihm in den Kopf, die er gegen andere gehegt hatte. Er hatte Kevin gehasst, einen Mitschüler in der Oberstufe. Er hatte ihn insgeheim beneidet, weil er so sportlich, so intelligent, so erfolgreich gewesen war, alle zu ihm aufgeschaut hatten und ihm die Herzen zuflogen. Kevin hatte sich ihm gegenüber immer korrekt verhalten. Robin hatte hinter seinem Rücken nach Möglichkeiten gesucht, ihm zu schaden, hatte Gerüchte über ihn in die Welt gesetzt.

Er hatte geheime Gedanken und Begierden zu Justine gehabt. Wie er sie küsste. Ihre Brüste berührte. Mit ihr Sex hatte.

Und er hatte Friedrich um sie beneidet. Er hatte gedacht, dass er sie nicht verdiente.

War er böse? Schon immer gewesen?

Er betrachtete seine müden, dunkel umrandeten Augen, die so leicht entrückt schauten und manchmal Leute förmlich aufzuspießen drohten. Die dünnen Augenbrauen, die sich darüber wölbten. Die breite Stirn. Die gerade Nase, die sein Gesicht scharf in zwei Hälften teilte. Das kleine Kinn.

So sah der Mann aus, der sechs Millionen Menschen ermordet hatte. Der einen Weltkrieg angezettelt hatte.

Seine nassen Haare hingen in Strähnen herab, klebten an seinen Wangen. Wie ferngesteuert zog er einzelne von ihnen auf die Seite. Strich sie fest und glatt. Er handelte wie ein Automat, mit immer schnelleren Bewegungen. Strich die Haare von rechts über seinen Kopf hinweg zur linken Seite.

Dann hielt er inne und sah sich an.

Etwas störte. Sein Schnurrbart. Er nahm den Rasierer und säbelte die rechte Ecke ab.

Dann die linke.

Was tat er da?

Häutete er sich? Pellte er die überflüssig gewordenen Schichten ab? Um das zu offenbaren, was all die Jahre in ihm geschlummert hatte? Den Wolf im Schafspelz?

Sein Bartwuchs war nicht stark genug, das Ergebnis noch nicht zufriedenstellend. Er rasierte alles ab und hatte eine Idee.

Nackt rannte er ins Wohnzimmer und riss wie irre die Schubladen seines Schreibtisches auf. Bis er endlich das hatte, was er brauchte.

Einen schwarzen Edding.

Robin zog die Kappe ab und roch das Lösungsmittel. Dann stellte er sich wieder vor den Spiegel und setzte an. Malte das alles entscheidende Quadrat. Direkt unter seine Nase.

Während er auf der Leinwand des Gesichtes malte, von dem er bis eben gedacht hatte, dass es seines – oder Eriks? – gewesen war, strömten die Lösungsmitteldämpfe in seine Nasenlöcher.

Das kleine schwarze Quadrat prangte ihm entgegen. Er sah absurd aus. Wie eine Karikatur.

Langsam streckte er den nackten rechten Arm aus.

»Heil Hitler«, sagte er leise.

Mit den Fingerspitzen berührte er den beschlagenen Spiegel, genau dort, wo er den Bart gemalt hatte. Er drückte mit den Fingern auf sein Spiegelbild, als würde er einen Knopf eindrücken wollen.

»Heil mich.«

Er strich sich über den Kopf. Feinste Stoppeln kratzten noch an seiner Handfläche. Er hatte nicht alle erwischt, als er sie abrasiert hatte.

Auch den Edding hatte er nicht mehr ganz abgekriegt, obwohl er mit Seife und Bürste auf seiner Oberlippe geschrubbt hatte wie verrückt. Es lag noch immer ein dunkler, quadratischer Schatten darauf.

Nun lag er nackt auf dem Boden, schaute an die Decke und versuchte, nichts zu denken.

Er war ein leeres Gefäß voller fremder Gene. Eine Zeitbombe.

Sein Handy lief über von Sprachnachrichten.

Seine Mutter hatte mehrfach versucht, ihn anzurufen, und ihm Nachrichten aufgesprochen. Sie hatte ihm frohe Weihnachten gewünscht.

Die Stimmen seiner Eltern waren jetzt das Letzte, was er ertragen konnte.

Auch Mara hatte ihm mehrere Nachrichten geschickt, die er einfach ignorierte.

Zu seiner Überraschung fand er auch eine Benachrichtigung von Alina Schalk auf seinem Gerät, aber er las sie nicht.

Und eine von Justine. Er tippte auf Wiedergabe.

»Robin. Hallo.« Ihre Stimme klang brüchig. Es war ungewohnt, sie so zu hören, sie, die immer so bedacht und ruhig war.

»Friedrich ist weg«, sagte sie, und ihre Stimme erstarb. Er hörte auf der Aufnahme, wie sie ein Weinen unterdrückte. »Heiligabend war er noch kurz hier, dann ist er zu euren Eltern gefahren und ich zu meinen. Danach ist er einfach abgetaucht. Lisa sagte mir, dass sie nicht weiß, wo er ist. Hast du etwas von ihm gehört, Robin? Ist er bei dir? Ich mache mir solche Sorgen. Ich mache mir Sorgen, dass er sich etwas angetan haben könnte, Robin.« Ihre Stimme stockte wieder. Jetzt weinte sie. Er fühlte sich hilflos. Dann fing sie sich und sagte: »Ich weiß nicht, was ich tun soll. Robin. Er hat sich gar nicht verabschiedet. Ich kann ...«

Sein Telefon vibrierte und unterbrach die Wiedergabe.

Es war seine Mutter.

Robin zögerte. Dann nahm er ab.

Seine Mutter konnte kaum sprechen, mit tränenerstickter Stimme sagte sie: »Robin. Robin ...«

»Mama, was ist los?« Er richtete sich auf.

»Friedrich ...« Sie schluchzte, ihre Stimme war kaum zu verstehen.

»Mama, was ist? Was ist mit Friedrich?«

»Er ist tot.«

Die nachfolgenden Stunden und Tage durchlebte er wie in Trance. Wie betäubt irrte er durch die Straßen. Er lag auf Gras, irgendwo, er hatte keine Ahnung wo. Er fror. Aber es war egal. Neben sich tastete er nur Flaschen, manche voll, manche leer.

Schemen von Menschen huschten an ihm vorbei. Kalter

Wind strich über sein Gesicht. So lag er irgendwo auf einer Wiese und vergaß Zeit und Realität.

Als er die Augen wieder öffnete, sah er plötzlich ein neues Bild vor sich. Der leuchtende, volle Mond, mit all seinen Kratern. Wie stoisch der Mond den Dauerbeschuss der Kometen seit Jahrmillionen Jahren einfach hinnahm. Was war da ein Menschenleben im Vergleich? Eine Nanosekunde.

Friedrich war vergangen.

Der Name seines toten Bruders löste in seinem Gehirn trotz der Unmengen an Alkohol immer noch eine Schmerzreaktion aus.

Friedrich war tot.

Er versuchte, es zu begreifen, aber was gab es zu begreifen, wenn man völlig betrunken war. Er sprach nur immer wieder die Worte leise vor sich hin: Friedrich ist tot. Friedrich ist tot.

Er war vor eine S-Bahn gesprungen.

Eine S-Bahn. Welche Linie, dachte er, und im gleichen Moment wusste er, dass das völlig egal war.

Bitte klont ihn nicht mehr, dachte er.

»Bitte klont mich nicht« – vielleicht sollte man das in Friedrichs Grabstein gravieren. Er lachte und griff nach einer Flasche neben sich. Seine Zunge meldete: Wodka. Er schluckte schneller. Irgendwann hörte er Böller knallen. Sah Lichtblitze, der Himmel war voller Raketen. Er begriff nichts mehr.

Dann endlich fiel der Vorhang.

Die Kälte und die Sonne weckten ihn. Das Licht stach grell in seine Netzhäute. In sein Vorderhirn. Etwas leckte an ihm, und er zuckte zurück. Hundehecheln. Er schlug danach, und seine Hand traf auf einen muskulösen Körper. Lautes

Bellen. Es klatschte auf sein rechtes Trommelfell, drosch in sein Seitenhirn.

Seine Glieder waren steif, langsam bewegte er Arme und Beine. Seine Finger stießen gegen Plastik. Er sah seinen ausgestreckten Arm, seine Hand, sie rührte an eine bunte Hülse. Ein abgebrannter Böller?

Ihm fiel auf, dass sein Alzheimer-Band weg war. Hatte er es weggeschmissen? Hatte es ihm jemand geklaut? Er erinnerte sich nicht mehr. Trotz seines Brummschädels wurde ihm die Ironie bewusst. Er musste grinsen.

Er fror bitterlich. Mit zusammengekniffenen Augen sah er sich um. Er erkannte die sorgsam gemähte, rechteckige Wiese, auf der er lag, die Treppenaufgänge an den schmalen Seiten, das Wasserbecken, die Statuen. Überall lag Abfall, zerplatzte Böller, abgefeuerte Raketen, leere Sektflaschen, Pizzakartons. Silvester? Hatte das neue Jahr begonnen? Er erinnerte sich an nichts mehr. Jetzt erkannte er auch, wo er war: im Körnerpark in Neukölln. Seine alte Hood. Wie war er aus dem Wedding hierhergekommen?

Verkatert, durchgefroren und stumpf machte er sich auf den Weg nach Hause.

Gedanken schlichen durch seinen Geist wie Zombies.

Friedrich war tot.

Auf seinem Smartphone sah er, dass er wieder mehrere Anrufe und Nachrichten bekommen hatte. Seine Mutter, Justine, Mara und wieder Alina Schalk. Sie wünschten ihm ein frohes neues Jahr, und alle klangen besorgt. Er war tagelang abgetaucht und nicht zu erreichen gewesen.

Vor allem Justines Nachrichten gingen ihm nah. Er traute sich nicht, sie anzurufen. Er schämte sich vor ihr für seinen Zustand.

Robin bemerkte, wie ihn die Leute anstarrten. Ihm fiel

wieder ein, wie er aussah. Kahl rasierter Kopf, mit Edding-Hitlerbärtchen auf der Oberlippe.

Er tippte auf Maras Nachricht und las: »Es tut mir sehr leid mit Friedrich. Bitte melde dich! Lass uns reden.«

Friedrich war tot. Und er war Adolf Hitler. Was gab es noch zu reden?

Ein Gedanke kroch in sein Bewusstsein, der sofort Schuldgefühle erzeugte: Vielleicht war es besser so.

Er wagte ihn kaum zu denken, aber der Gedanke war da: Sie hätten beide eigentlich schon vor zweiundzwanzig Jahren sterben sollen. Er sogar schon vor achtundachtzig.

Nur die Hybris ihrer Eltern und die eines größenwahnsinnigen Politikers hatten sie beide wiederauferstehen lassen.

Für Friedrich war dieses Abenteuer jetzt vorbei. Er konnte nun in Frieden ruhen.

Warum tust du es nicht auch?, dachte er. *Bring dich um. Mach Schluss mit diesem Wahnsinn! Du bist eine tickende Bombe. Du hast die Gene eines Irren. Früher oder später wirst du werden wie er.*

Selbsttötung. Für einen Moment erschien ihm diese Option unglaublich verlockend.

Er – beziehungsweise du – hat es doch schon mal gemacht. Er hat eine Pistole auf seinen Kopf gerichtet und abgedrückt.

Worauf wartest du noch? Tu es, bevor du anderen schadest. Beende den Fluch der Gene.

Er überlegte, wie er es tun musste, um klonungssicher für immer zu verschwinden. So, dass kein Gewebe übrig blieb, aus dem man den »Führer« ein weiteres Mal klonen könnte. Am Ende noch mit einer dritten Todeserinnerung.

Ertrinken? Sie würden seine Leiche aus dem Wasser fischen.

S-Bahn? Bliebe immer noch zu viel Fleisch übrig.

Verbrennen? So wie es Adolf Hitler auch veranlasst hatte – mit zweifelhaftem Erfolg, wie man jetzt sah.

Verzweiflung kroch in ihm hoch. Gab es denn keine Möglichkeit, für immer zu verschwinden?

Justine. Ihr Gesicht erschien vor seinem inneren Auge.

Fast fühlte er sich schlecht, an sie zu denken. Als würde er Friedrich betrügen. Friedrich war weg. Justine war noch da.

Ihr Schmerz musste unerträglich sein. Sie hatte ihren Geliebten verloren.

Jetzt ist sie frei. Frei für mich.

Schuldgefühle überkamen ihn.

Es ist kein Wunder, dass du so etwas denkst. Denn du bist böse. Du warst es schon immer.

Aber warum hatte er überhaupt Schuldgefühle? Friedrich war nicht sein leiblicher Bruder gewesen. Er war ein Kuckuckskind. Eine skrupellose Wissenschaftlerin hatte ihn in die Wohlpflug-Familie hineingemogelt.

Er war niemandem gegenüber für irgendetwas verantwortlich.

Er wollte weinen, aber es kamen keine Tränen. Er war ausgedörrt, leer, trocken. Er wusste nicht mehr weiter.

Was sollte er nur tun?

Was sollte er nur mit sich tun?

Er setzte sich irgendwo in einen Hauseingang, vergrub den Kopf in den Händen und zog seine Beine an den Oberkörper. Wie ein Embryo. Ein sich entwickelnder Organismus. Was er ja auch war. In ihm schlummerten die Gene des Teufels und warteten nur darauf, sich endlich entfalten zu können.

Eng umschlungen wiegte er sich unmerklich hin und her, wie um sich selbst zu beruhigen.

Er war nicht Friedrichs wahrer Bruder. Er war nicht der wahre Sohn seiner Eltern.

Er war der Wiederaufguss eines Mörders.

Dann konnte er auch ebenso gut zu seinen wahren Schöpfern gehen.

22

Berlin, 2034

»Ich bin sehr froh, dass du zu mir gekommen bist. Ich darf doch Du sagen? Für mich ist es, als ob ich einen verlorenen Sohn begrüße.«

Bernd Sörensen stand vor dem riesigen Fenster seines Büros. Durch die dunkel getönten Scheiben hatte man einen sensationellen Blick auf das Reichstagsgebäude. Schwer flatterte die riesige Deutschlandfahne im Wind.

Bernd Sörensen hatte Robin mit einem schwarzen BMW ins Kanzleramt holen lassen, nicht lange nachdem er Alina angerufen hatte.

Das Jackett seines feinen, dunkelblauen Anzugs hatte Sörensen über einen Stuhl gehängt. Die Ärmel seines Hemdes waren aufgerollt. Er trug eine weiße Krawatte, was seltsam aussah auf dem gleichfarbigen Hemd, vermutlich in Anlehnung an die Parteifarbe. An seinem Hemdkragen steckte eine kleine Anstecknadel mit dem Parteisymbol des Deutschen Wegs: dem schwarzen Kreis mit dem weißen X darin. Es wirkte befremdlich. Wie ein Insekt an seinem Hals.

»Möchtest du etwas trinken? Ein Wasser?«

Robin nickte. Er hatte Kopfschmerzen, war noch immer verkatert. Ihm war heiß.

Sörensen ging zu einem Schrank, in dem sich zahlreiche Getränke befanden, und goss ihm ein Glas ein. Robin fiel auf, dass er sich sehr langsam bewegte. Er wirkte fast ein wenig ungelenk.

Robin kannte ihn nur aus dem Fernsehen, und das nicht mal besonders gut – er hatte sich nie sehr für Politik interessiert und erst recht nicht für den Deutschen Weg. Sörensen hatte er immer als eher gehemmt wahrgenommen, steif, maschinenartig, oberlehrerhaft. Das hemdsärmelig Männliche, das er nun zu verkörpern versuchte, passte irgendwie nicht zu ihm.

»Entschuldige bitte die geschmacklose Einrichtung«, sagte Sörensen, als er ihm das Glas Wasser reichte. »Ich hatte noch keine Zeit, die Bilder meines Vorgängers auszutauschen.«

Robin sah sich um. Die großen Gemälde an der Wand waren voller breiter Pinselstriche, sie wirkten aggressiv, tatsächlich gefielen sie ihm auch nicht.

»Hässlich, nicht wahr? Wie ich hörte, hat Bundeskanzler Schröder sie damals angeschafft. Thomsen hat sie wieder aus dem Keller holen lassen.«

Robin wandte den Blick ab und bestaunte erneut die Aussicht, die sich ihm durch das große Fenster bot: Die gläserne Kuppel des Reichstags glitzerte im Sonnenlicht. Eine Gruppe Touristen kam gerade aus dem Sicherheitscontainer am rechten Rand der Wiese und lief die Treppen zum Eingang hoch.

»Ein herrlicher Ausblick«, sagte Sörensen. Robin bemerkte, wie der Bundeskanzler ihn von der Seite musterte. Ihm entging nicht die leichte Belustigung in Sörensens Miene. Er wusste warum: Die Edding-Reste auf seiner Oberlippe. Er hatte versucht, die Farbe abzuwaschen. Es war ihm nicht ganz gelungen. Sörensen ersparte sich jedoch jeglichen Kommentar dazu.

Aber da war noch etwas anderes in seinem Blick, das

Robin schon bei der Begegnung mit Alina Schalk am Stierbrunnen aufgefallen war. Eine Reaktion auf seine eigene Gegenwart, die er nicht gewohnt war: Es war Ehrfurcht.

»Ich muss sagen, dass ich sehr glücklich darüber bin, wie die Dinge sich gewendet haben«, sagte Sörensen. »Alina und ich haben sehr viel Energie, Zeit und auch Geld in Arthur investiert. Wir hatten solche Hoffnungen in ihn gesetzt. Ich hatte mich schon damit abgefunden, meinen Lebenstraum begraben zu müssen. Du kannst dir nicht vorstellen, wie erleichtert ich war, als ich erfuhr, dass es doch einen Klon von unserem geliebten Führer gibt! Und nun bist du hier. Du bist zu mir gekommen. Zusammen werden wir Großes erreichen. Natürlich bist du anders als Arthur, du bist nicht geformt, aber ich bin sicher, dass du schnell zu deiner wahren Bestimmung finden wirst. Allein die Tatsache, dass du von dir aus gekommen bist, beweist es.«

Natürlich wusste Sörensen Bescheid, Alina Schalk kannte Parks Daten. Offenbar war Sörensen sich sicher, dass er der Hitler-Klon war und nicht Friedrich. Hatten sie Mara überwacht? Seinem toten Bruder heimlich eine Gewebeprobe entnommen? Oder hatten sie eine von ihm ergaunert, ohne dass er es gemerkt hatte?

Robin schwieg betreten, ihm war es sehr unangenehm, er schämte sich fremd für diesen Mann, dem er noch nie begegnet war und der sich so verhielt, als wäre er sein größter Fan.

Warum war er hier? Hatte er wirklich seine Bestimmung gesucht, wie Sörensen sagte?

Oder war es einfach Neugier? Wollte er herausfinden, wer Bernd Sörensen war und was er von ihm wollte?

Oder, wenn es das beides nicht war: Was hatte ihn dann hierhergetrieben?

Ein Gedanke nahm langsam Form an. Ein böser Gedanke: Sörensen war ungeschützt. Was, wenn er jetzt zu dem Schrank ging, eine Flasche nahm und sie Sörensen über den Kopf schlug? Ihm die Scherben in den Hals rammte, bis er verblutete. Die Sicherheitsleute draußen vor der Tür würden natürlich Sörensens Schreie hören und hereingelaufen kommen. Sie würden die Pistolen zücken und Robin erschießen. Aber er hatte eine gute Chance, den Kanzler vorher zu töten.

War er dann böse, oder war er gut?

Wäre er dann der nächste Stauffenberg?

»Wie lange habe ich auf diesen Augenblick hingearbeitet«, fuhr Sörensen mit weitschweifiger Geste und in seinem salbungsvollen Ton fort. Er zeigte aus dem Fenster auf das Reichstagsgebäude: »Im Zentrum der Macht dieses Landes zu sein. Endlich all die Ideen verwirklichen zu können, die du damals ersonnen hast und die aufgrund der unglücklichen Umstände nicht zur Blüte gelangen konnten. Du warst mit der Idee eines nationalen Sozialismus deiner Zeit einfach voraus. Wie so oft bei echten Genies.«

Sörensen trat einen Schritt auf ihn zu und blickte ihm tief und versonnen in die Augen. Robin stellte sich vor, wie er Sörensens dünnen Hals ergriff und mit beiden Händen fest zudrückte. Es war kein Hass, keine Wut in diesem Bild, es war einfach eine nüchterne Vorstellung, ein Abwägen seiner Möglichkeiten.

»Du hattest noch nicht die Mittel. Dieses Mal werden wir es besser machen.«

Sörensen trat noch näher an ihn heran. Er hob die Hand, und für einen Moment sah es fast so aus, als ob er Robins Wange berühren wollte. Robin hielt den Atem an. Aber wenige Zentimeter vor seinem Gesicht stoppte Sörensens Hand.

In seiner Miene stand nun unverhohlene Bewunderung. »Du bist zurückgekehrt. Es ist ein Wunder.«

Seine Hand senkte sich wieder.

»Hast du dich einmal gefragt, was das bedeuten soll: ›Dem deutschen Volke‹? Mich hat dieser Schriftzug über dem Eingang des Reichstags immer fasziniert. Ich glaube, ich war dreizehn, als ich mich das erste Mal gefragt habe, wie das eigentlich gemeint war von den damaligen Erbauern: ›Dem deutschen Volke‹? Haben sie dieses Haus gebaut dem Volk zuliebe, damit es endlich Ruhe gibt? Damit man drinnen ungestört weiter sein Ding machen kann? Oder ist es eine wahrhaftige Demutsbekundung, die besagt, dass das Parlament dem deutschen Volke dienen soll?«

»Was wollen Sie eigentlich, Herr Sörensen? Worum geht es Ihnen?«

Sörensen kniff die Augen zusammen. Vermutlich versuchte er, eine Struktur in seiner Frage zu erkennen. Vielleicht einen Beleg für einen ungeformten Adolf-Hitler-Geist.

»Was glaubst du?«

»Ich glaube nicht, dass Sie dem Volk dienen wollen.«

»Ich habe einen Eid geschworen«, sagte Sörensen, und seine Lippen umspielte ein abschätziges Lächeln. Er runzelte kurz die Stirn, dann rezitierte er: »›Ich schwöre, dass ich meine Kraft dem Wohle des deutschen Volkes widmen, seinen Nutzen mehren und Schaden von ihm wenden werde.‹ Und so weiter.«

Er lachte. Es klang hohl.

»Aber von Arthur Hendrich wenden Sie keinen Schaden ab, im Gegenteil – obwohl Sie wissen, dass er unschuldig ist. Er steht in Israel vor Gericht, ihm droht die Todesstrafe. Er ist nicht der Hitler-Klon. Sie wissen es, und trotzdem unternehmen Sie nichts.«

»Dein Idealismus ist stark, das ist gut. Aber er muss noch geformt werden. Du hast deinen Bruder nicht retten können, nun glaubst du, Arthur retten zu müssen. Deine Aufgabe ist es, Deutschland zu retten! Mein Beileid übrigens. Es ist immer wieder tragisch, wenn sich ein so junger Mensch das Leben nimmt. Aber wie du weißt, war er ja nicht wirklich dein Bruder.«

Sörensens Bemerkung stach wie eine glühende Nadel in Robins Herz, und Hass wallte in ihm auf. Er atmete tief durch und sagte mit ruhiger Stimme: »Wie würde das wohl aussehen, wenn ich Arthur als Fake enttarne? Jeder würde wissen, dass Sie das deutsche Volk belogen haben.«

Sörensen zuckte die Schultern. »Ich wurde ja selbst belogen. Es ist zweifellos bedauerlich, wie die Dinge für Arthur gelaufen sind. Aber es geht nie ohne Opfer. Für das deutsche Volk wird es eine Katharsis sein. Dann ist endlich Schluss mit dem ewigen Schuldkomplex. Auch die Juden werden Vergeltung bekommen. Vielleicht werden sie danach friedfertiger sein und die Palästinenser besser behandeln. Außerdem: Willst du wirklich statt seiner sterben? Was für eine Verschwendung. Weißt du eigentlich, was du alles bewirken kannst? Mit deinen Anlagen?«

»Ich habe die Gene eines Massenmörders. Glauben Sie wirklich, dass Sie so leicht einen Wiederaufguss von Adolf Hitler produzieren können? Dass ich all diese kranken Sachen tun werde, die er getan hat?« Robin war immer lauter geworden, er schrie fast. In diesem Moment wurde ihm bewusst, dass er sich gerade anhörte wie der echte Adolf Hitler bei einer seiner Wutreden.

Es klopfte an der Tür, und Sörensen rief schnell: »Alles in Ordnung.« Er lächelte Robin an. »Dein Geist ist noch fehlgeleitet von der Pest der politischen Korrektheit. Der junge

Adolf Hitler wusste auch lange Zeit nicht, was seine wahre Berufung war. Er hat jede Menge Enttäuschungen und Kränkungen durchleben müssen. Es waren immer wieder die bornierten Eliten, die ihn kleinhalten und behindern wollten. Wolltest du nicht auch Maler werden? So wie dein Bruder? Wer hat das verhindert? Anmaßende Professoren an der Universität, die meinten, dein Talent geringschätzen zu können.«

Robin spürte, wie Sörensens Worte in ihm alte Gefühle hervorholten, die er lange unterdrückt hatte.

Die Wut über die Ungerechtigkeit, die er verspürt hatte, als seine Bewerbung für den Studiengang Bildende Kunst abgelehnt worden war. Während Friedrich angenommen wurde.

»Wissen Sie eigentlich, was Sie mir angetan haben?«, sagte Robin mit mühsam kontrollierter Emotion. »Ich werde niemals ein normales Leben führen! Ich werde niemals meine Ruhe haben.«

»Du bist zu Höherem geboren. Das weißt du. Dein Verstand hat es noch nicht begriffen. Aber dein Körper weiß es, er hat dich hierhergebracht, weil er nicht anders kann. Es ist höchste Zeit, Robin. Das deutsche Volk braucht dich. Wir sind endlich in der Position, die Dinge zu gestalten und Neues zu schaffen. Ich bin Kanzler. Du besitzt die Gene eines Genies! Komm an meine Seite, übernimm die Partei, werde Deutschlands neuer Führer! Zusammen werden wir dieses Land erneuern!«

»Und dann? Werden wir wieder eine Diktatur errichten, Menschen in KZs stecken und vergasen? Werden wir wieder einen Krieg beginnen? Ich habe die Gene eines Massenmörders! Wissen Sie, wie sich das anfühlt? Am liebsten würde ich mich sofort umbringen!«

»Nein, Robin, du bist viel stärker als dein Bruder. Selbstmord ist eine Flucht für Schwache.«

Wie konnte Sörensen es wagen, so über Friedrich zu reden?

»Hitler hat sich auch umgebracht.«

»Aber nur, weil er keine Optionen mehr hatte. Adolf Hitler war umzingelt von Feinden, die sein Vermächtnis geschändet hätten. Auch das deutsche Volk hat ihn am Ende im Stich gelassen. Es war die logische Konsequenz, sich umzubringen. «

»Er hat Millionen Menschenleben auf dem Gewissen.«

»Ich sage nicht, dass der Führer unfehlbar war. Er hat Fehler gemacht, weil er besser hätte geformt werden müssen. Er war zu lange alleine, hatte zu wenige fähige Leute um sich. Göring, Goebbels, Himmler, Keitel – alles aufgeblasene, selbstsüchtige Idioten. Vergessen wir auch nicht, dass der Führer von seinem Arzt mit Drogen vollgepumpt wurde, die sein Urteilsvermögen beeinträchtigt haben.

Dieses Mal werden wir es richtig machen. Wir brauchen keine KZs. Heute haben wir Pränataldiagnostik und Gentechnik. Wir können ganz genau sehen, wer gut für den Genpool ist und wer nicht. Wir können Menschen nach der Güte ihres Genoms klassifizieren, ohne dass sie es überhaupt bemerken. Wir werden ein Punktesystem einführen, so wie die Chinesen es haben, um das Verhalten des einzelnen Bürgers zu bewerten und zu sanktionieren. Wir werden außerdem schon bei den Genen ansetzen. Wer nichts zum gesunden Volkskörper beitragen kann, der wird es schwer haben, einen Job, eine Wohnung, eine Versicherung zu bekommen. Und wer keinen Job, keine Wohnung, keine Versicherung hat, der wird auch keine Familie gründen und seine Gene weitergeben. Wer ganz schlechtes Erbgut hat, für den könnte auch Sterilisation eine Lösung sein. Du siehst, es braucht keine Gestapo, keine SS und keine Konzentrationslager mehr, wenn man die richtigen Daten hat.

Wir müssen auch keinen Krieg beginnen, um unseren Lebensraum zu erweitern. Schau, wie es die Chinesen machen: Seit Jahren geben sie afrikanischen Ländern gewaltige Kredite. In Wahrheit kaufen sie Land und sichern sich damit Lebensraum und Ressourcen. Deutschland hat viel zu lange untätig dabei zugesehen, wie China zur Weltmacht aufstieg. Wir müssen die führende Macht werden. Auch unsere Armee ist ein Witz.

Aber erst einmal müssen wir uns unser Land zurückholen! Raus mit den ganzen Einwanderern, die sich hier durchfüttern lassen. Raus mit den linksradikalen und den islamistischen Terroristen! Wir müssen die redlichen deutschen Familien stärken, damit die ganzen Migranten nicht noch mehr Kinder zeugen.«

»Es wird Demonstrationen geben. Aufstände. Möglicherweise sogar Bürgerkrieg«, sagte Robin. »Sie können die Menschen nicht mehr so einfach unterjochen, wie Hitler das vor hundert Jahren gemacht hat. Die Leute haben aus der Erfahrung der Nazizeit gelernt. Sie werden die Demokratie verteidigen.«

Sörensen lachte. »Aber sie haben uns doch gewählt! Wenn sie überhaupt noch wählen gehen. Ich habe immer gesagt, dass die Demokratie eines der ineffizientesten, langsamsten und schlechtesten Systeme ist. Zur Bekämpfung des Klimawandels taugt sie nicht. Wir werden mit ihr auch nicht die Einwanderung stoppen oder den Terrorismus. Wir müssen und wir werden die Demokratie überwinden – so wie die Weimarer Demokratie überwunden wurde. Das Konstrukt der Bundesrepublik ist dem deutschen Volk von den Siegermächten aufgezwungen worden. Niemand wollte damals die Demokratie. Es ist der größte Irrtum aller Zeiten zu glauben, dass jeder Bürger im Staat mitbestimmen will. Das Volk ist ein lebendiger Organismus, so wie der menschliche Körper. Jedes Organ hat seine Aufgabe, aber nur eines fällt die Entscheidungen. Wenn Organe sich nicht mehr daran halten, entsteht Krebs. Das Vierte Reich wird aus einem starken Volkskörper bestehen, der von einem entschlossenen Führer gesteuert wird.«

»Als ob das so einfach ginge!«, entgegnete Robin. »Es gibt das Grundgesetz. Das können Sie nicht einfach ändern. Es gibt das Bundesverfassungsgericht, das Gesetze stoppen kann. Sie können die Demokratie nicht einfach abschaffen.«

»Es wird nicht leicht, mit demokratischen Mitteln die Demokratie abzuschaffen«, gab Sörensen zu, »aber es ist möglich. Wir werden einen dritten Senat in Karlsruhe einführen und damit die Mehrheitsverhältnisse ändern. Dann werde ich das Volk über eine neue Verfassung abstimmen lassen. Damit werde ich in den nächsten Wahlkampf ziehen, und ich bin sicher, dass ich dafür die absolute Mehrheit erringe.«

Robin schwieg betroffen. »Wozu brauchen Sie dann noch mich?«

Sörensen war perplex. Mit dieser Frage schien er nicht gerechnet zu haben. »Robin, dieses Land braucht einen Führer! So dringend wie nie zuvor! Jemanden, der es wieder eint und heilt. Der einen einheitlichen Volkskörper schmiedet. Der der Idee des echten, unverfälschten nationalen Sozialismus neues Leben einhaucht. Heute gibt es nur noch Egoismus und Kapitalismus. Das Volk hat sich verloren in sinnlosen Grabenkämpfen, jeder gegen jeden, Alte gegen Junge, Reiche gegen Arme, Männer gegen Frauen, Linke gegen Rechte, Veganer gegen Fleischesser. Wir haben die

Jugend verloren. Arthur hat gezeigt, wie man sie wieder einfangen kann. Wir brauchen dich, damit du seinen Platz einnimmst. All diese Gräben und internen Kämpfe sind eine Vergeudung von Ressourcen. China, die USA, der Islam, Amazon, Facebook und Google – das sind die Feinde unserer Zeit. Wir brauchen dich mit deinem Redetalent, wir brauchen deine Fähigkeit, die Massen zu begeistern!«

»Ich habe in meinem ganzen Leben noch nicht eine einzige Rede gehalten. Und schon gar nicht vor Massen.«

Sörensen lachte. »Als Adolf Hitler so alt war wie du, lebte er in einem Obdachlosenheim in Wien und malte Postkarten. Er hatte überhaupt keine Ahnung von seinem Redetalent, bis er 1919 entdeckt wurde. Da war er dreißig Jahre alt! Du bist viel weiter, denn du weißt, was du in dir hast! Nutze es. Jetzt!«

Dann grinste Sörensen und tippte sich mit dem Zeigefinger auf seine Oberlippe. »Den ersten Schritt hin zu deinem wahren Ich hast du ja schon gemacht.«

Robin betrachtete Sörensen, er versuchte, diesen Mann zu verstehen. Es gab keinen Zweifel: Sörensen ging es nicht nur um Macht. Er glaubte tatsächlich an das, was er sagte. Das machte ihn so gefährlich, weil die Leute spürten, dass er nicht log.

Wieder kam ihm der Gedanke in den Sinn, Sörensen einfach umzubringen. Er dachte an all die gescheiterten Attentate auf Hitler. Die meisten Attentäter hatten es versucht, als es schon schwierig war, an den Diktator überhaupt heranzukommen. Hier war er im Vorteil. Sörensen war gerade erst Kanzler geworden, noch hatte er sein zerstörerisches Werk nicht begonnen. Er konnte es nutzen, dass Sörensen ihn anhimmelte. Er hatte privilegierten Zugang zu ihm. Er könnte den Mord planen.

Aber würde er das fertigbringen?

Unmittelbar kamen ihm auch Zweifel. War die Ermordung Sörensens der richtige Weg? Noch hatte der Kanzler nichts verbrochen, noch wäre es kein Tyrannenmord. Nach der Tat würde Robin als der echte Klon Adolf Hitlers geoutet werden, und er konnte sich ausmalen, wie die Medien und die Öffentlichkeit sich darauf stürzen würden. »Hitler-Klon ermordet Bundeskanzler.«

Er würde dastehen wie ein Verbrecher und Sörensen post mortem zum Märtyrer adeln.

Auch der Deutsche Weg wäre durch Sörensens Ermordung nicht plötzlich verschwunden, ziemlich sicher würde die Partei sogar gestärkt werden. Ein neuer Kopf würde nachwachsen, vermutlich würde Alina Schalk das Ruder übernehmen, die rechte Agenda fortsetzen, die Demokratie abwickeln.

Nichts wäre gewonnen.

Und wenn das Attentat misslang? Wenn Sörensen überlebte? Dann hätte er als Kanzler sogar noch den Mitleidsbonus.

All diese Überlegungen rauschten innerhalb von Sekunden durch Robins Synapsen.

Mord war keine Lösung.

»Robin, komm an meine Seite. Der Deutsche Weg ist deine Heimat, so wie die Nationalsozialistische Deutsche Arbeiterpartei es für Adolf Hitler war. Du wirst unsere Jugendorganisation übernehmen und kannst dich dort in Ruhe in deine Rolle einfinden. Wenn du so weit bist, wirst du die Parteispitze übernehmen und vollenden, was ich vorbereitet habe. Wie schön wäre es, wenn ich bald verkünden könnte, dass du die Führung des Jungen Wegs übernimmst.«

Robin sah ihn schweigend an. Er sah Sörensens begeisterte Miene, in seinen Lehrer-Habitus war auf einmal Blut geflossen, er wirkte völlig beseelt.

Robin verließ das Kanzleramt niedergeschlagen und nachdenklich. Er hatte es abgelehnt, sich von Sörensens Fahrer nach Hause bringen zu lassen, und das Gebäude durch einen Hinterausgang verlassen.

Nun irrte er zwischen den ordentlich gestutzten und eingerahmten Grasflächen über die breiten Straßen des menschenleeren Regierungsviertels und fühlte sich so einsam wie nie zuvor.

Sörensen war gefährlich, daran bestand kein Zweifel. Mit diesem Mann an der Spitze würde Deutschland sehr bald schon ein anderes Land sein. Selbst wenn Sörensen durch die Institutionen gebremst würde, es gab genügend Stellschrauben, an denen er drehen konnte, um das gesellschaftliche Klima nachhaltig zu vergiften und den Boden für einen weiteren massiven Rechtsruck zu bereiten. Er würde die Gesellschaft weiter spalten, er würde Bürger mit Migrationshintergrund, Angehörige von Minderheiten, Homosexuelle schikanieren, bis sie dem Land von selbst den Rücken kehren und Sörensen und seinen Anhängern das Feld überlassen würden. Frauen würden auf ihre Mutterrolle zurückgestutzt, Journalisten eingeschüchtert, die Justiz nach Wohlgefallen umgebaut werden, die Überwachung der Bürger hochgefahren, Bespitzelung und Denunziantentum befördert. Angst würde sich ausbreiten, niemand würde mehr dem anderen trauen. Sörensen würde auf den Klimawandel pfeifen, Windräder und Solarzellen abbauen, Elektroautos verschrotten, Kohle- und Atomkraftwerke wieder anschalten lassen. Deutschland würde einen nationalistischen Kurs einschlagen, ohne Rücksicht auf seine europäischen Nachbarn, es würde die Grenzen dichtmachen, massiv Aufrüstung betreiben, er traute Sörensen sogar die Installation von Atomwaffen zu. Es würde womöglich wieder alte Gebietsansprüche stellen, China und die USA provozieren. Und selbst falls Sörensen nach vier Jahren abgewählt werden sollte: Solche Weichenstellungen waren langfristig.

Aber da war noch etwas, das Robin beunruhigte, als er in Richtung des Reichstages stapfte: Der Bundeskanzler hatte ihm den Hof gemacht. Er hatte ihn umgarnt und ihm angeboten, die Partei und die Führung des Landes zu übernehmen.

Robin fühlte etwas in sich, das ihn zutiefst anekelte: Er war tatsächlich geschmeichelt und verlockt.

Bist du jetzt stolz darauf, dass ein Nazi dich gut findet?

Wieder ergriff ihn dieses unheimliche Gefühl, sich selbst nicht über den Weg trauen zu können. Es war, als wäre er in einem fremden Körper gefangen, der jederzeit beginnen könnte, seine eigene Agenda durchzuziehen.

Sein Herz raste. Kalter Schweiß brach ihm aus. Sein Atem ging schnell und flach. Er hatte Angst.

Friedrich war tot. Er hatte sich umgebracht. Er hatte all das nicht mehr ertragen können.

Sein Herz zog sich zusammen vor Schmerz.

Plötzlich stand er vor dem Reichstag. Er hatte gar nicht gemerkt, wo er hinsteuerte.

Was, wenn ich Sörensens Angebot annehme? Und dann seine Pläne durchkreuze?

Eine Gruppe Touristen entstieg gerade einem Reisebus und stellte sich an dem Kontrollhäuschen neben dem Reichstag an. Robin hörte französische Satzfetzen.

Was, wenn ich sein Angebot annehme und zu einem guten Führer werde? Einem, der Deutschland vor den Nazis bewahrt. Ein für alle Mal.

Robin sah auf zu dem Eingang des Parlaments.

»Dem deutschen Volke«.

Hatte er nicht die Pflicht, wiedergutzumachen, was sein Original diesem Volk angetan hatte?

●

Friedrichs Selbstmord war ein Schock für Mara gewesen. Hatte er geglaubt, der Klon zu sein? Warum hatte er nicht das Ergebnis von Robins Test abgewartet?

Sie machte sich Vorwürfe, dass sie ihm und Robin nicht genügend beigestanden hatte, als sie die Erbgutproben der beiden gefordert hatte. Wieso hatte sie nicht kommen sehen, was das bei einem jungen Menschen auslösen konnte?

Nun galt ihre Hauptsorge Robin. Würde auch er versuchen, sich umzubringen? Wie würde er mit der schrecklichen Wahrheit klarkommen, der Hitler-Klon zu sein?

Und dann war da noch der genetische Faktor. Hitler hatte sich selbst getötet. Der Diktator war ein Alles-oder-nichts-Mensch gewesen. Er hatte in Extremen gedacht und gelebt. Totaler Sieg oder totaler Untergang. Dazwischen hatte es für Hitler nichts gegeben.

Robin war noch so jung.

Mara wählte Justines Nummer. Erst nach dem zehnten Klingeln nahm sie ab. Justine stand völlig neben sich, sprach mit Grabesstimme. Mara versuchte, sie zu trösten und davon zu überzeugen, dass man sich jetzt um Robin kümmern müsse.

»Habt ihr Kontakt?«

»Er ruft nicht zurück.«

»Wir müssen zu ihm. Sofort. Ich befürchte das Schlimmste.«

Mara hatte ihr Smartphone auf Dauer-Anwählen programmiert und ihn eine Stunde lang versucht anzurufen. Vergeblich. Sie hatte ihm bestimmt zwanzig Nachrichten aufgesprochen, aber sie sah im Messenger, dass er keine einzige abgerufen hatte.

Gemeinsam mit Justine war sie erst in den Wedding gefahren, aber in seiner neuen Wohnung war er nicht. Sie suchten die Gegend ab, nichts. Dann waren sie nach Neukölln gefahren, zu seiner alten Wohnung in der Boddinstraße. Wieder nichts.

Schließlich begannen sie seine Gegend abzusuchen, liefen die Straßen von Süd-Neukölln ab, vorbei an den Gemüseläden mit den halb vertrockneten Auslagen, an den billigen Sitzen und Tischen, die die Schnellimbisse alle paar Meter auf den Gehsteig gestellt hatten und an denen übergewichtige Männer aßen.

Sie stiegen über umgeworfene Elektroroller, schlängelten sich an herrenlosen Einkaufswägen und Sperrmüll vorbei.

Dann hatte Justine eine Idee: »Das Tempelhofer Feld. Dort ist er oft.«

Sie fuhren mit Maras VW-Bus hin und parkten am südlichen Seiteneingang.

Blutrot stand die Sonne am Horizont, als sie Berlins riesige Freifläche betraten. Das ehemalige Flugfeld war voller Menschen, die wie Gläubige dem Sonnengott huldigten, obwohl es bitterkalt war und ein eisiger Wind pfiff. Sie sah Menschen auf allen möglichen Fortbewegungsmitteln: mit Inlinern, Rollschuhen, Skateboards, Longboards, Kiteboards, Fahrrädern zischten sie über die Rollbahnen hin zur Sonne, ihre Schatten hinter sich herschleppend.

Die Fläche schien vor Energie zu pulsieren.

Justine kannte Robins Lieblingsstelle und steuerte

schnurstracks darauf zu: einen Kreis aus großen, grob behauenen Steinen, jeder mit der Gravur eines Tierkreiszeichens versehen.

»Er sitzt immer an dem Krebs-Stein.« Justine zeigte auf den Block in der hinteren Mitte des Kreises. »Sein Sternzeichen.«

Mit der Hand über den zusammengekniffenen Augen versuchte Mara etwas zu erkennen, während sie auf den Halbkreis zuliefen. Es gab nur eine Person, die bei der Kälte auf einem Stein saß. Aber soweit sie es erkennen konnte, hatte sie eine Glatze. Enttäuscht wandte sie sich ab, aber plötzlich rief Justine laut »Robin!« und lief auf den Mann zu.

Verwirrt folgte Mara ihr. Erst spät erkannte sie, dass es tatsächlich Robin war.

Er sah sie beide überrascht an. In seiner Miene lag Freude, aber auch Distanz.

Justine umarmte ihn, lange und innig. Er ließ es zu. »Ich habe mir Sorgen gemacht«, sagte Justine leise. »Ich vermisse ihn so sehr.« Sie begann, zu weinen.

Er fing an, langsam ihren Kopf zu streicheln. Mara fühlte sich unwohl, die beiden in diesem intimen Moment zu beobachten.

Justine setzte sich neben ihn auf den Stein und sagte ein paar Sätze, die Mara kaum verstand. Es ging um Friedrichs anstehende Beerdigung. Sie stand etwas entfernt neben ihnen im Gras.

»Bitte ruf deine Mutter an«, sagte Justine. »Sie braucht dich jetzt.«

Er nickte.

Dann sah er auf zu Mara. Er sah völlig anders aus mit seinem geschorenen Schädel, sein Gesicht wirkte viel härter. Robin war sehr blass, seine Augenringe waren noch dunkler geworden. Mara fiel auch der dunkle Schatten auf seiner Oberlippe auf.

»Hallo, Mara«, sagte Robin mit unbewegter Miene.

»Schön, dich zu sehen«, sagte sie. »Es tut mir leid mit Friedrich.«

Sie war nicht gut in solchen Dingen. Sie hatte es ihm schon geschrieben, aber sie hatte das Bedürfnis, es ihm auch noch mal zu sagen.

Er löste den Blick und nickte schwach.

»Warum hast du dich nicht gemeldet?«, fragte Justine. »Ich habe mir Sorgen gemacht!«

Er sah zu Boden. »Ich war bei Sörensen.«

»Du warst wo?«, fragte Mara entsetzt.

»Er will mich zum neuen Führer machen.«

Sie war sprachlos. Auch Justine starrte ihn an.

Mara starrte wieder auf den quadratischen Schatten auf Robins Oberlippe. Ein alarmierendes Gefühl machte sich in ihr breit. »Warum hast du das gemacht?«

Robin sah sie mit einem funkelnden Blick an, der sie zusammenzucken ließ.

»Dem Mann habe ich immerhin zu verdanken, dass es mich überhaupt gibt.«

»Hast du dich deswegen für ihn entsprechend zurechtgemacht?«, sagte Mara und legte zwei Finger an ihre Oberlippe. Im selben Moment bereute sie ihre Bemerkung. Sie spürte Robins Orientierungslosigkeit. Sie konnte nur ahnen, was er gerade durchmachte. Erst hatte er erfahren, dass er ein Klon war. Dann musste er verdauen, dass er eine Kopie Adolf Hitlers war. Und nun hatte sich auch noch sein Bruder umgebracht. Sie durfte nicht den Kontakt zu ihm verlieren. Er durfte nicht zur falschen Seite kippen.

»Sörensen ist gefährlich«, sagte Mara.

»Das weiß ich.«

»Ich möchte dir nur helfen, Robin.«

Justine nickte. »Was brauchst du? Wie können wir dich unterstützen?«

Er zuckte mit den Schultern und ließ den Kopf nach unten zwischen seine Knie hängen. Mit einem Mal sah er schrecklich dünn und zerbrechlich aus.

»Es gibt eigentlich nur drei Möglichkeiten«, sagte Robin und ließ den Blick über die Weite des Tempelhofer Felds schweifen. »Sie sind alle nicht schön. Möglichkeit eins: Ich bringe Sörensen um. Möglichkeit zwei: Ich bringe mich selbst um. Oder Möglichkeit drei: Ich bringe ihn um und danach mich.« Dann lachte er trocken und sah sie beide durchdringend an. »Ist das nicht lustig? Damals haben alle möglichen Leute versucht, den verrückten Diktator Hitler umzubringen. Nun versucht Hitler den verrückten Diktator Sörensen umzubringen. Geschichte kann schon crazy sein.«

Justine schaute ihn entsetzt an. »Was redest du da? Dein Bruder hat sich gerade umgebracht!« Sie war empört und sprach so laut, dass sich andere Besucher nach ihnen umdrehten.

»Friedrich war nicht mein Bruder«, sagte Robin.

Justine erstarrte. Dann stand sie ruckartig auf. »Du weißt nicht, was du sagst«, sagte sie mit scharfer Stimme. »Ich erkenne dich nicht wieder.« Sie nickte Mara kurz zu und ging.

Mara seufzte innerlich. Es war nicht gut, ihm solche Dinge an den Kopf zu werfen. Das würde ihn noch tiefer in seine Isolation hineintreiben. Er brauchte Justine jetzt.

Sie hatte ja recht. Er hatte sich verändert. Die Frage war nur: War das den Umständen geschuldet? Oder lag es in seiner Natur?

»Justine«, rief Robin ihr halbherzig nach. Zerknirscht

starrte er auf den Boden. Mara schwieg und sah in die Ferne. Die rote Sonnenscheibe war schon halb hinter dem Horizont verschwunden.

»Glaubst du, ich werde wie er?«, fragte er.

Fast fühlte sie sich ertappt, als hätte er ihre Gedanken gelesen. Was sollte sie antworten? Gerne hätte sie ihm Trost und Sicherheit gegeben, ihn beruhigt, ihn, der sich in seinem Körper verstörend fremd fühlen musste und sich selbst vermutlich gerade zutiefst misstraute.

»Ich weiß es nicht, Robin«, sagte sie. »Moon pflegte zu sagen: Ein Klon ist ein Zwilling, der aus der Zeit gefallen ist. Du magst die Gene von Hitler haben, aber du lebst einhundert Jahre später. Es ist eine andere Zeit, eine andere Welt.«

»Eineiige Zwillinge sind sich aber unglaublich ähnlich!«

»Sie wachsen allerdings zur gleichen Zeit auf, in der gleichen Familie, erleben ähnliche Dinge. Das ist bei dir alles nicht der Fall, dein Leben ist ganz anders verlaufen als das von Adolf Hitler. Dein Vater hat dich nicht geschlagen, deine Mutter ist nicht früh gestorben. Du warst nicht im Krieg. Und du hattest einen Bruder.«

Wieder war ihr Mund schneller gewesen als ihr Hirn.

Er vergrub den Kopf in den Armen und sprach dumpf zwischen seine Beine.

»Vielleicht werde ich kein Diktator. Aber was, wenn ich andere schlimme Dinge tue?«

»Robin, ich weiß zu wenig über Genetik und ob es wirklich das angeborene Böse gibt. Ich glaube nicht, dass es so simpel ist. Wir alle haben die Anlagen für Gutes und Böses in uns. Ich bin überzeugt, dass jeder Mensch die Freiheit hat, sich zwischen beidem zu entscheiden. Wäre das nicht der Fall, dann könnte man unser ganzes Justizsystem doch in die Tonne treten, weil man niemanden für irgendwas zur

Rechenschaft ziehen könnte. Und vergiss eines nicht: Du weißt, welche Gene du hast. Das verleiht dir einen immensen Vorteil. Du kannst aufpassen und Böses verhindern.«

»Ja, aber wie? Wie verhindere ich das Böse?«

»Indem du das Richtige tust!«, sagte Mara.

Robin lachte verzweifelt. »Genau das ist es ja. Was ist das Richtige? Richtig wäre es, Sörensen zu stoppen. Aber dafür muss ich zum Mörder werden!«

»Es muss einen anderen Weg geben«, sagte sie nach einigem Nachdenken.

»Seit Stunden zermartere ich mir darüber das Gehirn. Soll ich mich auf Sörensens Spiel einlassen? So tun, als ob ich der neue Führer sein will? Und dann, wenn ich an der Macht bin, mache ich plötzlich alles ganz anders? Glaubst du, das wird funktionieren? Sie werden das nicht zulassen. Außerdem traue ich mir selbst nicht über den Weg. Was, wenn mich die Macht verändert? Wenn ich dann am Ende doch werde wie er?«

Mara überlegte lange. Dann sagte sie nur: »Scheiße.«

»Ja, scheiße«, sagte Robin.

»So richtige dunkle, braune, übel riechende Scheiße!«, sagte sie.

»Sehr, sehr braun«, sagte er, und sie musste lachen. Er fiel in ihr Lachen ein. Es tat gut, es war befreiend und nahm dem Ganzen für einen Augenblick die Schwere.

»Wollen wir eine rauchen?«, fragte sie Robin. »Oder bist du jetzt etwa auch schon zum Nichtraucher geworden? So wie *er*?«

Robin lachte lauthals, und das war wunderbar zu hören. Dann holte er sein Päckchen heraus, sie rauchten gemeinsam und sahen auf die letzte Rundung der Sonne über dem Horizont.

»Eine Sache wollte ich dir noch erzählen«, sagte sie, während sie Rauch ausblies. »Vielleicht ist es jetzt auch egal. Aber ich finde, du hast ein Recht darauf, es zu erfahren. Jedenfalls habe ich mich gefragt, woher Park den Embryo hatte, aus dem der vermeintliche Hitler-Klon entstanden ist.«

»Und?«, fragte Robin.

»Sie hat nicht irgendeinen Embryo genommen. Sie hat euch vertauscht. Sie hat also dich, den echten Hitler-Klon, deiner Mutter eingesetzt und zugleich eines der Kinder deiner Eltern Rebecca Hendrich eingepflanzt.«

Robin sah sie verwirrt an. »Was?«

»Ich habe Arthur Hendrichs Erbgut mit dem von Friedrich verglichen. Justine hatte von ihm doch noch eine Speichelprobe genommen. Ihre Y-Chromosomen stimmen überein. Es gibt keinen Zweifel: Arthur und Friedrich sind Brüder. Arthur ist der Sohn deiner Eltern.«

Robin starrte sie an.

»Park hat euch gleich beim ersten Mal vertauscht, als deine Eltern in Südkorea waren, um die Krankheit deines Vaters im Erbgut der Embryonen reparieren zu lassen. Nach der künstlichen Befruchtung hat sie dann deiner Mutter einen der beiden Embryonen entnommen und ihr stattdessen den Hitler-Klon eingesetzt. Das wussten wir bereits. Was wir nicht wussten, ist, dass sie das Kind deiner Eltern Rebecca Hendrich eingepflanzt hat.«

Robin sah sie mit weit aufgerissenen Augen an.

»Er ist der echte Robin Wohlpflug«, sagte er mit monotoner Stimme. »Er ist der, der ich sein sollte.«

23

Berlin, 2034

»Weißt du, wie ich jetzt dastehe?«, schrie er in den Hörer. So laut, dass sie ihn vom Ohr reißen musste.

Selten hatte Alina Schalk Bernd Sörensen so außer sich erlebt.

»Wie der letzte Idiot! Ich, der Kanzler!«

Sie schwieg. Es sah tatsächlich nicht gut aus. Nebenbei scrollte sie auf ihrem Laptop durch diverse Nachrichtenseiten. Für die Lügenpresse war die Sache natürlich ein gefundenes Fressen: »Falscher Hitler – was wusste der Kanzler?« Selbst die Sörensen eher wohlgesonneneren Blätter klangen verärgert.

Die *New York Times* berichtete: »Fake Hitler Rattles Germany«. Der *Stern* überraschte mit der Zeile: »Hitler gefälscht (aber diesmal waren wir es nicht)«.

Robin Wohlpflugs Schachzug hatte Alina Schalk überrascht. Sie hätte nicht damit gerechnet, dass er sich zu erkennen geben würde. Er hatte alles auf eine Karte gesetzt.

»Wir werden es überstehen«, sagte sie. »Momentan sind alle hypernervös, du weißt doch, wie das ist.«

»Dieser verdammte Bastard!«, fluchte Sörensen. Er kriegte sich gar nicht mehr ein. Hass lag in seiner Stimme. Solche Emotionen war sie von ihm wirklich nicht gewohnt.

Jahrelang hatte Bernd auf diesen Klon gehofft, hatte sehnsüchtig darauf gewartet, dass er zum Mann heranwuchs, endlich bereit, sein Schicksal zu vollenden und Deutschland zu neuer Blüte zu führen. Durch Moons Betrug schien sich all das zerschlagen zu haben. Doch als Bernd erfuhr, dass der Klon doch existierte, war seine Hoffnung zurückgekehrt. Nun sah er sich erneut um seinen Traum betrogen – aber diesmal war es schlimmer. Kein zwielichtiger Wissenschaftler hatte ihn belogen. Der Führer selbst hatte ihn verraten.

»Es muss an der falschen Formung liegen«, murmelte Sörensen, er klang nun eher verzweifelt. »Er hatte einfach nicht die gleichen Schlüsselerlebnisse wie Arthur. Es kann keinen anderen Grund geben. Er ist verblendet. Hitler ist immer ein großer Idealist gewesen. Robin hat die falschen Ideale entwickelt. Ich kann es mir nicht anders erklären.«

Alina seufzte leise. Sie war Pragmatikerin. Ihr war es egal, was Robin Wohlpflugs Gründe gewesen sein mochten, an die Öffentlichkeit zu gehen. Das einzig Wichtige war jetzt, wie Bernd diese Wendung politisch überleben würde.

»Es wird ihm nichts nutzen«, sagte Schalk. »Lass mich überlegen, wie wir damit umgehen.«

●

Mara hatte sich tausendmal verflucht dafür, dass sie ihm von Arthurs Herkunft erzählt hatte. Eine Million Mal verflucht.

Sie hatte alles versucht, Robin von seinem Vorhaben abzubringen. Hatte ihn angefleht, es nicht zu tun, hatte versucht, ihm darzulegen, dass sein Outing Sörensen nicht stoppen würde. Sie hatte ihn gefragt, ob er sich darüber im Klaren war, was er seinen Eltern antun würde. Wenn er sich outete, würden sie auch ihren zweiten Sohn verlieren.

»Ich bin nicht ihr Sohn«, hatte Robin nur gesagt. »Ihr

Sohn sitzt in Israel in einem Glaskasten. Und wenn ich nichts tue, dann werden sie ihn tatsächlich verlieren.«

Dieser Starrsinn, diese unbedingte Entschlossenheit, auf Alles-oder-nichts zu spielen, selbst wenn es die eigene Auslöschung bedeutete.

Dieses Mal aber folgte die unerbittliche Entschlossenheit einem ethischen Kompass, den Mara nicht einfach als falsch abtun konnte. Ja, in ihrem tiefsten Inneren wusste sie, dass es richtig war, einen Unschuldigen nicht stillschweigend seinem Schicksal zu überlassen. Es war das Richtige, Arthur zu retten. Aber dieser ganze Hitler-Prozess an sich war schon falsch: einen Klon für die Verbrechen seines Originals anzuklagen!

Sie hatte Robin nicht umstimmen können. Sie hatte ihm vorgeschlagen, lediglich Arthurs Erbgut-Analyse zu veröffentlichen. Robins eigenes Outing war ihrer Meinung nach unnötig, um Arthur zu retten.

Aber Robin war nicht umzustimmen. Er wollte sich stellen. Zugegeben: Die Wahrscheinlichkeit, dass Sörensen und Schalk ihrerseits Robin ans Messer liefern würden, war hoch. Wenn Robin dem zuvorkam, würde das Sörensen weitaus mehr schaden, als wenn der Kanzler gleich einen neuen Hitler-Klon aus dem Hut zauberte.

Mara hatte das starke Gefühl, dass es Robin nicht nur um Arthur ging: Er sah sich selbst als schuldig.

Robin hatte sie um ihre Unterstützung gebeten. Er wollte, dass sie seine wahre Identität preisgab.

Zunächst hatte Mara sich geweigert, aber er hatte ihr versichert, dass er es tun würde, ob mit oder ohne sie.

Schließlich hatte sie nachgegeben.

Zu Maras Verdruss musste sie mit ansehen, wie sich die Presse nun auf Robin stürzte. Dutzende Reporter postierten sich vor seiner Wohnung, überwachten jeden seiner Schritte, ließen sogar Drohnen vor seinen Fenstern auf und ab fliegen. Die Reporter machten auch vor seinen Eltern und Justine nicht halt.

Mara tat ihr Bestes, um die inhaltliche Ausrichtung der Geschichte zu lenken und voll auf Mordechai und Sörensen zu gehen, aber die Boulevardpresse interessierte einzig und allein der falsche und der echte Hitler-Klon. Selbst Friedrichs Selbstmord wurde schamlos ausgeschlachtet: »Trieb der Hitler-Klon seinen Bruder in den Selbstmord?« lautete eine Headline in der *Bildzeitung*.

●

»Herr Wohlpflug, danke, dass Sie sich Zeit genommen haben. Ich kann mir vorstellen, dass das für Sie alles gerade nicht leicht ist.«

»Das ist es in der Tat nicht, nein.« Robin war nervös. Er hatte sich zu dem TV-Interview bereit erklärt, weil er wusste, dass er früher oder später Gesicht zeigen musste. Je früher er das tat, desto größer die Chance, das Narrativ zu bestimmen.

»Herr Wohlpflug«, begann die *Tagesthemen*-Moderatorin. »Die Leute sind verwirrt. Vor Kurzem hat die *Süddeutsche Zeitung* berichtet, dass es einen Klon von Adolf Hitler gibt und dass der Polit-Influencer Arthur Hendrich dieser Klon sei. Nun sagt die gleiche Journalistin, diesmal in der *FAZ*: Stimmt alles nicht, der wahre Klon ist Robin Wohlpflug. Was sollen wir nun glauben?«

»Ich bin der echte Klon von Adolf Hitler«, sagte Robin. »Arthur Hendrich steht zu Unrecht in Israel vor Gericht.«

»Können Sie das belegen?«

»Mittlerweile haben mehrere Labors unabhängig voneinander die Übereinstimmung meines Erbguts mit dem von Adolf Hitler bestätigt. Es wurde sogar das Moskauer Staatsarchiv angefragt, um das Erbgut eines der verbliebenen Zähne Hitlers zu sequenzieren und mit meinem zu vergleichen. Es ist kein Zweifel mehr möglich: Ich bin ein Klon von Adolf Hitler.«

»Auch bei Arthur Hendrich hieß es schon, dass Labors seine Herkunft zweifelsfrei belegt hätten …«

»Diese Analysen waren gefälscht. Die neuen Untersuchungen zeigen das auch. Ich vermute, dass Bernd Sörensen und der israelische Premier Benjamin Mordechai dahinterstecken.«

»Das ist ein harter Vorwurf gegen den Bundeskanzler. Was lässt Sie das vermuten?«

»Bernd Sörensen hat erst abgestritten, einen Klon produziert zu haben. Dann hat er es zugegeben und so getan, als tue er dem Volk damit etwas Gutes. In Wahrheit plante er, mit dem Hitler-Klon eine neue Diktatur zu errichten. Jetzt will Sörensen die Sache dennoch für sich nutzen. Der Hitler-Prozess hat seine Beliebtheit gesteigert, und er ist die perfekte Ablenkung von Sörensens wahrer politischer Agenda: Deutschlands Demokratie zu zerstören und zur Diktatur umzubauen. Bernd Sörensen ist gefährlich. Man muss ihn stoppen!«

»Gehen wir das mal der Reihe nach durch. Bundeskanzler Sörensen hat verlauten lassen, dass er von Ihrer Existenz nichts wusste. Er sagt, er wurde von dem südkoreanischen Forscher getäuscht und sei in dem Glauben gelassen worden, dass Arthur Hendrich der Hitler-Klon sei.«

»Sörensen wusste, dass Arthur Hendrich nicht der echte Klon ist. Aus politischem Opportunismus aber hat er nichts unternommen. Der deutsche Bundeskanzler hat somit in

Kauf genommen, dass ein Unschuldiger zum Tode verurteilt wird.«

»Sörensen hat im Lichte der neuen Erkenntnisse angekündigt, sich für die Freilassung Arthur Hendrichs einzusetzen. Im gleichen Zug will er nun Ihre Auslieferung nach Israel prüfen. Werden Sie sich dem beugen?«

»Ich muss mich nicht beugen, ich werde mich freiwillig stellen. Wobei ich ganz klar sage, dass ich das Ganze für einen Schauprozess halte, aus dem die beiden Politiker Bernd Sörensen und Benjamin Mordechai politischen Vorteil ziehen wollen. Der eine will sich als Erlöser Deutschlands und Israel-Freund präsentieren, der andere will von seinen Korruptionsvorwürfen ablenken. Ich mag ein Klon sein. Aber ich habe keine Verbrechen begangen. Ich bin nicht Adolf Hitler. Ich bin Robin Wohlpflug.«

»Viele Menschen sehen das anders. Sie halten einen Klon von Adolf Hitler für brandgefährlich. Man dürfe Sie auf keinen Fall frei herumlaufen lassen. Was sagen Sie diesen besorgten Bürgern?«

Robin versuchte zu lächeln, aber es fühlte sich schief an. Er wusste, dass er mit seinem kahl rasierten Kopf vermutlich keine gute Figur abgab. Immerhin hatte er endlich die letzten Edding-Reste von seiner Oberlippe abgekriegt. »Ich bin nur ein junger Mann, ein Student. Ich habe keinerlei politische Macht. Ich bin nicht gefährlich. Der Bundeskanzler aber ist es.«

»Was studieren Sie, Herr Wohlpflug?«

»Das ist doch jetzt völlig unerheblich …«

»Nun, das sehen wir etwas anders. Wie wir herausgefunden haben, studieren Sie Musik. Ist das richtig?«

»Ja, das ist richtig«, sagte Robin, und er versuchte dabei, nicht allzu genervt zu klingen.

»Ihr Bruder war als Student der Bildenden Künste an der Universität eingeschrieben. Ist es korrekt, dass auch Sie dieses Fach ursprünglich studieren wollten, jedoch an der Eingangsprüfung gescheitert sind?«

»Was soll das?«

»Sie hätten alles Mögliche studieren können. Physik, Medizin, Volkswirtschaftslehre, Jura – Sie haben sich aber ausgerechnet für die Kunst entschieden. Sie waren passionierter Zeichner und Maler. Dann sind Sie an der Aufnahmeprüfung der Universität gescheitert. Finden Sie nicht auch, dass das ziemlich bemerkenswert ist?«

Robin schüttelte den Kopf. »Gene sind nicht alles.« Er bemühte sich um einen entschiedenen Ton. Aber die Journalistin hatte einen wunden Punkt getroffen. Genau diese Fragen stellte er sich seit Tagen ununterbrochen selbst.

»Sie halten den Hitler-Prozess für falsch«, sagte die Journalistin. »Ihnen droht in Israel die Todesstrafe. Warum stellen Sie sich dennoch?«

»Weil ein Unschuldiger dort vor Gericht steht. Ich habe nichts verbrochen. Dieser ganze Prozess ist eine Farce.«

»Ihr Bruder hat sich vor wenigen Tagen das Leben genommen. Wusste er, dass Sie der Klon Adolf Hitlers sind?«

»Lassen Sie bitte meine Familie aus dem Spiel. Meine Eltern haben gerade einen Sohn verloren. Nun lauern ihnen Journalisten auf, weil sie wissen wollen, wie es war, ›Mama und Papa von Hitler‹ gewesen zu sein.«

»Was macht das mit Ihnen, zu wissen, dass Sie ein Zwilling von Adolf Hitler sind?«

Er spürte einen Kloß im Hals. Sie brachte ihn in Bedrängnis. Mit stockender Stimme erwiderte er: »Wie würden Sie sich fühlen, wenn Sie wüssten, dass Sie die Gene eines Mörders haben? Es ist falsch, Menschen zu klonen. Man instrumentalisiert die Toten. Erst recht ist es falsch, eine so destruktive Figur wie Adolf Hitler zu klonen. Für all das ist allein Bernd Sörensen verantwortlich.«

»Sie sagen, es ist falsch, einen Menschen zu klonen. Aber ist es nicht so, dass die ersten Söhne Ihrer Eltern als Kleinkinder verunglückt sind und Ihre Eltern sich dazu entschlossen haben, Sie beide aus deren Erbgut klonen zu lassen?«

Die Frage erwischte Robin kalt. Er wurde zusehends unsicherer. »Was meine Eltern getan haben, ist hier nicht der Punkt. Ich will sie nicht entschuldigen. Aber sie waren in einer anderen Situation als Bernd Sörensen: Sie hatten ihre Kinder verloren, sie waren verzweifelt, und sie wussten sich in ihrem Schmerz nicht anders zu helfen. Bernd Sörensen hat nicht um ein Kind getrauert, er hat aus verbrecherischen Beweggründen einen Klon von Adolf Hitler herstellen lassen! Sein Ziel war es, einen neuen Diktator heranzuzüchten, die Demokratie abzuschaffen und das Vierte Reich zu begründen. Das hat er mir selbst gesagt, als er mich im Kanzleramt empfangen hat. Bundeskanzler Sörensen nimmt in Kauf, dass Arthur Hendrich, der absolut unschuldig und kein Klon Hitlers ist, derzeit in Israel …«

»Das sagten Sie bereits, Herr Wohlpflug. Bernd Sörensen hat Sie im Kanzleramt empfangen? Wie kam es zu diesem Treffen?«

»Sörensen wollte, dass ich mit ihm gemeinsame Sache mache. Er bot mir an, die Parteiführung zu übernehmen. Später sollte ich Führer des neuen Reichs werden.«

»Wir haben Bundeskanzler Sörensen um Stellungnahme zu diesen Vorwürfen gebeten. Herr Sörensen bestätigt, Sie getroffen zu haben. Er sagt aber, Sie hätten um das Treffen gebeten – um Ihre Auslieferung nach Israel zu verhindern.«

Wieder fand sich Robin überrollt. »Das ist eine Lüge«, stammelte er.

»Dann haben Sie Bernd Sörensen nicht um ein Treffen gebeten?«

Robin zögerte. Die Frage brachte ihn aus der Fassung. »Doch, habe ich.«

»Warum haben Sie das getan?«

»Weil ich mich für die Freilassung Arthur Hendrichs einsetzen wollte, da er ja nicht der echte Klon Hitlers ist. Bei diesem Treffen hat Bernd Sörensen mir seine Pläne offengelegt: Er will die Demokratie abschaffen, ein Punktesystem aufbauen, mit dem er Menschen nach ihren Genen bewerten will, die Justiz umbauen. Sörensen hat mir auch genau gesagt, wie er das machen will: Er will einen dritten Senat im Verfassungsgericht begründen, für den er ihm geneigte Richter ernennen will, damit sie in Karlsruhe eine Gegenstimme zu den übrigen Verfassungsrichtern bilden und Urteile aufweichen. Genau diesen Umbau des Verfassungsgerichts hat er übrigens gestern im Bundestag schon in die Wege geleitet. Wie wäre es, wenn Sie darüber berichten, statt sich an einem zweiundzwanzigjährigen Studenten abzuarbeiten?«

Noch während er diese Worte sagte, bereute er sie. Er hatte sich gehen lassen. Hatte seinem Zorn nachgegeben. Das, wovor ihn Mara eindringlich gewarnt hatte. Im Fernsehen kam so etwas nicht gut an.

»Herr Wohlpflug, ich danke Ihnen für das Gespräch.«

●

Als Mara an Robins Wohnung ankam, musste sie sich durch eine riesige Menschenmenge kämpfen. Sie hatte große Hoffnungen auf das Fernsehinterview gesetzt. Dass es so schiefgehen würde, hätte sie nicht erwartet. Schon hatte die *Bildzeitung* getitelt: »Auch Hitler wollte nur studieren«.

Es war eine chaotische Masse verschiedener Protestgruppen, Journalisten und Schaulustiger, die sich vor Robins Haus versammelt hatten. Irgendjemand musste seine Adresse durchgestochen haben. Die einen trommelten für seine Begnadigung, die anderen, und sie waren weitaus in der Überzahl, machten Stimmung für das genaue Gegenteil – Robins Hinrichtung. Die Robin-Gegner schwenkten Plakate mit seinem Konterfei, das sie mit dem unverkennbaren Bärtchen und dem Scheitel übermalt hatten. »Entnazifizierung jetzt – diesmal richtig« hatte sich zum beliebtesten Slogan gemausert. Mara sah sogar einen Galgen, an dem eine Hitler-Robin-Puppe baumelte.

Sie suchte sich eine Stelle, von der aus sie einen guten Blick auf den Eingang hatte. Es war kurz nach eins. Jede Minute konnte das Spektakel beginnen. Sie war froh, dass sie wenigstens Justine davon hatte abbringen können, sie zu begleiten. Mara machte sich große Sorgen um die junge Frau. Erst der Selbstmord ihres Freundes, nun die Hetzjagd auf den Bruder. Das war alles zu viel.

Ein Raunen ging durch die Menge. Eine Kolonne von mehreren Polizeibussen, gesäumt von Dutzenden Motorrädern, war um die Straßenecke gebogen. Der Zug wirkte wie der Aufmarsch der Staatsgewalt bei einer riesigen Demonstration.

Langsam schoben sich die Fahrzeuge durch die Menschenmenge, die Lautsprecher quäkten barsche Ansagen, Platz zu machen. Dann postierten sich die Busse in einer Linie vor Robins Haus, und nach und nach entstiegen den Wagen Dutzende Polizeibeamte in schwerer Schutzmontur, mit Helmen auf dem Kopf und Schildern und Schlagstöcken in den Händen.

Ungläubig schüttelte Mara den Kopf. Es war ein inszeniertes Spektakel. Sörensen versuchte alles, um Robin wie einen Schwerverbrecher aussehen zu lassen.

Die Reporter waren nun in heller Aufregung und drängelten sich nach vorne, um das Geschehen mit ihren Kameras und Mikrofonen möglichst hautnah einzufangen, aber die Polizisten bildeten einen Wall zwischen ihnen und dem Haus.

Einer der Beamten klingelte an der Tür und sagte etwas in die Sprechanlage. Wenige Momente später öffnete sich die Haustür, die Polizisten wirkten selbst überrascht.

Ein erwartungsvoller Ruck ging durch die Menge, die Reporter machten einen Sprung nach vorne. Aber es war nur eine alte Frau mit ihrem Pudel, die sich mit ärgerlicher Miene und bissigen Kommentaren durch den Pulk von Polizisten drängte.

Dann passierte eine Weile lang nichts. Schließlich kam Robin heraus. Er trug einen schwarzen Hoodie und Jeans, auf seinem Kopf waren dunkle Stoppeln nachgewachsen. Er sah Arthur Hendrich frappierend ähnlich.

Robin wirkte noch ausgemergelter als bei ihrer letzten Begegnung vor zwei Tagen.

Als die Polizisten ihm Handschellen anlegten, leistete er keinen Widerstand. Pausenlos feuerten die Reporter ihre Fragen auf ihn ab.

»Wie fühlt man sich als wiedergeborene Bestie?«

»Haben Sie Angst vor Ihren Genen?«

»Haben Sie Ihren Bruder in den Tod getrieben?«

»Wird Ihr Tod einen Sinn haben? Werden Sie Deutschland von seinem Schuldkomplex erlösen?«

Robin schwieg und ließ sich von den Polizisten in den Bus bugsieren. Dann schloss sich die Tür hinter ihm, und die Kolonne setzte sich in Gang.

●

Er war der einzige Passagier in der El-Al-Maschine, abgesehen von den fünf muskulösen Männern, die alle kurz geschorene Haare, Sonnenbrillen und dunkle Anzüge trugen.

Offiziell wurden sie als Personal der israelischen Botschaft vorgestellt. Doch Robin hatte keinen Zweifel, dass es sich um ausgebildete Geheimagenten handelte. Und dass sie Waffen trugen.

Sie sprachen ihn in perfektem Englisch an, beschränkten die Konversation jedoch auf das Nötigste. Sie waren höflich, aber sie ließen ihn spüren, dass sie auch anders konnten.

Ihr trainierter Blick durchleuchtete ihn in Sekundenbruchteilen. Als sie merkten, dass von ihm keine Aktionen zu erwarten waren, beachteten sie ihn kaum noch.

So saß er alleine in einer der mittleren Flugzeugreihen, während sich die Sicherheitsbeamten mit einigem Abstand rings um ihn verteilt hatten.

Einer von ihnen, ein schlanker Mann, der seine Sonnenbrille abgesetzt hatte und ihn aus hellen blauen Augen ansah, kam irgendwann zu ihm und sprach ihn an – auf Deutsch: ob er etwas brauchte. Ob er hungrig sei oder Durst habe. Er wirkte jung, kaum älter als er selbst. Seine Gesichtszüge hatten etwas Weiches.

Robin fragte nach einer Cola. Er verspürte keinen Hunger, obwohl er seit bestimmt vierundzwanzig Stunden nichts gegessen hatte.

»Woher sprechen Sie so gut Deutsch?«, fragte Robin, als der Mann ihm das Getränk hinstellte.

»Die Familie meiner Mutter stammt aus Deutschland. München.«

Robin nickte, fragte aber nicht weiter, da er befürchtete, dass in der Familiengeschichte Dramen verborgen lagen, über die er in seiner Rolle lieber nicht sprechen wollte.

»Ich habe auch einige Jahre in Deutschland gelebt«, sagte der Mann. »Nach dem Militärdienst war ich in Berlin, ich habe an der FU studiert.«

»Wo haben Sie gewohnt?«, fragte Robin.

»Erst in Neukölln. Dann bin ich nach Friedrichshain gezogen, in den Simon-Dach-Kiez.«

»Ich habe auch in Neukölln gewohnt«, sagte Robin.

Sie stellten fest, dass sie nur zwei Straßen voneinander entfernt gelebt hatten. Der Mann lächelte und fragte Robin, ob er sich neben ihn setzen dürfe.

»Was haben Sie studiert?«, fragte Robin. Er versuchte, etwas Konversation zu machen, obwohl er zutiefst verunsichert war. Die ganze Situation war absurd. Er war die Kopie des Mannes, der das jüdische Volk hatte auslöschen wollen. Jetzt unterhielt er sich mit seinen israelischen Aufpassern über das Wohnen in Neukölln.

»Germanistik«, sagte der Mann. »Keine gute Idee. Viel zu schwierig. Aber ich hatte immer ein Faible für deutsche Literatur. Rilke, Böll, Brecht. Berlin war toll. Ich hatte eine gute Zeit. Viele Partys. Viele interessante Menschen. Und viele Frauen.« Er lachte. »Bis ich umgesattelt habe und bei der Botschaft gelandet bin. Darf ich Sie etwas fragen?«

»Bitte.« Robin ahnte, was jetzt kommen würde.

»Das fragt Sie bestimmt jeder, aber es ist auch einfach das, was alle gerade wissen wollen: Wie fühlt es sich an?«

Robin ließ sich Zeit mit der Antwort. »Verstörend. Es ist, als ob ich aufgewacht bin und in den Spiegel sehe. Ich sehe mich, es ist mein Gesicht, aber ich weiß, dass unter meiner Haut etwas schlummert, das ich nicht kenne. Und ich habe Angst davor, weil ich es nicht einschätzen kann. Das, was vielleicht noch kommt, was von mir Besitz ergreifen könnte. Angst vor meinen Genen, die vielleicht etwas mit mir machen, das ich nicht möchte. Die mich unbewusst steuern und in etwas verwandeln, das ich nicht sein will. Etwas Gefährliches, das jederzeit ausbrechen kann, wenn ich nicht aufpasse.«

Der Mann nickte langsam. »Ich versuche, es nachzuvollziehen. Aber irgendwie frage ich mich auch: Was hat sich eigentlich wirklich für Sie verändert, seitdem Sie es wissen? Wollen wir uns eigentlich duzen? Ich heiße Avner. Ich trage den gleichen Vornamen wie der Mann, der Adolf Eichmann damals verhört hat: Avner Less. Lustig, oder? In Israel ist er ein Volksheld.«

Robin lächelte. »Okay, Avner. Robin.«

»Puh, da bin ich ja froh, ich dachte schon, dass ich dich Adolf nennen müsste«, sagte Avner und lachte wieder. »Damit hätte ich dann doch etwas Schwierigkeiten gehabt.«

Robin mochte ihn. Auch wenn ihm bewusst war, dass Avner vermutlich einfach die Rolle des Good Cop spielte. Immerhin spielte er sie gut, und Robin war dankbar für die Ablenkung.

»So weit bin ich dann doch noch nicht«, frotzelte er. Avners lockere Art tat ihm gut. Etwas Anspannung fiel von ihm ab.

»Also, ich frage mich, was diese ganze Fixierung auf die Gene überhaupt soll. Ich meine, was hat sich denn für dich wirklich verändert? Also, jetzt nicht die Situation, dass wir in einem Flugzeug mit Kurs auf Jerusalem sitzen, wo du angeklagt werden wirst. Ich meine, was hat sich geändert in deinem Selbstverständnis? Okay, du sagst, dass du dich im Spiegel siehst und da etwas Fremdes, Bedrohliches in dir ist. Aber mal ehrlich: Was für eine Rolle spielen die Gene im Alltag? Was für eine Rolle spielen sie dabei, wer man wirklich ist? Du bist, was du tust, pflegte mein Vater immer zu sagen. Wer weiß schon wirklich, wer er ist? Das sind ja hochphilosophische Fragen, viele Menschen machen sich darüber nie Gedanken. Du musst doch vor diesem ganzen Zirkus schon ein Gefühl dafür gehabt haben, wer du, die Person Robin Wohlpflug, bist. Wenn dir jetzt Leute sagen, dass du eine genetische Kopie einer anderen Person bist – so what? Was ändert das?«

Robin dachte über Avners Worte nach. Sie berührten etwas in ihm, rückten etwas zurecht. Er spürte, wie er sich in dem ganzen hektischen Irrsinn verloren hatte. »Ich hatte ein Gefühl für mich selbst. Für meine Identität. Wenn man jünger ist, ist man ja immer auf der Suche nach sich. Man will sich abgrenzen, die Linie um sein Ich ziehen. Ich schätze, ich war, was das angeht, eher ein Spätzünder. Mit Lebensentscheidungen habe ich mich immer schwerer getan als andere, als mein Bruder zum Beispiel.«

Er dachte in diesem Moment an Justine. Wie ruhig und bedacht sie immer war und wie gut mit sich selbst. Ihm wurde in diesem Moment bewusst, dass er sie um diese Fähigkeit beneidete. Er hoffte, dass sie den Tod von Friedrich einigermaßen verkraften würde. Er vermisste sie. Schmerzlich wurde ihm in diesem Augenblick bewusst, dass er sie vermutlich nie wiedersehen würde. Er hatte sich nicht von ihr verabschiedet.

»Ich habe gerade zwei heftige Tiefschläge hintereinander

kassiert: Erst, dass ich das Abziehbild eines toten Jungen bin. Erik Wohlpflug. Für mich hat sich das angefühlt, als wäre ich ein Trostpflaster für meine Eltern. Ich weiß, dass das Quatsch ist, dass sie nur zwei Jahre lang diesen Erik erlebt haben und ich viele Jahre länger ihr Sohn war. Trotzdem – es ist einfach ein Scheißgefühl. Niemand ist gerne die Kopie, niemand möchte ein Lückenbüßer sein.«

Avner nickte verständnisvoll.

»Aber dann kam der richtige Tritt in die Eier, und eigentlich waren es ja zwei. Ich bin gar nicht der wahre Sohn meiner Eltern, ich bin ein Kuckuckskind. Ein klitzekleiner Trost ist hier übrigens, dass Erik auch eins war. Aber schlimmer ist, dass ich auch noch so eine Art Frankenstein bin, ein wissenschaftlich-politisches Experiment einer irren Forscherin und eines gefährlichen Nazis. Geändert hat sich ›nur‹, und da hast du recht, dass ich das jetzt alles weiß. Es ändert nichts daran, dass ich all das schon immer war. Ich war schon ein Mini-Hitler, als ich an der Brust meiner Mutter genuckelt und meine Windeln vollgeschissen habe. Ich habe als Hitler-Kopie das erste Mal mit einer Frau geschlafen – ich war vierzehn und sehr betrunken. Ich war immer der, der sich selbst im Spiegel ansah. Aber ich war gleichzeitig immer auch eine Kopie von Adolf Hitler. Es ist jetzt dieses Wissen, das mich wirklich fertigmacht und das alles ändert. Und vor allem das Unwissen, wer ich vielleicht noch sein werde.«

Avner hatte immer wieder gegrinst bei Robins emotionaler Rede. Jetzt wurde er ernst.

Das Gespräch nahm Robin mit, aber es tat ihm auch gut. Bis jetzt war kaum Gelegenheit gewesen, die Lage ruhig mit jemandem zu betrachten.

»Hast du dich deswegen gestellt?«, fragte Avner. »Weil du

Angst hast, dass du zu einem Monster werden könntest? Hoffst du, dass man dich sicher verwahrt? Oder besser noch: hinrichtet?«

Robin sah ihn lange an. Ihm fiel auf, dass die Augen des Israelis sehr blau waren.

Sein Gesicht war offen und ruhig. Da war keine Verhörtaktik, keine versteckte Agenda. In diesem Moment war Robin sicher, dass Avner einfach an ihm als Menschen interessiert war.

»Wenn meine Frage zu persönlich war ...«

Robin schüttelte den Kopf. »Ist okay. Es ist eine gute Frage. Eine sehr gute sogar.«

Hatte Avner recht? Hatte er seinen Lebenswillen verloren?

»Es kann sein«, sagte er schließlich. »Ich habe Angst vor mir selber. Andererseits ist da etwas in mir, das sagt: Ich hätte niemals leben dürfen.«

»Weil du ein Klon bist?«

»Ich finde es falsch, einen Menschen zu klonen. Aber all die toten Kinder, die geklont wurden, sind immerhin aus einer verqueren Art von Elternliebe heraus entstanden. Ich bin geklont worden, weil ein Nazi hoffte, Hitler wieder zum Leben erwecken zu können. Selbst wenn ich nicht Hitler bin, sondern ein eigenes Individuum – ich bin aus den falschen Gründen in dieses Leben gelangt.«

»Kinder werden auch nicht immer aus den richtigen Gründen gezeugt. Die Großmutter meiner Freundin war das Produkt einer Vergewaltigung. Trotzdem hatte sie das Recht zu leben. Oder?«

Robin atmete tief durch. Er war erstaunt, dass Avner sich ihm so offen zuwandte.

»Bleiben aber meine problematischen Gene und die Ungewissheit, ob sie nicht doch noch etwas Schlimmes bewirken werden. Ich meine, es gibt so viele Filme und Bücher, die mit der Frage spielen, ob man Hitler hätte umbringen sollen, als noch Gelegenheit dazu war. Ja, ob man nicht sogar die Verpflichtung gehabt hätte, es zu tun. Kennst du *Dead Zone* von Stephen King?«

Avner nickte.

»Was hättest du anstelle der Hauptfigur getan, wenn du gewusst hättest, dass dieser eine Politiker die Welt in einen atomaren Krieg führen wird? Hättest du ihn auch erschossen?«

»Wir haben nicht die Gabe, die Zukunft zu sehen, so wie die Hauptfigur in dem Roman es konnte.«

»Nein, ich kann die Zukunft nicht sehen«, sagte Robin. »Aber ich fürchte sie. Vielleicht ist es besser, kein unnötiges Risiko einzugehen. Warum warten, bis ein Stauffenberg kommt und versucht, mich zu erschießen? Wenn ich der Welt selbst eine Menge Unheil ersparen kann.«

Avner dachte eine Weile nach. »Ich weiß nicht, ob du recht hast«, sagte er langsam. »Du vergisst den Faktor Zeit. Die Zukunft ist weit offen. Es gibt so viele Variablen. Ein paar Gene können nicht festlegen, wie ein Leben verlaufen wird. Stauffenbergs Attentatsversuch war in meinen Augen eine klare Sache und absolut gerechtfertigt. Ich meine, wann hat er versucht, Hitler zu töten? 1944? Da war es eigentlich schon viel zu spät. Kein Vergleich zu Georg Elser. Der hat schon 1938 seinen Plan gefasst, Hitler zu töten. 1938! Nach dem Münchner Abkommen. Georg Elser, ein einfacher Mann, war überzeugt, dass Adolf Hitler einen neuen Krieg beginnen würde. Was hätte er nicht alles verhindern können! Andererseits konnte Elser nicht sicher wissen, dass es so kommen würde.«

»Die Zeichen standen 1938 aber doch schon voll auf Krieg«, entgegnete Robin.

»Und sieht es jetzt etwa danach aus? Hast du die Demokratie zerstört? Leute festnehmen lassen? Das Sudetenland besetzt?«

»Noch nicht …«

»Weißt du, als ich gefragt wurde, ob ich diesen Auftrag übernehmen würde, wollten sie wissen, ob ich dich hasse. Es war eine dieser Fragen, bei der einem klar ist, dass man sie nur mit Nein beantworten kann. So, wie wenn die Jungs am Flughafen einen fragen, ob man Waffen dabeihat oder ob man ein Terrorist ist.«

»Was hast du gesagt?«

»Ich habe so was gesagt wie: Ich kenne ihn doch gar nicht. Wie kann ich ihn hassen? Eigentlich eine ziemlich naive Antwort. Insofern erstaunlich, dass sie mich trotzdem genommen haben. Vermutlich, weil sie genau wissen, dass jeder Nein sagen würde, der diesen Auftrag will. Immerhin wussten sie also, dass ich ehrlich bin.«

»Was wolltest du denn?«, fragte Robin.

Avner zuckte mit den Schultern. »Ich weiß nicht. Vielleicht dich persönlich kennenlernen, um mir selbst ein Urteil zu bilden. Um sagen zu können: Ich habe mit ihm gesprochen, dem Hitler-Klon.«

»Und? Was denkst du? Jetzt, wo du mit dem Hitler-Klon gesprochen hast?«

»Ich sehe einen jungen Mann, der ziemlich durch den Wind ist, der definitiv mehr essen und vor allem mehr schlafen sollte.« Avner lachte wieder sein trockenes Lachen. »Aber, wer weiß, vielleicht hätte ich das Gleiche gedacht, wenn ich 1910 in einem Straßencafé in Wien gesessen hätte und mit dem jungen Adolf Hitler ins Plaudern gekommen wäre. Wir schleppen diesen Rattenschwanz an Vergangenheit mit uns herum, und nicht wenige versuchen, vor diesem Schwanz davonzurennen, in der Hoffnung, dass sie schneller sind als er. Und dann liegt vor uns die Zukunft, diese silbrige, feine Linie, die wir zu sehen glauben, die wir in Wahrheit aber gar nicht sehen können, weil es sie nicht gibt, sie ist nur ein Konstrukt unseres Geistes. Es gibt nur diesen Augenblick und den Rattenschwanz, den wir sehen können, wenn wir uns umdrehen, und der permanent länger wird, weil wir an ihm stricken. Sorry, ich bin nicht so gut mit Metaphern. Meine Lehrer haben mir immer gesagt, dass ich nicht in schiefen Bildern reden soll. Also, was ich sagen will: Jetzt, hier kann ich sagen, dass du ein ganz normaler Mann bist, den ich nicht hassen kann. Meine halbe Familie ist in Dachau vergast worden. Das ist nun schon fast hundert Jahre her. Das ist meine Vergangenheit, mein Rattenschwanz. Dein vermeintlicher Rattenschwanz ist keine persönliche Vergangenheit, du bist nur durch Moleküle, durch einen Trick im Reagenzglas mit einem Menschen verbunden, der einen ziemlich üblen Rattenschwanz hatte. 1910 hätte er den noch anders stricken können.«

Für einen Moment dachte Robin an den Raum. An das Tropfen aus seinem Kopf.

Ich bin mit ihm verbunden. Durch die gemeinsame Erinnerung an den eigenen Tod.

Aber das erzählte er Avner nicht.

Der sah auf die Uhr. »In einer halben Stunde landen wir.« Avner überlegte. Dann sagte er: »Es gab auch in meinem Leben Kreuzungen, an denen ich falsch hätte abbiegen können. Mindestens zwei entscheidende. Als ich achtzehn war und in der Armee, haben sie uns gleich in die Hot Spots geschickt. Damit wir so richtig Action erleben. Weil sie natürlich wissen, dass Männer in dem Alter das richtig geil finden. Also war ich an der Front und sollte Jagd auf angebliche Terroristen machen – auf Palästinenser eben. Ich muss zugeben, dass mir das Spaß gemacht hat. Es war aufregend wie ein Computerspiel, pures Adrenalin. Aber es war einfach nicht richtig. Es würde nie aufhören, diese Gewalt und dann die Gegengewalt. Ich hab das irgendwann gecheckt. Also habe ich gesagt, stopp, ich bin raus, ciao, adiòs, keine Armee mehr für mich. Ich habe die andere Abzweigung genommen, viele Freunde haben mich für verrückt erklärt. Avner, wie kannst du das alles wegwerfen? Die Ausbildung? Das Gehalt? Die Sicherheit? Und jetzt bin ich hier in einem Flugzeug statt in Gaza, trinke Cola mit dem Hitler-Klon, statt auf Steine werfende Jugendliche zu schießen. Du kannst entscheiden, was du tust. Du bist der Chef, nicht deine DNA. Macht das irgendwie Sinn, was ich sage?«

»Das waren jetzt wirklich einige Bilder, und ich bin nicht sicher, ob sie nicht doch etwas schief waren«, sagte Robin amüsiert.

»Bestimmt. Aber weißt du, auch diese ganze Idee einer Justiz funktioniert doch nur, wenn man annimmt, dass man jemanden für etwas verurteilen kann, das er getan hat. Dich aber will man für die Taten eines anderen verurteilen. Und auch noch für Taten, die du noch gar nicht begangen hast. Wie bei *Minority Report*. Precrime. Einfach völlig verrückt ist das.«

Er ließ Avners Worte sacken. Es waren im Prinzip keine neuen Einsichten, all das hatte er auch schon gedacht, aber die Vehemenz, mit der Avner seine Überzeugungen vorbrachte, beeindruckte ihn und nahm ihm die Angst. Nein, er war kein Verbrecher. Er hatte es sich auch nicht ausgesucht, geklont zu werden. Trotzdem war er es, der mit dieser genetischen Bombe leben und umgehen musste. Ganz real, ganz praktisch. Da halfen auch keine philosophischen Betrachtungen.

Aber es war sowieso zu spät. Es gab kein Zurück mehr.

Jetzt blieb ihm nur noch eins: den Prozess als Bühne für sein Anliegen zu nutzen. Sörensen zu verhindern.

»Wie ist die Lage in Israel?«, fragte Robin.

Avner winkte ab. »Das ganze Land spielt verrückt. Seit Wochen gibt es kein anderes Thema mehr als den Prozess. Die Mehrheit befürwortet ihn, wenngleich aus unterschiedlichsten Gründen. Da gibt es die Hardliner, die Arthur sofort hinrichten wollten und nun mit dir das Gleiche vorhaben. Ich muss dich übrigens warnen. Wenn wir in Jerusalem ankommen, wird dir eine Menge Hass entgegenschlagen. Für die bist du nicht die Kopie, sondern Hitler selbst. Die Mehrheit, so hat es für mich jedenfalls den Anschein, will den Prozess eher aus diesem Gen-Glauben heraus, weil sie denken, dass man es nicht riskieren darf, jemanden mit Hitlers Erbgut frei herumlaufen zu lassen. Und sie wollen den Prozess jetzt und hier, weil sie überzeugt sind, dass der Hitler-Klon nur in Israel wirklich unter Kontrolle ist und anderswo möglicherweise doch noch seine tückischen Verführungskünste entfalten könnte. So sind die Israelis nun mal, sie trauen niemandem«, sagte Avner. »Aber wer will es ihnen auch verdenken, nach der ganzen Scheiße, die das jüdische Volk erlebt hat?«

»Gibt es denn niemanden, der den Prozess ablehnt?«

»Das ist die Minderheit, und auch die haben unterschiedliche Motive: Manche lehnen ihn ab, weil sie der Meinung sind, dass er Antisemiten, Neonazis und den arabischen Staaten als Vorwand dienen wird, die Juden einmal mehr als militantes und rachsüchtiges Volk zu brandmarken.

Dann gibt es diejenigen, die glauben, dass man einen Klon nicht anklagen kann für das, was sein Original getan hat. Und diejenigen, die sagen, dass der ganze Prozess nur ein billiges Ablenkungsmanöver von Ministerpräsident Mordechai ist. Aber die gehen in dem ganzen Getöse total unter.«

»Und wie siehst du das?«, fragte Robin.

Avner senkte die Stimme und blickte sich um. »Das sage ich dir jetzt im Vertrauen: Mordechai steckt knietief in der Scheiße. Der hat mehr Dreck am Stecken, als wir alle vermuten. Aber das interessiert niemanden, denn nicht nur Mordechai nutzt der Prozess, sondern vor allem seiner Partei. Deren Umfragewerte sind enorm gestiegen, bei den nächsten Wahlen hoffen sie, mit den Zionisten zusammen eine Regierung stellen zu können. Außerdem ist es angesichts der breiten gesellschaftlichen Befürwortung des Prozesses mittlerweile politischer Selbstmord, sich dagegen auszusprechen.«

Mordechai, erzählte Avner, habe sich sogar aus der peinlichen Affäre um Arthurs falschen Gentest irgendwie herausmogeln können. Der israelische Ministerpräsident hatte die Schuld vor allem zwei Wissenschaftlern in die Schuhe geschoben, Bauernopfer, die er vermutlich zuvor bestochen hatte, damit sie Arthur Hendrichs genetische Herkunft bestätigten.

Robin seufzte und lehnte sich zurück. Wieso konnten die Menschen nicht die wahre Gefahr erkennen? Sörensen hatte bereits erste Schritte für seine zerstörerischen Pläne in die Wege geleitet: Der dritte Senat in Karlsruhe war so gut wie beschlossen. Die ersten Bausteine für das Punktesystem, das er bei den Chinesen so bewunderte, hatte der Kanzler ebenfalls gelegt: Die »Sozialampel« sollte die Leistung redlicher deutscher Bürger belohnen und denjenigen Rot zeigen, die glaubten, das Volk ausnutzen zu können. Sie war ein Kernbaustein seiner Agenda der »geistig-moralischen Erneuerung«. Er wolle endlich diejenigen Deutschen belohnen, die von den Vorgängerregierungen ignoriert wurden, weil die zu beschäftigt damit gewesen waren, sich um das Wohl von Flüchtlingen und Ausländern zu sorgen.

Die Dinge würden sich nie ändern, dachte Robin. Menschen lernten einfach nichts dazu. Könnte sein Opfer wirklich etwas bewirken? Wie sollte er Sörensen stoppen, das Vierte Reich zu begründen – wenn die Leute es nicht anders wollten?

24

Jerusalem, 2034

Avner hatte nicht übertrieben. Schon am Flughafen in Tel Aviv sah Robin die Menschenmengen, die nur durch Absperrungen und Horden von Polizisten in Schach gehalten wurden. Selbst auf dem Rollfeld mit dem ohrenbetäubenden Getöse von Turbinen der an- und abfliegenden Maschinen konnte er das Geschrei der Demonstranten hören. Was ihm sofort auffiel, waren die gestreiften Anzüge, die viele trugen – die typische Kleidung von KZ-Insassen. Einige trugen gelbe Judensterne. Es war ein verstörender Anblick.

Direkt am Flieger warteten mehrere gepanzerte Limousinen auf ihn. Während der knapp einstündigen Fahrt vom Flughafen Ben Gurion zum Bezirksgericht Jerusalems wurde kaum ein Wort gesprochen. Avner fuhr in einem anderen Auto. Auf der Fahrt durch Jerusalem sah Robin an den Straßenrändern Demonstranten, die wütend Plakate in die Luft hielten. Überall waren Polizisten im Einsatz.

Schließlich kamen sie am Bezirksgericht an, das nördlich des Altstadtkerns lag. Avner hatte ihm erzählt, dass Ministerpräsident Mordechai darauf bestanden hatte, den Prozess im selben Gerichtsgebäude abzuhalten, in dem siebzig Jahre zuvor Adolf Eichmann verurteilt worden war. Der Ministerpräsident ließ keine Chance auf Symbolpolitik aus.

Der Bau war unscheinbar, heller Stein, Klötzchenstil. Ein hoher Metallzaun umgab das Gebäude, zusätzlich waren

Absperrungen und Stacheldraht aufgebaut worden. Auch hier hatte sich eine tobende Menge versammelt. Die Leute schwenkten Transparente und skandierten wütende Parolen auf Hebräisch, die Robin nicht verstand. Dafür waren die Plakate sehr eindeutig und ähnlich denen, die er in Deutschland gesehen hatte: Sein hitlerisiertes Konterfei, blutrot durchgestrichen und begleitet von unzähligen ebenfalls durchgestrichenen Hakenkreuzen.

Er sah gebastelte Galgen, an denen Stricke hingen.

»Rache für Auschwitz!« stand in Deutsch auf manchen.

Es war klar: Sie alle hier wollten seinen Tod.

Der Lärm war ohrenbetäubend und steigerte sich, als sie durch den Korridor vor den Eingang des Gerichts fuhren.

Die Leute schrien, warfen und drückten sich gegen die Absperrungen. Die Polizisten hatten sichtlich Mühe, sie zurückzuhalten.

Robin sah Avner aus einer anderen Limousine steigen. Er wirkte angespannt. Immer wieder sprach er in das Mikro an seinem Mantelkragen und empfing Instruktionen über einen Knopf in seinem Ohr.

Als sie ausstiegen, flogen die ersten Gegenstände durch die Luft. Eine Flasche zerschellte nahe bei Robin, und einer von Avners Kollegen drückte sofort seinen Kopf nach unten, um ihn zu schützen. Robin roch Benzin. Es war ein Molotow-Cocktail gewesen, der nicht losgegangen war. Wenige Sekunden später krachte es wieder, und diesmal spürte er eine Hitzewelle über seinen Körper ziehen. Flammen ergossen sich über den Boden, nur wenige Meter neben ihm.

Trotz der bedrohlichen Lage hatte Robin keine Angst. Das alles wirkte auf ihn so unwirklich wie ein Film.

»Los, los!«, schrie Avner ihm zu und zog ihn geduckt hinter den durchsichtigen Plexiglasschilden der Polizeibeamten zum Eingang, wo ein Wächter die schwere eiserne Tür des Gerichts aufzog. Sie stürzten hinein, und die Tür fiel mit einem schweren Geräusch wieder hinter ihnen zu.

Plötzlich Stille. Sie waren in Sicherheit. Robins Puls raste noch von dem Sprint. Er sah sich um. In der großen Empfangshalle des Gerichtsgebäudes stand eine Gruppe von Menschen: Sicherheitsbeamte, Polizisten – und vor ihnen erkannte er Arthur Hendrich.

●

Die Nachricht kam über ihren verschlüsselten Briefkasten herein, den sie potenziellen Informanten auf ihrer Website zur Verfügung gestellt hatte:

»Ich habe Informationen über Bernd Sörensen, mit denen Sie ihn erledigen können. Interessiert?«

Es war kurz nach einundzwanzig Uhr. Mara war seit dem Vorabend wieder in München und arbeitete an einem neuen Text für die *SZ*, in dem sie sich kritisch mit Sörensens Gesetzesinitiativen zur Sozialampel und dem geplanten Umbau des Verfassungsgerichts auseinandersetzte. Ein Jurist hatte ihr Szenarien skizziert, wie es Sörensen möglich wäre, das Grundgesetz zu ändern. Es war verwickelt und kompliziert, aber es war machbar und höchst alarmierend.

Schwierige Materie. Ihr Kopf hatte gebrummt, und sie wäre fast eingeschlafen.

Plötzlich war sie wieder hellwach.

Mara bekam eine Menge solcher Nachrichten. Viele waren wichtigtuerisch, aufgeblasen, die meisten führten zu nichts. Diese hier aber erregte sofort ihre Aufmerksamkeit. Sie kam ihr vom Ton her irgendwie bekannt vor, ohne dass sie sagen konnte, woher.

Mara antwortete umgehend über den verschlüsselten Kanal und instruierte den Informanten, sie über den Krypto-Caller anzurufen.

Keine fünf Minuten später klingelte ihr Smartphone.

»Mara Erhardt?«

Hinter sich hörte sie vertraute Geräusche. Kurt war von dem Telefonklingeln aufgeschreckt worden.

»Ist das auch wirklich eine sichere Leitung?«

Eine Frauenstimme, Mara schätzte sie auf vierzig, vielleicht auch fünfzig.

Die Anruferin sprach leise. Als ob sie glaubte, dass sie das vor Abhörern schützen würde.

»Sie ist sicher.«

»Gut.« Die Frau räusperte sich. »Ich habe Informationen, die belegen, dass Bundeskanzler Sörensen ein Mörder ist.«

●

Es waren zwei Männer und zwei Frauen, die ihn in dem spartanisch eingerichteten Zimmer verhörten. Sie sprachen Englisch und stellten ihre Fragen abwechselnd. Alle waren betont höflich, distanziert und ließen sich keinerlei Emotionen anmerken.

Das Gespräch wurde mit vier Geräten aufgezeichnet.

Wie er zum Holocaust stehe? Ob er Juden als Menschen sehe? Ob er die Errichtung von Konzentrationslagern befürworte? Ob der Einmarsch in Polen richtig war? Wie er die Massenerschießungen durch SS und Wehrmacht in der Sowjetunion beurteile?

Jede seiner Antworten musste er begründen.

Es war ermüdend.

Als Robin irgendwann merkte, dass es immer so weiterging, versuchte er ihnen klarzumachen, wie absurd er das Ganze fand. Er sei nicht Adolf Hitler, und schon gar nicht sei er für all dessen Taten verantwortlich.

Seine Verhörer machten stoisch weiter.

Dann versuchte er es mit Trotz: »Ich werde keine Fragen dieser Art mehr beantworten.«

Sie machten einfach weiter, wie Roboter. Als er schwieg, sagten sie: »Das Gespräch ist zu Ende, wenn Sie alle Fragen beantwortet haben.«

Dann warteten sie und wiederholten die Fragen.

Schließlich gab er nach.

Nach sechs Stunden war es vorbei. Die vier verließen unvermittelt und ohne Verabschiedung den Raum.

Eine Viertelstunde lang blieb er alleine im Zimmer. Erst jetzt sah er sich richtig darin um. Tische und Stühle waren an der Wand gestapelt. Die Fenster waren allesamt vergittert und zeigten auf einen Hinterhof mit einer Wiese, mehreren Bäumen und ein paar Bänken. Zwei Frauen saßen dort und rauchten.

Es gab keinen halb durchlässigen Spiegel an der Wand wie in den Verhörräumen, die man aus unzähligen Filmen kannte, aber Robin war sich sicher, dass er beobachtet wurde.

Die Tür ging auf, und ein Mann Mitte sechzig mit Vollbart und Brille trat ein. Er reichte Robin die Hand.

»Guten Tag, Herr Wohlpflug. Daniel Alon. Ich bin hier so etwas wie das Mädchen für alles.« Er lachte kurz, aber als er sah, dass Robin nicht darauf einstieg, fuhr er fort: »Ich werde Sie über das weitere Prozedere informieren.«

Er setzte sich an den Tisch und klappte eine Mappe auf.

»Wir möchten, dass es Ihnen während der Dauer des Prozesses an nichts mangelt. Bei der Abwicklung orientieren wir uns an den Erfahrungen, die wir beim Eichmann-Prozess gesammelt haben. Im Großen und Ganzen werden wir alles sehr ähnlich machen. Ich hatte das auch schon mit Herrn Hendrich besprochen. Sie sind ja jetzt quasi sein Nachfolger. Also, wo fangen wir denn am besten ...«

»Was ist mit Arthur Hendrich?«, unterbrach ihn Robin.

Alon sah verdutzt auf. »Was meinen Sie? Was soll mit ihm sein?«

»Ich habe ihn unten in der Halle gesehen. Ist er frei?«

Alon blickte auf seine Uhr. »Herr Hendrich müsste in etwa zwei Stunden in Berlin landen.«

»Das heißt, er ist ein freier Mann?«

»Ja, natürlich«, sagte Alon, als hätte Robin gefragt, ob die Erde wirklich eine Kugel sei. »Er ist doch nicht der Hitler-Klon.«

Robin fühlte Erleichterung. Immerhin dafür hatte sich sein Schritt gelohnt.

»Also, Herr Wohlpflug«, fuhr Alon fort, »dann legen wir mal los. Wie Sie wissen, hatte der Prozess gegen Arthur Hendrich schon begonnen. Die Verwechslung zwischen Ihnen beiden ist zwar ärgerlich, aber das Gute ist, dass wir einfach nahtlos da weitermachen können, wo wir mit ihm waren. Es macht keinen Sinn, alle Eröffnungsstatements zu wiederholen. Ich werde Ihnen selbstverständlich sämtliche Reden schriftlich zukommen lassen, Sie können alles nachlesen. Ihr Verteidiger wird Sie außerdem auf den aktuellen Stand bringen.«

»Mein Verteidiger?«

Alon sah auf. »Sie haben natürlich das Recht auf einen Strafverteidiger. Herr Gabriel Kaplan hat Herrn Hendrich vertreten, ab morgen wird er Ihnen in dieser Funktion zur Seite stehen. Er ist ein exzellenter Jurist und Anwalt, einer der besten Israels, und hat schon viele Fälle für sich entscheiden können, auch scheinbar aussichtslose. Er ist der richtige Mann für Sie«, sagte Alon und lachte. »Die Kosten für Ihre Verteidigung trägt natürlich der Staat Israel. So, was noch?« Alon blätterte in seinen Unterlagen. »Sie werden, genau wie Adolf Eichmann damals, während des gesamten Prozesses zu Ihrer eigenen Sicherheit in einer kugelsicheren Kabine sitzen. Ministerpräsident Mordechai hat persönlich darauf bestanden, dass wir dafür die Originalkabine aus dem Eichmann-Prozess verwenden. Das war gar nicht so trivial für uns, denn das Teil steht seit siebzig Jahren im Museum und musste erst einmal gereinigt und repariert werden. Die Lüftungsanlage und so weiter. Nicht, dass Sie uns noch ersticken, hahaha. Außerdem mussten wir prüfen, ob die Panzerung aktuellen Schusswaffen noch standhält. Na ja, das soll alles nicht Ihr Problem sein. Was noch? Zwei Beamte werden jeden Tag mit Ihnen im Terrarium sitzen, so nennen wir intern die Kabine. Durch das schusssichere Glas dringt Schall, Sie werden also nicht das Gefühl haben, vollkommen abgeschnitten zu sein.« Alon lachte schon wieder. »Dennoch, das Terrarium ist gewöhnungsbedürftig, weswegen ich Ihnen dringend dazu raten möchte, dass wir gleich kurz runtergehen und Sie mal Probe sitzen, bevor es morgen dann sofort in medias res geht.« Alon blickte wieder auf seine Zettel. »Ah ja, die Gerichtssprache ist natürlich Hebräisch, Sie werden per Kopfhörer eine Simultanübersetzung bekommen. Da ich annehme, dass Sie kein Hebräisch sprechen, können Sie auf alle Fragen einfach auf Deutsch antworten, oder auf Englisch, ganz wie es Ihnen beliebt.

Wie damals beim Eichmann-Prozess werden im Saal Prozessbeobachter, Journalisten und Zuschauer anwesend sein.

Die Regelung sieht vor, dass jeder während der Sitzung fotografieren und filmen darf. Stellen Sie sich also auf viele erhobene Smartphones ein. Das ist zwar nervig für uns alle, aber uns ist sehr an Transparenz gelegen.

Das Interesse der Bevölkerung ist übrigens riesig. Da wir aber nur dreihundert Sitze haben, mussten wir in einem aufwendigen Losverfahren für jeden einzelnen Prozesstag die Plätze verlosen, Journalisten ausgenommen. Es werden also jeden Tag andere Menschen anwesend sein. Das Losverfahren war, wie Sie sich vorstellen können, sehr aufwendig und zeitraubend, wir mussten jeden Gelosten ausgiebig auf terroristische Hintergründe durchleuchten, beim Einlass machen wir außerdem aufwendige Sicherheitskontrollen – übrigens von allen Personen, die in den Saal kommen, einschließlich der Richter und Gerichtsbeamten. Auch ich werde jeden Tag gefilzt«, sagte Alon und sah Robin an, als erwarte er dafür Anerkennung.

»Während des Prozesses werden Sie im Hotel King David untergebracht sein. Auch dort werden Sie rund um die Uhr unter Bewachung stehen. Zu Ihrer eigenen Sicherheit. Es wird Ihnen dort an nichts fehlen. Sie werden drei Mahlzeiten pro Tag erhalten, zubereitet von einem Sterne-Koch. Sie haben eines der besten Zimmer. Sie können im Pool schwimmen, Fitnesstraining machen, in die Sauna gehen. Und wenn Sie irgendetwas benötigen – Zeitungen, Bücher, Filme, Zigaretten, was auch immer –, lassen Sie es uns wissen. Nur Frauen, Waffen oder Schlaftabletten könnten schwierig werden«, sagte Alon und lachte kurz.

Dann wurde er wieder ernst: »So, jetzt habe ich viel gesprochen. Viel zu viel mal wieder. Haben Sie noch Fragen?«

Robin hatte nur mit einem Ohr zugehört. Daniel Alon kam ihm vor wie ein Reiseleiter, der ihm gerade erklärt hatte, welche Einrichtungen und Annehmlichkeiten es in seinem Urlaubsresort gab.

»Wie lange wird das Ganze dauern?«

»Sie meinen der Prozess?«

»Ja … Wie lange wird er dauern?«

»Schwer zu sagen. Stellen Sie sich besser auf einen kleinen Marathon ein. Der Eichmann-Prozess dauerte acht Monate. Aber das ist über siebzig Jahre her, damals wurden noch viele Zeitzeugen angehört. Da es keine Holocaust-Überlebenden mehr gibt, fällt das weg, vielleicht werden einige Aussagen von damals per Video gezeigt. Also, mein Tipp: zwei Monate, maximal.«

»Und dann?«, fragte Robin. »Bekomme ich dann lebenslänglich oder den Galgen?«

Daniel Alon sah ihn prüfend an, als sei er unsicher, ob Robin einen Witz gemacht hatte.

»Wir sind hier vor Gericht. Das Urteil steht natürlich noch nicht fest. Nicht den Mut verlieren, Herr Wohlpflug.«

●

Die Informantin hatte einen Treffpunkt in Brandenburg vorgeschlagen, in einer abgelegenen Gegend im Nordosten, etwa anderthalb Stunden von Berlin entfernt. Mara hatte sich in München sofort wieder in den Bus gesetzt und war losgefahren. Sie spürte, wie erschöpft sie war. Die vielen Fahrten zwischen München und Berlin, diese ganze Geschichte zehrte an ihr.

Robin war in Israel und Arthur bereits wieder in Deutschland. Sie hatte versucht, Justine anzurufen, aber die nahm nicht ab. Vermutlich gab sie ihr die Schuld daran, dass Robin sich gestellt hatte. Mara konnte dem nicht viel entgegensetzen. Sie fühlte sich schuldig. Sie hatte das Leben zweier junger Männer zerstört, und sie hatte es nicht vermocht, einen rechtsradikalen Kanzler zu verhindern.

Nun stand sie zusammen mit Kurt am Ufer des Wittwesees, wenige Kilometer von dem kleinen Städtchen Rheinsberg entfernt, und es war geradezu malerisch und eigentlich sehr idyllisch – nur konnte sie das Ganze nicht genießen, dafür war ihre Laune zu schlecht, und außerdem war ihr kalt. Sie war hier, weil die geheimnisvolle Informantin sie mit einer sensationellen Enthüllung hierhergelockt hatte. Mara hoffte nur, dass sie die sieben Stunden lange Fahrt nicht völlig umsonst gemacht hatte.

Sie steckte sich eine Zigarette an, während sie Kurt dabei zusah, wie er Enten verjagte.

Ihr Blick schweifte über den See und die Ufer. Weit und breit war niemand zu sehen. Sie schien alleine zu sein. War das am Ende eine Falle? Von Sörensen und Schalk? Aber was brachte es jetzt noch, sie umzubringen? Sörensen hatte doch alles erreicht, was er wollte. Er hatte triumphiert und verfolgte bereits eifrig sein faschistisches Programm. Friedrich war tot, und Robin drohte die Todesstrafe. Alles fühlte sich so hoffnungslos an.

Mara hatte bereits Kontakt mit der Botschaft aufgenommen. Sie wollte sich für den Prozess akkreditieren und mit Robin sprechen, um ihn zu beraten.

Ein entsetzter Erpel stürmte laut quakend auf und flog davon, seine Flügel klatschten auf der spiegelglatten Wasseroberfläche. Kurt bellte triumphierend. Wenigstens er hatte Spaß.

Per GPS hatte die Informantin sie zu einer Uferstelle an der Südspitze des Sees beordert. Es war der perfekte Spot zum Baden: feiner Sand, flache Einstiegsstelle, glasklares

Wasser, ein umgeknickter Baum, auf dessen Ästen man bequem seine Kleidung ablegen konnte. Ein kleines Kanu lag umgedreht neben dem Baumstamm im Unterholz, zwei Paddel daneben. Es war nicht gesichert oder angekettet. Jemand schien es dort geparkt zu haben, vielleicht einer der Anwohner, der darauf vertraute, dass niemand damit Unfug treiben würde. In blauen Lettern stand der Name »Else« darauf. Um halb fünf war das Treffen angesetzt. Sie hatte noch etwas Zeit.

»Scheiß drauf«, murmelte Mara, schnippte die Zigarette weg und trat sie sorgfältig im Uferschlamm aus. Das Boot war recht verdreckt, schien aber in Ordnung zu sein. Sie wuchtete es um, warf die Paddel hinein, dann schob sie es langsam ins Wasser.

»Kurt, komm!«, rief sie, aber er schaute ihr skeptisch zu und bellte. Wasser war nicht sein Element.

Sie paddelte ein paar Züge auf den See hinaus.

Kurt bellte wieder, und Mara grinste: »Selbst schuld, mein Lieber«, murmelte sie.

Sie ließ das Boot auf den See treiben. Es war herrlich still, das Wasser klar und glatt. Sie legte sich auf die Schiffsplanken, sah in den Himmel und rauchte. Entspannung überkam sie.

»Sie sind zu früh.«

Mara erschrak so heftig, dass ihr Herzschlag kurzzeitig aussetzte. Sie verschluckte sich am Rauch und hustete.

Hektisch rappelte sie sich im Boot auf und blickte sich um.

Einige Meter von ihr entfernt schwamm ein weiteres Boot mit einer Frau darin. Mara hatte nicht bemerkt, wie sie es ins Wasser gelassen hatte.

Die Frau war in ihren Fünfzigern, trug einen dunklen

Mantel, Fellhandschuhe und eine Strickmütze. Ihre Augen waren unruhig, blickten immer wieder nach allen Seiten.

War das ihre Informantin? Oder hatte sie anderes mit ihr vor? Angst ergriff Mara. Auf dem Wasser fühlte sie sich ausgeliefert.

Sie hörte Kurt vom Ufer bellen. Diesmal würde er ihr nicht helfen können.

»Wir sind verabredet«, sagte die Frau, die nun direkt neben ihr trieb, und blickte sich um. »Herrlich. Wie früher. Sie müssen wissen, ich war schon eine ganze Weile nicht mehr hier. Wollen wir eine Runde paddeln? Wir können uns ja währenddessen unterhalten.«

Ohne Maras Reaktion abzuwarten, paddelte sie los.

Mara musste sich anstrengen mitzuhalten. Ihre Kondition war nicht die beste, und die Zigaretten taten ihr Übriges.

»Dieser See steht unter Naturschutz«, rief die Frau, während Mara ihr folgte. Sie redete von ihr weg, weswegen sie nicht leicht zu verstehen war. »Es ist so gut wie alles verboten. Deswegen rollt hier im Sommer auch nicht jedes Wochenende ganz Berlin an. Ein echter Geheimtipp. Na ja, jetzt ist sowieso nichts los.«

»Wer sind Sie?«, japste Mara.

»Andrea Caliebe.«

»Was wollen Sie von mir?«

»Ich kenne Sie schon länger, als Sie glauben, Frau Erhardt.«

Mara versuchte zu verstehen, was sie meinte. Aber es ergab keinen Sinn.

»Ich habe Sie schon vor Jahren auf Moons Klonmachenschaften angesetzt.«

Eine Erkenntnis durchzuckte sie: der Informant, der sie damals darauf hingewiesen hatte, dass der südkoreanische

Wissenschaftler nicht nur Hunde klonte. Der anonyme Tipp war der Beginn ihrer Recherche gewesen. Mara hatte immer angenommen, dass er von Park gekommen war.

»Sie waren das?«, fragte Mara erstaunt.

»Ja, ich war das«, rief Andrea Caliebe. »Ich bin die Schwester von Rebecca Hendrich.«

Mara war so verdutzt, dass sie aufhörte zu paddeln und Andrea Caliebe von ihr wegtrieb. »Sie sind die Schwester der Leihmutter von Arthur Hendrich?« Sie hatte nicht einmal gewusst, dass Rebecca Hendrich überhaupt eine Schwester hatte.

»Ich hatte gehofft, dass Sie von selbst irgendwann auf Sörensen stoßen würden. Ich lebe in Schweden, da war ich sicher. Rebecca und ich hatten jahrelang kaum Kontakt, wegen diesem ganzen Nazi-Scheiß, mit dem sie immer sympathisiert hat. Sie war mir so fremd geworden. Aber eines Tages stand sie plötzlich vor mir und sagte mir, dass sie um ihr Leben bangte. Und auch um meines.«

Mara versuchte, wieder aufzuholen. Sie war früher viel auf der Isar gepaddelt, die Technik verlernte man nicht. Aber es fiel ihr schwer, sich zu konzentrieren, während sie all die neuen Informationen verarbeitete.

»Als Sörensen Kanzler wurde, wusste ich, dass ich handeln musste. Vor allem, als ich sah, dass Ihre Klon-Enthüllungen überhaupt keine Konsequenzen für ihn hatten. Meine Schwester ist ermordet worden, Frau Erhardt. Ebenso ihr Mann. Und ich habe Beweise. Ich habe mich lange genug versteckt, es reicht.«

Dann tat Andrea Caliebe ein paar heftige Schläge. Sie war wütend. »Kommen Sie, Frau Erhardt«, rief sie, schon ein paar Meter entfernt. »Wir haben viel zu besprechen.«

Mara hörte Kurt freudig bellen, der ihnen am Ufer gefolgt

war und schon wieder Enten jagte. Plötzlich ertönte panisches Quaken und heftiges Flügelschlagen.

Heute war ihnen beiden wohl das Jagdglück hold.

●

Daniel Alon hatte ihn in den Gerichtssaal geführt. Robin war eher widerwillig gefolgt. Zwei Bewacher gingen hinter ihnen her.

Die Glaskabine war tatsächlich beklemmend. Alon sperrte ihn probeweise mit den beiden Sicherheitsmännern zusammen darin ein.

Er setzte sich an den Holztisch, an dem auch Adolf Eichmann gesessen hatte, wie Alon ihm versicherte. Mordechai hatte wirklich alles gegeben, um das kollektive Gedächtnis seiner Landsleute zu reaktivieren.

Auf dem Tisch fanden sich neben Notizblock und Stift auch ein Standmikrofon und ein klobiger Kopfhörer – natürlich ebenfalls beides Originale.

Das Wort Terrarium war treffend. Alles war darauf ausgerichtet, ihn wie ein exotisches Tier aussehen zu lassen und nicht wie einen Menschen, mit dem man Mitgefühl haben konnte.

Das King David war ein Luxushotel, das nicht weit vom Jaffa Gate auf einem kleinen Hügel thronte und über die Altstadt Jerusalems blickte. Es war schon dunkel, als Robin in seiner gepanzerten Limousine dort ankam.

Seine Bewacher hatten ihm eine Sonnenbrille und eine Baseballkappe gegeben. Das Hotel hatte oft Prominente zu Gast und war dementsprechend vorbereitet. Über einen Seiteneingang fuhren sie direkt in die Tiefgarage. Dort nahmen ihn weitere Sicherheitsleute in Empfang und geleiteten ihn zu einem Aufzug. Es war der Lift fürs Personal.

Sie fuhren in den sechsten Stock, keiner der Männer sprach ein Wort. Sie waren alle sehr jung, keine dreißig vermutlich, und Robin kam es vor, als ob sie ihn aus den Augenwinkeln neugierig betrachteten. Er war eine Celebrity. Der junge Adolf Hitler, im Herzen Israels. Von dieser Begegnung würden sie noch ihren Enkelkindern erzählen.

Der dicke Teppich im Gang schluckte ihre Trittgeräusche. Das gesamte Stockwerk schien für andere Gäste gesperrt zu sein.

Sie kamen zu einer Suite, vor der zwei Wachmänner standen.

»Das ist Ihr Apartment«, sagte einer seiner Begleiter. »Diese Männer werden vor Ihrer Tür Wache halten. Wenn Sie etwas brauchen, sagen Sie Bescheid.«

Robin trat ein, und er war überrascht, als ihn ein bekanntes Gesicht empfing.

Es war Avner.

Er saß an einem gedeckten Tisch. Es gab Lachs-Carpaccio mit Spargel, dazu Weißwein. Robin spürte, wie ausgehungert er war.

Es schmeckte ausgezeichnet.

»Ist alles gut gelaufen?«, fragte Avner, der ihn beim Essen beobachtete. Er selbst nippte nur an seinem Wein.

»Das Verhör war seltsam«, sagte Robin mit vollem Mund. »Es waren sehr komische Fragen. Wie ich zur SS stehe und so weiter. Total strange.«

Avner nickte und verkniff sich ein Grinsen.

»Dachte ich mir«, sagte er. »Das ist das Protokoll. Es sind dieselben Fragen, die sie damals Eichmann gestellt haben.«

»Was machst du eigentlich hier?«, fragte Robin.

»Ich habe vorgeschlagen, dir heute Abend etwas Gesellschaft zu leisten«, sagte Avner. »Schließlich hast du nicht so viel Eingewöhnungszeit gehabt wie Arthur Hendrich. Du kriegst einen Kaltstart in den Prozess, weil sie nahtlos weitermachen wollen. Hast du Kaplan schon getroffen?«

»Ich schätze, ich werde ihn morgen sehen, wenn es losgeht.«

Avner schüttelte missbilligend den Kopf. »Das ist nicht okay. Ich werde es weitergeben.« Er dachte einige Momente lang nach. »Er wird alles geben, Robin. Allein schon aus Ego-Gründen. Kaplan ist wahnsinnig eitel. Aber er ist auch gut. Es laufen bereits Wetten, ob er sogar einen Freispruch rausschlägt.«

»Und? Was glaubst du?«

Avner hob die Schultern. »Keine Ahnung. Wirklich.«

»Willst du eigentlich nichts essen?« Robin zeigte auf das letzte Stück Lachs.

Avner winkte ab. »Danke. Ich habe schon gegessen.«

Als Robin den letzten Rest Fisch verspeist hatte, legte er sein Besteck zur Seite und faltete die Serviette zusammen. »Das Ganze ist so seltsam, ich kann dir gar nicht sagen, wie ich mich fühle. Es ist so abstrakt und so absurd. Ich habe auch Angst. Die Kabine war unheimlich. Ich werde ausgestellt wie ein Tier. Ich weiß nicht, wie ich damit umgehen werde. Ich will auf jeden Fall versuchen, die Öffentlichkeit zu nutzen. Wie genau, weiß ich noch nicht. Ich muss die Leute darüber aufklären, dass das alles ein Schauprozess ist und ein Ablenkungsmanöver von den wirklich üblen Dingen, die gerade geschehen.«

»Glaubst du, dass sie dir zuhören werden?«

»Ich habe keine andere Wahl. Und keine Zeit mehr. Das hier könnten meine letzten Tage auf diesem Planeten sein.«

Es war seltsam: Er fühlte nichts, als er diese Worte sagte.

Es tropft aus seinem Kopf.

Robin schloss die Augen, als er den Flashback der Todeserinnerung Hitlers in sich hochkommen spürte. Mühsam versuchte er, dagegen anzukämpfen. Er sah den Bunkerraum vor sich. Sah die Füße der toten Eva Braun. Dann war es vorbei, und er fing sich wieder.

Avner blinzelte ihn irritiert an, aber bevor er fragen konnte, sagte Robin: »Immerhin ist Arthur frei.«

Avner nickte. »Wir haben ihn zu seiner Maschine gebracht. Er müsste jetzt wieder in Berlin sein. Was wohl aus ihm werden wird?«

»Er wird nie wieder ein ruhiges Leben haben«, sagte Robin. »So etwas wirst du nie wieder ...«

Plötzlich spürte er einen stechenden Schmerz in seinen Eingeweiden. Er war so heftig und unvermittelt, dass sein Atem stockte. Er ließ die Gabel fallen und griff sich an den Bauch.

»Robin?«, fragte Avner besorgt.

Tränen schossen Robin in die Augen vor Schmerz. Sein Darm krampfte sich zusammen. Er wollte schreien, aber es kam nur ein Krächzen heraus.

Er sah Avner aufspringen und zur Tür rennen.

Dann übergab er sich über den Tisch.

25

Ewen, 2034

Als er die Augen aufschlug, sah er Flecken von Sonnenlicht und Schatten einen gemeinsamen Tanz an der Wand aufführen. Robin beobachtete die unerwarteten Bewegungen, ließ sich von ihnen forttragen. Sie mussten von den Zweigen eines Baumes stammen.

Seine Sinne waren weit, sein Geist leer, sein Gefühl rein. Ein Fenster stand offen, der Vorhang wehte leicht, und es kam ein frischer Wind herein. Zufrieden lauschte er dem sanften Geräusch der Luft und genoss es, einfach nur zu sein.

Wo war er? Erst jetzt drangen die Fragen wieder in seinen Geist.

Er sah sich um.

Das Zimmer, in dem er lag, war schlicht. Ein Tisch mit zwei Stühlen, ein Schrank. Eine Glastür führte zu einer großen Terrasse mit Rattanmöbeln. Neben seinem Bett entdeckte er einen Nachttisch. Ein Krug stand darauf und ein Glas.

Er zog das Laken beiseite und bemerkte, dass er nackt war bis auf die Unterhose. Als er versuchte aufzustehen, spürte er, wie schwach seine Beine waren. Sie zitterten, als er sie belastete.

Langsam kehrten die Erinnerungen zurück: das Hotel. Avner. Der Lachs. Dann nichts mehr.

Und jetzt war er hier. Wo auch immer Hier war.

Sein Mund war trocken, die Lippen klebten aufeinander. Er schenkte sich Wasser ein und trank es gierig.

Barfuß trat er nach draußen und spürte den Holzgrät des Terrassenbodens. Er fröstelte, weil er nur Shorts trug. Dennoch war das Wetter milder als in Jerusalem. Auch die Umgebung war ungewohnt und sehr ländlich: Von der Anhöhe, auf der das Haus stand, blickte er über eine kleine Siedlung voller Bäume und Palmen, dazwischen unzählige Blumenbeete. Vögel flogen zwischen den Bäumen hin und her und veranstalteten Pfeifkonzerte.

Das Gartenidyll wurde kontrastiert von schroffen braunen Felsen und weiten Sandebenen in der Ferne.

War er noch immer in Israel? Wie viel Zeit war vergangen? War es noch Winter? Und wie war er hierhergekommen?

Robin schloss die Augen. Die Sonne schien. Er genoss das Licht.

»Ah, du bist wach.«

Überrascht drehte er sich nach der Stimme um. Auf der Terrasse stand eine junge Frau. Mit einem blau-weißen Haartuch hatte sie ihre Locken gebändigt. Freudig lächelte sie ihn aus großen braunen Augen an und entblößte eine Reihe weißer Zähne. Sie hatte eine kleine Lücke zwischen den Schneidezähnen. Die abgeschnittenen Jeans und das karierte Hemd, das sie sich über dem Bauch zusammengeknotet hatte, verdeckten kaum ihren drahtigen Körper. Ihre Kleidung, Hände und Arme waren mit Erde verschmiert.

»Ich bin Malka«, sagte sie auf Englisch und kam auf ihn zu. Sie streckte ihm die Hand hin, und er schüttelte sie verwirrt. Sie roch nach Erde und Arbeit. Ihr Händedruck war fest, und er fühlte die Hornhaut auf ihren Handflächen.

Schlagartig wurde ihm bewusst, dass er halb nackt war. Sie aber schien das nicht zu stören.

»Ist dir kalt?«, fragte sie. »Warte ...« Sie ging hinein und brachte ihm ein frisches Hemd und seine Hose. Als er sie anzog, bemerkte er, dass sie frisch gewaschen war.

»Schön hier, oder?«, fragte Malka.

Ihr offenes Gesicht ließ ihn sofort Vertrauen fassen. Ihm fiel auf, dass sie mit dem linken Auge manchmal unwillkürlich blinzelte.

»Wo bin ich?«

»Im Kibbuz Ewen.«

Er sah sie verständnislos an. »Ich bin in einem Kibbuz? Wo ist der? Und wie bin ich hierhergekommen?«

»Wir sind fast an der südöstlichsten Spitze des Toten Meeres. Wir haben dich hergebracht. War gar nicht so leicht. Aber das werden dir die anderen noch erklären.«

Malka erzählte ihm, dass er mehr als vierundzwanzig Stunden geschlafen hatte. Als er weiter fragen wollte, konterte sie wieder nur mit einem Lächeln und der Bemerkung, dass er sich noch gedulden solle, bald würde er Antworten bekommen. Sie wollte ihm erst einmal den Kibbuz zeigen.

Ein ungutes Gefühl machte sich in ihm breit, als sie losgingen. War er entführt worden? Was hatten die Kibbuzniks mit ihm vor? Wollten sie Selbstjustiz an ihm üben?

Sie erzählte ihm, dass sie mit ihrem Mann Noam und ihrem kleinen Sohn in dem Haus lebte, in dem Robin aufgewacht war. Ihre Eltern waren vor Kurzem in die Anliegerwohnung gezogen, damit die junge Familie mehr Platz hatte. Noam stammte nicht aus dem Kibbuz, sie hatte ihn im Studium in Tel Aviv kennengelernt.

Immer wieder trafen sie bei ihrem Rundgang Leute, die Malka und auch Robin freundlich grüßten. Sie unterhielten sich mit ihr auf Hebräisch und blickten ihn dabei immer wieder offenherzig an. Robin war verunsichert. Wieso waren sie so freundlich zu ihm? Sie mussten doch wissen, wer er war. Und wenn sie vorhatten, ihn hier zu verurteilen, wozu dann noch so tun, als ob? Aber er wagte nicht, Malka danach zu fragen.

Sie erzählte ihm, dass Ewen im Jahr 1949 gegründet worden war. Damals sei an diesem Ort nichts außer Sand und Fels gewesen. Lediglich eine Wasserquelle habe es gegeben, an der Beduinen ihre Tiere getränkt hatten. In jahrelanger harter Arbeit hatten die Gründer des Kibbuz schließlich aus dem Nichts eine Oase geschaffen, mitten in der Wüste, ganz im Süden Israels, das Tote Meer war nicht weit.

Nur zweihundert Menschen lebten hier. Ewen sei anders als andere Kibbuze, erzählte Malka, von denen viele mittlerweile auf Tourismus setzten, um zu überleben. Alle Kibbuze hatten mit der Abwanderung der jungen Leute zu kämpfen. Es zog sie in die Städte, in ein anderes Leben. Nicht so in Ewen. Dieser Kibbuz sei von Anfang an von einem sehr starken Gemeinschaftssinn geprägt gewesen, der einzigartig war und der auch seine Gründe habe. Welche das waren, führte Malka nicht aus, aber ihre Miene war ernst.

In Ewen lebte man nach wie vor von harter Arbeit. Die Menschen bauten ihr Gemüse selbst an, es gab Ziegen und Hühner, eine wichtige Einnahmequelle waren überdies Datteln, die man verkaufte und gegen andere Dinge eintauschte. Eine weitere wichtige Finanzierungssäule war der Botanische Garten, der sehr viele alte und seltene Pflanzenarten beherbergte. Dafür erhielt Ewen einerseits öffentliche Fördergelder, weil er als eine Art Arche Noah der Pflanzen galt. Andererseits lieferten die Gärtner von Ewen ihre Samen an Landwirte, Züchter und Forschungsinstitute aus aller Welt, die sehr viel Geld für alte Zuchtlinien bezahlten.

Malka und ihr Mann Noam, die beide Biologie studiert hatten, waren für den Garten verantwortlich. In dem subtropischen Klima hatten sie das ganze Jahr über damit zu tun, es wuchs ständig etwas. Ihr Stolz über diese Aufgabe war unverkennbar.

Im Kibbuz gab es einen Lebensmittelladen, der alles Notwendige zur Versorgung bot. Außerdem verfügte Ewen über ein Schwimmbad, eine Bücherei und ein Kino. Malka zeigte Robin auch das Gemeindezentrum, das Herz von Ewen – ein eher unscheinbarer Betonbau, der einen Versammlungsraum besaß, in dem Besprechungen abgehalten werden konnten, der aber auch für Konzerte, Theaterstücke oder Lesungen genutzt wurde. Die Besprechungen, so Malka, hätten sich mittlerweile zum Großteil in den Speisesaal verlagert, in dem sich alle Kibbuzniks jeden Mittwochabend zum gemeinsamen Essen trafen.

Es war Mittwoch Abend. Aus den Fenstern des Speisesaals hörten sie schon Geschirrklappern und Stühlerücken.

Malka sagte, sie würden bereits erwartet, was Robin sofort nervös machte.

Der Speisesaal erinnerte ihn an die Mensa in seiner Universität. Mehrere Tischreihen waren aufgebaut, es gab eine kleine Essensausgabe, vor der bereits zahlreiche Kibbuzniks mit ihren Tabletts in der Hand warteten. Ein verführerischer Grillduft zog durch den Raum. Es gab Ziegenfleisch. Robin war hungrig.

Wie Malka nahm er sich ein Tablett und stellte sich mit ihr zusammen in die Reihe. Sie spürte seine Verunsicherung, legte ihre Hand auf seinen Arm und lächelte ihm aufmunternd zu. »Du bist hier unter Freunden.«

Ihre Worte berührten ihn, aber die Verunsicherung blieb. Etwas würde passieren, noch heute Abend. In diesem Saal. Er konnte nicht abschätzen, was es war.

Vor ihnen stand eine kleine, ältere Frau in einem dunkelblauen Kleid. Sie war höchstens einen Meter sechzig groß und bewegte sich langsam und bedächtig. Als Robin und Malka sich hinter sie stellten, drehte sie sich um und begutachtete ihn durch ihre großen und sehr dicken Brillengläser. Malka begrüßte die Frau mit einer Umarmung, und Robin fiel auf, welchen Respekt sie vor der zierlichen alten Frau hatte. Dann stellte sie die beiden einander vor. Esti war die Vorsitzende von Ewen.

Sie reichte ihm ihre Hand und schaute ihn verschmitzt an. Ihr Alter war schwer zu schätzen, sie mochte in ihren Siebzigern sein.

»Willkommen in Ewen«, sagte sie mit einer Stimme, die viel dunkler war, als er es von einer so zierlichen Person erwartet hatte. Dennoch klang sie heiter, wenngleich etwas zittrig.

Auch andere Kibbuzniks nickten ihm freundlich zu, niemand wirkte sonderlich überrascht von seiner Anwesenheit. Sie alle schienen zu wissen, warum er hier war. Alle, außer ihm.

Zusammen mit Malka trug er sein vollgeladenes Tablett an einen Tisch und begann zu essen. Der Saal schwirrte von den lauten Unterhaltungen. Es wurde viel gelacht.

Malka stellte ihm ihre Tischnachbarn vor: Maya, eine Mittvierzigerin, die im Kibbuz den Kindergarten leitete, sowie Ben, ihren Bruder, der mit seinen drei Söhnen Nathan, Eli und Zack am Tisch saß. Ben war für die Anlagentechnik verantwortlich und reparierte »überhaupt eigentlich alles«, was in Ewen kaputtging, und das war wohl eine Menge, wie er Robin lachend erklärte. Malka winkte ständig zu anderen Tischen hinüber, um Leute zu grüßen. Ein Mann mit mehreren Tellern auf seinem Tablett setzte sich zu ihnen, nachdem er Malka auf den Mund geküsst hatte. Es war Noam, Malkas Mann. »Gut, dass du bei uns bist«, sagte er und schüttelte Robin fest die Hand. Sein Blick verriet, dass er es aufrichtig meinte. Wieder fragte Robin sich, wie das alles zusammenpasste. Gerade diese Menschen hier hätten jeden Grund gehabt, ihn nicht zu mögen.

Das Ziegenfleisch war köstlich, und die Unterhaltung lief rege. Ben, Maya und ihre Kinder stellten ihm viele Fragen, keine einzige galt dem Prozess. Stattdessen wollten sie alles über Deutschland wissen. Vor allem, was für eine Stimmung im Land herrsche, jetzt, nachdem Bernd Sörensen Kanzler geworden sei. Warum der Deutsche Weg so stark geworden sei und wie er, Robin, sich in Deutschland fühle.

Er erzählte ihnen, wie gespalten die deutsche Gesellschaft mittlerweile sei, wie tief die Gräben zwischen links und rechts. Er merkte, dass es ihm peinlich war, aus einem Land zu kommen, in dem nun ein Nazi regierte. Zugleich war ihm bewusst, dass er der Hitler-Klon war, der diese Scham empfand.

»Nun lasst ihn doch mal essen«, sagte Noam und lachte. »Der Junge hat Hunger.«

Robin holte sich noch Nachschlag, mit Vanillepudding gefüllte Blätterteigtörtchen. Sehr süß, sehr lecker.

Nach einer Weile, als alle mit dem Essen fertig waren, stand Esti auf und klatschte in die Hände. Sie sagte etwas auf Hebräisch, und Gelächter füllte den Raum.

Malka übersetzte. Esti habe die Sitte eingeführt, dass sie Versammlungen gleich nach dem Essen abhielten, statt ins

Gemeindezentrum zu gehen – weil ein voller Magen müde und friedlich mache, wie sie immer wieder betonte. Das wiederum führe ihrer Meinung nach zu kürzeren Versammlungen und weniger Streit.

Aber weil Esti es nicht gut aushielt, vor dreckigem Geschirr zu sitzen, lautete die Vereinbarung, dass alle erst aufräumten, bevor geredet wurde – wozu Esti in einem mittlerweile beliebten Ritual ausschweifend aufrief.

Die Kibbuzniks standen also nach und nach auf, räumten ihr Geschirr weg und begannen, die Tische an die Wände zu ziehen und die Stühle in mehreren ineinandergeschachtelten Kreisen aufzustellen.

Dann kehrte langsam Ruhe ein, und alle blickten Esti erwartungsvoll an. Die Kibbuz-Vorsitzende trat in den innersten Stuhlkreis, faltete die Hände und sagte laut und bedeutungsschwer »Ludi incipiant«, was wieder bei allen Gelächter hervorrief. Esti blickte Robin an und sagte auf Englisch mit einem starken Akzent: »Bitte verzeih, Robin, Latein ist eine meiner heimlichen Leidenschaften. Übersetzt heißt das so viel wie: Mögen die Spiele beginnen! Die alten römischen Diktatoren sagten das, bevor sich die Gladiatoren gegenseitig abschlachteten. Keine Sorge, bei uns in Ewen geht es gesitteter zu.« Wieder Gelächter.

Dann machte sie eine einladende Geste und deutete auf den Platz neben sich. »Ich eröffne hiermit unsere Versammlung. Lieber Robin, bitte setz dich.«

Verwirrt sah Robin von Esti zu Malka, die ihm auffordernd zunickte, woraufhin er in den innersten Stuhlkreis trat und sich neben Esti setzte. Erst jetzt ließen sich alle anderen Kibbuzniks auf den Stühlen nieder. Malka und Noam nahmen neben ihnen im innersten Kreis Platz.

Esti ergriff seine Hand. Er spürte die faltige, warme Haut

der alten Frau. So saßen sie und warteten, bis alle sich gesetzt hatten und Stille eingekehrt war. Sein Herz klopfte vor Aufregung, als er in die Gesichter der Menschen um sich herum sah. Es waren gute Gesichter, freundlich und offen, und doch sah er in vielen auch einen Ausdruck von Ernsthaftigkeit, von Trauer sogar. Es rührte ihn an.

»Shalom, Robin«, sagte Esti. »Willkommen in Ewen. Willkommen in unserem Kibbuz.«

»Shalom, Robin«, sagten die anderen Kibbuzniks.

Jetzt hatte er einen Knoten im Hals.

»Ich weiß nicht, was Malka dir schon alles über uns erzählt hat …«, fuhr Esti fort. »Ich hoffe nur Gutes.«

Wieder Lachen im Saal.

Esti sah Malka kurz an, die leicht den Kopf schüttelte. »Ah, also tatsächlich nicht nur Gutes?«, fragte sie, aber Malka lachte und rief: »Nein, Esti. Ich meine, ich habe ihm noch nicht alles erzählt.«

»Ah, gut, gut«, sagte Esti. »Dann wirst du jetzt etwas Neues erfahren, Robin. Und ihr alle«, Esti blickte, gespielt ernst schauend, in die Runde, »bitte fangt nicht gleich an zu gähnen, wenn ich dem Jungen noch mal ein wenig über uns erzähle, ja? Ewen ist ein besonderer Ort, Robin. Meine Eltern waren eine der fünf Gründerfamilien. Sie waren entschlossen, sich mitten in der Wüste eine Heimat zu bauen. Alles, was sie hatten, war etwas Wasser, ihr Wille und ihre Hände. Sie alle hatten den Holocaust überlebt. Sie waren Survivor, wie wir sie heute in schickem Englisch nennen. Sie waren nach Israel gekommen, weil das der einzige Ort auf der Welt war, wo sie sich noch sicher fühlen konnten. Das jedenfalls glaubten sie. Denn ganz so war es nicht.«

Esti hielt inne und hob ihre Hand zum Mund. Sie hustete ein paar Mal. Malka sprang auf und brachte ihr ein Glas

Wasser. Esti nickte dankend und trank. Nach einer Weile fuhr sie fort.

»Israel war damals noch eine junge Nation. Stolz und stark wollte man sein. Wehrhaft. Jedem die Stirn bieten, der das Existenzrecht Israels infrage stellte. Die Opfer des Holocaust passten nicht in dieses Bild. Für die jungen, stolzen Israelis waren die Survivor wie lebendige Tote. Niemand wagte es damals offen auszusprechen, aber sie wurden als Schwächlinge gesehen, die es nicht geschafft hatten, sich gegen die Nazis zur Wehr zu setzen – und sei es, dass sie diesen Widerstand mit ihrem Leben bezahlt hätten. Und so waren die Survivor wieder Fremde, obwohl sie eigentlich hierhergekommen waren, um endlich eine Heimat zu finden. Niemand verstand sie. Wie sollten sie auch erklären, was sie selbst nicht verstehen konnten? Sie erkannten, dass sie sich nur unter ihresgleichen wirklich wohl und verstanden fühlten. Also taten sie sich zusammen. Das war die Motivation für die Gründung von Ewen. Andere Kibbuze entstanden aus einem Pioniergeist heraus, man wollte Zionist sein, Sozialist. Nicht so Ewen. Ewen sollte ein Zuhause sein. Sicher sein. Das Wort Ewen, musst du wissen, bedeutet Stein. Ewen sollte unverrückbar sein. Felsenfest. Und vor allem: sicher. Wir alle hier, wir sind die Nachkommen der angeblich lebenden Toten. Unsere Eltern, unsere Großeltern haben überlebt, und sie haben uns das Leben geschenkt. So wie wir es unseren Kindern schenken. Heute gelten unsere Vorfahren in Israel als Helden. Früher war das nicht so. Vielleicht wird es auch einmal wieder anders sein. Doch hier, in Ewen, werden sie es immer sein. Hier ist ihre und unsere Heimat. Hier sind wir sicher. Für immer.«

Esti sah Robin lächelnd an. Er lächelte zurück, und er war

ergriffen zu sehen, wie emotional die alte Frau wurde, während sie das alles erzählte.

Plötzlich begann sie zu kichern. »Ach Robin, ich werde schon wieder geschwätzig. Tut mir leid. Du bist jung … und eine alte Frau quatscht dich voll.«

Sie legte ihre Hand wieder auf seine. Robin schüttelte den Kopf. »Nein, gar nicht. Bitte sprich weiter.«

»Ich sehe in deinem Gesicht, dass du viele Fragen hast«, sagte Esti. »Du fragst dich, was du hier tust. Warum du hier bist. Warum wir, die Nachkommen von Holocaust-Überlebenden, ausgerechnet dich hierhergeholt haben. Stimmt's?«

»Stimmt«, sagte er und räusperte sich.

Esti drückte seine Hand fester. »Wir haben dich hierherbringen lassen, weil in Israel mal wieder alle etwas meschugge sind.«

Kichern im Saal.

»Du bist hier, Robin, weil du nur hier wirklich sicher sein kannst …« Sie hielt einen Moment inne, um sich zu fangen. »Es stimmt doch. Einen Prozess führen gegen einen jungen Mann, der niemandem etwas getan hat! Was soll das? In Wahrheit führen wir einen Prozess, der ablenken soll von den höchst peinlichen Korruptionsaffären unseres geschätzten Ministerpräsidenten. Es ist unredlich, die kollektiven Ängste für diese niederen Zwecke zu missbrauchen. Wir hier in Ewen haben uns geschworen, dass niemand, egal wer, aus dem, was damals geschehen ist, Kapital schlagen darf. Wir hier in Ewen haben uns geschworen, dass diese Vergangenheit sich niemals, niemals wiederholen darf. Wenn Unschuldige ohne Grund angeklagt und verurteilt werden können und wir dem einfach schweigend zusehen, dann machen wir uns selbst zu Tätern.«

Zustimmendes Nicken unter den Kibbuzniks. Manche riefen »So ist es!« und »Das darf nicht sein!«.

Estis Stimme wurde nun scharf. »Wenn unser Premierminister glaubt, er könnte seinen korrupten Hintern retten, indem er einen jungen unschuldigen Mann opfert, dann sagen wir: Nein!«

Nun gab es heftigen Beifall von den Kibbuzniks. »Nein!«, riefen viele. »Nein, nein, nein.«

Esti wartete, bis wieder Ruhe eingekehrt war. »Robin, es tut mir leid, dass wir dir schlechten Lachs servieren mussten. Ich hoffe, das konnten wir nun mit der überaus schmackhaften Ziege wieder gutmachen.«

Robin musste sich bemühen, dass sein Unterkiefer nicht herunterklappte. »Ihr habt mich vergiftet?«

»Es war ein starkes Brechmittel. Leider war es der einzige Weg, um dich aus der Überwachung durch Mordechais Sicherheitsdienst herauszubekommen. Unsere Leute haben dich mit der Ambulanz abgeholt und hierhergebracht. Zugleich haben wir ein anonymes Bekennerschreiben verfasst, das die Aktion als Tat nationalreligiöser Extremisten darstellt, die an dir Selbstjustiz verüben wollen. Wir wollten Avner schützen, weil wir befürchteten, dass sofort der Verdacht auf ihn fallen könnte. Er sendet dir übrigens Grüße und entschuldigt sich, dass er nicht hier sein kann. Aber es ist sicherer, wenn er jetzt erst einmal Abstand zu Ewen hält.«

Robin brauchte einige Momente, um das zu begreifen. Dann setzte Erleichterung ein. Diese Kibbuzniks hatten einen Plan ausgeheckt, hatten viel riskiert, um ihn hierherzubringen. Um ihn zu retten. Er fühlte sich geehrt und plötzlich verbunden mit all diesen Menschen hier.

»Wow. Ich weiß gar nicht, was ich sagen soll. Das ist … krass.«

»Ja«, sagte Esti. »Das ist sogar sehr krass.« Die Kibbuzniks lachten, als die alte Frau Jugendsprache verwendete.

Robin musste nun auch lachen.

»Aber wir sind halt auch krasse Typen«, sagte Esti. »Das waren wir schon immer.«

Lautes Gelächter im Saal.

»Und ich dachte, ihr wollt mich hinrichten ... Wie es so viele in Israel offenbar wollen.«

»Wie ich schon sagte – das ganze Land ist meschugge geworden.«

»Ich kann es verstehen. Ich bin eine Kopie von Adolf Hitler!«

»Quatsch«, sagte Esti. »Du bist keine Kopie. Und schon gar nicht von diesem Unmenschen. Du bist du.«

Robin schwieg. Er dachte nach. »Wenn ihr mich hierhergebracht habt ... Wenn ihr mich in Sicherheit bringen wolltet ... Ihr müsst doch trotzdem etwas von mir wollen? Oder nicht?«

»Robin«, sagte Esti, und nun ergriff sie seine beiden Hände und sah ihn eindringlich an. »Wir wollen nur eines von dir: dass du lebst!«

Er fühlte Estis Hände, fühlte ihre alte Haut auf seiner. Er sah ihre grünen Augen, die ihn freundlich anblickten.

Dann musste er weinen.

•

Robin verbrachte friedliche Tage in Ewen. Seine Ängste ließen ihn in Ruhe. Er half Malka und Noam in den Gewächshäusern des Botanischen Gartens, spielte mit Mayas Kindergarten-Kindern, reparierte zusammen mit Ben die Filter der Wasseranlage. Die Kibbuzniks nahmen ihn unvoreingenommen und freundlich in ihrer Mitte auf.

Er las keine Nachrichten, er lud sein Smartphone nicht

mehr auf. Robin konzentrierte sich voll und ganz auf die körperliche Arbeit.

Er genoss den Frieden, die Ruhe und den Kontakt mit den Menschen.

Die Welt drehte sich weiter, und er war einfach ein junger Mann, der völlig in der Arbeit und in der Gemeinschaft aufging.

Es war ihm gleichgültig, ob sie ihn suchten und ob sie ihn finden würden. Er verschwendete keinen Gedanken darauf. Niemand in Ewen schnitt das Thema an. Niemand schien zu befürchten, dass man ihn hier aufspüren würde.

Die Tage vergingen. Eine Woche. Zwei Wochen. Alles war so weit entfernt: Deutschland. Seine Klonierung. Arthur Hendrich. Bernd Sörensen. Mara. Justine. Friedrich.

In Ewen war er einfach er selbst – wer auch immer das war. Hier hatte er die Ruhe und die Zeit, es herauszufinden.

»Es ist so friedlich hier«, sagte er eines Abends, als er mit Malka zusammen im Garten arbeitete. Sie pflügten ein Beet um, in das sie Strelitzien setzen wollten. Die Sonne stand schon tief. Der Abend kündigte sich an. Vermutlich würden sie nicht mehr fertig werden.

Sie sah ihn an, die Stirn leicht gerunzelt.

»Was ist mit dir?«, fragte sie. »Du hast diesen Blick.«

»Nein. Einfach so. Ich liebe diese Ruhe hier.« Er sog tief den Geruch der frischen Erde ein. »Und es riecht so verdammt gut.«

Malka lachte und zog ihre Handschuhe aus.

»Okay, dann hast du jetzt endgültig das Ewen-Virus.«

Sie ging in den kleinen Geräteschuppen und kam mit zwei Flaschen Bier zurück.

»Feierabend.« Sie reichte ihm ein Bier, und sie stießen an.

»Wolltest du eigentlich jemals weg von hier?«, fragte er Malka.

»O ja!«

»Wirklich? Wann?«

»Das ging schon ganz früh los. Ich glaube, ich war zwölf oder so. Ich hatte das alles so satt hier. Diese Erinnerungskultur, immer nur Holocaust, Holocaust, Holocaust. Meine Eltern haben mich und meinen Bruder damit ganz schön genervt.«

Es war das erste Mal, dass sie einen Bruder erwähnte. Aber Robin wagte es nicht, nachzufragen.

»Mich hat das erdrückt. Ich hatte das Gefühl, dass ich gar nicht gesehen wurde. Ich wollte meinen eigenen Weg gehen. Als ich auf die höhere Schule kam, wurde es etwas besser. Die war im Nachbarort. Ich blieb oft bei einer Freundin über Nacht. Und als auch Dani nicht mehr zurückkam, war die Sache für mich klar. Letztlich habe ich nur noch auf meinen Dienst hingefiebert, damit ich endlich ganz wegkonnte. Ich habe dann ja auch in Tel Aviv studiert und jahrelang mit kaum jemandem hier Kontakt gehabt.«

Robin sah sie fragend an.

»Dani – dein Bruder?«

Sie nickte. »Nach seinem Militärdienst kam er einfach nicht zurück. Meine Eltern waren krank vor Sorge. Bis heute haben wir nichts von ihm gehört. Sie sind nie darüber hinweggekommen.«

»Tel Aviv«, sagte Robin. »Das war bestimmt toll für dich, oder? Die große Stadt, die vielen Möglichkeiten ...«

Malka grinste und trank einen Schluck Bier, selige Erinnerungen überkamen sie. »Ich habe gefeiert ohne Ende. Viel Alkohol und viele Männer. Ich habe das ganze Land bereist. Ich wollte einfach leben. Niemandem Rechenschaft schuldig sein. Ich wollte nicht mehr von weisen alten Menschen Ratschläge bekommen. Ich wollte meine eigenen Fehler machen. Und ich wollte unbedingt ans Weizmann Institut. Ich war echt ehrgeizig.«

»Aber warum bist du dann zurückgekommen?«

»Tja«, sagte Malka. »Manchmal frage ich mich das auch. Ich habe Noam kennengelernt, den tollsten Mann, den man sich nur vorstellen kann. Ich hatte eine Promotion am Weizmann ... Ich hätte Wissenschaftlerin werden können.« Malka überlegte eine Weile. »Ich war weit weg von Ewen. Ich dachte, ich sei frei. Aber ich habe gespürt, dass ich es in Wahrheit nicht war.«

»Wieso? Du hast doch dein Ding gemacht?«

Sie sah ihn an, plötzlich ganz ernst. »Ich war nicht frei, weil ich nicht vor meiner Vergangenheit davonlaufen konnte. Es hat nicht funktioniert. Das habe ich irgendwann begriffen. Wirklich frei kann ich nur sein, wenn ich aufhöre, vor Ewen wegzurennen.«

Robin sah sie stirnrunzelnd an, und Malka lachte plötzlich laut auf, wobei sie wieder ihre Zahnlücke entblößte, die er so sympathisch fand. »Hört sich ganz schön schwülstig an, was?«, sagte sie.

»Weiß nicht. Vielleicht.«

»Es ist eigentlich ganz einfach. Wenn du vor etwas fliehst, bist du automatisch der Gejagte. Wenn du einfach stehen bleibst und dich umdrehst, kann es passieren, dass du gefangen wirst. Aber es kann genauso gut passieren, dass plötzlich dein Jäger sich umdreht und beginnt, vor dir wegzulaufen.«

»Und du bist einfach stehen geblieben und hast dich umgedreht?«

»Genau.« Malka lachte. »Ich habe den Spieß umgedreht. Es war tatsächlich so: Ich wollte wissen, was es ist, das mich so festhält. Also habe ich mich umgedreht, Ewen angesehen und gesagt: ›Hey Ewen, hier bin ich. Was willst du von mir?‹«

Robin sah sie erstaunt an. Er bewunderte die Sicherheit und Entschiedenheit, die in ihren Worten lag.

»Ich habe zu Noam gesagt: Ich muss zurück. Ich weiß nicht, was da auf mich wartet und was passieren wird. Aber ich muss es tun.«

»Und was hat er gesagt?«

»Oh, er hat einfach nur gesagt: Cool, kann ich mitkommen?« Sie lachte wieder. »Noam ist großartig. Also sind wir nach Ewen gegangen. Das ist jetzt acht Jahre her. Ich weiß nicht, ob ich immer hierbleiben werde. Aber wenn ich Ewen eines Tages doch noch mal verlassen sollte, dann wird es zumindest keine Flucht mehr sein.«

Malkas Worte hatten ihn berührt.

War er nicht auch geflohen? War der Prozess nicht in Wahrheit eine willkommene Entschuldigung für ihn gewesen, sich seiner Verantwortung zu entziehen?

Er hätte vor Sörensen und seinen Häschern davonlaufen sollen. Stattdessen war er vor seinen Genen geflohen. Vor einer Vergangenheit, die ihm unheimlich war. Aber musste sie das sein? Er hatte doch eine Identität. Er hatte als Robin Wohlpflug seine Kindheit und seine Jugend gelebt. Welche Gene er in sich trug, das war völlig schnuppe gewesen. All die Jahre. Bis vor wenigen Wochen.

Er dachte an Friedrich, seinen Bruder. An sein warmes Wesen. Er spürte tiefe Trauer über seinen Tod. Friedrich war ihm so nahe gewesen wie kein anderer Mensch. Ihre Flashbacks hatten sie immer verbunden. Auch wenn sie keine Ahnung gehabt hatten, auf welche gemeinsame Herkunft sie hindeuteten.

Er dachte an Justine – auch aus ihrem Leben war er geflüchtet. Aus dem seiner Eltern. Wie es ihnen wohl ging? Er hatte sich auch von ihnen nicht verabschiedet – obwohl die Polizisten und die israelischen Agenten es ihm angeboten hatten.

Sie mussten ihn mittlerweile für tot halten. Ermordet von radikalen religiösen Juden. Plötzlich tat es ihm leid, dass er sie so hatte sitzenlassen. Seine Wut auf sie war verraucht. Er verstand, warum sie getan hatten, was sie getan hatten. Sie hatten zwei Kinder verloren und geglaubt, sie auf diese Weise zurückholen zu können.

Dann hatten sie Friedrich ein zweites Mal verloren – und jetzt ihn.

In Ewen war er sicher. Aber anders als Malka damals würde er an keinem anderen Ort jemals sicher sein. Mordechai würde ihn jagen. Die Presse würde ihn jagen. Die Menschen würden ihn fürchten. Weil sie etwas in ihm sahen, was sie sehen wollten.

Und doch konnte auch er nicht immer nur davonlaufen.

Seine Gene waren der Jäger. Er würde ihnen niemals entkommen können.

Er dachte an Mara. An ihren Kampf gegen Bernd Sörensen.

Sörensen war auf perverse Art und Weise sein Schöpfer. Robin konnte vor ihm davonlaufen, aber entkommen würde er ihm nur physisch.

Wenn du einfach stehen bleibst und dich umdrehst, kann es passieren, dass du gefangen wirst. Aber es kann genauso gut passieren, dass dein Jäger sich umdreht und beginnt, vor dir wegzulaufen.

Was, wenn er sich einfach umdrehte?

Epilog

Jordanien, 2034

»Robin! Wie geht es dir? Ich dachte, du wärst tot!«

In Maras Stimme hörte er Sorge. Aber auch große Erleichterung und Freude. Er war gerührt.

Mit dem Smartphone am Ohr blickte er auf das Rote Meer.

Ein paar junge Frauen in Burkinis planschten im Wasser, Jungen mit Schnorcheln zogen voller Entdeckerlust Seesterne und Korallenbruchstücke heraus. In der Ferne sah er die Ausläufer von Eilat, der israelischen Seite.

»Mir geht's gut, Mara. Sehr gut sogar.«

Malka und Noam hatten ihn bis an die Grenze gebracht. Ihnen gefiel die Idee nicht, dass er einfach unter seinem richtigen Namen nach Jordanien einreisen wollte. Aber es war ihm mittlerweile egal, er hatte keine Angst mehr.

Zu Fuß war er von Eilat nach Aqaba gegangen, die beiden Grenzstädte verbanden Israel und Jordanien miteinander. Er war selbst erstaunt gewesen, dass niemand ihn aufhalten oder festnehmen wollte. Jordanien schien der Hitler-Klon wenig zu kümmern, geschweige denn Israels Prozess gegen ihn.

»Ich frage wohl lieber nicht, wo du bist«, sagte Mara.

Das öffentliche WLAN war mies, aber es reichte gerade noch für einen Anruf mit dem Krypto-Caller.

Sie erzählte ihm, was passiert war, seitdem er von der

Bildfläche verschwunden war. Israels Ministerpräsident kam die vermeintliche Entführung durch radikale Nationalisten sehr recht vor den bevorstehenden Wahlen. Mordechai lieferte das den perfekten Vorwand, die Bürgerrechte zu beschneiden und die Überwachung hochzufahren. Ein entschlossen handelnder Ministerpräsident kam immer gut an.

»Sörensen und Schalk sind so gut wie erledigt«, sagte Mara triumphierend.

»Wirklich?«, fragte Robin. »Wie hast du das geschafft?«

»Die Schwester der Leihmutter von Arthur Hendrich hat mich kontaktiert. Sie hat Beweise dafür, dass Alina Schalk ihre Schwester und auch Arthurs Vater hat umbringen lassen.«

»Das ist ja ein Hammer!«

»Rebecca Hendrich war wohl Sympathisantin des Deutschen Wegs von der ersten Stunde an. Sie ist früh in Sörensens Partei eingetreten, und als er sie zur Leihmutter für den neuen Führer auserkoren hatte, fühlte sie sich geehrt. Rebecca Hendrich wusste, dass Arthurs Leben dem von Hitler nachgestellt werden sollte. Sie wusste, dass der Vater den Jungen würde schlagen müssen.«

»Aber war ihr dann nicht klar, dass sie auch würde sterben müssen – so wie Hitlers Mutter?«, fragte Robin.

»Offenbar hatte Schalk sie damit vertröstet, dass das nicht notwendig sei, dass es genüge, wenn sie Arthur einfach verließe. Aber ich vermute, spätestens als Schalk und Sörensen Arthurs Vater haben umbringen lassen, bekam Rebecca Hendrich Zweifel. Sie begann, sich abzusichern. Vielleicht hat sie auch einfach an dem Jungen gehangen? Natürlich wusste sie, dass Sörensen da nicht mitspielen würde. Wie auch immer: Sie hat mehrere Gespräche mit Alina Schalk heimlich mitgeschnitten. Du glaubst es nicht, was da alles drauf ist.«

»Sie hat Gespräche mitgeschnitten?«

»Die Schalk-Tapes. Wir haben sie veröffentlicht. Die Server der *Süddeutschen Zeitung* sind in die Knie gegangen. Alina Schalk erzählt auf den Mitschnitten, wie sie Arthur Hendrichs Vater hat umbringen lassen: Sie haben ihm Alkohol eingeflößt, ihn sturzbetrunken hinters Steuer gesetzt und ihn dann auf die Autobahn fahren lassen. Sie erwähnt auch Sörensen. Man kann also eine direkte Linie zum Kanzler ziehen.«

»Aber diese Mitschnitte haben Rebecca Hendrich offenbar trotzdem nicht retten können.«

»Schalk war wohl schneller als sie. Aber immerhin hatte Rebecca Hendrich die Mitschnitte in einem Postfach deponiert und verfügt, dass sie im Todesfall an ihre Schwester gingen.«

»Warum hat sie so lange mit der Veröffentlichung gewartet?«

»Sie hatte Angst. Derzeit steht sie unter Polizeischutz. Nicht mal ich weiß, wo sie jetzt ist. Gegen Schalk und Sörensen wird ermittelt, ihre Immunität wurde gerade vom Bundestag aufgehoben.«

»Das sind großartige Neuigkeiten, Mara.«

Zwei Männer und eine Frau kamen direkt auf ihn zu. Robin bemerkte, dass es ihn nicht im Geringsten nervös machte.

Er hatte sein Äußeres stark verändert. Die Haare waren länger und in die Stirn gekämmt. Außerdem hatte er sich einen Vollbart wachsen lassen. Die Sonnenbrille, die er nun immer trug, fiel hier im sonnenreichen Jordanien sowieso nicht auf.

Die Frau fragte ihn auf Englisch, ob er ein Foto von ihnen machen könnte.

Robin schüttelte lächelnd den Kopf und sagte leise »Sorry«, während er auf sein Smartphone deutete, um ihr klarzumachen, dass er telefonierte.

»Ich fürchte nur, dass damit die Gefahr von rechts trotzdem nicht gebannt ist.« Mara seufzte. »Wenn der Bundeskanzler stürzt, wird aller Voraussicht nach Paula Tormin kommissarisch die Geschäfte übernehmen. Sehr wahrscheinlich wird es vorgezogene Neuwahlen geben. Sörensen wird sich als Opfer einer Kampagne inszenieren. Der Deutsche Weg ist nach wie vor sehr stark. Ich befürchte, dass trotz Sörensens und Schalks Verurteilung die Partei wieder glänzend abschneiden wird. Zumal sie sich auf allen Social-Media-Kanälen als Opfer des linksversifften, politisch korrekten Jakobinertums inszenieren. Dieser Kampf ist gewonnen. Die Schlacht aber noch lange nicht.«

Robin sah aufs Meer hinaus. »Ich verstehe.«

Jordanien war ein kleines Land, übersichtlich, unkompliziert, bequem. Für die Siebzig-Kilometer-Tour ins Wadi Rum durch die Wüste von Jordaniens Süden brauchte Robin mit dem Bus nur etwas länger als eine Stunde.

Am Visitor Center kaufte er ein Ticket und lehnte höflich all die Angebote für »Authentic Bedouin Tours« ab. Dann ging er zu Fuß ins Wadi-Rum-Village.

Es war viel los, überall parkten Mietwagen, denen Touristen entstiegen, die von hageren Männern in Pick-ups abgeholt wurden. Es waren vorgebuchte Touren in die Camps der Beduinen.

Robin ging weiter. Zu beiden Seiten sah er die gewaltigen Felsformationen des Wadi vor sich liegen wie ein Tor zu einem anderen Planeten. Zu seiner Rechten lag Lawrence's Spring, eine nach Lawrence von Arabien benannte Felsformation. Der tapfere Brite hatte die Araber einst gegen die Türken angeführt.

Mit bunten Decken behangene Kamele stapften hintereinander durch den Sand, angetrieben von Männern, die lange, luftige Gewänder trugen.

Im Sommer musste es hier unerträglich heiß sein, jetzt war es angenehm mild.

Robin setzte sich auf einen Stein und trank aus seiner Wasserflasche. Hier sollte er warten, so war es vereinbart.

Er hatte mit seinen Eltern gesprochen – über den Krypto-Caller, sodass niemand den Anruf rückverfolgen konnte. Sie waren überglücklich gewesen, seine Stimme zu hören. Er hatte gespürt, wie sehr er an ihnen hing. Der Zustand seines Vaters hatte sich weiter verschlechtert, seine Mutter hatte große Sorge, dass sie ihn bald dauerhaft in ein Pflegeheim geben musste.

Er hatte ihre Liebe gespürt, und ihm war klar geworden, dass sie ihn meinten – und niemand anderen. Nicht Erik, sondern ihn, Robin.

Seine Mutter wusste, dass sie ihn vielleicht nie wiedersehen würde.

Sein Schicksal war ungewiss.

Die Planen der schwarzen Zelte, die an die zerklüftete Felswand gekauert waren, flatterten im Wind. Sie erinnerten ihn ein wenig an die Kaaba, den schwarzen Stein im Zentrum des Heiligtums von Mekka, um den Jahr für Jahr Millionen Muslime im Kreis herumliefen.

Die Sonne stand tief, der Himmel war blutrot, und die Schatten, welche die Beduinen warfen, waren viel größer als sie selbst. Die hageren Männer winkten ihm zur Begrüßung und entblößten breite weiße Zahnreihen mit goldenen Lücken.

Robin stieg aus dem klapprigen Jeep, der ihn hergebracht hatte, und trat in den Sand. Die kalte Wüstennacht kündigte sich schon an. Er fröstelte. Zu seiner Rechten hatten sich fünf Kamele auf den Boden gekniet. Träge drehten sie ihre länglichen Köpfe, um zu sehen, wer da ankam, während ihre wulstigen Lippen in permanenten Kaubewegungen gegeneinanderrieben.

Der Beduine, der ihn gefahren hatte, sprach nur wenig Englisch. Er zeigte ihm das Hauptzelt, das etwas abseits stand.

Robin nahm einen tiefen Atemzug. Die Luft roch herrlich nach Mineralien, Stein und Rauch.

Das Licht, das sich zwischen den Felsen und über die Sanddünen ergoss, stimmte ihn friedlich. Es war ein guter Ort. Niemand würde hier etwas von ihm wollen, ihn belangen, ihn für etwas halten, das er nicht war und nie sein würde.

Robin ging auf das Hauptzelt zu.

Schwere, rot-braune Teppiche mit orientalischen Mustern hingen überall und bildeten eine Barriere gegen den allgegenwärtigen Sand.

Im Inneren war es düster. Ein Feuer flackerte in einer Metallschale in der Mitte des Raumes und erleuchtete den mit weiteren Teppichen und Kissen ausgelegten Boden. Er sah kleine hölzerne Tische, überzogen mit rot-weiß gemusterten Tüchern, auf denen silberne Kannen, Teller und Becher standen. Es roch nach Feuer, Kardamom und würzigem Tabak.

Das Zelt schien auf den ersten Blick leer zu sein, doch

dann sah er die Gestalt, die am hintersten Ende des Raums auf einem Diwan saß und eine Shisha rauchte.

»Schön, dass du gekommen bist«, sagte Arthur Hendrich, als Robin sich ihm langsam näherte. Vor ihm stand ein metallener Becher. Er duftete nach Kräutertee.

Arthur machte eine einladende Handbewegung, und Robin setzte sich ihm gegenüber auf ein Sitzkissen.

Das Feuer wärmte angenehm.

»Willkommen in Jordanien – meiner alten und meiner neuen Heimat.«

Arthur sah anders aus als bei ihrer letzten kurzen Begegnung im Gerichtsgebäude in Jerusalem. Er hatte zugenommen, die Haare waren länger. Er hatte sich einen Vollbart stehen lassen. Insgesamt wirkte er selbstsicher, zufrieden und entschlossen.

»Danke für die Einladung«, sagte Robin.

Ein Beduine kam mit einer Kanne in der Hand. »Chai?«

Robin nickte. Der Tee war heiß. Er schmeckte nach Kardamom und Rosmarin und anderen Gewürzen, die er nicht kannte.

»Ich soll dich grüßen«, sagte Robin.

Arthur sah ihn überrascht an. »Von wem?«

»Von meiner Mutter. Sie würde dich gerne kennenlernen.«

Arthur nickte bedächtig. Er schien Bescheid zu wissen. Vermutlich hatte auch er schon mit Mara gesprochen.

»Ja, das würde mich auch freuen«, sagte Arthur. »Sehr sogar.«

Sie sagten eine Weile lang nichts und tranken in kleinen Schlucken ihren Tee.

»Ich habe dir zu danken«, sagte Arthur. »Ohne dich wäre ich jetzt vielleicht nicht mehr am Leben.«

»Ohne dich gäbe es mich vielleicht gar nicht«, erwiderte Robin.

Arthur überlegte kurz. Dann nickte er und grinste. »Das ist alles echt so fucked up, oder?«

»Ja. Das ist es wohl.«

»Ich brenne darauf, von dir zu erfahren, wie das Leben war, das ich beinahe gehabt hätte.«

»Geht mir ähnlich. Auch wenn ich glaube, dass ich, was das angeht, den besseren Deal von uns beiden gemacht habe. Von den Genen her habe ich natürlich die Arschkarte.«

Arthur lachte. Aber er wurde schnell wieder ernst. »Es tut mir aufrichtig leid für deinen Bruder«, sagte er. »Es war für mich ein verstörendes Gefühl zu erfahren, dass er ja auch mein Bruder war. Der Bruder, den ich nie hatte und nicht mehr haben werde.«

Sie schwiegen beide eine Weile.

»Also. Was hast du vor, Arthur? Warum bin ich hier?«

Arthur nickte und holte tief Luft. »Sörensens Rücktritt ist unvermeidlich. Ein Bundeskanzler, gegen den wegen des Verdachts auf Mord ermittelt wird, hat keine Zukunft mehr. Selbst in diesem Deutschland nicht. Das ist gut. Auch Alina …«, Arthur hielt kurz inne, als er ihren Namen sagte, »auch sie wird das Ganze politisch nicht überleben. Der Deutsche Weg hat aber noch jede Menge anderer Mitglieder, die mindestens genauso skrupellos sind wie die beiden. Solange es Angst gibt, wird es den Deutschen Weg geben. Ich habe leider lange genug dazu beigetragen, Angst zu schüren. Ich habe Menschen aufgehetzt und dieser Partei in die Arme getrieben. Dafür schäme ich mich. Ich möchte es besser machen. Ich möchte gegen den Deutschen Weg kämpfen.«

Robin nickte anerkennend.

»Aber das kann ich nicht alleine, Robin. Ich brauche deine Hilfe. Es wird kein einfacher Kampf werden.«

Robin sah Arthur an. Er hatte seinen Bruder verloren. Aber möglicherweise hatte er gerade einen neuen gefunden.

Robin sah Arthurs entschlossenen Blick. Es war ihm ernst. Robin wusste, worauf er sich einließ, wenn er jetzt Ja sagte: auf ein Leben im Untergrund, ständig auf der Flucht vor Mordechais Häschern.

Und doch war die Antwort für ihn klar.

»Unter einer Bedingung …«

Arthur sah ihn überrascht an.

»Wir werden den Kanal *Unser Kampf* nennen.«

Arthur sah ihn kurz verdutzt an. Dann prustete er los. Es schüttelte ihn so heftig, dass er seinen Tee verschüttete.

Es war so ansteckend, Arthur lachen zu sehen, dass Robin nicht lange an sich halten konnte und laut einstimmte.

Anhang

Dieser Roman basiert auf realen Fakten:

Seit dem Schaf Dolly 1996 haben Wissenschaftler mittlerweile eine ganze Reihe an Tierarten geklont. Manche Spezies sind schwieriger zu klonen als andere, als besonders kompliziert haben sich Hunde (2005 erstmals geklont) und Affen (2017) erwiesen.

Der südkoreanische Wissenschaftler Hwang Woo-suk war der Erste, der erfolgreich einen Hund klonte. Er hat daraus ein Geschäftsmodell entwickelt: Sie können Ihren toten Hund für 100.000 Dollar von ihm klonen lassen. Ich war 2019 in Hwangs Klinik in Seoul und habe auch zwei deutsche Kunden und ihren geklonten Hund besucht. Meine Reportage können Sie hier lesen:
(https://bit.ly/3I73Gu3)

Bis heute ist offiziell noch kein Mensch geklont worden (auch wenn es immer mal wieder behauptet wurde). Aber technisch wäre es möglich. So klonte der amerikanische Biologe Shoukhrat Mitalipov bereits 2013 aus der Hautzelle eines Kindes einen menschlichen Embryo. Mitalipovs Ziel war es allerdings nicht, ein Klon-Baby zu erschaffen, sondern embryonale Stammzellen zu gewinnen.
(https://bit.ly/3rhGiEi)

Die Raëlianer existieren. 2001 sorgte die Sekte für Schlagzeilen mit ihrem Vorhaben, Menschen klonen zu wollen, unter anderem Jesus Christus und Adolf Hitler. Letzteren mit dem Ziel, ihm nachträglich den Prozess zu machen. (https://bit.ly/3IhgHlo)

Jean-Paul Mulders hat das Erbgut von Adolf Hitlers Großneffen Alexander Stuart-Houston in Long Island (USA) auf die im Roman beschriebene Art und Weise erbeutet. Über seine Erbgut-Jagd berichtet er in dem Buch: *Auf der Suche nach Hitlers Sohn: Eine Beweisaufnahme*, Herbig 2009.

Im Archiv des Inlandsgeheimdienstes FSB in Moskau lagern Zähne von Adolf Hitler, französische Wissenschaftler haben ihre Echtheit bestätigt. (https://bit.ly/3p6QrRu)

Auch der Kriminalbiologe Mark Benecke hat die Zähne Anfang der 2000er-Jahre untersucht und für echt befunden. (*Aus der Dunkelkammer des Bösen: Neue Berichte vom bekanntesten Kriminalbiologen der Welt*, Bastei-Lübbe 2011.)

Es gibt auch einen *National Geographic*-Film über Beneckes Untersuchung. (https://bit.ly/307rKVV)

Es ist fraglich, ob man in einem sechzig Jahre alten Zahn noch lebende Zellen finden würde. In fünf Tage alten gezogenen Zähnen ist dies aber gelungen. (https://bit.ly/307rW07)

Was prägt einen Menschen mehr, die Gene oder die Umwelt? Diese alte Frage ist nach wie vor ungeklärt, die Zwillingsforschung aber kann Hinweise liefern. Sie vergleicht eineiige Zwillinge, die genetisch identische Klone sind, mit zweieiigen, die sich im Schnitt fünfzig Prozent Erbgut teilen.

2015 wurde im Fachmagazin *Nature Genetics* die bislang größte Meta-Analyse aus fünfzig Jahren Zwillingsforschung veröffentlicht. (https://go.nature.com/3xCLy6s)

Ergebnis: Es gab kein einziges Merkmal, das überhaupt keinen genetischen Anteil aufweist. Im Schnitt beeinflussen Gene und Umwelt die Merkmale eines Menschen zu je fünfzig Prozent. Aber über die Merkmale hinweg sind die Anteile unterschiedlich gewichtet. An der Körpergröße sind zum Beispiel Gene zu dreiundsechzig Prozent und Umwelteinflüsse zu siebenunddreißig Prozent beteiligt. Bei der Ausprägung der Stimme spielen die Gene mit fünfzehn Prozent nur eine geringe Rolle, während die Umwelt mit fünfundachtzig Prozent deutlich wichtiger ist. Die Studie zeigte auch, dass bei zwei Dritteln der untersuchten Eigenschaften die Ähnlichkeit zwischen eineiigen Zwillingen exakt doppelt so groß ist wie bei zweieiigen. Das bedeutet, dass sich die Auswirkungen der Gene scheinbar einfach addieren.

Erfahrungen hinterlassen Spuren in unserem Erbgut: nicht direkt, indem sie die DNA-Sequenz ändern, wohl aber bilden sich chemische Markierungen an den Buchstaben und verändern die DNA-Aktivität. Diese erworbene, sogenannte epigenetische Signatur können wir an unsere Kinder vererben. Forscher des Max-Planck-Instituts für Psychiatrie haben im Epigenom von Trauma-Patienten Muster aufgespürt, die sich in deren Kindern wiederfanden. Die Kinder sind ängstlicher und anfälliger für stressbedingte Krankheiten. (https://bit.ly/3IaEAuy)

Danksagung

Ich danke: Hanne Reinhardt, Sebastian Pirling, Robert Gast, Volker Wittpahl, Birgit Anwald, Andy Hahnemann, Theresa Hannig, Jakob Schweizer, Andreas Eschbach und ganz besonders: Dunja Batarilo.